향가 문학론 일반

향가 문학론 일반

양희철

보고사
BOGOSA

머리말

이 책『향가 문학론 일반(鄕歌 文學論 一斑)』은 향가를 전체적으로 좀더 깊이 있게 이해하기 위하여 썼다.

향가를 전체적으로 좀더 깊이 있게 이해하려 하면, 크게 보아 향찰 해독의 문제, 형식의 문제, 표현의 문제, 내용과 문학적 성격의 문제 등을 심도 있게 연구를 하여야 한다. 이 때문에, 이 네 문제를 8부로 나누어서 책을 썼다. 제1부에서는, 향찰을 좀더 심도 있게 이해하기 위하여, 향찰의 원전비평과, 중요한 문제 향찰들(遣, 支, 叱, 內 등등)의 해독 문제를 2편의 논문들에서 다루었다. 제2, 3부에서는, 향가의 형식을 좀더 심도 있게 이해하기 위하여, 향가 분절의 원전비평, 4·8·10구체설의 논거, 삼구육명의 해석이 당면한 문제, 삼구육명 해석의 종합적 변증 등의 문제를 4편의 논문들에서 다루었다. 제4, 5부에서는, 향가의 표현을 좀더 심도 있게 이해하기 위하여, 〈제망매가〉의 비유 연구가 당면한 문제, 향가의 명령적 의문법과 중의법, 〈서동요〉의 기량난측의 수사, 향가 수사의 전모 등의 문제를 4편의 논문들에서 다루었다. 제6, 7, 8부에서는, 향가의 내용과 문학적 성격을 좀더 심도 있게 이해하기 위하여, 향가 주변의 주사와 구속언어, 향가의 주가성과 구속언어, 풍격의 '의'와 〈찬기파랑가〉의 '기의심고', 두보의 '청사려구'와 향가의 '사청구려', 한중의 '감동천지귀신'과 향가의 감동론, 〈(보현십종)원왕가〉의 방편 시학 등의 문제를 6편의 논문들에서 다루었다.

이 16편의 논문들에서 다룬 논제들은 그 성격상 상당수가 가볍게 넘어갈 수 없는, 무거운 논제들이다. 이로 인해 향가를 전체적으로 좀더 심도 있게 이해하는 글을 쓴다는 것이 얼마나 어렵고 힘든가를 체감할 수 있었다. 이 책에 실은 논문들 중에서 제일 먼저 작성한 것은 1989년도의 글을 보완한 것이니, 이 책의 완성에는 30년 이상이 소요된 셈이다. 그리고 이 책에 실은 16편의 논문들 중에서, 7편만이 2010년 이전에 쓴 글들을 가볍게 보완하거나 수정하여 바로 이 책에 넣을 수 있었고, 2010년 이전에 썼던 '기의심고' 및 '감동천지귀신'과 관련된 2편의 논문들은 대폭적인 보완과 수정을 거친 최근에야 이 책에 넣을 수 있었다. 게다가 나머지 7편 중에서, 중요 문제 향찰의 해독 변증, 〈제망매가〉의 비유 연구가 당면한 문제, 두보의 '청사려구'와 향가의 '사청구려' 등과 관련된 3편의 논문들은 2010년대 중후반에 들어와서야 겨우 발표할 수 있었다. 마지막으로 이렇게 정리하면서도 마무리를 하지 못해 왔던 4편의 논문들은 이 책을 마무리하는 최근에야 겨우 완성할 수 있었다.

이렇게 어려운 과정을 거치면서 책을 완성한 현시점에 뒤를 돌아보면, 16편의 논문들에서 이 정도까지라도 향가를 깊이 있게 이해할 수 있었다는 사실에 더할 나위 없는 즐거움을 느낀다. 게다가 이 이해에는 한국의 시가문학사 나아가 예술사에서 주목할 만한 세 가지 사실도 포함되어 있다. 첫째는 향가의 중의법 그 중에서도 구문상의 두 중의법(다의, 동음이의)을 정리하였다는 사실이다. 이 중의법은 옆으로는 석굴암의 본존불(국보 제24호)이 보여주는 세 모습(석가모니불, 무량수불, 비로자나불)의 중의성과 통하고, 후대로는 〈어져 내일이야…〉(황진이), 〈오우가〉(윤선도), 〈매화사〉(안민영), 〈풀〉(김수영) 등의 중의법들을 선도한다. 둘째는 '기의심고'의 '의'가 풍격의 용어로 '이취(理趣)'와 '입언(立言)'을 뜻한다는 점을 정리하였다는 사실이다. 이 '이취'와 '입언'이 매우 높다는 사실은 시가의 '이(理, 이치, 도리)'와 격에 맞는 멋 즉 '풍취(風趣)'의 결합이 매우 높음을 잘 보여주며, 동시에 시가의 요긴한 불폐절의 언이 창의적으로 매우 높음을 잘 보여준다는 것이다. 이 '이취'와 '입언'이 매우 높음은, 옆으로는 표지 화면의 다보탑(경주박물관)으로 복원·복제된 다보탑(국보 제20호)과 석가탑(국보 제21호)이 조각의 언어를 통하여 보여준 '이취(理趣)'('釋迦如來 常住說法'과 '多寶如來 常住證明'의 이치와 격에 맞는 멋/풍취의 결합)가 매우 높음과 닮았고, 동시에 '입언(立言)'('釋迦如來 常住說法'과 '多寶如來 常住證明'의 요긴한 불폐절의 언)이 창의적으로 매우 높음과 닮았으며, 후대로는 〈안민가〉, 〈청전법륜가〉, 〈도산십이곡〉, 〈고산구곡가〉 등이 보여주는 이취와 입언이 매우 높음과 통한다. 셋째는 향가의 감동론인 '감동천지귀신'을 '지성'과 '지덕'의 차원에서 정리하였다는 사실이다. 감동천지귀신은 주술적으로 신비주의적으로 해석하는 경우가 많지만, 『중용』 치곡장(致曲章)의 지성론에 의하여 논리적으로 정리를 하였다. 특히 '밝아지면 감동시킨다[明則動].'의 '밝아지면'에 포함된 명찰(明察)의 의미는 통찰(洞察)과 같은 의미로, 상대의 공감을 이끌어낼 수 있는 방법도 포함하고 있다는 사실을 보여주면서, '감동천지귀신'의 감동을 현대적으로도 이해할 수 있게 하였다. 이 감동론은 15~18세기에 나온 『동인시화』, 〈성책(誠策)〉(『율곡전서』), 『서포만필』, 『오학론』 등에 나온 '감동천지귀신'류의 감동론을 선도한다. 이런 사실들은 물론, 향가를 좀더 깊이 있게 이해할 수 있었다는 사실들은 필자가 이 책을 내면서 즐거워하는 것들이다.

이 책을 내는 데는 주변의 도움이 너무나 컸다. 향가와 연구방법을 직접 가르쳐 주신 일곱 은사님의 후은을 잊을 수 없다. 그리고 평생 공부만을 할 수 있도록 도와주신 조부님과 부모님의 홍은은 말로 표현할 수가 없으며, 지금도 물심양면으로 공부를 도와주고 있는 집사람 또한 너무나 고맙다.

끝으로 항상 출판을 맡아서 좋은 책을 내주시는 보고사 김홍국 사장님께 감사를 표하며, 복잡하고 난해한 글을 깔끔하게 편집해 주신 이순민 선생님과, 책의 대표적인 내용의 이미지를 표지에서 잘 살려주신 손정자 선생님께도, 각각 감사를 표한다.

2020년 2월 26일
봄이 드는 좌구산록에서
양 희 철

차례

제4부 _ 향가의 수사 연구가 당면한 문제 … 313

제5부 _ 향가 수사의 기량난측과 전모 … 389

제1부

항찰의 원전비평과 해독

향찰의 원전비평

1. 서론

이 글은 향가 연구에 필요한 향찰의 원전을 비평하는 데 연구의 목적이 있다.

향가는 고문헌(『삼국유사』, 『균여전』 등)에 전한다. 그런데 그 원전들은 그대로 연구 대상으로 이용하기에는 많은 문제를 포함하고 있다. 이로 인해 그 원전비평이 많이 행해졌다. 그 중에서 향가의 향찰을 뺀 산문과 한시들에 대한 원전비평이 먼저 이루어졌고, 향가의 향찰에 대한 원전비평은 그 후에 이루어졌다.

산문과 한시에 대한 원전비평은 목판본의 『삼국유사』와 『균여전』을 활자본, 번역본, 두주(頭註)를 붙인 영인본 등으로 발행하면서 이루어졌다. 대표적인 활자본으로는 동대본(東京大學文學部, 1908), 계명본(啓明俱樂部, 최남선 교감, 1927), 신증본(新增本)(三中堂, 최남선, 1943, 1946), 조선사학회본(1928) 등이 알려져 있다. 그리고 대표적인 번역본으로는 사서연역회 번역본(고려문화사, 1946), 완역삼국유사(고전연역회 이종렬 책임번역, 학우사, 1954), 원문병역주삼국유사(이병도 역, 동국문화사, 1956), 수정판역주병원문삼국유사(이병도 역주, 광조출판사, 1977),

세계고전전집본(이재호 역주, 광문출판사, 1967), 세계사상교양전집본(이민수 역, 을유문화사, 1975), 삼중당문고본(이동환 역주, 1975), 권상로역해본(권상로 역해본, 동서문화사, 1978), 삼성문화문고본(이민수 역, 1979) 등이 알려져 있다. 두주(頭註)를 붙인 영인본으로는 서울대학교 소장본을 축소 영인한 민족문화추진회본(민족문화추진회, 이동환 교감, 1973)이 알려져 있다. 이 활자본, 번역본, 두주를 붙인 영인본 등은 『삼국유사』와 『균여전』의 산문과 한시에 대한 원전비평에서 거의 완벽에 가까운 성과를 이루었다.

이에 비해 『삼국유사』와 『균여전』의 향찰에 대한 원전비평은 좀 늦게 검토되었다. 즉 오구라(小倉進平, 1929)와 양주동(1942)이 향가 25수 전반을 해독하면서, 그 향찰의 원전비평은 본궤도에 접어들었고, 그 후에 많은 해독자들에 의해 지속되고 있다.

그런데 기왕의 연구들이 보여준 향찰의 원전비평을 보면, 그 편차가 너무나 커서, 그 전반을 정리하지 않고서는, 향가를 연구하는 것이 쉽지 않아 보인다. 이에 향찰의 원전비평을 책의 첫 부분에서 검토 정리하고자 한다. 검토 정리한 내용은 누락자(漏落字), 누락문(漏落文), 연자(衍字), 전도자(顚倒字), 전도문(顚倒文), 괴자(壞字), 이체자(異體字, 略字, 俗字), 오자(誤字), 오독자(誤讀字), 기타 등이다.

2. 누락자, 누락문, 연자

글을 옮겨 쓰다가 보면, 빠진 글자[낙자(落字), 누락자(漏落字)]나 빠진 문장[누락문(漏落文)]이 생기기도 하고, 잘못 쓴 글자[연자(衍字) 또는 연문(衍文)]가 들어가기도 한다.

2.1. 누락자와 누락문

향가의 향찰에서 누락자 또는 낙자는 오구라(1929), 신태현(1940), 이탁(1956), 김선기(1967a), 금기창(1993), 강길운(1995), 신재홍(2000) 등에 의해 주장되었다. 이탁이 누락자로 본 곳이 가장 많은데, 혼자만 주장한 누락자들은 각주[1]로 돌리고, 나머지만 정리하면 다음과 같다.

- 成遣賜(尸/ㄹ 첨가)去(〈원왕생가〉)(이탁 1956, 금기창 1993)
- 白反也(隱 첨가)(〈혜성가〉)(김선기 1967a, 신재홍 2000)
- 曉留(隱 첨가)(〈청불주세가〉)(이탁 1956, 신재홍 2000)
- 爲(ㄴ 첨가)事置耶(〈보개회향가〉)(오구라 1929, 신태현 1940, 강길운 1995, 김지오 2012)
- 爲(隱 첨가)事置耶(〈보개회향가〉)(신재홍 2000)
- 爲事('이' 첨가)置耶(〈보개회향가〉)(오구라 1929, 신태현 1940, 김지오 2012)
- 爲事(伊 첨가)置耶(〈보개회향가〉)(강길운 1995, 신재홍 2000)

'成遣賜去'의 '賜'자 다음에 '尸/ㄹ'이 누락된 것으로 보고, '일고술가'(이루일가, 이탁 1956)나 '일고샬가'(이루어지고 있을까, 금기창 1993)로 읽은 경우가 있다. 이는 '이루고는 있으시가'의 의미인 '成遣 賜去'(이루곤 시가, 양희철 2013b; 2015a)의 해독을 이해하지 못했을 때의 해독에

1 이탁(1956) 혼자서 누락자로 본 곳들은 다음과 같다. 執音乎○(ㄹ 첨가)手(〈헌화가〉), 多○(ㄴ 첨가)矣徒良(〈풍요〉), 修叱○(ᄋ 첨가)良(〈풍요〉), 物(肣 첨가)(〈안민가〉), 生(以 첨가)(〈안민가〉), 支(所)音(叱 첨가)(〈안민가〉), 逸烏(隱 첨가)川(〈찬기파랑가〉), 毛冬乎(隱 첨가)丁(〈제망매가〉), 彌陀刹良(中 첨가)(〈제망매가〉), 次肹伊(叱 첨가)遣(〈제망매가〉), 枝良(中 첨가)(〈제망매가〉), 過乎○(ㄴ 첨가)(〈우적가〉), 筆(乙 첨가)留(〈예경제불가〉), 白乎(叱 첨가)等耶(〈청불주세가〉), 宅阿(之 첨가)叱(〈보개회향가〉). 이 누락자들은 본인의 해독에서 앞뒤의 형태소들이 자연스럽게 연결되지 않아 누락자를 상정한 것으로, 누락자보다는 해독 자체에 문제가 있지 않는가를 검토해 보아야 할 것들로 보인다.

불과하다. '遣'의 신라음은 '곤'이며, '賜'는 어간 '시-'의 표기이다.

'白反也' 다음에 '隱'이 빠졌다는 주장(김선기 1967a, 신재홍 2000)이 나오기도 했다. 이 주장에 따르면, '彗星也 白反也(隱)'는 '쉬셩이야 살바란/彗星야 숣ᄫᅳ란'(사뢰란)이라는 것이다. 이 해독들은 개별 향찰을 '白(숣)+反(바/ᄫᅳ)+也(라)+隱(ㄴ)'으로 읽은 것이다. '反'을 '바/ᄫᅳ'로 읽는 것이 매우 어렵다. 특히 '反'이 '산(山)'섭 3등에 속한 한자로 신라음이 '본/분'(양희철 2015a)이라는 점에서 이 누락자설은 성립하지 않는다.

'曉留' 다음에 '隱'이 누락된 것으로 보고, 개별 향찰을 '曉(불)+留(ㄹ)+隱(ᄋᆞᆫ)'으로 읽고 그 의미를 '밝은'(이탁 1956)으로 보거나, 개별 향찰을 '曉(새)+留(로)+隱(ㄴ)'으로 읽고 '새론'으로 종합하고, 그 의미를 '새는'(신재홍 2000)으로 보기도 하였다. '留'는 균여의 향가에서만 나오고, 그 당시의 음이 '루'라는 점에서 '留'를 'ㄹ'이나 '로'로 읽기가 어렵다. 특히 '-ㄹ' 표기에 '-尸, -乙' 등이 쓰인다는 점에서, 그리고 '새론'을 '새는'의 의미로 연결하는 것이 쉽지 않다는 점에서 문제를 보인다. '새벼루'의 표기이다.

'舊留然叱爲事置耶'는 '舊留 然叱 爲事置耶'로 띄워 읽는 가운데 '舊留 然叱 爲 事置耶'로 띄운 해독들이 나왔다. 후자의 해독들은 '爲' 다음에 'ㄴ'(오구라 1929, 신태현 1940, 강길운 1995, 김지오 2012)이나 '隱'(신재홍 2000)이 누락되고, '事' 다음에 '이'(오구라 1929, 신태현 1940, 김지오 2012)나 '伊'(강길운 1995, 신재홍 2000)가 누락되었다고 주장을 했다. 그러나 '事'가 '事/일'로만 쓰이는 것이 아니라, 주체 존대법의 '-事/시-'로도 쓰인다는 점에서, '爲事置耶'는 'ᄒᆞ시도야'(김완진 1980b)나 'ᄒᆞ시두라'(유창균 1994)의 해독이면 충분하다.

누락문을 설정한 경우는 많지 않다. 단지 두 부분에서 논의가 있었다.

'薯童房乙' 다음에 '尋惡只'가 빠졌다는 주장(유창균 1994)이 제기되기도 했다. 그러나 〈무왕〉조의 재구된 판형으로 보아, 그럴 가능성은 희박하다.

〈모죽지랑가〉의 경우에도 제1, 2구 또는 제3, 4구의 누락설이 제기되기도 했으나, 분절과 판형으로 보아 작품 자체에는 누락문이 없는 것으로 판단된다(자세한 설명은 제2부의 '향가 분절의 원전비평' 참조).

2.2. 연자

잘못 들어간 글자[연자(衍字)]는 '陪立羅良'(〈도솔가〉)의 '良'(이탁 1956)과 '-如支'(〈참회업장가〉의 '支'(잘못 덧들어간 글자: 홍기문 1956, 연문자: 신재홍 2000, 잘못 들어간 글자: 류렬 2003)에서 언급되기도 했다. 전자는 '-羅良'이 '-벌라'(김완진 1980b)'의 수정인 '-벌아'로 해독되고, 후자는 '-如支'가 현대어 '-듯, -드시'에 해당하는 '-둗, -ᄃᆞ디'(양희철 2013a)로 읽힌다는 점에서, 각각 잘못 들어간 글자가 아니다.

3. 전도자, 전도문, 괴자

앞뒤가 바뀐 것으로 정리되기도 하는 부분과 괴자로 정리되면서 복원된 것들을 정리하면 다음과 같다.

3.1. 전도자

향찰에는 앞뒤가 뒤바뀐 전도자(顚倒字)가 있다고 주장하기 시작한 것은 홍기문이다. 그 후에 정열모, 신재홍, 황패강 등이 각각 한 곳에서 이 주장에 동의를 하였고, 류렬만이 여러 곳에서 이 주장에 동의하면서 다른 곳에서도 같은 주장을 하였다. 그 양상은 다음과 같다.

- 陪立羅良(→良羅, 〈도솔가〉, 홍기문 1956, 신재홍 2000, 황패강 2001, 류렬 2003)
- 修叱如良(→良如, 〈풍요〉, 홍기문 1956)
- 此也友(→友也, 〈혜성가〉, 홍기문 1956, 류렬 2003)
- 皃史沙叱(→叱沙, 〈원가〉, 류렬 2003)
- 法供沙叱(→叱供沙, 〈광수공양가〉, 류렬 2003)
- 朋知良(→良知, 〈청불주세가〉, 홍기문 1956)
- 逐好友(→友好)伊音叱多(〈상수불학가〉, 홍기문 1956)
- 逐好友伊音(→音伊)叱多(〈상수불학가〉, 류렬 2003)
- 迷火隱(→隱火)乙(〈항순중생가〉, 류렬 2003)
- 菱玉內乎留(→留內乎)叱等也(〈항순중생가〉, 홍기문 1956, 정열모 1965, 류렬 2003)
- 喜賜以留也(→留以)也, 〈항순중생가〉, 류렬 2003)

최근까지의 해독들을 참고하면, 이 전도자(顚倒字)들은 하나도 인정되지 않는다. 이에 어느 한 분만 주장한 전도자들은 일단 제외하고, 두 분 이상이 주장한 전도자들(陪立羅良, 此也友, 菱玉內乎留叱等也)만을 간단하게 변증하려 한다.

'陪立羅良'(〈도솔가〉)의 '羅良'을 '良羅'의 앞뒤가 바뀐 것으로 보기도 하였다. 홍기문은 '羅良'에 대한 오구라의 '러라'와 양주동의 '롸'라는 해독을 비판하면서, 〈안민가〉의 '治良羅'와 〈처용가〉의 '四是良羅'에 근거해 두 글자가 앞뒤로 바뀐 것으로 본 것이다. 이렇게 문제를 제기한 후에, 홍기문은 아무런 설명도 없이 '陪立羅良'를 '모셔라'(모시여라)로 해독하고, 이를 따른 신재홍은 "'-良-'은 앞의 '셔(立)'에 포함된 'ㅓ'를 첨기한 것"으로 파악하였다. 그런데 문제는 '良'이 고려나 조선조의 이두가 아닌 이상 '어'로 읽히지 않으며, 특히 같은 작품의 '唱良'과 '花良'에서 쓰인 '良'이 '어'가 아니라, '아'라는 문제를 가지고 있다. 이 문제는 '(-)羅良'을 '(-)벌라'(김완진 1980b)로 읽은 해독을 '(-)벌아'로 수정하면 풀린다. 이런 점에서 이 전도(顚倒)는 인정되지 않는다.

'此也友'(〈혜성가〉)를 '此友也'의 전도로 보고, '此友也'를 '이버댜'(이벗아)로 읽은 것은 홍기문이다. 이 해독은 '이에 밧갓듸'(오구라)의 해독과 '이 어우 므슴ㅅ'(양주동)의 해독을 비판하고 나온 해독이다. '이에 밧갓듸'와 '이 어우 므슴ㅅ'의 해독에는, '也'를 그 음을 벗어난 '에, 어'로 읽은 문제와, '友'의 훈을 살리지 못한 문제가 있다. 이 문제를 해결하기 위하여, '此也'를 '이야'(김선기 1967a, 서재극 1975 등)로 읽고, '友物'을 '벋믈'(서재극 1975), '밧갇'(강길운 1995), '벗갇'(양희철 1997c) 등으로 읽고 있다. 이런 점에서 이 전도도 인정하기 어렵다.

'萎玉內乎留叱等也'(〈항순중생가〉)의 '內乎留'를 '留內乎'의 전도로 보고, '萎玉留內乎叱等也'를 '(아돌) 이브루누홋다라'(시들지 않고 자라너니라, 홍기문), '(안돌) 시들 놋ᄃᆞ야'(시들지 말을 것을, 정열모), '(안돌) 이부루 누후시다라'(이물지 않으시더라, 류렬) 등으로 읽기도 했다. 이 해독들을 포함한 기왕의 해독들은 많은 문제를 보이고 있다. 이 문제의 해결은 '萎玉內乎留叱等也'의 '內'자가 '納'자의 약자이며, 선어말어미 '-ᄂᆞ/누-'의 표기가 아니라 어간 '들이-'로 보고, '萎玉 內乎留叱等也'를 '(안돌) 이볼록 드료롯ᄃᆞ라'(아니 이울어 들었도다, 신재홍 2000)로 읽은 해독에서 시작되었다. 이 해독이 보인 '萎玉 內乎留叱等也'의 분절을 다시 '萎玉 內乎留 叱等也'로 수정하고, '안돌 이블옥 드리올루 시ᄃᆞ야'(시들어 늘어트리지 않을 것으로 있다야, 양희철 2015a:314~316)로 읽은 해독이 나왔다. 이 해독들로 볼 때에, '內乎留'를 '留內乎'의 전도로 보는 것은 무의미해 보인다.

3.2. 전도문

향가에서 앞뒤가 바뀐 문장[전도문(顚倒文)]들이 있다고 주장한 것은 김준영, 안병희, 서정목, 유창균 등이다. 김준영은 〈찬기파랑가〉의 분절을 정리하면서 앞뒤가 바뀐 전도문을 주장하였으며, 이 주장을 안병희와 서정목이 따르고, 유창균은 이와 다른 전도문을 〈찬기파랑가〉의 분절에서 주장하였다(자세한 설명은 제2부의 '향가 분절의 원전비평' 참조).

3.3. 괴자

향가를 전하는 판본들을 보면, 공백들이 있다. 이 공백들은 분절과 관련된 것들, 판각과정에서 발생한 것들, 목판이 오래되어, 삭거나 망가진 괴자(壞字)의 것들 등으로 나뉜다. 이 중에서 괴자의 것들은 망가진 목판을 복원하지 못하고, 남은 부분만을 그대로 출간한 〈원가〉와 〈우적가〉에서 주로 언급되고, 간혹 〈모죽지랑가〉와 〈맹아득안가〉에서도 언급된다.

'心未○行乎, 持以○支知古如後句'(〈모죽지랑가〉)
'手□叱'(〈맹아득안가〉)
'浪□阿叱, 世理都□之叱, 逸□□'(〈원가〉)
'破□主, □史'(〈우적가〉)

이 중에서, '心未○行乎, 持以○支知古如後句'(〈모죽지랑가〉)에 나온 두 공백은, 괴자로 처리한 경우도 있으나, 판각용 정서본을 쓰면서 오서자를 지워서 생긴 공백으로 판단된다(양희철 2001a).

'手□叱'(〈맹아득안가〉)의 공백은 오구라(1929) 이래, 최근의 강길운(1995)에서까지 무시되기도 한다. 그러나 이 '□' 부분을 괴자로 인식한 것은 지헌영(1947)과 서재극(1975)이다. 이 두 분은 괴자를 복원하지는 않았다. 그 후에 이 괴자는 '隱'(김준영 1979), '良'(김완진 1980b), '中'(금기창 1993), '之'(유창균 1994, 신재홍 2000), '阿'(양희철 1994) 등으로 복원하고 있다.

'浪□阿叱'(〈원가〉)의 공백을 해독 초기에는 없는 것과 같이 붙여 읽다가, 서재극(1975)에 의해서 일단 띄어쓰기로 정리되고, '尸'(김완진 1980b)와 '波'(유창균 1994)로 재구되었다. 이 중에서 전자의 가능성이 많은 것 같다. 왜냐하면 김완진의 경우는 '믈결'의 '-ㄹ'을 첨기한 것으로 본 것이고, 유창균의 경우는 '浪'의 '믈결'을 '波'로 다시 확인한 것이 되는데, 후자보다는 전자의 가능성이 많기 때문이다.

'世理都□之叱'(〈원가〉)의 공백은 해독 초기에는 무시되었다가, 서재극(1975)에 의해 띄어쓰기 공간으로 정리되었다. 다시 그 후에 '隱/焉'(김완진 1980b), '今'(유창균 1994), '外'(양희철 1995c) 등이 재구되었다. '世理 都隱 之叱'(누리 모든 갓)의 경우는 '之'가 '가'로 읽힌 향찰이 없다는 문제를 보인다. '世理都 今之叱'(누리도 이저기잇)의 경우는 '淵之叱'과의 대비를 통하여 재구한 것이다. 해독된 '이저기잇'과 현대역 '이제는'의 연결이 쉽지 않다.

'逸□□'(〈원가〉)의 두 공백은 양주동(1942)이 '盡良'으로 재구한 이래, '川理'(지헌영 1947), '烏隱'(이탁 1956), '西山'(김선기 1967e), '如支'(서재극 1975, 황패강 2001), '月矣/月衣'(김완진 1980b), '行多'(권재선 1983; 1988), '夕陽'(금기창 1993), '于良'(유창균 1994), '烏支'(강길운 1995), '隱時'(양희철 1997c) 등으로 다양하게 재구되고 있다. 각자가 제시한 문맥에서 재구된 것들이므로 어느 것이 옳은가의 판단은 그렇게 쉽지 않다.

'破□主'(〈우적가〉)의 공백은 해독 초기부터 괴자로 처리되어, '戒'로의 재구가 주종(양주동 1942 ··· 유창균 1994, 강길운 1995)을 이루는 가운데, '衣'(지헌영 1947), '家'(김완진 1980b), '闇'(금기창 1993), '邪'(양희철 1993), '隱'(신재홍 2000) 등이 재구되고 있다. '破戒主'의 경우는 도적을 골계적으로 표현한 것이라고 하나, 골계적이지 않다. 특히 '외온 파계주'라 할 때에, 골계적이기보다는 직선적인 비난의 서술이다. '破家主'의 경우는 '破家'에 滅門의 의미가 있어 문맥에 맞지 않는다. '破闇主'의 경우는 '破闇'이 '어두움을 파한'이 되어 문맥이 통하지 않는다. '破隱主'(허른/후린 님)는 '破(隱)'를 '헐(은)(傷, 害)' 또는 '후리(ㄴ)(刦, 掠)'로 읽은 것이다. 이 자체에서 보면, 우선 '헐은'은 어려워 보인다. '헐은/후린'은 그 시제에서 '해치는/후리는'(현대역)의 의미가 되지 않는다. '-은/-ㄴ'은 과거나 현재 완료이고, '-는'은 현재라는 시제의 차이점을 가진다. 이 시제는 별것이 아닌 것 같아도, 작품 해석에서 매우 중요하다. 관련설화에서 보면, "將加害 才臨刀無懼色"이다. 이로 보면, 작품의 시제는 미래나 현재로 되어야 한다. 그래서 현대역에서는 현재로 하였는지 모른다. 그러나 향찰에서 해독한 것(헐은, 후린)에서는 과거나 현재 완료만을 파악할 수 있지, 현재나 미래는 발견할 수 없다. 이 점은 좀더 검토해 보아야 할 것 같다.

이런 해독을 하게 된 동기는 바로 앞의 '但非乎隱焉'의 해독에 있다. '隱'이 어느 경우라도 음독되기 때문에 '但 非乎 隱焉'으로 끊을 수 없다고 주장하고, '隱'을 동명사형어미로, '焉'을 주제격으로 파악한 김완진의 해독을 따른 결과이다. '隱'은 〈찬기파랑가〉 〈안민가〉 등에서 뜻으로 읽히고, 도적들이 산에 숨었다는 사실에서, '隱'을 뜻으로 읽을 수 없다는 전제를 재검토한 다음에 '破□主'의 공백에 '隱'을 재구할 수 있는지를 다시 한번 검토해 보아야 할 것 같다.

골계성을 가장 잘 보여준 것이 '破邪主'가 아닌가 생각한다. '破戒主'를 '破邪主'라고 할 때에 골계성이 잘 드러난다. 이 '破邪'를 삼론종의 용어로 한정할 필요는 없다.

'□史'(〈우적가〉)의 공백은 일찍부터 괴자로 처리되어, 여러 글자들이 재구되고 있다. '皃'(양주동 1942), '至/到'(지헌영 1947), '有'(서재극 1975), '伊'(김준영 1979, 김선기 1993), '乎/烏'(김완진 1980b), '无/亡'(신재홍 2000) 등이다. 이 부분은 바로 이어지는 '內於都'의 해독과 밀접한 관계에 있다. 이 향찰을 '드리어도'로 읽을 때에, '覆/再'(양희철 1997c)를 재구할 수 있다.

4. 이체자, 오자, 오독자, 기타

이 장에서는 이체자(異體字: 略字, 俗字), 오자, 오독자, 기타 등이 운위되는 향찰들을 정리하고자 한다.

4.1. 약자

약자(略字)로 '礼(=禮), 仏(=佛), 灯(=燈), 尽(=盡), 体(=體), 皃(=貌), 巴(=把), 內(=納), 尔(=弥, 彌)' 등이 정리되어 왔다. 이 약자들은 오구라, 양희철, 신재홍 등에 의해 정리되었고, 그 후에 다소 이론이 있기도 하지만, 거의 그대로 인정되고 있다.

앞의 정리 중에서, '礼(=禮), 仏(=佛), 灯(=燈), 尽(=盡), 体(=體), 皃(=貌)' 등은 괄호 안의 약자로 오구라(1929)가 정리한 이래, 별다른 이의 없이, 많은 연구자들이 따르고 있다.

'巴'가 '把'의 약자라는 지적은 '巴寶'(〈도솔가〉)를 정리하면서 나온 것이다. 그 근거는 『碧巖集』의 '巴鼻'나 '巴臂'가 모두 '把鼻'나 '把臂'라는 점에 있다(양희철 1997c:255. 자세한 설명은 제1부의 '중요 문제 향찰의 해독 변증' 참조).

향찰 '內' 중에서 7개가 '納'의 약자라는 사실은 신재홍(2000)에서 밝혀졌다. 즉 '毛乎攴 內良'(모호기 드려, 〈맹아득안가〉), '白屋尸置 內乎多'(솔볼두 드료다, 〈맹아득안가〉), '賜以古只 內乎叱等邪'('주이고'ㄱ 드룟ᄃᆞ라, 〈맹아득안가〉), '次弗 □(:无/亡 보충)史 內於都'(ᄌᆞ비 업시 드려도, 〈우적가〉), '好尸曰沙也內乎吞尼'(됴흘 이사야 드료ᄃᆞ니, 〈우적가〉), '拜內乎身萬隱'(절 드론 모믄, 〈예경제불가〉), '不冬 萎玉 內乎留叱等耶'(안돌 이보록 드료롯ᄃᆞ라, 〈항순중생가〉) 등의 '內'를 '納'의 약자로 보고 '드리-'로 읽었다. 이 신재홍의 해독 자체로는 문맥과 현대어역에서 동의하기 힘든 것들이 있으나, 해독과 문맥을 일부 수정하면서 보면(양희철 2001c; 2008), 이 7개의 '內'는 '納'의 약자로 정리된다.

그리고 이 '納'의 약자 '內'은 향찰 '內'자 중에서 '닉/내'가 아닌 선어말어미 'ᄂᆞ/나'로 해독되는 향찰들도 '納'의 약자로 정리해야 함을 말해준다. 즉 '去內如(가ᄂᆞ다), 去內尼叱古(가ᄂᆞ닛고), 於內(어ᄂᆞ)' 등의 '內/ᄂᆞ'도 한자 '納'의 약자인 '內'자의 음인 'ᄂᆞᆸ'에서 종성을 생략한 'ᄂᆞ'의 표기로 정리된다(자세한 설명은 제1부 '중요 문제 향찰의 해독 변증' 참조).

'尔/尒'(금)이 '弥, 㳽, 猕' 등의 약자라는 사실은 '嗚良尔'(〈청불주세가〉)를 정리하면서 나왔다. 이 '尔/尒'는 '爾'의 약자, 속자(오구라 1929, 양주동 1942), '旀'의 반자 '尔(며)'의 오자(홍기문 1956, 김선기 1993), '旀'의 오기나 약자(김준영 1979), '弥'의 약자(남풍현 1981a, 1986b, 2000), '今'의 속서(俗書, 양주동 1965), '錦'의 편방 '帛'의 초서 또는 '今'의 초서(김완진 1980b, 1985b), '弥, 㳽, 猕' 등의 약자(양희철 2015a) 등으로 해석되어 왔다. 이 중에서 맨 마지막의 주장으로 정리하는 것이 바람직해 보인다. 조선조 중후기의 이두집들에는 '旀/旀'들과 '尔/尒'들을

'금'으로 읽은 예들이 나온다. 이에 근거하여 '尔/尒'을 '彌'의 속자 '弥'의 약자로 보기도 했다. 이 경우에 '彌'에는 '그치다'(終)의 의미는 있어도, '금다'(斷, 絶)의 의미가 없다는 점에서, 다르게 해석하였다. 즉 '彌>弥/弥>旀/旀'의 변화 과정에 끼어들 수 있는 글자로, '금다'의 의미를 가진 '殄'의 속자 '⿰歹尔, ⿰歹尒, ⿰歹尓' 등을 설정하였다. 그리고 '彌'의 '弓'변과 '方'변, '歹'변 등은 (반)초서로 쓸 때에 그 모양이 비슷하다는 점에서, '⿰歹尔, ⿰歹尒, ⿰歹尓' 등을 '旀, 旀' 등으로 잘못 옮겨 쓴 것이, 조선조 중후기의 이두집들에 나온 '旀/旀'(금)들이라고 보고, 이 '⿰歹尔, ⿰歹尒, ⿰歹尓' 등의 약자가 '尔/尒/尓'(금)들이라고 보았다. 이 '尔/尒/尓'(금)들은 '⿰歹尔, ⿰歹尒, ⿰歹尓' 등을 오서한 '旀, 旀' 등의 약자로 해석할 수도 있다.

4.2. 속자

속자 또는 이체자로 운위되는 것들에 '苐(=第)', '㓛(=功)', '圵(=北)', '过(=邊)', '夘(=卯)' 등이 있다. 이 중에서 한두 글자만 이의 없이 속자로 인정되고, 나머지는 구체적인 설명이 있어야 속자로 그 이해가 가능하다. 이런 사실을 차례로 보자.

1) '苐'(>第) : '苐'(〈원가〉)는 오구라(1929)가 '第'의 속자로 정리한 이래 이의가 없다.

2) '㓛'(>功): '㓛'(〈풍요〉, 〈칭찬여래가〉)은 오구라(1929)가 '功'의 속자로 정리한 이래 이의가 없다. 그런데 이 글자들이 속자가 되는 이유를 검토하는 것은 필요하다. 아래의 영인에서 보는 바와 같이 '功'을 모두 '㓛'으로 판각하고 있다.

㓛德	㓛德	① 〈풍요〉 ② 〈칭찬여래가〉
①	②	

이렇게 판각에서 '力'을 '刀'로 새기고 있다는 점에서, 즉 획의 일부를 깎고 있다는 점에서 이 글자는 오자가 아니라, 판각적 속자로 판단된다.

3) '圵'(〉北) : '圵'은 2)의 '㓛'자와 반대로 획의 일부를 늘린 판각적 속자이다. 이 판각적 속자는 '友物圵'(〈혜성가〉)의 '圵'자를 해석하는 데에 도움을 준다. 이 '圵'자는 '北'(오구라 1929, 서재극 1975, 양희철 1995a; 1997c, 최남희 1996), '叱'(양주동 1942, 신재홍 2000, 등), '甚'(김완진 1980b), '化'(김선기 1993), '以'(유창균 1994), '牧'(강길운 1995) 등의 오자로 처리되기도 했다. 양주동의 경우는 '此也友物北'을 '此也友物北'로 끊고 '此也友'를 '이어우'로 읽었다. 그 다음에 '物北所音'을 읽을 수 없다는 점에서 '北'을 '叱'로 바꾼 것이다. 그러나 '此也 友物北'으로 끊으면 문제가 되지 않는다. 신재홍의 경우는 '友物北 所音叱'를 '犮物叱 所音叱'로 수정하고, '덜갓ㅅ 바--ㅅ'로 읽고 있다. '友'와 '北을 '犮'과 '叱'로 수정하는 것도 문제이지만, 이를 인정해도 의존명사 '바' 앞에는 '-ㄹ, -ㄴ'의 관형사형만 나오지 '-ㅅ'이 나오지 않으며, '音'이 장음표기라는 주장에도 설득력이 없어 보인다. '甚'(=怎)은 이 구문이 의문형이라는 점에서 의문사의 필요성과 초서의 가능성에서 설정된 오자이다. 의문문에 반드시 의문사가 와야 한다는 필연성은 없으며, 초서의 가능성도 희박해 보인다. '以'의 경우도 '北'의 자형(字形) 근사(近似)를 수정의 근거로 제시하는데, 자형의 근사를 논하기가 어려워 보인다. '牧'(또는 '无')으로 본 경우는 의문사의 필요성에 맞춘 것으로 이 글자들이 '北'으로

바뀔 가능성조차 언급하지 않고 있다.

이렇게 볼 때에, 의문사의 필요성에 집착하거나 자신의 다른 문맥에 맞추지 말고, '北'으로 보는 것이 바람직해 보인다. 특히 양희철(1997c: 410~411)이 그 근거로 제시한 '比'자의 예들이 모두 '北'자를 판각한 것들이라는 점에서 판각적 속자로 보인다. '比'자의 예들은 다음과 같다. (영인은 다섯만 제시한다.)

比帶方(〈낙랑국〉조, 〈북대방〉조, 〈말갈 발해〉조)
比境(〈말갈 발해〉조)
長成比(〈말갈 발해〉조)
比扶餘(〈북부여〉조)
樂浪之比也(〈변한 백제〉조)
比宅(〈진한〉조)
比山也(〈신라시조 혁거세왕〉조)
東比村(〈신라시조 혁거세왕〉조)

友物北	北帶方	北境	長城北	北扶餘	浪之北
①	②	③	④	⑤	⑥

① 〈혜성가〉, ② 〈북대방〉조, ③④ 〈말갈 발해〉조, ⑤ 〈북부여〉조, ⑥ 〈변한 백제〉조

4) '过'(〉邊) : '过'자를 '邊'자의 생문(省文, '약자'의 의미로 보임, 아유가이) 내지 속자(오구라, 양주동)로 보고 있다. 그런데 오구라가 '过'자를 '邊'자의 속자가 되는 이유를 설명하지 않았기 때문에, 양주동은 邊〉辺〉过

의 발달 과정을 설명하기도 하고, 서재극, 홍재휴, 유창균 등은 중국 한자와 같이 '過'의 속자로 보기도 하였다. 그리고 이 설명들이 명확하지 않아, 양희철(1997c:311~315)은 『삼국유사』에서 '邊'자가 '过'자로 판각된 예들과, '邊'의 '方'이 '口, 才, 寸' 등으로 나타나는 예들을 검토하여, '过'자가 '過'자의 속자가 아니라, '邊'자의 판각적 속자라고 정리하였다. '邊'자가 '过'자로 판각된 예들은 다음과 같다.(영인은 다섯만 제시한다.)

'海邊'(〈만파식적〉조),
'汀邊'(〈처용랑 망해사〉조),
'河邊'(〈남부여 전백제 북부여〉조),
'井邊'(〈영취사〉조),
'邊境'(〈물계자〉조),
'麻壹邊'(〈정도사오층석탑조성형지기〉)

过希	海过	汀过	河过	井过	过境
①	②	③	④	⑤	⑥
① 〈헌화가〉의 邊希, ② 海邊, ③ 汀邊, ④ 河邊, ⑤ 井邊, ⑥ 邊境.					

그리고 '邊'의 '方'이 '寸'으로 판각된 예는 다음과 같다.(영인은 다섯만 제시한다.)

'見井邊臼'(〈삼소관음 중생사〉조),
'此海邊崛內, 石橋邊'(〈낙산이대성 관음 정취 조신〉조),
'白江邊'(〈어산불영〉조), '攸反邊散也'(〈남월산〉조)

'西川邊號虎願寺'(〈김현감호〉조),

邊也藪耶(〈융천사혜성가 진평왕대〉조)

井邊	海邊	橋邊	江邊	反邊
①	②	③	④	⑤
① '見井邊曰'의 '井邊', ② '此海邊崛内'의 '海邊', ③ '石橋邊'의 '橋邊', ④ '白江邊'의 '江邊', ⑤ '攸反邊散也'의 '反邊'				

5) '夘'(◇卯) : '夘'(〈서동요〉)는 '卯, 夘, 宛' 등으로 다양하게 판독되다가 최근에는 '卯'의 속자로 정리되었다(자세한 설명은 제1부 '중요 문제 향찰의 해독 변증' 참조).

4.3. 오자

향찰 중에서 오자나 오각자로 운위된 것은 대단히 많다. 이 중에서 오자나 오각이 인정되는 것은 이 절에서 정리하고, 오자나 오각은 물론 이체자로 언급되었으나 오독으로 판단되는 오독자는 다음 절에서 정리하고자 한다. 향찰의 순서는 'ㄱ, ㄴ, ㄷ …'의 순이다.

1) '反'(◇及) : '烏乙反隱'(〈청전법륜가〉)은 그 해독에서 의견이 상당히 엇갈리었다. 이 문제를 해결하고자, '反'을 '乃'의 오자(김완진 1980b)나 '及'의 오자(양희철 2015a)로 보는 주장이 나왔다. 전자에서는 '反'을 '乃'로 수정하고, 이 '乃(ㄴ)'로 '烏乙乃隱/오올ᄂᆞᆫ(온전해지는)'의 'ㄴ'을 표기하였다고 보았다. '乃(ㄴ)'로 'ㄴ'을 표기했다고 보기도 쉽지 않고, 해독과

현대역의 연결도 용이하지 않다. 후자는 '反'을 '及'으로 수정하고, 이 '及(믿)'으로 '烏乙 及隱/검을 믿은'(검게 아주 잘 익을 직전은)의 '믿'을 표기하였다고 보았다. 이 수정은 해독과 문맥에 문제가 없으며, '及'이 '反'으로 오서되거나 오각된 예가 『삼국유사』 〈대산오만진신(臺山五萬眞身)〉조의 '圓像無量壽反(◇及)白地畵無量壽'에서도 발견된다는 점에서 설득력을 갖는다.

2) '放'(◇於) : '放冬矣'(〈맹아득안가〉)의 '放'은 정열모(1965)가 '於'의 오자설을 주장한 이래 많은 해독자들(김선기 1968c, 김완진 1980b, 유창균 1994 등)이 따르고 있다. '放'으로 보는 한, 그 뜻이 통하지 않지만, '於'로 수정하여 읽으면, 그 뜻이 잘 통한다. 이 '放'은 글자의 유사에 기인한 오자로 보인다.

3) '攴'(◇支) : '汝於多攴'(〈원가〉), '(以攴)如攴'(〈원가〉), '隱安攴'(〈찬기파랑가〉) 등의 세 '攴'을 '支'의 오자로 본 경우는 적지 않다. 17회 나온 '攴'을 모두 '支'의 속자(오구라 1929, 양주동 1942 등), 오자(유창균 1994), 오각(황패강 1996, 신재홍 2000), 이체자(박재민 2009b; 2013a) 등으로 본 경우에는 물론 이 세 '攴'을 '支'로 보았다. 그리고 '攴'과 '支'를 별개의 향찰로 본 경우에도, 이 세 '攴' 중에서 둘을 '支'의 오자(양희철 2013a)로 보았다. 이는 구결에서 '-如攴'는 대개가 '-ᄃᆞᆫ'으로 읽히지만, '-ᄃᆞᆮ, -ᄃᆞ디'로만 읽어야 하는 것들이 발견되면서, 이를 향찰에서 확인한 결과이다. 이는 '-如支'를 '-듯'의 의미를 의식하고 읽기 어려운 'ᄃᆞᆺ'으로 읽거나, 'ᄃᆞ기'로 읽고 그 연결이 어려운 '-듯'의 의미로 본 기왕의 해독들이 가지고 있는 문제를 해결한 연구이다. 이런 점에서 '汝於多攴'과 '(以攴)如攴'의 두 '攴'은 '支'의 오자로 정리한다. '隱安攴/숨안 디'(〈찬기파랑가〉)는 제7부에 수록한 논문 [풍격의 '의'와 〈찬기파랑가〉의 '기의심고']에서 '支'의 오자로 보았다.

4) '色'(〉々巴, 〃巴) : '毛叱色只'(〈광수공양가〉)의 '色'은 '巴'로 수정하여 '두로, 도로, ᄃᆞ로' 등으로 읽은 해독(오구라 1929, 양주동 1942 등), '所'로 수정하여 '바, 소, 곧' 등으로 읽은 해독(홍기문 1956, 정열모 1965 등), '色' 그대로 음 '식'으로 읽은 해독(김지오 2012) 등으로 읽혀 왔다. 그러나 수정의 논리가 설득력이 약하거나, 해독의 결과가 시원하지 못하다. 이에 '色'을 '々巴'나 '〃巴'의 오자로 본 해독이 나왔다. 이는 '毛叱毛叱巴只'에서 '毛叱'의 반복 부분을 부호 '々'나 '〃'로 써서 '毛叱々巴只'나 '毛叱〃巴只'으로 쓴 것을 종서(縱書)하면서 '毛叱色只'으로 잘못 쓴 것으로 본 것이다. '毛叱々巴只'은 '못못 두룩'으로 읽히며, 그 뜻은 '끝끝내/끝끝까지 두루'이다(양희철 2015a).

5) '所'(〉巴) : '毛叱 所只'(〈예경제불가〉, 〈수희공덕가〉)의 '所'는 훈으로 읽은 '곧, 바', 음으로 읽은 '소', '所以'나 '所留'의 생략표기로 보고 읽은 'ᄃᆞ로, 도로, 다로' 등으로 읽혀 오는 가운데, '巴'의 오자설이 나왔다. 이는 음차자 '巴/바'와 훈독자 '所/바'가 이자동음(異字同音)의 관계에서, '巴'를 의식한 발음 '바'를 '巴/바'로 적지 않고, '所/바'로 적은 오자로 정리한 것이다(양희철 2015a). 이에 따르면, '毛叱 (所只〉)巴只'의 개별향찰은 '모(毛)+ㅅ(叱) 두로(巴)+ㄱ(只)'으로 읽히고, 전체는 '못 두록'으로 종합되며, 그 의미는 '끝까지 두루'가 된다. '못'이 '끝까지'의 의미가 되는 예는 '못내'(끝까지 내내)에서 찾을 수 있다.

6) '尸'(〉賜) : '爲尸如'(〈항순중생가〉)의 '尸'는 거의가 'ㄹ'로 읽어왔다. 그러나 이 해독들은 주체 존대법을 필요로 하는 "佛體 爲尸如 敬叱好叱等耶"의 문맥에 맞지 않아, '尸'를 '賜'의 오자로 본 해독이 나왔다. 이는 '賜/시'를 '尸/시'로 잘못 쓴 오자로 본 것(양희철 2015a)이다. 오자로 볼 수도 있고, '尸'를 구결에서와 같이 주체 존대법 '-시-'의 표기로 볼 수도 있다.

7) '鳴'(〉嗚) : '寶非鳴良爾'(〈청불주세가〉)의 '鳴'는 양주동(1942)이 '鳴'를 주장한 이래 많은 해독자들에 의해 지지를 받기도 했다(지헌영 1947, 정열모 1947, 김준영 1964; 1979, 김상억 1974, 전규태 1976). 그러나 오구라(1929)가 '嗚'으로 수정한 이래 많은 해독자들에 의해 지속적으로 지지를 받고 있다(홍기문 1956, 이탁 1956, 정열모 1965, 김선기 1975a, 김완진 1980b, 양희철 1988, 유창균 1994, 강길운 1995, 지형률 1996, 신재홍 2000, 황패강 2001, 박재민 2002a, 류렬 2003, 김지오 2012). 이런 점에서, '鳴'는 '嗚'의 오자로 정리된다.

8) '王'(〉毛) : '間王冬留'(〈칭찬여래가〉)의 '王'은 신재홍(2000:332~333)이 '毛'의 오자로 정리하고, '間 毛冬留'를 'ᄉᆞᅀᅵ 모다로'로 읽은 이래, 'ᄉᆞᅀᅵ 모돌루'(김지오 2012)와 '間 모돌로'(박재민 2013b)가 나왔다. 월정사 판본으로 보아, '王'은 '毛'의 마모자인 오자로 보인다.

9) '右'(〉古) : '知右如'(〈안민가〉)의 '右'는 유창선(1936a)에 의해 '우'로 읽히기도 했으나, '古'의 오자로 처리(오구라 1929)된 이래 거의 이의가 없다.

10) '支'(〉攴) : '墮支行齊'(〈모죽지랑가〉), '臣多支'(〈안민가〉), '卜以支 乃遣只'(〈참회업장가〉) 등의 '支'는 '攴'로 오자로 처리된다. 김완진(1980b)은 지정문자의 입장에서 후자의 '支'를 '攴'으로 수정하였고, 양희철(1997c, 2001; 2008)은 세 '支'를 모두 'ㅂ'의 표기로 보아 '攴'의 오자로 정리하였다. 지정문자설에 문제가 있어 '攴/ㅂ'의 근거만을 보자. '君如臣多支 民隱如(君답 臣답 民隱답)'에서 '多支'가 '如'에 대응한다는 점에서 '-답게'의 고형인 '-답'의 표기인 '多攴'으로 수정한 것이고, '墮支 行齊'와 '卜以支 乃遣只'는 '등지어 가져'와 '디니어 내곡'의 의미인 '딥 니져'(양희철 1997c)와 '디닙 내곡'(양희철 2015a:378~380)에 맞게 '墮攴 行齊'와 '卜以攴 乃遣只'으로 수정한 것이다.

4.4. 오독자

이 절에서는 이체자, 오자, 오각자 등이 논의되기도 하였으나, 오독으로 정리되는 오독자를 정리하고자 한다. 상당히 분량이 많아 두 분 이상이 언급한 것들만 설명하고, 나머지는 제시된 내용만 간단하게 제시한다. 순서는 'ㄱ, ㄴ, ㄷ …'의 순이다.

1) '間'(〉西, 醫?) : '間王冬留'(〈칭찬여래가〉의 '間'을 '西'의 희사(戱寫, 양주동 1942)와 '醫'의 오자(김완진 1980b)로 보기도 하였다. 희사는 이해가 가지 않는 설명이고, '醫王'은 번역시에 나오지만, '間'과 '醫'가 초서에서 유사하다고 보기 힘들다. 게다가 최근에 '間王冬留'가 '間毛冬留'로 수정되었다는 점에서, 이 '間'은 '西'나 '醫'의 오자가 아니다.

2) '去'(〉立?) : '成遣賜去'(〈원왕생가〉)의 '去'를 '立'의 오자로 처리한 경우(정열모 1965, 김선기 1968b, 서재극 1975, 이종철 1987, 유창균 1994, 박재민 2009b)도 있다. 정열모는 이렇게 고쳐야 3장이 모두 '-遣賜立'로 끝난다는 점을 들고, 김선기는 오자로 처리하고, 유창균은 세 가지 문제를 들고 있다. 첫째 의문형은 반드시 의문부사를 앞에 가진다는 점을, 둘째 '가'라면 시제의 선어말어미가 앞서 '-賜尸去', '-賜理去'와 같은 표기가 되어야 한다는 점을, '-遣賜立'와 '-遣賜去'가 모두 4, 8, 10구의 행말에 온다는 점을 들고 있다. 의문형은 의문부사를 수반하는 경우도 있고, 그렇지 않은 경우도 있다는 점에서, 첫째 문제는 문제가 되지 않는다. 둘째 문제를 해결하기 위하여 '-尸-'가 생략된 것으로 처리하는 경우도 있다. 그러나 절대시제로 나타날 소지를 생각해 보아야 할 것 같다. 〈풍요〉의 '來如'와 〈원왕생가〉의 '慕人'에서 살필 수 있듯이, 절대시제는 어느 한 때만이 아니라 다른 때도 포함할 때에 쓰는 방법이다. '來如'는 과거 현재 미래를 모두 포함하고, '慕人'은 '그리는' 현재와 '그릴' 미래를 포함한다. 이런 점에서, 시제의 선어말어미가 없다고 문제를 제기할 필요

는 없다고 생각한다. 셋째 문제는 시가의 동일한 어미의 반복형을 생각해 본 것이지, 이 생각에 맞추어 원전을 반드시 수정할 당위성을 가진 것은 아니라고 생각한다. 또한 '去'와 '立'이 유사해서 자칫 잘못 인식할 수도 있다고 하지만, 쉽게 글자의 유사를 말할 만큼 글자의 유사를 발견하기는 어렵다. 그리고 '成遣 賜去'의 '-遣'은 '-곤'으로 '賜-'는 '시-'로 읽고 있다(양희철 2015a). 이런 점들에서 이 오자설 역시 부정적이다.

3) '過'(〉遏?) : '過乎'(〈우적가〉, 김완진 1980b)

4) '根'(〉恨?) : '根古'(〈맹아득안가〉, 유창균 1994)

5) '巴'(〉己?) : '巴寶'(〈도솔가〉, 김선기 1993)

6) '乃'(〉久?) : '乃乎'(〈찬기파랑가〉, 김완진 1980b)

7) '達'(〉迭?) : '毛達'(〈우적가〉, 유창균 1994)

8) '大'(〉火, 六?) : '窟理叱大肹'(〈안민가〉)의 '大'를 '火'(신재홍 2000)나 '六'(박재민 2009b)의 오자로 보기도 했다. 전자는 大種刀耕의 大를 火의 오자로 본 최남선과 같은 처리인데, 이 교정이 잘못된 것임은 이미 밝혀져 있다. '大種'은 불교에서 매우 중요한 용어이다(양희철 1997c). 그리고 '六'으로 본 경우에는 그 의미를 '六趣'로 보았는데, '六'이 '六趣'가 되는 이유를 설명하기 어렵다.

9) '刀'(〉刃, 力, 尸?) : '至刀來去'(〈수희공덕가〉)의 '刀'는 '刃, 力, 尸' 등의 오자로 보는 경우도 있다. 이를 차례로 보자. '刀'를 '刃'의 오자로 보고, '至刃來去'를 '니ᄅᆞᆯ오가'(이르러 올까, 김완진 1980b)로 읽기도 했다. '刃/ᄂᆞᆯ'로 'ᄅᆞᆯ'을 표기했다고 본 것인데, 그 'ᄅᆞᆯ'을 'ᄂᆞᆯ'로 표기했다고 보기 어렵고, 해독 '니ᄅᆞᆯ오가'를 현대역 '이르러 올까'로 이해하는 것도 쉽지 않다. '刀'를 '力'의 오자로 보고, '至力來去'를 '니르올가'(일으키겠는가, 결코 일으키지 않는다, 강길운 1995)로 읽기도 했다. '力'의 음을 '륵'(『동국정음』)으로 보고, 이 '륵'에서 '르'를 취한 향찰로 보았다. '力'

의 음이 '륵'이란 사실을 확정하는 것이 어렵다. '刀'를 '尸'의 오각으로 보고 '來' 다음에 '尸'를 첨가하여 '至尸來(尸)去'를 '니르올가'(이르러 올가, 신재홍 2000)로 읽은 경우도 있다. '至尸-'의 '尸/ㄹ'을 어떻게 처리한 것인지가 명확하지 않다.

이렇게 문제를 보이는 '至刀來去'의 해독은 정열모(1965)의 해독을 보면, 최소한 '刀'는 오자나 오각은 아닌 것 같다. 정열모는 세 가지 가능성을 제시하였다. 먼저 '이를도 올가'(생길 수 있다)로 읽어 '刀'를 강조사 '-도'로 보았다. 그리고 『釋名』의 '刀到也'를 인용하여 '至刀'가 '至/이르'에 '刀/이르'를 더한 강조의 가능성도 언급하였다. 마지막으로 '到'를 '至刀'로 破字한 해학적 표현으로 보았다. 이 세 가능성이 있어, 최소한 '刀'는 오자나 오각은 아닌 것 같다.

10) '朗'(〉郎?) : '朗也'(〈우적가〉)의 '朗'은 '郎'의 오자로 보는 경우가 상당히 많다(김준영 1964, 김선기 1969c, 전규태 1976, 김완진 1980b, 정창일 1987a, 황패강 1994, 강길운 1995, 최남희 1996, 신재홍 2000, 박재민 2009b). 자형의 유사와 동음의 글자라는 점에서, 오자일 가능성을 충분히 보인다. 그러나 오자가 아닌 '朗'으로 보아도 문맥이 통하는 이중의 의미도 가능하다(양희철 1997c)는 점에서, 그리고 '郎'을 그 성격인 '朗'으로 표현한 환유법으로도 읽을 수 있다는 점에서, 쉽게 오자로 처리하는 데는 문제가 있어 보인다.

11) '留'(〉畓?) : '曉留'(〈청불주세가〉, 김완진 1980b), '毛冬留'(〈총결무진가〉, 김완진 1980b)

12) '馬'(〉焉?) : '執音馬'(〈광수공양가〉, 김선기 1993)

13) '毛'(〉矣?) : '于音毛'(〈총결무진가〉, 강길운 1995)

14) '未'(〉末?) : '心未'(〈예경제불가〉, 정열모 1965)

15) '米'(〉未?) : '心米'(〈우적가〉, 유창균 1994)

16) '反'(〉乃?) : '彼仍反隱'(〈청전법륜가〉, 김완진 1980b), '烏乙反隱'(〈청전법륜가〉, 김완진 1980b)

17) '白'(〉內?) : '巴寶白乎隱'(〈도솔가〉, 신태현 1940)

18) '法'(〉佛?) : '法供沙叱'(〈광수공양가〉, 김완진 1980b)

19) '攴'(〉支?) : 17회 나온 '攴'을 모두 '支'의 속자(오구라 1929, 양주동 1942 등), 오자(유창균 1994), 오각(황패강 1996, 신재홍 2000), 이체자(박재민 2009b; 2013a) 등으로 본 경우에 '攴'을 모두 '支'로 보았다. 강길운(1995)은 이것들 중에서 '持以攴'(〈찬기파랑가〉)의 '攴'만은 '支'로 보았다. 17회 나온 '攴'들 중에서 '汝於多攴'(〈원가〉), '(以攴)如攴'(〈원가〉), '隱安攴'(〈찬기파랑가〉) 등의 세 '攴'만이 '支'의 오자로 인정되고, 나머지의 '攴'들은 '支'의 속자도, 오자도, 오각자도, 이체자도 아니며, '支'와는 다른 별개의 향찰이다(자세한 설명은 제1부 '중요 문제 향찰의 해독 변증' 참조).

20) '烽'(〉燧?) : '烽燒邪隱'(〈혜성가〉)의 '烽'을 '燧'로 바꾼 경우(양주동 1942, 이탁 1956 등)도 있다. 그러나 이 노래의 상황이 밤이라는 점에서, 밤에 올리는 '烽'이 틀린 것이 아니다.

21) '北'(〉叱?) : '友物北'(〈혜성가〉)의 '北'을 '叱'의 오자(양주동 1942, 신재홍 2000, 박재민 2009b 등)로 본 경우도 적지 않다. 그러나 '뒤, 디'의 훈으로 읽어야 할 것 같다.

22) '弗'(〉物?) : '次弗'(〈우적가〉, 김완진 1980b)

23) '闒'(〉醫?) : '知良闒尸也'(〈청불주세가〉, 김완진 1980b)

24) '潽'(〉善?) : '潽陵隱'(〈우적가〉, 오구라 1929, 양주동 1942 등). '潽陵'(〈우적가〉)의 '潽' 역시 그 원전비평이 구구하다. 구체적인 설명 없이 '潽陵'을 '善業'(同字, 오구라 1929)으로 보면서, 또는 '潽'을 '善'의 희서(戱書, 양주동 1929)로 보면서, 동자 또는 이체자로 보기도 하고,

'믈ᄅᆞᆫ'(善業은, 김완진 1980b), '渲陵은'(믈드르, 낯선 큰 언덕에, 양희철 1997c), '아ᄉᆞ란/아ᄉᆞᄅᆞᆫ'(아스라한, 신재홍 2000) 등에서와 같이, '淸, 渲, 洋' 등의 오자나 오각으로 보기도 하였다.

그리고 최근에 '澔'이 쓰인 용례들이 보고되었다. '澔'은 〈우적가〉 외에, 『소고선생문집(嘯皐先生文集)』에 수록된 〈증통훈대부통례봉직랑홍주판관박공묘갈(贈通訓大夫通禮奉直郎洪州判官朴公墓碣)〉의 '祖 郎將 澔'과 『번암선생문집(樊巖先生文集)』에 수록된 〈열녀숙인조씨묘지명(烈女淑人趙氏墓誌銘)〉의 '李鏞鄭澔'에서도 나오고(박재민 2009b; 2013a), 『만가보』(10책 65쪽)의 유탁(柳濯)의 아들 유선(柳澔)과 『승정원일기』(1792년(정조 16년) 음4월 27일 상소)의 "… 幼學柳浹·柳漪·柳溱·柳澔·柳澿 …"의 유선(柳澔)에서도 나온다.

이렇게 '澔'의 원전비평은 매우 복잡하다. 그러나 양주동의 정리에서 주목할 것이 하나 있다. 바로 희서(戲書)의 의미를 단순한 동자나 이체자의 차원을 넘어서, 문체 내지 수사적인 차원에서 검토하는 것이다. 이런 검토의 징후는 오구라와 양주동의 동자설이나 이체자설을 따른 설명들에서 보인다. 즉 동자나 이체자/변체자로 보면서도, 부지불식간에 '澔'은 '善'과는 다른 글자로 보는 것이다.

> 《善》을 향하여 가는 길을 그 어떠한 높은 장소에 오르는 것으로써 비유한 것이다. 요컨대 그 당시 불교도 간에는 《션 두듥》이란 말이 통용되였고 그래서 그 말을 《善陵》이라고 기사하게 되었다. 다시 그 《두듥》에 오르기 어려운 것을 물 건너편에 있는 것으로 비유해서 《善》자 옆에 물수 변을 더한 것이다(홍기문 1956:317).

여기에서 老子가 '上善'을 '水'에 비유한 것은 매우 시사적이다. 卽 '澔'은 '上善'을 뜻하는 것으로 볼 수 있다. 또 '水'는 五行의 하나로 時는 冬, 方位는

北, 五音은 羽가 되고 五感으로는 '德'에 비유된다. 이런 점에서 보면 '潽'은 '善德'의 뜻이 된다.

따라서 이 '潽'은 '善'에 '上, 德'과 같은 보다 높은 次元을 고려에 넣은 것으로 作者의 특별한 의도가 내포되었음을 이해할 수 있다. 그러나 그 근본 뜻은 '善'에서 벗어난 것이 아니라는 것이다(유창균 1994:855).

'善陵隱'으로 써도 될 것을 '潽陵隱'으로 굳이 표기한 것은 새김(훈)으로 읽으라는 보람으로 보인다(강길운 1995:316).

이 인용의 밑줄 친 부분에서는 '潽'이 '善'과는 다른 의미를 가지고 있음을 보여준다. 즉 "물 건너편에 있는 것으로 비유해서 《善》자 옆에 물수변을 더한 것이다", "'潽'은 '上善'을 뜻하는 것으로 볼 수 있다.", "'潽'은 '善德'의 뜻이 된다.", "새김(훈)으로 읽으라는 보람" 등과 같이, '潽'은 '善'과는 다른 의미를 가지고 있음을 보여준다.

게다가 최근에 보고된 '潽'자들은 인명(人名)에 쓴 글자들로 그 항렬이 오행상 '水'에 해당하는 사람들의 이름에 쓰면서 '善'자와 구별된다.

이렇게 '善'자와 구별되는 '潽'자는 그 문맥상, 자신의 '善(=功德)'을 겸손하게 낮춘 유희성 내지 골계성을 보인다. 이렇게 보면, 이 '潽'은 '善'에 '삼수(氵)'를 개칠한 패러디로 판단된다는 점에서, 이 '潽'은 '善'과는 별개의 문자로 보인다.

25) '手'(〉香?) : '手焉'(〈광수공양가〉, 김완진 1980b, 강길운 1995), '毛良每如'(〈광수공양가〉, 김완진 1980b, 강길운 1995). 번역시와 보현행원품의 '광수공양'조에도 '香'이 나온다는 점에서 이목을 끄는 주장이다. 그러나 두 가지 측면에서 문제가 있어 보인다. 하나는 보현행원품의 '광수공양'조를 보면, '香'을 포함한 '雲供養'과 '燈供養'을 말한다. 이 중에서 후자만을 이용한 것으로 생각한다. 왜냐하면, 균여는 대중이 행할

수 있도록 보현행원품의 '광수공양'조의 수행 정도를 하향 조절하였기 때문이다. 그리고 '등공양'에서 "모든 향유등은 하나 같이 등주는 수미산과 같고, 하나 같이 등유는 대해수와 같이[諸香油燈 一一燈炷 如須彌山 一一燈油 如大海水]"를 말한다. 이는 작품의 제3, 4구에 해당하는 부분이다. 이로 보아도 '手'를 '香'으로 바꾸기는 어려워 보인다. 게다가 '手'와 '香'의 초서가 유사하다고 하지만, 그렇게 유사한 것으로 보기는 어렵다.

26) '也'(>聞?) : '曰沙也'(〈우적가〉, 김완진 1980b)

27) '也'(>他?) : '白反也'(〈혜성가〉, 강길운 1995)

28) '如'(>加, 奴?) : '修叱如良'(〈풍요〉)의 '如'는 '加'(김선기 1968a, 유창균 1994, 박재민 2009b)나 '奴'(강길운 1995)의 오자라는 주장이 있기도 하다. 이는 두 가지 문제를 해결하려는 소산이라 할 수 있다. 그 하나는 '닷가라/닷그라'의 어형에 맞추려는 것이고, 다른 하나는 자신들이 '來如'에서 보인 '온다/오다/오져'의 '如'(다/져)를 합리화시키기 위한 것이다. 전자의 경우에는, 이 노래가 공덕을 닦으면서 부른 노래가 아니라, 공덕을 닦기 위하여 오는 노래가 된다. 그리고 후자의 경우에는, 오자가 아니라 '來如'의 '如'를 다른 것으로 읽으면 오자로 처리하지 않아도 되는 방법을 도외시한 문제를 보인다. 즉 '來如'를 '오가'로 읽고, 이 '如'와 같이 '修叱如良'의 '如'를 '가'로 읽으면 두 문제가 해결된다. 물론 이 '닷가아'는 노동 현장의 노래에 적합하다(양희철 1997c). 이런 점에서 이 오자설은 부정적이다.

29) '如'(>冬?) : '毛如'(〈제망매가〉, 유창균 1994)

30) '屋'(>尸至?) : '爾屋支'(〈원가〉, 신재홍 2000)

31) '曰'(>日, 法, 是?) : '曰沙也'(〈우적가〉)의 '曰'은 양주동(1942) 이래 '日'의 오자로 보는 것이 주종을 이룬다. 오자로 본 이유는 이하 향찰을 읽을 수 없기 때문이라고 한다. 김완진(1980b)은 '曰'을 초서 '法'자와

유사하다고 '法'으로 수정하기도 했다. 초서로 두 글자가 유사한가에 의심이 가며, 이 수정은 '也'를 '聞'으로 수정한 것에 기인한 것이 아닌가 한다. 신재홍(2000)은 '曰'을 '是'의 오자로 보았다. 그 이유는 두 가지이다. 하나는 '是'의 '疋'이 "글자의 마모나 판각시의 부주의에 의해" 탈락되었을 것이라는 것이고, 다른 하나는 '好尸 是'가 '好雪 是'와 문법구조상 같은 형태라는 것이다. 이 두 이유는 다음에 오는 '內乎呑尼'와의 문맥을 의식한 결과로 추측한 것인데, 오자로 수정하지 않아도 문맥이 잘 맞는다는 점에서, 수정할 필요가 없다고 생각한다. 즉 '됴홀 ᄀᆞ롬사야 드리오다니(여쭙다니)'로 가능하다. 이 해독에 쓰인 '됴ᄒᆞ-'는 '둏-'의 이형태이다.

32) '以'(〉物?) : '止以友'(〈청불주세가〉, 김완진 1980b)

33) '友'(〉反, 支?) : '止以友'(〈청불주세가〉)의 '友'를 '反'이나 '支'의 오자로 보기도 했다. 전자는 '止以反'을 '그티바'(기치바/고치바, 김선기 1993)로 읽었고, 후자는 '止以支'를 '그치기'(신재홍 2000)와 '머므리'(박재민 2002a)로 읽었다. 수정하지 않고, '止以 友 白乎等耶/머믈로 벋 사뢰온ᄃᆞ야'(머믈르오 벗 사뢰온다야, 양희철 2015a)로 읽을 수 있어 오자로 보지 않아도 된다.

34) '友'(〉犮, 支?) : '友物北'(〈혜성가〉)의 '友'를 '犮'의 오자(신재홍 2000)나 '支'의 오자(박재민 2009b)로 본 경우도 있다. 전자는 '北'을 '叱'로 잘못 본 것을 따르면서 발생한 것으로 보인다. 그리고 '덜다/뻘다/쩔다' 등의 의미라면, 이에 흔히 쓰이는 '除, 拔, 禳, 拂' 등을 쓰지 않고 거의 벽자인 '犮'을 쓴 이유가 석연치 않다. 후자는 "어말에 붙어 語氣만을 조성하는 경우가 많다."고 설명하고 있으나, 이미 해독의 한계를 보여준다.

35) '友'(〉支?) : '逐好友伊音叱多'(〈상수불학가〉, 오구라 1929)

36) '遺'(〉遣?) : '遺也'(〈원왕생가〉)의 '遺'를 '遣'의 오자(김선기 1968b, 이종철 1987)로 보기도 했으나, 그 후의 글(김선기 1993)에서는 이를 '遺'

로 처리하고 있어 오자설이 부인된다.

37) '遺'(>遣?) : '遺知攴'(〈맹아득안가〉, 김완진 1980b)

38) '擬'(>趣?) : '擬可'(〈수희공덕가〉, 오구라 1929)

39) '爾'(>尔?) : '爾屋攴'(〈원가〉, 김완진 1980b), '爾處米'(〈찬기파랑가〉, 김완진 1980b)

40) '伊'(>尸?) : '逐好友伊音叱多'(〈상수불학가〉, 홍기문 1956, 신재홍 2000)

41) '以'(>止?) : '以攴如攴'(〈원가〉)의 '以'는 '止'의 오자(오구라 1929, 유창균 1994)로 보기도 하였다. '以攴如攴'이 '以攴如支'로 수정되어 '입드디/입돋'(혼미하듯, 양희철 2013a)으로 읽힌다는 점에서, '以'를 '止'의 오자로 보기 어렵다.

42) '仁'(>在?) : 仁伊而也(〈총결무진가〉, 김완진 1980b)

43) '烏'(>鳥?) : '遠烏'(〈우적가〉)의 '烏'는 해독의 초기부터 많은 분들(오구라 1929, 양주동 1942 등)이 '鳥'의 오자로 처리하기도 하였다. '烏'와 '鳥'의 자형 유사라는 점에서 이해될 수 있다. 그러나 해독된 문맥에서 '烏'로 읽어도 되는 해독들(정열모 1947, 김준영 1964, 서재극 1975, 김완진 1980b, 금기창 1993, 양희철 1993, 황패강 1994, 강길운 1995, 최남희 1996)이 있어, 오자설은 신중해야 할 것으로 판단한다.

44) '支(>연자, 竹, 攴?) : '出隱伊音叱如支'(〈참회업장가〉)의 '支'는 연(문)자(홍기문, 신재홍), '竹'의 오자(정열모 1965), 지정문자 '攴'의 오자(김완진, 강길운) 등으로 처리하기도 하였다. '竹'은 '支'와 문자가 유사하지 않다는 점에서 일단 부정적이다. 연(문)자나 지정문자로 처리할 경우는 "法界 餘音玉只 出隱伊音叱如支"과 견주어지는 최행귀의 역시 "若此惡緣元有相 盡諸空界不能容"과 걸맞지 않는다. 이 역시는 '若'으로 보아, '만약 …이 있다면, 아마도 모든 공계를 다하여도 용납하지 못하

리라(/못할 듯하다)'의 의미라 할 수 있다. 이 때 '용납을 못하리라(/못할 듯하다)'는 헤아려 추측한 내용이다. 만약 '-支'를 연(문)자나 지정문자로 처리하면, '出隱伊音叱如支'은 단정의 단어가 되어, 추측의 내용과 상반되는 문제를 가지게 된다. 이 '若'의 추측적 의미를 살려서 읽으려면, '-支'를 그대로 유지하여, '-如支'를 구결 '-如ㅊ'와 같이 '-듯, -드시'의 의미인 '-듣, -드디'(양희철 2013a)로 읽어야 한다.

45) '只'(〉見?) : '只將來呑隱'(〈우적가〉, 김완진 1980b)

46) '只'(〉呂?) : '賜以古只'(〈맹아득안가〉, 김완진 1980b)

47) '只'(〉以?) : '閼遣只'(〈참회업장가〉, 김완진 1980b)

48) '叱'(〉奴?) : '修叱賜乙'(〈수희공덕가〉, 강길운 1995)

49) '七'(〉无, 亡?) : '廻於尸 七'(〈모죽지랑가〉)의 '七'은 '无'의 오자(김완진 1980b, 신재홍 2000)나, '亡'의 오자(강길운 1995)로 보기도 하였다. 『삼국유사』에 나오는 '无/無'나 '亡'이 '七'로 잘못된 곳이 없다는 점에서 부정적이다. 그리고 이 해독들을 따라도 해독이 원만하지 못하나, '(눈 내가) 돌얼, 질'(양희철 2000d)로 읽을 때에 문제가 없다는 점에서, '七'은 오자가 아닌 것으로 보인다.

50) '波'(〉沙?) : '阿于波'(〈총결무진가〉, 유창균 1994)

51) '乎'(〉無?) : '都乎隱以多'(〈우적가〉, 김완진 1980b)

52) '化'(〉花?) : '善化'(〈서동요〉, 류렬 2003)

4.5. 기타

이 절에서는 두 가지 이상의 주장이 나왔는데, 이를 변증할 수 있는 정확한 논거가 없어서 그 판단을 보류할 수밖에 없는, '一等下叱放一等肹'의 '放'을 정리하고자 한다.

'一等下叱放一等肹'(〈맹아득안가〉)의 '放'은 그 원전비평이 구구하다. 하나는 조사자(助詞字)가 생략되었다는 주장(오구라 1929, 양주동 1942)이다. 그 생략된 조사자를 '-아/어', '-고'로 재구하였다. 이렇게 보면 표기에 자의성을 너무 많이 부여하는 것이 되는 문제를 피할 수 없다. 다른 하나는 '一等下叱放'을 '一等叱放下'의 도치로 본 것이다(홍기문 1956). 이렇게 보면 '叱'의 기능 문제가 제기된다. 다른 하나는 '於'의 형태 근사에서 온 잘못[形近之訛]으로 본 것이다(김선기 1968c). 이 경우는 이를 인정하여도 '於'가 '애'가 되지 못하는 문제를 가지고 있다. 마지막 하나는 '놓…'의 생략 표현이라는 주장(양희철 1994; 1997c)이다. 이 경우에는 이렇게 표기한 예가 없다는 문제를 보인다. 이렇게 이 '放'은 그 원전비평에서 문제를 보여 일단 그 판단을 유보한다.

5. 결론

지금까지 향찰의 원전비평을 검토 정리해 보았다. 그 결과를 요약하여 결론을 대신하려 한다.

1) '成遣賜(尸/ㄹ)去', '白反也(隱)', '曉留(隱)', '爲(隱/ㄴ)事置耶', '爲事(伊/이)置耶' 등에서 괄호 안의 글자가 누락되었다는 주장이 있었으나, 인정되지 않는다.

2) 〈서동요〉에서 '薯童房乙' 다음에 '尋惡只'의 문장이 누락되었다는 주장과, 〈모죽지랑가〉에서 제1, 2구 또는 제3, 4구가 누락되었다는 주장이 있었으나, 인정되지 않는다.

3) '陪立羅良'의 '良'과 '-如支'(〈참회업장가〉)의 '支'가 잘못 들어간 연자(衍字)라는 주장이 있었으나, 인정되지 않는다.

4) '陪立羅良(→良羅), 修叱如良(→良如), 此也友(→友也), 皃史沙叱(→叱沙), 法供沙叱(→叱供沙), 朋知良(→良知), 逐好友(→友好)伊音叱多, 逐好友伊音(→音伊)叱多, 迷火隱(→隱火)乙, 萎玉內乎留(→留內乎)叱等也, 喜賜以留也(→留以)也' 등은 괄호 안의 표기가 전도(顚倒)된 것이라는 주장이 있었으나, 인정되지 않는다.

5) 〈찬기파랑가〉에는 앞뒤가 바뀐 문장[전도문(顚倒文)]들이 있다는 두 종류의 주장(김준영, 안병희, 서정목, 유창균)이 있다. 어느 주장이 맞는지는 좀더 검토해 보아야 하겠지만, 전도문이 있다는 것만은 확실한 것 같다.

6) 목판이 오래되어, 삭거나 망가진 괴자(壞字)가 〈원가〉, 〈우적가〉, 〈맹아득안가〉, 〈모죽지랑가〉 등에서 언급되고 있다. '心未○行乎, 持以○支知古如後句'(〈모죽지랑가〉)의 괴자는 인정되지 않지만, '手□叱'(〈맹아득안가〉), '浪□阿叱, 世理都□之叱, 逸□□'(〈원가〉), '破□主, □史'(〈우적가〉) 등의 괴자는 인정된다.

7) '礼(=禮), 仏(=佛), 灯(=燈), 尽(=盡), 体(=體), 皃(=貌)' 등이 괄호 안에 있는 본자의 약체라는 사실은 오구라의 정리 이래로 인정되었고, 일부의 '巴(=把), 內(=納), 尔(=弥, 於)' 등도 최근에 약자로 인정되거나 인정되어야 할 것들이다.

8) '苐(=第)', '玏(=功)', '㐀(=北)', '过(=邊)', '夘(=卯)' 등은 속자 또는 이체자로 정리된 것들이다.

9) '烏乙反(〉及)隱, 放(〉於)冬矣, 汝於多攴(〉支), (以攴)如攴(〉支), (隱安)攴(〉支), 毛叱色(〉々巴, 〃巴)只, 毛叱所(〉巴)只, 爲尸(〉賜)如, 寶非鳴(〉鳴)良爾, 間王(〉毛)冬留, 知右(〉古)如, 臣多支(〉攴), 卜以支(〉攴), 墮支(〉攴)行齊' 등에서, 괄호 앞에 있는 글자들은 괄호 안에 있는 글자들의 오자로 정리된 것들이다.

10) 이체자, 오자, 오각자 등으로 논의되기도 하였으나, 오독으로 정리되는 오독자로 52자가 있다.

11) 원전비평에서 두 가지 이상의 주장이 나왔으나, 이를 판단할 수 있는 정확한 논거가 없어서 그 판단을 보류할 수밖에 없는 향찰로 '一等下叱放一等肹'의 '放'이 있다.

지금까지 검토한 향찰의 원전비평은 연구 초기에 비하면 상당한 발전과 정제를 보여준다. 그러나 결코 완전한 것은 아니다. 앞으로 좀더 치밀하고 합리적인 원전비평으로 향찰의 원전비평이 발전할 때에, 향찰의 연구는 물론 향가의 연구가 좀더 탄탄한 기반 위에서 소기의 목적을 달성할 수 있으리라고 판단한다. 어찌 보면, 향찰 연구와 향가 연구가 모두 이 원전비평에 의존하면서, 동시에 이 원전비평을 위하여 존재한다고 할 수도 있다.

중요 문제 향찰의 해독 변증

1. 서론

이 글은 가장 문제가 되어온 향찰 '遣, 攴, 叱, 內' 등을 포함한 12개 향찰들의 해독을 변증하는 데 연구의 목적이 있다.

1980년대 이후부터 일부 향가문학의 연구자들(양희철, 신재홍 등)은 직접 해독을 검토한 다음에 향가를 연구했다. 이때까지만 해도 거의 모든 향가 연구자들은, 초기의 향가 연구에서처럼 누구(양주동, 김완진 등)의 해독을 텍스트로 한다는 전제하에 작품을 연구하였다. 게다가 최근에는 거의 모든 향가문학의 연구자들도 해독을 검토한 다음에 향가를 연구하고 있다. 이 변화는 매우 바람직한 방향으로 보인다.

그런데 이 최근의 연구 방향에는 문제도 포함되어 있다. 향찰 해독은, 쉽게 보면 매우 쉽고, 어렵게 보면 매우 어렵다. 즉 한자의 음과 훈만 알면 향찰을 해독할 수 있다고 보면, 향찰 해독은 매우 쉽다. 이에 비해 그 당시의 한자음과 한자훈은 물론, 그 당시의 한국어와 시어(詩語)의 수사적 특성까지를 알아야 향찰을 제대로 해독할 수 있다고 보면, 향찰 해독은 매우 어렵다. 그러면 현재 향찰을 해독하고 있는 연구자들은 그 당시의 한자음, 한자훈, 한국어 등과 시어의 수사적 특성을 얼마나 알고 있을까? 이것들을 충분하게 알지도 못한 상태에서 향찰을 해독한 다음에 향가를 연구할 때에, 그 연구를 얼마나 믿을 수 있을까? 그 연구는 오만과 자만의 극치가 될 수도 있고, 그 용감함은 나중에 자괴감과 불명예로 되돌아올 수도 있다. 이런 불상사를 체험한 필자는, 이런 불상사를 방지하기 위하여, 변증이 꼭 필요한 향찰들을 이 글에서 정리하고자 한다.

기본적으로 해독이 통일되지 않은 향찰의 해독들은 모두가 변증이 되어야 한다. 그러나 그 변증을 이 글에서 모두 할 수는 없다. 이에 시어의 수사적 특성과 관련된 해독들은 다른 부분들[1]로 돌리고, 나머지 향찰들 중에서 중요한 것들만을 간단하게 정리하려 한다. 그 중요한 향찰들 중에서 가장 핵심적인 향찰은 '遣, 叱, 攴, 內' 등이다. 이 네 향찰이 양주동의 해독 이후에 가장 문제가 되어온 핵심 향찰이라는 점은 향찰의 해독사를 보면 쉽게 알 수 있다. 그런데 이 네 향찰이 갖고 있던 문제는 각각 그 자체로 끝나지 않고, 같은 문제를 갖고 있는 같은 범주의 향찰들과도 관계가 있다. 즉, 향찰 '遣'은 소멸된 한자음의 향찰들(反, 根, 斤 등)과 같은 범주에 있다. 향찰 '攴, 叱'은 소멸된 형태소의 향찰들(賜, 省 등)과 같은 범주에 있다. 그리고 향찰 '內'는 이체자(異體字) 또는 변체자(變體字)의 향찰들(巴, 夘, 旀/旀 등)과 같은 범주에 있다. 이 12개의 향찰들을 간단하게 변증하고자 한다.

이 향찰들의 해독만이라도 제대로 변증되어, 이 향찰들의 해독에서 문제가 사라지고, 이 향찰들의 해독이 통일될 때에, 향찰 해독은 물론

---

1 시어의 수사적 특성과 관련된 향찰은 두 종류로 나눌 수 있다. 하나는 수사법을 알아야 향찰 해독을 확정할 수 있는 종류이다. 이에 속한 향찰들로는 '夘, 彌勒座主, 人米, 藪, 花判' 등이 있다. 이 향찰들의 해독은 제5부의 '향가 수사의 전모'로 돌린다. 다른 하나는 수사적 사고가 있어야 해독이 가능한 경우들이다. 이에 속한 향찰들로는 '歎曰, 打心, 病吟, 城上人' 등이 있다. 이 향찰들의 해독은 제2부의 '향가 4·8·10구체설의 논거'로 돌린다.

향가 연구는 한 단계 올라설 수 있고, 향찰 연구자들과 향가 연구자들은 가장 기초적인 측면에서 큰 오류는 물론 이 오류로 인한 불명예는 피할 수 있으리라고 판단한다.

2. 소멸된 한자음의 향찰들(遣, 反, 根, 斤)

이 장에서는 소멸된 한자음의 향찰들에 속한, '遣, 反, 根, 斤' 등에 대한 기왕의 연구를 변증하고자 한다. '遣, 反'은 '山'섭의 한자를 이용한 향찰이고, '根, 斤'은 '臻'섭의 한자를 이용한 향찰이다.

2.1. 향찰 '遣/곤/고'

향찰 '遣'에 대한 선행 해독들은 세 유형으로 나눌 수 있다. 첫째는 『유서필지』를 비롯한 조선 후기의 이두집에서 '遣'을 '고'로 읽었다는 점에서 향찰 '遣'을 '고'로 읽은 유형이다. 둘째는 향찰 '遣'을 '고, 겨, 견' 등으로 읽은 유형이다. 셋째는 향찰 '遣'을 '겨, 견, 겻' 등으로 읽은 유형이다.

이렇게 해독되어온 향찰 '遣'은 최근까지도 두 문제를 해결하지 못하였다. 하나는 향찰 '遣'을 '고'로 읽은 경우에, 이두집에 함께 표기된 '고'를 제외하면, 그 논거가 명확하지 않다는 문제이다. 이 문제는 셋째 유형의 해독들(황선엽 2002b:4, 장윤희 2005:124)에서 지적되었다. 다른 하나는 향찰 '遣'을 '겨, 견' 등으로 읽은 경우에, 그 일부만이 문맥에 맞는다는 문제이다. 이 문제는 첫째 유형의 해독들(유창균 1994:663~664, 강길운 1995:43~45, 남풍현 2010:23)에서 지적되었다.

이런 연구 상황에서 향찰 '遣'의 신라 한자음을 '곤'으로 재구하고, 향찰 '遣'을 '곤, 고'로 읽은 것은 양희철(2013b; 2015a)이다. 그 내용은 한자 '遣'의 신라음을 재구하고, 고려의 표기 체계에서 이두 '遣'은 '곤, 고'로 쓰였다는 점을 정리한 다음에, 향찰 '遣'을 '곤, 고'로 해독한 것이다. 이를 좀더 구체적으로 보자.

먼저 한자 '遣'의 신라음을 『설문해자』, 운서, 사전 등의 세 측면에서 '곤'으로 추정하였다. 첫째는 『설문해자』에서 '遣'을 보면 그 성부가 '丨'이고, 이 성부 '丨'을 포함한 한자로는 '山'섭 3등('元, 阮' 등의 운)에 속한 '坤, 丨' 등과 '山'섭 4등('銑, 霰' 등의 운)에 속한 '遣, 譴, 繾' 등이 있는데, 성부 '丨'이 3등에 속한 측면과, 운서와 한국음에서 '山'섭 3등에서 4등으로 변한 한자들이 발견되는 측면으로 보아, '遣'도 과거에는 3등에 속했던 것으로 추정하고, 그 신라음을 '곤'으로 추정하였다. 특히 '山'섭 3등에 속한 한자들(昆, 坤, 敦, 孫, 溫, 存, 尊, 樽, 村, 昏, 魂)의 한국운이, 칼그렌(1954, 이돈주 역주 1985:68)이 오음(吳音)과 일본음에서 정리한 바와 같이 '-on'이고, 이 한자들의 일부인 '昆, 孫, 尊' 등이 향가 향찰에서 발견된다는 점에서, '遣'의 신라음을 '곤'으로 추정하였다. 둘째는 운서와 사전에서 성부 '丨'을 포함한 한자들과 함께, 같은 음(곤, 견), 같은 운(온, 연), 같은 분포('山'섭 3등과 4등) 등을 보여주는, 성부 '玄'을 포함한 해성자들은 '山'섭 3등의 음과, 3등에서 4등으로 변한 음의 반영을 보여주는데, 이 변한 음의 반영에 나타난 두 음의 변화는 '遣'의 추정음 '곤'('山'섭 3등의 '阮'운)에서 중세음 '견'('山'섭 4등의 '銑'운)으로의 변화와 일치한다는 측면에서, '遣'의 신라음을 '곤(〉견)'으로 추정하였다. 셋째는 현재 '山'섭 4등의 '銑'운에 속한 '錢'의 음이 '돈〉뎐〉젼〉전'으로 변해온 것으로 추정하는데, 이 변화는 현재 '山'섭 4등의 '銑'운에 속한 '遣'도 '곤〉견'으로 변해왔음을 추정하게 한다는 측면에서, '遣'의 신라음을 '곤(〉견)'으로 추정하였다.

이번에는 구결 'ㅁ(ㄱ)'와 이두 '遣'을 포함한 고려표기의 체계에서 한자 '遣'의 음을 '곤'으로 정리한 내용을 보자. 고려 구결은 '거(ㄴ)-겨(ㄴ)-고(ㄴ)'의 표기체계에서 '去(ㄱ)-ナ(ㄱ)-ㅁ(ㄱ)'의 표기를 보이며, 향찰과 이두에서 보이는 '遣'이나 이 '遣'자를 구결로 만든 글자는 보이지 않는다. 그리고 고려 이두는 '거-겨(ㄴ)-고(ㄴ)'의 표기체계에서 '去-在-遣'의 표기를 보이며, 후기 향가(〈처용가〉와 〈수희공덕가〉)에서 각각 1회씩 보이는 향찰 '昆'은 보여주지 않는다. 이 고려표기의 체계로 보아, 고려 이두 '遣'은 '겨(ㄴ)'로 읽을 수 없고, '고(ㄴ)'로 읽어야 하는 세 가지 이유를 말해준다. 첫째 이유는 만약 '遣'을 '겨(ㄴ)'로 읽으면, '겨(ㄴ)'의 표기인 '在'와 겹치기 때문이다. 둘째 이유는 '-고(ㄴ)'가 있어야 해당 문맥의 의미가 통하는데, 구결에서 '고(ㄴ)'의 표기에 사용된 'ㅁ(ㄱ)'는 물론 '고(ㄴ)'를 표기할 수 있는 이두가 고려 이두에서 '遣'을 제외하고는 발견되지 않기 때문이다. 셋째 이유는 '遣'의 신라음으로 추정된 '곤'에 따라 고려 이두 '遣'들을 '고(ㄴ)'로 읽으면 문맥이 잘 통하기 때문이다.[2] 조선 후기의 이두집들에서 '遣'을 '고'로 읽은 것도 이 신라음 '곤'으로 읽은 것의 잔영으로 판단된다.

---

2 "石塔 伍層乙 成是白乎 願 表爲遣 成是 不得 爲乎 天禧二年歲次壬戌五月初七日 身病以 遷世爲去在乙"(〈정도사조탑형지기〉 8)는 "석탑 오층을 이리숣올 願(을) 表ᄒᆞ곤 이리 몯딜 ᄒᆞ온 天禧二年歲次壬戌五月初七日 身病으로 遷世ᄒᆞ거겨늘"로 읽히며, 그 의미는 "석탑 오층을 이루올 願(을) 表하고는 이루지 못한 天禧二年歲次壬戌五月初七日 身病으로 遷世하거늘"이다. 그리고 "幷以 石乙良 第二年春節已只 了兮齊遣 成是 不得爲 犯由 白去乎等 用良"(〈정도사조탑형지기〉 14~15)은 "아ᄫᆞ로 돌을랑 第二年春節가지 뭋히져곤 일이 몯딜 홀 犯由 숣거온돌ᄡᅳ아"로 읽히며, 그 의미는 "아울러 돌은 第二年春節까지 마치게 하져 하고는 이루지 못 할 犯由(:事由)를 보고하였으므로"이다. 이 두 문장에서는 전후가 반대인 의미를 '-고'로 연결할 수 없다는 점에서, 이 '遣'들은 '-고는'의 의미인 '곤'으로 읽힌다.

이번에는 한자 '遣'의 신라음을 '곤'으로 보고, 향찰 '遣'을 '곤, 고'로 읽을 때에 어떤 문제도 발견되지 않는다는 사실을 보자. '去賜里遣'(가시리곤)과 '次肹伊遣'(버글이곤)의 '遣'들은 '-니'의 의미를 가진 '곤'으로 해독된다. '置遣(두곤), 放敎遣(놓이시곤), 白遣 賜立(숣곤 시셔?), 成遣 賜立(이루곤 시셔?), 云遣(니ᄅ곤), 過出 知遣(디나 알곤), 去遣 省如(가곤 쇼다), 抱遣 去如(안곤 가여)' 등의 '遣'들은 '-고는'의 의미를 가진 '곤'으로 해독된다. '捨遣只(ᄇ리곡), 乃遣只(내곡), 閼遣只 賜立(알곡 시셔)' 등의 '遣'들은 '只'(ㄱ) 앞에서 '고'로 해독된다.

이상과 같이 한자 '遣'의 신라음을 '곤'으로 보고, 향찰 '遣'을 '곤, 고'로 읽을 때에, 지금까지 나온 해독 중에서 가장 확실한 논거와 타당성을 보인다는 점에서, 향찰 '遣'의 해독은 이 해독으로 정리되는 것 같다.

2.2. 향찰 '反/븐'

향찰 '反'은 '哀反(2회), 白反也, 仍反隱, 烏乙 反隱, 迷反(2회)' 등에서 7회 나온다. 이 중에서 '烏乙 反隱'은 '烏乙 及隱'의 오자이므로, 나머지의 '反'자만을 보자.

이 향찰 '反'은 다양하게 읽혔지만, 신빙성이 있는 해독은 일단 '반, 번, 븐, 본' 등으로 그 범위가 좁혀진다. 이 중에서 '반, 번' 등은 근현대음이라는 장점을 갖지만, '-아-'와 '-어-'의 기능을 알 수 없다. 그리고 '븐, 본' 등은 해당 어휘에는 비교적 적합하지만, 한자 '反'의 음이 '븐, 본' 등이라는 것을 설명하지 못한 문제를 보인다.

이 문제를 해결하기 위한 노력은 양주동, 유창균, 강길운, 양희철 등에서 보인다.

양주동(1942:594~595)은 한자 '反'의 음은 본래 '翻'과 통하는 '번'인데, 이 '反/번'으로 통음차하여 '븐'을 표기하였다고 보았다. 그러나 '新反'(『경상도속지지』)과 "宣桑縣 本辛分縣 景德王改名 今新繁縣"(『삼국사기』 〈지리1〉)에 나온, '反(번, 반), 分(분), 繁(번)' 등은 괄호 안의 음으로 읽을 때에 결코 유사하거나 통하는 음들이 아니다. 그리고 "眞德王立 名勝曼 眞平王母弟國飯 一云國芬 葛文王之女也"(『삼국사기』 〈본기5〉)에 나온, '飯(반), 芬(분)' 등도 괄호 안의 음으로 읽을 때에 결코 유사하거나 통하는 음들이 아니다. 이 설명에서 인용한 자료들은 매우 중요한 것들이지만, 앞의 설명만으로는 '反(번, 반), 飯(반), 繁(번)' 등이 '븐' 또는 '분(分, 芬)의 표기라는 주장을 설득시키기에는 미흡한 점이 너무 많다. 한자 '反, 飯, 繁' 등의 한국 고음을 좀더 검토하여 보완을 했어야 했다.

유창균(1994:630)은 "筆者가 생각하는 土着化音의 體系에서 귀납했을 때, 中古音 pịwɑn을 기층으로 하면 '븐'이 된다. 이것이 冠形詞形이라는 입장에서 보면 上古音의 '번'을 취하기보다는 中古音의 '번'이나 '븐'을 취할 만한 것이다."라고 주장하고 있지만, '븐'을 이끌어 내는 과정이 명확하지 않다. 강길운(1995:81)은 외국 학자들이 재구한 '反'의 중국 고음([pjwʌn]〈칼그렌〉·[pɪuʌn]〈FD〉)을 인용하고 동운의 '빤'을 인용한 다음에, 향찰 '反'을 '븐~본'의 대충(표기)으로 보았다. 이 주장에서 보이는 대충(표기)은 양주동의 통음차와 비슷한 것으로 같은 문제를 보인다. 즉 통한다고 본 것이나 대충했다고 본 것이 거의 같은 의미이다. 좀더 구체적으로 문제를 보면, '反'(반)으로 '븐~본'을, '飯'(반)으로 '분'(芬)을 대충 표기하였다는 것인데, 논리적인 설득력을 얻지 못한다. 양주동에서와 같이, 한자 '反, 飯' 등의 한국 고음에 '븐, 분' 등에 가까운 음들이 있나를 좀더 검토해서 보완했어야 했다.

양희철(2015a:396~400)은 한자 '反'과 그 해성자들이 '山'섭 2등과 3등에 속한다는 사실을 정리한 다음에, 한시에서 압운된 한자 '反'과 그 해성자들을 통하여 한자 '反'의 신라음을 '분'으로 재구하였다.

한자 '反'과 그 해성자들('販, 飯, 板, 版, 翻, 幡' 등)은 '山'섭 2등과 3등에 속하여, 그 근현대음은 '반, 번' 등이므로, '븐'으로 읽은 '反'의 설명에 도움을 줄 수 없다고 보고, 한시의 압운자에서 '反'의 음 '분'을 찾아냈다. 즉 '反'자와 그 해성자들('返, 飯, 阪, 返')을 '분'의 압운자로 쓴 예들을 〈송조신득본자(送曹伸得本字)〉(金宗直)와 〈기화숙풍덕산사(寄和叔豊德山寺)〉(南孝溫)에서 찾아낸 동시에, 한국 한시에서 압운된 '山'섭 3등의 한자들 중에서도, '反'자와 같은 반절하자를 가진 '幡, 繁, 藩, 飜, 翻' 등을 압운자로 쓴 예들을 〈출수춘주화인증별(出守春州和人贈別)〉(崔淪), 〈차이밀직학사연시(次李密直學士宴詩)〉(趙簡), 〈익재이학사영친연차존공동암운(益齋李學士榮親宴次尊公東菴韻)〉(權溥), 〈주상제태부심양왕(主上除太傅瀋陽王)〉(白元恒), 〈谷口驛〉(홍귀달), 〈윤팔월십구일직려우음(閏八月十九日直廬偶吟)〉(김종직) 등에서 찾아냈다.

이렇게 찾아낸 한자 '反'의 신라음 '분'은 양주동이 인용했던 중요한 자료의 해석도 다시 하게 한다. 즉 '新反'(『경상도속지지』)과 "宜桑縣 本辛分縣 景德王改名 今新繁縣"(『삼국사기』 〈지리1〉)에 나온, '反'과 '繁'은 그 고음이 중근세음 '반'과 '번'이 아니라 '분'이라는 것이다. 이 '분'(反, 繁)의 음은 '分'의 음 '분'과 일치한다. 그리고 "眞德王立 名勝曼 眞平王母弟國飯 一云國芬 葛文王之女也"(『삼국사기』 〈본기5〉)에 나타난, '飯' 역시 그 고음이 중근세음 '반'이 아니라 '분'이라는 것이다. 이 '분'(飯)의 음 역시 '芬'의 음 '분'과 일치한다. 이런 사실도 향찰에서 '反'을 '분'으로 읽을 수 있게 하였다.

이상과 같은 정리로 보아, 향찰 '反'자의 신라 한자음은 '분'이며, 이 음 역시 '山'섭 3등에 속한 한자들이 오음-신라음-일본음의 선상에서 '온/운'운으로 수용된 것이라고 정리할 수 있으며, 향찰 '反'은 '哀反/셜

분, 白反也/숣분야, 仍反隱/거드분(거듭운), 迷反/이분' 등에서 '분'의 표기에 쓰였다고 정리할 수 있다.

2.3. 향찰 '根/곤'

향찰 '根'은 '見根'(〈수희공덕가〉), '行根'(〈총결무진가〉), '根古'(〈맹아득안가〉) 등에서 3회 나온다. 이 중에서 '見根'과 '行根'의 '根'은 '곤, 고, 건, 견, ᄀᆞᆫ' 등으로 읽어 왔다.

오구라(1929:96, 103~104)는 한자 '根'의 고음을 'ᄀᆞᆫ'으로, 음을 '근'으로 본 다음에, 향찰 '根'을 '昆'의 동일어로 보면서 '곤'으로 읽었다. 이 해독은 한자 '根'의 음으로 설정한 '근, ᄀᆞᆫ' 등과 문맥에서 본 '곤'이 일치하지 않는 문제를 보인다. 양주동(1942:484, 766)도 오구라와 같은 논거에 기초하여 '곤'으로 읽으면서 통음차(通音借) 내지 전음차(轉音借)로 보았다. 통음차와 전음차 어느 것으로 보든 논리적으로 정확한 설명은 아니다.

이렇게 오구라와 양주동이 향찰 '根'을 문맥에 맞추어 '곤'으로 읽으면서, 이 '곤'이 한자 '根'의 고음이라는 사실을 논리적으로 논증하지 못하자, '고, 건, 견, ᄀᆞᆫ' 등의 해독들이 나왔다. 그런데 '고'와 '건'으로 읽은 해독은 '根'의 음이 '고, 건'이란 사실을 논증하지 못하였다. '견'의 경우는 "《根》은 음차. 본음 《ᄀᆞᆫ》 외에 《經天切 音堅》이 있다."(정열모 1965:398)고 그 논거를 제시하였지만, 이 음이 한국음에서 쓰인 예를 볼 수 없는 문제를 보인다. 향찰 '根'을 'ᄀᆞᆫ'으로 읽은 해독들은 『동국정운』의 음을 이용하였지만, 이 음은 문맥에 맞지 않는 문제와, 이 음이 신라음과 고려음이란 것을 논증하지 못하는 문제를 보였다.

'고, 건, 견, ᄀᆞᆫ' 등의 해독들이 '見根'(〈수희공덕가〉), '行根'(〈총결무진가〉)의 '-根'들이 보이는 문맥적 의미인 '-곤'과 일치하지 않으므로,

이 문제를 풀려고 시도한 것은 유창균과 강길운이다. 유창균(1994:964)은 문맥에 맞는 '곤'이 한자 '根'의 기층음도 현실음도 아니라는 문제를 인식하고, 혹시 그 당시에 '오'를 'ᄋᆞ'로 대용하거나, 'ᄋᆞ'와 '오'의 혼동이 있었지 않았나 하는 추측을 해 보았다. 강길운(1995:412)은 향찰 '根'의 고대음이 '곤'일 수 있는 가능성을 두 가지 사실에서 보여준다. 하나는 한자 '根'의 일본음이 '곤'이라는 것이다. 다른 하나는 여말선초의 이승인의 시에서 이 한자가 '곤'으로 쓰였다는 점이다.

이 설명이 나온 이후에도, 향찰 '根'을 '곤'으로 읽는 것에 대한 회의가 나타나기도 했다. 이렇게 회의적인 평가를 받기도 하면서, 앞의 해독 '곤'이 설득력을 얻지 못한 것은, 중국음-신라음/고려음-일본음의 선상에서의 설명이 아니라, 일본음만을 설명한 점과, 한자 '根'이 '곤'으로 쓰인 예를 하나만 제시한 데 그 이유가 있는 것 같다.

한자 '根'의 신라음과 고려음이 '곤'이란 사실을 두 측면에서 보충 보완한 것은 양희철(2015a:284~288)이다. 하나는 최행귀의 〈수희공덕송〉[3]과 『동문선』에 수록된 10여 수의 한시에서, '根'자가 '온'의 운으로 압운되거나, '根'자가 '昆'자와 함께 '온'의 운으로 압운된 예들을 제시한 측면이다. 다른 하나는 한자 '根'이 속한 '臻'섭 1등의 '痕'운과 '山'섭 3등의 '元'운이 보이는 '-ən'은 오음(吳音)과 일본음에서 '-on'으로 수용되었다는 칼그렌(1954, 이돈주 역 1985:69)의 연구를 인용하여 '根'의 신라음과 고려음을 '곤'으로 본 측면이다. 이 두 측면의 보충 보완은 한자 '根'의 신라음과 고려음을 중국음-신라음/고려음-일본음의 선상에서 '곤'으로 확정하게 하였다.

---

3 "聖凡眞妄莫相分 同體元來普法門 // 生外本無餘佛義 我邊寧有別人論 // 三明積集多功德 六趣修成少善根 // 他造盡皆爲自造 憁堪隨喜憁堪尊"(崔行歸의 〈隨喜功德頌〉).

2.4. 향찰 '斤/곤'

향찰 '斤'은 "明斤 秋察羅 波處也"(〈청전법륜가〉)의 문맥에서 나온다. 이 '斤'에 대한 선행 해독들에서는 'ᄀᆞᆫ, ᄋᆞᆫ, 간, 긴, 근' 등으로 읽어 왔다. 이에 대한 변증과 보완을 하면서 '근'(양희철 2015a)으로 읽었으나, 다음과 같은 점들로 보아, 특히 구결 자료로 보아, '斤'을 '곤'으로 수정해서 읽어야 할 것 같다.

'斤'을 'ᄀᆞᆫ'으로 읽은 해독은 'ᄇᆞᆰᄋᆞᆫ'(오구라 1929)과 '블ᄀᆞᆫ'(양주동 1942)에서 보인다. 이 두 해독에서는 '斤'의 음을 '근'이라고 설명한 다음에, '明斤'을 'ᄇᆞᆰᄋᆞᆫ, 블ᄀᆞᆫ' 등으로 읽으면서 '근'을 'ᄀᆞᆫ'으로 바꾸었다. 이는 모음조화의 측면에서 'ᄇᆞᆰ'에 맞추어, '근'을 'ᄀᆞᆫ'으로 바꾼 것으로 이해된다. 나머지의 'ᄋᆞᆫ, 간' 등은 오구라와 양주동의 해독을 크게 벗어나지 않는다. '斤'을 '긴'으로 읽은 해독은 '밝인'(김선기 1993)에서 보인다. 이 해독에서는 "'斤'과 '期'는 모두 [ki]인 것에 일본발음에서 눈을 멈추어 본다."(김선기 1993:621)고 설명을 하였다. 한자음과 문맥의 차원에서 '밝인'이 가능한가는 좀더 검토해 보아야 할 것 같다. '斤'을 '근'으로 읽은 해독은 '밝은'(김준영 1964, 1979), '발근'(김상억 1974), '블근'(유창균 1994), '벌근'(강길운 1995) 등에서 보인다. '밝은'과 '발근'에서는 '斤'의 음을 '근'으로 보면서 별다른 설명을 하지 않았다. 이에 비해 '블근'과 '벌근'에서는 '斤'을 '근'으로 읽으면서, 외국 학자들이 재구한 중국 중고음이 [kjən] 또는 [kɪən]이고 동음이 '근'이란 점에서 '斤'을 '근'으로 읽었다. 이 설명들은 좀더 구체적으로 설명되어야 할 것 같다.

한자 '斤'과 그 해성자들(近, 欣, 焮, 訢)은 현대 중국어로 보면, '臻'섭 3등 합구음의 '文'운(평성)과 '問'운(거성)에 속하며, 반절하자로 보면 '斤'은 '臻'섭 3등 개구음의 '欣'운(평성)과 '焮'운(거성)에 속한다. 그리고 '文'운과 '問'운의 운은 '-juən'으로, '欣'운과 '焮'운의 운은 '-jən'으로 재구되었는데, 이에 포함된 '-ən'은 오음과 일본음에서 '-on'으로 수용되었다(칼그렌, 1954, 이돈주 역 61, 69). '欣'의 일본음은 '긴'과 '곤'인데, '곤'의 음은 '欣求'(곤구)에서 발견된다.

이런 '臻'섭 3등운의 특성을 그대로 한국음에 적용하면, '斤'을 '곤'으로 읽을 수 있다. 그러나 한국 한시에서 '斤'이 '곤'의 음으로 정확하게 쓰인 예를 찾기는 어렵다. '곤'보다는 '군'의 음을 보여준다. 이를 말해주는 작품으로, 『동국이상국집』(제10권 고율시)에 수록된 〈次韻崔相國詵謝奇平章贈熨石〉(이규보, 1168~1241)의 압운자들과, 『동문선』(권지11의 5언排律)에 수록된 〈東征頌〉(釋圓鑑, 1226~1292)의 압운자들을 들 수 있다. 이 압운자들을 보면, '斤'은 '군〉근'으로 보인다.

이런 사실들로 보아, '明斤'의 '斤'은 그 음을 '근'으로 읽고, '斤'의 한자음은 중국 고음인 [kjən]이 오음과 일본음에서 [kon]으로 수용되고, 이것이 한국 고음에서 [kon/kun〉kɨn]으로 변하여 균여의 향찰 '明斤'의 '斤'에서는 '근'이 되었다고 정리한 바가 있다.

그런데 앞의 한시들보다 그 시대가 앞서고, 그 논증성이 좀더 높은 구결 자료로 보면, '군〉근'보다 앞선 '곤'으로 해석된다.

고려 구결에서 '斤'은 '阝斤, 丷阝斤, 口斤, ᅙ口八斤'의 형태로 나온다. 이 중에서 그 해독이 명확하지 않은 'ᅙ口八斤'을 제외하고, 나머지를 차례로 보자.

'阝斤'은 『유가사지론』의 구결에서 "又 善友ラ{之} 攝受ノㄱ 所乙 依阝斤 {於}所知 境刂ㄱ 眞實性七 中阝十 覺了欲 {有}斗ᅙ"(06:19~20)의 '依阝斤'을 필두로 5회 보인다. 그 형태는 '依阝斤'(2회), '得阝斤'(2회), '爲八阝斤'(1회) 등의 3종이다. 이 '-阝斤'들은 모두 '-아곤'의 표기이다.

'丷阝斤'은 『유가사지론』의 구결에서 "謂ㄱ 卽ᅙ 彼 補特伽羅刂 (內七 五種) 生圓滿乙 具 已氵丷阝斤"(02:20~21〉)을 필두로 14회 나온다.

모두가 '已氵丷阝斤'의 형태를 보인다. 이 '已氵丷阝斤'은 '이미사 ᄒᆞ아곤'의 표기이다.

'ㅁ斤'은 『유가사지론』의 구결에서 "此乙 除ㅁ斤 更阝 …"(04:05~06)를 필두로 13회 나온다. 모두가 '除ㅁ斤'의 형태이다. 이 '除ㅁ斤'이 '제외하곤'의 의미라는 점에서, 'ㅁ斤'은 '고+곤'에 의한 '곤'의 표기라 할 수 있다. '고곤'과 '곤' 어느 쪽으로 보든 '-斤'이 '곤'의 표기임에는 틀림이 없다.

이상과 같이 '斤'의 한자음은 중국 고음인 [kjən]이 오음과 일본음에서 [kon]으로 수용되고, 이것이 한국 고음에서 [kon/kun>kɨn]으로 변하였고, 고려의 구결에서 '斤'이 '곤'으로 읽힌다는 점에서, '明斤'은 '붉곤'으로, '斤'은 '곤'으로 읽어야 한다고 판단한다.

3. 소멸된 형태소의 향찰들(攴, 叱, 賜, 省)

이 장에서는 향찰 해독에서 가장 문제가 많았던 '攴, 叱'에 대한 선행 해독들을 먼저 변증하고, '叱'과 같은 문제를 갖고 있는 '賜, 省'에 대한 선행 해독들도 변증하고자 한다.

3.1. 향찰 '攴/ㅂ'

향찰 '攴'의 해독은 다른 글(양희철 2008)에서 구체적으로 정리한 바가 있으므로 이를 간단하게 요약한다. 선행 해독들은 '攴'과 '支'의 분리 여부에 따라 크게 두 유형으로 나눌 수 있다. 그 중에서 '攴'과 '支'를 비분리한 유형을 먼저 보고, 분리한 유형을 이어서 보자.

비분리의 유형은 다시 '攴'을 '支'의 속자로 처리한 경우와 오각이나 오자로 처리한 경우로 나뉜다. 속자로 처리한 경우는 허자의 인정 여부에 따라 둘로 나뉘지만, 음과 훈은 같으나, 그 글자의 모양만이 다른 글자를 의미하는 '속자'의 개념상, '攴'(가볍게 두드릴 복)이 '支'(가를 지)의 속자라는 주장은 성립하지 않는다. 최근에 나온 이체자설은 속자설의 속자를 이체자로 바꾸어 쓴 것에 불과하다. 이 이체자설은 기왕의 해독들과는 다른 차별화를 지나치게 시도하다가, 속자설에 이체자설이라는 새옷을 입힌 결과를 가져왔다. 이런 사실은 두 가지 사실에서 알 수 있다. 첫째로, 이체자는 약자(略字), 속자(俗字), 고자(古字), 간체자(簡體字) 등을 통틀어 쓰는 용어로 변체자(變體字)라고도 하며, 글자 모양만 다르고 그 음과 훈은 같다는 점에서, '攴'(가볍게 두드릴 복)이 '支'(지탱할 지)의 이체자라고 주장하는 것은 '攴'(가볍게 두드릴 복)이 '支'(지탱할 지)의 속자라고 주장한 속자설에 이체자설이라는 새옷을 입힌 것에 지나지 않는다. 둘째로, '攴'을 '支'의 이체자로 본 이 해독의 실제를 보면, '攴, 支' 등을 모두 'ø, ㅣ, 이, 히' 등으로 읽었는데, 이 해독은 '攴'을 '支'의 속자로 본 해독들이 취한 형태들이다. 특히 '攴'을 '支'의 속자 또는 이체자로 보아 통합한 '支'의 신라 고려음은 '기, 디' 등인데, 이 '기, 디' 등의 음을 살리지 못했을 뿐만 아니라, 'ø'로 해독한 가장 많은 분량은 초기 해독들이 보인 '특별한 의미가 없는 첨가'(오구라)나 '허자(虛字)'(양주동)라는 용어만 쓰지 않았지, 초기 해독의 속자설로 다시 돌아간 것에 지나지 않는다. 속자의 개념으로 속자설을 비판하자, 이를 대신한 것이 오각설과 오자설이다. 이 주장들은 네 가지의 공통된 문제를 보인다. 첫째로, '攴'이 '支'의 오각 또는 오자라고 주장한 주장들은 '支'가 '攴'으로 오각되거나 오자가 된 예만 제시하고, 그 역인 '攴/攵'이 '支'로 오각되거나 오자가 된 예들[所玫(〈원종홍법 염촉멸신〉조), (臣多)支(民

隱如)(〈안민가〉), (卜以)支(乃遣只)(〈참회업장가〉)]은 못본 척을 한다는 것이다. 둘째로, 이 주장들은 '支'가 '攴'으로 오각되거나 오자가 된 두세 예들을 근거로, 나머지도 오각이나 오자라고 일반화를 하였는데, 나머지를 검토해 보면, 오각이나 오자가 아니라는 점에서, 이 주장들은 일반화의 오류를 범하였다. 셋째로, 이 주장들은 17개의 '攴'이 모두 '支'의 오각이나 오자라고 하였는데, 이렇게 17개의 '攴'이 모두 '支'의 오각이나 오자라고 보기는 어렵다. 넷째로, 이 오자설이나 오각설이 보여준 실제 해독들은, 한국어나 인접 알타이어로도 이해되지 않는 면을 너무나 많이 보여주고, 심한 경우에는 해독이 아니라 '攴'자가 나온 위치의 기술에 머문 문제이다.

'攴'과 '支'를 분리한 유형에는 지정문자설과 'ㅂ'설이 있다. 지정문자설은 '攴'자 앞의 향찰을 뜻으로 읽으라는 의미로 본 경우와, 이를 변개하여 '攴'자 뒤의 향찰을 뜻으로 읽으라는 의미로 본 경우로 나뉜다. 어느 경우로 보든, '攴'자 앞의 향찰이나 뒤의 향찰을 뜻으로 읽을 수 없는 경우가 많고, 뜻으로 읽는 향찰들의 뒤나 앞에 이 '攴'을 쓰지 않은 경우가 너무 많은 문제를 피할 수 없다. 그러나 훈과 음이 다른 '攴'(가볍게 두드릴 복)과 '支'(가를 지)를 해독에서 분리하였다는 사실은, 지정문자설(김완진 1980b)이 향찰 해독에서 기여한 점임에 틀림이 없다.

'ㅂ'설은 양희철에 의해 제시되었다. 첫 번째 글(1990)에서는 '攴'의 'ㅂ' 가능성을 제시하였으나, '高攴乎/놉호'의 '攴/ㅂ'을 제외한 나머지에서는 추정에 머물렀다. 두 번째 글(1995a)에서는 네 가지 논거를 보완하였다. 첫째로, 향가에서 쓰인 연결어미 '-ㅂ'이 한국어와 같은 계통어인 돌궐어(이등룡 1984:10)에서 발견된다는 논거이다. 둘째로, 향가에서 쓰인 연결어미 '-ㅂ'이 중세어인 '무릅(무르어), 냅(내어), 므릅(므ᄅᆞ어), 텁(치어)' 등[4]의 '-ㅂ'에서 발견된다는 논거이다. 셋째로, 향가에서 쓰인 연결어미 '-옵'(연결어미 '-아'와 '-ㅂ'의 결합인 '-압'의 이형태)이 중세어인 '소솝(솟어)'[5]에서 발견된다는 논거이다. 넷째로, 향찰 '支/ㅂ'은 향찰의 말음표기 또는 말음첨기의 체계인 '只(ㄱ), 隱(ㄴ), [支(ㄷ),] 尸/乙(ㄹ), 音(ㅁ), 叱(ㅅ)' 등에서 빠져 있는 'ㅂ'을 '支'이 보완하여 체계를 완전하게 한다는 논거이다. 이 두 번째 글에서 '支'을 'ㅂ'으로 읽는 논거를 설득력이 있게 제시하면서, 향찰 '支'을 'ㅂ'으로 읽었다. 이 해독은 그 후의 정리에서 부분적인 보완을 보인다. 최근까지 정리한 '支'의 해독은 다음과 같다.

부동사형어미(연결어미) '-ㅂ' : '持以支 如賜烏隱'(디닙 가시온, 지니어 가시온), '遣知支 賜尸等隱'(기딥 주실둔, 기티어 주신다면), '多可支白遣 賜立'(다갑 숣곤 시셔, 앞당기어 사뢰곤 있으셔), '仰支…慕…'(울웝…그릴, 우러러…그릴), '影支 古理因'(비칩 녀리인, 비치어 여리인), '卜以支(←支) 乃遣只'(디닙 나곡, 지니어 나고).

부동사형어미(연결어미) '-압'의 말음 '-ㅂ' : '喰惡支 治良羅'(자압 다술아라, 먹이어 다스리라), '除惡支…賜以古只'(덜압…주시이곡, 덜어 주시고), '隱安支 … 都乎隱(숨압 … 모돈/돈, 숨어 모은/돈).

부동사형어미(연결어미) '-옵'의 말음 '-ㅂ' : '毛乎支 內良'(모홉 드리아, 모아 드리어), '祈以支 白屋尸"(비롭 숣올, 빌어 사뢰올), '爾屋支墮米'(이불옵 디미, 이울어 지매).

형용사어간의 말음 '-ㅂ-' : '高支好'(놉호, 높어), '沙矣 以支如支'

4 "무릅 쓰다(倒退)"(『同文類解(上)』 30, 『漢淸文鑑』 347). "左足을 넙 드며 왼편으로 칼을 드리우고 左足을 므릅 쓰며 올흔편으로 칼을 드리우고"(『武藝圖譜通志諺解』 31). "눈을 텁 쓰고"(『痘瘡經驗方』 34). "天中의 텹 쓰니 鶴髮을 헤리로다"(『松江歌辭』 1:7).

5 "허위허위 소솝 뛰어 올라"(『靑丘永言(吳氏本)』 117). "靑天 구름속에 소솝 써 올은 말이"(『靑丘永言(吳氏本)』 117).

(모ᄅᆡ 입ᄃᆞᆫ/입ᄃᆞ디, 모래 혼미하듯)

접미사 '-ᄃᆞᆸ/답'의 말음 '-ㅂ' : '臣多支(←支)(신ᄃᆞᆸ, 신하답게)

이렇게 '支'의 'ㅂ'설은 논증에서 강장점들을 보인다는 점에서, 향찰 '支'은 'ㅂ'의 표기로 정리한다.

3.2. 향찰 '叱/ㅅ, 시, 실'

향찰 '叱'은 한자 '叱'의 신라음과 그 해독에서 최근까지도 연구자들을 괴롭혀 왔다. 그러나 이제는 그 문제들이 거의 해결된 것 같다. 향찰 '叱'은 소멸된 한자음을 갖고 있을 뿐만 아니라, 표기한 대상의 상당수가 소멸된 형태소이다. 편의상 소멸된 형태소의 향찰을 다룬 이 절에서 검토한다.

3.2.1. 향찰 '叱'의 한자음 '실'

이두에서 '叱'은 'ㅅ'으로 읽힌다. 이는 한자 '叱'의 한국 중근대음 '즐, 질' 등으로 설명할 수 없다. 이 문제를 해결하고자, 양주동(1942:85~88)은 '尼叱今或作尼斯今'(『삼국유사』)과 '尼師今·尼叱今'(『삼국사기』)의 '叱=斯=師', 『일본서기』의 신라인명에 나오는 '叱'(シ) 등을 근거로 '叱'이 'ㅅ'의 표기임을 논증하였다. 그 후에 이 문제는 두 방향에서 논의되어 왔다.

한 방향은 향찰과 이두의 '叱'이 한자 '叱'이 아니라 다른 글자라는 주장들이다. 이 주장들은 네 연구자의 글에서 보인다. 김준영(1979:62)은 "'叱'은 '꾸짖을 즐'字가 아니라 입구(口)字에 'ㅅ'받침 發音 때의 혀 모양인 ㄴ를 붙인 '叱'인데 그것이 漢字가 되지 못하므로 劃을 添加한 것"으로, 김완진(1985b:6)은 '叱'을 '時'의 초서로, 오정란(1988:24)은 '嚟〉叱'로, 박병채(1990:61)는 'ㅅ'를 표기하기 위해 창안한 특수용자로 각각 보았다.

이 주장들이 갖고 있는 문제는 앞의 글(양희철 2016a:116)로 돌린다.

다른 한 방향은 양주동의 주장을 좀더 발전시켜서, 한자 '叱'의 음을 '실, 슬, 속, 시' 등으로 추정한 주장들이다. 이 주장들은 여러 글에서 보인다.

먼저 '실, 슬, 시' 등으로 본 주장들을 보자. 정연찬(1972:72~73)은 "이른바 齒音 次淸 漢字는 日本漢字音 경우의 「s」를 反影하고 있는 것으로 보아, 「叱」字의 羅代音이 「실」일 可能性은 多分히 있는 것으로 보인다."고 '叱'의 고음이 '실'일 가능성을 설명하였다. 그 후에 김홍곤(1977:168~172)은 일본 한자음과 이두들을 통하여 한자 '叱'의 고음을 '슫(sɨt), 슬/실(sɨl/sil)' 등으로 설정하였고, 유창균(1994:142~149)은 한자 '叱'의 음을 '슬'(초기), '시/ㅅ'(중기), '즐/ㅈ'(후기) 등으로 보았는데, 왜 중기음에서는 '실'을 인정하지 않고 '시'만 설정하였는지는 알 수 없으며, 김동소(1998:37, 44~47)는 '叱'의 고대음을 *si(r)로 추정하였다. 이렇게 한자 '叱'의 고음을 '실, 슬, 시' 등으로 본 이 주장들은 이 '실, 슬, 시' 등의 'ㅅ'을 중국고음과 연결시키지 못한 공통의 문제를 보인다. 이 문제를 해결하려는 과정에서, 최남희(1994:5~46)는 '叱'의 고음 '짇'(尺栗切, 質入聲)을 '속'(息六切, 屋入聲)으로 오해하기도 했다.

한자 '叱'의 중국고음을 정리하는 데 매우 중요한 자료들을 불경 자역자에서 찾아 정리한 것은 위국봉(2014:49~79)이다. 그 일부에 "摩那叱囉, manaḥ śilā, 觀世音菩薩如意摩尼陀羅尼經, [唐]不空三藏寶思惟(?~721, 693년 抵洛京), 洛叱彌, lakṣmī, 佛說大吉祥陀羅尼經, [宋]法賢(?~1000?), 唵叱洛呬焰, om ṣrhyim, 曼殊室利菩薩呪藏中一字呪王經, [唐]三藏法師義淨(635~713)" 등이 포함되어 있다. 이 자료에서 보이는 '叱'과 'śi, ṣ, s' 등의 대응은, 선행 연구들이 향찰과 이두의 '叱'을 'ㅅ, 시, 실' 등으로 읽으면서도, 한자 '叱'의 중근세음인 '즐, 질' 등에서 찾지

못한 'ㅅ, 시' 등의 근거를 불경 자역자에서 찾아 제시했다는 점에서, 대단히 가치 있는 연구이다. 그러나 이 음이 한자음이 아니고, 한자 '叱'의 본래의 음인 '짇'을 버리고, 범어식으로 읽은 것[6]이며, 이두 '叱/시', 향찰 '叱/ㅅ', 구결 'ㄴ/ㅅ' 등은 불경 자역자에서 범자 'śi, ṣ, s' 등에 대응된 한자 '叱'에서 유래했다고 결론을 내렸다. 왜 이렇게 중요한 자료를 발견하고도 '叱'의 중국고음을 정리하지 못하고, 이두 '叱/시', 향찰 '叱/ㅅ', 구결 'ㄴ/ㅅ' 등은 불경 자역자에서 범자 'śi, ṣ, s' 등에 대응된 한자 '叱'에서 유래했다고 결론을 내렸을까? 이는 불경 자역자에 대한 오해와, 향찰 '叱'과 구결 'ㄴ'의 해독에 대한 오해에 기인한다.

위국봉이 보인 미흡점을 보완하여, 한자 '叱'의 신라음이 '실'이고, 향찰 '叱'은 이 신라음 '실'을 이용하여 만든 차제자로, 'ㅅ, 시, 실' 등을 표기하였다는 것을 밝힌 것은 양희철(2016a:118~124)이다. 위국봉이 보인 불경 자역자에 대한 오해는 개념의 문제이다. 불경 자역자는 음을 알 수 없는 범자('śi, ṣ, s')를 쉽게 읽을 수 있도록, 자신들이 쓰고 있는 한자(叱)로 그 음을 적은 글자이다. 이로 인해 불경 자역자의 음은 당연히 그 당시의 한자음이다. 이렇게 당연한 불경 자역자의 한자음을 범어식으로 읽은 것이라고 오해한 것은, 현재 우리가 알고 있는 한자 '叱'의 음이 '질, 즐'이라는 점에서, 한자 '叱'의 그 당시음이 'śi, ṣ, s' 등을 포함한 음일 수 있다는 사실을 생각하지 못하고, 불경 자역자 '叱'이 범자 'śi, ṣ, s'에 대응하는 것은, 불경 자역자 '叱'을 범어식으로 읽은 것이라고 오해한 것이다. 이런 오해는 불경 자역자에서 'ㅅ'이나 '시'를 옮길 수 있

6 이런 생각은 다음의 인용에서 보인다. "다만 일부 한자들은 범어 음역 때문에 비정상적으로 사용되었는데, 이러한 한자들의 음은 본래의 한자음과 거리가 멀기 때문에 특별하게 범어식으로 읽었을 것이라는 것이 필자의 주장이다. '叱'도 그 본래의 음이 범어의 'śi, ṣ, s'와 차이가 있기 때문에 이 범주에 속한다고 본다."(위국봉 2014:73).

는 한자들이 없었다면 가능할 수도 있다. 그러나 불경 자역자에서 'ㅅ'을 표기한 한자가 상당히 많으며, '시'를 표기한 한자들('屎, 師, 尸, 史, 始, 施, 私, 實, 失, 室')도 적지 않다. 이런 점에서 불경 자역자의 '叱'('śi, ṣ, s')은 한자 '叱'의 당시음이 『광운』에서 보이는 '짇'(昌栗切)과 불경의 자역자에서 보이는 '시(ㄷ)'의 싣'이었다고 보게 한다.

향찰 '叱'과 구결 'ㅂ'의 해독에 대한 오해는 이두 '叱'은 '시'로, 향찰의 '叱'은 'ㅅ'으로, 구결 'ㅂ'은 'ㅅ'으로 읽힌다고 보면서, 이 차제자들은 불경의 자역자인 '叱/si, ṡ, ṣ' 등에서 유래하였다고 본 것이다. 이런 해석은 이두 '叱'을 '시'로, 향찰 '叱'과 구결 'ㅂ'을 'ㅅ'으로, 각각 좁게 읽을 때만 가능하다. 그러나 이미 밝혀져 있듯이, 향찰 '叱'과 구결 'ㅂ'은 'ㅅ'은 물론, '시, 실' 등으로도 읽힌다는 점을 계산하면, 향찰 '叱'의 한자음은 중국고음 '싣'의 변음인 한국고음 '실'에 기초한 것임을 확인하게 된다. 왜냐하면, 향찰 '叱/실'의 음 '실'은 한국 한자의 고음은 될 수 있어도, 중국의 고음이나 불경 자역의 '시'는 될 수 없기 때문이다.

3.2.2. 향찰 '叱/시'와 '叱/실'

앞에서 정리한 향찰 '叱'의 한자음 '실'은, 이제까지 향찰 '叱'의 한자음을 '실'로 추정하고, 향찰 '叱'을 'ㅅ, 시, 실' 등으로 읽은 해독들을, 한자음의 차원에서, 확정할 수 있게 하였다. 'ㅅ'으로 읽은 '叱'들은 그 설명을 생략하고, '시'와 '실'로 읽은 향찰들(양희철 2015a, 2016a)을 간단하게 정리하면 다음과 같다.

먼저 '叱'로 '시'를 표기한 것은 네 유형으로 정리된다.

첫째로, 어간의 말음 '-시-'를 표기한(첨기한) '叱'이다. '有叱下是, 有叱下呂, 浮去伊叱等邪' 등의 '叱'은 어간 '이시-'의 말음 '-시-'의 표기(첨기)이고, '無叱昆'의 '叱'은 구결 '無ㅂ㢱'(업시며)와 '無㢱'(업시며)

에서 보이는 어간 '업시-'의 말음 '-시-'의 첨기이다.

둘째로, 어간의 '시-'를 표기한 '叱'이다. '內乎/드리오 叱等邪/시ᄃᆞ야', '乞白乎/빌사뢰오 叱等耶/시ᄃᆞ야', '作沙毛/삼사모 叱等耶/시ᄃᆞ야', 好/호 叱等耶/시ᄃᆞ야', '來/오 叱多/시다'(오고 있다), '內乎留/드리올루 叱等耶/시ᄃᆞ야'(늘어트리올 것으로 있다야) 등의 '叱'들은 어간 '시-'의 표기이다.

셋째로, 명사의 말음 '-시'를 첨기한 '叱'이다. '城叱肹良/자시글랑', '物叱/가시', '塵塵 虛物叱(塵塵 허가시)' 등의 '叱'은 '자시, 가시'의 말음 '-시'의 첨기이다.

넷째로, 속격 '-시'를 표기한 '叱'이다. 음절말 자음으로 끝난 명사와 명사 사이에 온 향찰 '叱'은, '千手觀音叱前良中, 物北所音叱彗, 功德叱身乙, 法叱供乙留, 十方叱佛體, 衆生叱田乙, 難行苦行叱願乙, 衆生叱海惡中, 法性叱宅, 衆生叱邊衣, 普賢叱心音' 등에서 나온다. 이 '叱'들이 속격의 기능을 하는 것만은 분명하다. 그런데 문제가 된 것은 발음이 안 되는 'ㅅ'의 표기로 본 것이었다. 이 문제의 해결에는 한자 '之/㞢'의 음과 고려 구결이 도움을 준다. 한자 '之'의 고자인 '㞢'는, '時, 詩, 侍, 恃, 邿' 등의 고자들에서 보이는 '寺'의 '土'이다. 이는 한자 '之'의 고음이 '시'일 수 있음을 말해준다. 그리고 고려 구결을 보면, 주격, 부주격, 속격 등의 위치에서 한자 '之'를 바꾸거나 한자 '之'에 대응시킨 구결 'ㅌ'와 'ㄕ'가 나온다. 이 한자 '之'의 고음 '시'와 그 주격, 부주격, 속격 등의 기능은, 고려 구결 'ㅌ'와 'ㄕ'의 음 '시'와 주격, 부주격, 속격 등의 기능과 일치한다. 이렇게 고려 구결에서 한자 '之'와 구결 'ㅌ, ㄕ'의 음('시')과 기능(주격, 부주격, 속격)이 일치한다는 점에서, 이는 한자 '之'의 음과 기능을 차용하고, 이를 구결 'ㅌ, ㄕ'는 물론 향찰 '叱'로 표기한 것으로 판단하게 한다.

향찰 '叱'로 '실'을 표기한 것은 다섯 유형으로 정리된다.

첫째로, 어간의 말음과 어미가 결합된 '-실-'을 표기한 '叱'이다. '有叱故/이실고', '有叱多/이실다', '居叱沙/안질사>안실사' 등의 '叱'은 어간의 말음('-시-')과 어미('-ㄹ-')가 결합된 '-실-'의 표기이다.

둘째로, 어간과 전성어미가 결합된 '실'을 표기한 '叱'이다. '太平恨音/태평ᄒᆞᆫ임 叱如/실다'[태평한 것임(이) 있을 것이다], '逐好/좇호 友伊音/벋이임 叱多/실다'[좇기에 벗됨(이) 있을 것이다], '出隱伊音/ᄂᆞᆫ이임 叱/실 如支/ᄃᆞ디'[(남아) 나오게 된 것임(이) 있을 듯이] 등의 '叱'은 어간 '시-'와 전성어미 '-ㄹ'의 결합인 '실'의 표기이다.

셋째로, 명사의 말음과 격어미의 결합인 '실'을 표기한 '叱'이다. '兵物叱沙/잠가실사', '周/두루 物叱/가실' 등의 '叱'은 명사의 말음(-시)과 어미(-ㄹ)를 결합한 '실'의 표기이다.

넷째로, 접미사 '실'을 표기한 '叱'이다. '命叱/시기실(또는 ᄒᆞ이실)', '敬叱/경실(또는 고마실)', '辭叱都/말실도', '頓/뭇 部叱/주비실' 등의 '叱'은 '일'의 의미인 접미사 '실'의 표기이다. 이 접미사 '실'은 현대어의 접미사 '질'로 연결된다.

다섯째로, 부사의 말음 '실'을 표기한 '叱'이다. '丘物叱丘物叱/구므실구므실(또는 구무실구무실)'의 '叱'은 부사 '굼실굼실'의 과거 형태로 추정되는 '구므실구므실(/구무실구무실)'의 말음 '실'의 표기이다.

3.2.3. 향찰 '賜/시'

앞에서 정리한 향찰 '叱'이 표기한 상당수의 형태소들은 이미 소멸된 것들이다. 이 중에서도 '시-'는 이 절과 다음 절에서 다루려는 향찰에서도 나타난다.

향찰 '賜'는 25회 나오는데, '어간+(屋+)賜-'의 '賜', '어간+遣(+只)

賜-'의 '賜', '-支(/隱/攴) 賜-'의 '賜' 등으로 나뉜다. 이 중에서 '-隱(/攴/支) 賜-'의 '賜'는 '一等沙隱 賜以古只', '遣知攴 賜尸等焉', '(乃叱)好支賜烏隱' 등에서 '주시-'로 읽히는데, '시-'의 설명에 꼭 필요한 것이 아니어서 그 설명을 생략한다. 이 '賜' 역시 앞의 글(양희철 2015a)에서 구체적으로 다룬 바가 있어 이를 간단하게 인용하면서 설명하려 한다.

'어간+(屋+)賜-'의 '賜'는 선어말어미의 위치에서 16회 나온다. '慚肹伊賜等'(〈헌화가〉), '愛賜尸, 爲賜尸知'(〈안민가〉), '(持以攴)如賜烏隱'(〈찬기파랑가〉), '去賜里遣'(〈원왕생가〉), '見賜烏尸'(〈혜성가〉), '改衣賜乎隱'(〈원가〉), '滿賜隱'(〈예경제불가〉), '滿賜仁'(〈광수공양가〉), '修叱賜乙隱'(〈수희공덕가〉), '動賜隱乃, 向屋賜尸, 應爲賜下呂'(〈청불주세가〉), '(修將)來賜留隱, 爲賜隱'(〈상수불학가〉), '沙音賜焉'(〈항순중생가〉) 등의 '賜'들이다. 오구라(1929)와 양주동(1942)은 한자 '賜'의 음을 'ᄉᆞ'로 보고, 이 향찰 '賜'를 '샤'로 읽으면서, 한자의 음을 벗어났지만, 문법 형태인 주체존대의 선어말어미를 만족시켰다. 이에 비해 정열모(1947)와 이탁(1956)은 한자 '賜'의 중근대음인 '사'와 'ᄉᆞ'를 살려 이 향찰 '賜'를 읽었지만, 문법 형태인 주체존대의 선어말어미를 만족시키지 못했다. 이 문제를 정연찬(1972)이 일단 해결하였다. 즉 향찰 '賜'를 운서의 과거음인 '시'로 읽으면서, 한자 '賜'의 음 '시'와 문법 형태인 주체존대의 선어말어미 '시'가 일치하는 해독을 보여주었다. 이 '시'의 해독은 그 후에 서재극(1975)에 의해『삼국유사』소재 향가의 '-賜-'에 확대 적용되었고, 김완진(1980b)과 유창균(1994)에 의해 향가의 '-賜-' 전체에 확대 적용되었다. 그리고 이 '賜'의 음 '시'는 이돈주(1990)와 유창균(1994)에 의해 다시 확인되면서, 그 확고한 위치를 얻게 되었다. 이렇게 이 '賜'들의 해독은 '시'로 거의 굳어지는 가운데, 강길운(1995)에 의해 'ᄉᆞ, 시'의 해독이 다시 제시되었다. 이 '시'와 'ᄉᆞ, 시' 중에서 어느 해독이 타당한가는 변증을 요하고 있다.

그리고 이 해독들 중에서 '賜'를 '시' 또는 'ᄉᆞ, 시' 등으로 읽은 해독들은 그 근거를, 외국학자들이 재구한 중국 고음에 의존하면서, 한국 한자음으로는 논증하지 못한 문제도 보인다. 이 문제들은 양희철(2015a)에 의해 세 측면에서 보완되었다. 첫째로, 주체존대의 선어말어미 '시'의 선행형이 'ᄉᆞ'라는 사실을 논증할 수 없으며, '디나다손'(持以支如賜烏隱)이나 '가ᄉᆡ손'(改衣賜乎隱)에서와 같이 '손'의 표기에, 경제적인 '孫'을 쓰지 않고, 비경제적인 '賜烏隱'(ᄉᆞ+오+ㄴ>손)과 '賜乎隱'(ᄉᆞ+오+ㄴ>손)을 썼다고 볼 수 없다는 측면이다. 둘째로, '賜'를 '시'로 압운한 예가 〈東明王篇〉(이규보, 『동국이상국집』 권제3)의 제36구말과, 〈七月十九日夜…〉(서거정, 『속동문선』 권지삼)의 제4구말에서 발견된다는 측면이다. 셋째로, '賜'와 함께 '止'섭 3등에 속한 한자들로 만들어진 향찰들['知, 伊, 支'(이상 '支'운, 평성), '史, 是, 理, 里, 以, 爾, 只'(이상 '紙'운, 상성), '利, 事, 賜, 次'(이상 '寘'운, 거성)]이 음으로 읽을 경우에 '이'운을 보인다는 측면이다. 이상의 변증과 보완으로 보아, '어간+(屋+)賜-'의 선어말어미의 위치에 온 향찰 '賜'는 '시'로 읽는 것이 타당하다.

'어간+遣(+只) 賜+어미'의 '賜'는 '白遣 賜立', '成遣 賜去', '閼遣只 賜立' 등에서 나타난다. '-遣(只) 賜-'를 해독 초중기에는 붙이고 '賜'를 모두 선어말어미로 읽었다. 이 해독의 문제는, 주체존대의 선어말어미 앞에서 '遣(只)'을 선어말어미 '고/겨(ㄱ)'로 읽고, 원망이나 희망 또는 미상의 선어말어미로 본 것에서 발견된다. 주체존대의 선어말어미 앞에 '고/겨(ㄱ)'가 왔다고 보는 것이 어렵다. 특히 그 형태소들의 순서가 현대어와 구결에서 '-시고-'이기 때문이다. 이 문제를 해결하기 위하여, '-遣 賜-'와 '-遣只 賜-'로 띄우고, 연결어미와 어간의 결합으로 읽은 해독들(이종철 1987, 정창일 1987a, 이승재 1990, 장윤희 2005, 양희철 2013b)이 나왔다. '-遣 賜-'의 경우에는 '-겨 주시/줄-', '-겨 시-', '-곤 시-'

등으로, '-遣只 賜-'의 경우에는 '-겨 주시/줄-', '-겨 시-', '-곤 시-' 등으로 읽으면서 의견의 통일을 보이지 못하는 문제를 보였다. '-겨 주시/줄-'와 '-겨 시-'에서는, '-遣'을 '-겨'로 읽고 그 의미를 '-아/여'의 연결어미로 보았는데, 이를 논증할 수 없는 문제를 보인다. 이에 비해 '-곤 시-'를 보여주는 '숣곤 시셔'와 '이루곤 시셔'의 해독은, '어간(숣, 이루)+어미(곤) 어간(시)+어미(셔)'로 읽은 것으로, 차제자의 원리와 문법적 연결에서 합리성을 보이고, 그 현대역인 '사뢰고는 있으셔?'와 '이루고는 있으셔?'는 해독의 형태소와 일치하고, "惱叱古音 多可支 白遣 賜立"과 "四十八大願 成遣 賜立(〈去)"의 문맥에도 문제가 없다. 게다가 한자 '遣'의 신라음이 '곤'이고, 신라시대에 '시-'가 존재했다(양희철 2015b)는 사실이 확인되었다. 이런 점들로 보아, '白遣 賜立'와 '成遣 賜立'의 '賜-'는 '시-'로 해독한 것이 가장 타당하다.

그리고 '閼遣只 賜立'의 '-遣只 賜-'는 '-격 주시-', '겻긔 줄-', '-격 시-', '-곡 시-' 등으로 읽으면서 의견의 통일을 보이지 못하는 문제를 보였다. 그러나 '-遣只'는 그 신라음으로 보아 '-격, -겻긔' 등이 되지 않고, '-곡'이 된다는 점에서, '-곡 시-'의 해독만이 타당성을 보인다. 특히 한자 '遣'의 신라음이 '곤'이고, 신라시대에 '시-'가 존재했다는 사실로 보아, 이 해독이 가장 타당해 보인다.

3.2.4. 향찰 '省/쇼'

'梗'섭의 한자를 이용한 향찰로 '省'이 있다. 이 향찰 '省'은 '去遣 省如'(〈우적가〉)에서 나온다. 그리고 이두 '省'이 '蘇, 所' 등에 대응한다는 사실이 "方言呼省爲所 所或作蘇…"(『문헌비고』 권7)에서 일찍부터 밝혀졌고, '가고소다'(行きかヽれり: 막 가고 있다, 오구라 1929)와 '가고쇼다'(가고 있노라, 양주동 1942)의 해독에서부터, '去遣 省如'에는 '-고

있-'의 의미가 있다는 것이 중론이었다. 거의 모든 '去遣 省如'의 해독들이 이 두 가지 사실을 만족시키지 못하다가, '가곤 쇼다'의 해독에 와서야 어느 정도 만족시켰다. 즉 '가곤 쇼다'(가고는 있소다, 양희철 2013b)에서는 '省'을 '쇼'로 읽었지만, '遣'을 '곤'으로 읽는 데 치중한 나머지, '省'을 '쇼'로 읽은 해독의 근거를 명확하게 하지 않았다. '가곤 쇼다'[(나는) 가고는 있다. 양희철 2014a, 2015a, 2015b]에서는 한자 '省'의 백제음과 신라음을 '숑'으로 정리하고, 이두와 향찰 '省-'을 '쇼-'로 읽으면서, 이 '쇼-'의 '시-'를 현대역 '있-'과 연결시켰다.

한자 '省'의 백제음과 신라음을 '숑'으로 정리하고, 이두와 향찰 '省'을 '쇼'로 읽은 내용을 요약한 글(양희철 2015b)을 인용하면 다음과 같다.

> 첫째, "來蘇郡本高句麗買省縣", "蘇泰縣本百濟省大號縣"(『삼국사기』 지리지), "方言呼省爲所 所或作蘇…"(『문헌비고』 권7) 등에서 보면, 이두 '省'에 '所'와 '蘇'가 대응되어 있고, 이 '所'와 '蘇'의 한국 중세음과 중국음이 '쇼'라는 점은 이두와 향찰의 '省'이 '쇼'의 표기임을 말해준다.
>
> 둘째, 한자음의 종성을 생략하여 이용하는 이두 약음자의 차제자 원리와, 한자 '省'의 재구된 고음의 모음들(iɛ, iä, iɐ)과 그 변화음들(iö, io) 등으로 보아, 이두와 향찰의 '省/쇼'는 한자 '省'의 당시음의 하나가 '숑'일 수 있음을 말해준다.
>
> 셋째, 이두 '省/쇼'를 포함한 "來蘇郡本高句麗買省縣"(『대동지지』에서는 본래 백제의 '買省郡'이라함. 양주시 일대), "蘇泰縣本百濟省大號縣"(충남 서산시 일대), "述川郡一云省乙買"(경기 여주군 금사면 일대), "首原縣本買省坪"(전남 순천 일대) 등은 백제가 지배하던 지역이란 점에서, 이두 '省/쇼'를 만드는 데 이용된 한자 '省'의 음 '숑'은 백제음으로 추정하였다.
>
> 넷째, 백제의 한자음 '省/숑'은 중국의 吳音과 연결되어 있는데, 이는 중국의 고음('sjɐŋ' 또는 'siɐng')이 변한 오음('sjoŋ' 또는 'sjong')의 수용으로 추정하였다.

다섯째, 한자 '省'이 속한 '梗'섭의 한자들은 일본음에서, '교도(京都)'의 '京/교', '쇼투쿠(聖德)'의 '聖/쇼', '다이쇼(大正)'의 '正/쇼' 등에서와 같이 '요'운으로 수용되었다. 그리고 '省'도 '쇼사쯔(省察)'와 '몬부쇼(文部省)'에서와 같이 '省/쇼'로 수용되었는데, 이는 한자 '省'의 오음과 백제음/신라음 '숑'에서 종성을 삭제한 음으로 추정하였다.

이상과 같은 사실들로부터, 한자 '省'의 고음 중의 하나가 중국 고음('sjɐŋ' 또는 'sịɐng', 오음은 '숑')−백제음/신라음('숑')−일본음('쇼')으로 이어지는 선상에 있으며, 이에 따라 이두와 향찰 '省/쇼'는 백제와 신라에 들어온 오음 '숑'을 이용한 약음자 또는 음반자로 정리를 하였다.

이 '省/쇼'로 읽은 '가곤 쇼다'[(나는) 가고는 있다]의 해독은 '쇼−'의 존재동사 '시−'를 통하여 현대역의 '있−'을 잘 보여주면서, 일단 해독에서 성공을 하였다. 그러나 이 '가곤 쇼다'의 해독은 '−고(ㄴ) 시−'로 쓰인 예들을 15세기는 물론 그 이전의 표기에서 정확하게 예증하지 않은 미흡점을 보였다. 이 미흡점은 그 후에 다음과 같이 보완(양희철 2015b)되었다. 즉, '오 시며'(오고 있으며, 『월인석보』 1459년), '오 실셔'(오고 있을 것이어, 『악학궤범』의 〈동동〉 1493년), '來 叱多'[오 시다(오고 있다)] 등의 '−(고〉오) 시−', '비취오 시라', '밀오 시라', '內乎 叱等邪'(드리오 시ᄃᆞ야), '乞白乎 叱等耶'(빌사뢰오 시ᄃᆞ야), '沙毛 叱等耶'(사모 시ᄃᆞ야), '好 叱等耶'[(ᄒᆞ오〉)호 시ᄃᆞ야] 등의 '−오 시−', 구결 '−ㅁ ㅌ−'(−고, 시−, 『화엄경소』 12세기 초), '−ㅁ ㅁ ㅌ−'(−고 시−, 『합부금광명경』 13세기), '노코 시라'(『악학궤범』의 〈정읍사〉 1493년), '가고 신뎌'(『악장가사』의 「쌍화점」, 16세기 초중반의 채록) 등의 '−고 시−', '閼遣只 賜立'(알곡 시셔)의 '−고(ㄱ) 시−', '白遣 賜立'(사뢰곤 시셔)와 '成遣 賜去'[이루곤 시(시)가]의 '−곤 시−' 등이, 앞의 미흡점을 충분하게 예증한다는 것이다.

이렇게 '去遣 省如'를 '(나는) 가고는 있다'의 의미인 '가곤 쇼다'로 읽은 해독은 '시-'는 물론 '-곤 시-'의 예증의 자료들도 확보하게 되면서, 해독의 타당성을 좀더 획득하게 되었다.

4. 이체자/변체자의 향찰들(內, 巴, 夘, 旀/㫉)

이 장에서는 이체자(異體字) 또는 변체자(變體字)의 향찰 '內, 巴, 夘, 旀/㫉' 등에 대한 선행 연구들을 변증하고자 한다.

4.1. 향찰 '內/내, 드리, ᄂᆞ'

이두와 향찰의 '內' 역시 적지 않은 문제를 가지고 있었다. 향찰 '於內'의 '內'를 '-ᄂᆡ'로 읽고, '內於都'의 '內'는 해독을 보류하고, 나머지는 특별한 의미가 없는 것으로 읽기도 했다(오구라 1929). 양주동(1942)은 '去內如, 去內尼叱古, 內於都, 爲內尸等焉' 등의 '內'를 'ᄂᆞ'로, '於內'의 '-內'를 '-느'로, '悟內去齊'의 '-內-'를 '-리-'로, 나머지 '內'를 '누'로 각각 읽었다. 이 해독은 거의 그대로 답습되다가, 최근에 부분적으로 부정되기도 했다. 이강로(1989a, 1989b, 1990, 1991)는 '內'의 상고음을 '예'로, 뜻을 '않'으로 보고, 이두와 향찰의 '內'를 '않, 이, 여, 야'로 읽었다. 그리고 서종학(1994; 1995)은 양주동의 해독을 비판하면서 이두의 '內'와 7개의 향찰 '內'를 바로 앞의 문자를 뜻으로 읽으라는 지정문자로 해석하였으며, 성호경(2000, 2006)은 나머지 7개의 향찰 '內' 중에서 3개에 서종학의 지정문자설을 확대 적용하였다. 같은 시기에 신재홍(2000)은 7개의 향찰

'內'를 '드리(納)-'로 해독하였고, 양희철(2001c;2008)은 신재홍의 '內/드리(納)' 7개를 가볍게 수정하면서 수용하고, 선어말어미로 쓰인 3개의 '-內/ᄂᆞ-'와 복합용언의 후행 어간으로 쓰인 3개의 '內/내-'를 정리하였다. 선행 연구들이 포함한 문제와 복합용언의 후행 어간으로 쓰인 3개의 '內/내-'에 대한 설명은 앞의 글로 돌리고, 신재홍의 '內/드리(納)' 7개를 가볍게 수정하면서 수용한 내용과 선어말어미로 쓰인 3개의 '-內/ᄂᆞ-'에 대한 설명을 요약하면 다음과 같다.

신재홍은 '內'를 '納'의 이체자, 그 중에서도 약자로 보고, '드리-'로 읽었다. 이 해독은 상당히 주목되어야 할 해독이며, 약간의 수정을 필요로 한다. 이를 차례로 보자.

'毛乎攴 內良'(〈맹아득안가〉)을 '모아 들여'의 의미인 '모호기 드려(←들이어)'(신재홍 2000:158)로 읽었다. 이 해독에는 '-攴'을 '-支'로 수정하여, '-기'(부동사형어미:연결어미)로 본 것과 '良'을 '어'로 읽은 문제를 보인다. '-攴'을 한국의 중세어는 물론 돌궐어에서 발견되는 연결어미 '-ㅂ'(양희철 1995a:212~213, 2001a)으로, '-良'을 '-아'로 수정하여 읽으면, '毛乎攴 內良'은 '모홉 드리아'(모아 들이어)가 된다.

'白屋尸置 內乎多'(〈맹아득안가〉)를 '빌어 사룀(기도의 말씀)도 드리노라'의 의미인 '술볼두 드료다(←ᄉᆞᆲ올두 들이오다)'(신재홍 2000:159)로 읽었다. '술볼두'에서 '빌어 사룀(기도의 말씀)'의 의미를 이끌어내는 것이 쉽지 않다. '白屋尸置'의 '-尸/ㄹ-'은 현재시제의 동명사형이 아니라, 미래시제의 동명사형이다. 이 표현은 시에서 현재의 사룀을 암시적으로 함축하면서, 그 다음에 이어지는 앞으로의 '사룀'만을 표현한 것이다. 이 '현재의 사룀은 물론'의 의미를 함축하였다는 사실은 '사뢸 것도'의 '-도'에서 확인된다. 이런 점에서 이 '白屋尸置 內乎多'는 'ᄉᆞᆲ올두 드리오다'로 읽고, '(현재의 사룀은 물론) 사뢸 것도 여쭈옵니다'의 의미라 할 수 있다.

‘賜以古只 內乎叱等邪’(〈맹아득안가〉)를 ‘줄까 라고 드리는도다’의 의미인 “‘주이고’ㄱ 드룟 ᄃᆞ라(←들이옷 ᄃᆞ라)”(신재홍 2000:166)로 읽었다. ‘드리는도다’로 보면 목적어가 있어야 하는데, 그렇지 않은 문제를 가지고 있다. 해독을 ‘주시이곡 드리오 시ᄃᆞ야’로 수정하여 읽고, 그 뜻은 ‘(반드시) 주시오 여쭈옵다야’로 보아야 할 것 같다. 즉 ‘드리-’를 ‘드리(獻)-’의 의미가 아니라, ‘여쭙-(말씀드리-)’로 정리한다.

‘次弗 □(:无/亡 보충)史 內於都’(〈우적가〉)를 ‘채비 없이 들여도:아무런 준비 없이 죽음을 받아들여도’의 의미인 ‘ᄌᆞ비 업시 드려도(←들이어도)’(신재홍 2000:300~301)로 읽었다. 만약 ‘次弗’가 ‘差備’라면, ‘差備’로 쓰지 않은 이유를 해명하기가 쉽지 않고, ‘次’의 당시 음이 ‘枝次/가지’에서와 같이 ‘지’라는 문제를 보인다. 훼손된 글자를 ‘覆/再’로 보고, ‘다음번에 다시 드리어도’의 의미인 ‘버그블 다시 드리어도’로 정리한다.

‘好尸曰沙也內乎吞尼’(〈우적가〉)를 ‘[내게] 좋을 것이라야 (받아)들이다니 [말이 되느냐?]’의 의미인 ‘됴ᄒᆞᆯ 이사야 드료ᄃᆞ니(←둏을 이사야 들이오ᄃᆞᆫ니)’(신재홍 2000:303~304)로 읽었다. 이렇게 ‘曰’을 ‘是’로 수정하고 해독한 결과는 그렇게 시원하지 않다. 수정 없이 ‘好尸 曰沙也 內乎吞尼’로 끊고, ‘好’의 ‘됴ᄒᆞ다’의 훈을 살려, ‘좋을 말씀사야 드리오다니’의 의미인 ‘됴ᄒᆞᆯ 말ᄉᆞᆷ사야 드리오ᄃᆞᆫ니’로 읽는다. 이 때 ‘좋을 말씀’은 ‘이잠갈사 지나오’라는 나쁜 말씀을 앞으로 자신에게 좋을 의미를 가지게 될 반어로 표현한 것이다.

‘拜內乎身萬隱’(〈예경제불가〉)을 ‘절 드룐 모ᄆᆞᆫ(←들이온 몸ᄆᆞᆫ)’으로 읽고, ‘절 드리는 몸은’(신재홍 2000:319)의 뜻으로 보고 있다. ‘절드리온 몸만은’으로 읽고, ‘-乎’의 뜻은 현재의 ‘-는’이 아니라 과거나 현재 완료의 ‘-온’으로 보아야 할 것 같다.

'不冬 萎玉 內乎留叱等耶'(〈항순중생가〉)를 '아니 이울어 들었도다'의 의미인 '안돌 이보록 드료롯ᄃᆞ라(←이블옥 들이오로ㅅᄃᆞ라)'(신재홍 2000:404)로 읽었다. '드료롯ᄃᆞ라(←들이오로ㅅᄃᆞ라)'의 해독이 현대역 '들었도다'와 잘 연결되지 않는다. 이 문제를 보완하기 위하여, '不冬 萎玉 內乎留 叱等耶'로 끊고, '이울어/시들어 늘어트리지 않을 것으로 있다야'의 의미인 '안돌 이울(<불)옥 드리올루 시ᄃᆞ야'로 읽는다. '內/드리'를 '垂/드리(늘어트리-)'의 의미로 보고, '乎'를 '올'로 본 것이다(양희철 2015a:316).

이렇게 7개의 '內'들은 '納'의 약자로 보고, 그 훈으로 읽을 때에 설득력을 얻는다.

이번에는 선행 연구에서와 같이 선어말어미 '-ᄂᆞ-'로 읽을 수밖에 없는 것들을 보자. '去內如'(〈제망매가〉)는 '가ᄂᆞ다'(양주동 1942:547)로, '去內尼叱古'(〈제망매가〉)는 '가ᄂᆞ닛고'(양주동 1942:550)로, '於內'(〈제망매가〉)는 '어ᄂᆞ'(지헌영 1947:23)로, 각각 읽는 것이 지배적이다. '어ᄂᆞ'는 관형사가 아니라 '어찌'의 의미를 가진 부사로 수정한다.

이 향찰들에 포함된 '內'를 지정문자나 '이/ㅣ'로 보려는 해독들이 나오기도 했다. 지정문자설은 상당히 많은 문제(양희철 2008:341~344)을 보인다. 게다가 '去內如'(〈제망매가〉)의 경우에, '內'를 지정문자로 보고, '去內如/가다'로 읽은 다음에 "'가ᄂᆞ다'의 불완전한 표기인 듯"하다고 정리하기도 했다. 결과는 '-內-'를 '-ᄂᆞ-'로 보는 것에 지나지 않는다. 그리고 '內'를 '이/ㅣ'로 읽은 해독은, 초기 해독에서 나타났던 형태로, 차제자 원리상 용인되지 않는 형태이며, 현재는 용인되지 않는다. 이 '內(이, ㅣ)'는 '內'의 한자음을 '예'로 보고, 복모음의 운미 '이, ㅣ'를 취한 것으로 본 해독이다. 이렇게 복모음의 운미 '이, ㅣ'를 취하는 해독을 취하면, 수많은 복모음자들의 해독에서 혼동이 온다. 게다가 불경 자역자와 향찰에서 반절하자를 이용한 글자는 만들지 않는다. 그리고 '이, ㅣ'의 표기에 '是, 伊, 以' 등이 쓰이는데, 이 글자들을 버리고 '內/예'로 '이, ㅣ'를 표기했다고 보기는 어렵다. 이는 혹시 '內/ᄂᆞ'가 '內'의 한자음 '닉'에서 'ᄂᆞ'만을 취한 것으로 보고, 'ᄂᆞ'가 가능하므로 '이, ㅣ'도 가능하다고 주장할 수 있다. 그러나 '內/ᄂᆞ'는 '닉'의 'ᄂᆞ'가 아니라, '內(=納)/ᄂᆞᆸ'의 'ᄂᆞ'라는 사실을 생각해야 한다. 이는 '去內如, 去內尼叱古, 於內' 등의 '內'도 '納'의 약자라는 것이다.

이상과 같은 점들로 보아, 복합용언의 후행어간 '내-'를 표기한 향찰 '內'들은 그 한자가 '內/내'이지만, '드리-'와 'ᄂᆞ'를 표기한 10개의 '內'들은 모두가 '納'의 약자이며, '內/드리'는 '內(=納)'의 훈 '드리-'에, '內/ᄂᆞ'는 '內(=納)'의 음 'ᄂᆞᆸ'에 기초한 차제자로 정리하게 된다.

4.2. 향찰 '巴/잡'

'巴寶白乎隱'의 '巴' 역시 많은 논쟁이 있어온 향찰이다. 이 향찰은 '把'의 이체자/변체자, 그 중에서도 약자로 판단된다. 그 이유는 '巴, 寶, 白' 등의 해독은 물론, 해당구와 해시(解詩)의 관계에 있다. 먼저 '巴'의 해독은 '巴'자 자체의 해독은 물론, 해당구인 '巴寶白乎隱 花良'와 해시의 '挑送青雲一片花'의 관계가 문제된다. '寶'의 경우는 그 음 '보'를 살려서 읽었는가 하는 문제이다. '白'의 경우는 'ᄉᆞᆲ, ᄉᆞᆸ, 삽' 등으로 읽고, 상대존대법의 선어말어미로 해석하고 있는데, '花/곶'이 상대존대법을 써야 하는 존재인가는 진지하게 검토해야 할 문제로 보인다. 이 문제들을 간단하게 정리하면 다음과 같다.

'寶'의 음 '보'를 살리거나, '巴寶白乎隱'을 '巴寶 白乎隱'으로 분리한 해독들 중에서, '巴寶白乎隱'을 붙여서 읽은 해독들을 먼저 정리하면 다음의 다섯 유형으로 정리된다.

가) 보- : 보내온(보내온, 신태현 1940)
나) 곱- : 고보술본(짓궂은, 정열모 1965)
다) 뽑- : 보보숣온(솟구쳐 올리는, 김준영 1964), 바보술뷴(뽑사와 뿌린, 류렬 2003), 보보숩온(뽑은, 박재민 2009b)
라) 봅- : ㅂ보술본(솟구온, 서재극 1975), 보보숣온(돋아 보내신, 김준영 1979), 보보술뵨(솟아나게 한, 김완진 1980b, 이도흠 1988), 봅오술본(날려 올리온, 지형률 1996), ㅂ보술뵨(날려 보내는, 신재홍 2000)
마) 돌- : 돌보술본(은총을 입고 있는, 유창균 1994), 돌보소본(미륵보살을 돌보온, 강길운 1995), 돌보숣온(돌이어 보내온, 지형률 2007)

이 해독들은 '巴寶白乎隱'을 붙여서 읽었다. 그리고 가)를 제외한 나머지 해독들은 '-白-'을 '-숣, 숩, 솝-' 등으로 읽고, 상대존대법의 선어말어미로 보았다. 그런데 문제는 각 해독들을 보면, 모두가 그 현대역에서 이 상대존대법의 선어말어미를 살리지 못하고 있다는 점이다. 이는 '巴寶白乎隱' 다음에 온 '花良'의 꽃이 상대존대법을 써야 하는 대상이 아니라는 점과 통한다. 이렇게 결정적인 문제가 있는데도, 이렇게 읽은 이유를 이해하기 어렵다. 이 문제를 해결하려고, 가)의 해독에서는 '白'을 '內'로 수정하였다. 수정을 인정하는 것이 쉽지 않다.

이렇게 결정적인 결점을 가지고 있는 이 해독들은 이 외에 각각 다른 문제도 가지고 있다. 이를 간단하게 정리해 보자.

가)의 '보내온'에서는 '보내-'에 해당하는 한자 '送, 遣' 등을 몰라서 '巴內-'로 표기했다고 보기 어렵다.

나)의 '고보술본'에서는 "閬苑白水東南流 曲折三廻如巴字 故名三巴"(『三巴記』)에 근거해, '巴'를 '곱(曲)다'로 읽을 수도 있고, '돌(廻)다'로

읽을 수도 있다고 보면서 전자를 취하였다(정열모 1965:158). 이 '곱-'은 '곱(麗)-'의 의미이다. 그러나 해독인 '고보술본'과 그 현대역인 '짓궂은'이 연결되지 않는 문제를 보인다.

다)의 '보보숣온'에서는 그 해독에서 '뽑다'의 '봅다'를 보여준 다음에, 이 '봅-'이 '솟구치-'의 '봅-'과도 통한다고 하면서, 그 현대역을 '솟구쳐 올리는'을 취하였다. 이는 '巴寶白乎隱'의 해독을 해시의 '挑送'(돋아 보내다. 뽑아 보내다.)과 연결시킨 해독이다. '뽑다'에 해당하는 '拔, 選出'과 '돋아 보내다'에 해당하는 '挑送'의 한자를 몰라서 '巴寶-'로 표기했다고 보기가 어렵다. '바보솔ᄫᆞᆫ'의 해독은 '뽑사와 뿌린'의 현대역과 연결되지 않는다. '보보솝온(뽑은)'의 해독에서는 '보보-'를 '위로 올려 보내다'의 의미로 보았는데, 의미가 유사한 것 같이 보이지만, 쉽게 연결되지 않는다.

라)의 해독에서는 '巴寶-'를 '뛰-, 솟구치-' 등의 의미를 가진 '봅-'으로 읽었다. 이 해독은 다)의 김준영에서도 보이는데, 김준영은 뜻만 제시하고, 중세어의 예를 제시하지 않다가 이 라)에 속한 해독에서 예를 제시하였다. 이 예들은 서재극이 먼저 제시하였다. 그런데 이 해독들은 '-白-'의 의미를 살리지 못한 문제도 있지만, '봅-'의 의미인 '뛰-, 솟구치-' 등을 벗어난 해독을 하고 있다. 즉 'ㅂ보술본'(솟구온)의 현대역을 제외한, '보보숣온'(돋아 보내신), '보보솔본'(솟아나게 한), '봅오솔본'(날려 올리온), 'ㅂ보솔본'(날려 보내는) 등의 현대역에서는 해시의 '挑送'과 적당히 연결하려는 태도를 보이면서, '봅-'의 의미인 '뛰-, 솟구치-' 등을 벗어난 문제를 보인다. 그리고 '挑戰, 挑發, 挑出' 등에서 '挑'와 '送'을 몰라서 '巴寶-'로 표기했다고 보기가 어렵다.

마)의 해독에서는 '巴寶-'의 '巴-'를 '돌-'로 읽었다. 이렇게 '巴-'를 '돌-'로 읽을 수 있는 가능성은 가)의 정열모에서 시작되었다. 그 후에 이 '돌-'을 수용하면서, '돌보-'로 읽은 것이 마)의 해독들이다. '돌보술본'(은총을 입고 있는)과 '돌보ᄉᆞᄫᆞᆫ'(미륵보살을 돌보온)에서는 '돌보-'를 '돌보-'(顧, 眷, 睠)의 의미로 보았고, '돌보ᄉᆞᄫᆞᆫ'(돌이어 보내-)에서는 '돌보-'를 '돌이어 보내-'의 의미로 보았다. 전자의 경우는 '顧, 眷, 睠' 등의 한자를 몰라서 '돌보-'를 '巴寶-'로 표기했다고 보기 어렵고, 후자의 경우는 해독의 '돌보-'와 현대역의 '돌이어 보내-'이 잘 연결되지 않는 문제를 보인다.

이렇게 '巴寶白乎隱'을 한 단위로 읽은 해독들이 '白'의 의미를 살리지 못할 뿐만 아니라, 여타의 문제도 보이자, '巴寶 白乎隱'으로 분리한 해독들이 나왔다.

바) 고- : 고ᄫᆞ ᄉᆞᆲ온(현대역 미제시, 김선기 1993)
사) 巴- : 巴寶 ᄉᆞᆲ호ᄂᆞᆫ(최고의 보배 사뢰는, 정창일 1987a)
아) 보- : (불러) 보오 ᄉᆞᆲ온(불러 보오 말씀한, 장영우 1998a, b)
자) 잡- : 자보 ᄉᆞᆲ온(잡고 사뢰온, 양희철 1989c;1997c)

바)에서는 '巴'를 '己'의 오자로 보고 '己寶'를 '고ᄫᆞ'로 읽었다. 그 뜻을 제시하지 않아(김선기 1993:373), 해독과 의미를 자세히 알 수 없다.

사)에서는 '巴寶'를 '최고의 보배'로 보았는데, 쉽게 이해되지 않는다.

아)에서는 '唱良 巴寶 白乎隱'를 '불러 보오 ᄉᆞᆲ온'으로 해독하고, '불러 보오 말씀한'의 의미로 보았다(장영우 1998a:224, 1998b:157~158). 조동사 '보-'를 '巴-'로 표기했다고 볼 수는 있으나, '巴寶'를 '보오'로 해독하는 것이 어렵다. 즉 '寶'를 '보'에서 'ㅂ'을 뺀 '오'로 읽는 것이 쉽지 않다.

자)에서는 '巴'를 '把'의 이체자 또는 변체자, 그 중에서도 약자로 보고, '巴寶 白乎隱'을 '잡고 사뢰온'의 의미인 '자보 ᄉᆞᆲ온'으로 읽었다. '巴'

를 '把'의 이체자 또는 변체자, 그 중에서도 약자로 본 근거는, 한자의 자전적 의미보다는 불전어(佛典語)의 실제 사용에 근거한다. 즉 巴鼻를 巴臂라고도 쓰는데, 이 때의 巴는 把라는 것이다.

> 巴鼻(잡어) 또는 巴臂로 쓴다. 巴라는 것은 把이다. 벽암집의 보조서에 이르기를 「송출납승향상파비(頌出衲僧向上巴鼻)」라 했고 … (巴鼻(雜語) 又作巴臂 巴者把也 碧巖集普照序曰 「頌出衲僧向上巴鼻」 … (『불학대사전』 '巴鼻'條).

이렇게 巴가 把일 때에 巴의 훈은 '줌'(据也) '잡다'(持也·執也) '헤칠'(播也) 등이 된다. 이 세 훈들은 일단 모두가 산화공덕에서 꽃을 잡고 헤치는 행위와 연결된다. 그런데 '巴寶'의 '寶'로 보아 '잡다'만이 가능하다고 생각된다. 왜냐하면 이것들과 '寶'를 연철할 때에, '잡오→자보'만이 가능하기 때문이다. 이렇게 '巴寶'의 '巴'는 '把'의 약자이므로, '巴寶'는 '자보'로 해독해야 될 것이 아닌가 생각한다.

이 해독에 대하여, '巴寶-'와 '挑送-'의 관계에 대한 설명을 요구할 수 있다. 이는 단순하게 '巴寶-'와 '挑送-'만을 직접 대응시키려 하지 말고, '巴寶 白乎隱 花良'과 '挑送青雲一片花'를 산화공덕의 상황에서 비교해 보는 것이 바람직해 보인다. 우선 '巴寶 白乎隱 花良'과 '挑送青雲一片花'은 현격한 차이를 보인다. 두 전반부인 '巴寶 白乎隱'과 '挑送青雲'을 보면, '巴寶'와 '挑送'이 시적 화자의 행동이란 차원에서만 같은 점을 보이며, 두 후반부인 '花良'과 '一片花'도 '花'만 같고 나머지 부분은 다르다. 이런 점들로 보면, '巴寶'와 '挑送'이 같은 의미라고 말할 수 없다. 앞에서 정리한, '巴寶'에 대한 선행 해독의 의미들인 '뽑-, 봅(돋-, 솟구치-), 돌보-' 등을 가져오려 하면, '巴寶白乎隱'의 '-白-'을 살릴 수 없는 문제와 여타의 문제를 보인다. 이런 점에서 '巴寶'와 '挑送'은 산화공덕에서 산화사(散花師)가 화거(華筥) 즉 꽃광주리에서 생화(生花) 또는 오색지(五色紙)로 된 연판(蓮瓣)의 화파(花葩)를 불보살 앞에 산포하기 위하여, 손으로 꽃광주리에서 꽃을 잡고 위로 들어 올리면서 뿌리는 행위에서, '잡고' 부분을 표현한 것이 '巴寶'(자보)이고, '위로 들어 올리면서 뿌리는' 부분을 표현한 것이 '挑送'이라고 판단한다. 이런 사실로 보아, '巴寶'를 '자보'로 읽고, '巴'를 '把'의 이체자/변체자 그 중에서도 약자로 보는 데 문제가 없다고 판단한다.

4.3. 향찰 '夘/돗기'

향찰 '夘'의 자형 판독과 해독에서는 매우 많은 논쟁이 있어왔다. 그러나 정우영(2007:265~266)이 동양 삼국의 대자전들에서 '夘'가 '묘, 원'의 두 음을 가지며, '묘'로 읽히는 '夘'는 '卯'의 속자이고, '원'으로 읽히는 '夘'은 '夗'자와 같은 자로 정리되어 있음을 소개하고, 이를 바탕으로 양희철(2009a;2015a)이 향찰 '夘'를 해독하고, 그 해독을 문학적인 차원에서 검증하면서, 그 해독이 거의 정리된 것 같다. 그 내용을 간단하게 인용하면 다음과 같다.

선행 연구들은 세 유형을 보이므로 유형별로 정리한다.

'夘乙'을 '卵乙'로 보고, '란, 알을, 알' 등으로 해독한 경우들이 많다. 홍기문(1956)은 '바므란'의 '란'으로, 정열모(1965)는 '아롤'의 '알'로 읽었고, 그 후에 서재극(1975), 홍재휴(1983), 정우영(2007) 등에 의해 '알'로 읽는 해독의 논리가 강화되었다. 박재민(2009b; 2013a)은 '夘'를 '卵'으로 판독하는 선을 넘어서 '夘'를 '卵'의 이체자(異體字)로 보았다. 이 해독들은 『삼국유사』에서 '卵'의 오자(誤字)로 드물게 쓰인 '夘'의 예들과, '卵'은 대부분 '夘'로 나타난다는 주장에 근거해, '夘'를 '卵'으로 보고 '알'로 읽은 것이다. 그러나 '夘'가 '卵'의 오자로 사용된 예들은 서재극과 홍재휴가 제시한 서너 개가 전부이고, '卵'은 대부분이 '夘'가 아니라 '夘'으로 나타난다. 그리고 '알'은 안고 갈 대상이 아니고, '서동방을 알 안고가다'에서 '서동방'은 장소이며, '알 안고'는 부화 행위이고, '알'에는 '알몸'의 의미가 없다. 이런 점들에서, 이 해독들은 부정적이다.

'夘乙'을 '死乙'로 보고, '뒹굴, 누버딩굴, 딩굴' 등으로 해독한 경우들도 있다. '夘'를 '卵'으로 판독한 주장들이 주류를 이루는 가운데, 김웅배(1982), 심재기(1989), 금기창(1993), 윤철중(1997) 등에 의해 '夘'는 '死'과 같은 글자라는 사실, 즉 일본 사전에 등재되어 있다는 사실이 소개되고, 이 '死'의 훈으로 읽은 해독들이 나왔다. 특히 윤철중(1997)은 『삼국유사』에 나온 '卯, 卵, 死' 등의 속자와 오자들을 통계적으로 보아, '夘'는 '卯'일 수 있다고 언급을 하였고, 정우영(2007)은 한중일 동양 삼국의 사전들에, '夘'는 '卯'의 속자이며, '死'과 같은 글자라는 사실이 등재되어 있다는 사실을 제시하면서도, '夘乙'을 '死乙'로 보았다. 이렇게 중요한 통계와 자료를 제시하면서도, 이 두 분은 그 당시의 시류에 밀려, 〈서동요〉의 '夘'를 '卯'의 속자로 정리하지 못하고, '夘'를 '死'과 '卵'으로 보았다. 이 해독들은 '夘'이 '死'의 동자(同字)라는 점에서는 그 가능성을 갖는다. 그러나 『삼국유사』에서 '死'이 '夘'으로 쓰인 예가 하나도 없다는 문제와, '뒹굴/딩굴(고) 안고'는 '안고 뒹굴/딩굴'의 어순으로 쓴다는 문제를 보인다.

'夘'는 아유가이(1923) 오구라(1929) 유창선(1936c) 등에 의해 '卯'로 판독되는 가운데, 양주동(1942)에 의해 '卯'의 속체(俗體), 곧 속자라는 주장이 나왔고, 남풍현(1983)에 의해 그 논거가 보강되었다. 그리고 『삼국유사』에서 "이들(卯, 夘, 夘)의 用處는 모두가 干支에 局限되어 있다."는 干支가 아닌 곳에서 '夘'가 '卵'의 오자(誤字)로도 나온다는 점에서 잘못된 주장이다. 이 잘못된 주장에 근거해서 '夘乙'의 '夘'가 '卯'가 아니라고 본 주장은, 일차적으로 잘못된 주장에 근거했다는 점에서 틀린 주장이고, 이차적으로 干支가 아닌 곳에서 '卯, 夘, 夗' 등이 아닌 글자로 나타난 적이 없다는 점에서, 이 주장은 〈서동요〉의 '夘'가 '卯'의 속자일 가능성을 부정하지 못한다. '夘乙'을 '卯乙'로 보고, '卯'의 음과 훈으로 해독한 경우들도 많다. '卯'를 음으로 해독한 경우에, '묘'를 제외한 나머지 해독들은 '묘'의 음을 벗어났고, 통사-의미의 차원과 해독과 현대역의 연결이란 측면에서도 문제를 보인다. '卯'의 훈으로 해독한 '돐을, 도깨를, 물/더블' 등은 '卯'의 훈으로 읽었다고 하지만 훈과는 거리가 멀다. 그리고 해독과 현대역의 연결이란 측면에서도 문제를 보인다.

이에 비해 '夘乙'을 '톳길'로 읽은 해독은 다음의 네 측면에서 정합성을 보인다. 첫째로 '톳길'은 '夘(=卯)'를 그 훈 '톳기'로 '乙'을 '-ㄹ'로 읽었다는 점에서, 향찰의 원리와 운용법의 측면에 부합한다. 둘째로 이 해독은 '톳기(명사)+ㄹ(목적격어미)'의 결합으로 형태소의 연결이 문법적이다. 셋째로 이 해독은 "서동방을(=에/으로) 밤에 토끼(/딸, 아이 : 토끼의 은유)를 안고 간다"의 문맥에서와 같이 단어들의 연결이 통사-의미의 측면에서 문제를 보이지 않는다. 넷째로 이 해독 '톳길'과 현대역 '토낄/토끼를'의 연결에 문제가 없다. 이런 점들로 보아 '夘乙'은 '톳길'로 읽어야 한다고 판단을 하였다.

이어서 이 해독은 배경설화의 두 해석 차원에서 보아도 옳다는 사실을 정리하였다. 첫 번째의 해석 차원은 '夘'를 '卯'(톳기)로 해독하여야 배경설화의 논리적 서사진행이 가능하다는 것이다. 즉 '톳기'의 문자적 의미는 아이들이 〈서동요〉를 겁 없이 부를 수 있는 서사진행을, '톳기'의 비유적 의미인 '아이, 딸' 등은 왕과 신하들이 노래를 진실로 믿고 공주를 유배시키는 서사진행을, 공주가 노래의 효험을 믿고 서동을 따르는 서사진행을 모두 논리적으로 가능하게 한다는 점이다. 이에는 '얼아/어라, 두고, 서동방을, 톳길' 등의 표현들(동음이의어, 다의어, 구문상의 중의, 은유)과 민요의 여러 기능(사실성, 참요성, 주술성) 등이 작용한다. 특히 '톳기'로 읽고 그 문자적 의미인 '토끼'(아이들의 텍스트)와 그 비유적 의미인 '아이, 딸'(왕과 백관의 텍스트, 공주의 텍스트)을 이해하여야 논리적인 서사 진행을 이해할 수 있다. 두 번째의 해석 차원은 '夘'를 '卯'(톳기)로 해독하여야 배경설화의 시작부분에 나온 '기량난측(器量難測)'의 설명이 가능하다는 것이다. 이 '기량난측'의 설명에는 아이들, 왕, 신하, 공주 등이 노래의 기능을 어떻게 생각할 것인가를 계산하고, '얼아/어라, 두고, 서동방을, 톳길' 등의 표현들(동음이의어, 다의어, 구문상의 중의, 은유)을 포함한 〈서동요〉를 지어서 유포시킨 결과 자신이 계획한 목적을 달성했다는 사실이 소용된다. 이런 두 해석의 차원으로 보아도, '夘'를 '톳기'로 해독한 것이 옳다고 정리할 수 있다. 이 때 '夘'는 '卯'의 이체자 또는 변체자, 그 중에서도 속자이다.

4.4. 향찰 '旀/於/며'

향찰 '旀/旀'는 '古召旀'(〈맹아득안가〉)와 '爲旀'(〈광수공양가〉)에서 나온다. 이 '旀/旀'의 해독은 오구라 이래 '며'로 통일되어 있다. 즉 오구라는 정동유(鄭東愈, 1744~1808)의 『주영편(晝永編)』(1805~1806)에 따라, '旀/旀/며'를 한국에서 만든 조자(造字)로 보면서도, '며'로 읽었다. 이어서 양주동은 『주영편』의 '旀/旀/며'는 물론, 조선조 이두에서 보이는 '旀/旀/며'와 고문헌에서 보이는 '-며' 등으로 보아, '旀/旀'를 '며'로 읽었다. 두 분의 해독으로 '旀/旀'의 해독만은 '며'로 완결된 듯하다. 이 '旀/旀'를 '미'로 읽은 해독이 하나 있는데, 이는 '彌'의 당시음이 '미'가 아니고,

‘旀/㫆’가 이두에서 ‘며’라는 점에서, 무시해도 좋다.

문제는 향찰 ‘旀/㫆’의 생성의 문제이다. 이 문제가 해결되지 않으면, ‘旀/㫆’의 정체와 이 글자가 ‘며’로 읽히는 이유를 알 수 없다. 이 문제를 검토한 선행 연구들은 조자설, 속자설과 약체설/약서설의 복합, 국자설과 변체설의 복합 등으로 정리된다.

먼저 조자설을 보자. 정동유는 『주영편』에서 ‘旀/㫆/며’를 한국에서 만든 조자(造字)로 보면서, ‘며’로 읽었다. 오구라(1929:71~72)는 정동유의 조자설을 인용한 다음에, 신라·고려·조선 등의 ‘旀’를 보여주고, 『대명률직해』에서 ‘旀’와 ‘弥’는 같은 글자라고 주장하였다. 이 글은 ‘旀’를 ‘며’로 읽고, ‘旀’의 역사적 분포를 보여주면서, ‘旀’의 해독에서 그 길을 열었다. 그러나 이 글은 ‘旀’와 ‘弥’가 같은 글자라고만 하고, ‘旀’와 ‘弥’가 같은 이유를 논리적으로 설명하는 문제는 미결로 남겨 놓았다. 정열모(1965:314)와 강길운(1995:279)도 오구라와 같이 조자설을 따랐다. 정열모는 ‘旀’를 ‘於’의 ‘方’과 ‘彌’의 ‘爾(=尒)’를 결합한 이두자로 보면서 정동유의 조자설을 구체적으로 설명하려 하였다. 강길운은 『대명률직해』에서는 ‘旀’를 ‘弥’로 적은 바는 있지만, 8세기의 금석문(〈葛項寺石塔記〉 758년)에서는 ‘旀’와 ‘彌’를 분간하였다는 점과 여타의 이유에서, ‘旀’를 우리가 만들어 낸 독특한 한자로 보았다. 그리고 이어서 볼 양주동의 주장인 ‘方’변이 ‘弓’변의 약서라는 주장과, ‘旀’가 ‘弥’의 이체라는 주장을 비판하였다. ‘方’변이 ‘弓’변의 약서라는 주장을 비판한 것은 맞는 것 같다. 왜냐하면 ‘方’변과 ‘弓’변은 다른 글자이므로 약서라는 주장은 성립하지 않는다. 그러나 ‘旀’가 ‘弥’의 이체라는 주장을 비판한 것은 틀린 것 같다.

양주동(1942:458~459)은 정동유의 조자설과 이를 따른 주장들을 비판하고, 오구라와 함께 ‘旀’와 ‘弥’가 『대명률직해』에서 혼용되었다는 점에서 같은 글자로 보면서, ‘旀’를 ‘彌’의 ‘속자, 약체, 약서’ 등으로 해석하였다. 즉 "㫆「彌」의 俗字"에서는 '속자'로 해석하고, "「㫆」는 … 實은 「彌」의 略體에 不外한다. 곧 「弓」이 「方」으로 「爾」가 「尒」로 略書된것이다." 에서는 '약체/약서'로 해석하였다. 이 해석에서 처음으로 '㫆'를 '彌'와 연결시켰는데, 이는 정확한 것으로, '㫆' 해독의 발전이다. 그리고 '尒'(=尓)를 '爾'의 略體/略書로 본 것도 뒤에 보겠지만 맞다. 그러나 강길운이 비판하였듯이, '方'변은 '弓'변의 略體/略書가 아니라는 문제를 보인다. 결국 이 주장은 '彌, 弥=㫆'에서 '弥'가 '彌'의 약체/약서라는 것을 간접적으로 보여주었고, 오구라와 함께 '弥'와 '㫆'가 같은 글자라는 것을 주장하면서, '㫆/旀'의 생성을 이해할 수 있는 기틀을 마련하였다. 그러나 이 설명은 아직도 '㫆/旀'와 '弥/弥'가 『대명률직해』에서 혼용된다는 점에서 같은 글자로만 보았지, 생성의 측면에서 '㫆/旀'와 '弥/弥'가 같은 글자라는 점을 설명하지 않은 문제를 보인다.

유창균(1994:580~581)은 정동유와 양주동의 주장을 모두 취하였다. 유창균은 양주동이 '속자, 약체, 약서' 등으로 설명한 것들을 인용한 다음에, 양주동의 설명을 두 측면에서 보완하였다. 하나는 '弥/弥'가 '彌'의 속자 또는 약체/약서라는 점을 사전을 통하여 예증한 것이다. 이는 양주동이 간접적으로 설명한 것을 예증한 것이다. 다른 하나는 '㫆'가 '彌'의 變體일 것이라는 점을 '彌'의 音價에서도 이해할 수 있다고 본 것이다. 이는 양주동이 '㫆'는 '彌'의 속체라고 주장한 것을 '몌〉며'의 음가 차원에서 검토한 것이다. 그러나 '弥'가 '㫆'로 어떻게 변했는가를 예증하지 않은 문제를 여전히 보인다. 이에 대해 "'弓'을 흐리게 쓰는 사이에 '方'으로 바뀌었고, '尔'도 '尒'로 바뀐 것이 아닐까 한다."고 보고 있으나, "'弓'을 흐리게 쓰는 사이에 '方'으로 바뀌었고"에는 여전히 문제가 있다. 그 다음에는 그 이전의 주장과는 상반되게, "이와 같이 '㫆'는 '弥'의 變形에서 온 것이든 아니든 관계 없이, 그것은 우리의 國字로써 확고하게 자리를 굳히었고"라고 주장한다. 논지에 일관성이 결여된 문제를 보인다. 즉 '旀'가 '彌'의 變體라면, 이 '旀'는 國字가 아니다. 그런데도 이를 국자라고 하고 있어, 문제를 보인다. 혹시 변체까지도 국자라고 한다면 가능한 주장일 수 있다.

이렇게 선행 연구들은 '旀'의 생성을 정확하게 설명하지 못하고 있다. 필자가 보기에 '旀/旀'는 '彌→弥/弥→旀/旀'의 과정을 거치면서 생성된 향찰로 판단한다. '彌'가 약체 '弥/弥'로 변하고, 이 약체 '弥/弥'가 속체/변체 '旀/旀'로 변한 것이 '旀/旀'라고 판단한다. '弥/弥'가 '彌'의 약체라는 사실은 유창균이 보여주었듯이 사전에서도 알 수 있으며, 사전에서 '尓, 尒, 尔' 등이 '爾'의 약체 또는 속체라는 점에서도 알 수 있다. 그리고 이런 사실은 '彌'와 '弥/弥'가 실제로 『삼국유사』에서 함께 쓰였다는 점에서도 알 수 있다. 그 예로 '彌勒'과 '沙彌'에 나타난 '彌, 弥, 弥' 등을 보면, '弥/弥'가 '彌'의 약체라는 사실을 명확하게 알 수 있다. 그리고 약체 '弥/弥'가 변한 속체/변체가 '旀/旀'라는 사실은 『대명률직해』에 나타난 '旀'들과 '弥'들을 모양에 따라 정리한 예들을 보면 알 수 있다.

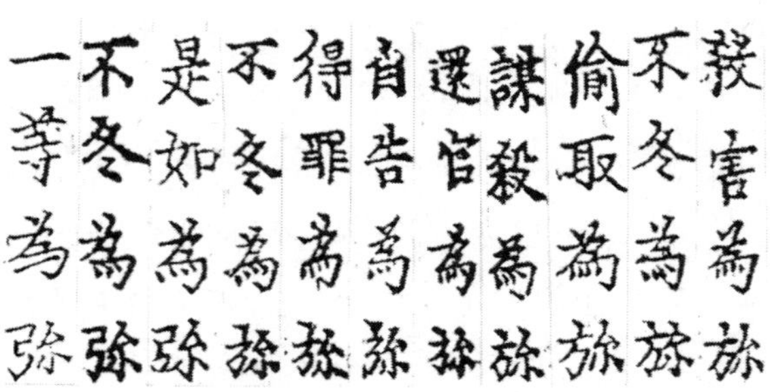

一	不	是	不	得	自	還	謀	偸	不	殺
等	冬	如	冬	罪	告	官	殺	取	冬	害
爲	爲	爲	爲	爲	爲	爲	爲	爲	爲	爲
弥	弥	弥	旀	旀	旀	旀	旀	旀	旀	旀
	가				나				다	

이는 『대명률직해』의 '弥'들과 '旀'들을 정리한 것이다. 특히 (가)의 '不冬爲弥'(『대명률직해』 4:8), (나)의 '不冬爲弥/旀'(『대명률직해』 1:8), (다)의 '不冬爲旀'(『대명률직해』 4:8) 등은 '不冬爲-'의 같은 환경이라는 점에서, 이에 쓰인 '弥', '弥/旀', '旀' 등을 같은 글자로 판단하게 한다. 그리고 (나)는 보는 각도에 따라 '弥'로 볼 수도 있고, '旀'로 볼 수도 있다. 즉 '尔'의 앞에 붙은 변의 첫 번째 획을, '弓'변의 'ㄱ'과 '方'변의 '丶'에서, 어느 것으로 보느냐에 따라, 그리고 '尔'의 앞에 붙은 변의 세 번째 획 또는 세 번째와 네 번째 획을, '弓'변의 'ㄣ'과 '方'변에서 '亠'를 뺀 나머지 부분 중에서, 어느 것으로 보느냐에 따라, (나)의 것들은 '弥'로 읽을 수도 있고, '旀'로 읽을 수도 있다. 물론 (가)쪽에 가까운 (나)의 것들은 '弥'에 가깝고, (다)쪽에 가까운 (나)의 것들은 '旀'에 가깝다. 그리고 이렇게 읽을 수 있는 것들은 '弥/弥'의 '弓'변을 正字로 또박또박 쓰지 않고 반초서로 쓴 것들이다. 이런 현상은 우리가 '弥/弥'를 반초서로 빠르게 쓸 때에도 발생한다. 이런 점들에서, 이 속체/변체는 반초서로 흘려 쓰면서 발생한 것이라고 정리할 수 있다.(이런 설명은 『삼국유사』의 '旀/弥'들을 통해서도 할 수 있으나, 대다수의 글자들이 불교 용어인 '미륵, 사미, 미타' 등의 '미'에서 나오면서 이 단어들에 끌려 '旀/旀'보다, '弥/弥'로 읽게 되어 『대명률직해』의 것들에서 정리를 하였다.)

이런 점들로 보아, '弥/弥'는 '彌'의 약체 즉 약자이고, '旀/旀'는 '弥/弥'의 속체/변체이며, 이 속체/변체는 '弥/弥'의 '弓'변을 반초서체로 흘려 쓰면서 발생한 변화라고 정리할 수 있다.

5. 결론

지금까지 문제가 되어온 중요 향찰 '遣, 攴, 叱, 内' 등을 포함한 12개 향찰들의 해독을 변증하였다. 그 결과를 요약한 후에, 마음에 새겨야 할 사항을 간단하게 언급하고, 향찰식 사고와 관련된 해독의 문제를 간단하게 언급하는 것으로 결론을 대신하려 한다.

1) 소멸된 한자음의 향찰들(遣, 反, 根, 斤)을 해독한 해독들을 변증하였다. 그 결과 '遣, 反, 根, 斤' 등은 근현대음과 다른 '곤/고, 분, 곤, 곤' 등으로 해독된다는 사실을 확인하였다.

2) 소멸된 형태소들의 향찰들(攴, 叱, 賜, 省)을 해독한 해독들을 변증하였다. 그 결과 '攴'은 소멸된 형태소인 연결어미 '-ㅂ'과 '-압/옵'의 '-ㅂ'을 주로 표기하였다는 사실을 확인하였다. '叱'은 소멸된 형태소인, 어간의 말음 '-시-', 어간 '시-', 명사의 말음 '-시', 속격 '-시', 어간의 말음과 어미가 결합된 '-실-', 어간과 전성어미가 결합된 '실', 명사의 말음과 격어미의 결합인 '-실', 접미사 '실' 등을 표기하였다는 사실을 확인하였다. '賜'는 어간 '주시-'와 선어말어미 '-시-'도 표기하지만, 소멸된 형태소인 어간 '시-'를 표기하였다는 사실을 확인하였다. '省'은 소멸된 형태소인 어간 '시-'와 선어말어미 '-오-'의 결합인 '쇼-'를 표기하였다는 사실을 확인하였다.

3) 이체자/변체자의 향찰들(内, 巴, 夘, 弥/旀)을 해독한 해독들을 변증하였다. 그 결과 '内'에는 한자 '内/내'를 이용하여 복합용언의 후행어간인 '내-'를 표기한 향찰도 있지만, '納'의 이체자/변체자인 약자 '内'의 훈(드리-)과 음(ᄂᆞᆸ)을 이용하여 '드리-'와 '-ᄂᆞ-'를 표기하였다는 사실을 확인하였다. '巴'는 정자(正字) '巴'로 '두루-'를 표기한 경우도 있지만, '巴寶'의 '巴-'에서는 '把'의 이체자/변체자인 약자 '巴'로 '잡-'을 표기하

였다는 사실을 확인하였다. '夘'는 '卯'의 이체자/변체자인 속자로 '톳기'를 표기하였다는 사실을 확인하였다. '旀/旀'는 '彌→弥/弥→旀/旀'의 과정을 거치면서 생성된 향찰로, '彌'가 약체/약자 '弥/弥'로 변하고, 이 약체/약자 '弥/弥'가 속체/변체 '旀/旀'로 변한 것이 '旀/旀/며'라는 사실을 확인하였다.

이상에서 정리한 향찰들은, 소멸된 한자음의 향찰, 소멸된 형태소의 향찰, 이체자/변체자의 향찰 등의 일부에 지나지 않는다. 이외에도 소멸된 한자음의 향찰, 소멸된 형태소의 향찰, 이체자/변체자의 향찰 등이 적지 않다는 사실을, 향찰 연구가들은 마음에 항상 새기는 것이 바람직해 보인다.

끝으로 향찰식 사고 또는 향찰의 잉여코드쓰기(surcodage)와 관련된 해독의 문제를 간단하게 정리해 보자. 향찰 '歎曰, 打心, 病吟, 城上人' 등은 '아으'나 '아그'로 읽는다. 그런데 '아으'나 '아그'를 표기할 수 있는 한자가 없어서 이렇게 표기했다고 볼 사람은 없다. 찬탄하여 말하(歎曰)거나, 가슴을 치(打心)거나, 병을 앓으며 신음할(病吟) 때에 "아그 (답답해/죽겠다/훌륭하다)"의 감탄사를 발하며, 성위에 올라간 사람(城上人)은 "아그 (힘들다/좋다)"의 감탄사를 발한다. 이런 감탄사의 발화 상황에서, '打心, 病吟, 歎曰' 등은 인접성에 근거하여 환유적 의미인 '아그'를, '城上人'은 생산자와 생산품의 관계에서 '아그'를 각각 표기하였다고 정리할 수 있다. 이 표기는 정서적 기능과 의미의 농밀화라는 두 기능을 갖는데, 이 두 기능은 향찰식 사고나 향찰의 잉여코드쓰기를 생각하지 않으면 이해할 수 없는 것이다. 그리고 '花判'은 '곳갈'(弁)로 해독한다. 그러면 한자 '弁(곳갈)'을 몰라서 '弁葛'이나 '弁渴'이라고 표기하지 않고 '花判'이라고 표기하였을까? 이는 판결이나 판결의 서명을 의미하는 '花判'의 의미도 전달하기 위한 것으로 판단한다. 그리고 '潽陵'을 '善陵'(功

德의 큰언덕)으로 해독하면, '善'에 삼수변('氵')을 더한 의미를 전달하지 못한다. 이렇게 향찰의 해독에는 향찰식 사고 또는 향찰의 잉여코드쓰기를 고려하지 않으면, 원전의 문학성을 파괴하는 것들이 적지 않다. 이 향찰식 사고 또는 향찰의 잉여코드쓰기 역시 향찰 해독에서 반드시 유념해야 할 사항이다.[7]

7 이런 향찰식 사고 또는 향찰의 잉여코드쓰기를 오해한 글도 나왔다. "또한 양희철이 높이 평가한 문학적 표현수단으로서 중의·복의의 설정은 향가가 문자의 기본 기능인 표기를 통한 의사소통에 크나큰 결함을 지니고 있음을 간접적으로 드러내는 것에 불과하다."(서철원 2009:116). "표기체계 연구의 과정에서 중의·복의가 하나의 원칙으로 파악[각주 119) 양희철(1995), 양희철(1997), 양희철(2000)]될 정도로 향찰 체계의 – 의사소통 수단으로서 – 결점은 심각한 것이었다."(2009:176). 이 두 인용에서는 운용법 또는 운용체계에서 논의한 중의·복의를, 표기체계에서 논의한 것으로 오해하거나, 향찰의 심각한 결점으로 오해하면서, 향찰식 사고 또는 향찰의 잉여코드쓰기를 묘하게 부정하였다. 향찰에 대한 충분한 이해는 물론, 한국어에서의 중의와 복의에 대한 충분한 이해가 요청되었는데, 다행히 이 부정적 시각은 학위논문과 이를 출판한 저술에서는 [양희철은 "잉여코드의 발생", "중의"·"복의" 등의 개념을 통해 다양한 청자에게 다양한 의미를 형성할 수 있는 향찰·향가의 특성에 주목한 바 있다.](서철원 2011:36~37)에서와 같이 긍정적 시각으로 바뀌었다.

제2부

향가 분절의 원전비평과 형식

향가 분절의 원전비평

1. 서론

향가의 기사분절은 두 측면에서 연구되어 왔다. 문학의 형식론적인 측면과 음악의 형식론적인 측면이다. 이 향가의 기사분절에 관한 연구사를 간략하게 보자.

먼저 문학의 형식론적 측면에서의 4·10구체설은 오구라(小倉進平 1929:255~268)에 의해, 4·8·10(11)구체설은 쓰치다(土田杏村 1929, 1935:312~379), 양주동(1942:65), 조윤제(1933, 1948:31~60) 이병기(1961:108) 등에 의해 확립되었다. 이 4·8·10(11)구체설은 현존 『삼국유사』 향가의 기사분절을 오분절(誤分節)로 보고, 그 정정의 준거로 다음의 것들을 들었다. 균여 향가의 11분절과 작품의 전후 의미(小倉進平), 균여의 향가, 〈풍요〉, 그 당시의 여타 시가, 민요 등의 구수율(句數律)(土田杏村), 음수율(梁柱東), 균여의 향가(이병기), 율격과 탈자의 보충(김완진 1980a, 1980b:42~52, 2000:105~115) 등이다. 그런데 이 정정들은 그 준거에서 원전비평의 차원을 전혀 포함하지 않고 있다. 이로 인해 이 정정들은 오분절이 될 수밖에 없었던 원인을 원전비평의 차원에서 설득력 있게 제시하지 못하였다.

문학의 형식론적 측면이 포함한 이 설득력의 부족은 최정여(1968, 1977:231~236)로 하여금 『삼국유사』 향가의 기사분절을 음악의 형식론적 측면에서 검토하게 하였다. 최정여는 이 설득력의 부족을 비판하고, 일연이 띄어쓰기의 여러 곳에서 오류를 범할 가능성이 거의 없다는 점을 지적하면서, 현존 『삼국유사』에서 볼 수 있는 기사분절은, 일연이 그 이전에 존재했던 문적들에서 옮겨 쓴, 악보의 가절(歌節)이라는 가절설(歌節說)을 주장하였다. 이 주장을 그대로 수용하거나 약간 수정한 경우들도 있다. 정기호(1976, 1977:291~308, 1993:32~55), 성호경(1983:20~31, 1999:97), 이영태(1998a, 1998b:221~235), 양태순(2000a:75~111) 등이 이에 해당한다.

문학의 형식론을 주장하는 거의 모든 연구가들은 이 가절설을 보고도 못본 척하였다. 그 이유는 이 가절설을 부정할 수 있는 논리가 없기 때문이다. 필자는 가절설이 지적한, 일연이 띄어쓰기의 여러 곳에서 오류를 범할 가능성이 거의 없다는 점에는 동의한다. 그러나 이 지적이 곧 현존 『삼국유사』의 기사분절에는 어떤 오분절이나 탈자나 불필요한 공백 등의 오류가 없다는 것을 확정할 수 있는 논거는 되지 못한다. 왜냐하면 『삼국유사』는 일연이 입적한 지 20여 년 지난 1308년부터 무극이 입적하는 1322년 사이에 간행되었다는 점(김상현 1996:42)에서, 이런 오류는 일연이 아닌 후대의 간행자들(초간본이나 개각본의 판각용 정서본이나 보각용 정서본을 쓴 사람들)에 의해 얼마든지 발생할 수 있기 때문이다. 이런 오류는 『삼국유사』에 대한 유탁일(1983:270~277)의 원전비평에 의해 다양하게 지적된 바가 있다. 그러나 서지학자들은 향찰에 막혀서, 향가와 그 관련설화에 대해서는 원전을 비평하지 못하고 있다.

이렇게 현존 『삼국유사』 향가의 기사분절에 대한 논의에서, 4·8·10(11)구체설은 오분절이 될 수밖에 없는 원인을, 가절설은 일연 이후의 간행자들에 의해 발생할 수 있는 오류를, 각각 검토하지 않은 문제를 가지고 있다. 만약 향가와 관련설화의 원전비평에 의해 원전에서 큰 결함이 발견된다면, 기왕의 연구들은 그 주장의 기반을 상실하게 된다. 그리고 원전비평을 하고 난 이후에나, 모든 연구는 탄탄한 기반 위에서 학문적인 업적을 이루리라고 생각한다. 이런 점에서 향가의 분절기사에 대한 원전비평은 반드시 수행되어야 할 과제이다.

이 원전비평의 필요성을 누구나 생각했을 것이다. 그러나 문제는 그 방법에 있다. 이 방법으로 이 글에서는 다음의 넷을 사용하였다.

첫째, 『삼국유사』의 기사양식(記寫樣式)을 권별(卷別)로 검토하고, 그 특징을 이용하였다. 『삼국유사』는 시가의 기사양식에서 권별(卷別)로 차이를 보인다. 그 특징을 정리하여, 이것들을 오분절의 준거와 정정의 준거로 사용하였다. 이것들은 나머지 방법의 기초가 된다는 점에서, 장을 나누어 검토하였다.

둘째, 판각용 정서본을 쓰는 과정에서 나타날 수 있는 오서자를 지운 공백, 그 공백을 상쇄시킨 공백, 밀고당긴 공간과 그 상쇄 공백, 분산의 공백 등을 검토하였다. 『삼국유사』의 판본이 수차에 거쳐 개판(改板), 개각(改刻: 覆刻, 筆書補刻)되었고(김상현 1986:282~299, 1996:42~62), 오서자(誤書字)를 지운 불필요한 공백과 여타의 공백들이 도처에서 발견된다는 점에서, 이 방법을 사용하였다.

셋째, 한 글자에 해당하는 공백이 행말에 있는 필서본을 읽거나 전사하면서, 그 공백을 무시하는 습관을 이용하였다. 『삼국유사』 초간본(初刊本)의 판각용(板刻用) 정서본(淨書本)이 이용한, 일연이 썼을 것으로 추정되는 육필본(肉筆本,[1] 이하에서는 '일연의 육필본'으로 쓴다)은 물

1 현존 『삼국유사』를 보면, 無極이 첨가한 곳으로, 〈전후소장사리〉조의 끝에 붙은 '按說'

론, 일연이 육필본을 쓰면서 참고한 글들(이하에서는 '일연의 참고본들'로 쓴다)도 필서본(筆書本)[2]이었다는 점에서, 이 방법을 사용하였다.

넷째, 향가의 기사분절을 다루지만, 향가의 기사분절에 직접·간접으로 영향을 주는 관련설화도 함께 검토하였다.

『삼국유사』는 여러 판본이 있지만, 고려 후기의 초간본이나 조선 초기의 두 고판본(古板本)들을 구할 수 없어, 1512년에 출간한 임신본(壬申本, 고려대학교 만송문고본)을 연구 대상으로 삼았다.

이상과 같은 네 방법에 따라 두 글(양희철 2001a, b)을 쓴 적이다. 이 두 글은 공백과 오분절의 양상별로 정리를 하였기 때문에, 작품별로 공백과 오분절을 이해하는 데는 다소 불편한 점이 있다. 그리고 이 두 글을 쓴 이후에 부분적인 원전비평(박재민 2004, 2008, 2009b, 서정목 2013, 2014)도 나왔다.

이에 이 글에서는 앞의 두 글을 작품별로 다시 정리하면서, 부분적인 보완을 하고자 한다.

2. 기사 양식: 오분절과 정정의 준거

이 장의 목적은 『삼국유사』의 분절기사에서 오분절을 찾아내서, 그것

과, 〈關東楓岳鉢淵藪石記〉조가 밝혀져 있다(金相鉉 1985, 1986:286, 1996:39). 나머지는 모두가 일연의 원고라는 점에서, 일연의 육필본으로 보았다.

2 일연이 참고한 글들은 필서본은 물론 판각본도 있었을 것이다. 그런데 일연은 그 출전을 거의 밝히고 있는데, 향가와 관련된 조목들에서는 판각본을 참고로 한 흔적이 거의 없어 필서본으로 보았다. 특히 『삼국유사』에 수록된 향가들이 일연의 채록본이 아니냐 하는 의문을 제기할 수도 있다. 그러나 사용된 향찰이 신라와 고려초의 것으로 보인다는 점에서, 일연 이전에 필서된 필서본으로 정리하였다.

을 정정하는 데 필요한 그 준거를 정리하는 데 있다. 이를 위해서는 먼저 어느 곳이 어떤 점에서 잘못 분절된 것인가를 밝히고, 어떤 점에서 어떻게 정정해야 한다는 준거가 필요하다. 이 준거를 판형, 산문의 기사분절, 시가의 기사분절 등으로 정리하려 한다.

2.1. 판형

『삼국유사』의 판형은 그 기사에서 1면 10행이며, 1행 21자이다. 이 사실을 보기 위해서 『삼국유사』의 1면을 보자.

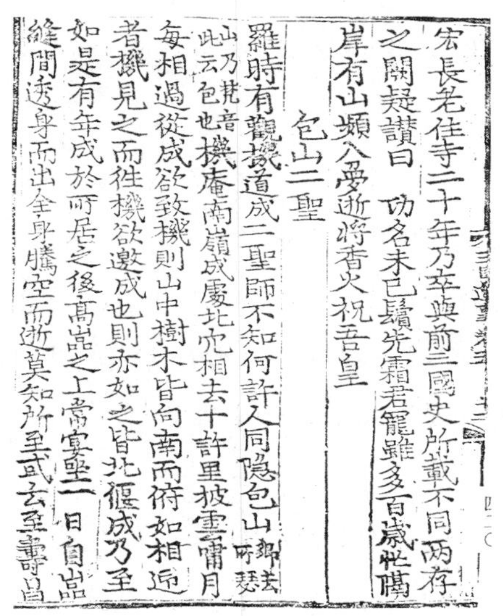

宏長老住寺二十年乃卒與前三國史所載不同兩存
之闕疑讃曰 功名未已鬢先霜君寵雖多百歲忙隅
岸有山頻入夢逝將香火祝吾皇
包山二聖
羅時有觀機道成二聖師不知何許人同隱包山鄉云所瑟
山乃梵音此云包也機庵南嶺成處北穴相去十許里披雲嘯月
每相過從成欲致機則山中樹木皆向南而俯如相迎
者機見之而往機欲邀成也則亦如之皆北偃成乃至
如是有年成於所居之後高嵓之上常宴坐一日自嵓
縫間透身而出全身騰空而逝莫知所至或云至壽昌

이 임신본의 1면을 보면, 1면은 10행으로, 각행은 21자로 기사되어 있다는 사실을 알 수 있다. 이 사실은 별다른 의미가 없는 것 같지만, 어느 면의 어느 행에 문제가 있으며, 어떻게 정정해야 하는가를 말해주는 가장 기초적인 하나의 준거이다.

2.2. 산문의 기사분절

2.1.의 자료에서 보면, 산문은 비분절로 기사하고 있다. 협주 역시 비분절로 기사하고, 협주의 글자는 본문의 글자에 해당하는 공간에 두 줄로 기사한다. 이 사실들 역시 별다른 의미가 없는 것 같지만, 산문과 협주의 기사에서 문제를 파악하고 그것들을 정정할 수 있는 가장 기초적인 준거들이다.

2.3. 시가의 기사분절

『삼국유사』에 수록된 향가의 원전을 비평하는 데 도움을 주는 시가의 기사분절은 『삼국유사』의 것과 『균여전』의 것이다. 이를 나누어 설명한다.

2.3.1. 『균여전』 시가의 기사분절

『균여전』에 수록된 시가는 두 종류이다. 하나는 향가를 번역한 11송의 기사분절인데, 띄어쓰기를 전혀 하지 않은 줄글이다. 다른 하나는 향가의 기사분절인데, 11분절로 통일되어 있다.

2.3.2. 『삼국유사』 시가의 기사분절

『삼국유사』에서 시가의 기사분절과 관련된 사항은 둘이다. 하나는 시가의 분절여부이고, 다른 하나는 시가를 이끄는 '其詞曰, 讚曰, 歌曰' 등의 말들, 즉 시가(詩歌) 유도어(誘導語)의 공백 수반의 여부이다. 그런데 이 두 관련사항은 시가가 관련설화의 중간에 있느냐 끝에 있느냐에 따라 분절 여부와 공백의 수반 여부가 다르다. 또한 『삼국유사』 권제1부터 권제4까지의 기사분절과, 권제5의 기사분절이 약간 다르다. 이런 점에서 권제1~4와 권제5를 나누어 정리한다.

2.3.2.1. 권제1~4

정리를 편하게 하기 위하여, 시가의 분절여부는 '분절'과 '비분절'로, 시가의 관련설화내의 위치는 '중간'과 '끝'으로 정리하되, 시가가 분절된 경우에는 '중간'과 '끝'의 구분이 무의미하여 정리하지 않았다.

권제1

① … 時人作詞曰○聖帝魂 … (〈도화녀 비형랑〉조), 비분절, 끝

② … 讃曰○雲山 … (〈천사옥대〉조), 비분절, 끝

권제2

① … 慕郎而作歌曰/去隱 … (〈효소왕대 죽지랑〉조), 분절

② … 海歌詞曰○龜乎 … (〈수로부인〉조), 부분분절(제3행과 제4행 사이만 분절), 중간

③ … 獻花歌曰紫布…(〈수로부인〉조), 분절

④ … 安民歌曰○君隱…(〈경덕왕 충담사…〉조), 분절

⑤ … /讃耆婆郎歌曰/咽嗚…(〈경덕왕 충담사…〉조), 분절

⑥ … 歌曰東京…(〈처용랑 망해사〉조), 비분절, 중간

⑦ … ○陁羅尼曰南無…(〈진덕여대왕…〉조), 분절

⑧ … 唱之云善化…(〈무왕〉조), 분절

⑨ … 童謠曰可憐完山…(〈후백제 견훤〉조), 비분절, 중간

⑩ … 歌之云龜何 … (〈가락국기〉조), 비분절, 중간

⑪ … 銘曰/元胎 … (〈가락국기〉조), 분절, 끝

권제3

①… 讚曰○天造 … (〈난타벽제〉조), 비분절, 끝

②… 讚曰○雪擁 … (〈아도기라〉조), 비분절, 끝

③… 讚曰○詔寬 … (〈법왕금살〉조), 비분절, 끝

④… 讚曰○釋氏 … (〈보장봉로 보덕이암〉조), 비분절, 끝

⑤… 乃有讚曰惠日 … (〈사섭불연좌석〉조), 비분절, 중간

⑥… 讚曰○○育王 … (〈요동성육왕탑〉조), 비분절, 끝

⑦… 讚曰○載厭 … (〈금관성파사석탑〉조), 비분절, 끝

⑧… 讚曰○塵方 … (〈황룡사장륙〉조), 비분절, 끝

⑨… 讚曰○鬼拱 … (〈황룡사구층탑〉조), 비분절, 끝

⑩… 讚曰○天粧 … (〈사불산 굴불산 만불산〉조), 비분절, 끝

⑪… 有人眞讚云偉哉 … (〈전후소장사리〉조), 비분절, 중간

⑫… 留詩云水雲 … (〈전후소장사리〉조), 비분절, 중간

⑬… 讚曰○華月 … (〈전후소장사리〉조), 비분절, 끝

⑭… 讚曰○尋芳 … (〈미륵선화…〉조), 비분절, 끝

⑮… 投詞曰行遊 … (〈남백월이성…〉조), 비분절, 중간

⑯… 投一偈曰日暮 … (〈남백월이성…〉조), 비분절, 중간

⑰… ○其詞曰○膝肸 … (〈분황사천수대비…〉조), 분절

⑱… 讚曰○竹馬 … (〈분황사천수대비…〉조), 비분절, 끝

⑲… 作詞誡之曰○快適 … (〈낙산이대성…〉조), 비분절, 끝

권제4

①… 讚曰航海 … (〈원광서학〉조), 비분절, 끝

②… 風謠云○來如 … (〈양지사석〉조), 분절

③… ○讚曰齋罷 … (〈양지사석〉조), 비분절, 끝

④… ○讚曰天竺 … (〈귀축제사〉조), 비분절, 끝

⑤… ○讚曰草原 … (〈이혜동진〉조), 비분절, 끝

⑥… ○讚曰曾向 … (〈자장정률〉조), 비분절, 끝

⑦… ○讚曰角乘 … (〈원효불패〉조), 비분절, 끝

⑧…○讚曰披榛…(〈의상전교〉조), 비분절, 끝
⑨…○讚曰淵默…(〈지복불어〉조), 비분절, 끝
⑩…○讚曰現身…(〈진표전간〉조), 비분절, 끝
⑪…作歌曰○礙嵓…(〈심지계조〉조), 분절
⑫…○讚曰生長…(〈심지계조〉조), 비분절, 끝
⑬…○讚曰遶佛…(〈현유가 해화엄〉조), 비분절, 끝
⑭…○讚曰法海…(〈현유가 해화엄〉조), 비분절, 끝

이 자료들을 다시, 일차로 시가의 분절여부로 나누고, 이차로 시가의 관련설화내 위치(중간, 끝)로 정리하면서, 시가 유도어에 수반된 공백을 정리해 보자.

첫째, 시가가 비분절로 관련설화의 끝에 온 경우를 보자. 이에 속한 시가 유도어의 공백은 다음의 세 형태를 보이나, 시가 유도어의 앞이나 뒤에 하나의 공백만이 온다고 정리할 수 있다.

1) 시가 유도어 뒤에 공백이 있는 '…讚曰○…'의 형태 : 권제1의 ①, ②, 권제3의 ①~④, ⑦~⑩, ⑬, ⑭, ⑱, ⑲
2) 시가 유도어 앞에 공백이 있는 '…○讚曰…'의 형태 : 권제2의 ⑦, 권제4의 ③~⑩, ⑫~⑭
3) 1)과 2)를 벗어난 형태 : 권제3의 ⑥, 권제4의 ①

1)에 속한 것들은 권제1의 ①(…時人作詞曰○聖帝魂…), ②(…讚曰○雲山…), 권제3의 ①(…讚曰○天造…), ②(…讚曰○雪擁…), ③(…讚曰○詔寬…), ④(…讚曰○釋氏…), ⑦(…讚曰○載厭…), ⑧(…讚曰○塵方…), ⑨(…讚曰○鬼拱…), ⑩(…讚曰○天粧…), ⑬(…讚曰○華月…), ⑭(…讚曰○尋芳…), ⑱(…讚曰○竹馬…) 등의 14개이다. 이것들은 모두가 시가 유도어 뒤에 하나의 공백을 수반한다. 2)에 속한 것들은 권제2의 ⑦(…○陁

羅尼曰南無…), 권제4의 ③(…○讚曰齋罷…), ④(…○讚曰天竺…), ⑤(…○讚曰草原…), ⑥(…○讚曰曾向…), ⑦(…○讚曰角乘…), ⑧(…○讚曰披榛…), ⑨(…○讚曰淵默…), ⑩(…○讚曰現身…), ⑫(…○讚曰生長…), ⑬(…○讚曰遶佛…), ⑭(…○讚曰法海…) 등의 12개이다. 이것들은 모두가 시가 유도어 앞에 공백 하나를 수반한다. 이 1)과 2)에 속한 것들은 이 항목에 속하는 전체 28개 중에서 26개를 보여준다는 점에서, 비분절로 관련설화의 끝에 온 시가의 유도어는 그 앞이나 뒤에 하나의 공백만을 수반한다고 정리할 수 있다.

1)과 2)를 벗어난 것으로 3)이 있다. 이 3)에 속한 것들로는 권제3의 ⑥(…讚曰○○育王…)과 권제4의 ①(…讚曰航海…)이 있다. 전자인 권제3의 ⑥(…讚曰○○育王…)은 권제3이 보인 형태로 보아 '…讚曰○育王…'의 잘못이라고 정리할 수 있다. 그리고 후자인 권제4의 ①(…讚曰航海…)는 권제4가 보인 형태로 보아 '…○讚曰航海…'의 잘못이라고 볼 수 있다. 이 정정을 인정하면, 비분절로 관련설화의 끝에 온 시가의 유도어는 그 앞이나 뒤에 하나의 공백만을 수반한다고 정리할 수 있다.

둘째, 시가가 비분절로 관련설화의 중간에 온 경우를 보자. 이에 속한 시가 유도어들은 다음과 같이 두 형태를 보이나, 시가 유도어의 앞이나 뒤에 공백을 수반하지 않는다고 정리할 수 있다.

1) 시가 유도어 앞뒤에 공백이 없는 '…讚曰…'의 형태 : 권제2의 ⑥, ⑨, ⑩, 권제3의 ⑤, ⑪, ⑫, ⑮, ⑯
2) 시가 유도어 뒤에 공백이 있는 '…讚曰○…'의 형태 : 권제2의 ②

1)에 속한 시가 유도어들은 그 앞뒤에 공백을 수반하지 않는 '…讚曰…'의 형태를 보인다. 이에 속한 것들로 권제2의 ⑥(…歌曰東京…), ⑨(…童

謠曰可憐完山), ⑩(…歌之云龜何…), 권제3의 ⑤(…乃有讚曰惠日…), ⑪(…有人眞讚云偉哉…), ⑫(…留詩云水雲…), ⑮(…投詞曰行遊…), ⑯(…投一偈曰日暮…) 등이 있다. 2)에 속한 유일한 예는 권제2의 ②(…海歌詞曰○龜乎…)이다. 이 ②(…海歌詞曰○龜乎…)에서의 공백은 1)로 보아 이상할 뿐만 아니라, 해당 시가인 〈해가〉의 분절로 보아도 이상하다. 즉 전혀 분절되지 않은 것이 아니라, 제3행과 제4행 사이에서만 분절이 이루어져 있다. 이 이상한 점들은 뒤에 〈헌화가〉에서 다루겠지만, 다른 오분절과 얽혀 있는 문제로, 이 문제를 모두 해결하면, 이 ②(…海歌詞曰○龜乎…)는 '…海歌詞曰龜乎…'가 된다. 이런 사실들은 시가가 비분절로 관련설화의 중간에 온 경우에, 그 시가의 유도어는 그 앞뒤에 어떤 공백도 수반하지 않는다는 사실을 말해준다.

셋째, 시가가 분절로 수록된 경우를 보자. 이 경우는 시가의 관련설화내 위치(중간, 끝)가 시가 유도어에 수반된 공백에 영향을 주지 않기에, 시가의 관련설화내 위치를 분리하지 않았다. 이에 속한 시가 유도어들은 그 뒤에 하나의 공백만을 수반한다. 이런 사실은 시가 유도어들과 그에 수반된 공백의 원전을 보면 아래와 같이 세 양상을 보이지만, 원전비평을 하면 시가 유도어 뒤에 하나의 공백만을 보인다는 점을 정리할 수 있다.

1) 시가 유도어 뒤에 공백이 있는 '…讚曰○…'의 형태 : 권제2의 ④, 권제4의 ②, ⑪
2) 시가 유도어 다음에 행을 바꾼 '…讚曰/…'의 형태 : 권제2의 ①, ⑤, ⑪
3) 1)과 2)를 벗어난 형태 : 권제2의 ③, ⑧, 권제3의 ⑰

1)에 속한 것들은 시가 유도어의 뒤에 공백 하나만을 수반한다는 사실을 잘 보여준다. 즉 권제2의 ④(…安民歌曰○君隱…), 권제4의 ②(…風謠

云○來如…), ⑪(…作歌曰○礙嵓…) 등이 이를 잘 보여준다. 2)에 속한 것들은 권제2의 ①(…慕郎而作歌曰/去隱…), ⑤(…/讚耆婆郎歌曰/…), ⑪(…銘曰/…) 등이다. 이것들은 시가를 이끄는 유도어 다음에 행을 바꾸고 있어, 실제상에서는 '…慕郎而作歌曰○去隱…', '…/讚耆婆郎歌曰○…', '…銘曰○…' 등과 같은 형태라 할 수 있다. 이런 점에서, 2)에 속한 것들은 앞의 1)에 속한 것들이 보인 시가 유도어의 뒤에 공백 하나만을 수반한다는 사실을 부정하지 않는다.

1)과 2)를 벗어난 것들은 3)의 셋이다. 이 중에서 권제2의 ③(…獻花歌曰紫布…)은 1)과 2)로 보아 공백의 문제를 포함하고 있을 뿐만 아니라, 뒤에 〈헌화가〉에서 다루겠지만, 다른 오분절과 얽혀 있는 문제도 가지고 있다. 이 두 문제는 오서자를 지운 공백과 그 상쇄 공백에 해당한다. 이 문제들을 모두 해결하면, 이 ③은 '…獻花歌曰○紫布…'가 된다. 그리고 ⑧(…唱之云善化…) 역시 1)과 2)로 보아 공백의 문제를 포함하고 있을 뿐만 아니라, 뒤에 〈서동요〉에서 다루겠지만, 다른 오분절과 얽혀 있는 문제도 가지고 있다. 이 두 문제는 밀고당긴 공간과 상쇄 공백에 해당한다. 이 문제들을 모두 해결하면, 이 ⑧(…唱之云善化…)은 '…唱之云○善化…'가 된다. 나머지 하나는 권제3의 ⑰(…遂得明○其詞曰○膝肹…)이다. 이 ⑰(…遂得明○其詞曰○膝肹…) 역시 1)과 2)로 보아 공백의 문제를 포함하고 있을 뿐만 아니라, 뒤에 〈맹아득안가〉에서 보겠지만, 다른 오분절, 즉 행말의 무시된 공백과도 관련된 문제를 가지고 있다. 이 두 문제를 종합적으로 검토하면, 이 ⑰(…遂得明○其詞曰○膝肹…)은 '…遂得明其詞曰○膝肹…'가 된다.

이렇게 본다면, 분절된 시가는 그 시가 유도어 뒤에 공백 하나만을 수반한다는 사실을 정리할 수 있다.

2.3.2.2. 권제5

권제5에 나타난 시가 유도어와 수반 공백의 특성을 정리하기 위하여, 시가 유도어와 그에 따른 공백의 양상, 시가의 분절여부, 시가의 관련설화내 위치(중간, 끝) 등을 정리하면 다음과 같다.

①… ○○讚曰紅紫…(〈밀본최사〉조), 비분절, 끝
②… ○○讚曰山桃…(〈혜통항룡〉조), 비분절, 끝
③… ○○讚曰來宅…(〈산도성모수희불사〉조), 비분절, 끝
④… 讚曰○西隣法海…(〈욱면비 염불서승〉조), 비분절, 끝
⑤… 有歌云○月下…(〈광덕 엄장〉조), 분절
⑥… 讚曰○昔賢…(〈경흥우성〉조), 비분절, 끝
⑦… 讚曰○燃香…(〈진신수공〉조), 비분절, 끝
⑧… 其詞曰○今日…(〈월명사도솔가〉조), 분절
⑨… ○○解曰○龍樓…(〈월명사도솔가〉조), 비분절, 중간
⑩… ○歌曰○生死…(〈월명사도솔가〉조), 분절
⑪… ○讚曰○風送…(〈월명사도솔가〉조), 비분절, 끝
⑫… ○讚曰○堪羡…(〈선률환생〉조), 비분절, 끝
⑬… 讚曰○山家…(〈김현감호〉조), 비분절, 끝
⑭… ○○歌曰○舊理…(〈융천사혜성가…〉조), 분절
⑮… ○讚曰○想料…(〈낭지승운 보현수〉조), 비분절, 끝
⑯… 讚曰○倚市…(〈연회도명 무수점〉조), 비분절, 끝
⑰… ○讚曰○塵尾…(〈혜현구정〉조), 비분절, 끝
⑱… ○歌曰○物叱…(〈신충괘관〉조), 분절
⑲… 讚曰○功名…(〈신충괘관〉조), 비분절, 끝
⑳… ○讚曰相過…(〈포산이성〉조), 비분절, 끝
㉑… 其詞曰○自矣…(〈영재우적〉조), 분절
㉒… 讚曰○策杖…(〈영재우적〉조), 비분절, 끝

이 자료로부터 다음의 세 가지 사실들을 정리할 수 있다.

첫째, 시가가 비분절로 관련설화의 끝에 온 경우를 보자. 이에 속한 시가 유도어들은 다음과 같이 그 앞뒤에 공백 둘이나 하나를 수반한다.

1) 시가 유도어 앞에 두 공백이 있는 '○○讚曰…'의 형태 : ①, ②, ③
2) 시가 유도어 앞뒤에 하나씩의 공백이 있는 '○讚曰○…'의 형태 : ⑪, ⑫, ⑮, ⑰
3) 시가 유도어 뒤에 하나의 공백이 있는 '讚曰○…'의 형태 : ④, ⑥, ⑦, ⑬, ⑯, ⑲, ㉒
4) 시가 유도어 앞에 하나의 공백이 있는 '○讚曰…'의 형태 : ⑳

이 정리에서 보듯이, 1)에 속한 것들은 '○○讚曰'의 형태를 보이며, 2)에 속한 것들은 '○讚曰○'의 형태를 보인다. 두 형태는 서로 다르지만, 공백 둘을 수반한 것은 같다. 그리고 3)에 속한 것들은 '讚曰○'의 형태를 보이며, 4)에 속한 것들은 '○讚曰'의 형태를 보인다. 두 형태는 서로 다르지만, 공백 하나를 수반한 것은 같다. 공백 둘을 보인 형태와 공백 하나를 보인 형태의 빈도는 7:8로 어느 것이 맞는 것이 아니라, 양자를 혼용한 것으로 정리할 수 있다. 이는 앞에서 살핀, 권제1~4에 나타난 '讚曰○'이나 '○讚曰'의 형태와 일부 다른 점이다. 이로 미루어 보아, 권제1~4의 '讚曰'('讚曰○', '○讚曰')의 형태와, 권제5의 '讚曰'(○○讚曰, ○讚曰○, 讚曰○, ○讚曰)의 형태는 그 공백의 수반에서 일부가 같고 일부가 다름을 알 수 있다.

둘째, 시가가 비분절로 관련설화의 중간에 온 경우를 보자. 이에 속한 것으로 ⑨(○○解曰○)가 있다. 이 ⑨의 공백들은 앞에서 본 첫째나, 뒤에 볼 셋째와 비교하면 문제를 보인다. 왜냐하면, 첫째나 셋째 어느 것들을 보아도 시가 유도어가 그 앞뒤에 공백 셋을 수반한 경우는 없기 때문이다. 문제는 이것으로 끝나지 않는다. 뒤에 〈도솔가〉에서 보겠지만, 이 조에서는 분산된 공백의 문제를 보인다. 이 문제들을 해결하면, ⑨(○○解曰○)는 '解曰'의 잘못이다. 이렇게 시가가 비분절된 경우에 그 시가 유도어의 앞뒤에 공백이 오지 않는 것은 앞에서 본 권제1~4의 둘째(시가가 비분절로 관련설화의 중간에 온 경우)와 같다. 이런 점에서, 시가가 비분절로 관련설화의 중간에 온 경우의 시가 유도어는 그 앞뒤에 공백을 수반하지 않는다고 정리할 수 있다.

셋째, 시가가 분절된 경우를 보자. 이에 속한 것들은 시가 유도어 다음에 하나의 공백만을 수반하거나, 그 앞뒤에 공백 하나씩을 수반한다. 이를 보기 위해 그 양상을 정리하면 다음과 같다.

1) 시가 유도어 뒤에 하나의 공백이 있는 '讚曰○…'의 형태 : ⑤, ⑧, ㉑
2) 시가 유도어 앞뒤에 하나씩의 공백이 있는 '○讚曰○…'의 형태 : ⑩, ⑱

1)에 속한 것들은 ⑤(…有歌云○月下…), ⑧(…其詞曰○今日…), ㉑(…其詞曰○自矣…) 등이다. 이것들은 『삼국유사』 권제1~4의 셋째(시가가 분절된 경우)에서 보았던 '…歌曰○…'의 형태와 같다. 2)에 속한 것들은 ⑩(…○歌曰○生死…)과 ⑱(…○歌曰○物叱…)이다. 이것들은 『삼국유사』 권제1~4에서 보았던 '…歌曰○…'의 형태와 다르다. 이런 차이는 첫째에서 본 권제1~4의 시가 유도어의 형태(讚曰○, ○讚曰)가, 권제5의 시가 유도어의 형태(○○讚曰, ○讚曰○, 讚曰○, ○讚曰)로 바뀐 것과 궤를 같이 한다. 즉 이 셋째에서 권제1~4의 시가 유도어의 형태(讚曰○)가, 권제5의 시가 유도어의 형태(○讚曰○, 讚曰○)로 바뀌고 있다. 이 첫째와 셋째에서 바뀐 것은 시가 유도어에 수반된 공백이 권제1~4에서는 하나였으나, 권제5에서는 권제1~4에서와 같이 하나인 경우도 있고, 이에

더해진 것으로 둘인 경우도 있다는 것이다.

3. 4·8분절의 향가

이 장에서는 원전비평을 통하여 4·8분절로 정리되는 작품들을 정리한다.

3.1. 〈헌화가〉

〈헌화가〉가 실려 있는 〈수로부인〉조를 현대철자로 옮겨 보자.

> 聖德王代純貞公赴江陵太守……行次海汀晝饍傍有石嶂如屛臨海高千丈上有躑躅花盛開公之夫人水路見之謂左右曰折花獻者其誰從者曰非人跡所到皆辭不能傍有老翁牽牸牛而過者聞夫人言折其花亦作歌詞獻之其翁不知何許人也便行二日程又有臨海亭晝饍次海龍忽攬夫人入海公顚倒躄地計無所出又有一老人告曰故人有言衆口鑠金今海中傍生何不畏衆口乎宜進界內民作歌唱之以杖打岸□可見夫人矣公從之龍奉夫人出海獻之公問夫人海中事曰七寶宮殿所饍甘滑香潔非人間煙火此夫人衣襲異香非世所聞水路姿容絶代每經過深山大澤屢被神物掠攬衆人唱海歌詞曰○龜乎龜乎出水路掠人婦女罪何極汝若悖逆不出獻○入網捕掠燔之喫老人獻花歌曰紫布岩乎邊希執音乎手母牛放敎遣○吾肹不喩慚肹伊賜等○花肹折叱可獻乎理音如

이 글은 밑줄 친 부분에서 잘못된 기사 넷을 보여준다. 그 둘은 "詞曰○龜乎龜乎出水路掠人婦女罪何極汝若悖逆不出獻○入網捕掠燔"의 두 공백이 잘못 들어갔다는 것이다. 앞장에서 살폈듯이, 시가가 비분절로 관련설화의 중간에 온 경우에, 그 시가의 시가 유도어인 '歌曰' '童謠曰' 등에서도 그 앞뒤에 공백을 수반하지 않는다. 이런 점에서 보면, '詞曰○'의 공백이 잘못된 것임을 알 수 있다. 그리고 『삼국유사』의 시가 쓰기에서 한시는 해당 한시의 형식에 따라 띄어쓰거나, 줄글로 쓰지, 이렇게 작품의 중간에서 한 번만 띄어쓴 예는 전혀 보이지 않는다는 점에서, "…不出獻○入網…"의 공백도 잘못된 것임을 알 수 있다.

다른 둘은 "老人獻花歌曰紫布岩乎邊希執音乎手母牛放教遣"에 두 공백이 들어가지 않았다는 것이다. 즉 이 부분에는 '老人獻花歌曰○紫布岩乎邊希○執音乎手母牛放教遣'와 같이 두 공백이 들어가야 한다. 왜냐하면, 앞장에서 살폈듯이, 시가가 분절된 경우에, 그 시가 유도어(老人獻花歌曰)는 그 앞이나 뒤에 하나의 공백을 수반하고, "紫布岩乎邊希執音乎手母牛放教遣"은 '紫布岩乎邊希○執音乎手母牛放教遣'으로 의심되고 있기 때문이다.

이렇게 정리된 네 곳의 잘못이 어떤 이유로 발생하였는가를 보자. 이는 보각(補刻)에서 오서자를 지우고, 이로 인해 밀린 공백을 그 다음에 오는 공백을 지워 상쇄시킴에 의해 발생한 것이다. 즉 "詞曰○龜乎龜乎出水路掠人婦女罪何極汝若悖逆不出獻○入網捕掠燔"의 두 공백은 잘못 쓴 글자(龜, 入)를 지워서 생긴 것이며, 이 잘못 쓴 글자(龜, 入)를 각각 다음 칸에 씀으로 인해 밀린 공간을 '獻花歌曰○紫布岩乎邊希○執音乎手母牛放教遣'에 있던 두 공백을 지우는 방법으로 상쇄시켜, 현존 임신본에서는 "詞曰○龜乎龜乎出水路掠人婦女罪何極汝若悖逆不出獻○入網捕掠燔老人獻花歌曰紫布岩乎邊希執音乎手母牛放教遣"로 나타났다고 추정할 수 있다.

이 지운 공백과 그 상쇄 공백을 현존 임신본에서 알 수 있다고, 이것이 현존 임신본에서 발생한 것이라고 단정할 수는 없다. 왜냐하면, 이 지운 공백과 그 상쇄 공백은 초간본으로부터 현존 임신본에 이르기까지, 어느 판본의 판각용 정서본에서도 발생할 수 있는 것이기 때문이다. 혹시 이 현상이 일연의 육필본이나 일연의 참고본들에서도 일어날 수 있는 것이 아니냐고 문제를 제기할 수도 있다. 그러나 그 대답은 그렇지 않다. 왜냐하면, 오서자를 지워서 생기는 공백은 모든 필서본에서 발생할 수 있으나, 그 지운 공백을 상쇄시키기 위한 공백의 삭제는, 뒤로 얼마든지 칸을 밀어서 쓸 수 있는 필서본에서는, 발생하는 것이 아니기 때문이다.

또한 앞에서 본 지운 공백과 그 상쇄 공백의 정리에 대해, 그런 발상이 어떻게 가능할까 하는 문제를 제기할 수도 있다. 이 발상은 물론 이런 사실은 판각용 정서본의 일부를 다시 쓸 때에 충분히 가능하며, 나타난다고 생각한다. 판각용(초각용/보각용) 정서본의 일부를 다시 쓸 때에, 만약 글자를 잘못 써서 지우고, 그 글자를 한 칸 밀려 썼을 때에, 그 밀린 한 칸의 공간은 글의 끝까지 가게 된다. 이렇게 되면 보각하지 않고 그대로 쓰려던 각판(刻板)이나, 다시 쓰지 않고 그대로 쓰려던 판각용 정서본의 일부도, 모두 다시 보각하거나 다시 쓰는 노력을 하여야 한다. 이 때에 보각하지 않고 쓰려던 각판이나, 그대로 쓰려던 판각용 정서본의 일부를 그대로 쓰려면, 앞에서 밀린 공간을 그 중간에서 상쇄시켜야 한다. 왜냐하면 이 상쇄를 밀린 공간 다음에 나오는 공백을 지우는 방법으로 실현시켜서, 밀린 공간이 더 이상 뒤에까지 영향을 주지 못하게 방지해야 하기 때문이다.

이렇게 볼 때에 〈헌화가〉는 다음과 같이 4분절된 작품으로 정리할 수 있다.

紫布岩乎邊希
執音乎手母牛放教遣
吾肸不喩慚肸伊賜等
花肸折叱可獻乎理音如

3.2. 〈서동요〉

〈서동요〉를 포함한 〈무왕〉조와 그 현대철자를 보자.

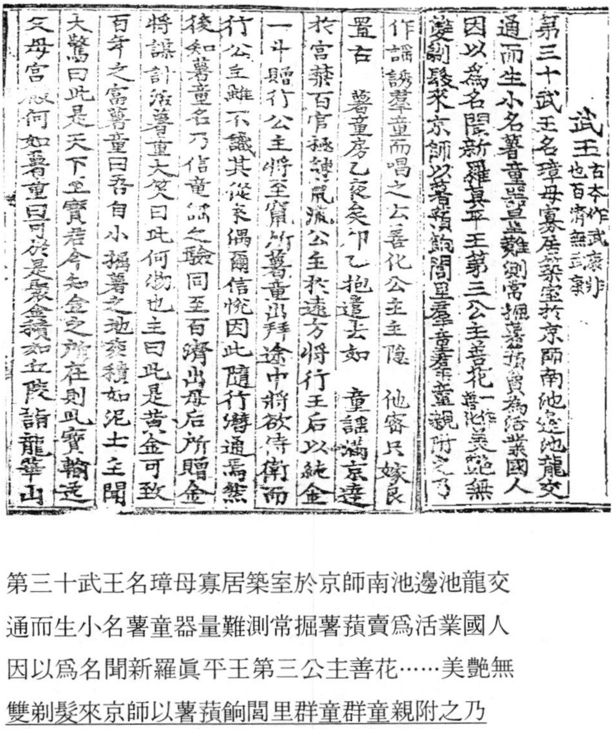

第三十武王名璋母寡居築室於京師南池邊池龍交
通而生小名薯童器量難測常掘薯蕷賣爲活業國人
因以爲名聞新羅眞平王第三公主善花……美艶無
雙剃髮來京師以薯蕷餉閭里群童群童親附之乃
作謠誘群童而唱之云善化公主主隱○他密只嫁良
置古○薯童房乙夜矣卯乙抱遣去如○童謠滿京達
於宮禁百宮極諫竄流公主於遠方將行王后以純金

> 一斗贈行公主將至竄所薯童出拜途中將欲侍衛而
> 行公主雖不識其從來偶爾信悅因此隨行潛通焉然
> 後知薯童名乃信童謠之驗 …

이 글에서 보면, 밑줄 친 부분에서 잘못된 셋을 파악할 수 있다. 하나는 제4행인 "雙剃髮來京師以薯蕷餉閭里群童群童親附之乃"가 1행 20자로 1행 21자에 1자가 모자란다는 것이다. 다른 하나는 "作謠誘群童而唱之云善化公主主隱"에 '作謠誘群童而唱之云○善化公主主隱'의 공백(○)이 들어가지 않았다는 것이다. 마지막 하나는 "薯童房乙夜矣卯乙抱遣去如"에 '薯童房乙夜矣○卯乙抱遣去如'의 공백(○)이 들어가지 않았다는 것이다. 셋 중에서 앞의 둘은 보각과정에서 발생한 것이고, 뒤의 하나는 초간 판각본의 정서본을 쓰는 과정에서 발생한 것으로 판단되어, 전자와 후자를 분리하여 설명한다.

먼저 이 부분이 보각임을 보자. 각판을 보면, 제5행의 "…公主"까지와 그 다음은 글자체가 달라, 우선 "…公主"까지가 보각(補刻)임을 알 수 있다. 이를 보기 위하여 글자의 모양이 다른 글자들을 보자.

公	公	之	之	乃	主
제3행 12, 13	제5행 11, 12	제4행 18, 19	제5행 7, 8	제4행 19, 20	제5행 12, 13
主公	化公	附之	唱之	之乃	公主
公主	公主	之驗	之富	乃信	主隱
제8행 5, 6	제9행 2, 3	제10행 10, 11	제12행 3, 4	제10행 6, 7	제5행 14, 15

이 비교에서 보듯이, 본문 제3행 제13자와 제5행 제12자인 '公'들(윗쪽)을, 제8행 제5자와 제9행 제2자의 '公'들(아랫쪽)과 비교해 보면, 서로 다르다. 제4행 제19자와 제5행 제8자인 '之'들(윗쪽)을, 제10행 제10자와 제12행 제3자인 '之'들(아랫쪽)과 비교해 보아도, 각각 다르다. 그리고 제4행 제20자인 '乃'(윗쪽)를 제10행 제6자인 '乃'(아랫쪽)와 비교해 보아도, 서로 다르다. 그리고 제5행 제13자인 '主'(윗쪽)와 제5행 제14자인 '主'(아랫쪽)를 비교해 보아도, 각각 다르다. 이 차이들은 전체적으로 볼 때에, 제5행의 "… 公主"까지가 보각임을 말해 준다.

이 차이들 외에도, 제4행을 보면, 다른 행들의 1행 21자와는 다르게, 1행 20자(雙剃髮來京師以薯蕷餉閭里羣童羣童親附之乃)로 되어 있다. 이는 이 부분이 보각임을 말해 주는 동시에, 밀린 공간을 말해 준다. 이는 제5행의 "… 公主"까지를 보각할 때에, 그 보각용 정서본의 제4행에 다른 글자들보다 가로의 획이 많은 '薯蕷, 閭, 餉, 羣(2회)' 등을 쓰면서 한 글자에 해당하는 공간이 더 소모되어, 글자 한 자가 다음 행으로 밀렸음을 의미한다.

이 밀린 공간을 바로 상쇄시키지 않으면, 보각하지 않고 쓰려던 '主隱' 이하도 보각을 해야 한다. 이 '主隱' 이하의 보각을 피하기 위하여, 밀린 공간을 상쇄시킨 것이 '… 唱之云○善化…'의 공백(○)이라 할 수 있다. 제5행의 "… 唱之云善化 …"를 보면, '… 唱之云○善化…'와 같이 공백(○)이 와야 하는데, 이 공백이 나타나지 않고 있다. 이는 앞에서 밀린 공간을 '… 唱之云○善化…'의 공백을 지워서 상쇄시킨 것이 아닌가를 생각하게 한다. 현존 임신본의 "… 唱之云善化…"가 본래는 '… 唱之云○善化…'이었다는 것은, 앞 장에서 보았듯이, 분절된 시가의 유도어들은 그 다음에 공백 하나를 수반한다는 점에 근거한다.

이처럼 "… 唱之云善化…"는 '… 唱之云○善化…'의 공백을 지운 것이

고, 이 공백을 지운 것은 바로 앞의 제4행에서 가로의 획이 많은 글자들(薯蕷, 閭, 餉, 羣)을 쓰다가 밀린 한 칸의 공간을 상쇄시키기 위한 것이라고 정리할 수 있다.

이 밀린 공간과 그 상쇄 공백이 현존 임신본에서, 그것도 보각이 확실한 부분에서 보인다고, 이 행위가 현존 임신본에서 발생한 것이라고 단정할 수는 없다. 왜냐하면, 이 밀린 공간과 그 상쇄 공백의 보각은 그 이전의 판본에 이미 수용된 것의 복각(覆刻)일 수도 있기 때문이다. 그러나, 이 밀린 공간과 그 상쇄 공백은 일연의 육필본에서 발생한 것이 아님은 확실하다. 〈헌화가〉의 오서자를 지워서 생긴 공백과 그 상쇄 공백에서 보았듯이, 판본에서는 한 행마다 일정한 글자 수를 가지고 있고, 뒤에 이미 씌어진 글들이 있을 때에, 밀린 공간은 계속 밀릴 수 없어, 그 공간을 상쇄시켜야 하지만, 뒤에 아직 미리 채워진 글이 없는 일연의 육필본을 쓰는 과정에서는, 밀린 공간을 바로 상쇄시키고자 노력할 필요가 전혀 없기 때문이다.

이렇게만 보면, 〈서동요〉는 현존 임신본에서 3분절의 형태를 보인다. 그런데 이것만으로 〈서동요〉가 3분절된 작품이라고 단정하기는 어렵다. 왜냐하면 아직도 정리해야 할 문제가 있기 때문이다. 이 문제는 "薯童房乙夜矣"와 '卯乙抱遣去如'가 붙어 있다는 점이다.

이 문제의 위치는 흔히 '薯童房乙○夜矣卯乙抱遣去如'의 공백 부분으로 정리하고 있지만, 필자가 보기에 '薯童房乙夜矣○卯乙抱遣去如'의 공백 부분으로 판단한다. 이 분절은 조윤제(1948:90)에서도 보이는데, 그 이유의 설명이 없다. 그 이유는 세 가지로 설명할 수 있다.

첫째는 작품을 '善化公主主隱○他密只嫁良置古○薯童房乙夜矣○卯乙抱遣去如'로 분절하는 것이 '… 薯童房乙○夜矣卯乙抱遣去如'로 정리하는 것보다, 시가적·음악적 균형을 이룬다는 점이다. 즉 앞의 음수는 7(/6)·7·6·6으로 율격적 균형을 이루지만, 후자는 7(/6)·7·4·8로 그렇지 못하다. 그리고 이에 따라 전자에서는 가절(歌節) 역시 균형을 이룬다.

둘째는 '卯乙'이 부사가 아니라 목적어라는 점이다. '卯乙'은 '톳길'(토낄)로 읽히는 목적어이다.

셋째는 '薯童房乙'의 '-乙'(을)은 목적격만 되는 것이 아니라, '서울을 가다'의 '-을'에서 볼 수 있듯이, 부사격도 된다는 점이다. 기왕의 분절은 목적격으로만 보면서, 구문상 '薯童房乙○夜矣卯乙抱遣去如'로 분절하였다. 그러나 부사격을 고려하면, '薯童房乙夜矣○卯乙抱遣去如'[서동방으로 밤에(/의), 토낄 안고 가다]로 분절된다.

이런 점들에서, '夜矣' 다음에 띄어야 할 것을 띄우지 않은 문제가 있다고 생각할 수 있다. 이 문제의 원인은 필서본을 초간본 판각용 정서본으로 옮기는 과정에서 발생한 행말 공백의 무시로 판단한다. 이를 설명하기 위하여 행말 공백의 무시를 먼저 보자.

前受命徑趨北海之路變服入句麗進於寶海所共謀
逸期先以五月十五日歸泊於高城水口而待期 日將
至寶海稱病數日不朝乃夜中逃出行到高城海濱王
知之使數十人追之至高城而及之然寶海在句麗常
施恩於左右故其軍士憫傷之皆拔箭鏃而射之遂免
而歸王旣見寶海益思美海一欣一悲垂淚而謂左右
曰如一身有一臂一面一眼雖得一而亡一何敢不痛
乎時堤上聞此言再拜辭朝而騎馬不入家而行直至
於栗浦之濱其妻聞之走馬追至栗浦見其夫已在舡
上矣妻呼之切懇堤上但搖手而不駐行至倭國詐言

우리는 세로로 쓴 줄글의 한문을 보거나 옮겨 쓸 때에, 한 글자에 해당하는 공백이 행말에 있어도 이를 무시하고 붙여서 보거나 옮겨 쓰는 습관이 있다. 이런 사실을 보기 위하여, 필서본 『삼국유사』(석남본, 학산본)의 두 면(69면, 77면)을 보면 오른쪽 및 다음 페이지의 왼쪽과 같다.

政亂荒婬國人廢之前此沙梁部之庶女姿容艶美時
號桃花娘王聞而召致宮中欲幸之女曰女之所守不
事二夫有夫而適他雖万乘之威終不奪也王曰殺之
何女曰寧斬于市有願靡他王戲曰無夫則可乎曰可
王放而遣之是年王見廢而崩後二年其夫亦死浹旬
忽夜中王如平昔來於女房曰汝昔有諾今無汝夫可
乎女不輕諾告於父母父母曰君王之教何以避之以
其女入於房留御七日常有五色雲覆屋香氣滿室七
日後忽然無蹤女因而有娠月滿將産天地振動産得
一男名曰鼻荊眞平大王聞其殊異收養宮中年至十

69면의 영인에서, 제2행의 끝에 한 글자에 해당하는 공백이 있다. 77면의 영인에서도, 제2행 이하의 다섯 행말에 한 글자에 해당하는 공백들이 있다. 이 공백들을 우리는 글 내용의 일부 공백으로 보지 않고, 각각 다음의 행들에 붙여서 읽는다. 그리고 이 두 영인의 글들을 1행 21자의 글이 아닌 다른 1행 ○자(예로 17자, 25자 등)의 글로 옮겨 쓴다고 할 때에, 이 행말의 공백들을 무시하게 된다.

이제 이 행말 공백의 무시라는 차원에서 '薯童房乙夜矣○卯乙抱遣去如'의 공백이 무시되었다는 것을 살피기 위해, 현존 임신본의 〈무왕〉조를, 앞에서 정리한, 밀린 공간과 그 상쇄 공백을 첨가하여, 1행 23자의 글로 재구하면 다음과 같다.

第三十武王名璋母寡居築室於京師南池邊池龍交通而
生小名薯童器量難測常掘薯蕷賣爲活業國人因以爲名
聞新羅眞平王第三公主善花一作善化美艶無雙剃髮來京師
以薯蕷餉閭里羣童羣童親附之乃作謠誘羣童而唱之云
○善化公主主隱○他密只嫁良置古○薯童房乙夜矣○
卯乙抱遣去如○童謠滿京達於宮禁百官極諫竄流公主
於遠方將行王后以純金一斗贈行公主將至竄所薯童出
(이하 생략)

이 재구된 1행 23자의 글에서 행말의 공백을 무시하고, 『삼국유사』와 같이 1행 21자의 글로 정리하면, 현존 임신본 『삼국유사』의 〈무왕〉조가 된다. 이런 점에서 본래의 〈서동요〉는 다음과 같이 4분절이 되어 있었다고 할 수 있다.

善化公主主隱
他密只嫁良置古
薯童房乙夜矣
卯乙抱遣去如

그러면 이 재구된 글이 누구의 글인가를 생각해 보자. 세 측면에서 일연의 육필본이 아닌가를 추정할 수 있다.

첫째는 행말 공백의 무시가 일연의 육필본을 『삼국유사』 초간본의 판각용 정서본으로 옮겨 쓸 때만 가능하다는 점에서, 앞에서 재구한 글은 일연의 육필본이라 생각한다. 우선 이 행말 공백의 무시는 목판본을 옮겨 쓸 때는 발생하지 않는다. 왜냐하면, 목판본에서는 글의 테두리에 해당하는 광곽(匡廓)이 있어, 행말 공백을 글 내용의 일부로 인식하게 되기 때문이다. 그렇다고 일연의 참고본들을 일연의 육필본으로 옮겨 쓸 때에, 행말 공백의 무시가 가능한 것도 아니다. 왜냐하면 일연의 참고본들은 일연의 육필본과 같은 내용이 아니라, 일연이 자신의 육필본을 쓰면서 참고한 것이라는 점에서, 말을 바꾸면 옮겨 쓴 것이 아니라는 점에서, 앞에서 재구한 관련설화의 틀내에서 행말 공백의 무시를 논의할 대상이 아니기 때문이다. 이렇게 되면, 일차로 앞에서 재구된 관련설화의 틀내에서 행말 공백이 무시된 것은 자동적으로 일연의 육필본을 초간본의 판각용 정서본으로 옮길 때에 발생했다고 할 수 있다.

둘째는 재구된 앞의 글이 보이는 질서정연함은 현존 임신본의 내용과 같되, 1행의 글자수가 현존 임신본과 다른 글을 상정하게 하는데, 이에 해당하는 글은 일연의 육필본밖에 없다. 왜냐하면, 일연의 참고본들은 현존 임신본과 내용이 다르고, 초간본의 판각용 정서본과 그 이래의 판본들은 1행의 글자 수가 현존 임신본과 같기 때문이다. 혹시 고려 후기의 초간본과 조선 초기의 두 고판본(古板本)의 1행의 글자수가 현존 임신본과 다른 것이 아닌가를 상정할 수 있으나, 현존 임신본에서 볼 수 있는 복각(覆刻)으로 보아 이런 가정은 불가능해 보인다.

셋째는 위에서 재구된 글은 초간본의 판각용 정서본으로부터 현존 임신본까지의 판본이 저본으로 한 일연의 육필본이 아니고는 이렇게 질서정연하게 다시 재구될 우연의 가능성이 거의 없다는 점에서, 일연의 육필본이라 할 수 있다. 1행이 23자라는 점에서, 행말에 공백이 우연히 올 수 있는 확률은 1/23이고, 재구된 1행 23자의 글의 틀에서 첫 칸부터 관련설화가 우연히 시작될 확률도 1/23이다. 이 둘이 동시에 우연히 발생할 확률은 1/529(1/23×1/23)(≒0.18%)이다. 게다가 앞으로 살필 다른 작품들과 더불어, 이 작품들에서 행말에 공백이 함께 우연히 오고, 관련설화들이 함께 재구된 글들의 첫 칸부터 우연히 시작될 확률은 거의 없다. 이는 바꾸어 말하면, 재구된 글의 필연성이 거의 100%라는 것이다. 이런 필연성의 확률로 보아, 앞에서 재구된 관련설화는 일연의 육필본임을 거의 확신할 수 있다.

이런 사실에서, 다음과 같은 사실을 추론할 수 있다. '薯童房乙夜矣○卯乙抱遣去如'의 공백이 무시된 것은, 일연의 육필본을 『삼국유사』 초간본의 판각용 정서본으로 옮겨 쓸 때에 행말 공백을 무시한 결과라 할 수 있다. 이에 따라 일연의 육필본에서, 〈서동요〉는 4분절이 되어 있었고, 이 행말 공백의 무시는 초간본의 판각용 정서본 이래 현존 임신본까지 지속되었다고 할 수 있다.

3.3. 〈풍요〉

〈풍요〉가 실린 〈양지사석〉조에서는 어떤 문제도 발견되지 않는다. "風謠云○來如來如來如○來如哀反多羅○哀反多矣徒良○功德修叱如良來如○"에서와 같이, 〈풍요〉는 4분절이 되어 문제가 없고, 분절된 시가의 유도어들은 그 다음에 공백 하나를 수반한다는 점에서, '風謠云○'에는 어떤 문제도 없다. 이로 인해 이 4분절은 거의 그대로 수용되고 있다. 단지 두 글에서 3분절과 5분절을 주장하기도 하였다.

먼저 3분절로 정리한 경우(김선기 1968a, 1993)를 보자.

來如來如來如來如
哀反多羅哀反多矣
徒良功德修叱如良來如

이 주장은 원전비평을 한 것이 아니라, 시조의 3장 형식을 의식한 정정에 불과하다.

이번에는 〈풍요〉를 5분절로 본 경우(박재민 2009b:55~60)를 보자. 이 경우에는 "來如(來如) ‖ 來如(來如) ‖ 哀反多羅 ‖ 哀反多矣徒良 ‖ 功德修叱如良(來如) ‖"로 5분절을 하였다. 괄호 밖은 '메기는 소리'를 괄호 안은 '받는 소리'를 의미한다. 이 주장은 이렇게 분절한 논거를 "至今土人春相役作皆用之蓋始于此", 현존 민요, 해독 등에 두고 있다.

이 논거의 문제를 간단하게 보자. "至今土人春相役作皆用之蓋始于此" 자체에는 문제가 없다. 그러나 이 인용과 현존 민요를 함께 보면 문제가 발생한다. 즉 일연 당시에 용상역작에서 사용한 〈풍요〉는 민요에 기초하여 양지가 개작한 작품인데, 이 작품과 논자가 인용한 현존 민요가 같은 계통의 노래라는 것을 증명하기가 어렵다. 혹시 비슷한 단어가 하나라도 발견된다면, 그 비교가 가능할 수 있다. 그러나 비슷한 단어가 하나도 없으며, 예로 든 메기는 노래와 받는 노래들은 모두가 "오호 지저메"와 같이 두 단어 이상인 데 비해, 이 논자가 주장하는 〈풍요〉의 메기는 노래와 받는 노래는 '來如'의 한 단어라는 점도 쉽게 이해가 되지 않는다. 그리고 '徒良功德修叱如良'을 '무리들아 공덕 닦아라'로 해독하고 있는데, '徒良'의 '-良'을 '-아'로 읽은 다음에, 바로 이어서 나오는 '功德修叱如良'의 '-良'을 '-라'로 읽은 것 역시 문제를 보인다. 특히 '-라'의 표기에는 '哀反多羅'에서와 같이 '-羅'를 쓰고 있다는 점에서 문제를 보인다. 이런 문제들로 보아, 이 주장은 논거를 좀더 확연하게 보충하기 전에는 설득력을 얻지 못한다고 정리할 수 있다.

이상과 같이 3분절과 5분절의 주장들은 그 논거에서 문제를 보이고, 〈풍요〉는 회문시의 성격(양희철 1997c)을 보이고 있어, 원전에서는 기왕의 논의에서와 같이, 4분절된 다음의 작품으로 판단한다.

來如來如來如
來如哀反多羅
哀反多矣徒良
功德修叱如良來如

3.4. 〈도솔가〉

현존 임신본의 〈월명사 도솔가〉조에는 두 글이 합쳐 있다. 즉 〈도솔가〉와 관련된 전반부와 〈제망매가〉와 관련된 후반부가 합쳐 있다. 임신본과 그 현대철자를 보면 다음과 같다. 현대철자에서는 〈제망매가〉와 관련된 "明又嘗爲亡妹…"는 생략하였다.

今俗謂此爲散花歌誤矣宜云兜率歌別有散花歌文
多不載旣而日恠卽滅王嘉之賜品茶一襲水精念珠
百八箇忽有一童子儀形鮮潔跪奉茶珠從殿西小門
而出明謂是內宮之使王謂師之從者及玄徵而俱非
甚異之使人追之童入內院塔中而隱茶珠在南壁畫
慈氏像前知明之至德與至誠能昭假于至聖也如此
朝野莫不聞知王益敬之更贐絹一百疋以表鴻誠明

月明師兜率歌
景德王十九年庚子四月朔二日並現挾旬不滅日官
奏請緣僧作散花功德則可禳於是潔壇於朝元殿駕
幸青陽樓望緣僧時有月明師行于阡陌時之南路王
使召之命開壇作啓明奏云臣僧但屬於國仙之徒只
解鄕歌不閑聲梵王曰旣卜緣僧雖用鄕歌可也明乃
作兜率歌賦之其詞曰 今日此矣散花唱良巴寶白
乎隱花良汝隱 直等隱心音矣命叱使以惡只
彌勒座主陪立羅良 解曰 龍樓此日散花歌挑
送靑雲一片花殷重直心之所使遠邀兜率大僊家

景德王十九年庚子四月朔二日並現挾旬不滅日官
奏請緣僧作散花功德則可禳於是潔壇於朝元殿駕
幸青陽樓望緣僧時有月明師行于阡陌峙之南路王
使召之命開壇作啓明奏云臣僧但屬於國仙之徒只
解鄕歌不閑聲梵王曰旣卜緣僧雖用鄕歌可也明乃
作兜率歌賦之其詞曰○今日此矣散花唱良巴寶白
乎隱花良汝隱○○直等隱心音矣命叱使以惡只○
彌勒座主陪立羅良○○解曰○龍樓此日散花歌挑
送青雲一片花殷重直心之所使遠邀兜率大僊家○
今俗謂此爲散花歌誤矣宜云兜率歌別有散花歌文
多不載旣而日怪卽滅王嘉之賜品茶一襲水精念珠

> 百八箇忽有一童子儀形鮮潔跪奉茶珠從殿西小門
> 而出明謂是內宮之使王謂師之從者及玄徵而俱非王
> 甚異之使人追之童入內院塔中而隱茶珠在南壁畫
> 慈氏像前知明之至德與至誠能昭假于至聖也如此
> 朝野莫不聞知王益敬之更贐絹一百疋以表鴻誠

이 글의 밑줄 친 부분에는 네 문제가 있다. 즉 "今日此矣散花唱良巴寶白乎隱…"에 '今日此矣散花唱良○巴寶白乎隱…'의 공백(○)이 빠진 문제, "…花良汝隱○○直等隱…"에 불필요한 공백 하나가 들어간 문제, "…陪立羅良○○解曰○龍樓…"에 불필요한 공백 셋이 들어간 문제, 두 번째 장의 제4행이 22자(而出明謂是內宮之使王謂師之從者及玄徵而俱非王)인 문제 등이다. 이 중에서 네 번째 문제는 뒤에 오는 〈제망매가〉와 간접적으로 연결되고, 〈도솔가〉의 분절에는 영향을 주지 않아 뒤로 돌린다. 나머지 세 문제 중에서 첫 번째 문제는 초간본의 판각용 정서본을 쓰면서 발생한 문제로, 두 번째와 세 번째 문제는 보각용 정서본을 쓰면서 발생한 문제로 보여, 전자와 후자를 분리하여 설명한다.

먼저 〈도솔가〉가 실린 부분이 보각이란 사실을 보자. 『삼국유사』 권제5 감통제7의 제12장을 보면, 전엽과 후엽이 달라, 〈도솔가〉가 실린 전엽이 보각임을 쉽게 알 수 있다. 우선 같은 장의 전엽과 후엽인데도, 그 어미(魚尾)가 다르다. 그리고 글자가 굵고 가는 차이를 보인다. 이런 점에서 전엽이 보각임을 쉽게 알 수 있다. 게다가 전엽의 전반부 제7행까지는 그 글자 배열이 엉성하지 않다. 그러나 제8·9행은 "… 花良汝隱○○直等隱 …… 陪立羅良○○解曰○…"과 같이 공백 둘 이상을 가지면서 매우 엉성하다. 이 역시 이 부분이 보각임을 말해준다.

이 보각 부분에 나타난 "… 花良汝隱○○直等隱…"과 "…陪立羅良○○解曰○…"의 공백에는 문제가 있다. 전자의 경우는, 앞장에서 살폈듯이,

시가의 분절을 보여주는 공백은 한 글자에 해당하는 하나의 공백이지, 두 글자에 해당하는 두 공백이 아니기 때문이다. 이로 보아, "…花良汝隱○○直等隱…"은 '… 花良汝隱○直等隱…'이 잘못된 것임을 알 수 있다. 후자의 경우는 〈도솔가〉를 한시로 옮긴 시가 유도어이다. 그런데 앞장에서 살폈듯이, 비분절로 관련설화의 중간에 온 시가는 그 시가 유도어의 그 앞뒤에 공백을 수반하지 않는다. 이 점으로 보아 "… 陪立羅良○○解曰○…"은 '… 陪立羅良解曰…'의 잘못이라고 정리할 수 있다.

그러면 이런 잘못이 왜 발생했을까 하는 문제를 생각해 보자. 앞의 두 번째와 세 번째 문제는 보각을 하면서, 망실된 부분을 살리지 못하고, 나머지 부분만으로 이 전엽을 보각하면, 전엽과 후엽이 별개의 내용으로 보이기 때문에, 이를 방지하기 위하여, 전엽의 끝에 있는 공백들을 내용의 중간에 분산시킨 것으로 볼 수 있다. 즉 전엽의 마지막에 있던 다섯 공백을 "… 花良汝隱○○直等隱…"에 하나를, 그리고 "… 陪立羅良○○解曰○…"에 셋을 분산시켜서, 이 전엽이 엉성하지만, 이 전엽과 후엽이 연속된 것으로 보이게 하였다고 추정한다. 이 추정의 가능성을 보기 위하여, "花良汝隱○○直等隱"의 공백 하나와, "… 陪立羅良○○解曰○…"의 공백 셋 등을 빼고, 『삼국유사』와 같이 1행 21자의 글로 바꾸면 다음과 같다.

景德王十九年庚子四月朔二日並現挾旬不滅日官
奏請緣僧作散花功德則可禳於是潔壇於朝元殿駕
幸青陽樓望緣僧時有月明師行于阡陌時之南路王
使召之命開壇作啓明奏云臣僧但屬於國仙之徒只
解鄉歌不閑聲梵王曰旣卜緣僧雖用鄉歌可也明乃
作兜率歌賦之其詞曰○今日此矣散花唱良巴寶白
乎隱花良汝隱○直等隱心音矣命叱使以惡只○彌
勒座主陪立羅良解曰龍樓此日散花歌挑送青雲一

片花殷重直心之所使遠邀兜率大僊家○○○○○
今俗謂此爲散花歌誤矣宜云兜率歌別有散花歌文
多不載旣而日怪卽滅王嘉之賜品茶一襲水精念珠
百八箇忽有一童子儀形鮮潔跪奉茶珠從殿西小門
而出明謂是內宮之使王謂師之從者及玄徵而俱非
王甚異之使人追之童入內院塔中而隱茶珠在南壁
畫慈氏像前知明之至德與至誠能昭假于至聖也如
此朝野莫不聞知王益敬之更贐絹一百疋以表鴻誠

이 정리에서 보면, "…大僊家"의 글과 "今俗…"의 글이 별개로 보인다. 그렇다고 이 두 부분의 내용을 별개로 볼 수도 없다. 그러나 이 부분의 다섯 공백 중에서 하나만 남기고, 나머지 네 공백들을 현존 임신본의 『삼국유사』에서와 같이 분산시키면, 이 부분이 별개가 아니라 이어진 것으로 보인다. 즉 아래와 같이 전후가 연결된 것으로 보인다.

…(이전 생략)…
作兜率歌賦之其詞曰○今日此矣散花唱良巴寶白
乎隱花良汝隱○○直等隱心音矣命叱使以惡只○
彌勒座主陪立羅良○○解曰○龍樓此日散花歌挑
送靑雲一片花殷重直心之所使遠邀兜率大僊家○
今俗謂此爲散花歌誤矣宜云兜率歌別有散花歌文
…(이후 생략)…

이 정리와 이 부분에 해당하는 『삼국유사』를 비교하면, 세 행에서 공백의 배열만 다르고, 공백의 숫자는 같다. 이 차이에서, 다음과 같은 추론을 할 수 있다. "兜率大僊家" 다음에 있던 다섯 공백 중에서 하나만 남기고, '○直等隱…'의 앞부분에 공백 하나를, '解曰'의 앞부분에 공백 둘과 뒷부분에 공백 하나를 각각 분산시켜, "○○直等隱…"과 "○○解曰○"로 만들었다는 것이다. 이는 '今俗…'으로 이어지는 글과 〈도솔가〉가 같은 내용의 글이라는 점에서, 연속성을 주기 위한 공백의 분산으로 생각된다.

이런 분산의 존재는 현존 임신본에서 확인할 수 있지만, 이 분산이 어느 판본에서 처음으로 발생했는지는 현재의 자료로는 판단할 수 없다. 왜냐하면, 이런 분산은 초간본의 판각용 정서본으로부터 현존 임신본에 이르기까지, 어느 판본에서도 발생할 수 있기 때문이다. 그렇다고, 이 분산이 일연의 육필본에서도 발생할 수 있는 것은 아니다. 왜냐하면, 일연의 육필본에서는 이렇게 공백을 분산시킬 이유가 없으며, 만약 이렇게 쓴 필서본이 있었다면, 이것을 판각용 정서본으로 옮겨 쓸 때에, 정리하여 없앴을 것이기 때문이다.

이렇게 분산 공백을 정리하여도, 〈도솔가〉에는 또 다른 문제가 있다. 바로 앞에서 제시한 '…唱良○巴寶…'의 공백(○)이 무시된 것이다. 이는 행말 공백의 무시로 보인다. 그 이유를 살피기 위하여, 현존 임신본의 〈월명사 도솔가〉조에, 앞에서 살핀 분산 공백을 정리하고, 그것을 다시 '…唱良○巴寶…'의 공백이 행말에 오도록, 1행 31자의 글로 재구하면 다음과 같다.

景德王十九年庚子四月朔二日並現挾旬不滅日官奏請緣僧作散花功德則
可禳於是潔壇於朝元殿駕幸靑陽樓望緣僧時有月明師行于阡陌時之南路
王使召之命開壇作啓明奏云臣僧但屬於國仙之徒只解鄕歌不閑聲梵王曰
旣卜緣僧雖用鄕歌可也明乃作兜率歌賦之其詞曰○今日此矣散花唱良○
巴寶白乎隱花良汝隱○直等隱心音矣命叱使以惡只○彌勒座主陪立羅良
解曰龍樓此日散花歌挑送靑雲一片花殷重直心之所使遠邀兜率大僊家○
今俗謂此爲散花歌誤矣宜云兜率歌別有散花歌文多不載旣而日怪卽滅王
嘉之賜品茶一襲水精念珠百八箇忽有一童子儀形鮮潔跪奉茶珠從殿西小

門而出明謂是內宮之使王謂師之從者及玄徵而俱非王甚異之使人追之童入內院塔中而隱茶珠在南壁畫慈氏像前知明之至德與至誠能昭假于至聖也如此朝野莫不聞知王益敬之更賝絹一百疋以表鴻誠

이 재구된 글은 세 측면에서 일연의 육필본이라고 말할 수 있다. 첫째와 둘째 측면은 앞에서 살핀 〈서동요〉와 같으므로 생략한다. 셋째는 위에서 재구된 글은 초간본의 판각용 정서본으로부터 현존 임신본까지의 판본이 저본으로 한 일연의 육필본이 아니고는 이렇게 질서정연하게 다시 재구될 우연의 가능성이 거의 없다는 점에서, 일연의 육필본이라 할 수 있다. 행말에 공백이 오지 않거나, 관련설화의 전체 틀이 깨어지는, 즉 관련설화의 시작 부분이 재구된 1행 31자의 글틀에서 첫 칸부터 시작되지 않고, 중간에서부터 시작되는 것들과 비교할 때에, 앞의 정리는 상당히 믿을 수 있는 재구임을 말할 수 있다. 이렇게 행말에 공백이 오게 하면서도, 관련설화의 재구된 1행 31자의 글틀이 전혀 깨어지지 않을 우연의 확률은 1/961(1/31×1/31)로, 약 0.10%(≒1/1000)이다. 왜냐하면, 1행이 31자라는 점에서, 공백이 행말에 우연히 올 수 있는 확률은 1/31이고, 관련설화가 재구된 1행 31자의 글틀에서 첫 칸부터 우연히 시작될 확률도 1/31이기 때문이다. 게다가 앞에서 살핀 〈서동요〉와 앞으로 살필 다른 작품들과 더불어, 이 작품들에서 행말에 공백이 함께 우연히 오고, 관련설화들이 재구된 글틀들의 첫 칸부터 우연히 함께 시작될 확률은 거의 없다. 이는 말을 바꾸면, 앞에서 재구된 글의 필연성이 거의 100%라는 것이다. 이 필연성으로 볼 때에, 앞에서 재구한 관련설화는 일연의 육필본임을 거의 확신할 수 있다.

이런 사실로 볼 때에, 현존 임신본에서 '…唱良'와 '巴寶…'가 붙은 것은 『삼국유사』 초간본의 판각용 정서본을 쓰면서 본 일연의 육필본의 행말 공백을 무시한 것이 뒤에까지 이어진 것이며, 일연의 육필본에서 〈도솔가〉는 다음과 같이 4분절이 되어 있었다고 정리할 수 있다.

今日此矣散花唱良
巴寶白乎隱花良汝隱
直等隱心音矣命叱使以惡只
彌勒座主陪立羅良

3.5. 〈모죽지랑가〉

〈모죽지랑가〉가 수록된 〈효소왕대 죽지랑〉조 중에서 논의에 필요한 판본과 현대철자를 보자.

宗公爲朔州都督使將歸理所時三韓兵亂以騎兵三
千護送之行至竹旨嶺有一居士平理其嶺路公見之
歎美居士亦善公之威勢赫甚相感於心公赴州理隔
一朔夢見居士入于房中室家同夢驚怪尤甚翌日使
人問其居士安否人曰居士死有日矣使來還告其死
與夢同日矣公曰殆居士誕於吾家爾更發卒修葬於
嶺上北峯造石彌勒一軀安於塚前妻氏自夢之日有
娠旣誕因名竹旨壯而出仕與庾信公爲副帥統三韓
眞德大宗文武神文四代爲冢宰安定厥邦初得烏谷
慕郎而作歌曰
去隱春皆理米　毛冬居叱沙哭屋尸以憂音　阿冬
音乃叱好支賜烏隱　皃史年數就音墮支行齊　目
煙迴於尸七史伊衣　逢烏支惡知作乎下是　郎也
慕理尸心未　行乎尸道尸　蓬次叱巷中宿尸夜音
有叱下是

> 孝昭王代 竹旨郎(亦作竹曼 亦名智官)
> 第三十二孝昭王代竹曼郎之徒有得烏…
> …중간 인용 생략…
> 眞德太宗文武神文四代爲冢宰安定厥邦初得烏谷
> 慕郎而作歌曰
> 去隱春皆理米○毛冬居叱沙哭屋尸以憂音○阿冬
> 音乃叱好支賜烏隱○皃史年數就音墮支行齊○目
> 煙廻於尸七史伊衣○逢烏支惡知作乎下是○郎也
> 慕理尸心未○行乎尸道尸○蓬次叱巷中宿尸夜音
> 有叱下是

이 〈모죽지랑가〉와 관련된 부분에서는 두 가지 문제를 해결해야 한다. 하나는 밑줄 친 부분에서 보이는 공백의 문제이고, 다른 하나는 "初得烏谷慕郎而作歌曰"과 노랫말 "去隱春皆理米…" 사이에 빈공간이 왜 생겼는가 하는 문제이다.

먼저 전자의 문제를 보자. "慕理尸心未○行乎尸道尸"의 공백을 괴자(壞字) '皃'로 보든, 불필요한 공백으로 보든, 향찰을 해독한 학자들은 물론, 향가의 문학적 형식론을 검토한 학자들은 〈모죽지랑가〉를 8분절된 작품으로 보는 데는 의견이 일치한다. 이에 비해 향가의 음악적 형식론을 검토한 학자의 상당수는 이에 동의하지 않는다. 이 두 의견의 양립으로만 보면, 어느 쪽이 옳다고 판단하기 어렵다. 그러나 원전비평의 차원에서 보면, 전자가 옳다.

"慕理尸心未○行乎尸道尸"의 공백을 괴자(壞字) '皃'로 보는 경우에는, 〈우적가〉의 "心米 皃史"를 의식한 것으로 보인다. 그러나 이를 인정하면, '皃' 다음에 '史' 또는 '是/伊'가 없어, 그 다음의 '行'과 연결이 어렵다. 이로 인해 이 주장은 거의 호응을 얻지 못하였다. 이에 비해 불필요한 공백으로 처리한 경우는, 이렇게 처리할 때에 문맥의 이해에 전혀 이상이 없다. 이런 점에서 불필요한 공백으로 보는 것이 일반적이다.

이 공백은 불필요한 공백임에 틀림이 없다. 그 이유는 문맥의 이해에 전혀 문제가 없을 뿐만 아니라, 현존 임신본에서 볼 수 있는 오서자를 지운 공백으로 볼 수 있기 때문이다. 이 공백은 오서자를 지운 공백으로 볼 수도 있고, 오각자를 지운 공백으로 볼 수도 있다. 그러나 오각의 경우는 파내고 그 곳에 글자를 새겨서 보충한다는 점에서, 그 가능성이 희박하다. 이에 비해 잘못 쓴 글자는 다시 쓸 수도 있고, 지운 것을 그대로 사용할 수도 있지만, 이 중에서 후자로 판단된다. 이런 사실은 현존 임신본의 『삼국유사』에 나타난 다음의 예들에서 알 수 있다.

> … 指掌圖黑水在長城北○沃沮在長城南(〈말갈 발해〉조)
> 太平興國三年○戊寅崩諡曰敬順(〈김부대왕〉조)

두 글에서 볼 수 있는 공백(○)부분들은 문맥상 불필요하다. 왜냐하면 이 공백을 불필요한 부분으로 볼 때에, 문맥이 잘 이해되기 때문이다. 이런 점에서 이 공백들은 정서본을 쓰면서 잘못 쓴 글자는 지우고 그 다음부터 글을 쓴 결과라 할 수 있다. 이 예들 외에도 같은 현상이 여러 곳들(〈수로부인〉조, 〈신라시조 혁거세왕〉조, 〈미륵선화 미시랑 진자사〉조, 〈남백월이성 노힐부득 달달박박〉조, 〈낙산이대성 관음 정취 조신〉조, 〈요동성륙왕탑〉조 등)에서 보인다.

이렇게 오서자를 지운 공백을 현존 임신본에서 볼 수 있다고, 이 오서자를 지운 행위가 이 현존 임신본에서 발생했다고 말할 수는 없다. 왜냐하면, 이 오서자를 지운 공백은 『삼국유사』 초간본의 판각용 정서본으로부터 현존 임신본에 이르기까지, 어느 글에서도 발생할 수 있고, 그것을 수용한 것이 현존 임신본으로 전해져 왔다고 볼 수도 있기 때문이다.

이와 같이 이 오서자를 지운 행위가 『삼국유사』 초간본의 판각용 정서본 이래, 어느 글에서 발생했는지는 알 수 없다. 그렇지만, 이 오서자가 발생하기 이전인, 임신본 이전의 어느 정서본이나 일연의 육필본에서는, 그 범위를 아주 좁힌 일연의 육필본에서는, 〈모죽지랑가〉가 8분절이 되어 있었다는 것만은 분명한 것 같다. 왜냐하면 지금까지 보아온 공백들과 뒤에 볼 다른 공백들이 일연에 의해 발생한 것들이 아니라, 초간본의 판각용 정서본 이후의 정서자들에 의해 발생하기 때문이다. 이는 최소한 일연의 육필본에서 〈모죽지랑가〉가 8분절이었다는 사실을 말해준다.

이번에는 "初得烏谷慕郎而作歌曰"과 노랫말 "去隱春皆理米…" 사이에 빈공간이 왜 생겼는가 하는 문제를 보자. 이 문제는 〈모죽지랑가〉를 10구체로 보려는 주장들과도 연결되어 있다. 8구체를 부정하는 입장에서 있는 오구라(小倉進平 1929:260~261)는 이유의 설명도 없이 〈처용가〉에서와 마찬가지로 후구(後句)가 빠졌다고 주장하였다. 그리고 홍기문(1956:98~99)은 제6구와 제7구 사이에 '阿耶'가 누락되었다고 주장하면서 〈모죽지랑가〉를 10구체로 보려 하였다. 이 두 주장들은 "初得烏谷慕郎而作歌曰"과 노랫말 "去隱春皆理米…" 사이에 빈공간이 왜 생겼는가 하는 문제를 검토하지 않았지만, 이 빈공간을 검토하면서 10구체설을 주장한 후대의 주장들에 적지 않은 영향을 준 것으로 판단된다.

"初得烏谷慕郎而作歌曰"과 노랫말 "去隱春皆理米…" 사이에 빈공간이 왜 생겼는가 하는 문제를 본격적으로 검토한 것은 박재민(2004; 2009b:61~65)과 서정목(2013:87~130)이다. 전자의 주장에서는 이 빈공간을 "삼국유사에서 자주 보이는 판각상의 오류에서 비롯된 것으로 판단하"고, 즉 이 부분에 있던 글자들이 탈락된 것으로 보고, 이 탈락된 글자의 수가 10구체 향가의 제1, 2구에 해당할 뿐만 아니라, 제9구 앞에 감탄사도 가지고 있다는 점에서, 〈모죽지랑가〉를 10구체 향가라고 주장하였다. 그리고 후자의 주장에서는 제3, 4구가 탈락된 것으로 보고 10구체설을 주장하였다.[3]

전자의 주장은 두 측면에서 "去隱春皆理米…" 앞에 노랫말이 있었다고 주장한다. 한 측면은 고려 석독구결에서 "'去隱'의 앞에 예외없이 항상 動詞語幹을 선행시키고 있다."는 것이다. 다른 한 측면은 "삼국유사의 판각오류 중, 어떤 자군(字群)들이 탈락했을 때 생기는 공백(空白)은 그 탈락한 자군(字群)의 개수만큼 남기는 경우가 많음을 보였다."는 것이다. 이 경우에 탈락된 자군의 예로 한 글자가 탈락된 두 예와 세 글자가 탈락된 한 예를 들었다.

이 두 논거에는 문제가 포함되어 있다. 석독구결에서 'ㅊ ㄱ'이 동사어간 다음에 왔다고 주장하지만 이를 벗어난 것들[4]도 발견되는 문제를 보인다. 그리고 〈모죽지랑가〉의 향찰 '去隱'이 동사어간 다음에 온 것이라고

3 "필자는 '初得烏谷慕郎而作歌曰 -------'에서 비어 있는 14자가 들어갈 자리를 주목하였다. 이 자리는 제3~4구가 잘못 들어와 새겨진 자리였다. 판목 교정 단계에서 이 잘못이 발견되어 (a) 이곳의 제3~4구를 깎아 내고 (b) 뒤에 있는 제1~2구를 이 자리에 옮겨 오고 (c) 지금의 제1~2구 자리에 이 제3~4구를 새기려 하였다. 그러나 어찌 된 일인지 (a) 작업만 하고 (b)와 (c) 작업을 하지 않은 채 인쇄가 이루어진 것이 현재의 판본이다. 이렇게 보면 노래의 내용에도 잘 부합하고, 형식상으로도 다른 10구체 향가처럼 4구-4구-2구로 나누어지며, 나누어지는 곳이 대체로 종결어미로 끝나고, 제9구의 첫머리에 호격어가 와서 감탄의 독립어가 오는 데에도 맞으며, 결정적으로 三句六名의 음수율에도 어긋나지 않게 된다."(서정목 2013:124~125).

4 이 주장을 벗어난 예들도 다음과 같이 적지 않다. 〈B화소08: 05~06〉 世間ㄱ 何ㅎ 處乙 從セ 來ッケ 去ろハㄱ 何ㅎ 所セろ十 至ケ. 〈B화소08: 06~07〉 世界ㄱ 何ㅎ 處乙 從セ 來ッケ 去ろハㄱ 何ㅎ 所セろ十 至ォろセロノア人. 〈B화엄02: 14_1〉 去來今セ 諸ㄱ 佛ㅆ{之} 道ろ十 住ッケ. 〈B화엄04: 21〉 路乙 涉ろホ 而ᅭ 去ㅊㄱ丨十ㄱ 當願 衆生 淨法界乙 履ノアム 心ろ十 障礙ア 無ヒ立. 〈B금광14: 19~20〉 種種セ 諸 法乙 說ヒア 亠 {於}諸 言辭ろ十 動 不冬ㅎ 去 不冬ㅎ 住 不冬ㅎ 來 不冬ㅎッナォ罒. 〈B금광14: 21〉 諸 行法乙 說ヒア亠 去來ノア 所 無ヒㅎセ丨.

단정하기는 어렵다. 이 '去隱'은 동사어간 다음에 온 것일 수도 있고, 동사어간('去/가')+관형형어미('隱/ㄴ')일 수도 있다. 이 둘 중에서 어느 것이 문맥에 맞는가는, "初得烏谷慕郎而作歌曰"과 노랫말 "去隱春皆理米…" 사이에 있는 빈공간의 성격에 의해 결정된다. 만약 이 빈공간이 글자들의 탈락에 의해 발생한 것이라면, '去隱'은 동사어간 다음에 온 것일 수도 있다. 반면에 노랫말을 행을 바꾸어 쓰면서 발생한 것이라면, '去隱'은 동사의 어간과 어미이다. 이 빈공간에 대해 글자들의 탈락으로 본 경우에는 그 논거로 한 글자가 탈락한 두 예와, 세 글자가 탈락한 한 예를 들었다. 이 논거만으로는 15자에 해당하는, 10구체의 제1, 2구에 해당하는, 빈공간을 설명하는 데 한계를 느낀다. 왜냐하면, 최대 세 글자까지 탈락된 경우는 있어도, 15글자까지 탈락된 예는 없으며, 〈원가〉의 '후구망(後句亡)'에서와 같이 '기구망(起句亡)'으로 쓸 수도 있기 때문이다. 이런 점에서 "初得烏谷慕郎而作歌曰"과 노랫말 "去隱春皆理米…" 사이에 15글자가 탈락하였다고 보는 것은 쉽지 않다.

게다가 시가 유도어 "初得烏谷慕郎而作歌曰" 다음에 행을 바꾸어서 노랫말 "去隱春皆理米…"를 기사하는 형식은 〈가락국기〉에서도 발견된다. 즉 시가 유도어 "… 錄于下銘曰" 다음에 행을 바꾸어서 노랫말 "元胎肇啓 利眼初明 …"을 기사하였다. 이 경우에도 시가 유도어 "… 錄于下銘曰"과 노랫말 "元胎肇啓 利眼初明 …" 사이에 탈락된 글자들이 있다고 주장하기는 어렵다. 시작 부분의 내용으로 보아, 결코 탈락된 글자들이 있다고 주장할 수 없다.

이렇게 "初得烏谷慕郎而作歌曰"과 노랫말 "去隱春皆理米 …" 사이에 15글자가 탈락하였다고 보는 주장은 그 논거에서 한계를 보인다. 그리고 이 주장은 주장의 끝에 가면, 〈모죽지랑가〉가 10구체라는 것을 주장하는데, 이 주장은 명확한 문제를 보여주고 있다. 이 주장이 재구한 〈모죽지랑가〉는 기왕의 8구 앞에 제1, 2구가 탈락하였고, 제9구의 맨 앞에 감탄사가 온다는 점에서, 〈모죽지랑가〉가 10구체라고 주장하고 있다. 이 주장은 그럴듯하지만, 향찰 '齊'의 쓰임과 기왕의 향가들이 보이는 감탄사로 보아, 인정하기가 매우 어렵다. 이를 간단하게 보자.

향찰 '-齊'는 『삼국유사』의 향가에서는 '墮支行齊'(〈모죽지랑가〉), '逐內良齊'(〈찬기파랑가〉), '行齊敎因隱'(〈원가〉) 등에서 나온다. 그리고 『균여전』의 향가에서는 '禮爲白齊'(〈예경제불가〉), '造物捨齊'(〈참회업장가〉), '斜良只行齊'(〈상수불학가〉), '悟內去齊'(〈보개회향가〉), '他事捨齊'(〈총결무진가〉) 등에서 나온다. 이 어구들 중에서 '行齊敎因隱'(〈원가〉)만이 구중에 나오고, 나머지는 모두 구말에 나온다. 이를 다시 정리하면 다음과 같다.

逐內良齊(〈찬기파랑가〉) : 제8구말
禮爲白齊(〈예경제불가〉) : 제8구말
造物捨齊(〈참회업장가〉) : 제10구말
斜良只行齊(〈상수불학가〉) : 제10구말
悟內去齊(〈보개회향가〉) : 제4구말
他事捨齊(〈총결무진가〉) : 제10구말

이 정리에서 볼 수 있듯이, '-齊'는 제4구, 제8구, 제10구 등의 구말에서 종결어미로 쓰이고 있다. 이런 점으로 보아, '墮支行齊'(〈모죽지랑가〉)는 제6구말에 온 것이라고 보기보다는, 기왕의 정리에서와 같이, 제4구말에 온 것으로 정리하는 것이 더 합리적이다. 그리고 이로 보아, 이 작품은 제1, 2구의 글자들 또는 제3, 4구의 글자들이 목판에서 탈락된 10구체라고 보기보다는, 기왕의 정리에서와 같이, 8구체로 정리하는 것이 더 합리적이다.

이번에는 감탄사의 문제를 보자. '郎也'는 감탄호격이란 점에서, 10구체 향가의 제9구 앞에 온 감탄사와 같은 것으로 볼 수도 있다. 그러나 이 '郎也'는 10구체 향가에서 제9구의 앞에 온 감탄사와는 그 성격이 너무나 다르다. 즉 10구체 향가의 감탄사로는, '아라, 아라라' 등을 한자의 음과 훈으로 표기한 '阿耶, 阿也, 阿邪也' 등과, 감탄사 '아그(〉아흐〉아으)'의 의미의 농밀화를 위하여 환유법적 가의만자로 표기한 '歎曰, 打心, 病吟, 城上人' 등이 있는데, 이 감탄사들과 감탄호격 '郎也'는 그 성격이 너무나 다르다. 게다가 감탄사로 주장한 향찰 '郎也'는 〈모죽지랑가〉에만 나온 향찰이 아니다. 이 '郎也'는 〈찬기파랑가〉의 제7구인 "郎也持以支 如賜烏隱"에서도 나온다. 이런 '郎也'를 10구체 향가에서 보이는 '阿耶, 阿也, 阿邪也, 歎曰, 打心, 病吟, 城上人' 등의 감탄사와 같은 표기로 볼 수는 없다. 그렇다고 표기에도 없는 '隔句' 표기의 누락으로 볼 수도 없다. 이런 점들에서도 "初得烏谷慕郎而作歌曰"과 노랫말 "去隱春皆理米 …" 사이에 15글자 또는 14자가 탈락하였다고 보고, 이를 확대하여, 〈모죽지랑가〉는 본래 10구체 향가라고 주장하는 것은 결코 쉽지 않아 보인다.

그러면 "初得烏谷慕郎而作歌曰"과 노랫말 "去隱春皆理米…" 사이의 빈공간이 왜 발생하였는가를 다시 검토해 보자. 이 문제를 풀 수 있는 실마리는 〈효소왕대 죽지랑〉조의 판본에서, "去隱春皆理米…" 이하가 보각이라는 점에서 찾을 수 있다. 이 부분을 보면, 그 이전의 글자들이 굵고, 세로보다 가로가 더 긴 글자의 모습을 보여주는 데 비해, "去隱春皆理米…" 이하의 글자들은 가늘고, 가로보다 세로가 더 긴 글자의 모습을 보여주면서, 이 부분이 보각임을 말해준다. 보각을 할 경우에, 원본을 그대로 살려서 하는 경우도 있고, 원본을 살릴 수 없을 경우에는 그 일부만을 살려서 보각을 하는 경우도 있다. "去隱春皆理米…" 이하의 경우는 후자로 생각할 수 있다. 한 예로 "初得烏谷慕郎而作歌曰" 다음에, "去隱春皆理米…"의 내용이 오고, 여기에 다시 '讚曰 …'이 있었는데, '讚曰 …' 부분을 보각할 수 없어, '讚曰 …' 부분을 삭제하고, 나머지 부분만을 가지고 현재의 자료와 같이 배열하였다는 것이다.

향가 다음에 '讚曰 …'이 온 예는 〈분황사천수대비 맹아득안〉에서 확인된다. 이와 같이 "慕郎而作歌曰" 이하를 재구성해 보면 다음과 같다.

> 孝昭王代 竹旨郎(亦作竹曼 亦名智官)
> 第三十二孝昭王代竹曼郎之徒有得烏 …
> … (중간 인용 생략) …
> 眞德太宗文武神文四代爲冢宰安定厥邦初得烏谷
> 慕郎而作歌曰 去隱春皆理米○毛冬居叱沙哭屋
> 尸以憂音○阿冬音乃叱好支賜烏隱○皃史年數就
> 音墮支行齊○目煙迴於尸七史伊衣○逢烏支惡知
> 作乎下是○郎也慕理尸心未○行乎尸道尸○蓬次
> 叱巷中宿尸夜音有叱下是讚曰 ○○○○○○○
> ○○○○○○○○○○○○○○○○○○○○○

이 재구성으로 보면, "慕郎而作歌曰" 이하는 6행이다. 그리고 '讚曰' 이하에 문제가 있어, '讚曰' 이하를 삭제하고, 〈모죽지랑가〉의 노랫말을 "慕郎而作歌曰" 다음에 줄을 바꾸어서 보각을 하여도, "慕郎而作歌曰" 이하는 6행이다. 이런 점으로 보면, 현존본은 앞에서 재구성했던 것과 같은 내용에서, '讚曰' 이하에 문제가 있어, '讚曰' 이하를 삭제하고, 〈모죽지랑가〉의 노랫말을 "慕郎而作歌曰" 다음에 줄을 바꾸어서 보각한 것으로 정리할 수 있다.

이런 사실들로 볼 때에, 일연의 육필본에서 〈모죽지랑가〉는 다음과 같이 8분절이 되어 있었다고 정리할 수 있다.

去隱春皆理米
毛冬居叱沙哭屋尸以憂音
阿冬音乃叱好支賜烏隱
皃史年數就音墮支行齊
目煙廻於尸七史伊衣
逢烏支惡知作乎下是
郎也慕理尸心未行乎尸道尸
蓬次叱巷中宿尸夜音有叱下是

3.6. 〈처용가〉

〈처용가〉는 "歌曰東京明期月良夜入伊遊行如可入良沙寢矣見昆脚烏伊四是良羅二肹隱吾下於叱古二肹隱誰支下焉古本矣吾下是如馬於隱奪叱良乙何如爲理古"에서 보듯이, 분절의 어떤 공백도 보이지 않는다. 과거에 일부에서는 이 무분절에 음악 형식의 의미를 부여하기도 하였다. 그러나 『삼국유사』의 기사 양식에서 시가를 기사한 하나의 양식이, 무분절의 줄글로 쓴다는 점에서, 줄글 이외의 의미는 없다고 판단한다. 이런 예는 당장 이 〈처용랑 망해사〉조에 수록된 시가 "山神獻舞唱歌云智理多都波…"에서도 알 수 있다.

이 줄글의 〈처용가〉는 다음의 제5·6구가 보이는 대구와 〈고려처용가〉로 보아, 기왕의 주장과 같이 일단 8분절로 정리할 수 있다.

東京明期月良
夜入伊遊行如可
入良沙寢矣見昆
脚烏伊四是良羅
二肹隱吾下於叱古

二肹隱誰支下焉古
本矣吾下是如馬於隱
奪叱良乙何如爲理古

이 8분절 자체에 이의를 제기하는 연구자는 없다. 그러나 이 8분절 다음에 '後句'가 빠졌다고 본 오구라(小倉進平 1929:260~261)의 주장이 있었다. 이 주장은 홍기문에 의해 거의 철저하게 부정되었다.[5] 특히 〈원가〉와 같이 '후구(後句)'가 빠졌으면 '후구망(後句亡)'이라는 설명이 있었을 것이다. 이렇게 부정된 〈처용가〉의 10구체설은 최근에 박재민(2009b: 60~61)과 서정목(2014:184)에 의해 다시 거론되기도 했다. 이 두 주장들은 앞에서 살핀 바와 같이 〈모죽지랑가〉를 10구체로 보고, 그 결과 8구체로 남는 작품은 〈처용가〉 1편이라는 점에서, 이 〈처용가〉 역시 10구체일 것이라는 주장이다. 이 두 주장은 오구라(小倉進平)가 처음부터 8구체는 없다고 주장하기 위하여, 〈모죽지랑가〉와 〈처용가〉의 후미에 후구(後句)가 빠졌다고 주장하는 것과 궤를 같이 한다. 그러나 앞에서 정리하였듯이, 〈모죽지랑가〉는 10구체가 아니라는 점에서, 그리고 〈처용가〉가 10구체일 수 있는 자체의 증거가 없다[6]는 점에서, 〈처용가〉를 10구체로 정리할 수 없다.

---

5 "그런데 처용가가 표면상 얼른 보기에 잣나무가와 비슷하지마는 잣나무가는 제 3장이 결락된 것이요 처용가는 그 대로 완성된 한 편의 노래인 것이다. 『향가 급 리두 연구』에서 '이 노래에는 〈後句〉가 빠졌다'라는 설명을 추가하였으나 삼국유사에서 언급하지 않은 이 노래의 〈後句〉를 임의로 인정할 아무런 근거도 가지지 못한다. 더구나 처용가의 끄트머리는 그로써 말이 다 끝났다. 〈後句〉가 전개될 여지조차 인정되지 않는다."(홍기문 1956:47)

6 박재민(2010:201, 203)은 향찰 '東京, 如可, 良乙, 是良乙, 馬於隱' 등은 13세기 이후의 어휘라고 주장한 다음에 〈처용가〉가 8구체가 아니었다고 주장하는 부분을 옮기면 다음과 같다. "그러나 본고의 추정에 의하면 이 작품마저도 결코 튼튼하다고 할 수 없는 原形性을 지닌 작품이 된다. 적지 않은 어휘들에서 고려인의 손길이 닿은 흔적이 남아 있는 점으로 미루어 볼 때, 그들의 享有慾은 어쩌면 노래의 구조마저 자신의 美的 感覺에 맞도록 조절해 버렸을 듯도 하다. 아니 오히려 그렇게 보는 것이 정확할 것이다. 이 노래가 크게

4. 11분절의 향가

이 장에서는 11분절로 정리되는 8작품의 오분절을 차례로 검토 정리하려 한다.

4.1. 〈안민가〉

〈안민가〉가 실려 있는 〈경덕왕 충담사 표훈대덕〉조와 그 현대철자를 보자.

景德王 忠談師 表訓大德
德經等大王備禮受之王御國二十四年五岳三山神
等時或現侍於殿庭三月三日王御歸正門樓上謂左
右曰誰能途中得一員榮服僧來於是適有一大德威
儀鮮潔徜徉而行左右望而引見之王曰非吾所謂榮
僧也退之更有一僧被衲衣負櫻筒(一作荷簣)從南而來王
喜見之邀致樓上視其筒中盛茶具已曰汝爲誰耶僧
曰忠談曰何所歸來僧曰僧每重三重九之日烹茶饗
南山三花嶺彌勒世尊今玆既獻而還矣王曰寡人亦
一甌茶有分乎僧乃煎茶獻之茶之氣味異常甌中異
香郁烈王曰朕嘗聞師讚耆婆郎詞腦歌其意甚高是
其果乎對曰然王曰然則爲朕作理安民歌僧應時奉
勅歌呈之王佳之封王師焉僧再拜固辭不受安民歌
曰 君隱父也 臣隱愛賜尸母史也 民焉狂尸恨
阿孩古爲賜尸知民是愛尸知古如 窟理叱大肹生
以支所音物生此肹喰惡支治良羅 此地肹捨遣只
於冬是去於丁 爲尸知國惡支持以 支知古如 後
句 君如臣多支民隱如 爲內尸等焉國惡太平恨
音叱如

확장되어 고려가요 〈처용가〉로 구조적 변모를 했다는 사실 하나만으로도 하나의 작품이 얼마나 쉽게 그 구조가 변개될 수 있는가를 넉넉히 짐작할 수 있지 않은가. 이 추정이 개연성을 인정받는다면 우리는 近代에 들어 소창진평에 의해 가설적으로 제기되었고 강화되어 왔던 향가의 형식문제를 재론할 여지가 생기게 된다.", "3. 〈처용가〉의 高麗的 흔적이 뚜렷한 이상, 현전하는 〈처용가〉는 신라 적의 原形이 아니다. 그리고 變改의 정황상 그 범위는 몇 어구에 국한된 것이 아니라 노래의 형식에까지 미쳤을 가능성이 높다. 따라서 현전하는 〈처용가〉의 형식을 기반으로 近代에 들어서 제기된 '8구체 존재설'은 재고의 여지가 있다." 이 두 인용은 논증의 글이 아니라 자신의 바람을 피력한 글이다.

德經等大王備禮受之王御國二十四年五岳三山神等時或現侍於殿庭三月三日王御歸正門樓上謂左右曰誰能途中得一員榮服僧來於是適有一大德威儀鮮潔徜徉而行左右望而引見之王曰非吾所謂榮僧也退之更有一僧被衲衣負櫻筒(一作荷簣)從南而來王喜見之邀致樓上視其筒中感茶具已曰汝爲誰耶僧曰忠談曰何所歸來僧曰僧每重三重九之日烹茶饗南山三花嶺彌勒世尊今玆旣獻而還矣王曰寡人亦一甌茶有分乎僧乃煎茶獻之茶之氣味異常甌中異香郁烈王曰朕嘗聞師讚耆婆郎詞腦歌其意甚高是其果乎對曰然王曰然則爲朕作理安民歌僧應時奉勅家呈之王佳之封王師焉僧再拜固辭不受安民歌曰○君隱父也○臣隱愛賜尸母史也○民焉狂尸恨阿孩古爲賜尸知民是愛尸知古如○窟理叱大肹生以支所音物生此肹喰惡支治良羅○此地肹捨遣只於冬是去於丁○爲尸知國惡支持以○支知古如後句○君如臣多支民隱如○爲內尸等焉國惡太平恨音叱如

이 향가의 밑줄 친 부분을 『균여전』 소재 향가와 비교하면서 보면, 오분절과 관련된 네 문제가 있음을 알 수 있다. 둘은 “阿孩古爲賜尸知”와 “物生此肹”이 각각 공백을 포함한 ‘阿孩古○爲賜尸知’와 ‘物生○此肹’이어야 한다는 것이다. 다른 둘은 “持以○支知古如後句”의 공백이 불필요하다는 것과 “知古如”와 “後句” 사이에 분절의 공백이 와야 한다는 것이다. 전자는 초간본의 판각용 정서본을 쓰는 과정에서 발생한 문제로, 후자는 보각용 정서본을 쓰는 과정에서 발생한 문제로 생각하여, 양자를 분리하여 살핀다.

"持以○支知古如後句"의 공백은 불필요한 공백 또는 괴자(壞字)로 처리해 오고 있다. 괴자로 보는 경우는 지정문자 '支'자를 재구하기도 한다. 그러나 이 지정문자(바로 앞의 문자를 한자의 뜻으로 읽으라는 지정)설을 인정하여도, '以'를 한자의 뜻으로 읽기가 어렵다. 불필요한 공백으로 처리한 경우는 그 이유를 밝히지 않고 있는데, 오서자를 지우면서 발생한 공백으로 생각한다. 그 이유는 이 공백을 무시하여도 그 앞뒤의 문맥적 의미에 아무런 이상이 없기 때문이다.

이렇게 오서자를 지워서 소모된 공간을 바로 뒤의 '知古如○後句'에 있는 공백을 지우는 방법으로 상쇄시켰다고 생각할 수 있다. 왜냐하면 이 해당 각판은 복각된 것이 아니라, 보각된 것이라는 점에서, 보각용 정서본을 쓰는 과정에서 발생한 잘못일 수 있고, 이런 예는 앞에서 본 "獻花歌曰紫布", "唱之云善化" 등에서 발견되기 때문이다. 이런 점에서, "持以○支知古如後句"는 '持以支知古如○後句'의 잘못이며, 그 원인은 오서자를 지움과 그 소모된 공간을 바로 이어서 나타난 공백을 지우는 방법으로 상쇄시킴에 있다고 정리할 수 있다.

이 "持以○支知古如後句"가 '持以支知古如○後句'의 잘못이라는 사실들을 고려하면, 현존 임신본의 〈안민가〉는 9분절이 된다. 그러나 〈안민가〉가 9분절된 작품이라고 단정하기는 아직 이르다. 왜냐하면 이 〈안민가〉에는 아직도 '… 阿孩古○爲賜尸知 …'와 '… 物生○此肹 …'의 '○'부분에서 분절되어 있지 않기 때문이다. 이 잘못된 둘은 초간본의 판각용 정서본을 쓰는 과정에서 발생한 것으로 판단된다. 이 판단의 가능성을 검토하기 위하여, 이 분절하여야 할 곳들이 함께 행말에 오게 해보자. 그 유일한 방법인 1행 25자의 글로, 〈안민가〉를 다시 정리하면 다음과 같다.

德經等大王備禮受之王御國二十四年五岳三山神等時或現
侍於殿庭三月三日王御歸正門樓上謂左右曰誰能途中得一
員榮服僧來於是適有一大德威儀鮮潔徜徉而行左右望而引
見之王曰非吾所謂榮僧也退之更有一僧被衲衣負櫻筒從南
而來王喜見之邀致樓上視其筒中感茶具已曰汝爲誰耶僧曰
忠談曰何所歸來僧曰僧每重三重九之日烹茶饗南山三花嶺
彌勒世尊今玆旣獻而還矣王曰寡人亦一甌茶有分乎僧乃煎
茶獻之茶之氣味異常甌中異香郁烈王曰朕嘗聞師讚耆婆郎
詞腦歌其意甚高是其果乎對曰然王曰然則爲朕作理安民歌
僧應時奉勅家呈之王佳之封王師焉僧再拜固辭不受安民歌
曰○君隱父也○臣隱愛賜尸母史也○民焉狂尸恨阿孩古○
爲賜尸知民是愛尸知古如○窟理叱大肹生以支所音物生○
此肹喰惡支治良羅○此地肹捨遣只於冬是去於丁○爲尸知
國惡支持以支知古如○後句○君如臣多支民隱如○爲內尸
等焉國惡太平恨音叱如

이 정리에서 행말의 공백을 무시하는 습관을 생각하면, '阿孩古'와 '物生' 다음의 공백을 띄어쓰기의 공백으로 인식하기보다는, 글을 쓰다가 앞의 글자들을 작게 쓰면서 올라간 공백으로 인식하게 된다. 이 정리에서는 협주인 "一作荷簣"를 빼고 1행 25자의 글로 정리하였는데, 이는 이미 써놓은 1행 25자의 글에 협주를 첨가하였다고 본 것에 기인한다.

그러면 이 재구된 1행 25자의 글이 누구의 것인가를 생각해 보자. 이 재구된 글은 세 측면에서 일연의 육필본이 아닌가를 생각하게 한다. 첫째와 둘째 측면의 설명은 앞에서 하였기에 그 곳으로 돌리고, 셋째만을 보자.

셋째는 위에서 재구된 글은 초간본의 판각용 정서본이 저본으로 한 일연의 육필본이 아니고는 이렇게 질서정연하게 다시 재구될 우연의 가능성이 거의 없다는 점에서, 일연의 육필본이라고 생각한다. '… 阿孩古○'

과 '…物生○'의 '○'이 각각 행말에 우연히 올 확률은 각각 1/25이고, 함께 행말에 올 우연의 확률은 1/625(1/25×1/25)이며, 두 공백이 행말에 오면서 동시에 관련설화가 글의 첫 칸부터 시작될 우연의 확률은 1/15625 (1/25×1/25×1/25)(≒0.006%)로, 그 우연의 가능성은 거의 0%이다. 이렇게 재구된 글은 초간본의 판각용 정서본을 쓰면서 본 필서본, 즉 일연이 질서정연하게 쓴 육필본을 전제로 하지 않으면, 우연히 나타날 확률이 거의 0%라고 할 때, 이는 재구된 글이 초간본의 판각용 정서본을 쓰면서 본 일연의 육필본일 가능성이 거의 100%라는 것을 의미한다. 이런 점에서, 앞에서 재구된 글은 일연의 육필본이라고 생각할 수 있다.

이렇게 세 측면에서 본다면, 일연의 육필본에서 〈안민가〉의 관련설화는 1행 25자의 글이었으며, 현존 임신본에서 '阿孩古○爲賜尸知'와 '物生○此肹'의 '○'부분에서 분절을 하지 않은 것은 일연의 육필본을 초간본의 판각용 정서본으로 옮겨 쓰는 과정에서 행말 공백을 무시한 것이 뒤에까지 이어진 것이라고 정리할 수 있다. 이런 점에서 일연의 육필본에서 〈안민가〉는 다음과 같이 11분절이었다.

君隱父也
臣隱愛賜尸母史也
民焉狂尸恨阿孩古
爲賜尸知民是愛尸知古如
窟理叱大肹生以支所音物生
此肹喰惡支治良羅
此地肹捨遣只於冬是去於丁
爲尸知國惡支持以支知古如
後句
君如臣多支民隱如

爲內尸等焉國惡太平恨音叱如

4.2. 〈찬기파랑가〉

〈찬기파랑가〉는 임신본에서 11분절로 되어 있다. 이 분절에는 두 가지 문제가 제기되었다. 하나는 분절이 잘못되었다는 것이고, 다른 하나는 분절의 순서가 잘못되었다는 것이다.

분절이 잘못되었다는 주장은 세 글에서 보인다. 그 두 글은 인용의 밑줄 친 두 부분의 설명에서 보인다. "… 隱安攴下○沙 …"의 경우에, 이 부분의 해독이 잘되지 않아, '安攴下沙是'(알히 하사이)와 '隱安攴下沙'(숨압 디샤)로 분절을 수정하여 읽기도 했다. 그러나 전자의 수정에서 '-攴'을 수정한 '-支(기/디)'는 '-히'가 될 수 없으며, 관형사형어미가 아니라는 문제를 보이며, 후자의 수정에서 '隱安攴下'는 '숨안 디 알'(숨은 곳 아래)로 읽히는 문제를 보인다. 그리고 "… 高攴好○雪是 …"의 경우에도, 이 부분의 해독이 잘되지 않아, '高攴 好雪是(놉기 둏술이/됴ᄒᆞ리)'로 분절을 수정하여 읽기도 했다. 그러나 "… 高攴好○雪是 …"는 '… 놉호 눈이(높아 눈이)…'로 읽힌다는 문제를 보인다. 나머지 하나는 유창균(1966a; 1977:195~196)의 글이다. 이 글에서는 10구체 향가에서 보편적으로 보이는 4-4-2의 구조로 보아, 〈찬기파랑가〉의 분절이 잘못되었다고 보고, 분절을 수정하였다. 즉 기존의 제1구와 제2구를 한 구(제1구)로 합치고, 제7구 앞에 온 '郎也'를 한 구(제7구)로 독립시켰다. 이 수정은 인정되지 않는다. 특히 '郎也'는 10구체의 제9구 앞에 온 감탄사들과 다른 것으로, 그 분리가 인정되지 않는다. 이런 점들로 보아, 원전의 분절 자체에는 문제가 없는 것으로 판단된다.

원전에서 분절의 순서가 잘못되었다는 주장은 김준영, 안병희, 서정목, 유창균 등에서 보인다. 유창균과 같이 10구체 향가의 보편적 구조를

4-4-2로 보고, 김준영(1979:110~118)은 〈찬기파랑가〉의 해독, 직역, 통석 등[7]을 하면서, 제4구와 제5구의 순서가 바뀌었다고 보았다. 안병희(1987:536)는 제4구와 제5구의 전도를 김준영이 지적하였다는 사실을 적시한 다음에, 이에 동의하는 설명을 하였다. 서정목(2014:359)도 원전의 2구(제4, 5구)의 순서를 제5구와 제4구의 순서로 바꾸어서 해독을 하고 현대역[8]을 달았다. 유창균(1994:408~409)은 원전의 제2~6구의 순서

7 해독 : 열오 이치매 / 낟호얀 ᄃᆞ리 / 힌 구롬 조추 ᄠᅥ간 안△히 / 耆郞의 즈시 이사슈라 / 새파른 믌ᄀᆡ여히 / 이로나릿 작별아희 / 郞여 디니△다샤온 / ᄆᆞᅀᆞ매 ᄀᆞᆽ 흘 좇ᄂᆞ아져 / 아야 자시ᄉ 가자 놉호 / 서리 모ᄃᆞᆯᄂᆞ올 花判여.

통석: 약하여 시달리매(백성들이나 花主의 統率下에 있는 花郞徒들이) / 나타난 달이(耆婆郞의 出現을 달이 나타남에 비유) / 흰 구름을 좇아 떠 간 속에('白雲'은 淸白高尙한 人物의 象徵) / 耆郞의 面目이 있노라(耆郞의 情神을 엿볼 수 있다는 뜻) / 새파란 물가에서(純潔 無涯함에 비유) / 또 銀河水의 물자갈에(반짝이는 슬기, 많은 理想을 銀河의 별과 물가의 자갈에 비유) / 郞이 지니시옵던(耆郞의 抱負와 憂國心) / 마음의 끝까지 따르고자(그 모두를 따르고 싶다는 뜻) / 아- 잣나무 가지가 높아도, / 서리를 모르는 바와 같은 花郞이여.

8 해독 : 늣기며 ᄇᆞ라매 / 이슬 볼긴 ᄃᆞ라리 / 힌 구룸 조초 ᄠᅳ간 언저레 / 耆郞의 즈ᅀᅵ욹시 수피여 / 몰개(롤) 가ᄅᆞᆫ 믈기슭어히 / 일오나릿 ᄌᆞ벽아히 / 郞이여 디니더샨 / ᄆᆞᅀᆞᄆᆡ ᄀᆞ술 좇ᄂᆞ오라 / 아아, 자싯가지 노포 / 누니 모ᄃᆞᆯ 지즑 곳갈이여.

현대역 : 흐느끼며 바라보매 / 이슬 밝힌 달이 / 흰 구름 좇아 떠간 언저리에 / 노화랑의 모습일 시 숲이여 / 모래(를) 가른 물기슭에 / 일오내 자갈밭에 / 郞이여 지니시던 / 마음의 끝을 좇노라 / 아아, 잣가지 높아 / 눈이 몯 짓누를 곳갈이여.

제5, 6구의 해석 : "그러면 제4행인 '모래(를) 가른 물 기슭에'는 제6행 '일오내 자갈밭에'와 함께 둘째 단락의 앞부분이 된다. 이 두 행은 '낭'이 처했던 진퇴양난의 정치적 곤경을 의미하는 것으로 해석될 수 있다. 이제 이 노래의 해석은 전혀 달라진다. 행의 순서를 조절한 후에는 '물 가'에 '숲'이 있을 필요가 없어진다. '물 가'에는 애초에 '숲'이 있을 수 없다. '물 가'에는, '물 가'의 모습 그대로 수초, 잡초, 버들가지 등이 우거져 있을 따름이다. 그리고 이 '물 기슭'이나 '자갈밭'은 구체적 장소로 비정될 필요까지는 없다. 그냥 추상적으로 '한발 제겨디딜 곳조차 없는 위태로운 물 기슭', '죽음만이 앞에 있는 불모지인 자갈밭'으로 정치적 곤경을 상징화한 말이다."(서정목 2014:356). "이 행은 '일오내의 자갈밭에(서)' 정도의 의미를 가진다. '모래(를) 가른 물 기슭'도 편안하지 않은 상황인데 거기에 '자갈밭'까지 더하여져 있으니 곤경, 난관, 불모지라 할 것이다. 필자는 이 공간적 상황 설정이 '耆郞이 처했던 정치적 곤경, 간난, 난관'을 상징한 것이라고 본다. 편하지 않은 상황인 것이다."(서정목 2014:359).

를 1, 4, 2, 3, 6, 5, 7, 8, 9, 10 등으로 바꾸어서 해독을 하고 현대역[9]을 달았다.

이렇게 분절의 순서를 바꾸어서, 10구체 향가들이 보편적으로 보이는 4-4-2의 구조를 살리려는 노력은, 작품의 해독과 해석이 원만하게 이해되지 않고 있는 현재의 상황에서는, 가치 있는 연구로 판단된다.

이상과 같은 점들로 보면, 〈찬기파랑가〉는 일연의 필서본에서 분절의 순서는 확정할 수 없지만, 그 분절만은 다음과 같이 11분절로 되어 있었다고 정리할 수 있다.

咽嗚爾處米
露曉邪隱月羅理
白雲音逐于浮去隱安攴下
沙是八陵隱汀理也中
耆郎矣皃史是史藪邪
逸烏川理叱磧惡希
郎也持以攴如賜烏隱
心未際叱肹逐內良齊
阿耶
栢史叱枝次高攴好
雪是毛冬乃乎尸花判也

9 해독 : 목며울 이즈며 / 몰개 ᄇᆞᄅᆞᆫ 믈서리여긔 / 나 사란 ᄃᆞ라리 / 힌 구름 조추 뼈간 ᄆᆞ스기하 / 일오 나릿 ᄌᆞ갈아히 / 글ᄆᆞᄅᆞ의 즈시 이시소라 / ᄆᆞᄅᆞ야 디니기 ᄀᆞᄐᆞ시온 / ᄆᆞᅀᆞᄆᆡ ᄀᆞ술홀 좇ᄂᆞ라져 / 아라! 자싯 가지 그기 고비 / 눈이 모ᄃᆞᆯᄂᆞ올 花判이라.
현대역 : 슬픔을 지우며 / 모래가 넓게 펼쳐진 물갓에 / 나타나 밝게 비친달이 / 흰 구름을 따라 멀리 떠난 것은 무슨 까닭인가 / 깨긋하게 인 낸물의 자갈에 / 耆郎의 모습이 거기에 있도다 / 郎이여! 그대의 지님과 같으신 / 마음의 한 가운데를 따라 가고자 하노라 / 아! 잣나무의 가지가 너무도 높고 사랑스러움은 / 눈조차 내리지 못할 그대의 殉烈이로구려(殉烈과 같구려).

4.3. 〈맹아득안가〉

〈맹아득안가〉가 실려 있는 〈분황사천수대비 맹아득안〉조와 그 현대 철자를 보자.

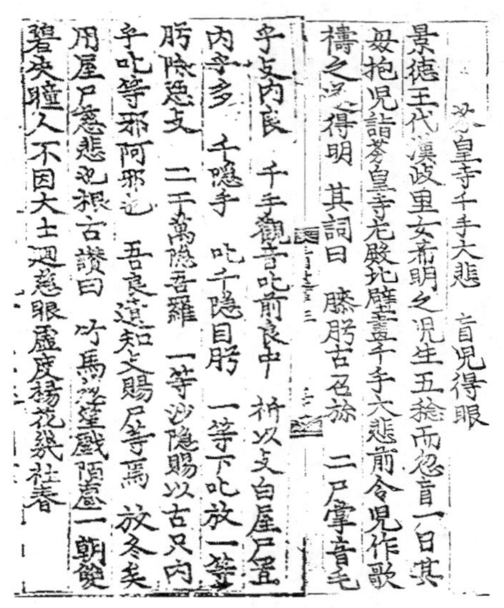

景德王代漢歧里女希明之兒生五稔而忽盲一日其
母抱兒詣芬皇寺左殿北壁畵千手大悲前令兒作歌
禱之遂得明○其詞曰○膝肹古召旀○二尸掌音毛
乎支內良○千手觀音叱前良中○祈以支白屋尸置
內乎多○千隱手□叱千隱目肹○一等下叱放一等
肹除惡支○二于萬隱吾羅○一等沙隱賜以古只內
乎叱等邪阿邪也○吾良遺知支賜尸等焉○放冬矣
用屋尸慈悲也根古讚曰○竹馬葱笙戱陌塵一朝雙
碧失瞳人不因大士廻慈眼虛度楊花幾社春

이 글의 밑줄 친 두 부분에는 두 문제가 포함되어 있다. 하나는 "遂得明○其詞曰○"의 첫 번째 공백이 들어갈 이유가 없다는 것이고, 다른 하나는 "內乎叱等邪阿邪也"가 '內乎叱等邪○阿邪也'와 같이, 중간에 공백을 포함해야 한다는 문제이다. 이 문제들을 차례로 보자.

앞장에서 살폈듯이, 권제1~4의 분절된 시가는 시가 유도어에서 그 앞이나 뒤에 공백 하나만을 수반한다. 그런데 권제3에 속한 〈분황사천수대비 맹아득안〉조의 "遂得明○其詞曰○"은 공백 둘을 포함하고 있다. 이는 곧 "遂得明○其詞曰○"이 '遂得明其詞曰○'이나 '遂得明○其詞曰'의 잘못임을 말해준다. 그리고 이 "遂得明○其詞曰○"을 포함한 〈분황사천수대비 맹아득안〉조의 전후 글들에서는 '遂得明其詞曰○'과 같은 형태를 취한다는 점에서 '遂得明其詞曰○'을 취한다. 이 잘못된 공백은 앞에서와 같이 오서자를 지운 공백이라 할 수 있다.

이 오서자를 지운 공백이 현존 임신본에서 발견된다고, 이 오서자를 지운 행위가 이 현존 임신본에서 발생했다고 말할 수는 없다. 왜냐하면, 이 오서자를 지운 공백은 『삼국유사』 초간본의 판각용 정서본으로부터 현존 임신본에 이르기까지, 어느 글에서도 발생할 수 있고, 그것을 수용한 것이 현존 임신본으로 전해져 왔다고 볼 수도 있기 때문이다.

이렇게 "遂得明○其詞曰○"을 '遂得明其詞曰○'로 정정하여도, 〈맹아득안가〉에는 또다른 문제가 있다. 즉 '內乎叱等邪○阿邪也'의 공백이 무시된 것이다. 이 공백의 무시가 어떻게 발생했는가를 살피기 위해, 앞의 정정을 포함한 〈분황사천수대비 맹아득안〉조를, '內乎叱等邪○阿邪也'의 공백이 행말에 오도록, 1행 26자의 글로 정리하면 다음과 같다.

景德王代漢岐里女希明之兒生五稔而忽盲一日其母抱兒詣芬
皇寺左殿北壁畵千手大悲前令兒作歌禱之遂得明其詞曰○膝

> 肹古召旀○二尸掌音毛乎攴內良○千手觀音叱前良中○祈以攴白屋尸置內乎多○千隱手□叱千隱目肹○一等下叱放一等肹除惡攴○二于萬隱吾羅○一等沙隱賜以古只內乎叱等邪○阿邪也○吾良遺知攴賜尸等焉○放冬矣用屋尸慈悲也根古讚曰○竹馬葱笙戲陌塵一朝雙碧失瞳人不因大士廻慈眼虛度楊花幾杜春

이 정리에서는 일단 1행 26자의 글로 정리하였다. 이것 말고도 공백이 행말에 오게 할 수 있는 방법으로 1행 13자의 글도 가능하다. 이 두 방법으로 정리할 때에, 행말에 공백이 오면서, 글의 전체 틀도 일그러지지 않고 질서정연하다. 특히 관련설화가 첫 칸부터 시작하고, 한 칸 뒤로 밀리거나 앞으로 올라가지도 않는다. 이 1행 26자의 글이나, 1행 13자의 글을 현존 임신본의 『삼국유사』에서와 같이 1행 21자로 옮겨 쓰면서, 행말의 공백을 무시하면, '內乎叱等邪○阿邪也'의 공백이 사라진다. 이런 점에서 '內乎叱等邪○阿邪也'의 공백이 무시된 것은 행말 공백의 무시에 의해 발생한 것이라고 정리할 수 있다.

그러면 이 재구된 1행 13자 또는 1행 26자의 글이 누구의 것인가를 생각해 보자. 이 재구된 글은 세 측면에서 일연의 육필본이라고 생각해 볼 수 있다. 첫째와 둘째 측면의 설명은 앞의 작품들과 같으므로 그 곳으로 돌리고, 셋째만을 보자.

셋째는 위에서 재구된 글은 초간본의 판각용 정서본이 저본으로 한 일연의 육필본이 아니고는 이렇게 질서정연하게 다시 재구될 우연의 가능성이 거의 없다는 점에서, 일연의 육필본이라고 생각할 수 있다. 1행을 26자로 계산할 때에, '內乎叱等邪○阿邪也'의 공백이 행말에 올 수 있는 우연의 확률은 1/26이고, 동시에 글이 첫 칸부터 시작될 우연의 확률은 1/676(1/26×1/26)(≒0.14%)이다. 1행을 13자로 계산할 때에, '內乎叱等

邪○阿邪也'의 공백이 행말에 올 수 있는 우연의 확률은 1/13이고, 동시에 글이 첫 칸부터 시작될 우연의 확률은 1/169(1/13×1/13)(≒0.59%)이다. 따라서 이 둘을 합하여도, 공백이 행말에 오고, 글의 시작이 첫 칸부터 시작할 우연의 확률은 0.73%에 불과하여, 우연하게 이렇게 될 확률은 거의 없다고 할 수 있다. 이렇게 재구된 글들은 초간본의 판각용 정서본을 쓰면서 본 필서본, 즉 일연이 질서정연하게 쓴 육필본을 전제로 하지 않으면, 우연히 나타날 확률이 거의 0%라고 할 때, 이는 재구된 글들이 초간본의 판각용 정서본을 쓰면서 본 일연의 육필본일 가능성이 거의 100%라는 것을 의미한다. 이런 점에서, 앞에서 재구된 글은 일연의 육필본이라고 생각할 수 있다.

이렇게 세 측면에서 본다면, 일연의 육필본에서 〈분황사천수대비 맹아득안〉조는 1행 13자나 1행 26자의 글이었으며, 현존 임신본에서 '… 內乎叱等邪○阿邪也…'의 공백이 무시된 것은, 일연의 육필본을 초간본의 판각용 정서본으로 옮기는 가운데 행말 공백을 무시한 것이 뒤에까지 이어진 것이라고 할 수 있다. 이런 점에서 일연의 육필본에서 〈맹아득안가〉는 다음과 같이 11분절로 되어 있었다고 정리할 수 있다.

膝肹古召旀
二尸掌音毛乎攴內良
千手觀音叱前良中
祈以攴白屋尸置內乎多
千隱手□叱千隱目肹
一等下叱放一等肹除惡攴
二于萬隱吾羅
一等沙隱賜以古只內乎叱等邪
阿邪也

吾良遣知支賜尸等焉
放冬矣用屋尸慈悲也根古

4.4. 〈원왕생가〉

〈원왕생가〉가 포함된 〈광덕 엄장〉조와 그 현대철자를 보자.

文武王代有沙門名廣德嚴莊二人友善日夕約曰先
歸安養者須告之德隱居芬皇西里或云皇龍寺有西去房未知孰是蒲
鞋爲業挾妻子而居莊庵栖南岳大種力耕一日日影
施紅松陰靜暮窓外有聲報云某已西往矣惟君好住
速從我來莊排闥而出顧之雲外有天樂聲光明屬地
明日歸訪其居德果亡矣於是乃與其婦收骸同營蒿里
既事乃謂婦曰夫子逝矣偕處何如婦曰可遂留夜宿
將欲通焉婦靳之曰師求淨土可謂求魚緣木莊驚怪問
曰德既乃爾予又何妨婦曰夫子與我同居十餘載未

> 嘗一夕同床而枕況觸汚乎但每夜端身正坐一聲念阿彌陀佛號或作十六觀觀既熟明月入戶時昇其光加趺於上竭誠若此雖欲勿西溪往夫適千里者一步可規今師之觀可云東矣西則未可知也莊愧赧而退便詣元曉法師處懇求津要曉作錚觀法誘之藏於是潔已悔責一意修觀亦得西昇錚觀在曉師本傳與海東僧傳中其婦乃芬皇寺之婢盖十九應身之一德嘗有歌云○月下伊底亦○西方念丁去賜里遣○無量壽佛前乃○惱叱古音鄕言云報言也多可支白遣賜立○誓音深史隱尊衣希仰支○兩手集刀花乎白良願往生願往生○慕人有如白遣賜立阿邪○此身遺也置遣○四十八大願成遣賜去

이 글의 밑줄 친 부분들에서는 다섯 문제를 파악할 수 있다. 세 문제는 제2행[歸安養者須告之德隱居芬皇西里(或云皇龍寺有西去房未知孰是)蒲], 제6행(明日歸訪其居德果亡矣於是乃與其婦收骸同營蒿里), 제8행(將欲通焉婦靳之曰師求淨土可謂求魚緣木莊驚怪問) 등이 각각 1행 21자가 아니라 1행 22자라는 것이다. 다른 둘은 '花乎白良○願往生'과 '白遣賜立○阿邪'의 '○'부분에서 각각 분절되어 있지 않다는 것들이다. 전자의 세 문제는 보각 과정에서 발생한 문제들이고, 후자의 두 문제는 초간본의 판각용 정서본을 쓰는 과정에서 발생한 문제들로 보여, 나누어 설명한다.

전자의 세 문제는 이 부분이 보각이란 점에서, 보각용 정서본을 쓰면서 발생한 문제들이라 할 수 있다. 제2행은 일곱 글자에 해당하는 부분을 협주로 쓰고 있다. 이 협주의 글자들은 본문의 글자들에 비해 그 크기가 매우 작다. 그러나 그 한 글자가 차지하는 공간은 본문의 한 글자가 차지하는 공간과 같다. 이로 인해 이 제2행에는 1행 21자가 아니라, 1행 22자가 들어갔다고 볼 수 있다. 그리고 제6행과 제7행에는 가로획이 적은 글자들이 많아, 1행 21자가 아니라 1행 22자가 들어갔다고 볼 수 있다. 이렇게 앞의 당긴 공간은 뒤에 이를 상쇄할 수 있는 공백을 두기도 하지만, 이 세 경우에는 글의 끝에 공간이 있어, 상쇄의 공백을 두지 않은 것으로 판단한다. 이로 인해 이 당긴 세 공간들은 나머지 부분의 공백에 영향을 주지 않는다.

후자의 분절하지 않은 이유를 보자. 이는 앞에서 살폈듯이, 필서본을 읽거나 옮겨 쓸 때에, 행말의 공백이 무시된다는 점에서, '花乎白良○願往生'과 '白遣賜立○阿邪'에 나타난 '○'부분이 무시되었다고 할 수 있다. 이 원인을 찾기 위하여, 행말에 '花乎白良○'과 '白遣賜立○'이 함께 오도록, 〈원왕생가〉를 포함한 〈광덕 엄장〉조를 1행 16자의 글로 정리하면 다음과 같다.

文武王代有沙門名廣德嚴莊二人友善
日夕約曰先歸安養者須告之德隱居芬
皇西里或云皇龍寺有西去房未知孰是蒲鞋爲業挾妻
子而居莊庵栖南岳大種力耕一日日影
施紅松陰靜暮窓外有聲報云某已西往
矣惟君好住速從我來莊排闥而出顧之
雲外有天樂聲光明屬地明日歸訪其居
德果亡矣於是乃與其婦收骸同營蒿里
旣事乃謂婦曰夫子逝矣偕處何如婦曰
可遂留夜宿將欲通焉婦靳之曰師求淨
土可謂求魚緣木莊驚怪問曰德旣乃爾
予又何妨婦曰夫子與我同居十餘載未
嘗一夕同床而枕況觸汚乎但每夜端身
正坐一聲念阿彌陀佛號或作十六觀觀

既熟明月入戶時昇其光加趺於上竭誠
若此雖欲勿西溪住夫適千里者一步可
規今師之觀可云東矣西則未可知也莊
愧赧而退便詣元曉法師處懇求津要曉
作錚觀法誘之藏於是潔已悔責一意修
觀亦得西昇錚觀在曉師本傳與海東僧
傳中其婦乃芬皇寺之婢盖十九應身之
一德嘗有歌云○月下伊底亦○西方念
丁去賜里遣○無量壽佛前乃○惱叱古
音鄉言云報言也多可攴白遣賜立○誓音深史
隱尊衣希仰攴○兩手集刀花乎白良○
願往生願往生○慕人有如白遣賜立○
阿邪○此身遺也置遣○四十八大願成
遣賜去

이렇게 행말에 '花乎白良○'과 '白遣賜立○'이 오게, 관련설화를 질서정연하게 정리할 수 있는 방법으로, 1행 4자의 글이나 1행 8자의 글로 정리하는 것도 가능하다. 그러나 이 두 경우는 일연의 육필본으로 추정되지 않을 것 같다. 왜냐하면, 우리가 한지에 한자를 세로로 필서할 때에, 한지의 크기에 따라 다르지만, 대략 1행에 10~30여 자를 쓰기 때문이다. 그리고 일연의 육필본으로 추정되는 조들의 1행의 자수(14~35)[10]를 넘어서기 때문에 가능성이 없다.

그러면 앞에서 재구된 1행 16자의 글이 누구의 글인가를 검토해 보자.

---

10 행말 공백의 무시로 인해 분절이 붙었을 것으로 추정되는 각 조들을, 문제의 공백이 행말에 오고, 관련설화의 전체 틀이 일그러지지 않는 경우, 즉 주어진 글의 첫 행이 첫 칸부터 시작되는 경우를 정리하면 다음과 같다.

세 측면에서 일연의 육필본이 아닌가를 추정해 본다. 그 이유 중의 첫째와 둘째는 〈서동요〉로 돌리고 셋째 측면만을 보자.

행말에 공백이 오도록 앞에서 재구된 〈원왕생가〉의 관련설화는 재구된 글의 틀(1행 16자)에서 정확하게 첫 칸부터 시작되어, 글의 전체 틀이 질서정연하다. 이는 이렇게 되지 않을 경우들, 즉 행말에 공백이 오지 않거나, 관련설화들이 재구된 글의 틀(1행 16자)에서 첫 칸부터 시작되지 않는 경우들과 비교할 때, 그 우연성이 거의 없다. 1행이 16자라는 점에서, '花乎白良○'이나 '白遣賜立○'이 행말에 올 수 있는 우연의 확률은 1/16이다. 그리고 공백 둘이 동시에 행말에 올 수 있는 우연의 확률은 1/256(1/16×1/16)이다. 게다가 〈원왕생가〉를 포함한 관련설화가 글의 첫 칸부터 시작할 우연의 확률은 1/16이다. 이로 인해 '花乎白良○'과 '白遣賜立○'가 행말에 동시에 오면서, 〈원왕생가〉를 포함한 관련설화가 글의 첫 칸부터 시작될 우연의 확률은 1/4096(1/16×1/16×1/16), 약 0.02%이다. 이렇게 재구된 글은 초간본의 판각용 정서본을 쓰면서 본 필서본, 즉 일연이 질서정연하게 쓴 육필본을 전제로 하지 않으면, 우연히 나타날 확률이 거의 0%라고 할 때, 이는 재구된 글이 초간본의 판각용 정서본을 쓰면서

향가	관련설화의 조명(條名)	가능한 1행의 자수
서동요	무왕	23, 46
도솔가	월명사 도솔가(해당 부분)	31
원왕생가	광덕 엄장	4, 8, 16
제망매가	월명사 도솔가(해당 부분)	4, 7, 14, 28
맹아득안가	분황사천수대비 맹아득안	13, 26
혜성가	융천사 혜성가 진평왕대	15, 35
안민가	경덕왕 충담사 표훈대덕	25

이 정리에서 살필 수 있듯이, 일연이 쓴 육필본이 보일 수 있는 1행의 자수는 앞의 가능한 경우들에서, 1행에 들어가기에 너무 적은 4자, 7자, 8자 등과 너무 많은 41자, 46자 등을 빼고 1행 13~35자로 계산하면 충분하리라고 생각한다.

본 일연의 육필본일 가능성이 거의 100%라는 것을 의미한다. 이런 점에서, 앞에서 재구된 글은 일연의 육필본이 아닐까 한다.

이렇게 세 측면에서 본다면, 일연의 육필본에서 〈광덕 엄장〉조는 1행 16자의 글이었으며, 현존 임신본에서 '花乎白良○願往生'과 '白遣賜立○阿邪'의 공백이 무시된 것은 일연의 육필본을 초간본의 판각용 정서본으로 옮겨 쓰는 과정에서 발생한 행말 공백의 무시가 뒤에까지 이어진 것이라고 할 수 있다. 이런 점에서 일연의 육필본에서 〈원왕생가〉는 다음과 같이 11분절로 되어 있었다고 정리할 수 있다.

月下伊底亦
西方念丁去賜里遣
無量壽佛前乃
惱叱古音多可攴白遣賜立
誓音深史隱尊衣希仰攴
兩手集刀花乎白良
願往生願往生
慕人有如白遣賜立
阿邪
此身遺也置遣
四十八大願成遣賜去

4.5. 〈제망매가〉

〈제망매가〉와 그 관련설화는 〈월명사 도솔가〉조에 수록되어 있다. 그런데 이 〈월명사 도솔가〉조의 전반부는 〈도솔가〉에서 살폈다. 이를 제외하고, 〈제망매가〉와 관련시킬 수 있는 부분과 그 현대철자를 보면 다음과 같다.

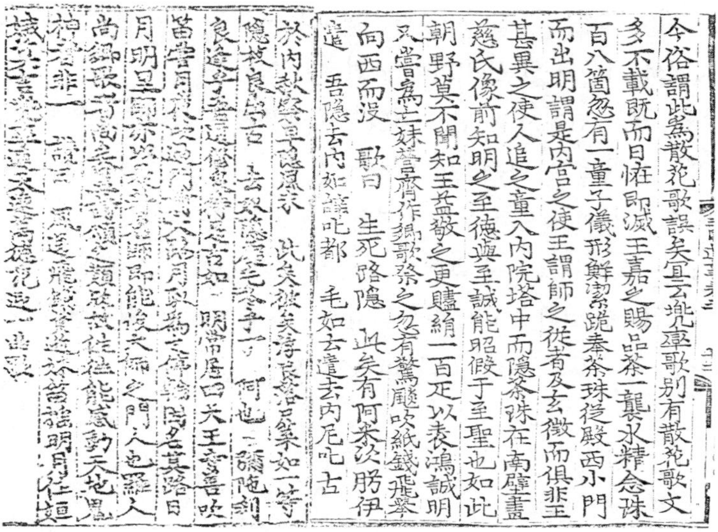

今俗謂此爲散花歌誤矣宜云兜率歌別有散花歌文
多不載旣而日怪卽滅王嘉之賜品茶一襲水精念珠
百八箇忽有一童子儀形鮮潔跪奉茶珠從殿西小門
而出明謂是內宮之使王謂師之從者及玄徵而俱非王
甚異之使人追之童入內院塔中而隱茶珠在南壁畫
慈氏像前知明之至德與至誠能昭假于至聖也如此
朝野莫不聞知王益敬之更贐絹一百疋以表鴻誠明
又嘗爲亡妹營齋作鄕歌祭之忽有驚飈吹紙錢飛擧
向西而沒○歌曰○生死路隱○此矣有阿米次肹伊
遣○吾隱去內如辭叱都○毛如云遣去內尼叱古○
於內秋察早隱風未○此矣彼矣浮良落尸葉如一等
隱枝良出古○去奴隱處毛冬乎丁○阿也○彌陁刹
良逢乎吾道修良待是古如○明常居四天王寺善吹
笛嘗月夜吹過門前大路月馭爲之停輪因名其路日
月明里師亦以是著名師卽能俊大師之門人也羅人

尙鄕歌者尙矣盖詩頌之類歟故往往能感動天地鬼
神者非一○讚曰○風送飛錢資逝妹笛搖明月住姮
娥莫言兜率連天遠萬德花迎一曲歌

이 〈월명사 도솔가〉조의 분절에는 앞장의 〈도솔가〉에서 다룬 것들을 제외하여도, 인용의 밑줄 친 부분에서와 같이 검토해 볼 것으로 넷이 있다. 즉 첫 번째 장의 제4행(而出明謂是內宮之使王謂師之從者及玄徵而俱非王)이 22자라는 문제, "○歌曰○"이 '歌曰○'일 수도 있다는 문제, "葉如一等隱"과 "逢乎吾道"이 '葉如○一等隱'과 '逢乎吾○道'(또는 '逢乎○吾道')일 수도 있는 문제 등이다. 이 문제들을 차례로 보자.

영인본을 보면, 첫 번째의 장이 보각이고, 두 번째가 가장 오래된 것임을 알 수 있다. 그리고 같은 보각이라도 전엽과 후엽이 다르다. 이로 인해 〈월명사 도솔가〉조 전체를 가지고 당긴 공간을 논의하기는 힘들다. 이런 점에서 〈제망매가〉에 해당하는 첫 번째 것만을 보자.

첫 번째 장의 정리에서 볼 수 있듯이, 다른 행들은 모두가 21자이다. 그러나 유독 제4행만은 22자로 되어 있다. 이는 이 엽을 복각하지 않고, 보각하기 위하여, 보각용 정서본을 쓰는 가운데, 제4행을 22자로 한 글자를 당겨써서, 이로 인해 나머지 글자들이 한 칸씩 위로 올라가면서, 단락을 달리하고 있던 '明' 이하도 위에 붙게 되었다고 할 수 있다. 왜냐하면, 제4행의 끝자 '王'을 뒤로 밀면, '明' 역시 뒤로 밀리면서 제8행의 첫 번째 글자가 되기 때문이다. 이는 보각용 정서본을 잘못 쓰면서 발생한 것이라 할 수 있다.

그러면 이 당긴 공간만을 그대로 정리할 것인지, 아니면 이 당긴 공간을 그 다음에 나온 "…○歌曰○…"의 첫 번째 공백을 새로 두어 상쇄시킨 것인지는 좀더 검토를 요한다. 이 문제는 원전의 "…○歌曰○…"이 본래

'… ○歌曰○…'인지, 아니면 '… 歌曰○…'인지의 문제와 걸려 있다. 이 문제는 뒤에 검토할 행말의 무시된 공백에서 논의할 문제와, 첫 번째 장의 〈제망매가〉와 관련된 "明叉嘗…"이 그 이전의 내용 단락과는 별개의 단락이란 사실에서, 제4행 22자의 한 자는 당긴 공간으로 정리한다. 특히 전장의 〈도솔가〉와 그 후장의 "今俗…"이 분리된 것과 다르게, "明叉嘗…"은 제7행의 끝에서부터 시작한다. 이는 제4행의 당긴 공간에 의해 발생한 것이다. 이에 따라 당긴 공간을 뒤로 밀고 단락을 정리하면 다음의 두 단락이 된다.

> 今俗謂此爲散花歌誤矣宜云兜率歌別有散花歌文
> 多不載旣而日怪卽滅王嘉之賜品茶一襲水精念珠
> 百八箇忽有一童子儀形鮮潔跪奉茶珠從殿西小門
> 而出明謂是內宮之使王謂師之從者及玄徵而俱非
> 王甚異之使人追之童入內院塔中而隱茶珠在南壁
> 畫慈氏像前知明之至德與至誠能昭假于至聖也如
> 此朝野莫不聞知王益敬之更賰絹一百疋以表鴻誠

> 明叉嘗爲亡妹營齋作鄕歌祭之忽有驚颷吹紙錢飛
> 擧向西而沒○歌曰○生死路隱○此矣有阿米次肸
> 伊遣○吾隱去內如辭叱都○毛如云遣去內尼叱古
> ○於內秋察早隱風未○此矣彼矣浮良落尸葉如一
> 等隱枝良出古○去奴隱處毛冬乎丁○阿也○彌陁
> 刹良逢乎吾道修良待是古如○明常居四天王寺善
> 吹笛嘗月夜吹過門前大路月馭爲之停輪因名其路
> 日月明里師亦以是著名師卽能俊大師之門人也羅
> 人尙鄕歌者尙矣盖詩頌之類歟故往往能感動天地
> 鬼神者非一○讚曰○風送飛錢資逝妹笛搖明月住
> 姮娥莫言兜率連天遠萬德花迎一曲歌

이렇게 첫 번째 장의 제4행에 나타난 22자를 정리하여도, 아직도 〈제망매가〉에서는 세 문제가 남아 있다. 즉 "… ○歌曰○…"이 본래 '… ○歌曰○…'인지, 아니면 '… 歌曰○…'인지의 문제와, '… 葉如○一等隱…'과 '… 逢乎吾○道修良…'(또는 '… 逢乎○吾道修良…')의 '○'부분에서 분절하지 않은 문제를 가지고 있다. 이 문제들은 서로 영향을 주어 함께 처리한다.

〈제망매가〉의 시가 유도어인 "… ○歌曰○…"은 '… ○歌曰○…'일 수도 있고, '… 歌曰○…'일 수도 있다. 왜냐하면, 앞장에서 살폈듯이, 권제5에서는 양자를 모두 허락하기 때문이다. 이렇게 양자를 모두 허락한다고 할 때에, 그 결정은 다른 조건에 따른다. 즉 행말 공백의 무시에 따른다.

먼저 "○歌曰○"이 '歌曰○'의 잘못이라는 가정 아래, '… 葉如○一等隱…'과 '… 逢乎吾○道修良…'(또는 '…逢乎○吾道修良…')의 '○'부분이 행말에 오도록, "明又…" 이하를 다시 정리하면 다음과 같다.

> 明又嘗爲亡妹營齋作鄕歌祭之忽有驚飈吹紙錢飛擧向西而沒歌
> 曰○生死路隱○此矣有阿米次肹伊遣○吾隱去內如辭叱都○毛如
> 云遣去內尼叱古○於內秋察早隱風未○此矣彼矣浮良落尸葉如○
> 一等隱枝良出古○去奴隱處毛冬乎丁○阿也○彌陁刹良逢乎吾○
> 道修良待是古如○明常居四天王寺善吹笛嘗月夜吹過門前大路月

이 정리에서 보면, 행말에 '… 葉如○…'과 '… 逢乎吾○…'의 '○'부분이 올 수는 있지만, 첫 행의 시작이 두 번째 칸부터 오는 문제를 보인다. 이런 점에서 "○歌曰○"이 '歌曰○'의 잘못이라고 볼 수는 없을 것 같다.

이제 "○歌曰○"이 맞는 것이라는 전제 아래, 행말에 '…葉如○…'과 '… 逢乎吾○…'의 '○'부분이 올 수 있도록, 〈제망매가〉를 포함한 관련설화를 1행 28자로 정리하면 다음과 같다.

> 明又嘗爲亡妹營齋作鄕歌祭之忽有驚颷吹紙錢飛擧向西而沒○歌曰○生死路隱○此矣有阿米次肸伊遣○吾隱去內如辭叱都○毛如云遣去內尼叱古○於內秋察早隱風未○此矣彼矣浮良落尸葉如○一等隱枝良出古○去奴隱處毛冬乎丁○阿也○彌陁刹良逢乎吾○道修良待是古如○明常居四天王寺善吹笛嘗月夜吹過門前大路月馭爲之停輪因名其路曰月明里師亦以是著名師卽能俊大師之門人也羅人尙鄕歌者尙矣盖詩頌之類歟故往往能感動天地鬼神者非一○讚曰○風送飛錢資逝妹笛搖明月住姮娥莫言兜率連天遠萬德花迎一曲歌

이 정리에서, 행말에 '… 葉如○…'과 '… 逢乎吾○…'의 공백(○)이 오고, 〈제망매가〉를 포함한 관련설화의 틀도 일그러지지 않는다. 이와 같이 정리할 수 있는 것으로 1행 7자나, 1행 14자의 글을 생각할 수 있다. 이 중에서 후자는 다른 향가와 관련된 일연의 육필본들이 보이는 1행의 자수(13~35)로 보아 가능하다고 생각할 수 있다.

그러면 이 재구된 1행 14자와 1행 28자의 글이 누구의 것인가를 생각해 보자. 이 재구된 글은 세 측면에서 일연의 육필본이 아닌가 생각한다. 첫째와 둘째 측면의 설명은 앞에서 살핀 작품들과 같으므로 그 곳으로 돌리고 셋째만을 보자.

셋째는 위에서 재구된 글은 초간본의 판각용 정서본이 저본으로 한 일연의 육필본이 아니고는 이렇게 질서정연하게 다시 재구될 우연의 가능성이 거의 없다는 점에서, 일연의 육필본이라 할 수 있다. 우선 1행 14자의 글이나 1행 28자의 글이라는 점에서, 행말에 공백이 하나씩 우연히 올 확률은 1/14이나 1/28이고, 두 공백이 함께 행말에 올 수 있는 우연의 확률은 1/196(1/14×1/14)이나 1/784(1/28×1/28)이며, 두 공백이 행말에 동시에 오면서, 이 재구된 글의 첫 칸부터 글이 시작될 우연의 확률은

1/2744(1/14×1/14×1/14)(≒0.04%)이나 1/21952(1/28×1/28×1/28)(≒0.01%)이다. 1행 14자와 1행 28자가 모두 가능하다는 점에서, 이 둘이 함께 우연히 일어날 확률은 약 0.05%에 불과하다. 이렇게 재구된 글들은 초간본의 판각용 정서본을 쓰면서 본 필서본, 즉 일연이 질서정연하게 쓴 육필본을 전제로 하지 않으면, 우연히 나타날 확률이 거의 0%라고 할 때, 이는 재구된 글들이 초간본의 판각용 정서본을 쓰면서 본 일연의 육필본일 가능성이 거의 100%라는 것을 의미한다. 이런 점에서, 앞에서 재구된 글은 일연의 육필본이 아닐까 생각한다.

이렇게 세 측면에서 본다면, 〈제망매가〉의 관련설화는 일연의 육필본에서는 1행 14자나 1행 28자의 글이었고, 이 육필본에서 〈제망매가〉는 다음과 같이 11분절이었으며, 현존 임신본에서 "… 葉如一等隱…"과 "… 逢乎吾道修良…"에서 보이는 무분절의 문제는 초간본의 판각용 정서본을 쓰는 과정에서 일연의 육필본에 나타난 행말 공백을 무시한 것이 뒤에까지 이어진 것이라고 정리할 수 있다. 그리고 "… 逢乎吾道修良…"는 '… 逢乎○吾道修良…'와 '… 逢乎吾○道修良…'로 그 띄어쓰기가 서로 엇갈리는데, 행말 공백의 무시라는 측면에서 후자의 것이 맞다고 정리할 수 있다.

生死路隱
此矣有阿米次肹伊遣
吾隱去內如辭叱都
毛如云遣去內尼叱古
於內秋察早隱風未
此矣彼矣浮良落尸葉如
一等隱枝良出古
去奴隱處毛冬乎丁
阿也

彌陁刹良逢乎吾
道修良待是古如

4.6. 〈혜성가〉

〈혜성가〉가 실려 있는 〈융천사 혜성가 진평왕대〉조와 그 현대철자를 보면 다음과 같다.

融天師彗星歌 眞平王代
第五居烈郎第六實處郎 一作突處郎 第七寶同郎等三
花之徒欲遊楓岳有彗星犯心大星郎徒疑之欲罷其
行時天師作歌歌之星怪卽滅日本兵還國反成福慶
大王歡喜遣郎遊岳焉 歌曰 舊理東尸汀叱
乾達婆矣遊烏隱城叱肹良望良古 倭理叱軍置來
叱多烽燒邪隱邊也藪耶 三花矣岳音見賜烏尸聞
古 月置八切爾數於將來尸波衣 道尸掃尸星利
望良古 彗星也白反也人是有叱多 後句 達阿
羅浮去伊叱等邪 此也友物北所音叱彗叱只有叱
故

第五居烈郎第六實處郎一作突處郎第七寶同郎等三
花之徒欲遊楓岳有慧星犯心大星郎徒疑之欲罷其
行時天師作歌歌之星怪卽滅日本兵還國反成福慶
大王歡喜遣郎遊岳焉○○歌曰○舊理東尸汀叱○
乾達婆矣遊烏隱城叱肹良望良古○倭理叱軍置來
叱多烽燒邪隱邊也藪耶○三花矣岳音見賜烏尸聞

古○月置八切爾數於將來尸波衣○道尸掃尸星利望良古○彗星也白反也人是有叱多○後句○達阿羅浮去伊叱等邪○此也友物北所音叱彗叱只有叱故

이 향가를 『균여전』 소재 향가와 비교하면, 밑줄 친 부분에서 세 문제를 발견할 수 있다. 하나는 협주인 "○一作突/○處郎"의 공백이 올 필요가 없다는 것이고, 다른 하나는 "…○○歌曰○…"의 공백이 셋일 수 없다는 것이며, 마지막 하나는 "來叱多烽燒邪隱"이 '來叱多○烽燒邪隱'일 수 있다는 것이다. 셋 중에서 앞의 둘은 보각 과정에서 발생한 것으로, 마지막 하나는 초간본의 판각용 정서본을 쓰는 과정에서 발생한 것으로 보인다.

먼저 협주인 "○一作突/○處郎"과 "…○○歌曰○…"의 공백 문제를 보자. 협주 앞에 공백을 둔 것은 이것이 유일한 예이다. 다른 협주에서는 앞에 공백을 두지 않는다. 이런 점에서 이 공백은 문제를 보인다. 그리고 시가 유도어들 역시 "…○○歌曰○…"와 같이 공백 셋을 수반한 경우는 없다. 제2장에서 살폈듯이, 권제5의 경우에 '…○○歌曰…', '…○歌曰○…', '…歌曰○…', '…○歌曰…' 등의 네 형태로, 공백 하나나 둘만을 수반한다. 이로 보면, 〈혜성가〉의 시가 유도어에 수반된 공백 셋 중에서 하나나 둘은 잘못된 것이라 할 수 있다.

그러면 이런 문제가 왜 발생했는가를 보자. 제1행의 협주 앞에 들어간 한 칸의 공백과, '… 遊岳焉○○歌曰○'의 앞에 들어간 하나 또는 두 칸의 공백은, 이 글을 주어진 공간에 띄엄띄엄 벌려 놓은 인상을 준다. 이는 이 조목의 글 일부가 훼손되어, 또는 이 앞뒤의 조목에서 글 일부가 훼손되어, 그 훼손된 부분에, 나머지 남은 부분의 공백을 분산시켜 보각한 것임을 말해준다. 특히 이 조목의 끝에 있는 '故'는 1행 1자로 되어 있는

데, 이 행은 앞의 공백들 중에서 어느 하나만 제거하여도 없어지는 행이 된다는 점에서 더욱 그렇다.

이렇게 분산된 공백을 현존 임신본에서 확인할 수 있지만, 이 분산이 어느 판본에서 처음으로 발생했는지는 현재의 자료로는 판단할 수 없다. 왜냐하면, 이런 분산은 초간본의 판각용 정서본으로부터 현존 임신본에 이르기까지, 어느 판본에서도 발생할 수 있기 때문이다. 그렇다고, 이 분산이 일연의 육필본에서도 발생할 수 있는 것은 아니다. 왜냐하면, 일연의 육필본에서는 이렇게 공백을 분산시킬 이유가 없으며, 만약 이렇게 쓴 필서본이 있었다면, 이것을 판각용 정서본으로 옮겨 쓸 때에, 정리하여 없앴을 것이기 때문이다.

이번에는 〈혜성가〉의 시가 유도어인 "… ○○歌曰○…"이 두 공백을 수반한 형태(… ○○歌曰…, … ○歌曰○…)인지, 한 공백을 수반한 형태(… ○歌曰…, … 歌曰○…)인지와, '… 來叱多○烽燒邪隱…'의 '○'부분을 분절하지 않은 원인을 찾기 위하여, 행말에 '… 來叱多○'의 공백이 오게, 1행 15자의 글로 정리해 보자. 이 경우에 시가 유도어에 수반된 공백은 일단 하나로 처리하였다.

第五居烈郎第六實處郎一作突處郎第七
寶同郎等三花之徒欲遊楓岳有慧星
犯心大星郎徒疑之欲罷其行時天師
作歌歌之星怪卽滅日本兵還國反成
福慶大王歡喜遣郎遊岳焉歌曰○舊
理東尸汀叱○乾達婆矣遊烏隱城叱
肹良望良古○倭理叱軍置來叱多○
烽燒邪隱邊也藪耶○三花矣岳音見
賜烏尸聞古○月置八切爾數於將來

尸波衣○道尸掃尸星利望良古○彗
星也白反也人是有叱多○後句○達
阿羅浮去伊叱等邪○此也友物北所
音叱彗叱只有叱故

이렇게 "來叱多" 다음에 공백이 오는 경우는, 1행 15자로 정리하는 경우 외에도, 1행을 21자, 35자, 42자 등으로 하였을 경우에도 일단 가능할 듯하다. 그러나 1행 21자의 글로 정리할 경우는 그 제6행에서도 "聞古" 다음에 공백이 와서, 이 부분을 붙이지 않은 문제를 보인다. 이에 따라 이 경우는 1행 15자나 1행 35자만이 가능하다고 정리할 수 있다.

또한 "…○○歌曰○…"을 '…○歌曰○…'으로 정리하면, '來叱多○'의 공백은 제106자가 되어, 이 공백이 행말에 올 수 있는 경우는 1행 53자일 경우만 가능하다. 그런데 이 1행 53자의 글로 정리할 경우는, 일연의 육필본으로 추정되는 다른 향가의 관련설화들이 보이는 1행의 자수(13~35)로 보아, 불가능하다. 이에 따라 "…○○歌曰○…"은 공백 하나가 수반된 형태(…歌曰○…, …○歌曰…)가 맞고, 행말에 '…來叱多○'의 공백이 오게 하는 글은 1행 15자와 1행 35자의 글이라고 정리할 수 있다.

그러면 이 재구된 글이 누구의 것인가를 생각해 보자. 이 재구된 글은 세 측면에서 일연의 육필본이 아닌가를 생각하게 한다. 첫째와 둘째 측면의 설명은 앞에서 살핀 작품들과 같으므로 그 곳으로 돌리고, 셋째만을 보자.

셋째는 위에서 재구된 글은 초간본의 판각용 정서본이 저본으로 한 일연의 육필본이 아니고는 이렇게 질서정연하게 다시 재구될 우연의 가능성이 거의 없다는 점에서, 일연의 육필본이라고 생각할 수 있다. 1행 15자의 글이라는 점에서, 우선 행말에 공백이 올 우연의 확률은 1/15이며, 글이 첫 칸부터 시작될 우연의 확률도 1/15이다. 이 둘, 즉 행말에 공백이 오면서, 동시에 글이 첫 칸부터 시작될 우연의 확률은 1/225(1/15×1/15)(≒0.4%)이다. 그리고 1행 35자의 경우는, 행말에 공백이 올 우연의 확률은 1/35이며, 글이 첫 칸부터 시작될 우연의 확률도 1/35이다. 이 둘, 즉 행말에 공백이 오면서, 동시에 글이 첫 칸부터 시작될 우연의 확률은 1/1225(1/35×1/35)(≒0.08%)이다. 두 경우가 모두 가능하다는 점에서 두 우연의 가능성을 합하여도 약 0.48%에 지나지 않는다. 이렇게 재구된 글은 초간본의 판각용 정서본을 쓰면서 본 필서본, 즉 일연이 질서정연하게 쓴 육필본을 전제로 하지 않으면, 우연히 나타날 확률이 거의 0%라고 할 때, 이는 재구된 글이 초간본의 판각용 정서본을 쓰면서 본 일연의 육필본일 가능성이 거의 100%라는 것을 의미한다. 이런 점에서, 앞에서 재구된 글은 일연의 육필본이 아닌가 생각한다.

이렇게 세 측면에서 본다면, 일연의 육필본에서 〈융천사 혜성가 진평왕대〉조는 1행 15자나 1행 35자의 글이었고, 이 글에서 〈혜성가〉는 아래와 같이 11분절이었으며, 현존 임신본에서 "… 來叱多"와 "烽燒邪隱…"이 붙은 문제는 일연의 육필본을 초간본의 판각용 정서본으로 옮겨 쓰는 가운데 행말 공백을 무시한 것이 뒤에까지 이어진 것이라고 정리할 수 있다.

舊理東尸汀叱
乾達婆矣遊烏隱城叱肹良望良古
倭理叱軍置來叱多
烽燒邪隱邊也藪耶
三花矣岳音見賜烏尸聞古
月置八切爾數於將來尸波衣
道尸掃尸星利望良古
彗星也白反也人是有叱多

後句
達阿羅浮去伊叱等邪
此也友物北所音叱彗叱只有叱故

4.7. 〈원가〉

〈원가〉의 현재 전하는 부분은 8분절로 되어 있는데, 이 8분절에는 지금까지 이의가 없다. 그리고 '後句亡'이라는 설명은 제9, 10, 11분절이 망실되었음을 보여준다. 이 8분절과 망실된 3분절은 〈원가〉가 다른 작품과 더불어 11분절된 작품임을 쉽게 정리할 수 있게 한다. 이에 따라 〈원가〉가 실린 〈신충괘관〉조와 그 현대한자에 기초한 11분절의 설명은 생략하고, 작품의 분절을 정리하면 다음과 같다.

物叱好支栢史
秋察尸不冬爾屋支墮米
汝於多支行齊敎因隱
仰頓隱面矣改衣賜乎隱冬矣也
月羅理影支古理因淵之叱
行尸浪□阿叱沙矣以支如支
皃史沙叱望阿乃
世理都□之叱逸烏隱苐也
後句亡

4.8. 〈우적가〉

〈우적가〉가 실린 〈영재우적〉조의 판본을 현대한자로 옮기면 다음과 같다.

> 釋永才性滑稽不累於物善鄕歌暮歲將隱于南岳至大峴嶺遇賊六十餘人將加害才臨刃無懼色怡然當之賊怪而問其名曰永才賊素聞其名乃命□□□作歌其辭曰○自矣心米○皃史毛達只將來呑隱日遠鳥逸□□過出知遣○今呑藪未去遣省如○但非乎隱焉破□主次弗□史內於都還於尸朗也○此兵物叱沙過乎好尸曰沙也內乎呑尼○阿耶○唯只伊吾音之叱恨隱潽陵隱安支尙宅都乎隱以多

인용에서 보듯이, 〈우적가〉에는 낙자가 많다. 그리고 밑줄 친 네 곳에서 분절을 하지 않은 문제를 보인다. 즉 "日遠鳥○逸□□", "破□主○次弗", "過乎○好尸", "恨隱○潽陵" 등의 '○'부분에서 분절되지 않은 문제들이다. 이 문제들의 원인을 찾기 위하여, 행말의 공백이 무시될 수 있도록, 〈영재우적〉조를 정리하면, 다음과 같은 것이 되지 않을까 한다.

> 釋永才性滑稽不累於物善鄕歌暮歲將隱于南岳至大峴嶺遇賊六十餘
> 人將加害才臨刃無懼色怡然當之賊怪而問其名曰永才賊素聞其名乃
> 命□□□作歌其辭曰○自矣心米○皃史毛達只將來呑隱日遠鳥○
> 逸□□過出知遣○今呑藪未去遣省如○但非乎隱焉破□主○
> 次弗□史內於都還於尸朗也○此兵物叱沙過乎○
> 好尸曰沙也內乎呑尼○阿耶○唯
> 只伊吾音之叱恨隱○
> 潽陵隱安支尙宅
> 都乎隱以多

이 정리는 일연의 육필본이 마름모꼴 조각 종이를 사용했을 것이라는 전제하에 다시 정리한 것이다. 이는 앞의 항까지 보아온 행말 공백의 무시에 의해 분절될 곳이 붙은 이유를 계산할 때에 가능한 정리이다. 이 행말에 나타난 '○'의 부분들을 무시하고 1행 21자의 글로 정리하면, 현존 임신본 『삼국유사』의 〈영재우적〉조가 된다. 이 가정이 옳다면, 〈영재우적〉조는 일연의 육필본에서 마름모꼴 종이에 씌어졌고, 이 글에서 〈우적가〉는 아래와 같이 11분절로 되어 있었는데, 이 11분절이 현존 임신존에서 파괴된 것은, 일연의 육필본을 초간본의 판각용 정서본으로 옮겨 쓰는 과정에서 행말의 공백을 무시한 것이 뒤에까지 이어진 것이라고 추정할 수 있다.

自矣心米
皃史毛達只將來呑隱日遠鳥
逸□□過出知遣
今呑藪未去遣省如
但非乎隱焉破□主
次弗□史內於都還於尸朗也
此兵物叱沙過乎
好尸曰沙也內乎呑尼
阿耶
唯只伊吾音之叱恨隱
潽陵隱安支尙宅都乎隱以多

5. 결론

지금까지 4·8·10(11)구체설이 확보하지 못한 오분절의 원인을, 가절설이 간과한 간행 과정에서 발생할 수 있는 오류를, 『삼국유사』에 실린 향가와 그 관련설화의 기사분절에 대한 원전비평을 통하여, 검토해 보았다. 중요한 내용을 정리하면서 결론을 내리면 다음과 같다.

1) "…心未○行乎…"(〈모죽지랑가〉)의 공백은 오서자를 지운 공백이나 초간본의 판각용 정서본을 쓰면서 무시한 행말 공백으로 추정된다. "遂得明○其詞曰"(〈맹아득안가〉)의 공백은 오서자를 지운 공백으로 추정된다. 이 오서자를 지운 공백들은 『삼국유사』 초간본의 판각용 정서본 이래, 어느 글에서 이 잘못이 발생했는지는, 현재 남아 있는 자료로는 판단할 수 없다.

2) '衆人唱海歌詞曰…不出獻入綱…獻花歌曰○紫布岩乎邊希○執音乎手母牛放教遣'을 잘못 쓴 "衆人唱海歌詞曰○ … 不出獻○入綱 … 獻花歌曰紫布岩乎邊希執音乎手母牛放教遣"(〈헌화가〉), '…國惡支持以支知古如○後句…'를 잘못 쓴 "…國惡支持以○支知古如後句…"(〈안민가〉) 등은 잘못 쓴 부분의 오서자를 지우고, 이로 인해 뒤로 밀린 하나의 공간을 바로 뒤에 본래 있던 공백을 지워 상쇄시킨 것들로 추정된다.

3) '… 唱之云○善化…'(〈서동요〉)의 공백 삭제는, 가로의 획이 많은 '薯蕷, 閭, 偸, 羣(2회)' 등을 쓰면서 밀린 한 칸의 공간을 상쇄시키기 위한 것으로 추정된다.

4) '○直等隱…'과 '解曰'을 "○○直等隱…"과 "○○解曰○"(〈도솔가〉)로 만든 것은 '兜率大僊家' 다음에 있던 다섯 공백 중에서 하나만 남기고, '○直等隱…' 앞에 하나의 공백을, '解曰'의 앞에 둘의 공백과 뒤에 하나의 공백을 각각 분산시켜 그 다음의 글과 하나인 것을 보여 주려고 한 것이다. 그리고 "○一作突"과 "大王歡喜遣郎遊岳焉○○歌曰"(〈융천사 혜성가 진평왕대〉조)의 공백들은 훼손된 부분을 보각하는 과정에서, 남아 있는 내용을 늘리면서 행수를 맞추기 위해 첨가한 것으로 추정된다.

5) 현존 임신본에서, '邊希○執音乎'(〈헌화가〉), '夜矣○卯乙'(〈서동요〉), '唱良○巴寶'(〈도솔가〉), '…心未○行乎…'(〈모죽지랑가〉), '…花乎白良○願往生…'(〈원왕생가〉), '…白遣賜立○阿邪…'(〈원왕생가〉), '…葉

如○一…'(〈제망매가〉), '…逢乎吾○道…'(〈제망매가〉), '…內乎叱等邪○阿邪也…'(〈맹아득안가〉), '…來叱多○烽燒邪隱…'(〈혜성가〉), '…阿孩古○爲賜尸知…'(〈안민가〉), '…物生○此肹…'(〈안민가〉), '…日遠鳥○逸□□…'(〈우적가〉), '…破□主○次弗…'(〈우적가〉), '…過乎○好尸…'(〈우적가〉), '…恨隱○潽陵…'(〈우적가〉) 등이 '○'부분에서 분절되지 않은 것은, 『삼국유사』 초간본의 판각용 정서본을 쓰면서, 일연의 육필본에서 행말에 있던 공백을 무시하고 필서한 것이 뒤에까지 이어진 것으로 추정된다.

6) 분절에서 문제가 되고 있는 향가가 행말 공백의 무시에 의한 것이 아닌가를 검토하기 위하여, 2)~5)의 결과를 계산하면서, 현존 임신본으로부터 재구된 글들은 다음과 같다. 〈서동요〉의 관련설화 〈무왕〉조는 1행 23자의 글로, 〈모죽지랑가〉의 관련설화 〈효소왕대 죽지랑〉조는 1행 15자의 글로, 〈도솔가〉의 관련설화 〈월명사 도솔가〉조는 1행 31자의 글로, 〈원왕생가〉의 관련설화 〈광덕 엄장〉조는 1행 16자의 글로, 〈제망매가〉의 관련설화는 1행 14자 또는 1행 28자의 글로, 〈맹아득안가〉의 관련설화 〈분황사천수대비 맹아득안〉조는 1행 13자 또는 1행 26자의 글로, 〈혜성가〉의 관련설화 〈융천사 혜성가 진평왕대〉조는 1행 15자나 1행 35자의 글로, 〈안민가〉의 관련설화 〈경덕왕 충담사 표훈대덕〉조는 1행 25자의 글로, 〈우적가〉의 관련설화 〈영재우적〉조는 마름모꼴 조각 종이에 쓴 글로 각각 재구된다.

7) '…阿孩古○爲賜尸知…'(〈안민가〉)와 '…逢乎吾○道修良…'(〈제망매가〉)의 분절은 다른 주장들과 대립하는데, 행말 공백의 무시라는 측면에서, 이것들로 보는 것이 옳다.

8) 재구된 관련설화들은 일연의 육필본임을 세 측면에서 판단할 수 있다. 첫째는 행말 공백의 무시가 일연의 육필본을 초간본의 판각용 정서본으로 옮겨 쓸 때만 가능하다는 측면이고, 둘째는 앞에서 재구한 글

들이 보이는 질서정연함은 현존 임신본의 내용과 같되, 1행의 글자수가 현존 임신본과 다른 글을 상정하게 하는데, 이에 해당하는 글은 일연의 육필본밖에 없다는 측면이며, 셋째는 앞에서 재구한 글들은 초간본의 판각용 정서본으로부터 현존 임신본까지의 판본이 저본으로 한 일연의 육필본이 아니고는 이렇게 질서정연하게 다시 재구될 우연의 가능성이 거의 없다는 측면이다.

9) 〈풍요〉는 4분절에 문제가 없으며, 〈처용가〉는 향가 이외의 다른 시가들 일부와 같이 띄어쓰기를 하지 않은 줄글이고, 〈고려처용가〉와 대구로 볼 때에, 8분절이 되어, 분절에 문제가 없으며, 〈원가〉는 현재 남아 있는 부분이 8분절로, 다른 11분절의 향가와 같다는 점에서 분절에 문제가 없다.

이상의 정리로 보면, 『삼국유사』의 향가들에서 4·8·10(11)구체가 운위되는 작품들은, 일연의 육필본에서는, 4·8·11분절로 되어 있었다고 결론을 내릴 수 있다.

이 결론이 옳다면, 이 원전비평의 측면에서 본 4·8·11분절은 향가문학의 형식론과 향가음악의 형식론에, 그 논의의 기반을 어느 정도 제공할 수 있다. 그러나 이 글에서 결론지은 4·8·11분절이 가절인지, 시구(詩句)인지, 아니면 가절인 동시에 시구인지는 아직 판단할 수 없다. 왜냐하면, 원전을 비평해 보았을 볼 때에, 4·8·11분절이 된다는 것이지, 이것이 가절인지, 시구인지, 아니면 가절인 동시에 시구인지를 판단한 것은 아니기 때문이다. 이 문제는 이 글에서 정리한 4·8·11분절이 무엇을 의미하느냐 하는 다른 측면의 검토를 요한다. 이 문제는 뒤에 다른 글에서 정리할 것인데, 4분절과 8분절은 일차로 시구이고, 11분절도 시구이지만 단서를 수반한다. 즉 11분절에서 제9분절을 제외한 나머지 분절들은 시구이고, 제9분절은 체격용어와 감탄사의 표기로 나뉘며, 이 감탄사는 제9구의 앞에 붙는 시어이다.

향가 4·8·10구체설의 논거

1. 서론

이 글은 원전비평상에서 정리된 4·8·11분절이 어떤 논거에 의해 4·8·10구체로 확정되는가를 정리하는 데 연구의 목적이 있다.

향가의 형식은 4·10구체설, 4·8·10구체설, 4·8·11구체설, 2·4·5행설 등이 논의되는 가운데, 4·8·10구체설이 비교적 유력하다. 그러나 이 4·8·10구체설의 주장에는 아직도 해결되지 않은 몇 가지 문제가 있다. 우선 '구'와 '행' 중에서 어느 것을 선택할 것이냐 하는 문제는 그 당시의 용어인 '구'를 따르고, 불규칙한 분절은 원전비평상 4·8·11분절로 정리된다는 것을 전제로 하여도, 다음과 같은 세 가지 문제가 있다.

첫째로, 원전비평상의 4·8·11분절은 음악의 가절 또는 악절인가, 아니면 시가의 형식인가 하는 문제를 논거의 측면에서 설명하지 못했다는 문제이다.

둘째로, 원전비평상의 11분절은 어떤 논거에서 11구체가 아니라 10구체 또는 5행이라고 주장하는가 하는 문제이다.

셋째로, 제9분절에 나온 '阿也'류('阿也, 阿耶, 阿邪, 阿邪也'), '歎曰'류('歎曰, 打心, 病吟, 城上人'), '落句'류('落句, 隔句, 後句, 後言') 등의

기사를 어떻게 해독하거나 해석하였든, 그 논거가 명확하지 않다는 문제이다.

이런 연구 현실에서 아직도 앞의 세 가지 문제에 답을 해야, 4·8·10구체를 설득력 있게 주장할 수 있다. 이 세 가지 문제를 풀기 위하여, 세 측면에서 접근하고자 한다.

첫째는 현존 향가가 수록된 『삼국유사』와 『균여전』에 함께 수록된 시가들이 음악의 가절인가 또는 악절인가, 아니면 시가의 형식인가를 검토하는 것이다.

둘째는 11분절된 향가의 제9분절을 시어나 비시어로 보고, 해독과 해석의 측면에서 접근하는 것이다.

셋째는 11분절된 향가의 제9분절의 일부가 감탄사로 해독된다면, 이 감탄사를 제10분절 앞에 띄울지, 아니면 제10분절에 붙일지를, 체격론의 측면과 '유차사시뇌격(有嗟辭詞腦格)'의 해석 측면에서 검토하는 것이다.

이상의 세 가지 문제와 접근 방법 중에서, 11분절된 향가의 제9분절과 관련된 문제와 접근 방법은 네 글(양희철 2004a, 2004b, 2004c, 2005d)을 통하여 이미 검토한 바가 있다. 그런데 이 글들은 11분절된 향가에 한정된 논의로, 전체적인 체계에서 중첩된 부분들도 보이고, 부분적으로 보완해야 할 부분도 있다. 이에 범위를 4·8·11분절로 확대하고, 전체적인 체계를 일목요연하게 통일하고, 부분적인 보완을 통하여, 글을 완성하고자 한다.

이렇게 접근한다면, 4·8·10구체설의 논거 문제를 해결하는 동시에, 부수적으로 향가의 체격론도 이해하고, 제9구 앞에는 감탄사가 반드시 오는가 하는 문제(황패강 2001:92~93)도 점검할 수 있으리라고 생각한다.

2. 기사분절의 성격으로 본 4·8구체

『삼국유사』와 『균여전』에 수록된 향가들은 4분절, 8분절, 11분절 등으로 정리된다. 이 기사분절이 시가의 형식을 말하는 것인지, 아니면 음악의 가절/악절을 말하는 것인지는, 이 두 책에 수록된 시가들의 성격, 즉 기사분절의 성격에 따라 정리할 수 있다.

『삼국유사』에 수록된 시가는 크게 '찬(讚), 향가, 기타' 등으로 3분 된다. 그리고 『균여전』에 수록된 시가는 향가와 송(頌)이다. 송은 한 종류만 나오므로, 기타에 묶어서 정리하려 한다. 먼저 글의 끝에 온 '찬'을 『삼국유사』의 권별로 정리하면 다음과 같다.

권제1 : 1회(〈천사옥대〉조)
권제3 : 12회(〈난타벽제〉조), 〈아도기라〉조, 〈법왕금살〉조, 〈보장봉로보덕이암〉조, 〈요동성육왕탑〉조, 〈금관성파사석탑〉조, 〈황룡사장륙〉조, 〈황룡사구층탑〉조, 〈사불산 굴불산 만불산〉조, 〈전후소장사리〉조, 〈미륵선화…〉조, 〈분황사천수대비…〉조)
권제4 : 12회(〈원광서학〉조, 〈양지사석〉조, 〈귀축제사〉조, 〈이혜동진〉조, 〈자장정률〉조, 〈원효불패〉조, 〈의상전교〉조, 〈지복불어〉조, 〈진표전간〉조, 〈심지계조〉조, 〈현유가 해화엄〉조, 〈현유가 해화엄〉조)
권제5 : 15회(〈밀본최사〉조, 〈혜통항룡〉조, 〈산도성모수희불사〉조, 〈욱면비 염불서승〉조, 〈경흥우성〉조, 〈진신수공〉조, 〈월명사도솔가〉조, 〈선률환생〉조, 〈김현감호〉조, 〈낭지승운 보현수〉조, 〈연회도명 무수점〉조, 〈혜현구정〉조, 〈신충궤관〉조, 〈포산이성〉조, 〈영재우적〉조)

이 정리에서 보듯이, 글의 끝에서 '찬'은 40회 나오는데, 모두가 비분절을 보인다. 이는 시가를 줄글로 쓴 것으로 음악의 가절/악절이 아님을 잘 보여준다.

이번에는 기타의 시가들을 분절과 비분절로 나누어 정리하면 다음과 같다.

… 時人作詞曰○聖帝魂… (『삼국유사』 권제1, 〈도화녀 비형랑〉조)
… 海歌詞曰○龜乎… (『삼국유사』 권제2, 〈수로부인〉조)[1]
… 免之詩曰燕丹泣血… (『삼국유사』 권제2, 〈진덕여대왕…〉조)
… 童謠曰可憐完山… (『삼국유사』 권제2, 〈후백제 견훤〉조)
… 歌之云龜何… (『삼국유사』 권제2, 〈가락국기〉조)
… 乃有讚曰惠日… (『삼국유사』 권제3, 〈사섭불연좌석〉조)
… 有人眞讚云偉哉… (『삼국유사』 권제3, 〈전후소장사리〉조)
… 留詩云水雲… (『삼국유사』 권제3, 〈전후소장사리〉조)
… 投詞曰行遊… (『삼국유사』 권제3, 〈남백월이성…〉조)
… 投一偈曰日暮… (『삼국유사』 권제3, 〈남백월이성…〉조)
… 作詞誡之曰○快適… (『삼국유사』 권제3, 〈낙산이대성…〉조)
… ○○解曰○龍樓… (『삼국유사』 권제5, 〈월명사도솔가〉조)
禮敬諸佛頌
以心爲筆畫空王瞻拜唯應遍十方一一塵塵諸佛國重重刹刹衆尊堂見聞自覺多生遠禮敬寧辭浩劫長身體語言兼意業總無疲厭此爲常(『균여전』 第八譯歌現德分者)[2]

이상은 『삼국유사』와 『균여전』에 수록된 기타의 시가들 중에서 분절하지 않은 것들이다. 이 비분절 역시 시가를 줄글로 쓴 것으로 음악의 가절/악절이 아님을 잘 보여준다.

---

1 〈수로부인〉조의 〈해가〉는 제3구와 제4구 사이에 한번 분절되어 있으나 이는 원전비평에서 보았듯이 잘못된 것이다.

2 『균여전』의 '송(頌)'은 11개이나 하나만 인용하였다.

…○陁羅尼曰南無亡國 刹尼那帝判尼判尼蘇判尼于于三阿干 鳧伊娑婆訶 … (『삼국유사』 권제2, 〈진덕여대왕…〉조)

…錄于下銘曰

元胎肇啓 利眼初明 人倫雖誕 君位未成 中朝累世 東國分京 雞林先定 駕洛後營 自無銓宰 誰察民氓 遂茲玄造 顧彼蒼生 用授符命 特遣精靈 山中降卵 霧裏藏刑 內猶漠漠 外亦冥冥 望如無象 聞乃有聲 群歌而奏 衆舞而呈 七日而後 一時所寧 風吹雲卷 空碧天靑 下六圓卵 垂一紫纓 殊方異土 比屋連甍 觀者如堵 覩者如羹 五歸各邑 一在茲城 同時同迹 如弟如兄 實天生德 爲世作程 寶位初陟 寰區欲淸 華構徵古 土階尙平 萬機始勉 庶政施行 無偏無儻 惟一惟精 行者讓路 農者讓耕 四方奠枕 萬姓迓衡 俄晞薤露 靡保椿齡 乾坤變氣 朝野痛情 金相其躅 玉振其聲 來苗不絶 薦藻惟馨 日月雖逝 規儀不傾 (『삼국유사』 권제2, 〈가락국기〉조)

…作歌曰○礙嵓遠退砥平兮 落葉飛散生明兮 覓得佛骨簡子兮 邀於淨處投誠兮 (『삼국유사』 권제4, 〈심지계조〉조)

인용의 세 작품은 다라니, 명(銘), 가(歌) 등의 분절을 보여준다. 특히 명(銘)과 가(歌)의 분절은 시가의 구(句)라는 형식에 따른 분절이지, 음악의 가절/악절에 따른 분절이 아님을 잘 보여준다.

이상과 같이 『삼국유사』와 『균여전』에 수록된 시가들 중에서 '찬(讚)'과 기타의 시가들이 보여주는 분절과 비분절이 시가의 형식이고, 음악의 가절/악절이 아니라는 사실은, 『삼국유사』와 『균여전』에 수록된 향가 역시 시가의 형식이고, 음악의 가절/악절이 아니라는 사실을 말해준다. 말을 바꾸면 『삼국유사』와 『균여전』에 수록된 4·8·11분절은 일단 문학 형식을 말해준다고 정리할 수 있다. 이 중에서 4·8분절은 4·8구체를 말해준다. 이에 비해 11분절이 바로 11구체라는 주장을 할 수 없는데, 이는 좀더 살펴 볼 것이 있기 때문이다. 이는 다음 장에서 논의한다.

3. 제9분절의 이해로 본 10구체

이 장에서는 제9분절의 이해를 통하여 10구체설의 논거를 정리하고자 한다.

3.1. '阿也'류 표기의 해독과 성격

'阿也'류 표기의 해독은 다른 글(양희철 2004a:377~433)에서 다루었으므로, 이 글의 전개에 필요한 최소만을 인용 정리하고, 그 성격을 검토하고자 한다.

3.1.1. '阿也'류 표기의 해독

'阿也'류 표기를 비시어로 본 경우가 있다. 그러나 '阿也'류 표기는 감탄사의 음을 표기한 것이 확실하므로, 이 해독들을 다시 검토할 필요는 없다. 그리고 '阿也'류 표기를 감탄사로 읽되, 향찰로 쓴 한자의 음이나 훈을 살리지 못한 해독들도 있는데, 향찰이 한자의 음이나 훈을 이용한 문자이므로, 이 해독들 역시 다시 검토할 이유가 없다.

향찰로 쓴 한자의 음이나 훈을 살린 '阿也'류 표기의 해독들 중에는 그 이해가 되지 않는 것들도 있다. 이것들은 해독된 형태와 그 현대역의 연결이 불가능하거나 문맥이 통하지 않는 문제를 보인다. 예로 '阿也, 阿耶, 阿邪' 등을 '아야'나 '아라'로 읽고, 그 현대역을 '아아', '아-', '아으', '아스라/앗아라/아사라', '世尊이시여/거룩한이여/존자시여/부쳐님이시여' 등이나 진언으로 본 경우들을 들 수 있다. 이 경우들에서 해독된 형태 '아야'나 '아라'가 어떤 점에서 앞의 현대역이나 진언으로 연결되는지를 이해하기 어렵다. 음운이나 형태의 변화로 설명할 수 없을 뿐만 아니라, 해독된 형태의 의미와 현대역의 의미가 연결되지 않는다. 그리고 해독과 현대역을 '아야'로 잡은 경우는 '아야'가 "갑자기 얻어맞거나 꼬집히거나 찔리거나 한 때에 아픔을 느끼어 내는 소리"로 작품의 문맥에 전혀 맞지 않는다. 또한 해독과 현대역을 '아라'로 잡은 경우는 이 어휘가 사전에도 등재되지 않은 것으로 그 의미를 파악하기 어렵다.

'阿邪也'(〈맹아득안가〉)의 경우에는 '아사라, 아싸라, 아사야(意樂, 진언), 아야야(아야야, 아아--), 아야여(아아), 아라여(성자시여)' 등이 이에 속한다. 이 중에서 '아사라'와 '아싸라'는 금지의 감탄사로 〈맹아득안가〉의 문맥에 넣고 보면 문맥이 통하지 않는다. '아사야'는 意樂(어떤 목적을 향하여 나아가려는 취지)과 진언으로 해석한 것인데, 진언의 이유를 알 수 없고, '意樂'은 명사로 문맥에 넣어 보면 문맥이 통하지 않는다. '아야야'의 해독에서 현대역을 '아야야'로 단 경우에는, 앞의 '아야'에서 살폈듯이, '아야'의 의미가 문맥에 맞지 않는다. 또한 '아야야'의 해독에서 현대역을 '아아--'로 단 경우와 '아야여(아아)'로 해독한 경우는, '아야야/아야여'가 '아아'로 변한 이유를 음운이나 형태의 변화라는 측면에서 설명하기 어렵다. '아라여'는 '아라'(阿也, 阿耶, 阿邪)를 '아라+아(호격)'의 축약으로 해석하고, 이 곳에서는 '아라+여(호격)'로 해석하였는데, 전자에서는 축약을 인정하면서, 후자에서는 축약을 인정하지 않는 문제와, '아라'에 '-아, -여'의 각각 다른 호격을 붙인 문제도 보인다.

이번에는 향찰로 쓴 한자의 음이나 훈을 살린 해독들 중에서, 약간만 보완하면, 그 이해가 가능한 것들을 보자. '阿也, 阿耶, 阿邪' 등을 '아라'로 해독하고, 현대역을 '아'(이탁 1956:12~50, 유창균 1994:391~393)로 잡은 경우가 이에 속한다. 왜냐하면 이 해독에서 '아(-)'는 '기쁨, 슬픔, 칭찬, 뉘우침, 귀찮음, 시름, 한탄, 유감, 경악, 당황, 초조' 등의 감정을 나타내는 감탄사로, 해당 문맥에서 의미가 잘 통하기 때문이다. 그러나 이 해독의 형태 '아라'를 현대역의 형태 '아(-)'로 연결한 이유를 설명하지 않고 있다. 이 문제는 '알라(알아/아라), 얼라(얼아/어라), 얼레, 얼래' 등이 '아'나 '어'의 방언형이라는 국어사전들의 풀이에 의존하면서, '아라, 어라, 어러' 등에서의 'ㄹ'탈락과 동시에 '아(-)'나 '어(-)'로 변한 것이라고 본다면, 해독의 형태 '아라'와 현대역의 형태 '아(-)'의 연결이 가능하다. 이런 점에서 '阿也, 阿耶, 阿邪' 등은 '아라'로 해독되고, 그 뜻은 '아(-)'라고 정리할 수 있다.

'阿邪也'(〈맹아득안가〉)의 경우에 '아라라'(유창균 1994:391~393)는 약간만 보완하면, 그 이해가 가능하다. '아라라'는 그 현대역도 '아라라'로 정리하고 있는데, 이 말은 국어사전에 등재된 것도 아니고 설명도 없어 이해하기 어렵다. 그러나 불경의 '阿喇喇'(아라라)를 보면, 그 이해가 가능하다. '阿喇喇'는 불경에서 '不休, 恐怖, 驚駭' 등의 의미를 가진다. 이 중에서 驚駭는 "뜻밖의 일로 몹시 놀라서 괴이하게 여김"이란 의미로, 이는 〈맹아득안가〉의 제8구까지 보여온 청원의 상황에서, '阿喇喇' 이후에 나타난 자신의 청원에 천수관음이 응하지 않을 수 있다는 '뜻밖의 생각이' 머리에 스쳤다고 생각하면, 문맥이 잘 통한다. 이런 점에서 '아라라'는 驚駭의 감탄사라고 정리할 수 있다.

이렇게 본다면, '阿也'류 표기에서 '阿也, 阿邪, 阿耶' 등은 '아라'의 감탄사이며, '阿邪也'는 '아라라'의 감탄사라고 정리할 수 있다.

3.1.2. '阿也'류로 표기한 감탄사의 기능적 성격

감탄사가 10구체 향가에서 전환의 기능적 성격을 보임은 이미 밝혀진 사실이다(김대행 1974:122~129). 이외에 10구체 향가의 제9구 첫머리에 감탄사가 꼭 올 필요가 있느냐 하는 문제를 다루는 데는 감탄사의 기능적 성격이 문맥의 차원에서 매우 중요하다. 이 중요성 때문에, 이 항에서는 기능의 측면에서 감탄사의 종류를 약술하고, '阿也'류 표기가 기능상 어떤 종류의 감탄사인가를 정리하고자 한다.

기능상 감탄사는 세 종류로 나뉜다. 표현적 감탄사(expressive interjection), 사동적 감탄사(conative interjection), 친교적 감탄사(phatic interjection) 등이다. 표현적 감탄사는 발화자의 정신 상태를 나타내는 음성적 의사 표시로, 다시 둘로 나뉜다. 하나는 정서적 감탄사(emotive interjection)이고, 다른 하나는 인식적 감탄사(cognitive interjection)이다. 정서적 감탄사는 발화의 시간에 발화자가 가진 정서와 감각의 상태를 표현한다(Felix Ameka 1992:159~192. Anna Wierzbicka 1992: 245~271). 이에 속한 감탄사들은 우리가 흔히 감탄사라고 하는 것들로, '아-'를 예로 들 수 있다. 인식적 감탄사는 발화의 시간에 발화자가 가진 지식이나 사고의 상태를 표현한다. 이에 속한 예로 '왜!'를 들 수 있다. 이 감탄사는 발화자가 발화의 시간에 가진 '의문'이라는 사고를 표현한다. 사동적 감탄사는 수신자를 향한 표현으로, 어떤 사람의 주의를 끄는 데 목적이 맞추어지거나, 어떤 사람에게 어떤 행동이나 반응을 요구한다. 이에 속한 예로 조용히 시키는 '쉬!'와, 금지하라는 '아소!'를 들 수 있다. 친교적 감탄사는 의사소통의 접촉을 확립하거나 유지하는 데 쓰이는 표현이다. 이에 속한 예로 대화 중에 '여보시오!'하는 감탄사를 들 수 있다.

이런 감탄사의 기능으로 보면, 〈찬기파랑가〉의 '아라'는 칭찬을, 〈우적가〉의 '아라'는 유감을, 〈맹아득안가〉의 '아라라'는 경해를 각각 나타낸다는 점에서 표현적 감탄사이며, 그 중에서도 칭찬, 유감, 경해 등의 인식적 감탄사로, 표현적 나아가 인식적 기능을 갖는다. 그리고 〈광수공양가〉와 〈총결무진가〉의 '아라'는 기쁨을 각각 나타낸다는 점에서 표현적 감탄사로 표현적 기능을 가지며, 그 중에서도 기쁨의 정서적 감탄사로 정서적 기능을 갖는다.

3.2. '歎曰'류 표기의 해독과 성격

이 절에서는 '歎曰'류 표기를 해독하고, 그 기능적 성격을 정리하고자 한다. 이 절에서 정리한 내용은 앞서 쓴 글(양희철 2004b:180~195)의 중요한 내용을 인용한 것이다.

3.2.1. '歎曰'류 표기의 해독

'歎曰'류 표기를 '亂(辭)曰'과 같은 補註로 보거나, '爲詠曰'과 같은 음악상의 지정어로 보아, 해독하지 않은 경우가 있다. 그런데 '亂(辭)'은 終樂章의 형식 용어인 데 비해, '歎曰'의 '歎'은 그렇지 않다는 점에서, 서로 연결될 성질이 아니다. 그리고 '爲詠曰'은 그 이후의 시가 또는 음악을 '읊조림으로 하여 말하라'와 같이 명확하게 시가 또는 음악에서의 지시적 의미를 갖는 데 비해, '歎曰'은 이런 지시적 의미를 전혀 갖지 않는다. 혹시 '歎曰'을 '以歎(調)曰'로 이해하여 앞의 주장을 펼 수도 있다. 그러나 '以歎(調)曰'의 '調'를 생략하기 어렵고, '打心, 病吟, 城上人' 등에서도 이렇게 주장하기가 상당히 어렵다. 게다가 이렇게 '歎曰'류 표기를 이해한다면, 문맥에서 보이는 발화자 지향의 정서적 기능이 반감될 뿐만 아니라, 다음의 기능에서 보게 될, '歎曰'류 표기의 표현이 보이는 의미의 농밀화(thickening of meaning: épaississement de sens)를 상실하게 된다. 그리고 '歎曰'류 표기를 중심으로 그 전후의 의미가 전환을 하는데, 감탄사의 전환적 기능이 없으면, 전환의 기능을 보이는 어휘 없이 앞뒤의 문맥이 바뀌는 어색함을 보이게 된다. 이런 점에서 이 '歎曰'류 표기는 보주나 지정어로 이해할 것이 아니라고 판단한다.

'歎曰'류 표기를 감탄사로 읽되, 향찰로 쓴 한자의 음이나 훈을 살리지 못한 경우도 있다. '아, 아~(眞言·呪文), 아야, 아아, 아라' 등으로 읽은 경우가 이에 속한다. 이 경우들은 모두가 '歎曰'류 표기의 해독이 아니라, '歎曰'류 표기의 위치에 '阿也, 阿耶, 阿邪' 등이 있다는 점에서, 이것들의 해독을 이 곳에 적용한 것에 지나지 않는다. 그리고 '歎曰'을 '슬브갈'로, '打心'을 '두들말'로, '病吟'을 '알을/알흘'로, '城上人'을 '얼(울)울살'로 각각 읽은 경우들 역시, 각각 '歎'을 '슬브'로, '心'을 '말'로, '吟'을 '을/흘'로, '城上人'을 '얼(울)울살'로 읽을 수 없는 문제들을 보인다.

이번에는 향찰로 쓴 한자의 훈을 살리려고 노력한 경우를 보자. '打心'과 '歎曰'을 義讀으로, '病吟'을 義借로, '城上人'을 戱訓借로 각각 보아 '아으'로 읽은 경우(양주동 1942:696, 828, 840, 853)가 이에 속한다. 다른 것들에서는 구체적인 설명이 없고, '城上人'의 경우에만 "「城上에 오른 사람」은 그 眼界가 「蒼茫·遙遠」함으로 「杳冥」(아ᄋ라ᄒ)의 「아으」를 戱借한것"이라고 구체적인 설명을 하고 있다. 이 설명에는 '아ᄋ라ᄒ'에서 '아ᄋ'만을 취하고, 다시 이것을 '아으'로 연결시킨 문제를 보인다. 그러나 이 해독은, 조금만 보완하면, 사실에 상당히 접근하였고, 그 현대역 역시 상당히 설득적이라는 점을 알 수 있다. 보완해야 할 점의 핵심은 해독의 논거이다.

이 해독의 논거는 換喩的 假義滿字(양희철 1995a:43~44)로 풀린다. 일반적으로 훈독자는 향찰로 쓴 한자의 문자적 의미를 표기하고, 훈차자(/훈가자)는 향찰로 쓴 한자의 동음이의적 의미를 표기하는 데 비해, '歎曰'류 표기는 향찰로 쓴 한자의 환유적 의미를 표기한다. 가슴을 치(打心)거나, 병을 앓으며 신음하(病吟)거나, 찬탄하여 말할(歎曰) 때에 "아그 (답답해/죽겠다/훌륭하다)"의 감탄사를 발하며, 성위에 올라간 사람(城上人)은 "아그 (힘들다/좋다)"의 감탄사를 발한다. 이런 감탄사의 발화 상황에서, '打心, 病吟, 歎曰' 등은 인접성에 근거하여 환유적 의미인 '아그'를, '城上人'은 생산자와 생산품의 관계에서 '아그'를 각각 표기하였다고 정리할 수 있다. 그리고 이 '아그'의 어휘는 '아그 답답해(/죽겠다/훌륭하다/힘들다/좋다/어쩌나)'에서와 같이 현재에도 쓰고 있다. 이런 점에서 '歎曰'류 표기는 '아그'로 해독된다. 그리고 이 '아그'의 '-그'에 있는 '-ㄱ'은 고대와 중세에 'ㄱ>ㅎ>ㅇ'으로 변하기도 하였다는 점에서, '아으'의 해독은 그 해독의 논거를 명확하게 제시하지 못하였지만, 해독에서 사실에 가장 접근하였다고 정리할 수 있다.

3.2.2. '歎曰'류로 표기한 감탄사의 성격

'歎曰'류 표기를 감탄사로 읽어야 하는 두 가지 이유가 더 있다. 그 이유는 감탄사의 기능과 연결되어 있어, 이 항에서 설명하고자 하는데, 이를 설명하는 데 필요하면서도, '歎曰'류 표기의 감탄사 기능에 속한, 의미의 농밀화와 정서적 기능을 우선 정리하려 한다.

먼저 의미의 농밀화를 보자. 앞에서 정리했듯이, '歎曰'류 표기는 환유적 의미로 감탄사 '아그'를 표기하였다. 이는 환유법을 쓰면서 보이는 의미의 농밀화를 위한 것이다. 즉 '아그'를 '阿及'과 같이 한자의 음만을 이용하여 표기하였다면, 이 '아그'의 의미가 어떤 것인지를 진하게 보여줄 수 없다. 그러나 '歎曰'류 표기로 감탄사 '아그'를 표기할 때에, 이 '아그'가 각각 가슴을 치(打心)거나, 병을 앓으며 신음하(病吟)거나, 찬탄하여 말할(歎曰) 때의 '아그'이거나, 성위에 오른 사람(城上人)이 내는 '아그'라는 의미의 농밀화를 보인다. 특히 이 의미의 농밀화는 구어를 문어로 옮길 때에 발생하는 모호화를 방지한다. 그리고 이 감탄사 '아그'는 '아그 답답해(/죽겠다/훌륭하다/힘들다/좋다/어쩌나)'에서 보는 바와 같이, 일차적으로 표현적 감탄사로 표현적 기능을 가지며, 이차적으로 자신의 정서를 나타낸다는 점에서 정서적 감탄사로 정서적 기능을 가진다. 이런 점에서 이 '歎曰'류 표기는 정서적 기능과 의미의 농밀화라는 두 기능을 가진다고 할 수 있다.

이제 '歎曰'류 표기를 감탄사로 읽어야 하는 두 가지 이유와 연결된 기능을 보자. 하나는 '歎曰'류 표기의 감탄사에 이어지는 문맥들은 발신자 지향의 정서적 기능을 보이는 것들로, 발신자 지향의 정서적 기능을 보이는 감탄사와 하나가 된다는 것이다. 다른 하나는 '歎曰'류 표기를 중심으로 그 전후의 의미가 전환을 하는데, 감탄사의 전환적 기능이 있어야, 앞뒤 문맥의 연결이 어색하지 않다는 것이다. 이런 사실을 〈예경제불가〉에서 보자.

> …… 禮爲白齊
> 歎曰 身語意業 無疲厭
> 此良 夫作 沙毛叱等耶

이 '歎曰'(아그)의 찬탄과, "身語意業 无疲厭 此良 夫 作沙毛 叱等耶(삼사모 시ᄃᆞ야)"의 강세감탄형어미 '시ᄃᆞ야'는 발신자 지향의 정서적 기능에서 일치한다. 다음으로 '歎曰'을 감탄사로 읽지 않고 보면, "… 예ᄒᆞᅀᆞᆸ져 (하는가.) (歎曰) 身語意業 無疲厭 此良 夫作 沙毛叱等耶"와 같이, '歎曰' 전후의 문맥인 의도 부분(또는 의문 부분)과 감탄 부분이 전환의 측면에서 잘 연결되지 않는다. 그러나 '歎曰'을 '아그'의 감탄사로 읽고 보면, "… 예ᄒᆞᅀᆞᆸ져 (하는가.) 아그 身語意業 無疲厭 此良 夫 作沙毛 叱等耶"와 같이, '아그(歎曰)' 전후의 문맥이 전환의 측면에서 잘 연결된다. 이는 감탄사 '아그'가 가진 전환의 기능 때문이다.

이런 점에서 '歎曰'류 표기를 감탄사로 해독하지 않으면, 그 다음에 오는 문맥의 발신자 지향의 정서적 기능이 반감된다는 점과, 그 전후의 문맥이 어색하다는 점에서도, '歎曰'류 표기는 '아그'의 감탄사로 해독해야 한다고 할 수 있다.

3.3. '落句'류 기사의 해석과 10구체

이 절에서는 향가의 원전에 나타난 '落句'류 기사에 대한 기왕의 이해들을 변증하면서 11분절이 왜 10구체가 되는가를 검토하고자 한다. 이 절과 다음 절의 내용은 상당 부분이 다른 논문(양희철 2005d:48~54)[3]에서 구체적으로 정리된 것이다.

3.3.1. '落句'류 기사의 해석

'落句'류 기사는 시어로 보아 감탄사로 해독한 경우와, 비시어로 보아 체격 용어로 해석한 경우로 나뉜다.

3.3.1.1. 시어설의 한계

기왕의 해독들을 보면, 그 일부는 '落句'류 기사를 '아으, 아야, 아라' 등으로 해독하였다. 그 핵심의 논거는 '阿也, 阿耶, 阿邪也' 등과 같이 그 原語音을 當該處에 記入한 것이 있기 때문이라는 것이다. 또한 '落句'류 기사의 위치가 '阿也'류 표기의 위치와 같다는 점을 전제로, 제유적 가의만자의 측면에서, 감탄사로 읽기도 하였다. 이렇게 '落句'류 기사를 감탄사로 해독한 경우들은, '落句'류 기사의 위치가 '阿也'류 표기는 물론 더 나아가 '歎曰'류 표기의 위치에 있다는 점을 공통으로 한다. 그러나 이 주장들은 다섯 측면에서 그 성립이 어려워 보인다.

첫째로, 제유적 가의만자로 해독한 경우를 제외한 나머지 주장들은

---

3 이 글의 원고를 먼저 써서 투고하고, 「향가 10구체설의 논거」(양희철 2004c)의 원고를 뒤에 써서 투고를 하였지만, 논문집의 출판은 그 순서가 바뀌었다.

유추에 지나지 않으며, '落句'류 기사가 감탄사라는 점을 해독 원리의 측면에서 제시하지 못한다. 이 주장들은 '落句'류 기사의 위치에 '阿也'류 표기 또는 '阿也'류와 '歎曰'류 표기의 감탄사가 있다는 점을 들어, '落句'류 기사를 감탄사로 보고 있다. 그러나 이 위치에 근거한 유추는 '落句'류 기사의 위치가 감탄사가 올 수도 있는 위치라는 것을 지적할 뿐, '落句'류 기사가 감탄사라는 것을 해독 원리의 측면에서 제시한 것은 아니다.

둘째로, 이 주장들은 10구체 향가는 모두가 제9구의 첫머리에 하나의 통일된 감탄사를 가진다는 것을 전제로 하는데, 이 전제는 검증된 것도 아니고, 검증되지도 않는다. 앞에서 살폈듯이, '阿也, 阿邪, 阿耶' 등은 '아라'로, '阿邪也'는 '아라라'로, '歎曰'류 표기는 각각 '아그'로 읽힌다는 점을 계산하면, 10구체 향가의 제9구 앞에는 하나의 통일된 감탄사가 온다는 전제가 성립하지 않는다.

셋째로, 10구체 향가의 제9구 앞에 통일된 감탄사가 온다는 전제가 맞다고 가정하고, '落句'류 기사를 제유적 가의만자의 측면에서 감탄사로 읽으면, 제유법의 기능이 무의미한 문제를 보인다. '落句, 後句, 後言' 등의 의미와 '隔句'의 '떨어진 구'[離句]라는 의미를 전제로 하여, 제유적 가의만자로 해독하면, 감탄사를 이끌어 낼 수는 있다. 그렇지만, 제유법의 기능이 무의미하다. 제유법은 대상의 일반화나 개별화에 따른 의미의 확대나 축소 또는 완곡성을 보여준다. 그러나 '落句'류 기사를 제유법에 의해 감탄사로 읽으면, 제유법이 보이는 대상(감탄사) 의미의 확대나 축소 또는 완곡성 등의 기능이 전혀 보이지 않는다. 이럴 경우에 이 제유법은 그 기능이 무의미한 것이 되어, 이 제유법이 우연에 불과한 것임을 알 수 있다. 이는 '隔句'를 체격 용어로 보지 않고, 억지로 '떨어진 구'[離句]의 의미로 본 것에 기인한다. 이런 점에서 '落句'류 기사는 감탄사로 읽을 수 없다.

넷째로, '落句'류 기사의 다음은 수신자 지향의 사동적 기능을 보이는데, '落句'류 기사의 위치에 '아라, 아라라, 아그' 등의 발신자 지향의 표현적 기능을 보이는 감탄사가 오면, 한 문장 안에 기능이 상반되는 두 부분이 함께 있는 문제가 발생한다. 설령 기왕의 해독인 '아으, 아야, 아라' 등을 따라도, 이것들도 표현적 기능을 보이는 감탄사로, 그 결과는 마찬가지이다. '落句'류 기사 이후의 부분이 사동적 기능을 보인다는 사실을 보자.

(後句) 達阿羅 浮去 伊叱等邪 此也 友物 北所音叱 彗叱 只 有叱故(〈혜성가〉)
(後句) 君如 臣多支 民隱如 爲內尸等焉 國惡 太平恨音叱如(〈안민가〉)
(隔句) 必只 一毛叱 德置 毛等 盡良 白乎隱 乃兮(〈칭찬여래가〉)
(落句) 衆生界盡 我懺盡 / 來際 永良 造物 捨齊(〈참회업장가〉)
(後句) 伊羅 擬可 行等 嫉妬叱 心音 至刀來去(〈수희공덕가〉)
(後言) 菩提叱 菓音 烏乙反隱 覺月 明斤 秋察羅 波處也(〈청전법륜가〉)
(落句) 吾里 心音水 淸等 / 佛影 不冬 應爲賜下呂(〈청불주세가〉)

〈혜성가〉의 경우에는, 혜성(또는 혜성의 것)이 있느냐고 혜성의 출현을 사뢴 시적 청자에게 설의하고 있는데, 이 설의는 시적 청자에게 혜성(또는 혜성의 것)이 없다는 것을 인식시키는 사동적 기능을 보인다. 〈안민가〉의 경우에는, 정명론적으로 해낼 것이면, 나라가 태평한 것이라고 하여, 시적 청자인 왕으로 하여금 나라가 태평하려면 이렇게 하라는 사동적 기능을 보인다. 〈칭찬여래가〉의 경우에는, 일모의 덕도 모두 사뢰지 못한 사실을 시적 청자인 너에게 말하여, 시적 청자로 하여금 무한한 덕을 찬양하라는 사동적 기능을 보인다. 〈참회업장가〉의 경우에는, 중생계 다하면 우리의 참회도 다하리니, 미래의 세계에 길이 조물(造物)을 버리자는 청유를 통하여, 사동적 기능을 보여준다. 이는 발신자 지향의 표현적 기능을 보이는 '아라, 아라라, 아그' 등의 감탄사들과는 함께 올 수 없는 사동적 기능을 보여준다. 〈수희공덕가〉의 경우에는, 설의로 끝나면서, 질투의 마음이 일어오지 않을 것이니, 이렇게 비겨 가라는 사동적 기능을 보인다. 〈청전법륜가〉의 경우에는, "보리의 열매가 검을 밑은 각월 밝은 가을벌(이) 물결치여?"의 의문의 형태로, "보리의 열매가 검을 밑은 각월 밝은 가을벌(이) 물결치게 하라"는 명령의 의미를 보여주는, 명령적 의문문을 통하여 사동적 기능을 보여준다. 〈청불주세가〉의 경우에는, 우리 마음의 물이 맑으면, 불영이 응할 것이니, 마음의 물을 맑게 하자는 권청을 통하여, 또는 우리 마음의 물을 맑게 하여 불영이 응하게 하자는 권청을 통하여, 사동적 기능을 보인다.

이상과 같이, '落句'류 기사의 이하 문맥들은 모두가 시적 청자인 수신자를 지향하면서, 시적 청자로 하여금 무엇인가를 하게 시키는 사동적 기능을 가진다. 이렇게 사동적 기능을 보이는 문장의 첫머리에 감탄사가 온다면, 그것은 사동적 감탄사이어야 한다. 그런데 지금까지의 해독들이 취한 '아으, 아야, 아라' 등은 모두가 정서적 감탄사로 사동적 문맥에 맞지 않는다. 그렇다고 사동적 감탄사의 하나인 '아소'로 '落句'류 기사를 해독할 수 없다. 왜냐하면 '落句'류 기사를 '아소'로 읽을 수 있는 기호학적 근거가 없을 뿐만 아니라, '아소'는 향가에서 쓰인 예가 없기 때문이다. 이로 인해 '落句'류 기사를 감탄사로 해독할 수도 없다. 그리고 만약 기왕의 해독들과 같이, '落句'류 기사를 억지로 시적 화자인 발신자 지향의 정서적 감탄사인 '아으, 아야, 아라' 등으로 해독한다면, 이 감탄사들은 한 문장 내에서 시적 청자인 수신자 지향의 사동적 기능을 보이는 '落句'류 기사 이하의 문맥과 상충한다. 한마디로 말하면, 한 문장 내에서 발신자 지향과 수신자 지향이 상충하고, 정서적 기능과 사동적 기능이 상충한다는 것이다.

이런 점에서 '落句'류 기사는 감탄사로 읽을 수 없다.

다섯째로, '落句'류 기사를 포함한 향가들은 표현적 기능을 보이는 감탄사가 제9구의 앞에 올 필요가 없는 교훈시 또는 교술시라는 점에서, '落句'류 기사는 발신자 지향의 표현적 기능을 보이는 감탄사로 읽을 수 없다. 10구체 향가에서 제9구의 감탄사가 기승전결의 구조에서 전의 기능을 함은 잘 알려진 사실이다. 이는 '阿也·歎曰'류 표기를 포함한 서정시의 향가들에서 명확하게 확인된다. 또한 '落句'류의 기사를 포함한 향가들도 10구체 향가를 일반화하면서 이렇게 생각해 왔다. 그러나 '落句'류의 기사를 포함한 교훈시의 향가들은 그렇지 않다. 바로 앞의 넷째에서 살핀 바와 같이, '落句'류의 기사를 포함한 향가들은 제9, 10구에서, 시적 청자로 하여금 무엇인가를 하게 하는 사동적 기능을 보인다. 이 사동적 기능은 교훈시의 장르가 보이는 표현의 한 특성이다. 예로 〈안민가〉의 경우는 사동적 기능의 점층적 구조를 보인다.

君隱 父也 ~ 爲賜尸知(조건절) 民是 愛尸 知古如(주절)
窟理叱 大肹 ~ 爲尸知(조건절) 國惡支 持以支 知古如(주절)
(後句) 君如 ~ 爲內尸等焉(조건절) 國惡 太平恨音叱如(주절)

이 정리에서 보듯이 〈안민가〉는 서술(조건절-주절) - 서술(조건절-주절) - 서술(조건절-주절)의 형태를 보인다. 특히 조건절-주절의 동일 문장·의미 구조를 반복하면서, 백성이 사랑을 인식할 수 있는 방법의 설득, 나라가 지켜짐을 알 수 있는 방법의 설득, 나라가 태평하게 될 수 있는 방법의 설득 등의 사동적 기능을 점층적 구조로 보여주고 있다. 이와 같은 사동적 기능의 점층적 구조에서, 기승전결의 전에 해당하는 기능은 필요가 없으며, 이로 인해 '後句'를 표현적 기능을 보이는 감탄사로 읽을 수 없다.

또한 〈혜성가〉의 경우도 사정은 마찬가지이다. 일반 백성과 혜성의 출현을 사뢴 자를 시적 청자로 하면, 완곡 표현과 설의를 통한 왜군 침략의 비침략적 설득, 반어와 야유를 통한 혜성의 길성적 설득, 완곡 표현 단정 야유 반어적 설의 등을 통한 혜성 측멸과 왜군 환국의 설득이라는 사동적 기능의 점층적 구조를 보인다. 또한 시적 청자를 왕으로 할 경우는, 정치적 실정을 완곡하게 표현한 문제의 설득, 그 실정의 문제를 책임지울 희생자와 왕의 제구포신이라는 문제 해결책의 설득, 문제가 해결된 상황의 가정에 의한 제구포신의 족쇄 채우기적 설득 등으로 구성되는 사동적 기능의 점층적 구조를 보인다. 이와 같은 사동적 기능의 점층적 구조에서, 기승전결의 전에 해당하는 기능은 필요가 없으며, 이로 인해 '後句'를 표현적 감탄사로 읽을 수 없다.

3.3.1.2. 체격설의 보완

'落句'류 기사를 비시어로 본 학자들은 10명 이내이다. 이 중에서 그 논거를 제시한 것은 두세 학자에 지나지 않는다. 그 주요 골자를 정리하면서 문제를 검토하고, 이어서 체격설을 보완해 보려 한다.

일본 문학의 장가에 나타난 '返歌'와 같은 것으로 보거나, 結句와 같은 補註(小倉進平 1929:52, 256)로 보거나, 제9~10구를 지칭하는 어휘(土田杏村 1929; 1935:374)로 보아, '落句'류 기사를 비시어로 처리하기도 하였다. 이 해석들은 온당한 측면을 갖지만, 문제도 수반한다. '落句'를 結句로 이해한 것에는 문제가 없다. 그러나 '隔句, 後句, 後言' 등은 結句가 아니고, '隔句'는 '離句'의 의미가 아니라는 문제를 가지고 있다.

그리고 한시 〈칭찬여래송〉의 제1구와 제3구, 제2구와 제4구, 제5구와 제7구, 제6구와 제8구 등이 각각 격구법으로 되어 있다는 점에서, '隔句'를 설명하기도 하였다. 동시에, 〈참회업장송〉에서는 "惡業을 짓지 않겠다는 自身의 懷感과 또한 勸戒의 뜻을 담은 內容"이, 〈청불주세송〉에서는 "부처님을 모시려는 간절한 마음이 끝없이 서려진 것을 볼 수 있다"는 내용이 각각 "餘意無窮 含情不盡"(홍재휴 1983:178~183)에 해당한다고 보아, '落句'로 정리하기도 하였다. 이 해석 역시 온당한 측면을 갖지만, 문제도 포함하고 있다. '落句'와 '隔句'를 체격으로 해석한 것은 좋지만, 해당 향가를 대상으로 체격을 설명하지 못하고, 해당 향가를 번역한 한시에서 이를 설명한 문제를 보인다.

이제 '落句'류 기사가 체격의 용어라는 점을 두 측면에서 검토하여 보완하면 다음과 같다.

첫째로, '落句'류 기사는 體格의 용어이다. 시의 격에는 품격과 체격이 있다. 체격은 일정한 章程, 즉 일정한 장절의 법식[體格一定之章程]을 말한다. 우선 '落句'와 '隔句'가 시가 체격의 용어이고, 이 용어들은 신라시대에 유행한 『文選』과 『文心雕龍』에 나오는 용어이며, 『균여전』에는 향가를 번역한 율시가 있을 뿐만 아니라, 唐代에 품격과 체격을 논한 皎然, 無可, 齊己, 貫休 등이 등장한다는 측면에서, 구체적으로 설명하고 예증할 필요는 없다. '後句'는 『文鏡秘府論』[4]을 보면 체격의 용어이다. 특히 '後句'는 도남 선생의 지적처럼 향가 제1~8구를 前句라 할 때에, 이에 대가 되는 제9~10구를 부르는 용어로 이해된다. 또한 '後句'는 향가 형식론에서 '前句, 中句'에 대가 되는 법식이다. '後言' 역시 '前言'과 함께 나오는 체격의 용어[5]이다. 이런 점들에서, '落句'류 기사는 체격

4 "第二十八 疊韻側對 … 跛者謂前句雙聲 後句直言 或復空談 如此之例 名爲跛 眇者謂前句物色 後句人名 或前句語風空 後句山水 如此之例 名爲眇"(遍照金剛 중화민국 63;1974:107).

의 용어로 이해할 수 있다.

둘째로, 해당 향가에서 체격으로서의 '隔句, 落句, 後句 後言' 등을 확인할 수 있다. '後句'는 많이 언급된 것이므로 그 설명을 생략하고, '隔句'를 먼저 보자.

… (제1~4구 생략) …
塵塵虛物叱 邀呂 白乎隱
功德叱 身乙 對爲白惡只
際 于萬隱 德海肹
間 毛冬留 讚伊白制
(隔句) 必只 一毛叱 德置
毛等 盡良 白乎隱 乃兮(〈칭찬여래가〉)

위의 인용에서, 제7구(수많은 덕)와 제9구(하나의 덕)가 대가 되고, 제8구(기림)와 제10구(기리지 못함)가 대가 되어, 격구를 보인다. 이 정리에 대해, 기왕의 4구+4구+2구의 형태를 벗어나는 것이 아니냐고 문제를 제기할 수도 있지만, 그 대답은 그렇지 않다. 왜냐하면 절구의 경우에 제1구와 제3구가 대가 되고, 제2구와 제4구가 대가 된다고, 기승전결이 파괴되지 않기 때문이다. 또한 율시의 경우에 제3구와 제5구가 대가 되고, 제4구와 제6구가 대가 된다고, 제3·4구의 頷聯이나 제5·6구의 頸聯이 파괴되지 않기 때문이다. 그리고 앞의 작품에서 보아도, 격구는 의미의 일부 또는 시어의 일부가 대가 되면서, 4구+4구+2구의 구조를 파괴하지 않는다.

다음으로 '落句'의 의미를 〈참회업장가〉와 〈청불주세가〉의 낙구 이하

---

5 "柳子厚有放鷓鴣詞 … 故前言「恂媒得食不復慮」 後言「同類相呼莫相顧」"(柳宗元, 韻語陽秋卷十六 一四a, 550).

에서 보자. 〈참회업장가〉의 '落句' 이하는 "중생계가 다하면 우리의 참회도 다할 것이니, 오는 세월 영원히 造物을 버리져"(衆生界盡 我懺盡 / 來際永良 造物 捨齊)라고, 미래를 기약하고 있다. 그리고 〈청불주세가〉의 '落句' 이하는 "우리 마음의 물이 맑으면, 불영이 아니 응하실 것이여"(吾里心音水 淸等 / 佛影 不冬 應爲賜下呂)라고 기대와 기약을 하고 있다. 이 기대와 기약은 心期로, 두 작품의 낙구가 心期落句[6]임을 말해준다.

이상과 같은 점에서, '落句'류 기사는 체격의 용어라고 정리할 수 있다. 게다가 '落句'와 '隔句'는 그 형식적 개념이 과거부터 현재까지 통일되어 논란의 대상이 되지 않는다. 그리고 지금까지 '落句, 隔句, 後句' 등을 설명하면서 인용한 『文鏡秘府論』은 그 당시 동북아의 체격론을 객관화시킬 수 있는 책이다. 이 책은 남북조로부터 당나라에 이르는 시기의 시론들을 수합하여, 일본에서 816년 전후에, 遍照金剛이 찬술한 책이다. 그 당시의 시론 중에서도, 崔融의 『唐朝新定詩格』, 王昌齡의 『詩格』, 元兢의 『詩髓腦』, 皎然의 『詩議』 『詩式』 등을 수합하여 편찬한 책이기에, 그 당시 동북아의 체격론을 구체적으로 비교하지 않아도, 앞에서 정리한 '落句'류의 개념을 객관화할 수 있다. 이런 점에서도, '落句'류 기사는 체격의 용어라고 정리할 수 있다.

3.3.2. 10구체의 논거

지금까지 논의한 내용들은 향가 10구체설을 정리하는 데 중요한 네 사실을 말해준다.

첫째는 '落句'류 기사가 시가의 체격 용어이므로, 이 '落句'류 기사의

---

6 "第十 含思落句勢 含思落句勢者 每至落句 常須含思 不得令語盡思窮 或深意堪愁不可具說 卽上句爲意語 下句以一景 … 第十七 心期落句勢 心期落句勢者 心有所期是也"(遍照金剛 중화민국 63;1974:43~45).

체격 용어를 제9분절에 포함한 작품들은 음악의 歌節이나 樂節이 아니라, 시가 형식으로 정리되어 있다는 점이다. 이는 균여 향가의 설명에 나타난 '誦讀'이나 '誦念'과 더불어, 이 향가들의 정리가 시가 형식에 기초한 것임을 말해주면서, 향가 10구체설의 주장에 장애가 되었던 11분절이 가절 또는 악절일 수 있다는 주장을 불식시킨다.

둘째는 '落句'류 기사의 제9분절이 체격의 용어이므로, 11분절 중에서 제9분절인 '落句'류 기사를 제외하고 남은 10분절을 자연스럽게 10구체로 정리할 수 있다는 점이다. 특히 '落句'는 2구로 구성되며, '隔句'는 4구로 구성되는데, 이런 사실이 앞의 향가 분절들에서 확인되기 때문에, 10분절은 5행으로 정리할 수 없으며, 10구체로 정리해야 할 것으로 판단한다.

셋째는 '阿也·歎曰'류 표기를 포함한 향가 역시 10구체라는 점이다. 왜냐하면 '落句'류 기사를 포함한 향가와 '阿也·歎曰'류 표기를 포함한 향가는 같은 형식인데, '落句'류 기사를 포함한 향가가 10구체라는 점에서, '阿也·歎曰'류 표기를 포함한 향가도 10구체가 되기 때문이다. '落句'류 기사를 포함한 향가와 '阿也·歎曰'류 표기를 포함한 향가가 모두 10구체 형식이라는 점은 두 사실에서 알 수 있다. 하나는 충담사가 '阿耶'를 포함시켜 쓴 〈찬기파랑가〉와 '後句'를 포함시켜 쓴 〈안민가〉는, 관련 문맥의 상황으로 보아, 같은 형식이라는 점이고, 다른 하나는 '阿也·歎曰'류 표기와 '落句'류 기사를 함께 보여주는 균여의 향가 1가 11수도 모두 10구체 향가의 형식이라는 점이다.

넷째는 10구체 향가는 제9구의 앞에 감탄사가 오는 것과 그렇지 않은 것으로 분리된다는 점이다. 왜냐하면 앞의 셋째 사실로 볼 때에, 같은 10구체의 형식이되, '落句'류 기사를 포함한 향가에서는 제9구의 앞에 감탄사가 오지 않고, '阿也·歎曰'류 표기를 포함한 향가에서는 제9구의 앞에 감탄사가 오기 때문이다. 이를 방증하는 자료로 일본에서 신라 향가로 주목되는 〈志良宜歌〉의 경우에도 제9구의 앞에 감탄사가 없다는 점을 들 수 있다.

4. '유차사시뇌격'으로 본 10구체

11분절된 향가들이 10구체라고 주장하려면, 아직도 한 가지 질문에 답해야 한다. 그것은 10구체 향가를 기록하면서 왜 제9분절을 띄어썼느냐 하는 질문이다. 이 문제를 푸는 데 도움을 주는 것은 앞장에서 살핀 체격과, 이 장에서 살필 '유차사시뇌격'이다.

4.1. '유차사시뇌격'의 해석

嗟辭의 '嗟'는 "感歎之辭 又感歎時 所發之聲, 發語之助辭, 悲歎之辭, 歎美之辭, 吟也"의 의미이다. 이로 인해 '차사'는 다양하게 해석되어 왔다. 기왕의 주장을 변증하면 다음과 같다.

첫째는 한자 '嗟辭'를 그대로 둔 경우이다. 이 경우는 구체적인 의미를 알 수 없는 문제를 보인다. 둘째는 '嗟辭格(頌祝體)'으로 본 경우이다. 이 경우는 "嗟辭格이란 獨立된 用例가 없으므로"(조지훈 1962:29), "嗟辭格이란 用例가 보이지 않으므로 無理하기 그지없다."(서수생 1974; 1977:177)는 비판을 피하기 어렵다. 셋째는 '영탄의 후렴' 또는 '감탄하는 구절'로 본 경우이다. 이 경우는 "이 後斂에 慣用되는 「아으 둥둥다리·위 다링디리」等을 이름인데"와 이를 따른 해석에서 발견되는데, '辭'는 글의 전체 또는 단어에만 쓰이고, 句나 節에는 쓰이지 않는다는 문제를 보인다. 넷째는 '영탄조의'로 본 경우이다. 이 경우에 '嗟'를 '詠歎'으로 본 점은 이해되지만, '辭'를 '調'로 본 점은 이해되지 않는다. 다섯째는 '슬퍼하(/한다)는 말'이나 '슬픔을 표현하는 말'로 본 경우이다. 이 경우는 제9분절('阿也'류, '歎曰'류, '落句'류 등의 표기)을 '아으'로 해독한 것을 염두에 둔 해석으로, 앞에서 살폈듯이, 제9분절이 슬픈 표현의 '아으'로만 읽히지 않는다는 점에서 문제를 보인다. 여섯째는 '감탄사'로 본 경우이다. 이 경우의 대표로는 '감동사'(홍기문 1956:21), '詠嘆詞'(서수생 1974; 1977:177), '감탄사'(김승찬 1999:7~8) 등으로 본 것들이 있다. 앞에서 검토한 해독의 결과로 볼 때에, 가장 온당한 해석으로 판단된다.

이제 '유차사시뇌격'의 해석을 보자. 먼저 '有'를 동사로 읽지 않은 경우와 여타가 있다. 이 해석들은 문장에 없거나 생략하기 어려운 글자를 첨가해야 한다는 문제를 가지고 있다. 이런 점에서, '有'를 동사로 읽은 경우만을 검토하면 다음과 같다.

첫째는 '有嗟辭(格)(與)詞腦格'으로 본 경우이다. 이렇게 본 결과, 차사격을 설정하였는데, 앞에서 인용했듯이, '차사격'이란 독립된 용례가 없는 문제를 보인다. 둘째는 '有嗟辭(與)詞腦格'으로 본 경우이다. 이렇게 본 해석들은 제9구의 앞에 감탄사가 온다고 본 주장을 의식한 것으로 보인다. 그러나 이 해석에는 문제가 있다. 왜냐하면 '與'는 '魚與熊'이나 '水與月'에서와 같이 平列的으로 대등한 것들의 열거에 쓰이지, '嗟辭'와 '詞腦格'과 같이 대등하지 않은 것의 열거에 쓰이지 않기 때문이다. 이 '與'의 平列性 때문에, 최남선은 '유차사시뇌격'을 '有嗟辭(格)(與)詞腦格'으로 보기도 했다. 셋째는 '차사시뇌격'를 하나의 덩어리로 본 경우이다. 이에 속한 예로 "영탄조의 시나위 가락"과 "차사시뇌격(嗟辭詞腦格)"이 있다. 전자는 '차사시뇌격'을 '咏歎調之詞腦格'으로 해석하였는데, '嗟辭'를 '咏歎調'로 볼 수 없는 문제를 보인다. 후자는 '차사시뇌격'을 하나의 단위로 보나, 그 구성이나 뜻이 명확하지 않다.

이렇게 정리하고 보면, '유차사시뇌격'의 해석에는 아직도 문제가 있다. 이제 다른 해석의 가능성을 검토해 보려 한다. '有嗟辭詞腦格'은 이 자체를 하나의 명사로 볼 수도 있고, '有嗟辭(之)詞腦格'으로 볼 수도 있다. 전자로 보면, 이를 앞의 문장과 연결시킬 동사가 없다는 점에서, 후자의 가능성만을 검토하려 한다.

'有嗟辭(之)詞腦格'은 '감탄사의 시뇌격이 있었다(/감탄사의 시뇌격을 가졌다)'로 번역된다. 이런 한문의 구문 용례는 앞에서 인용한 '含思(之)落句勢'나 '心期(之)落句勢'에서도 확인할 수 있다. 이 경우에 '之(의)'는 '절세의 미인'이나 '희세의 영웅'에서와 같이 "특성을 잡아 말하는 관계를 나타"낸다. 즉 시뇌격의 한 특성인 '차사'를 잡아 표현한 것으로 보인다. 그리고 '詞腦'의 '腦'는 樞要(중심이 되는 긴요한 것)를 의미하는 '髓腦'이다. 이런 예는 『隋書』 〈藝文志〉의 "周易髓腦二卷 易腦經 二卷 鄭氏撰"에서 볼 수 있다. 이 '髓腦'와 '腦'의 의미는 '精華也, 要義也, 事物之精要部分也'이다. 이 중에서 사물의 정요한 부분으로 보면 문제가 없을 것 같다. 게다가 『詩髓腦』(元兢), 『新撰髓腦』(藤原公任), 『俊賴髓腦』(源俊賴) 등의 '髓腦'는 詩歌의 作法을 말한다는 점에서 더욱 그렇다.

이에 대해 '詞腦, 詩腦, 思內' 등이 향찰인데, 한문식으로 읽을 수 있느냐 하는 문제를 제기할 수도 있다. 물론 대다수는 향찰이지만, 『균여전』의 '詞腦'를 보면, 그 할주에서 "意精於詞 故云腦也"와 같이 한문식으로 읽고 있어 문제가 되지 않는다. 그리고 "意精於詞 故云腦也"가 송대 백화에 가깝다는 사실을 참고한다면, 『삼국유사』의 '有嗟辭詞腦格'에서 보이는 '詞腦' 역시 송나라와 동시대인 고려에서 일연이 기술한 것일 수도 있다.

이렇게 본다면, '有嗟辭(之)詞腦格'은 "감탄사의 시뇌격이 있었다(/감탄사의 시뇌격을 가졌다)."가 되며, 그 의미는 "감탄사를 글의 정요한 부분으로 하는 격식이 있었다(/감탄사를 글의 정요한 부분으로 하는 격식을 가졌다)"나 "감탄사가 글의 정요한 부분이 되는 격식이 있었다(/감탄사가 글의 정요한 부분이 되는 격식을 가졌다)"가 된다.

이 해석에 대해, 향가에서 감탄사가 어떻게 글의 정요한 부분이 될 수 있느냐 하는 문제를 제기할 수 있다. 이는 세 사실에서 확인된다.

첫째로, 일부 향가의 제9구에 있는 감탄사는 기승전결에서 '轉'에 해당하기도 한다. 기승전결에서 '전'이 없으면, 기승전결의 구성이 파괴된다. 둘째로, 향가의 감탄사는 음악의 종결부와 같이 시의 종결부(poetic coda)를 말해주는 기능을 한다. 셋째로, 향가의 감탄사가 글의 정요한 부분이기에, '아그'를 단순하게 '阿吸/阿及'과 같이 한자의 음으로 표기하지 않고, 그 의미의 농밀화를 기하여 '歎曰, 打心, 病吟, 城上人' 등과 같이 환유적 의미를 이용한 차제자를 쓰기도 하였다는 것이다.

4.2. 제9분절의 분리

이제 '유차사시뇌격'을 '有嗟辭(之)詞腦格'으로 해석한 측면에서, 감탄사를 다른 시어로부터 분리하여 표기한 이유의 가능성을 정리해 보자. 그 이유는 제9분절의 '落句'류 기사는 체격의 용어이고, 제9분절의 '阿也'류 표기와 '歎曰'류 표기는 체격의 특성을 말해주는 시어라는 점에서, 체격을 의식한 결과라고 정리할 수 있다.

감탄사는 '유차사시뇌격'에서 체격의 특성을 말해주는 중요한 시어이다. 그리고 10구체 향가에서 감탄사를 제9분절에 쓴 것이 가장 많다. 이렇게 감탄사는 체격의 중요한 부분이기에, 제9구로부터 분리시켜 두드러지게 표기하였다고 할 수 있다. 그리고 이렇게 '阿也·歎曰'류 표기를 포함한 향가를 11분절로 정리하였기에, 이 정리와 같게 하기 위하여, 제9분절에 감탄사를 포함하지 않은 경우에는, 특히 감탄사가 체격을 말해주는 시어라는 점에서, 체격 용어인 '落句'류 기사를 제9분절에 넣어 11분절로 정리하였다고 볼 수 있다. 이 설명은 역으로 할 수도 있다. 체격 용어인 '落句'류의 비시어를 '亂(辭)曰'과 같이 앞뒤의 시어로부터 띄어쓰고, 그 결과 '落句'류 표기의 위치에 있으면서, '유차사시뇌격'에서 보여주듯이 체격의 특성을 말해주는 시어에 해당하고, 독립성이 강한 차사(감탄사)도, 띄어썼다고 설명할 수도 있다.

이 둘 중에서 어느 것으로 설명하든, 체격을 의식하여 체격의 용어인 '落句'류 기사와, 체격의 특성을 말해주는 시어(감탄사) '阿也·歎曰'류 표기를, 제8분절과 제10분절의 가운데 띄어썼다고 정리할 수 있다.

5. 결론

지금까지 향가 4·8·10구체설의 논거 문제를, 기사분절의 성격, 제9분절의 이해, '有嗟辭詞腦格'의 해석 등의 측면들에서 검토해 보았다. 그 결과를 정리하는 것으로 결론을 대신하려 한다.

1) 『삼국유사』와 『균여전』에 수록된 시가들의 성격, 즉 기사분절의 성격을 보면, 향가를 뺀 나머지의 '찬'과 기타 시가의 비분절과 분절은 시가 형식을 따른 것이고, 음악의 가절/악절을 따른 것이 아니다. 이런 점에서 『삼국유사』와 『균여전』에 수록된 4·8분절은 4·8구체라고 할 수 있다.

2) 향가 10구체설의 논의에서 문제가 되는 제9분절의 이해는 다음과 같은 점에서, '阿也'류 표기와 '歎曰'류 표기는 감탄사로, '落句'류 기사는 시가의 체격 용어로 판단된다.

(1) '阿也'류 표기는 향찰로 쓴 한자의 음 또는 음훈을 빌어서 감탄사를 표기한 것으로, '阿也, 阿耶, 阿邪' 등은 '아라'로, '阿邪也'는 '아라라'로

해독된다.

(2) '歎曰'류 표기는 한자의 의미나 구조상 '亂辭'나 '爲詠曰'과 같은 것이 아니어서 보주나 지정어로 해석할 수 없다. 그리고 감탄사로 해독하지 않을 경우는 전환의 기능을 가진 감탄사가 없어 '歎曰'류 표기의 전후 문맥이 상당히 어색하고, '歎曰'류 표기에서 볼 수 있는 의미의 농밀화를 파괴하며, 해당 작품의 정서적 기능이 반감된다.

(3) '歎曰'류 표기는 향찰로 쓴 한자의 환유적 의미를 빌어서 감탄사를 표기한 것으로, '아그'로 해독된다.

(4) '落句'류 기사를 감탄사로 해독한 경우는, 제9분절의 위치에 한자의 음 또는 음훈으로 감탄사를 표기한 '阿也'류 표기가 있다는 점에서, '阿也'류 표기의 해독을 적용한 것에 불과하다. '落句'류 기사에서는 제유적 가의만자로 보아 감탄사를 이끌어 낼 수는 있지만, 이에 쓰인 제유법이 무의미한 기능을 보이는 한계를 보인다. 이는 '隔句'를 체격 용어로 보지 않고, 억지로 '떨어진 구'[隔句]의 의미로 본 것에 기인한다. 게다가 '落句'류 기사를 억지로 감탄사로 보면, 사동적 기능을 보이는 한 문장의 앞머리에 정서적 기능을 보이는 감탄사가 오는 상반성도 보인다. 뿐만 아니라, '落句'류 기사를 포함한 〈안민가〉와 〈혜성가〉는 사동적 기능을 보이는 교훈시로 점층적 구조를 보이면서, 기승전결의 전에 해당하는 표현적 감탄사를 필요로 하지 않는데, 이 측면에서도 '落句'류의 기사를 표현적 감탄사로 해독할 필요가 없다.

(5) 체격 용어로서의 '落句, 隔句, 後句' 등이 해당 향가의 11분절에서 확인된다는 점에서, '落句'류 기사는 체격 용어이고, 이로 인해 10구체를 5행으로 정리할 수 없다.

3) 향가 10구체설의 논의에서 장애가 되어온, 11분절이 시가의 형식이냐, 아니면 음악의 악절 또는 가절이냐 하는 문제는, '落句'류 기사가 체

격의 용어라는 점에서, 시가의 형식으로 판단된다.

4) 향가 원전의 11분절은 왜 11구체가 아니라 10구체인가 하는 문제는 다음과 같은 점에서 10구체로 정리된다.

(1) '落句'류 기사를 제9분절에 포함한 11분절에서, '落句'류 기사는 시가의 체격 용어이기 때문에, 시어와 관련된 나머지는 10분절이고, 이 10분절은 시가의 형식이라는 점에서, 제9분절에 '落句'류 기사를 포함한 향가는 10구체이다.

(2) 충담사가 '阿耶'를 포함시켜 쓴 〈찬기파랑가〉와 '後句'를 포함시켜 쓴 〈안민가〉는 관련 문맥의 상황으로 보아 같은 형식이고, '阿也·歎曰'류 표기와 '落句'류 기사를 모두 보여주는 균여의 향가 1가 11수도 모두 10구체 향가의 형식인데, '落句'류를 포함한 향가가 10구체라는 점에서, '阿也·歎曰'류 표기를 포함한 향가도 10구체이다.

(3) '有嗟辭詞腦格'은 '有嗟辭(之)詞腦格'으로 읽히며, 그 의미는 "감탄사가 글의 정요한 부분이 되는 격식이 있었다(/감탄사가 글의 정요한 부분이 되는 격식을 가졌다)"가 된다. 그리고 향가 제9구의 감탄사는 기승전결의 '전'에 해당하는 동시에 시의 종결부를 말해주는 기능을 가지며, '歎曰'류 표기와 같이 의미의 농밀화를 보여주면서 글의 정요한 부분임을 말해준다. 이렇게 보면, 감탄사는 '유차사시뇌격'에서 체격의 특성을 말해주는 시어이고, '落句'류 기사는 체격의 용어이기에, 체격을 의식한 결과, 체격의 용어인 '落句'류 기사와, 체격의 특성을 말해주는 시어(감탄사) '阿也·歎曰'류 표기를, 제8분절과 제10분절의 가운데에 띄어썼다고 정리할 수 있다.

이상의 논의를 종합한다면, 향가 4·8·10구체설이 가지고 있던 논거의 문제를 어느 정도 정리하였다고 할 수 있으며, 부차적으로 10구체 향가는 제9구의 앞에 감탄사가 반드시 오는 '유차사시뇌격'과 그렇지 않은 것이 있다는 사실도 정리할 수 있다. 그리고 10구체 향가 중에서 감탄사를 제9구에 포함한 경우와 그렇지 않은 경우는 서정시와 교훈시로 크게 양분됨을 간단하게 언급하였는데, 이 10구체 향가의 하위 장르의 내적 구조에 대한 구체적인 논의는 원고를 달리하고자 한다.

제3부

삼구육명 해석의 문제와 변증

삼구육명의 해석이 당면한 문제

1. 서론

이 글은 삼구육명의 해석이 당면한 문제를 연구사의 자료, 연구사의 내용, 논거의 자료 등의 세 측면에서 검토 정리하는 데 연구의 목적이 있다.

삼구육명은 1935년에 연구가 시작된 이래 최근까지 80년 이상 연구를 하면서 120여 편에 가까운 논저들이 나왔다. 국어국문학 연구에서, 이렇게 오랫동안 이렇게 많은 연구를 해온 주제도 없을 것이다. 이렇게 많은 연구들이 나왔는데도, 문제가 해결되지 않았다면, 이 문제야말로 난제 중의 난제이거나, 어떤 이유에서인지 이미 밝혀진 사실들을 그 후의 논자들이 모르고 있거나, 어느 정도는 밝혀져 있으나 완벽하지 않을 수도 있다. 이 세 경우 중에서 어느 경우에 해당하든지, 삼국육명의 해석은 당면한 문제를 정리해야 앞으로 나아갈 수 있다. 이 정리의 필요성은 연구사의 자료, 연구사의 내용, 논거의 자료 등의 측면에서 볼 때에 좀더 명확해진다.

연구사의 자료라는 측면에서 검토하고 정리해야 하는 이유를 보자. 삼구육명을 논한 연구자들은 연구 당시까지 나온 연구사의 자료들인 논저들의 목록을 작성하고 그 논저들을 모두 읽었는가? 이 문제에 나는 그 당시까지 나온 연구사의 자료인 논저들을 모두 파악하고 읽었다고 말할 사람은 별로 없으며, 목록조차도 제대로 정리하지 않은 것 같다.

연구사의 내용이라는 측면에서 검토하고 정리해야 하는 이유를 보자. 논저를 쓰면서, 그 시점까지 나온 연구의 내용을 검토하는 것은 연구의 기본이다. 그런데 상당수의 경우에는 그 당시까지 검토된 연구사를 기반으로 연구사를 다시 진술하거나, 기왕의 연구사로 갈음하기도 한다. 그런데 이 연구사들의 내용이 객관적인 경우에는 많은 도움을 주지만, 이 연구사들의 내용이 비객관적인 경우에는, 기왕의 연구들을 왜곡하면서, 이에 의존한 글을 이상하게 만든다. 심할 경우에는 기왕의 연구를 오해하게도 하고, 본의 아니게 아이디어를 도용하거나 표절하였다는 오명을 쓰게도 한다.

논거의 자료라는 측면에서 검토하고 정리해야 하는 이유를 보자. 삼구육명을 제대로 해석하지 못하는 이유 중의 하나로 논거 자료의 부재를 들기도 한다. 초기의 연구에서 나온 이 이유는 정당한 주장이었다. 그러면 그 후에 새로운 자료가 발굴되지 않았나, 아니면 새로운 자료가 발굴되어 연구에 이용되었지만, 이런 사실조차도 모르고, 새로운 자료가 없다고 주장하는 것은 아닌가?

이상과 같이 삼구육명의 해석은 연구사의 자료, 연구사의 내용, 논거의 자료 등의 세 측면에서 당면한 문제를 보인다. 이에 이 글에서는 앞의 세 측면에서 삼구육명의 해석이 당면한 문제를 검토 정리하고자 한다.

2. 연구사 자료의 당면 문제

기왕의 연구들이 얼마나 많은 논저들을 참고하였나를 보기 위하여, 그간에 삼구육명을 다룬 논저들의 목록을 정리하면 다음과 같다.

001. 土田杏村(1935), 「上代の歌謠」, 『土田杏村全集』 13권, 東京: 第二書房.
002. 이근영(1949), 「향가 곧 사뇌가의 형식」, 『한글』 105, 조선어학회.
003. 지헌영(1954), 「次肹伊遣에 대하여」, 『최현배선생환갑기념논문집』, 사상계사; 지헌영(1991), 「次肹伊遣에 대하여」, 『향가여요의 제문제』, 태학사.
004. 홍기문(1956), 『향가해석』, 과학원.
005. 이 탁(1958), 「어학적으로 고찰한 우리 시가원론」, 『국어학논고』, 정음사.
006. Peter H. Lee(1959), *STUDIES IN THE SAENAENNORAE: OLD KOREAN POETRY*, ROMA: ISTITUTO ITALIANO PER IL MEDIO ED ESTREMO ORIENTE.
007. 이병기(1961), 『국문학개론』, 일지사.
008. 김상선(1964), 「고시조의 성격」, 『국어국문학』 27, 국어국문학회.
009. 김준영(1964), 『향가상해』, 교학사.
010. 정열모(1965), 『향가연구』, 사회과학원 출판사.
011. 유창균(1966a), 「한국 시가형식의 기조」, 『가람이병기박사송수기념논문집』, 삼화출판사; 유창균(1966b), 「한국 시가형식의 기조」, 『대구대논문집』 6, 대구대; 유창균(1977), 「한국 시가형식의 기조」, 김열규·신동욱·이상택 편, 『국문학논문선 1: 향가연구』, 민중서관.
012. 김상선(1967), 「한국시가의 형태적 고찰〈1〉: 향가의 경우」, 『논문집』 12, 중앙대.
013. 김사엽(1968), 「향가형식의 문제점」, 『이숭녕박사 송수기념논총』,

을유문화사.
014. 김준영(1971), 『한국고전문학사』, 형설출판사.
015. 지헌영(1971), 「善陵에 대하여」, 『동방학지』 12, 연세대 동방학연구소: 지헌영(1991), 「善陵에 대하여」, 『향가여요의 제문제』, 태학사.
016. 김선풍(1972), 「한국시가의 형태고」, 『아세아연구』 45, 고려대학교.
017. 이종출(1973), 「사모곡신고」, 『한국언어문학』 11, 한국언어문학회.
018. 김수업(1975), 「「삼구육명」에 대하여」, 『국어국문학』 68·69, 국어국문학회.
019. 이종출(1975), 「고려속요의 형태적 고구」, 『국어교육연구』 1, 조선대학교; 이종출(1979), 「고려속요의 형태적 고구」, 국어국문학회 편, 『고려가요연구』, 정음사.
020. 김승찬(1976), 「균여전에 관한 연구」, 『문리과대학논문집』 15, 부산대.
021. 여증동(1976), 「신라노래연구」, 『어문학』 35, 어문학회.
022. 정기호(1976), 「한국고대시가형식의 연구」, 『인문과학연구소 논문집』 2, 인하대학교.
023. 김완진(1977a), 「삼구육명에 대한 한 가설」, 『이숭녕선생고희기념 국어국문학논총』, 탑출판사; 김완진(1979), 「삼구육명에 대한 한 가설」, 『문학과 언어』, 탑출판사.
024. 김완진(1977b), 「신라적 율조의 탐구」, 『문학과 지성』(1977 가을호), 문학과 지성사.
025. 서수생(1977), 「도솔가의 성격과 사뇌격」, 김열규·신동욱·이상택 편, 『국문학논문선 1: 향가연구』, 민중서관.
026. 강길운(1978), 「평시조·사설시조·가사의 발생: 「삼구육명」은 6음보의 3행시형식」, 『관악어문연구』 3, 서울대학교 국어국문학과.
027. 김승찬(1978), 「사뇌가의 명의와 그 형식」, 『한국상고문학연구』, 제일문화사.
028. 홍재휴(1978), 「삼구육명고」, 『국어국문학』 78, 국어국문학회.
029. 황패강(1978), 「「사뇌가」 양식의 고찰」, 『국문학논집』 9, 단국대 국

어국문학과.

030. 금기창(1979), 「삼구육명에 대하여」, 『국어국문학』 79·80, 국어국문학회.

031. 김사엽(1979), 『향가의 문학적 연구』, 계명대학교 출판부.

032. 김상선(1979), 『한국시가형태론』, 일조각.

033. 김선기(1979a), 「「삼구육명」에 관한 연구」, 충남대학교 대학원 석사논문; 김선기(1979b), 「삼구육명에 관한 연구」, 『어문연구』 10, 어문연구회.

034. 김준영(1979), 『향가문학』, 형설출판사.

035. 정기호(1979), 「신라가요 형식의 연구」, 국어국문학회 편, 『신라가요연구』, 정음사.

036. 최 철(1979), 『신라가요연구』, 개문사.

037. 금기창(1980), 「단사뇌 형태에 대하여: 한국고가요의 기조(Ⅳ)」, 『국어국문학』 82, 국어국문학회.

038. 김완진(1980b), 『향가해독법연구』, 서울대학교 출판부.

039. 성호경(1981), 「삼구육명에 대한 고찰」, 『국어국문학』 86, 국어국문학회; 성호경(1995), 「'삼구육명'에 대한 고찰」, 『한국시가의 유형과 양식 연구』, 영남대학교 출판부; 성호경(2008), 「삼구육명의 의미」, 『신라향가연구』, 태학사.

040. 김선풍(1982), 「고려가요의 형태적 고찰」, 김열규·신동욱 편, 『고려가요연구』, 새문사.

041. 양희철(1982), 「삼구육명에 관한 검토」, 『국어국문학』 88, 국어국문학회.

042. 정창일(1982), 「「삼구육명」에 대하여」, 『국어국문학』 88, 국어국문학회.

043. 조동일(1982a), 『한국문학통사』(제1판), 지식산업사.

044. 최 철(1983a), 「향가형식에 대하여: 삼구육명의 재고」, 『동방학지』 36·37, 연세대학교 국학연구원.

045. 최 철(1983b), 『향가의 본질과 시적 상상력』, 새문사.

046. 최　철(1983c), 『향가의 문학적 연구』, 새문사.
047. 홍재휴(1983), 『한국고시율격연구』, 태학사.
048. 이웅재(1984), 「삼구육명에 대하여」, 『어문논집』 18, 중앙대학교 국어국문학과; 이웅재(1990), 『향가에 나타난 서민의식』, 백문사.
049. 황패강(1984), 「연구사서설」, 황패강·강재철·김영수 편, 『향가·고전소설관계 논저목록』, 단국대학교 출판부.
050. 최　철(1984), 「향가에 관한 균여전의 해석」, 『민족문화연구』 18, 고려대학교 민족문화연구소.
051. 김문기(1985), 「삼구육명의 의미」, 『어문학』 46, 한국어문학회.
052. 윤기홍(1985), 「향가의 가창과 형식에 관한 연구」, 『연세어문학』 18, 연세어문학회; 윤기홍(1991), 「향가의 가창과 형식에 관한 연구」, 윤기홍전집간행위원회 편, 『윤기홍전집1』, 글밭.
053. 장진호(1985), 「삼구육명의 속뜻」, 『새국어교육』 41, 한국국어교육학회.
054. 조평환(1985), 「향가의 형식에 대한 일고찰」, 『동화와 번역』 4, 건국대학교 동화와번역연구소.
055. 김학성(1986), 「삼구육명의 해석」, 장덕순 외, 『한국문학사의 쟁점』, 집문당; 김학성(1987), 「삼구육명의 해석」, 『한국 고시가의 거시적 탐구』, 집문당.
056. 김선풍(1986), 「최행귀의 삼구육명」, 김승찬 편저, 『향가 문학론』, 새문사.
057. 김준영(1986), 「삼구육명의 귀결」, 『국어문학』 26, 전북대 국어국문학회; 김준영(1990), 「삼구육명의 귀결」, 『한국고시가연구』, 형설출판사.
058. 양태순(1986), 「한국고전시가와 악곡과의 관계」, 『논문집』 17, 청주사대.
059. 양희철(1986b), 「균여의 「원왕가」 연구: 그 문학성과 시문법을 중심으로」, 서강대학교 대학원 박사논문.
060. 정기호(1986), 「신라가요의 형식」, 김승찬 편저, 『향가 문학론』, 새

문사.

061. 최 철(1986a), 「삼구육명의 새로운 해석」, 『동방학지』 52, 연대 국학연구원.

062. 최 철(1986b), 「향가의 형식」, 『한국문학사의 쟁점』, 집문당.

063. 송재주(1987), 「향가중 '차사'의 형성과 성격에 대하여」, 정병홍선생 화갑기념논문집 간행위원회, 『정병홍선생 화갑기념논문집』, 학문사.

064. 양희철(1987a), 「균여의 「원왕가」 연구(학위논문요지)」, 『문학과 비평』 3, 탑출판사.

065. 정창일(1987a), 「「삼구육명」의 궁극적 의미」, 『한국언어문학』 25, 한국언어문학회.

066. 정창일(1987b), 「향가 신연구(1): 「삼구·육명」 법식에 의한」, 『어문연구』 55·56, 일조각.

067. 정창일(1987c), 『「삼구·육명」 법식에 의한 향가 신연구』, 세종출판사.

068. 최 철(1987), 「한국시가형식의 특징」, 『연민이가원선생칠질송수기념논총』, 정음사.

069. 김종규(1988), 「금가보를 통해서 본 삼구육명」, 『정산유목상박사화갑기념논총』, 중앙대 중앙문화연구원; 김종규(1994), 『향가의 형식』, 도서출판 대한.

070. 양희철(1988), 『고려향가연구: 균여 「원왕가」의 문학성과 시문법』, 새문사, 1988.

071. 최 철(1988), 「옛노래 이해를 위한 세 가지 문제의 풀이」, 『세종학연구』 3, 세종대왕기념사업회.

072. 조동일(1989), 『한국문학통사』(제2판), 지식산업사.

073. 송재주(1989), 『고전시가요론』, 합동교재공사.

074. 양희철(1989b), 「균여 「원왕가」의 방편시학」, 『어문논총』 6·7, 청주대학교 국어국문학과.

075. 최 철(1989), 「홍기문 「향가해석」에 대한 견해」, 『동방학지』 61,

연세대 국학연구원.

076. 강등학(1990), 「삼구육명에 대하여」, 반교어문학회 편, 『신라가요의 기반과 작품의 이해』, 보고사; 강등학(1998), 「'삼구육명'에 대하여」, 논총간행위원회, 『벽사이우성선생정년퇴직기념 국어국문학논총』, 여강출판사.

077. 박경주(1992), 「계승적 관점에서의 향가–고려가요의 형식 고찰」, 『관악어문연구』 17, 서울대학교 국어국문학과.

078. 송재주(1992), 「『균여전』 주해에 대하여」, 『낙은강전섭선생화갑기념논총 한국고전문학연구』, 창학사.

079. 양희철(1992), 「향가·여요 연구의 회고와 전망」, 『국어국문학 40년』, 국어국문학회.

080. 양희철(1993), 「원왕가」, 황패강 교수 정년퇴임기념논총 간행위원회 편, 『황패강 교수 정년퇴임기념논총Ⅰ: 향가문학연구』, 일지사.

081. 정기호(1993), 「향가의 형식론」, 황패강 교수 정년퇴임기념논총 간행위원회 편, 『황패강 교수 정년퇴임기념논총Ⅰ: 향가문학연구』, 일지사.

082. 최 철(1993), 「《균여전》《삼국유사》 향가 기록의 쟁점(Ⅰ)」, 『문학한글』 7, 한글학회.

083. 홍재휴(1993), 「사뇌시의 척구고」, 황패강 교수 정년퇴임기념논총 간행위원회 편, 『황패강 교수 정년퇴임기념논총Ⅰ: 향가문학연구』, 일지사.

084. 조동일(1993), 『한국문학통사』(제3판), 지식산업사.

085. 엄국현(1994), 「향가의 개념에 대한 연구」, 『인제논총』 10-1, 인제대학교.

086. 라경수(1995), 『향가 문학론과 작품연구』, 집문당.

087. 양희철(1996a), 「삼구육명 해석의 변증: 1980년대 후반 이후의 글들을 중심으로」, 『유천신상철박사화갑기념 국어국문학논총』, 문양사.

088. 김선기(1996), 「'삼구육명' 재고」, 『어문연구』 28, 어문연구회.

089. 김선기(1997), 「최행귀의 향가론 고찰」, 『한국언어문학』 38, 한국

언어문학회.

090. 신재홍(1997), 「향가의 문학적 시론」, 『경원어문논집』 1, 경원대 국문과.

091. 양희철(1997a), 「향가의 불교적 언어문화」, 『국문학과 불교』, 한국고전문학회.

092. 양희철(1997b), 「균여 [원왕가] 연구의 현위치」, 『모산학보』 9, 모산학술연구소.

093. 최 철(1997), 「향가의 본질」, 『모산학보』 9, 모산학술연구소.

094. 양태순(1998), 「삼구육명의 새로운 뜻 풀이(1): [균여전]의 문맥과 관련지어」, 『인문과학연구』 7, 서원대학교 인문과학연구소; 양태순(2002), 「삼구육명의 새로운 뜻 풀이(1): 『균여전』의 문맥과 관련지어」, 김학성·권두환 편, 『신편 고전시가론』, 새문사; 양태순(2003a), 「삼구육명의 새로운 뜻 풀이(1): 『균여전』의 문맥과 관련지어」, 『한국고전시가의 종합적 고찰』, 민속원.

095. 여기현(1998), 「사뇌가의 음악성」, 『한국시가연구』 3, 한국시가학회; 여기현(1999), 「사뇌가의 음악성」, 『신라 음악상과 사뇌가』, 월인.

096. 조세형(1998), 「삼구육명 재론」, 서울대학교 국문학연구회, 『국문학연구 1998』, 태학사.

097. 박인희(1999), 「삼구육명에 대하여」, 『북악논총』 16, 국민대학교 대학원.

098. 예창해(1999), 「'삼구육명'에 대한 하나의 가설」, 『한국시가연구』 5, 한국시가학회.

099. 신재홍(2000), 「향가의 양식적 지표로서의 '삼구육명'」, 『향가의 해석』, 집문당.

100. 양태순(2000a), 「삼구육명의 새로운 뜻 풀이(2): [균여전]과 [삼국유사]의 띄어쓰기와 관련지어」, 『인문과학연구』 9-1, 서원대학교 인문과학연구소; 양태순(2003b), 「삼구육명의 새로운 뜻 풀이(2): 『균여전』과 『삼국유사』의 띄어쓰기와 관련지어」, 『한국고전시가의

종합적 고찰』, 민속원.
101. 양태순(2000b), 「삼구육명의 새로운 뜻 풀이(3): 그 음악적 해명」, 『인문과학연구』 9-2, 서원대학교 인문과학연구소; 양태순(2003c), 「삼구육명의 새로운 뜻 풀이(3): 그 음악적 해명」, 『한국고전시가의 종합적 고찰』, 민속원.
102. 황패강(2001), 「향가 연구 개관」, 『향가문학의 이론과 해석』, 일지사.
103. 신재홍(2001), 「향가 형식 재론」, 『한국시가연구』 9, 한국시가학회.
104. 김정화(2003), 『고시 형식의 발견』, 집문당.
105. 류 렬(2003), 『향가연구』, 박이정.
106. 양희철(2003), 「향가」, 김광순 외, 『국문학개론』, 새문사.
107. 권동수(2004), 「「삼구육명」의 의미에 대한 연구」, 고려대학교 교육대학원 석사논문.
108. 조동일(2005), 『한국문학통사』(제4판), 지식산업사.
109. 박상진(2006), 「향가의 삼구육명과 십이대강보의 관계 연구」, 성균관대학교 대학원 박사논문.
110. 신재홍(2006), 「율격과 형식」, 『향가의 미학』, 집문당.
111. 양희철(2006a), 「한시 용어로 본 삼구육명론(1)의 변증: 10구체에 적용한 학설들을 중심으로」, 『인문과학논집』 33, 청주대학교 학술연구소.
112. 양희철(2006b), 「한시 용어로 본 삼구육명론(2)의 변증: 특정구와 4·8·10구체에 적용한 학설들을 중심으로」, 『국제문화연구』 24, 청주대학교 국제협력연구원.
113. 양희철(2006c), 「음악 용어로 본 삼구육명론의 변증」, 『인문과학논집』 34, 청주대학교 한국문화연구소.
114. 양희철(2006d), 「불교 용어로 본 삼구육명론의 변증」, 『어문논총』 20, 동서어문학회.
115. 박상진(2007), 「향가의 삼구육명과 십이대강보의 관계: 균여 향가를 중심으로」, 『한국음악사학보』 38, 한국음악사학회.
116. 류병윤(2009), 「향가의 형성과정 연구」, 공주대학교 대학원 박사논문.

117. 손종흠(2013), 「삼구육명에 대한 연구」, 『열상고전연구』 37, 열상고전연구회.
118. 허정주(2015), 「한국 민족시학 정립을 위한 양식사학적 시론: 삼구육명을 중심으로」, 『건지인문학연구』 13, 전북대학교 인문학연구소.
119. 김성규(2016), 「향가의 구성형식에 대한 새로운 해석」, 『국어국문학』 176, 국어국문학회.
120. 황병익(2018), 「역사와 문학 기반 향가 연구의 회고와 전망」, 『한국시가연구』 45, 한국시가학회.

이 목록들과, 그간의 논저들이 제시한 참고문헌을 비교하면, 얼마나 많은 연구들이 연구사의 자료에서 성실하지 못했는가를 가늠할 수 있다. 이 문제는 1980년대 중반부터 삼구육명에 대한 연구가 늘어나면서 더욱 심각해졌다. 아무리 성실하게 기왕의 논저들을 참고한 것 같이 보이는 연구들도, 논문이 집필되는 시점을 기준으로 할 때에, 2/3나 3/4 이상을 충실하게 검토한 글들은 거의 없다.

좀더 구체적인 예로 김승찬과 양희철의 글을 보자. 김승찬의 두 글[020. 김승찬(1976), 「균여전에 관한 연구」, 『문리과대학논문집』 15, 부산대. 027. 김승찬(1978), 「사뇌가의 명의와 그 형식」, 『한국상고문학연구』, 제일문화사.]은 삼구육명을 불교 용어로 해석한 첫 글인데, 이 글을 참고문헌이나 각주에 단 경우는 양희철(1992, 1993, 1996a, 1997b, 2006d)과 류병윤(2009)에서만 보인다. 조동일(2005)은 삼구육명이 아닌 다른 부분의 논의에서 이 글을 보여준다. 양희철의 두 글[059. 양희철(1986b), 「균여의 「원왕가」 연구: 그 문학성과 시문법을 중심으로」, 서강대학교 대학원 박사논문. 070. 양희철(1988), 『고려향가연구: 균여 「원왕가」의 문학성과 시문법』, 새문사, 1988.]은 명과 구의 의미를 새로 발굴한 자료들에 근거하여 비교적 가장 논리적으로 정리한 글인데, 이 글을 참고문헌이나 각주에 단 경우는 양희철(1987a, 1989b, 1992, 1993, 1996a, 1997a, 1997b, 2003, 2006d), 송재주(1992), 라경수(1995), 김학성·권두환(2002), 박상진(2006, 2007), 류병윤(2009), 김성규(2016) 등에서만 보인다. 조동일(1989, 1993, 2005)과 황병익(2018)은 삼구육명이 아닌 다른 부분의 논의에서 이 글들을 보여준다.

이렇게 성실하지 않은 연구사 자료의 검토는 삼구육명의 해석이 당면한 문제 중의 하나임에 틀림이 없다.

3. 연구사 내용의 당면 문제

앞 장에서 제시한 목록에서 보듯이, 삼구육명을 연구하거나 언급한 글들은 대단히 많다. 이럴 경우에 많은 연구자들은, 이 글들을 모두 읽지 않고, 이미 정리되어 있는 연구사를 참고하고 대충 넘어가거나, 기왕의 연구사로 갈음하기도 한다. 이럴 경우에, 객관적으로 성실하게 정리해 놓은 연구사를 참고하고, 이 연구사로 갈음하면 더할 나위 없이 좋다. 그렇지 못할 경우에는, 본의 아닌 실수를 범하게 된다. 즉 비객관적이거나 성실하지 않게 정리한 연구사를 믿고, 기왕의 연구를 오해하거나, 자신도 모르게 아이디어를 도용하거나 표절을 했다는 의혹을 사게도 된다. 이런 측면에서 이미 정리되어 있는 연구사들의 내용을 검토하면 다음과 같다.

3.1. 1980년대의 객관적인 연구사

조동일, 황패강, 김학성 등은 1980년대에, 1982년까지 나온 삼구육명의 연구사를 객관적으로 보여주었다. 이를 이 절에서 간단하게 정리하려

한다.

> 고려초에 〈균여전〉(均如傳)에서 향가는 「삼구육명」(三句六名)으로 짜여 있다고 한 말을 율격분석에 적용하려는 노력도 거듭되었으나, 말뜻부터가 문제이고 그것을 기준으로 삼아 명확한 결과를 얻을 수 있을 것 같지는 않다(조동일 1982a:128, 1989:135, 1993:147).

조동일은 1982년까지 나온 삼구육명의 해석이 갖고 있는 문제를 이와 같이 지적하였다. 이 문제의 지적은 정확한 것이며, 앞으로 삼구육명을 연구하려면 말뜻부터 명확하게 해야 한다는 사실을 말해주었다.

황패강은 1982년까지 나온 삼구육명의 연구들을 검토하여 연구사를 쓰면서 다음과 같은 결론을 내렸다.

> 이상 三句六名에 관한 논의를 개괄해 보았다. 요컨대 三句六名에 관한 정설을 세우기 어려운 여건이 아직도 있다는 사실을 확인할 수 있다. 이의 해결을 위해서는 우선 다음의 문제가 선결되어야 할 것이다.
>
> 첫째 : 三句六名은 均如의 十願歌에 국한한 것인가, 아니면 향가 전반에 대한 형식론인가?
>
> 둘째 : 노래의 기본단위(가락)를 가리킨 것인가의 여부
>
> 세째 : 노래의 구성단위를 가리킨 것인가의 여부
>
> 네째 : 노래의 의미단위를 가리킨 것인가의 여부
>
> 위에 대한 확론을 갖지 못하는 한 이에 대한 논의는 무의미하며, 단순한 추정론밖에 할 수 없을 것이다(황패강 1984:42, 2001:50).

위의 인용에서 보듯이, 삼구육명을 논의한 기왕의 논저들은 이 글이 제시한 4가지의 문제를 해결하지 못했다는 점을 지적하면서, 앞으로의 연구들은 이 4가지 문제를 선결해야 한다는 주문을 하고 있다. 이 평가와

정리 역시 객관적이었다.

김학성 역시 1982년까지 나온 삼구육명의 논의들을 검토하여 다음과 같은 결론을 내렸다.

> 지금까지 살펴본 바와 같이 삼구육명에 관한 논의는 가능한 모든 방법이 거의 다 시도되었다고 말할 수 있을 정도이다. 그러면서도 아직 확고한 해결의 실마리를 찾지 못한 것은 이미 언급한 바와 같이 자료 자체가 갖는 한계와 모호성 때문이다. 앞으로 이 문제의 해결에 주요한 관건이 되는 또 다른 자료가 발견되기 전에는 명쾌한 해답을 찾기란 어려울 전망이다(김학성 1986:136, 1987:193).

위 인용에서 보듯이, 1982년까지 삼구육명을 논의한 글들은 삼구육명의 문제를 풀 수 있는 확고한 해결의 실마리를 찾지 못했다고 보고, 이 문제를 해결하기 위해서는 새로운 자료가 필요함을 보여주고 있다.

이상과 같이, 1982년까지 나온 논저들을 대상으로, 조동일(1982a), 황패강(1984), 김학성(1986) 등이 검토한 삼구육명의 연구사 내용은 대단히 객관적이고, 앞으로의 연구들은 새로운 자료를 발굴하여, 삼구육명의 의미를 밝히고, 네 가지 선결문제를 해결해야 한다는 연구 방향을 제시해 주었다.

3.2. 1990년대 이후의 비객관적인 연구사

1990년대 이후의 비객관적인 연구사는 두 유형으로 나타난다. 하나는 활발하게 이루어진 연구들을 섭렵하지 못하고 과거의 글을 그대로 옮겨 실음으로 인해 발생한 비객관적인 연구사의 유형이고, 다른 하나는 오해로 인해 발생한 비객관적인 연구사의 유형이다.

3.2.1. 검토 대상이 빠진 연구사

먼저 전자에 속한 비객관적인 연구사의 유형에 속한 글들을 보자. 1980년대에 검토한 조동일(1982a)과 황패강(1984)의 글은 1982년까지 나온 논저들을 평가하고 검토한 연구사로 대단히 객관적이었다. 그러나 이 글들을 옮겨 실은 시점들(조동일의 경우는 1989년과 1993년, 황패강의 경우는 2001년)을 기준으로 보면, 앞의 두 객관적인 연구사들은 모두가 비객관적인 연구사의 정리가 되고 만다. 왜냐하면, 이 두 글은 1982년까지 나온 논저를 대상으로 한 것을 옮겨 실은 것인데, 1983년부터 이 두 글을 옮겨 실은 시점들(조동일의 경우는 1989년과 1993년, 황패강의 경우는 2001년)까지 나온 많은 연구들이 모두 빠져 있기 때문이다. 앞 장에서 제시한 목록으로 보면, 1983년부터 1988년까지는 28편(043~071)의 글이, 1983년부터 1993년까지는 41편(043~083)의 글이, 1983년부터 2000년까지는 59편(043~101)의 글이, 각각 발표되었다. 이렇게 1983년부터 발표된 적지 않은 글들의 검토가 빠진 연구사가 객관적이라고 보기는 어렵다. 특히 1980년대 중후반에 나온 논저에는, 1980년대에 나온 객관적인 연구사들이 정리한, 새로운 자료를 발굴하여 삼구육명의 의미와, 네 가지 선결문제를 밝혔거나 밝힐 수 있는 글들이 나왔는데, 이 논저들을 검토하지 않았다는 점에서, 앞의 연구사들은 객관적인 연구사의 정리라고 보기 어렵다. 오히려 연구사를 왜곡한 측면이 없지 않다.

조동일은 『한국문학통사』(제4판, 2005)에서는 그 이전과는 전혀 다른 견해를 보인다.

> 『균여전』에서 사뇌가는 '삼구육명'(三句六名)으로 이루어져 있는 점이 한시가 '오언칠자'(五言七字)인 것과 대조를 이룬다고 했다. 그것이 무슨 뜻인지, 율격 분석에 어떻게 적용될 수 있는지 많은 논란이 있는데, "제1구

(1+1명)+제2구(1+1명)+제3구(1+1명)"으로 이루어져 있는 것이 3구6명이라고 보는 견해가 비교적 타당하다. 그런 관점에서 다시 살피면, 구가 끝날 때에는 종결어미가 있다(조동일 2005:153).

이 글에서 보면, 그 이전에 주장하던 "말뜻부터가 문제이니(/문제이고)"를, 이 글에서는 "그것이 무슨 뜻인지, 율격 분석에 어떻게 적용될 수 있는지 많은 논란이 있는데"로 바꾸고, ["제1구(1+1명)+제2구(1+1명)+제3구(1+1명)"으로 이루어져 있는 것이 3구6명이라고 보는 견해가 비교적 타당하다.]고 자신의 의견을 피력한다. 바꾼 주장은 더 이상 '말뜻'이 문제가 아니라는 사실을 보여준다. 그리고 타당하다고 본 설명은 적지 않은 연구가들이 택한 주장이지만, '名'에는 '半句'의 의미가 없다는 점에서 김완진(1977a:27)과 정기호(1993:44)에 의해 강하게 부정된 주장들이다.

이렇게 거의 부정적인 주장이 왜 타당하다고 하였을까? 그 이유는 자신이 주장한 다섯 줄 형식을 계속 주장하기 위해서는 이 주장이 옳다고 해야만 하는 상황을 말해준다. 이런 사실은 삼구육명을 다섯 줄의 형식과 연결시킨 사실[1]에서 알 수 있다. 그리고 이 정리가 참고한 참고문헌들을 보면 다음과 같다.

---

1 "현대시처럼 줄 바꾸어 적으면 형식의 특징이 잘 드러난다. 제1구와 제2구는 한 명이 한 줄이어서 네 줄이다. 제3구는 두 명을 한 줄로 적어야 길이가 앞의 것들과 대등하게 된다. 그래서 다섯 줄이 된다. 제3구는 앞 두 구의 절반 길이이다. 제4구로 넘어가지 않고 제3구로 끝나게 하기 위해 그런 장치를 사용했다고 할 수 있다.

〈균여전〉에 등장한 '구'와 '명'이라는 용어는 이미 잊어버려 계속 사용하기 어렵다. '구'라는 말을 다른 뜻으로 사용해 혼란을 일으키는 것은 더욱 바람직하지 않다. 다섯 줄을 10구체라고 하고, 4구체와 8구체도 함께 드는 것이 그 경우이다. 시조는 세 줄을 삼장(三章)이라고 한다. 각기 그 나름대로의 용어를 사용하면, 함께 논의할 수 없다. 향가든 시조든 '줄'이라는 용어를 함께 써서, 향가는 정형이 다섯 줄이고, 시조는 세줄이라고 하는 것이 일관성 있는 명명이다." (조동일 2005:153).

> 삼구육명에 관한 논의가 최철, 앞의 책; 황패강, 앞의 책; 성호경, 『한국시가의 유형과 양식 연구』(영남대학교 출판부, 1995)에 있다(조동일 2005: 156).

이 참고문헌에 포함된 최철과 황패강의 글은 "최철, 『향가의 문학적 해석』(연세대학교출판부, 1990); …… 황패강, 『향가문학의 이론과 해석』(일지사, 2001)"(조동일 2005:152)이다. 최철의 이 글(1990:101~112)을 구체적으로 보면, 1982년까지 나온 논저들만을 참고하였고, 황패강의 이 글(2001:50)은 1984년의 글을 옮긴 것으로 1982년까지 나온 논저들만을 참고하였다. 그리고 성호경의 『한국시가의 유형과 양식 연구』(1995)에 실린 「삼구육명에 관한 고찰」은 1981년의 논문을 옮겨 실은 것이다. 이렇게 되면, 조동일은 2005년에 책을 내면서 표면적으로는 2001년까지 나온 연구 논저를 참고한 것 같지만, 실제에서는 1982년까지 나온 논저들만을 참고한 것이 된다. 이로 인해 이 글을 참고로 삼구육명을 공부하고 이해한 사람들은 그 실제에서는 1982년까지 나온 논저만을 이해한 것이 되었고, 이로 인해 이에 근거하여 연구를 한 연구자들은 그 연구의 방향을 제대로 잡지 못한 것이 되었다.

3.2.2. 자료를 오해한 연구사

이번에는 오해로 인해 발생한 비객관적인 연구사의 유형을 보려 한다. 이에 속한 글은 다음의 해설이다.

> 삼구육명에 관한 논의는 현재까지도 부단하게 지속되고 있는데, 여기에 실은 양태순의 글 또한 '삼구육명'에 대한 새로운 해석을 시도하고 있는 것이다. 양태순은 『삼국유사』에 수록된 향가 작품들이 여섯 가지 분절 양상을 나타내고 있는 점에 주목하여 그러한 분절 양상이 음악적 분절을 고려한

『삼국유사』 편찬자의 배려에 의해 나타난 결과로 보고자 하였다. 그리하여 그 여섯 가지 분절이 곧 향가의 여섯 가지 악곡을 가리키며, 그것이 곧 '육명'의 의미라고 주장하고 있다. 그리고 '삼구'는 이 '육명'으로 나타나는 노래에 공통된 형태적 특성(3구)일 뿐, '육명'과 대등한 말은 아니라고 보았다. 결과적으로 이 글에서 양태순은 '삼구육명'이 향가의 모든 형태적 특성을 표현해 놓은 말로 보기 어렵다는 점을 밝힌 셈이다.

이 글은 '삼구육명'에 대한 기왕의 논의를 종합적으로 파악하는 데에 많은 도움이 될 것이다. 특히 이 글의 논의는 '구'와 '명'을 동일 개념으로 파악하거나 불교적 용어로 풀이하는 견해를 비판하는 데에 초점이 맞춰져 있어, 향가가 불교문학으로 환원될 수 없음을 논증하는 데에 많은 부분을 할애하고 있다. 그러므로 '구'와 '명'을 동일 개념으로 파악하고 또 불교적 용어로 풀이하고 있는 양희철의 「삼구육명 검토」(『고려향가연구』, 새문사, 1988)와 최근 서지학적 접근을 통해 『삼국유사』의 기사 분절에 대한 새로운 견해를 제시한 「향가 형식론의 기반 일각」(『한국시가연구』 10, 한국시가학회, 2001. 8)을 이 글과 함께 읽어 보는 것이 좋을 것이다(ⓚⓗⓢ·ⓚⓣⓗ 2002:86~87).

이 글에서 보듯이, 양태순의 글을 세 측면에서 선별하여 재수록을 하였다. 첫째는 논문의 제목인 「삼구육명의 새로운 뜻 풀이(1): [균여전]의 문맥과 관련지어」(1998)에서 보듯이 새로운 최근의 논의라는 측면이다. 둘째는 "'삼구육명'에 대한 기왕의 논의를 종합적으로 파악하는 데에 많은 도움이 될 것이"라는 측면이다. 셋째는 그 당시에 삼구육명의 논의에서 주목을 받고 있던 글을 강하게 비판한 측면이다. 그러나 이 논문을 선별하고 재수록한 의도는, 오해에 의한 것으로, 기대했던 효과를 전혀 가져오지 못하고, 세 가지 큰 실수를 저지르고 말았다.

첫째는 새로운 뜻풀이로 오해한 문제이다. 논문의 제목만을 보면, 1998년에 나온 새로운 뜻풀이이다. 그리고 앞의 인용에서도, "여기에 실은 양태순의 글 또한 '삼구육명'에 대한 새로운 해석을 시도하고 있는 것이다."라고 하면서, 새로운 해석으로 해설하였다. 그러나 그 내용을 보면, 12년 전의 글(1986)에서 주장한 논지를, 그것도 '명'과 '구'의 의미도 모르는 추정론을, 부연하면서 논증과 비판을 확대한 것에 불과하다. 결코 새로운 해석이 아닌 글을, 새로운 글인 듯이 글쓰기를 하였고, 이를 그대로 믿어, 결코 새로운 해석이 아닌 글을, 새로운 글로 오해하고 해설을 한 실수를 범하였다.

둘째는 "'삼구육명'에 대한 기왕의 논의를 종합적으로 파악하는 데에 많은 도움이 될 것이"라는 기대와는 반대로, 기왕의 논의를 왜곡시킨 실수이다. 1980년대 중후반부터 삼구육명에 대한 논의는 매우 활발하게 전개되었다. 특히 1985년부터 1997년까지 발표된 논저는, 앞 장에서 제시한 목록으로 보면, 43편(051~093)에 이른다. 이 중에서 양태순이 참고한 글은 양태순(1986), 최철(1990), 강등학(1990), 엄국현(1994), 라경수(1995) 등의 5편에 불과하다. 이 43편 중에서, 겨우 5편을 참고한 글이 기왕의 논의를 종합적으로 파악하는 데에 많은 도움이 될 것이라는 해설에 동의할 사람은 거의 없다. 이는 당시의 연구 상황을 오해한 것에 기인한다.

셋째는 비판의 역점을 둔 부분은 관심의 대상이 된 글들을 비판하지 않고, 관심의 대상이 아닌 글을 비판했다는 문제이다. 이 논문을 보면, 양희철과 정창일의 1982년도 글을 강하게 비판하고 있는데, 이는 남의 뒷북이나 친 것에 불과하다. 양희철은 1986년도 논문과 1988년도 책에서 1982년도 글과는 거의 완전히 다른 내용을 발표하였고, 이 글들이 1980년 후반과 1990년대에 학계에서 관심의 대상이었다. 그리고 정창일도 1987년도 논문들(a, d, c)에서 1982년도 글과는 거의 완전히 다른 내용을 발표하였다. 그런데 양태순은 1980년대 후반부터 관심의 대상이 되어온, 이 새로 발표한 글들을 읽지도 않고, 그 이전의 글인, 1982년도의 글을 강하게 비판하였다. 이런 뒷북은 이 글이 처음은 아니다. 1990년부터 보면, 박경주(1992:160), 최철(1993:21), 조세형(1998:297), 신재홍(2001:159~160, 2006:139), 손종흠(2013:383) 등에서도 보인다. 그런데 유독 이 양태순의 글이 문제가 되는 것은 그 비판의 소리가 요란하고, 읽을 만한 가치가 있는 논문들을 편집한 책에 재수록이 되었기 때문이다. 이 요란한 뒷북이 어떤 목적을 위한 것인지, 무엇인가를 오해한 것인지는 지금도 그 판단이 어렵다. 어느 경우라도, 1980년대 후반부터 관심의 대상이 되어온, 새로 발표한 글들을 읽지도 않고, 1982년도의 낡은 논문을 비판한 글이 선별되어 재수록 되었다는 것은 바람직한 일이 아니다. 이 책임의 일부라도 면하기 위하여, 글의 마지막 부분에서, "그러므로 '구'와 '명'을 동일 개념으로 파악하고 또 불교적 용어로 풀이하고 있는 양희철의 「삼구육명 검토」(『고려향가연구』, 새문사, 1988)와 최근 서지학적 접근을 통해 『삼국유사』의 기사 분절에 대한 새로운 견해를 제시한 「향가 형식론의 기반 일각」(『한국시가연구』 10, 한국시가학회, 2001. 8)을 이 글과 함께 읽어 보는 것이 좋을 것이다."라고 조언을 하고 있다. 그러나 앞에서 정리한 세 문제는 물론, 원전비평이 미비하고, '명'과 '구'의 문자적 의미도 모르는 논문을 선별하여 재수록을 한 문제는 피하기 어려울 것 같다. 이런 문제들을 간과하고, 선별하여 재수록을 한 양태순의 글과 그 해설만을 보면, 양희철의 두 글(1986b, 1988)은 양태순에 의해 대단히 많은 비판을 받은 것으로 보일 수도 있다. 그러나 실제로 양태순이 비판한 글은 1982년도의 글이며, 1986년도와 1988년도에 나온 양희철의 두 글은 읽지도 않은 상태이다.

이렇게 볼 때에, 양태순의 글을 재수록을 하면서 붙인 해설은, 삼구육명의 연구사를 왜곡시킬 수 있는 소지가 너무 많다. 그 1차적인 책임은 양태순에 있고, 그 2차적인 책임은 두 편자에 있다. 두 편자 중에서 어느

분이 이 책임을 져야 할지는 두 편자만이 아는 사실이다.

3.3. 1990년대 이후의 객관적인 연구사

양희철은 1986년의 논문과 1988년의 책에서 1982년에 쓴 내용과 전혀 다른 글을 썼다. 그것도 1980년대에 나온 객관적인 연구사들(조동일 1982a, 황패강 1984, 김학성 1986)이 앞으로의 연구가 나아가야 할 방향으로 제시한, 새로운 자료를 발굴하여 삼구육명의 의미와, 네 가지 선결 문제 등을 해결하는 글을 썼다.

이 두 글(1986b, 1988)과 그 후에 쓴 양희철의 글들(1987a, 1989b, 1992, 1993)을 보고, 이에 문제를 제기한 글이 두 편(송재주 1992, 라경수 1995) 나오자, 이 글을 포함하여, 1980년 후반부터 1995년까지 나온 논저들을 변증하는 글을 썼다. 그 글의 결론을 보면 다음과 같다.

> 지금까지 1980년대 후반 이후에 나타난 三句六名의 해석들을 변증하여 보았다. 그 결과 필자의 해석을 직간접적으로 공격한 글들 모두가, 주로 논문이 갖추어야 할 논거와 논리에서 모순되거나, 자료를 재단하고 있어, 오히려 필자의 주장을 입증해준 결과가 되고 있다. 이 글들이 잘못된 점들을 다시 요약 정리하기보다는, 만약 앞으로 三句六名을 다시 논의하거나 필자의 주장을 부정하고자 할 경우에, 반드시 다루어야 할 항목의 제시로, 결론을 대신하고자 한다.
>
> 첫째, 필자는 '然而詩構唐辭 磨琢於五言七字 歌排鄕語 切磋語三句六名…'의 '詩'와 '歌'의 지시체를 최행귀의 십일송과 균여의 〈원왕가〉로 보았다. 이를 부정하거나 새로운 주장을 전개하려면, 그 논거와 논리를, '然而詩構唐辭 磨琢於五言七字 歌排鄕語 切磋語三句六名…'의 대구 문맥을 반드시 포함한《均如傳》의 第七 歌行化世分者와 第八 譯歌現德分者에서 보여주어야 한다. 특히 '歌詩揚菩薩之行因 收歸論藏'을 이해하면서 보여주어야

한다.

둘째, 필자는 三句六名을 五言七字와의 對句, 名과 句의 意味, 作品의 分析 등을 종합적으로 분석하여, 三句는 波陀의 句, 또는 薄迦의 句 등이 4(제1~4행, 제5~8행) 또는 2(제9, 10행)가 합친 多句身과 句身의 竭盡明義의 3개의 句(=偈)이고, 六名은 균여의 향가 2행들이 보여주는 6개의 '어미나 격어미를 포함하지 않은 어근이나 어간의 단어'로 정리한 바 있다. 이 주장을 부정하거나 새로운 주장을 피력하기 위해서는, 名 句 身 등의 개념을 필자와 다르게 사전이나 용례에서 예시하고, 三句六名과 五言七字와의 對句, 作品의 分析 등에서 그 사실을 입증하여야 한다(양희철 1996a:452~453).

이 주문에 응한 논문은 없으며, 양희철의 글들(1986b, 1987a, 1988, 1989b, 1992, 1993, 1996a, 1997a, b)은 물론, 다른 논저들의 상당수도 읽지 않은 몇몇 논저들이 2000년 전후에도 나오자, 이번에는 2005년까지 삼구육명을 다룬 논저들을 종합적으로 변증하는 4편의 글들, 즉 「한시 용어로 본 삼구육명론(1)의 변증」(양희철 2006a), 「한시 용어로 본 삼구육명론(2)의 변증」(양희철 2006b), 「음악 용어로 본 삼구육명론의 변증」(양희철 2006c), 「불교 용어로 본 삼구육명론의 변증」(양희철 2006d) 등을 썼다. 이 4편의 글들에서 설정한 변증의 기준은 다음의 다섯이다.

기준1: '句'와 '名'의 의미
기준2: "詩構唐辭 磨琢於五言七字"와 "歌排鄉語 切磋於三句六名"의 문맥
기준3: '오언칠자'와 '삼구육명'의 대구
기준4: "歌詩揚菩薩之行因 收皈論藏"의 조건
기준5: 실제 작품에서의 증명

이 변증의 다섯 기준에 맞는 기왕의 논의로는 양희철의 논문(1986)과 책(1988)이 있다는 사실로 그 결론을 마무리하였다.

앞의 4편의 연구사를 쓴 이후에는, 삼구육명에 대한 논저들이 거의 나오지 않다가, 손종흠(2013), 김성규(2016), 황병익(2018) 등의 글이 나왔다. 이 글들 역시 연구사의 자료와 내용 파악에서 문제를 보이며, 앞의 다섯 기준으로 변증하면, 문제가 있는 글들이라는 사실을 쉽게 알 수 있다. 이외에 삼구육명을 규명하는 것이 아니라, 기왕의 삼구육명 논의를 자신의 글에 맞게 이용한 글들[2]도 있다.

이렇게 전개된 삼구육명의 연구사는 이제 제자리를 잡아가고 있지만, 왜곡된 연구사가 만들어놓은 비객관적인 연구사는, 아직도 완전히 정리된 것이 아니다. 이 점 역시 삼구육명의 해석이 당면한 문제임에 틀림이 없다.

4. 논거 자료의 당면 문제

어떤 문제를 막론하고, 그 문제를 해석하는 데에 결정적인 것은 자료이다. 이와 마찬가지로 삼구육명의 문제를 해석하는 데서도 결정적인 것은 자료이다. 이 자료 측면에서, 삼구육명 해석의 당면 문제를 보면, 두 가지로 정리할 수 있다. 하나는 '시구당사(詩構唐辭)'와 '가배향어(歌排鄕語)'에서 '시·가'의 지시체와 관련된 자료의 문제이다. 다른 하나는 '삼

2 김정화(2003), 『고시 형식의 발견』, 집문당; 박상진(2005), 「향가의 삼구육명과 12대강보의 관계 연구: 균여 향가를 중심으로」, 성균관대학교 대학원 박사논문; 류병윤(2009), 「향가의 형성과정 연구」, 공주대학교 대학원 박사논문; 허정주(2015), 「한국 민족시학 정립을 위한 양식사학적 시론: 삼구육명을 중심으로」, 『건지인문학연구』 13, 전북대학교 인문학연구소.

구육명'의 '구·명'의 의미와 관련된 자료의 문제이다.

4.1. '시·가'의 지시체와 관련된 자료

황패강(1984:42, 2001:50)은 삼구육명의 연구사를 정리하면서, 선결하여야 할 당면한 문제로 넷을 들었다. 그 중의 첫째가 "三句六名은 均如의 十願歌에 국한한 것인가, 아니면 향가 전반에 대한 형식론인가?"이다. 이 문제에 대해서 몇 명의 연구자가 얼마나 진지하게 생각해 보았을까? 대다수의 연구자들은 향가 전반으로 생각하고 논의를 진행하였다. 그렇다고 삼구육명이 향가 전반에 대한 형식이라는 확신이나 이를 증명할 수 있는 증거를 확보하고 있는 것도 아니다. 이는 연구자 스스로 연구의 기반을 다지지 않아, 스스로 사상누각을 지을 수도 있다는 가능성을 생각하지도 않은 매우 위험한 논의이다.

연구의 기반을 다지기 위하여, 우리는 『균여전』의 자료, 그 중에서도 〈제팔가행화세분자〉를 얼마나 정독해 보았는가를 자문해 보아야 한다. 이 질문에 연구자의 3/4 이상이 대답을 피할 것이다. 왜냐하면, 자신은 '삼구육명'의 네 글자 또는 이 네 글자에 '오언칠자'를 더한 여덟 글자만 끌어다 놓고, 자신의 주장을 폈기 때문이다. 나머지 1/4 정도는 그래도 자신은 삼구육명을 연구하면서 〈제팔가행화세분자〉를 정독했다고 대답할 것이다. 그러면 과연 정말로 〈제팔가행화세분자〉를 정독했는가를 검토해 보자. 이 정독의 여부를 판단할 수 있는 구문으로 세 부분을 들 수 있다.

> 然而詩構唐辭 磨琢於五言七字 歌排鄉語 切磋於三句六名 論聲則隔若參商 東西易辨 據理則敵如矛盾 強弱難分 雖云 對衒詞鋒 足認 同歸義海 各得其所于 何不臧

有翰林學士 內議丞旨 知制誥 淸河 崔行歸者 與師同時 讚仰日久 及此歌成 以詩譯之 其序云 偈頌讚佛陀之功果著在經文 歌詩揚菩薩之行因 收歸論藏

憑托一源兩派 詩歌之同體異名 逐首各飜 間牋連寫 所冀遍東西而無导

이 세 부분에는 모두 '가'와 '시'가 포함되어 있다. 그러면, 이 세 부분을 정독하고서도, '가'는 향가 전반이고, '시'는 한시 전반 또는 오언시와 칠언시라고 주장할 수 있을까? 이렇게 주장할 수는 없으며, '가'는 균여의 향가 11수이고, '시'는 최행귀가 번역한 11송이라고 답할 수밖에 없다. 이에 대해 '오언칠자'와 '삼구육명'의 대구를 문제로 제기할 수 있다. 이는 '오언칠자'가 최행귀가 번역한 11송의 오언(압운을 단위로 나눈 다섯 어구, 즉 제1, 2, 3~4, 5~6, 7~8구)과 칠자(1구 7자)를 뜻하고, '삼구육명'이 균여의 10구체 향가의 삼구(제1~4, 5~8, 9~10구)와 육명(2구에 포함된 격어미나 어미를 포함하지 않은 6단어)로 보면, 문제가 없다.

이렇게 앞의 자료들은 삼구육명이 언급된 『균여전』의 〈제팔역가현덕분〉에서 '가'는 균여의 향가를 지시하고, '시'는 최행귀의 번역시를 지시한다. 이로 인해, 일단 삼구육명은 균여의 향가에 적용되는 형식용어라고 정리할 수 있다. 그리고 이런 사정으로 보아, 자료가 없어서, 삼구육명이 균여의 향가에 적용되는 용어인지, 향가 전반에 적용되는 용어인지 분명하지 않다고 주장할 수는 없다. 사정이 이런대도, 계속하여 이 문제는 분명하지 않다고 주장한다면, 그 주장자는 분명히, 삼구육명을 『균여전』 향가에만 적용하지 않고, 향가 전반이나 10구체 향가 전체에 적용한 바가 있어, 이를 합리화하려는 주장자일 것이다.

4.2. '삼구육명'의 의미와 관련된 자료

1982년까지 나온 삼구육명의 논의 중에서, '구'와 '명'의 의미를 정확하게 한 것은 많지 않다. 특히 입증된 의미는 소수이다. '구'의 의미는 '글귀' 정도이고, '名'의 의미는 '자(字)'와 이에 기초한 '음절' 정도이다. 그런데 이 구와 명의 의미로는 삼구육명을 밝힐 수가 없었다. 그리고 1982년까지 불교 용어로 본 경우(김승찬 1976; 1978, 양희철 1982, 정창일 1982)에도, '구'를 'pāda'로 '명'을 'nāma(n)'로 보기는 하지만, '삼구육명'의 의미를 밝힐 수 있는 연구까지는 나가지 못했다. 이 의미들은 모두가 한자사전과 불교사전의 범위를 넘지 못한 것들이다.

이렇게 삼구육명을 밝힐 수 있는 '구'와 '명'의 의미가 밝혀지지 않자, 1980년대에 객관적인 연구사를 쓴 조동일(1982a), 황패강(1984), 김학성(1986) 등은 1982년까지 나온 글들에 대한 회의론을 피력하면서, 앞으로의 연구는, 새로운 자료를 발굴하여 '삼구육명'의 의미와, 네 종류의 선결문제 등을 해결하여야 한다고 연구 방향을 제시하면서, 그렇지 못하면 추정론에 지나지 않을 것이라는 우려를 표명하였다.

조동일, 황패강, 김학성 등의 회의와 우려에도 아랑곳하지 않고, '삼구육명'의 '구'와 '명'의 새로운 의미를 밝힐 수 있는 새로운 자료도 없이, 1980년대 중후반 이후에도 계속하여 상당히 많은 논문들이 나왔다. 이 논문들은 지금에 보면, 어떤 결과를 가져왔는가? 찬사를 받았는가? 비판을 받았는가? 필자들 스스로가 잘 알 것이다.

이런 가운데 양희철(1986b, 1988, 1989b)만이, 겨우 새로운 자료를 더하여, '삼구육명'의 '구'와 '명'을 새롭게 읽기 시작했다. 그 접근방법을 인용하면 다음과 같다.

> 첫째로, 자료의 궁핍을 보완하기 위해, 새로운 자료로 均如 著述의 文獻들을 이용하고자 한다.
>
> 둘째로, 그 당시의 문학의 관련문맥을 읽기 위해, 佛教文學의 形式論과 관련된 名句文을 佛經에서 검토하고자 한다.
>
> 셋째로, 『均如傳』의 자료를 다각도로 검토하기 위해, 三句六名과 관련된 항목은 물론 崔行歸의 十一頌까지도 면밀히 검토하고자 한다(양희철 1986b, 1988:78).

이렇게 세 측면에 역점을 두고 접근한 이 연구는 거의 결정적인 연구결과들을 거둔다. 이 글은 불교 용어로 '명'과 '구'를 보면서도, 그 이전과 이후의 글들과는 큰 차이를 보여준다. 바로 그 전후에 나온 글들이 불교사전에 의존하고 있는 데 비해, 이 글은 불교사전은 물론 불경을 직접 풍부하게 인용하고, 범어나 인도 논리의 역사와 관련된 문헌도 참고하고 있다는 점이다. 이로 인해 이 연구는 명과 구를 불교 용어로 본 다른 주장들(김승찬 1976; 1978, 양희철 1982, 정창일 1982, 윤기홍 1985, 김준영 1986; 1990, 송재주 1992)과는 상당히 다른 결과를 보여준다. 이 연구가 이용한 자료들과 그 의미들을 몇 가지로 정리하면 다음과 같다.

첫째로, '명'과 '구'를 보여준 균여 저술의 자료들이다. 균여의 저술로는 『석화엄지귀장원통초(釋華嚴旨歸章圓通鈔)』(卷上, 說經處第一 18葉, 辯經教第六 47葉), 『화엄경삼보장원통기(華嚴經三寶章圓通記)』(卷上, 第三入文解釋 13葉), 『석화엄교분기원통초(釋華嚴教分記圓通鈔)』(卷三, 第九明諸教所詮差別者 1葉) 등이 있다. 이 책들에 나오는 명미구신(名味句身), 명구문(名句文), 명구자신(名句字身) 등의 '명'과 '구'는 삼구육명에서 보이는 '명'과 '구'임을 보여주는 자료들이다. 이 자료들에 나온 명과 구는 불교 명구문(名句文)의 명(名, nāma, 娜麽, 那摩)과 구(句, pāda, 鉢陀, 波陀)라는 점에서, 삼구육명의 연구에서는 명구문의 발신자가 인도문학이고, 그 전신자(轉信者)는 중국문학이고, 그 수신자는 〈원왕가〉를 지은 균여와 이를 번역한 최행귀라는 사실을 말해준다.

둘째로, 게송을 '명'으로 설명한 『아비달마구사역론(阿毘達磨俱舍譯論)』(권제4, 譯論中分別根品之三)과 『구사론기(俱舍論記)』(권제5, 分別根品第二之二)의 자료들이다. 이 자료들은 게송은 명에 의해 이루어지고, 게송을 설명할 때에 명에 의존한다는 사실을 보여준다. 이는 그 이전에 불교의 '명'과 '구'는 시가를 설명하는 용어가 아니므로, 삼구육명의 설명에 불교의 명구문을 이용할 수 없다고 주장하던 주장을 불식시켰다.

셋째로, '명'의 의미를 '범어 나마(nāma, 娜麽, 那摩)의 번역이며, 오온(五蘊) 중에서 세 번째인 상온(想蘊)의 작상(作想), 전법자성(銓法自性), 전법자상(銓法自相), 음소로 구성됨, 문자와 어(語)로 구성됨, 의합(義合)이 아닌 뜻이나 전표(銓表)로 구성됨, 체(體) 곧 격어미나 어미를 수반하지 않은 단어' 등으로 보여주는 자료들과 명의 종류를 보여주는 자료들이다. '명'이 범어 나마(nāma, 娜麽, 那摩)의 번역임은, 『구사론기(俱舍論記)』(卷第五, 分別根品二之三), 『번역명의집(翻譯名義集)』(五, 名句文法篇 第五十二), 『불학대사전(佛學大辭典)』(丁仲祜, 寶蓮閣, 1970, '名字'조) 등의 자료가 보여준다. '명'의 의미를 '오온(五蘊) 중에서 세 번째인 상온(想蘊)의 작상(作想), 전법자성(銓法自性), 전법자상(銓法自相)' 등으로 보여주는 자료에는, 『구사론기(俱舍論記)』(卷第五, 分別根品二之三), 『아비달마순정리론(阿毘達磨順正理論)』(卷第十四, 辨差別品二之六), 『유가론기(瑜伽論記)』(卷第五之上, 論本卷 第十三), 『관릉가경기(觀楞伽經記)』 등이 있다. 이상의 자료들은 불교사전류를 보아도 파악할 수 있는 명의 개념이며 자료들이다.

이에 비해 이어서 정리할 명의 개념과 이를 보여주는 자료들은 불교사전류에서 정리한 바가 없는 명의 개념과 자료들이다. 명이 '음소로 구성됨, 문자와 어(語)로 구성됨, 의합(義合)이 아닌 뜻이나 전표(銓表)로 구성됨' 등을 보여주는 자료에는 『구사론기(俱舍論記)』(卷第五, 分別根品二之三), 『번역명의집(翻譯名義集)』(五, 四十二字篇 第五十一, 名句文法篇 第五十二), 『아비달마순정리론(阿毘達磨順正理論)』(卷第十四, 辨差別品二之六) 등이 있다. 그리고 명이 '체(體) 곧 격어미나 어미를 수반하지 않은 단어(crude word)'임을 추정하게 하는 자료에는, 『불학대사전(佛學大辭典)』(丁仲祐, 寶蓮閣, 1970, '名句'조, '名句文'조, '名字'조), *Sanskrit: an introduction to the classical Language*(M. Coulson, Hodder and Stoughton: teach Yourself Books, 1976), *A History of Indian Logic*(S. C. Vidyabhusana, Delhi/Varansi/Patna: Motilal Banarsidass, 1971) 등이 있다.

끝으로 명의 종류인 '명(名), 명신(名身), 다명신(多名身)' 등을 보여주는 자료에는, 『구사론기(俱舍論記)』(卷第五, 分別根品二之三)와 『성유식료간(成唯識料簡)』(卷下, 第七彰基體性者)이 있는데, 이 자료는 불교사전류에서 보여주는 경우도 있다.

넷째로, '구'의 의미를 '파다(pāda, 鉢陀, 波陀)의 번역, 전법차별(銓法差別), 전제법차별(銓諸法差別), 뜻의 결정된 구경(究竟), 사의 구경, 휴지(休止), 자(字)와 어(語)로 구성됨, 명(名)으로 구성됨'으로 보여주는 자료들이다. '구'가 파다(pāda, 鉢陀, 波陀)의 번역이라는 사실은 『구사론기(俱舍論記)』(卷第五, 分別根品二之三)와 『번역명의집(翻譯名義集)』(五, 四十二字篇 第五十一, 名句文法篇 第五十二)의 자료에서 확인된다. '구'의 의미를 '전법차별(銓法差別), 전제법차별(銓諸法差別), 뜻의 결정된 구경(究竟), 사의 구경, 휴지(休止)'로 보여주는 자료로는, 『유가론기(瑜伽論記)』(卷第五之上, 論本卷 第十三), 『구사론기(俱舍論記)』(卷第五, 分別根品二之三), 『번역명의집(翻譯名義集)』(五, 四十二字篇

第五十一, 名句文法篇 第五十二), 『관릉가경기(觀楞伽經記)』 등이 있다. '구'가 '자(字)와 어(語)로 구성됨, 명(名)으로 구성됨' 등을 보여주는 자료로는 『번역명의집(翻譯名義集)』(五, 名句文法篇 第五十二), 『대승의장(大乘義章)』(권제1, 三藏義七門分別), 『구사론기(俱舍論記)』(卷第五, 分別根品二之三) 등이 있다. 이 '구'의 의미는 균여의 10구체 향가들이 보여주는 10구의 구이다.

다섯째로, '구'의 종류에 '구(句), 구신(句身), 다구신(多句身)' 등이 있으며, 4구1게(偈) 또는 2구1게(偈)의 게(偈)는 갈진명의(竭盡明義)의 뜻을 가지며, 구(句)로도 번역된다는 사실들을 보여준 자료들이다. '구'의 종류에 '구(句), 구신(句身), 다구신(多句身)' 등이 있다는 사실은 『아비달마순정리론(阿毘達磨順正理論)』(卷第十四, 辨差別品二之六)과 『구사론기(俱舍論記)』(卷第五, 分別根品二之三)에서 확인된다. 그리고 4구1게(偈) 또는 2구1게(偈)[3]의 게(偈)는 갈진명의(竭盡明義)의 뜻을 가지며, 구(句)로도 번역된다는 사실은, 『백론소(百論疏)』(卷上, 釋捨罪福品 第一)와 『중론서소(中論序疏)』에서 확인된다. 이 구의 종류와 번역은 균여의 10구체 향가를 4-4-2의 3구로 정리할 수 있게 하는 자료들이다. 즉 제1~4구와 제5~8구의 다구신의 2구와 제9, 10구의 구신의 1구가 합친 3구나, 제1~4구와 제5~8구의 4구1게 둘과, 제9, 10구의 2구1게의 하나가 합친 3게를 다시 3구로 바꾼 것이다. 이때 제1~4구, 제5~8구, 제9, 10구 등으로 분리되는 근거 중의 하나는, '구'로 번역된 게(偈)의 의미가 갈진명의(竭盡明義)라는 데 있다. 이 갈진명의는 의미의 단락을 의미하면서 제1~4구, 제5~8구, 제9, 10구 등의 3단락의 분리를 보여준다. 물론 한 단락에는 종결어미 둘이 올 수도 있다.

3 2구1게는 兩行偈 또는 半偈라고도 한다(『法苑珠林』 卷第36, 唄讚篇第34, 讚歎部第3).

여섯째로, 명구문을 사용한 이유 또는 목적을 보여주는 자료로는 『능가아발다라보경(楞伽阿跋多羅寶經)』(第二, 一切佛語心品之二), 『대승입릉가경(大乘入楞伽經)』(第三, 集一切法品第二之二), 『입릉가경(入楞伽經)』(卷第四, 集一切佛法品第三之二), 『관릉가경기(觀楞伽經記)』(卷四), 『능가경통의(楞伽經通義)』(卷三) 등이 있다.

지금까지 정리한 자료들을 몇 명의 연구자들이 보았을까? 이 자료들을 보지도 않고, 삼구육명을 밝힐 수 있는 자료가 없거나, 부족하다고 주장할 수 있을까? 기왕에 밝혀진 자료들도 읽지 않은 문제는, 삼구육명 해석의 자료 측면에서 보이는 문제이다. 말을 바꾸면, 삼구육명을 밝힐 수 있는 자료가 없는 것이 문제가 아니라, 이미 발굴된 자료들도 읽지 않은 것이 문제라고 정리할 수 있다.

5. 결론

지금까지 삼구육명의 해석이 당면한 문제를 연구사의 자료, 연구사의 내용, 논거의 자료 등의 세 측면에서 검토해 보았다. 그 결과를 요약하여 결론을 대신하면 다음과 같다.

1) 삼구육명은 1935년에 연구가 시작된 이래 최근까지 80년 이상 연구를 하면서 120여 편에 가까운 글들이 나왔다. 이 연구사의 자료를 모두 섭렵한 경우는 거의 없는 것 같다. 특히 1980년대 중후반부터 나오기 시작한 많은 논저들은, 삼구육명을 연구한 많은 연구사의 자료들을 읽지 않은 문제를, 그것도 새로 발굴한 자료들로 삼구육명을 비교적 가장 논리적으로 해석한 연구사의 자료를 거의 읽지 않은 문제를 보여준다. 이는 삼구육명의 해석이 연구사의 자료 측면에서 당면한 문제임에 틀림이 없다.

2) 1982년까지 나온 논저들을 대상으로, 조동일(1982a), 황패강(1984), 김학성(1986) 등이 검토한 삼구육명의 연구사 내용은 대단히 객관적이고, 앞으로의 연구들은 새로운 자료를 발굴하여, 삼구육명의 의미를 밝히고, 네 가지 선결문제를 해결해야 한다는 연구 방향을 제시해 주었다.

3) 1990년대 이후에는 두 유형의 비객관적인 연구사가 나왔다. 한 유형은 1983년 이후로 활발하게 이루어진 연구들을 섭렵하지 못하고, 과거의 글을 그대로 옮겨 싣거나 약간의 가미를 가한 글들에서 보인다. 다른 유형은 '구'와 '명'의 개념도 모르면서, 12년 전에 쓴 논지를 다시 부연하면서, 새로운 뜻풀이라는 제목을 달고, 그 당시에 관심의 대상이었던 논문과 책을 읽어 평가하지 않고, 그 이전에 쓴 수정 이전의 논문을 대상으로 남의 뒷북이나 친 논문이, 읽을 만한 가치가 있는 논문으로 오해된 해설에서 보인다. 이 두 유형의 비객관적인 연구사들은 1990년대 이후로 삼구육명의 연구사를 심하게 왜곡시켜 왔다. 이 왜곡된 연구사를 극복하는 것은 삼구육명의 해석이 당면한 문제의 하나이다.

4) 1990년대 이후에는 객관적인 연구사도 나왔다. 그러나 두 유형의 비객관적인 연구사가 학계에 넓게 퍼진 이후에 나온 것이어서, 왜곡된 연구사를 바로잡는 데는 많은 시간이 필요해 보인다.

5) 삼구육명이 균여의 향가에만 적용되는가 아니면 향가 전반에 적용되는가 하는 문제를 판단할 수 있는 논거는, 『균여전』 〈제팔역가현덕분자〉의 세 부분에서 정리되어 있다. 즉 이 세 부분의 '가'는 균여의 향가이고, '시'는 최행귀가 번역한 11송이라는 점이다. 이 '시'와 '가'의 지시체를 확인하고 확정하는 것은 삼구육명의 해석이 당면한 문제의 하나이다.

6) 삼구육명을 해석할 수 있는 새로운 자료들이 발굴되었는데, 이 자료들은 양희철의 논문과 책에서 소개된 이후에, 다른 글에서는 검토된 적이 거의 없다. 이는 앞에서 정리한 1990년대 이후에 나온 비객관적인

연구사의 왜곡에 의해 가려진 자료들이다. 이 자료들을 검토하는 것도 삼구육명의 해석이 당면한 문제의 하나라고 정리할 수 있다.

이상에서 정리한 문제들을 확인해 보면, 삼구육명의 해석이 완결된 것인지, 아니면 그 해석이 미완된 것인지를 알 수 있을 것이다. 완결과 미완의 어느 것이 되든, 앞의 문제들을 확인하고 나면, 삼구육명의 연구가 차후 어느 방향으로 나아가야 할지도 드러날 것으로 판단한다.

삼구육명 해석의 종합적 변증

1. 서론

이 글은 삼구육명을 해석한 기왕의 연구들을 종합적으로 변증하는 데 정리의 목적이 있다.

삼구육명에 관한 연구는 1935년에 시작되어, 80년 이상 많은 연구로 이어져 왔다. 그 과정 중에 1980년대에는 연구사와 관련된 세 글들이 나오기도 했다. 이 글들은 1982년까지 나온 연구들을 대상으로 하였는데, 한결같이 기왕의 연구에 대한 회의를 보였다. 조동일(1982a:128, 1989:135)은 “말뜻부터가 문제이니 그것을 기준으로 삼아 명확한 결과를 얻을 수 있을 것 같지는 않다.”고 회의를 표했다. 황패강(1984:42)은 “三句六名은 均如의 十願歌에 국한한 것인가, 아니면 향가 전반에 대한 형식론인가?”를 포함한 네 가지의 선결문제를 지적한 다음에, “위에 대한 확론을 갖지 못하는 한 이에 대한 논의는 무의미하며, 단순한 추정론밖에 할 수 없을 것이다.”라고 회의를 나타냈다. 김학성(1986:136)도 “앞으로 이 문제의 해결에 주요한 관건이 되는 또 다른 자료가 발견되기 전에는 명쾌한 해답을 찾기란 어려울 전망이다.”라고, 기왕의 연구에 회의를 보였다.

이렇게 회의적이던 삼구육명의 연구는 1980년대 중반부터 바뀌기 시작하였다. '구'와 '명'의 의미를 정확하게 해석할 수 있는 새로운 신자료(新資料)가 제시되는 동시에, 기왕의 자료를 철저하고도 새롭게 해석한 연구들이 나오면서, 삼구육명의 연구는 새로운 국면에 접어들었다.

그러나 1980년대 중반부터 발표된 글들은 그 편수가 상당히 많아서, 이 분야를 전문적으로 검토하지 않으면, 그 상황을 제대로 파악할 수가 없다. 이 이후에 삼구육명을 논한 글들조차도, 거의 상당수가 삼구육명에 대한 연구의 전체적인 상황을 제대로 파악하지 못하고 있다. 심지어 1990년대 이후 최근에 나온 적지 않은 글들에서는 뒷북이나 치거나, 뒷북을 친 글을 읽고, 그 뒷북에 장단을 맞추기도 한다.

이에 다음과 같은 기준에 의해 삼구육명의 연구사를 다음의 네 편의 글로 검토한 바가 있다. 그 기준은 기왕의 연구를 평가할 수 있는 통일된 기준으로 다음의 다섯을 설정하였다.

기준1 : '句'와 '名'의 의미
기준2 : "詩構唐辭 磨琢於五言七字"와 "歌排鄕語 切磋於三句六名"의 문맥
기준3 : '오언칠자'와 '삼구육명'의 대구
기준4 : "歌詩揚菩薩之行因 收皈論藏"의 조건
기준5 : 실제 작품에서의 증명

이 중에서 기준1·2·3·5 등은 이미 기존 논의에서 논의된 것들로 구차한 설명이 필요 없다. 이에 비해 기준4는 설명을 요한다. 『균여전』 〈제팔역가현덕분자(第八譯歌現德分者)〉는 아래와 같이 시작된다.

有翰林學士內議承旨知制誥淸河崔行皈者 如師同時 讚仰日久 乃此歌成 以詩譯之 其序云 偈頌讚仏陁之功果 著在經文 歌詩揚菩薩之行因 收

皈論藏.

이 인용의 끝부분에 있는 歌와 詩는 보살의 행인을 드날린 내용이란 조건과, 동시에 論藏에 수록된 것이라는 조건을 가진다. 이 조건은 "詩構唐辭 磨琢於五言七字"와 "歌排鄕語 切磋於三句六名"의 앞에 있는 것으로, '오언칠자'의 詩와 '삼구육명'의 歌가 갖추어야 할 조건이다.

그리고 삼구육명의 '구'와 '명'의 해석에 사용한 용어로 보아, 그간에 나온 글들은 크게 세 유형으로 나눌 수 있다. 한시 용어의 유형, 음악 용어의 유형, 불교 용어의 유형 등이다. 이 세 유형에서 한시 용어의 유형에 속한 글은 상당히 많아, 두 편의 글로 쓰고, 나머지는 각각 한 편의 글로 썼다. 이 네 편의 글은 다음과 같다.

1) 「한시 용어로 본 삼구육명론(1)의 변증: 10구체에 적용한 학설들을 중심으로」(『청대학술논총』 제7집, 청주대학교 학술연구소, 2006a)
2) 「한시 용어로 본 삼구육명론(2)의 변증: 특정구와 4·8·10구체에 적용한 학설들을 중심으로」(『국제문화연구』 제24집, 청주대학교 국제협력연구원, 2006b)
3) 「음악 용어로 본 삼구육명론의 변증」(『청대학술논집』 제34집 별집, 청주대학교 한국문화연구소, 2006c)
4) 「불교 용어로 본 삼구육명론의 변증」(『어문논총』 제20집, 동서어문학회, 2006d)

이 네 편의 글을 모두 책에 옮겨 싣는 것은 그 분량과 내용으로 보아 무리인 것 같다. 특히 변증의 결과로 볼 때에, 1) 2) 3) 등의 세 편은 그렇게 중요하지도 않다. 그리고 앞의 4편의 글을 쓰면서 그 당시까지 나온 글들 중에서 3편의 글들(엄국현 1994, 예창해 1999, 박인희 1999)을 미처 변증하지 못했고, 그 후에 3편의 글들(손종흠 2013, 김성규 2016, 황병익 2018)이 나왔다.

이에 한시 용어와 음악 용어로 본 논의들의 변증에서는 앞의 글들에서 정리한 결론에 빠진 글의 변증만을 더하고, 불교의 시가 용어로 본 논의의 변증에서는 그 전문에, 빠진 글의 변증을 더하여, 삼구육명을 해석한 글들을 종합적으로 변증하고자 한다.

2. 한시 용어로 본 해석의 변증

이 장에서 변증을 보완하려는 글은 두 편이다. 이 두 편을 변증한 다음에, 앞의 글에서 정리한 결론을 보완하여, 한시 용어로 본 논의의 한계를 정리하면 다음과 같다.

2.1. 한시 용어로 본 해석의 변증 보완

이 절에서는 예창해(1999)와 손종흠(2013)의 글을 변증하고자 한다.

2.1.1. 1행 3개의 음운론적 단어(삼구)와 1행 6음절(육명)

예창해는 다음과 같이 삼구를 1행 3개의 음운론적 단어로, 육명을 1행 6음절로 보았다.

> 다음, '三句六名'의 '句'는 音韻論的 單語(breath group, syntagma)와 같은 개념의 單位로 보고, '名'은 음절로 보았다. '名'을 음절로 보는 데는 별 이의가 없을 줄 안다. '句'를 음운론적 단어로 본 것은 당시 지식인들의 句에 대한 개념이 '聯字分疆'의 '局言'이라 할 때 향가의 한 行을 이루는

> 언어 조직의 중간 단위로서 그 개념을 충족시키는 단위가 音韻論的 單語(breath group, syntagma ; '語節이라는 平凡한 말로 바꾸더라도 큰 無理는 없는 것')이기 때문이다.
>
> 위와 같이 보면 '歌排鄕語 切磋於三句六名'이라는 최행귀의 말은 향가의 詩行들이 3개의 음운론적 단어나 6음절로 이루어짐을 뜻한 것이라는 풀이가 가능하지 않을까 생각한다(예창해 1999:56).

이 주장에서 보면, 삼구를 10구체의 1행이 가지는 3개의 음운론적인 단어로, 육명을 10구체 1행이 가지는 6음절로 정리하였다. 그리고 이를 〈원왕가〉와 〈찬기파랑가〉에서 검토하였다. 이 주장은 김완진의 제1·3·7구 6자설과 3음보설의 장점만을 선택하려 한 것으로 볼 수 있다. 그러나 이 주장 역시 몇 가지 문제를 보인다.

첫째로, 기준1인 '句'와 '名'의 의미에서, '구'의 의미가 모호하다는 것이다. 이 글에서는 '구'를 "音韻論的 單語(breath group, syntagma; '語節이라는 平凡한 말로 바꾸더라도 큰 無理는 없는 것')"라고 한다. 이 정리만 보면 상당히 학문적이다. 그러나 예증에서 보인 예로 보면, "그리술본 부텨 알픠"나 "法界 업드록 니르거라"에서 보이는 '그리술본, 부텨, 알픠, 法界, 업드록, 니르거라' 등의 6단어와 같은, '단어'를 '구'라고 하고 있다. 상식적인 수준에서 '단어'를 '구'라고 말할 수 없다. '명'은 '자'로 볼 수 있다.

둘째로, 기준2인 "詩構唐辭 磨琢於五言七字"와 "歌排鄕語 切磋於三句六名"의 문맥에서는 문제를 보이지 않는다. 이에 비해 기준3인 '오언칠자'와 '삼구육명'의 대구에서는 문제를 보인다. '오언칠자'에서 두 종류의 시가 또는 두 종류의 시가에서 1행이 보이는 자수를 보여준다. 이에 대구가 된 '삼구육명'에서는 한 작품에 나타난 1행 3구(음운론적 단어) 또는 1행 6자로 설명한다. 이로 인해 두 종류의 시가 1행에 나타난 5자와

7자의 자수와, 한 작품에 나타난 1행 3구(음운론적 단어) 또는 1행 6자는 대구가 되지 못한다. 이 문제를 해명[1]하려 하였다. 그러나 이 주장과 이 해명을 따라도, 향가의 한 작품의 시행에서 삼구나 육명을 혼용하듯이, 한시의 한 작품의 시행에서 오언이나 칠언을 혼용한 예가 거의 없다는 문제를 피하기는 어렵다. 이 문제는 '오언칠자'를 오언시와 칠언시로 해독하지 말고, 다르게 읽을 때에 풀리는 문제이다.

셋째로, 기준4인 "歌詩揚菩薩之行因 收皈論藏"의 조건에서도 문제를 보인다. 이 연구자는 균여의 〈원왕가〉 11수와 〈찬기파랑가〉를 예로 들었는데, 전자는 기준4에 맞지만, 후자는 기준4에 맞지 않는다.

넷째로, 기준5인 실제 작품에서의 증명에서도 문제를 보인다. 이 글에서 예증한 글을 보면 120행 중에서 19행은 맞지 않는다는 사실을 스스로 정리하였다. 그리고 나머지 중에서 반 정도가 예증된다고 정리하고, 반은 반신반의하는 '△'표를 쳤다. 이 정도를 가지고 예증되었다고 하기는 어려워 보인다.

2.1.2. 4·8·10구체 1행의 3구(음운론적 단어)와 6명(명사, 조사, 어간, 어미)

이번에는 삼구육명을 향가는 물론 한국시가에서 1행이 3구와 6명으로 구성되었다고 본 손종흠의 주장을 보자.

---

1 "그러나 지금 우리가 알고 있는 향가 작품들을 놓고 볼 때 향가가 일률적인 詩行 형태를 지닌 양식이 아님은 분명하다(Ⅱ-4 참조). 그렇다면 최행귀가 '五言七字'라 했을 때 唐詩의 五言詩와 七言詩의 詩句 형태를 따로따로 말한 것이 아니라 양식과 관계 없이 唐詩의 경우 詩句는 五言이나 七言으로 이루어진다는 뜻으로 보아 이에 대해 향가의 詩行은 '三句'나 '六名'으로 이루어짐을 말한 것으로 보면 이점 해명되는 것이다."(예창해 1999:55~56).

> 名과 句의 의미를 이렇게 파악하고 나면 삼구육명의 의미 또한 분명하게 밝히는 것이 가능하게 된다. 『균여전』에서 최행귀가 말한 "三句六名으로 늘어놓는다(排)"는 말은 향가를 중심으로 한 민족시가의 형식적 특성에 대해 말한 것으로 하나의 行을 구조 단위로 하였을 때 시가의 모든 행이 세 개의 '句'와 여섯 개의 '名'으로 구성되는 점을 지적한 것으로 해석할 수 있기 때문이다. 한국 시가는 음절의 平長을 바탕으로 하면서 일정한 의미의 경계를 만들어내는 최하위의 구조단위이면서 명사와 조사, 어간과 어미가 순차적으로 결합하여 형성되는 名이 두 개씩 짝을 지어서 句를 만들고, 句가 세 개씩 배열되어 하나의 行을 구성하며, 다음으로는 행을 주기적으로 반복하는 것으로 형태를 완성하는 모습을 지니고 있다. 그렇기 때문에 句가 五言을 날줄로 하고 七字를 씨줄로 하여 얽어 짜는(構) 방식으로 구성되는 漢詩의 특성과 대비되면서도 질적으로는 매우 다른 구성방식을 지니고 있는 우리 시가의 형식적 특성에 대해 三句와 六名의 방식으로 늘어놓음(排)이라고 명확하게 밝힘으로써 향가를 비롯한 민족시가의 형식적 특성이 올바르게 드러날 수 있도록 했던 것이다. 삼구육명에 대한 이러한 해석은 지금까지 불가능한 것으로 여겨졌던 민족 시가의 정형성을 확보할 수 있는 이론적 근거를 마련한 것으로 볼 수 있기 때문에 그 의미와 중요성은 매우 크다고 할 수 있다(손종흠 2013:401~402).

이 주장은 기왕의 주장들에 두 가지 문제를 제기하고, 이를 해결하고자 노력한 결과이다. 하나는 '오언칠자(五言七字)'를 오언시와 칠언시로 해석하고, 이에 대해 "어느 누구도 다른 의견을 제시한 적이 없다."고 문제를 제기한 것이다. 다른 하나는 '오언칠자'의 '언'과 '자'를 오언시와 칠언시에서와 같이 동일한 것이라고 하면서, 이에 대구가 된 '삼구육명'의 '구'와 '명'을 층위가 서로 다른 요소를 지칭한 것으로 보는 것은 모순이라는 문제의 제기이다. 이 두 문제의 제기는 상당히 그럴듯하다. 그러나 연구사를 철저하게 검토하지 않은 문제를 보인다. 이 두 문제는 이미 양희철의 논문(1986b)과 책(1988)에서 해결한 문제이다. 이 문제 외에도 이 주장은 다음과 같은 몇 문제를 보인다. 이를 차례로 보자.

첫째로, 기준 1인 '명'과 '구'의 의미가 모호하다. 이 주장에서는 '명'의 사전적 의미로 '형성(形成)'을 제시하고, 실제에서는 "명사, 조사, 어간, 어미 등을 구성하는 단위"(손종흠 2013:399)라고 설명하였다. '형성'에서 '명사, 조사, 어간, 어미' 등을 도출하는 과정이 너무도 현학적이며, 그 대어인 '오언' 즉 '오성(五聲)'에 맞추려는 인상이 강하다. 그리고 '구'를 "체언에 조사가 순차적으로 결합하거나 어간에 어미가 순차적으로 붙어서 이루어진 형태"로 정리하였다. 이는 우리가 흔히 말하는 체언과 조사가 결합된 단어와 어간과 어미가 결합된 단어를 '구'라고 한 것이다. 이런 단어를 '구'라고 볼 사람은 아무도 없다. 이 문제를 옹호하기 위하여, "일상의 언어에서 말하는 것과 시가에서 말하는 것이 다른 이유는 일정한 형태를 가지는 구성요소를 주기적으로 반복하는 형식원리를 지니고 있는 시가에서는 일상의 언어에서 인정되는 관형사구와 부사구 같은 것들은 그 자체만으로는 독립된 구실을 하는 句로 인정하기 어렵기 때문이다." (손종흠 2013:395)라고 주장하나, 이 정도로는 설득력이 없어 보인다.

둘째로, 기준2의 일부인 "詩構唐辭 磨琢於五言七字"의 문맥이 모호하다. '오언칠자'를 "七字는 글자의 숫자를 말하는 것이 아니라 四聲, 혹은 七聲을 중심으로 하는 소리의 어울림을 가리키는 것"(손종흠 2013:391~392)이라고도 하고, "다섯 개의 소리가 일곱 개의 글자에 맞추어서 얽어지는 것이 바로 시라는 사실을 지칭한 말이 바로 五言七字가 된다."라고도 하여, 문맥이 잘 이해되지 않는다.

기준3인 '오언칠자'와 '삼구육명'의 대구는 이 주장이 공을 들인 곳으로 문제가 없다.

셋째로, 기준4인 "歌詩揚菩薩之行因 收皈論藏"의 조건에서 일부만 맞다.

넷째로, 기준5인 실제 작품에서의 증명에서는 많은 문제를 보인다. 이 주장이 제시한 시조의 경우에는 어느 정도 그 이해가 간다. 그러나 한국어가 '명사+조사'와 '어간+어미'로만 구성되는 것이 아니어서 이를 벗어난 경우에는 맞지 않는다. 게다가 향가의 경우에는, 3구(3개의 '명사+조사'나 '어간+어미') 6명(6개의 명사, 조사, 어간, 어미)에 맞추기 위하여, 기왕의 4구체(4행시), 8구체(8행시), 10구체(10행시) 등의 행을 다시 바꾸어야 하는 문제를 보인다. 이런 사실은 이 주장자가 행을 바꾸어 제시한 〈원왕생가〉의 "月下伊底亦 西方念丁 去賜里遣"(제1행) 및 "無量壽佛前內 惱叱古音多可支 白遣賜立"(제2행)와 〈제망매가〉의 "生死路隱 此矣 有阿米次伊遣"(제1행)에서 잘 나타나 있다.

2.2. 한시 용어로 본 해석의 한계

앞의 두 글(양희철 2006a, b)에서 정리한 결론에, 앞절에서 변증한 내용을 보완하면 다음과 같다.

먼저 10구체 향가에 적용한 학설들을 변증하여 얻은 결과를 표로 정리한 다음에 결론을 내리면 다음과 같다.

1) 삼구육명을 삼장식·비육구식으로 해석한 경우는 다음의 표1로 정리된다.

주장자	주장의 핵심 (삼구, 육명)	기준1		기준2	기준3		기준4	기준5	
		구	명		오언 삼구	칠자 육명		삼구	육명
土田杏村	3가련, 1행 6음절	△	○	○	×	○	△	○	△
홍기문 외[2]	3장, 1행 6음절	△	○	○	×	○	△	○	△
이 탁	3문장, 2행 6뜻덩이	△	△	○	×	○	△	○	△
김상선	3문장, 2행 6단어	△	△	○	×	○	△	○	△
신재홍	3장, 2행 6음보	△	×	○	×	×	△	○	×
조세형	3장, 2행 6음보	△	×	○	×	×	△	○	×

2) 삼구육명을 비삼장식·비육구식으로 해석한 경우는 다음의 표2로 정리된다.

주장자	주장의 핵심 (삼구, 육명)	기준1		기준2	기준3		기준4	기준5	
		구	명		오언 삼구	칠자 육명		삼구	육명
이근영	2행 3구, 2행 6뜻덩이	×	△	○	×	○	△	×	△
이병기	3자, 1행 6(3·3)자	×	○	○	×	○	△	×	△
서수생	3자, 1행 6(3·3)자	×	○	○	×	○	△	×	△
김수업	2행 3음보, 2행 6음절	×	○	○	×	○	△	×	×
장진호	1행 3음보, 2행 6음보	×	×	○	×	×	△	×	×
예창해	1행 3개의 음운론적 단어, 1행 6음절	×	○	○	×	○	△	×	×

2 홍기문 외에 이학수와 김사엽도 같은 주장을 하였다.

3) 삼구육명을 삼장식·육구식으로 해석한 경우는 다음의 표3으로 정리된다.

주장자	주장의 핵심 (삼구, 육명)	기준1		기준2	기준3		기준4	기준5	
		구	명		오언삼구	칠자육명		삼구	육명
지헌영 외[3]	10구체의 3분단, 반구 6분단	△	×	○	×	×	△	○	○
김선풍 외[4]	11구체의 3분단, 반구 6분단	△	×	○	×	×	△	○	○

이렇게 정리된 세 표들에서 다음과 같은 점들을 정리할 수 있다.

1) 기준1인 '구'와 '명'의 의미에서 인정할 수 있는 기왕의 연구는 매우 적다. '구'의 의미에서, '자(字)'와 '음보'는 근거 없는 모호한 의미이며, 겨우 '연(聯), 장(章), 문장, 분단' 등이 미흡하나마 이해할 수 있는 의미이다. 미흡한 점은 10구체의 1~4, 5~8, 9~10 등이 다시 구(句)가 되는 근거이다. '명'의 의미에서, '음보'와 '반구(半句)'(10구의 6분단)는 근거 없는 모호한 의미이며, '뜻덩이' 또는 '단어'는 그 근거 자료에서 미흡하나마 이해할 수 있는 의미이고, '자(字)' 또는 '음절'은 이해가 충분한 의미이다.

2) 기왕의 연구들은 기준2인 "시구당사(詩構唐辭) 마탁어오언칠자(磨琢於五言七字)"와 "가배향어(歌排鄕語) 절차어삼구육명(切磋於三句六名)"의 문맥에는 거의가 합당하다.

---

3 지헌영 외에 김상선, 김준영, 유창균, 금기창 등도 같은 주장을 하였다.

4 김선풍 외에 지헌영, 이종출, 홍재휴, 김선기, 조평환, 송재주, 조동일 등도 같은 주장을 하였다.

3) 기준3인 '오언칠자'와 '삼구육명'의 대구는 극히 일부의 연구에서만 언급되었다. 즉 '칠자'와 '육명'만의 대구가, '명(名)'을 '자(字)'로 본 경우(土田杏村, 홍기문, 이병기, 서수생, 김수업, 예창해)와 '명(名)'을 '단어/뜻덩이'로 본 경우(이근영, 이탁, 김상선)에서 언급되었다. 이 대구의 문제는 1980년대에 심각하게 인식되었다.

4) 기준4인 "가시양보살지행인(歌詩揚菩薩之行因) 수귀논장(收皈論藏)"의 두 조건에서는 기왕의 모든 연구가 미흡하다. 그 이유는 이 연구들이 삼구육명을 10구체 향가 전체에 적용하였기 때문이다.

5) 기준5인 실제 작품에서의 증명이 인정되는 연구 역시 매우 적다. 삼구를 해석한 '2행 3구, 3자, 1행 3음보, 2행 3음보' 등과, 육명을 해석한 '2행 6음절, 2행 6음보' 등은 실제 작품에서 증명되지 않는다. 육명을 해석한 '반구(半句)'(10구체 6분단)는 실제 작품에서 증명될 수 있지만, '명'의 개념으로는 도저히 설명할 수 없다. 이렇게 되면, 삼구를 해석한 '3가련, 3장, 3문장, 3분단' 등과 육명을 해석한 '1행 6자/6음절, 2행 6단어/6뜻덩이' 등만이, 미흡하지만 그 가능성을 보인다.

이상과 같이 '구'와 '명'을 한시 용어로 본 삼구육명론의 변증에서, 10구체에 적용한 학설들은 기준2를 제외한 나머지 기준들 넷에서 많은 문제가 있음을 보여준다. 그 중에서 기준1과 기준3의 문제에 대한 검토는 70, 80, 90년대에, 삼구육명을 한시 용어로 보고, 그 적용 대상을 특정구나 4·8·10구체로 본 연구들에서 행해졌다.

4·8·10구체에 적용한 주장들은 다음의 표4로 정리된다.

주장자	주장의 핵심 (삼구, 육명)	기준1		기준2	기준3		기준4	기준5	
		구	명		오언 삼구	칠자 육명		삼구	육명
정기호 (1)	4·8·10구체 3분단, ?육명	×	×	○	×	×	△	△	×
정기호 (2)	10구체 3분단, ?(4·8구체)	△	?	○	×	×	△	○	×
강길운	4·10구체 3분단, 4·10구체 2행 6음보	×	×	○	×	○	△	△	×
성호경	10구체 3분단, 4구체 1행 6자	△	○	○	×	○	△	○	×
최 철	8·10구체 3분단, 10구체 6분단	△	×	○	×	×	△	△	○
이웅재 김문기	4구체 1행 3음보, 8·10구체 2행 6음보	×	×	○	○	○	△	×	×
손종흠	수정된 1행의 3구, (명사+조사, 어간+어미), 6개의 명사, 조사, 어간, 어미	×	×	△	○	○	△	×	×

이 표에서 다음과 같은 내용을 정리할 수 있다.

1) 기준1인 '구'와 '명'의 의미에서 새로운 것은 없다. 삼구를 (8·)10구체의 3분단(3장, 3련, 3문장)으로 미흡하게 해석한 것과, '육명'을 1행 6자로 해석한 것은 이미 있어온 해석들이다. 나머지들은 '구'나 '명'의 의미가 아니라, 의미를 부여한 것에 지나지 않는다.

2) 기준2인 "시구당사(詩構唐辭) 마탁어오언칠자(磨琢於五言七字)"와 "가배향어(歌排鄕語) 절차어삼구육명(切磋於三句六名)"의 문맥에서는 문제를 보이지 않는다.

3) 기준3인 '오언칠자'와 '삼구육명'의 대구에서는 손종흠을 제외한 나머지 모든 해석들이 문제를 보인다. 이에 속한 해석들은 분명히 '오언칠

자'와 '삼구육명'의 대구를 의식한다. 이로 인해 오언칠자를 두 집단으로 보듯이 삼구육명을 두 집단으로 본 점에서, 이 주장들(강길운과 최철의 주장은 제외)은 대구를 이루는 것 같다. 그러나 '오언'과 '삼구'의 관계에서 앞의 해석들은 그 비교 단위를 1행과 작품 전체로 하고 있어, 이웅재와 김문기의 주장을 제외한 나머지에서는 대구가 성립하지 않는다. 그리고 '육명'을 '6자'(성호경)나 '6음보'(강길운, 이웅재, 김문기)로 본 해석들은 일단 '칠자'와 '육명'의 비교 단위로 1행 또는 2행을 취한다는 점에서 대구가 형성된다. 그러나 이 대구를 형성하는 주장들은 기준1인 '구'나 '명'의 의미나 기준5인 실제 작품에서의 증명 등에서 문제를 보인다. 손종흠의 경우에는 대구를 이루나, '언, 자, 구, 명' 등의 개념에서 문제가 있어, 이 대구도 문제를 보인다.

4) 기준4인 "가시양보살지행인(歌詩揚菩薩之行因) 수귀논장(收皈論藏)"의 두 조건을 10구체의 일부(균여의 향가)만이 만족시킨다. 그러나 이것도 "가시양보살지행인(歌詩揚菩薩之行因) 수귀논장(收皈論藏)"을 의식한 결과는 아니다.

5) 기준5인 실제 작품에서의 증명에서, '삼구'의 경우에 10구체의 3분단은 인정되지만, 나머지는 임의적이며, '구'의 의미에서 문제를 보이는 것들이다. '명(名)'의 의미에 '분단'이나 '반구(半句)'의 의미가 없고, '형성(形成)'에서 '명사, 조사, 어간, 어미' 등을 이끌어내는 것이 너무 비약적이며 너무 어렵다는 점에서, 육명의 해석에서도 문제를 보인다.

특정구나 특정어(차사)에 적용한 주장들은 다음의 표5로 정리된다.

주장자	주장의 핵심 (삼구, 육명)	기준1		기준2	기준3		기준4	기준5	
		구	명		오언 삼구	칠자 육명		삼구	육명
여증동	제3구, 6뜻덩이	○	△	×	×	×	△	○	×
최 철	3차사, 6차사	○	×	×	×	×	○	○	×
김선기	3구명어, 6구명어	○	×	×	×	×	○	○	×
김완진	제1,3,7구, 6음절	○	○	×	×	×	△	○	×
박경주	10구체의 3분단, 4·8구체의 첫행 6자	△	○	×	×	×	△	○	△

이 표에서 다음과 같은 내용을 정리할 수 있다.

1) 기준1인 '구'와 '명'의 의미에서 새로운 의미를 찾거나 부여하였다. '삼구'를 10구체의 3분단(3장, 3련, 3문장)으로, '육명'을 6뜻덩이나 6음절로 본 것들만이, 이 해석들이 주장될 때까지 있어 왔으며, 나머지는 모두가 새로 찾거나 부여한 의미들이다. 이 중에서 '명'을 차사나 구명어로 해석한 것을 제외한 것들은 모두가 인정된다.

2) 기준2인 "시구당사(詩構唐辭) 마탁어오언칠자(磨琢於五言七字)"와 "가배향어(歌排鄕語) 절차어삼구육명(切磋於三句六名)"의 문맥에서 많은 문제를 보인다. 앞의 해석들은 '구'와 '명'의 의미에서 새로운 의미를 찾거나 부여하는 데에 성공하였다. 그러나 이 해석들은 기준2에서 문제를 보인다. 그 문제는 바로 "가배향어(歌排鄕語) 절차어삼구육명(切磋於三句六名)"의 문맥에서 피설명항이 설명항보다 크다는 것이다. 앞의 해석들을 삼구육명에 넣고 해석하면 "노래는(피설명항) 우리말을 배열하여 삼구육명(제3구의 6뜻덩이, 3차사와 6차사, 3구명어와 6구명어, 제1·3·7구의 6음절, 10구체의 3분단과 4·8구체의 첫행 6자)으로 절차한다(설명항)"가 된다. 이 번역에서 피설명항이 설명항보다 커서, 이 설명

이 잘못된 것임을 알 수 있다.

3) 기준3인 '오언칠자'와 '삼구육명'의 대구에서도 문제를 보인다. 이에 속한 해석들은 분명히 '오언칠자'와 '삼구육명'의 대구를 의식한다. 이로 인해 최소한 '칠자'의 '자'와 '육명'의 '명'은 글자 자체만으로는 대구가 되는 것 같다. 그러나 '칠자'와 '육명'은 대구가 되지 않는다. 왜냐하면, '칠자'는 칠언시의 각구가 보이는 공통이지만, '육명'은 각구 또는 2구가 보이는 공통이 아니라, 특정구 및 특정어(차사)가 보이는 특성이기 때문이다.

4) 기준4인 "가시양보살지행인(歌詩揚菩薩之行因) 수귀논장(收皈論藏)"의 두 조건을 두 글만이 만족시킨다. 그러나 이 만족은 "가시양보살지행인(歌詩揚菩薩之行因) 수귀논장(收皈論藏)"을 의식한 결과가 아니라 우연의 일치에 의한 것으로 판단된다.

5) 기준5인 실제 작품에서의 증명은 '구'의 경우에 인정되고, '명'의 경우에 거의 인정되지 않는다. 앞의 다섯 해석이 보인 '구'의 의미는 실제 작품에서 예증된다. 왜냐하면, 이 해석들은 삼구의 의미를 한자 '삼구'의 해석보다 자료에 기초한 귀납을 했기 때문이다. 그러나 이 해석들은 앞에서 보았듯이 기준2·3을 만족시키지 못한다.

이렇게 삼구육명을 한시 용어로 보고, 그것을 4·8·10구체나, 특정구 및 특정어(차사)에 적용한 주장들은, 그것을 10구체 향가에 적용한 주장들의 한계를, '구'와 '명'의 의미와, 오언칠자와 삼구육명의 대구라는 두 차원에서 극복하려 했으나, 문제의 어느 것도 해결하지 못하였다. 이로 인해 삼구육명의 해석은 다시 음악 용어나 불교 용어로 해석하려는 방향으로 나아가게 된다.

3. 음악 용어로 본 해석의 변증

이 장에서 변증을 보완하려는 글은 세 편이다. 이 세 편을 변증한 다음에, 앞의 글(양희철 2006c)에서 정리한 결론을 보완하여, 음악 용어로 본 논의의 한계를 정리하면 다음과 같다.

3.1. 음악 용어로 본 해석의 변증 보완

이 절에서는 엄국현(1994), 박인희(1999), 김성규(2016) 등의 글을 변증하고자 한다.

3.1.1. 장구, 단구, 격구의 3구와 음악의 6율명

엄국현이 삼구를 장구, 단구, 격구 등으로, 육명을 6율명으로 본, 다음의 글을 보자.

> …… 이들 仙人이 부르던 노래 가운데 대표적인 歌法이 嗟辭하는 詞腦唱法이었던 바, 이 詞腦唱法으로 부르는 鄕歌의 형식적 특징은 崔行歸가 普賢十願歌 漢譯詩의 서문에서 규정했던 바 그대로 '三句六名'에 있다고 할 수 있다.
>
> 長句와 短句 두 종류의 句로만 이루어져 있는 중국 漢詩의 정형성과 달리 우리 고대시가는 長句와 短句, 그리고 隔句의 세 종류의 句로 만들어져 있으므로 句法이 보다 자유롭고 화려하다 하겠고, 또 文理만 파악하면 그만인 漢詩와 달리 우리나라의 시가는 '就歌', 즉 노래로 불러야 하는 것이므로 律에 맞추어야 할 필요가 있다. 이 律은 모두 12律이 있고 각각 律名이 있는데, 이 12律을 흔히 6律이라고도 하므로 12律名을 六名이라 줄여 말할 수도 있다. 이처럼 우리나라 시가의 창작에 있어서, 그 辭句는 三句에 맞추어 다듬고, 聲律은 六名에 맞추어 불러야 하는 것이다. 맞추고 다듬어야

> 하는 규칙, 그것은 수학적 원리이며 동시에 창조의 법칙이라 하겠다. 이 규칙에 따를 때 조화와 질서가 생기는 것이다.
>
> 향가의 형식을 흔히 4구체, 8구체, 10구체로 나누는 것은 문학적인 측면에서 분류한 것으로 崔行歸가 향가를 분류한 三句六名이라는 문학과 음악을 통합한 분류방식과는 무관한 것이며, 또 삼국유사 소재의 歌節과도 일치되지 않는 것이다. 예컨대 祭亡妹歌는 9행이며 讚耆婆郎歌는 11行으로 分節되어 있다.
>
> 9行이나 11行의 향가를 10구체로 보는 것은 한국시가의 형식적 특징 가운데 하나인 隔句를 깡그리 무시한 것이고, 의미를 중시한 분류인데, 이와 같은 문학적 분류는 隔句인 감탄구가 노래로 불릴 때는 16정간보의 2行에 걸쳐 상당히 길게 불린다는 음악적인 특성을 충분히 고려하지 못한 데서 나온 것이라 할 수밖에 없다(엄국현 1994:26~27).

이 글은 논거가 거의 없는 추측 내지 추정에 지나지 않으며, 『균여전』을 성실하게 읽었어야 한다는 아쉬움을 보여주므로, 앞의 글에서는 변증을 생략하였었다. 그러나 이 글에서는 간단하게 변증하려 한다.

기준1인 '句'와 '名'의 의미에서 상당히 미흡하다. '구'를 '장구, 단구, 격구' 등으로 보면, '구'의 의미는 가능할 수 있다. 그러나 '명'을 '율명'으로 볼 수는 없다. 이런 의미는 존재하지 않는다. 12율은 '6율(律)6려(呂)'라고는 해도 '6율'이라고는 하지 않으며, '6율명'이라고는 더욱 하지 않는다.

기준2인 "詩構唐辭 磨琢於五言七字"와 "歌排鄕語 切磋於三句六名"의 문맥에서는 거의 불가능한 해석이다. 이 주장을 문맥에 대입한, "향가(특히 균여의 향가)는 향어를 배열하여 삼구(장구, 단구, 격구)와 육명(12율명, 6율명)으로 끊고 간다."는 문맥이 통하지 않는 비문이 되고 만다.

기준3인 '오언칠자'와 '삼구육명'의 대구와 기준4인 "歌詩揚菩薩之行

因 收皈論藏"의 조건에, 이 주장은 맞지도 않으며, 기준5인 실제 작품에서의 증명도 거의 불가능하다.

특히 이 주장은 그 당시까지 많은 지지를 받았던 가절설에 적지 않은 부분을 의지하고 있는데, 그 후에 이 가절설이 수정되었다는 점에서도 많은 문제를 보인다.

3.1.2. 3연의 3구와 6음의 6명

박인희는 기왕의 주장이 너무 문학의 형식론에 빠져서 삼구육명을 밝히지 못했다고 보고, 삼구육명을 사곡(詞曲)의 명명으로 보아, 삼구를 3연으로 육명을 6음으로 보았다. 그 중요한 부분을 보자.

> 三句라는 것은 노래의 詞에 해당하는 것으로 보았다. 詞에 해당하는 것이 三句이므로 하나의 노래 속에는 세 개의 구가 필요하다는 표현이 된다. 그런데 句라는 字意 속에는 '詞絕'이라는 뜻이 포함되어 있으므로 句를 詞에 해당하는 것으로 보아도 무리가 없고 〈보현십종원왕가〉 11편을 분석한 결과 노래 안의 화자가 5행과 9행에서 바뀜으로써 그 단락이 세 개로 구분지어짐을 알 수 있었다. …… 따라서 〈보현십종원왕가〉는 1행부터 4행까지, 5행부터 8행까지, 9행부터 10행까지 세 단락으로 나눌 수 있었으며, 이 세 단락이 三句를 의미하는 것으로 현대시에서 사용되는 聯과 유사한 의미를 갖고 있음을 알 수 있다.
>
> 六名이라는 것은 노래에서 曲에 해당하는 부분으로 보고 曲을 만들어 낼 수 있는 6개의 음으로 파악하였다. 六名이 6개의 音이라는 결론은 현존하는 문헌인 『악학궤범』의 기록과 五音略譜 기보법의 원리를 통하여 동양음악의 근원을 유추함으로써 가능하였다. …… 오음계는 오행사상과 결합되어 나온 것으로 궁·상·각·치·우의 다섯이 존재한다. 십이율과 오음계는 서로 조합을 이루어 六十調를 형성하게 되는데 이것을 음양오행사상에 의한 음악이론의 완성이라고 할 수 있지만 실제로 사용되는 음악에서는 이론

> 적인 음과 다른 음이 존재하기 때문에 아악에서는 칠음계를 사용하였고, 향악에서는 음의 구분을 상하법을 이용하여 다르게 구분하고 있었음을 발견할 수 있다. 이 상하법은 기준음 宮을 중심으로 상성과 하성의 다섯으로 구분한 것으로 기준음 宮에서 시작하여 이와 변별되는 '宮'으로 이어지는 여섯 음을 구분한 것이다. 이 여섯 음의 단계는 십이율의 양성과 음성의 여섯 음들의 음가가 동일하다는 점에서 동양음악의 기본음도 결국은 여섯 개로 볼 수 있다는 것을 논하였고, 따라서 그것이 노래의 곡을 형성할 수 있는 六名으로 표현된 것으로 보았다(박인희 1999:25~26).

이 인용에서 보면, 삼구를 3연으로 보고, 육명을 '궁·상·각·치·우·궁'의 6음으로 보았다. 이 글에는 다음과 같은 문제들이 포함되어 있다.

첫째로 기준1인 '구'와 '명'의 의미가 부정확하거나 모호하다. 구의 자의에 '사절(詞絶)'이란 뜻이 있다. 그러나 이 '사절(詞絶)'의 의미는 시행의 행에 해당하는 구의 의미이지, 연의 의미가 아니다. 그리고 육명을 '궁·상·각·치·우·궁'의 6음으로 보고 있으나, '명'에 '음'이란 의미도 없고, 6음이 '궁·상·각·치·우·궁'의 음이라는 주장도 이 글에서 처음으로 보는 주장이다. 둘째로 기준2인 "가배향어(歌排鄕語) 절차어삼구육명(切磋於三句六名)"의 문맥에, 이 주장자의 삼구육명 해석을 넣어보면, 문맥이 통하지 않는다. 즉 향어를 배열하여 삼구육명으로 절차하면, 삼구육명은 '향어'의 범위를 벗어나서 음악의 6음이 되지 않는다. 왜냐하면, 향어 즉 신라와 고려의 언어는 언어가 되어, 노래의 사(詞)는 되어도, 노래의 곡(曲) 즉 6음이 되지 않기 때문이다. 그리고 이로 인해 기준3인 '오언칠자'와 '삼구육명'의 대구를 이해할 수 없다. 셋째로 대상을 10구체 향가로 하였다는 점에서, 기준4인 "가시양보살지행인(歌詩揚菩薩之行因) 수귀논장(收皈論藏)"의 두 조건에 부분적으로 맞지만, 이 조건을 인식한 것 같지는 않다. 넷째로 기준5인 실제 작품에서의 증명이 어렵다.

3.1.3. 1, 2구와 후렴구의 삼구와 그 반복의 육명

김성규(2016:177~208)는 '後句, 落句, 隔句, 後言' 등을 후렴으로 보고, '후구'와 같은 '구'의 개념에 입각하여, 기왕의 10구체를 5구로 보면서, 제1, 2구 다음에 후렴의 표기가 생략된 것으로 보아, 제1, 2구와 생략된 후렴을 3구로 보고, 제3, 4, 5구를 3구로 보면서, 그 합을 6명으로 보았다. 그리고 기왕의 8구체는 제9, 10구, 즉 후렴에 해당하는 부분이 생략되었다고 보면서, 현존 8구체를 4구로 보고, 이 전2구와 후2구 다음에 각각 (표기에 생략된) 후렴이 와서 3구가 되고, 이 3구가 반복한 전체를 6명으로 보았다.

이 글은 '後句, 落句, 隔句, 後言' 등이 시적 형식, 즉 체격이라고 본 것까지는 좋았지만, 그 다음에 이것들이 후렴이라고 보는 데서부터 문제를 보인다. 그리고 후렴이 생략되었다는 것을 논증하는 것도 쉽지 않다. 이런 이 글을 앞에서와 같이 다섯 기준으로 변증하면 다음과 같다.

기준1인 '句'와 '名'의 의미가 명확하지 않다. '後句, 落句, 隔句, 後言' 등이 후렴구라고 보기가 어렵고, 삼구와 삼구의 합인 육구를 다시 육명이라고 하는 것도 어렵다. 기준2인 "詩構唐辭 磨琢於五言七字"와 "歌排鄕語 切磋於三句六名"의 문맥에서, 전자의 문맥은 검토한 바가 없다. 그리고 기준3인 '오언칠자'와 '삼구육명'의 대구도 검토한 바가 없고, 기준4인 "歌詩揚菩薩之行因 收皈論藏"의 조건은 10구체 전체에서 확인되지 않는다. 기준5인 실제 작품에서의 증명은 필자의 주장대로 보면 가능하지만, 필자의 주장 자체에 문제가 있어, 이도 인정하는 것이 쉽지 않다.

3.2. 음악 용어로 본 해석의 한계

양태순(1986, 1998; 2002; 2003a, 2000a; 2003b, 2000b; 2003c),

김종규(1988; 1994), 이종출(1973, 1975; 1979), 강등학(1990:1998), 여기현(1998), 라경수(1995), 권동수(2004) 등의 글을 대상으로 변증한 앞 글(양희철 2006c)의 결론에, 앞 절에서 변증한 내용을 보완하여, 음악 용어로 본 논의의 한계를 정리하면 다음과 같다.

먼저 삼구육명을 음악 용어, 또는 음악 용어와 시가 용어의 혼합으로 본 해석들을 검토한 결과를 보자. 기준1인 '구'와 '명'의 의미가 정확한 것은 하나도 없다. '구'와 '명'의 의미에 근거하지 않고 유추할 따름이다. 이로 인해 기준2인 "시구당사(詩構唐辭) 마탁어오언칠자(磨琢於五言七字)"와 "가배향어(歌排鄕語) 절차어삼구육명(切磋於三句六名)"의 문맥도, 기준3인 '오언칠자'와 '삼구육명'의 대구도 이해하기 힘들다. 기준4인 "가시양보살지행인(歌詩揚菩薩之行因) 수귀논장(收皈論藏)"의 조건을 만족시킨 주장들로 둘이 있고, 부분적으로 만족시킨 주장으로 하나가 있는데, 이는 이 구문의 의미를 이해한 것이 아니라, 균여의 〈원왕가〉를 대상으로 한 것에 기인한 일치이다. 기준5인 실제 작품에서의 증명은, 삼구육명에 부여한 주장자들의 주장을 존중하면 가능하다. 이 점 때문에 앞의 논문들이 작성되었다고 생각한다. 그러나 이 증명은 이 주장들이 '구'와 '명'에 부여한 의미를 증명할 수 있는 것이 아무것도 없고, 관련 문맥을 합리적으로 설명할 수 없어, 사실상 부정적이다. 게다가 제9행을 하나의 명으로 설명한 주장들은 '후구(後句), 낙구(落句), 격구(隔句), 후언(後言)' 등이 감탄사로 해독될 수 없다는 문제도 해결하지 못한다.

이렇게 삼구육명을 음악 용어, 또는 음악 용어와 시가 용어의 혼합으로 해석하려 한 주장들은 많은 문제를 갖고 있다. 이 주장들은 향가가 음악과 밀접한 관계에 있다는 점에서 출발하였다. 이 출발점은 맞다. 그러나 향가가 음악과 밀접한 관계에 있다고, 삼구육명 곧 음악 용어라고 단정하거나 추정한 것은 한계이다. 『균여전』과 『삼국유사』에 수록된 향가들을 보면, 음악과 관련된 동시에 문학의 시와 관련되어 있다. 『균여전』의 '염송(念誦)'이나 '상독(常讀)'이란 기록은 문학의 시성(詩性)을 보여준다. 그리고 『삼국유사』의 향가 제목에서 보이는 '-가(歌)'는 "시문지가가자(詩文之可歌者) 즉이가위명(卽以歌爲名)"의 성격을 가지고 있다. 이는 향가가 문학의 측면과 음악의 측면이라는 양면을 가지고 있음을 말해준다. 또한 '명구문(名句文)'은 언어를 불교에서 설명하는 방법이고, 동시에 불교문학에서 시를 짓고 설명하는 데 쓰인다. 이런 점에서 삼구육명은 음악 용어가 아니라, 문학 용어이다. 이 문학 용어인 삼구육명을 통하여 우회적으로 향가의 음악을 가늠하거나 재구할 수 있다. 이런 측면에서 보아, 이 우회적인 입장에서 향가의 음악을 검토한 박상진(2006)의 논문은 연구 방향을 비교적 정확하게 잡았다고 생각한다.

4. 불교의 시가 용어로 본 해석의 변증

삼구육명의 명과 구를 불교의 시가 용어로 검토한 글들은, 삼구육명의 해석에서 학문적 진실에 이르고 있다. 이 때문에 삼구육명의 명과 구를 불교의 시가 용어로 검토한 글들을 변증한 앞의 글(양희철 2006d)과 그 후에 나온 글을 좀더 구체적으로 변증하고자 한다. 이에 속한 글들은, 3장6구식의 삼구육명, 형식의 3구와 6합석 또는 내용의 3句와 6어휘, (다)구신[(多)句身] 또는 게(偈=句)의 3구와 2행 6명, 시행의 구와 반만 이해한 명 등의 4유형으로 나뉜다.

4.1. 3장6구식의 삼구육명

삼구육명의 구와 명을 불교의 시가 용어로 보고, 삼구육명을 시조의 3장6구식으로 해석한 주장은 김승찬, 양희철, 윤기홍, 김준영, 송재주 등에서 보인다.

4.1.1. 세 구조적 단위(문장)와 여섯 말마디의 단위(어절)

김승찬은 "「句」와 「名」의 풀이를 中國 文學書類에만 의존할 것이 아니라 華嚴經類의 불경서의 술어 속에서 찾아봄이 타당하지 않을까?"라고, 삼구육명에 접근하는 방향의 전환을 어필하고, '구'와 '명'을 불교 술어에서 검토하고, 『균여전』에 나오는 '구'의 사용처를 살핀 다음에, 다음과 같이 삼구육명을 보았다.

> 위의 인용문 (Ⅰ)을 보면 「名」이란 범어로 娜摩로 불리어지며 次第 行列로서 自性(體)을 들내고 자세히 설명하는 것이다. 예를 든다면 「諸行無常」에 있어서 「諸行」이 곧 自性이고 名이란 것이다. 곧 「名」이란 音聲을 따라 物體에 이르고 그로 말미암아 自性을 설명하며 사람으로 하여금 想을 일으켜 그 物體의 相을 마음에 반드시 떠 올리는 것이라 하였다. 그리고 「句」란 범어로 「鉢陀」로 불리어지며 次第 安布로써 差別을 자세히 설명하는 것이다. 예를 든다면 「諸行無常」에 있어서 「諸行」이 名이며, 「無常」이 義(體上之義理)이며, 「諸行無常」이 句란 것이다.
>
> … (중간 생략)…
>
> 그러면 이상으로서 說來해 온 「三句六名」을 정리해 보면, 「三句」의 「句」란 歌意的으로 분단적 차별성이 있고, 통사론적으로 종결어미를 가진 한 구조적 단위를 일컫는 말이며, 「六名」의 「名」이란 말마디의 한 단위(어절)이며, 分節 行列에 있어서는 두 分節을 일컫는 말이라 하겠다.
>
> … (중간 생략)…
>
> 결국 11分節이며 三句六名式의 詞腦歌는 다음과 같은 형식으로 짜여져

있다고 보는 것이 타당할 것 같다.

前句	第 1句	第 1名	____ ____,
		第 2名	____ ____.
	第 2句	第 3名	____ ____,
		第 4名	____ ____.
		(餘 音)	
後句	第 3句	第 5名	____ (감탄사)
		第 6名	____ ____.

그러면 이상 말해 온 바의 名·句를 사뇌가의 하나인 請轉法輪歌에 적용해 보면,

一句 : 뎌 너븐 法界옛 佛會아ᄒᆡ
　　　나ᄂᆞᆫ 頓ㅅ 나악 法雨를 비ᄉᆞᆯ봇다라
二句 : 無明土 기피 무다 煩惱熱루 다려내매
　　　善芽 몯돌 기른 衆生ㅅ 田을 저지삼여
三句 : 後言
　　　菩提ㅅ 여름 오ᄋᆞᆯ븐 覺月 볼ᄀᆞᆫ ᄀᆞᄉᆞᆯ라 바치여

먼저 句를 보면 분명 첫句의 「부처의 세계」 둘째句의 「衆生의 세계」 셋째句의 「菩提의 세계」로 세 차별적인 세계가 차례로 安布되어 들어난다. 다음 名을 보면 첫句의 「法界의 부처」와 「法雨를 비는 나」의 自性(體)이 다르며, 둘째句의 「無明土」와 「善芽」의 自性은 다른 作想을 만들며, 셋째句의 「감탄」과 「正覺의 세계」에는 自性의 차이가 나는 것이다. 특히 감탄사를 한 「名」으로 설정함은 「菩提果가 온전한 覺月의 세계」 앞에서 인간이 느끼는 감탄인 것으로 감탄사의 名은 「自我/他者, 現實界/超越界, 비속한 人間/正覺한 초월자」라는 대립적 상념을 일으키는 어사이기 때문이다(김승찬 1976:73~77, 1978:181~187).

인용에서 보면, '명'은 자성(自性)을 드러내고, 상을 짓는 작상(作想)의 범어 '나마(娜麼)'로, '구'는 차별을 드러내는 범어 '파다(鉢陀)'로 정리하였다. 그리고 '삼구(三句)'의 '구'를 가의적(歌意的)으로 분단적 차별성이 있고, 통사론적으로 종결어미를 가진 한 구조적 단위를 일컫는 말로, '육명(六名)'의 '명(名)'을 말마디의 한 단위(어절)로 정리하였다. 그 다음에 〈청전법륜가〉에 적용하여, 기존의 삼장육구와 비슷한 형식으로 삼구육명을 보았다.

이 해석을 앞에서 제시한 다섯 기준으로 변증하면 다음과 같다. 기준1인 '구'와 '명'의 의미에서 미흡하다. 불경에 의지해 명을 자성을 드러내고, 상을 짓는 작상(作想)의 범어 '나마(娜麼)'로, 구를 차별을 드러내는 범어 '파다(鉢陀)'로 정리하면서도, 좀더 치밀한 검토를 하지 않았다. 그 결과 명을 자성을 드러내는 단어 차원에서 정리하지 못하고, 말마디의 한 단위(어절)로 정리한 미흡점과, 구를 (다)구신[(多)句身]의 구(句)라는 차원에서 정리하지 못하고, 통사론적으로 종결어미를 가진 한 구조적 단위로 정리한 미흡점을 보인다. 이는 장(章)의 구(句)인 '제행무상(諸行無常)'에만 의존하였기 때문이다. '제행(諸行)'은 하나의 단어로 보면 '명'이고, '모든 행동'의 의미로 보면 말마디의 한 단위(어절)이다. 이런 '제행(諸行)'의 성격에서 불경이 설명한 명은 전자인데, 이 해석자는 명을 후자로 본 미흡점을 보인다. 그리고 구(句)의 의미에는 박가(薄迦)의 번역인 장(章)을 다시 구(句)로 옮긴 것과 파다(鉢陀)를 번역한 구(句)가 있다. 전자는 '제행무상(諸行無常)'과 같이 종결어미를 갖는 장(章, sentence)이며, 후자는 '무상지제행(無常之諸行)'(무상한 제행)과 같은 구(phrase)이다. 이 둘을 모두 검토하지 않고, 전자의 구를 10구체 향가의 제1~4행, 제5~8행, 제9·10행 등의 각각에 적용한 미흡점을 보인다. 동시에 구의 종류에는 구(句), 구신(句身), 다구신(多句身) 등이 있다. 10구체 각 구는 각각

구이며, 제1~4구와 제5~8구은 각각 다구신(多句身)이며, 제9·10구는 구신(句身)이다. 이 경우에 구(句)는 물론 구신(句身)과 다구신(多句身)도 구(句)라 하는데, 이 구(句)의 의미를 파악하지 않은 미흡점도 보인다.

기준2의 일부인 "시구당사(詩構唐辭) 마탁어오언칠자(磨琢於五言七字)"를 검토하지 않아 문제를 보이며, 이 문제는 기준3인 '오언칠자'와 '삼구육명'의 대구 설명에도 영향을 준다. 기준4인 "가시양보살지행인(歌詩揚菩薩之行因) 수귀논장(收皈論藏)"의 조건에는 합당하다. 기준5인 실제 작품에서의 증명은 기준1의 미비로 인해 문제를 보인다.

이런 한계에도 불구하고, 이 논문은 삼구육명의 해석에서 처음으로 불교 용어를 도입하였으며, 삼구육명을 해결할 수 있는 가능성을 보여주었다는 연구사적 의미를 갖는다. 이렇게 연구사적 의미가 매우 크지만, 이 불교 용어는 시가의 설명에 소용되는 것이 아니라는 부정적 이의제기[5]로 인해, 그리고 삼구육명을 논문의 제목(「均如傳에 關한 硏究」, 「詞腦歌의 名義와 그 形式」)에 직접 노출시키지 않음으로 인해, 이 논문은 연구자들의 주목과 관심을 받지 못했다.

4.1.2. 3문장과 6의(義)

양희철도 삼구육명의 명과 구를 불교 용어로 보고, 삼구육명을 시조의 3장6구식으로 다음과 같이 설명하였다.

---

5 "佛敎語의 名과 句는 事物의 屬性을 뜻하는 「自性」과 「差別」이란 槪念의 差異를 가졌으며 句는 句身, 多句身의 3別이 있어 詩形式의 單位構造를 뜻하는 것이 아니기 때문에 三句六名의 「句」「名」과는 關聯시킬 수 없다."(ⓗⓙⓗ 1978:203); "佛敎語의 名과 句는 事物의 屬性을 뜻하는 「自性」과 「差別」이란 槪念의 差異를 가졌으며 句는 句身, 多句身의 3別이 있어 詩形式의 律格單位를 뜻하는 것이 아니기 때문에 三句六名의 「句」「名」과는 꼭 符合되는 것으로 說明할 수는 없을 듯하다."(ⓗⓙⓗ 1983:165~166).

> 이로 인해, '名'과 '句'의 字義는 佛教的 用語로 다시 정의된다. 그 결과, 名은 '自性을 그 속성으로 하는, 差別에 의한 作想 또는 起想'으로 정의되고, 句는 '究竟을 그 속성으로 하는, 差別에 의한 銓義 또는 顯義'로 정의된다.
>
> … (중간 생략)…
>
> 「三句六名」의 文脈的 條件에 접근하는 名과 句의 字義로 「普賢十願歌」를 分析한 결과, 세 개의 句와 여섯 개의 名이 도출된다. 즉 第一·二行은 歸義의 名이고, 第三·四行은 隨義의 名이다. 이들 歸義의 名과 隨義의 名은 합쳐서 句이가 된다. 第五·六行은 歸義의 名이고, 第七·八行은 隨義의 名이다. 이들 歸義의 名과 隨義의 名은 합쳐서 句이 된다. 嗟辭는 召義의 名이고, 第九·十行은 赴義의 名이다. 이들 召義의 名과 赴義의 名은 합쳐서 句가 된다(양희철 1982:224).

인용에서 보면, 일단 '명'과 '구'를 불경에 의지해 해석하였다. 6명을 귀의(歸義) 둘의 2명, 수의(隨義) 둘의 2명, 소의(召義) 하나의 1명, 부의(赴義) 하나의 1명 등으로 보고, 1구를 2명으로 보았다. 이는 삼구육명을 시조의 삼장육구와 같은 형태로 해석한 것이다.

이 해석을 앞에서 제시한 다섯 기준으로 변증하면 다음과 같다. 기준1인 '구'와 '명'의 의미에서 미흡하다. 불경에 의지하여 '명'(娜麽)과 '구'를 검토하지만, 좀더 치밀한 검토를 하지 않았다. 그 결과 '명'의 개념 내지 의미를 정리하지 못하고, '명'이 보이는 의미의 종류인 '수의(隨義), 귀의(歸義), 부의(赴義), 소의(召義)' 등(『구사론광기(俱舍論光記)』 권5)으로 보았다. 즉 명을 단어의 의미로 보지 못하고, 구절의 의미로 보는 한계를 보였다. 그리고 구절의 차원이나 '(다)구신[(多)句身]'의 차원에서 정리해야 할 전의(詮義)나 현의(顯義)의 '구'를, 문장 종결적인 차원에서 정리하는 한계를 보였다. 이 기준1의 미흡점은 다음의 글에서와 같은 비판을 받기도 했다.

> 그러면 이러한 향가의 구라는 말은 어디에서 유래한 것일까. 이에 관해서는 양희철, 정창일 두 연구자의 접근이 해결의 열쇠를 제공해 주었다. 즉 불교 용어로서의 구 또는 명의 의미를 해명하려는 입장이 그것이다. 그러나 그들은 접근 방법에 있어서는 타당한 태도를 보여 주었지만 그것의 적용 및 해석에 있어서는 문제점을 노출하였다. 용어 해석을 추상적으로 진행시켜 나감으로써 가장 구체적인 의미를 작위적으로 해석한 감이 있다(조세형 1998:237).

이 글은 "용어 해석을 추상적으로 진행시켜 나감으로써 가장 구체적인 의미를 작위적으로 해석한 감이 있다."고 지적하고 있다. 이 지적은 정확한 것으로 판단한다.

기준2인 "시구당사(詩構唐辭) 마탁어오언칠자(磨琢於五言七字) 가배향어(歌排鄉語) 절차어삼구육명(切磋於三句六名)"의 문맥에서도 이 해석은 문제를 보인다. 이 문제는 '시(詩)'와 '가(歌)'의 지시체를 구체적으로 검토하지 않고 '가(歌)'를 당연하게 〈원왕가〉로 본 것에 기인한다. 이는 불교 용어로 〈원왕가〉에 한정하여 삼구육명을 다룬 결과, 삼구육명은 불교의 10구체 향가에 한정된다고 해석한 것으로 볼 수도 있어, 이에 대한 비판을 받기도 했다. 즉 삼구육명은 10구체의 순불교적인 향가에만 적용되는가 하는 비판이다(양태순 1998:68~80, 2003a:61~77). 이 비판 자체에는 문제(양희철 2006d:76~86)가 있을 뿐만 아니라, '시(詩)'와 '가(歌)'의 지시체를 검토하지 않은 점도 문제이다.

기준3인 '오언칠자'와 '삼구육명'의 대구 설명에서도 문제를 보인다. 즉 오언과 칠자는 한시에서 각각 1행이 보이는 자수인데, 삼구는 작품 전체의 구수를 의미하는 것으로 해석하여, 양자의 대구가 그 기반에서 성립하지 않는다. 기준4인 "가시양보살지행인(歌詩揚菩薩之行因) 수귀논장(收皈論藏)"의 조건에는 합당하다. 기준5인 실제 작품에서의 증명은 기준1의 미비로 인해 문제를 보인다.

이상의 문제들은 양태순과 조세형의 글에서는 물론 다른 연구자들의 글들에서 비판을 받아 오고 있다. 그런데 문제는 이 문제가 지적되고 비판되기 이전인 1986년도 논문(「균여의 「원왕가」 연구: 그 문학성과 시문법을 중심으로」)과 1988년도 책(『고려향가연구: 균여 「원왕가」의 문학성과 시문법』)에서 이 문제들을 모두 해결하였다는 점이다. 수정된 글을 읽지 않고 남의 뒷북이나 칠 때에, 그 글들이 얼마나 찬사를 받을지는 알 수 없는 일이다.

4.1.3. 3문장과 6구성요소(주부·술부·절)

윤기홍 역시 삼구육명의 명과 구를 불교 용어로 보고, 삼구육명을 시조의 3장6구식으로 다음과 같이 해석하였다.

> 따라서 위의 개념을 정리해보면 名은 사상의 본질을, 곧 萬法의 體性을 갖춘 것으로 事에 의지하여 세운 개념이며 作想, 起想이라고도 했으니 언어구조상 主部 述部 節 등의 구성요소이다. 그리고 句란 여러말이 합하여 이뤄진 것으로 하나의 義를 형성하는 것이며 이는 문장구조에 있어서 개념상의 差別을 보여준다는 의미로 쓰여 하나의 문장을 의미한다. … (중간 생략)… 이점을 토대로 하여 향가 10句體의 구조와 비교하여 보면 대체로 다음과 같은 모형을 설정할 수 있다.

우리 부텨 ①]1名
모ᄃᆞᆫ 간 누리 닷ᄀᆞ려시론 ②
難行苦行ㅅ 願을 ③]1名] 1句
나ᄂᆞᆫ ᄇᆞᄅᆞᆺ 조초 번뎜ᄶᅡ ④

모ᄆᆡ ᄇᆞᄉᆞᆨ 드틀뎌 가매 ⑤]1名
命을 施홀 ᄉᆞ싀히도 ⑥] 1句
그럿 모ᄃᆞᆫ 할 디녀리 ⑦]1名
모ᄃᆞᆫ 부텨도 그럿 ᄒᆞ시니로여 ⑧
城上人 ⑨ −1名
佛道 아ᄋᆞᆫ ᄆᆞ숨하 ⑩] 1句
녀느 길 안히 빗겨 녀져 ⑪]1名

이 인용(윤기홍 1985:274~275)을 보면 구는 하나의 문장으로, 명은 주부·술부·절로 해석하였다. 그 결과 삼구육명을 시조의 3장6구식으로 해석하였다.

이 해석을 앞에서 제시한 다섯 기준으로 변증하면 다음과 같다. 기준1인 '句'와 '名'의 의미에서 미흡하다. 불경에 의지해 '명'을 작상(作想), 기상(起想)이라고 하고서는 이를 단어로 보지 못하고, 주부, 술부, 절 등으로 보는 한계를 보였으며, '구'를 하나의 문장으로 보는 한계를 보였다. '구'를 하나의 문장으로 본 것은 '제행무상(諸行無常)'만을 보았기 때문이다. 기준2의 일부인 "시구당사(詩構唐辭) 마탁어오언칠자(磨琢於五言七字)"를 검토하지 않아 문제를 보이며, 이 문제는 기준3인 '오언칠자'와 '삼구육명'의 대구 설명에도 영향을 준다. 기준4인 "가시양보살지행인(歌詩揚菩薩之行因) 수귀논장(收皈論藏)"의 조건에는 합당하다. 기준5인 실제 작품에서의 증명은 기준1의 미비로 인해 문제를 보인다.

4.1.4. 3뜻덩이(3분단)와 6뜻뭉치(6단락)

김준영도 삼구육명의 구와 명을 불교 용어로 보고, 삼구육명을 시조의 3장6구식으로 다음과 같이 해석하였다.

(1) 三句

이 '句'의 뜻을 佛教辭典에 따르면(中村元 著를 中心으로) '句'는 不相應行法의 하나로 '名'(名辭=한 概念의 말)이나 '文'에 對比해서 統合된 意味를 表現할 수 있는 文章의 뜻인데 여기에 세 가지 種類가 있으니 즉 1句로 된 것을 '句'라 하고, 2句로 된 것을 '句身'이라 하고, 3句 以上의 것을 '多句身'이라 한다. '身'이란 '集積'(뭉치어서 이룬 덩이)의 뜻이다. '句'를, 또 '章'이라고도 한다 했다. 따라서 崔行歸가 말한 '句'는 '章'과도 같은 말이며, 또 '句身'이나 '多句身'의 뜻이다. 그것은 다음에서 논할 佛教語의 '名, 名句, 名句文,의 뜻을 살피면 더욱 自明해진다. 특히, 佛經을 보면, 佛教에서는 唱詞나 經典을 解釋함에 있어 "名, 句, 名句, 名句文(名句文身)"등이 많이 쓰인 말임을 알겠다(註3 생략). 이 밖에도 도처에서 名, 句, 名句, 名句文 등이 보인다.

이렇게 '句'를 이해하고 보면 10句體 향가는 예외 없이 세 뜻덩이로 分段되니 그것이 바로 세 多句身으로 된 三句고 그것을 三章이라 해도 되겠다.

(2) 六名

佛教辭典의 '名'에 대한 해석에 따르면(다른 뜻으로 쓰이는 것은 제외하고) '名'은 文이나 句에 對比하여 한 概念의 말을 뜻하는 '名辭'의 뜻이지만 '名句'라고 할 때는 '名句文'이나 '名句文身'의 略語로 쓰인다 하였고, '名'과 '句'가 두 개 이상 集合된 것이 '身'(集積, 뭉치)이라 했다. 따라서 '句'의 해석과 '名'의 해석이나 用例를(註3 참조) 종합해 보면, '名'은 '句'의 下位概念이고, 그 '名句'라는 熟語는 '名句文身'의 略稱으로 쓰였으니 결국 이 '名'도 '多名身'의 뜻인 한 뜻뭉치 즉 文章의 한 段落으로 보아야겠다.

이렇게 생각하고 향가를 분석하고 보면,

禱千手觀音歌(현대어역)

1名 무릅을 곧추며 두 손바닥을 모아,
2名 千手觀音 前에 빌어 사뢰나이다. 1句
3名 千손 千눈을 하나를 내놓고 하나를 덜어,

4名 둘이 없는 나라 하나만 그으이 고치옵소서, 2句
5名 아야야
6名 내게 끼쳐 주신다면 놓았으되 쓴 慈悲는 (얼마나) 큰고 3句

인용(김준영 1986:218~219, 1990:130~131)에서 보면, 이 글 역시 삼구육명을 불교 용어로 보고, 평시조의 삼장육구와 같은 형식으로 보았다. 이 해석이 보이는 문제는 다음의 글에서 보이는 문제와 같다는 점에서, 먼저 다음의 글을 보자.

均如傳에서 崔行歸는 普賢十願歌를 "三句六名"이라고 그 形式을 말하였는데, 이에 대한 論難은 그만두고, 이것은 "三章六句"의 形式을 말하는 것이라고 于先 結論지으려고 한다(송재주 1989:53).

【句】(一) 梵語 pada 音譯作鉢陀, 跛陀, 爲俱舍宗七十五法之一, 唯識宗百法之一 指銓表事物之義理者. 亦卽能完全銓譯一義之章句(大二九·二九上)…「句者爲章, 銓義究竟, 如說『諸行無常』等章.」
…(중간 생략)…
"句"는 事物의 義理를 상세히 說明하여 그 뜻을 밝히는 것이다. "句"는 바로 "章"을 말하는 것이다. 二句合集을 句身이라 하고, 三句나 四句 이상의 合集을 多句身이라고 한다.
…(중간 생략)…
【名】梵語 naman 音譯那摩, 爲心不相應行法之一. …(중간 생략)…
關於名之種類 據俱舍論光記卷五擧出名, 名身, 多名身三種, 例如, 色字或香字等單一字, 稱爲名, 色香二字合倂之複字 而三字以上之色香味, 或色香味觸等, 卽稱爲多名身 …(중간 생략)…

金俊榮教授는 三句六名에 대하여 亂立된 見解를 佛教 用語를 통하여 完結시켰다고 다음과 같이 말하고 있다.

…(인용 생략)…

特히 '名'은 文이나 句에 對比하여 한 概念의 말을 뜻하는 '名辭'의 뜻이지만 '名句'라고 할 때는 '名句文'이나 '名句文身'의 略語로 쓰인다 하였고, '名'과 '句'가 두 개 이상 集合된 것이 '身'(集積, 뭉치)이라 했다. 따라서 '名'은 '句'의 下位概念이고, 그 '名句'라는 熟語는 '名句文身'의 略稱으로 쓰였으나, 결국 이 '名'도 '多名身'의 뜻인 한 뜻뭉치 즉 文章의 한 段落으로 보아야겠다고 佛教辭典을 통한 發見임을 說明하고 있다.

…(중간 생략)…

筆者로서는 從來의 意見과 一致하는 바 不必要한 論難을 거듭할 必要를 느끼지 않는다. 騈儷體 漢文으로서의 文脈上 意味로 보나, 佛教 用語에서의 事用例와 그 본래의 뜻으로 보나, 나아가 韓國文學의 장르的 發達史의 位置에서 보거나 "三句六名"이 "三章六句"인 것만은 確固不動한 事實임이 强調될 뿐이다(송재주 1992:630~631).

이렇게 김준영과 송재주는 거의 같은 논지에서 삼구육명을 삼장육구식으로 해석하였다. 이 두 해석을 앞에서 제시한 다섯 기준으로 변증하면 다음과 같다.

기준1인 '구'와 '명'의 의미에서, 이 해석은 미흡하다. 김준영은 '구'를 "통합(統合)된 의미(意味)를 표현(表現)할 수 있는 문장(文章)의 뜻 …… 또 '장(章)'이라고도 한다."로 보고, 10구체 향가를 3구로 정리했다. 그리고 송재주는 ["구"는 사물의 의리(義理)를 상세히 설명하여 그 뜻을 밝히는 것이다. "구(句)"는 바로 "장(章)"을 말하는 것이다.]로 보고, 10구체 향가를 3구로 정리하였다. 이 정리는 그럴듯하지만, 문제를 보인다. 불경에서 장(章, sentence)과 구(句, phrase)는 구분되며, 범어의 박가(薄迦)를 중국에서 장(章)으로 번역하고, 이 장(章)을 구(句)로 번역하기도 한다. 이에 해당한 것들로 '색무상(色無常), 의무상(意無常), 제행무상(諸行無常)' 등이 있다. 이 장들은 동시에 구들이 된다. 이것들은 10구체로 보면, 10구의 개개 1구를 말한다. 그런데 이런 장(章)의 구(句)를 향가 10구체의 제1~4구, 제5~8구, 제9~10구 등을 말하는 것으로 해석하였다. 이는 '제행무상(諸行無常)'과 같은 장의 구에만 의존한 결과에 기인한다. 그리고 10구체 향가를 다구신(多句身)으로 보고 있는데, 이에도 한계가 있다. 즉 제1~4구와 제5~8구는 각각 다구신(多句身)의 구(句)이며 제9·10구는 구신(句身)의 구(句)인데, 이를 이해하지 못한 것이다. 이는 10구의 개개 1구들이 무엇이며, 그것들의 집합인 제1~4구, 제5~8구, 제9~10구 등의 3구가 무엇인지를 명확하게 하지 않고, 3구를 3장으로 해석한 것이라 할 수 있다. 그리고 '구(句)'를 '장(章)'으로 바꾸지는 않는다. 이런 점에서 앞의 '구'의 해석은 미흡하다.

또한 이 해석들은 "'명(名)'도 '다명신(多名身)'의 뜻인 한 뜻뭉치 즉 문장(文章)의 한 단락(段落)으로 보아야겠다."고 주장하고 있다. 이 주장은 '명(名)'과 '신(身)'의 개념을 정확하게 이해하지 못한 것이다. 이 문제는 '구'의 개념을 혼동한 것과도 관련되는데, 다음의 두 사실에서 명확하게 드러난다.

첫째는 다명신(多名身)의 개념을 오해하고 있다는 것이다. 이런 사실은 송재주가 인용한 사전의 불경에서 발견된다. 그런데 이 인용을 보면 빠진 부분이 있어 이를 중괄호 안에 보충하여 다시 인용하면 다음과 같다.

> 關於名之種類 據俱舍論光記卷五擧出名, 名身, 多名身三種, 例如, 色字或香字等單一字, 稱爲名, 色香二字合倂之複字 [(卽)稱爲名身] 而三字以上之色香味, 或色香味觸等, 卽稱爲多名身 ….

이 인용을 보면, "색향이자합병지복자(色香二字合倂之複字)"와 "이삼자이상지색향미(而三字以上之色香味)"의 사이에는 인용의 중괄호에 넣은 '(즉)칭위명신[(卽)稱爲名身]'이 인용 과정에서 빠진 것으로 생각된다. 왜냐하면 그 앞에서는 명(名) 명신(名身) 다명신(多名身)의 3종을 말하고, 그 예를 들면서 "색자혹향자등단일자(色字或香字等單一字) 칭위명(稱爲名)", "이삼자이상지색향미(而三字以上之色香味) 혹색향미촉등(或色香味觸等) 즉칭위다명신(卽稱爲多名身)" 등과 같이 '명(名)'과 '다명신(多名身)'만을 설명하고, '명신(名身)'의 설명은 빠져 있으며, '명신(名身)'에 해당하는 "색향이자합병지복자(色香二字合併之複字)"가 있기 때문이다. 이 인용 과정에 빠진 것을 인정하든 인정하지 아니하든, 이 인용은 다명신(多名身)이 이 주장자들이 말하는 "문장의 한 단락"이 아님을 말해준다. 즉 법(法)의 자성(自相)을 드러내는 색(色)이나 향(香)은 명(名)이고, 법(法)의 자성(自相)을 드러내는 명(名)들의 집적(集積)인 색향미(色香味)나 색향미촉(色香味觸)은 다명신(多名身)이다. 이는 곧 다명신(多名身)의 '신(身)'을 명들의 '집적(集積)'으로 보지 않고 '문장의 한 단락'으로 오해한 개념 정리에 불과하다.

이런 점에서 김준영이 "'명(名)'도 '다명신(多名身)'의 뜻인 한 뜻뭉치 즉 문장의 한 단락(段落)"이라는 주장은 성립되지 않는 것임을 파악할 수 있다.

둘째는 명신(名身)을 구(句)와 구분하지 못하고 있다는 것이다. 앞의 인용에서 보듯이, 명신(名身)은 색향(色香)은 물론 병분(甁盆) 분배(盆盃) 등과 같은 것들이고, 다명신(多名身)은 색향미(色香味)나 색향미촉(色香味觸)은 물론 병분준(甁盆樽) 병배준(甁盃樽) 병분배준(甁盆盃樽) 등과 같은 것들로, 법(法)의 자성(自相)을 드러내는 명들의 집적(集積)이다. 이에 비해 구(句)는 법(法)의 차별(差別)을 드러낸다. 이런 사실을 예들과 더불어 보여주는 불경의 일부를 인용하면 다음과 같다.

成唯識論云 句詮差別 如名爲眼 卽詮自性 若言佛眼天眼 乃顯句 詮差別也(姑蘇景德寺法潤大師法雲 編, 『飜譯名義集』 卷一, 名句文法篇 第五十三).

記曰 謂句能顯決定究竟 且如甁盆 未能顯義 以不知是何等甁盆 若言銅鐵錫木等甁盆 或言水油鹽米等甁盆等 句義各異 如差別顯義決定究竟不謬(德淸 筆記, 『觀楞伽經記』).

句詮差別 故云顯義決定究竟 如說眼無常 乃至義無常 色無常 乃至識無常等 …… 疏曰 句事究竟 謂必詮事至於究竟 方成一句也(智旭, 『楞伽經義疏』 卷五).

맨앞의 인용은 '안(眼)'은 '눈'의 자성(自性)만을 드러내는 명(名)이지만, '천안(天眼)'이나 '불안(佛眼)'은 다른 '안(眼)'들과 차별을 드러내는 구(句)임을 설명하고 있다. 그리고 가운데 인용은 병(甁)이나 분(盆)은 어떤 병(甁)이나 분(盆)인지를 알 수 없는 명(名)들이지만, 이것들이 수병(水甁), 유병(油甁), 염병(鹽甁), 미병(米甁), 수분(水盆), 유분(油盆), 염분(鹽盆), 미분(米盆) 등으로 되면 결정된 구경을 드러내면서 각각 구(句)가 됨을 설명하고 있다. 이상의 두 구(句)들은 문장의 한 부분을 구성하는 구(句)들이다. 이에 비해 맨끝의 인용은, 안(眼), 의(義), 색(色), 식(識) 등에 무상(無常)이라는 차별을 주어 뜻 또는 사(事)의 구별을 드러낸 구(句)들(眼無常, 義無常, 色無常, 識無常)임을 설명하고 있다. 이 구(句)들은 문장(文章)이라는 장(章)의 구(句)를 설명한 것들이다.

이렇게 구(句)는 명신(名身) 다명신(多名身) 등과 전혀 다른 것인데, 이를 구분하지 못하는 것이 김준영의 주장이다. 좀더 구체적으로 설명하면, 병분(甁盆)이나 분배(盆盃)의 명신(名身)과 병분준(甁盆樽), 병배준(甁盃樽), 병분배준(甁盆盃樽) 등의 다명신(多名身)을, 수병(水甁), 유병

(油甁), 염분(鹽盆), 미분(米盆), 안무상(眼無常), 색무상(色無常) 등의 구(句)와 구분을 못하고 있는 것이다. 이는 수병(水甁, 물담는 병), 유병(油甁, 기름담는 병), 염분(鹽盆, 소금담는 분), 미분(米盆, 쌀담는 분), 안무상(眼無常, 안은 무상이다), 색무상(色無常, 색은 무상이다) 등의 구(句)를, 수병(水甁 물과 병), 유병(油甁 유와 병), 염분(鹽盆 염과 분), 미분(米盆, 미와 분), 안무상(眼無常, 眼과 無와 常), 색무상(色無我, 色과 無와 常) 등의 명신(名身)과 다명신(多名身)으로 오해한 결과이다.

기준2인 "시구당사(詩構唐辭) 마탁어오언칠자(磨琢於五言七字)"와 "가배향어(歌排鄕語) 절차어삼구육명(切磋於三句六名)"의 문맥에는 어느 정도 접근하였다. 그러나 기준3인 '오언칠자'와 '삼구육명'의 대구에서는 문제를 보인다. 이 대구를 오히려 "다소의 융통성을 두고 생각해야겠다." 고 피하고 있다. 이는 문제를 피한 것으로 판단한다. 기준4인 "가시양보살지행인(歌詩揚菩薩之行因) 수귀논장(收皈論藏)"의 조건은 구체적으로 대상을 언급하고 있지 않아 판단하기 어렵다. 기준5인 실제 작품에서의 증명에도 문제가 포함되어 있다. 즉 분석의 실례에서, 名(=多名身)이 句보다 크거나, 名(=多名身)이 句(=句身)라는 모순을 보여준다는 것이다. 명(=多名身)을 구보다 크게 본 것은, 제1·2구 제3·4구 제5·6구 제7·8구(감탄사) 제9·10구 등의 명(=多名身)이 10구체 향가의 각구(各句)의 구보다 크게 본 것에서 발견된다. 그리고 명(=多名身)을 구(=句身)라고 본 것은, 제1·2구 제3·4구 제5·6구 제7·8구 제9·10구 등을 명(=多名身)인 동시에 구(=句身)로 본 것에서 발견된다. 이는 "'명(名)'은 '구(句)'의 하위개념(下位概念)"이라고 한 자신들의 주장들에도 모순되는 것이다.

이상과 같이, 김준영의 삼구육명 해석은 명·구·신(名·句·身)의 개념을 잘못 파악하면서 혼동된 것이며, 이 해석에 의존한 송재주의 주장 역시 의미 있는 해석은 아니다.

4.2. 형식의 3구와 6합석과, 내용의 3句와 6어휘

이 주장은 정창일에 의해 주장되었는데, 둘을 나누어 설명하고자 한다.

4.2.1. 형식의 3구와 6합석

이 주장의 일부를 인용하면 다음과 같다.

> 이에 筆者는「三句六名」이 必是 佛典語임을 確認하고「三句」는「義理를 나타내는 單位」라 보아「句」,「句身」,「多句身」의「句」概念임을 알았다. 이러고 보니, 現行 10句體(後句있는 것들임)는 모두 三句이고, 8句體는 二句이고, 4句體는 實際로 一句形임을 확인했다. … (중간 생략)…
>
> 한편「六名」역시 어떤 方法으로도(즉 단어 여섯 개, 어절 여섯 개, 部節 여섯 개, 어느 한정된 行에서 여섯 단어等等) 解決할 수 없었던 것인 바, 이는 … (중간 생략)… 이 複合詞 解釋法이 곧「六離合釋」인 ①「依主釋」, ②「相違釋」, ③「持業釋」, ④「帶數釋」, ⑤「有財釋」, ⑥「隣近釋」이다(정창일 1982:255).

인용에서 보면, 삼구의 구를 불교의 구(句)에 근거해, 삼구를 10구체의 3단위로, 육명을 복합사 해석법인 육리합석(의주석, 상위석, 지업석, 대수석, 유재석, 인근석)으로 해석하였다.

이 해석을 앞에서 세운 다섯 기준에 따라 변증하면 다음과 같다.

기준1인 '구'와 '명'의 의미에서, 이 해석은 미흡하거나 모호하다. 이 해석은 구(句)를 "의리(義理)를 나타내는 단위(單位)"로 보아, 10구체 향가를 3구로 보았다. 이 '구'의 개념은 운허용하의 사전에 있는 "여러 낱말이 모여서 사물의 의리를 발하는 것"과 "자성(自性)의 차별인 의리(義理)를 나타내는 것을 구(句)라 하고"에 기초한 것이다. 그런데 이 개념은 박가(薄迦)의 번역인 장(章)을 다시 구(句)로 바꾼 것으로, 구(句)의 기본 개념을 정리한 것이 아니다. 이로 인해 10구체의 개개 구들의 구를 설명하지도 않고, 이 설명이 예로 인용한 "제행(諸行)은 무상(無常)이다."나 "제법(諸法)은 무아(無我)다."의 1구(句)에 해당하는 장(章)으로, 4구(句) 또는 2구(句)에 해당하는 장(章)으로, 의미를 확대 해석한 문제를 보인다. 이는 인용한 장(章)의 구(句)들이 문장의 종결어미를 가졌다는 점에서 유추한 해석이다. 그러나 10구체의 10개 구들은 각각 무엇이며, 이것들이 어떤 점에서 4구 또는 2구가 다시 각각 1구가 되는 것인지를 해석하지 못한 문제를 보인다. 그리고 육명을 육리합석(六離合釋) 또는 육합석(六合釋)으로 해석하였다. 그런데 '명'의 개념에는 '이합석(離合釋)' 또는 '합석(合釋)'이란 의미가 전혀 없어, 이 해석은 모호하다고 할 수 있다.

기준2의 일부인 "시구당사(詩構唐辭) 마탁어오언칠자(磨琢於五言七字)"의 문맥에서, 이 해석은 오언칠자를 오언과 칠언의 절구나 율시로 보았다. 이는 문맥에 맞는 것 같지만, 시를 시로 갈고 다듬는다는 문제를 보인다. 그리고 기준2의 후반인 "가배향어(歌排鄕語) 절차어삼구육명(切磋於三句六名)"의 문맥에서, 이 해석은 삼구육명을 3구와 육합석으로 보았다. 이 해석은 문맥에 맞지 않는다. 왜냐하면, 향가는 육합석(六合釋)으로 절차(切磋)한다는 말은 되지 않기 때문이다. 이 문제로 인해 기준3인 '오언칠자'와 '삼구육명'의 대구도 이 해석에서는 성립하지 않는다. 기준4인 "가시양보살지행인(歌詩揚菩薩之行因) 수귀논장(收皈論藏)"의 조건에도 이 해석은 맞지 않는다. 왜냐하면, 이 해석이 취한 향가 전체는 모두가 이 조건에 드는 것이 아니기 때문이다. 기준5인 실제 작품에서의 증명에서도 앞의 네 문제로 인해 문제를 수반한다.

4.2.2. 내용의 3句와 6어휘

정창일은 앞에서 살핀 삼구육명의 해석을 아래와 같이 전혀 다른 주장으로 바꾸었다.

> 鄕歌는 「三句」로 되어 있으며 「三句」란 因句, 根句, 究竟句의 셋이다. 「三句」의 내용은 「菩提心爲因」과 「慈悲爲根」과 「方便爲究竟」이다. '보리를 구하겠다는 마음의 인연'과 '자비 수행을 닦는 근본'과 '구극적 목적으로 하는 방법이나 편리'를 각 句에 차례로 담아야 한다. 三句에 담긴 어휘 여섯인 菩提心, 因, 慈悲, 根, 方便, 究竟이 곧 「六名」이다. 三句와 이 여섯 名詞가 곧 均如傳의 "歌排鄕語 切磋於三句六名"에 나오는 「三句六名」이다(정창일 1987c:122).

> 「三句」란 '佛敎의 理想을 담은 것으로 菩提心爲因 慈悲爲根 方便爲究竟의 三種 句를 일컫는 것으로 經에서 말한 것을 論·律이 발전시킨 것이다.
> … (중간 생략)…
> 「六名」은 各次位의 句에 배당된 여섯 단어로 因→根→究竟, 菩提心→慈悲→方便으로 짝이 되는 낱말 여섯 개다. 이는 各句의 內容을 밝힌 것이니 鄕歌의 內容論을 支配한다(정창일 1987c:122).

이 두 인용에서 보면, 삼구를 '보리심위인(菩提心爲因), 자비위근(慈悲爲根), 방편위구경(方便爲究竟)' 등의 세 종류의 구(因句, 根句, 究竟句)로 보고, 육명을 '보리심(菩提心), 인(因), 자비(慈悲), 근(根), 방편(方便), 구경(究竟)' 등의 여섯 내용으로 보았다.

이 해석을 앞에서 세운 다섯 기준에 따라 변증하면 다음과 같다.

기준1인 '구'와 '명'의 의미에서만 보면, 이 해석은 상당히 그럴듯하다. 이 해석은 삼구를 '인구, 근구, 구경구' 등으로 해석하였다. 이는 대일경삼구(大日經三句)이다. 그리고 육명을 '보리심, 인, 자비, 근, 방편, 구경' 등의 여섯 단어로 보았다. 이 해석은 '구'를 특정구이지만 '구(句)'로 보았고, '명'을 단어로 보았다는 점에서, 상당히 그럴듯하다. 그러나 나머지 조건들에서 많은 문제를 보인다.

기준2의 일부인 "시구당사(詩構唐辭) 마탁어오언칠자(磨琢於五言七字)"의 문맥에 대해서는 언급이 없다. 그리고 기준2의 후반인 "가배향어(歌排鄕語) 절차어삼구육명(切磋於三句六名)"의 문맥에, 이 해석은 맞지 않는다. 왜냐하면, '인구(因句), 근구(根句), 구경구(究竟句)' 등의 삼구와 '보리심(菩提心), 인(因), 자비(慈悲), 근(根), 방편(方便), 구경(究竟)' 등의 어휘는, 형식 내지 작시법과 관련된 "가배향어(歌排鄕語) 절차어삼구륙명(切磋於三句六名)"의 문맥에 적합하지 않기 때문이다. 이 문제는 기준3인 대구의 문제에도 영향을 준다. 즉 '오언칠자'와 '삼구육명'이 대구가 되지 않는다. 이 해석을 따르면 '오언칠자'는 '오언시'와 '칠언시'의 형식이며, 이와 대가 된 '삼구육명'의 '삼구'는 '인구(因句), 근구(根句), 구경구(究竟句)' 등의 내용이며. '육명'은 '보리심(菩提心), 인(因), 자비(慈悲), 근(根), 방편(方便), 구경(究竟)' 등의 어휘이다. 이로 인해 '오언'의 형식과 '삼구'의 내용은 물론 '칠자'의 형식과 '육명'의 6어휘는 각각 대구가 되지 못한다. 기준4인 "가시양보살지행인(歌詩揚菩薩之行因) 수귀논장(收皈論藏)"의 조건에도 이 해석은 맞지 않는다. 왜냐하면, 이 해석이 취한 향가 전체는 모두가 이 조건에 맞는 것들이 아니기 때문이다. 기준5인 실제 작품에서의 증명에서도 앞의 문제들로 인해 문제를 수반한다.

4.3. (다)구신[(多)句身] 또는 게(偈=句)의 3구와 2행 6명

양희철은 1982년도 논문과는 그 내용이 전혀 다른 삼구육명의 해석을 「균여의 「원왕가」 연구: 그 문학성과 시문법을 중심으로」(1986b)와 『고려향가연구: 균여 「원왕가」의 문학성과 시문법』(1988)[6]에서 다음과 같이 보여주었다.

> 셋째로 「願王歌」 형식은 漢詩·偈頌 形式의 鄕歌的 變容이며, 三句 六名이다. 漢詩·偈頌 形式은 「願王歌」의 三句 六名에 상당한 영향을 주고 있다. 三句는 句의 종류인 句身·多句身 내지는 竭盡明義인 4(2)句 1偈(句)라는 개념에 기초한 제1~4행·제5~8행·제9, 10행 등의 세 句이다. 이때 句는 인도의 Pada가 중국을 통해 우리 문학에 수용된 것이다. 六名은 名의 '격어미나 어미를 포함하지 않은 단어'라는 개념에 기초한 二行 六名이다. 이때 名은 인도의 Nāma가 중국을 통해 우리 문학에 수용된 것이다. 이들 名과 句가 합치면, 名句文이 되는데, 이 名句文에 대한 언급은 均如의 著述에서도 발견된다(양희철 1986b:215, 1988:280).

이 인용은 결론의 일부이다. 이 내용과 인용하지 않은 내용들을 앞에서 제시한 변증의 다섯 기준으로 보면 다음과 같다.

기준1인 '구(句)'와 '명(名)'의 의미에서 이 해석은 논거를 명확하게 갖고 있다. 이 해석은 논거를 명확하게 하기 위하여, 우선 균여의 저술과 명구문(名句文)을 검토하였다. 그 결과 균여의 저서인 『석화엄지귀장원

---

6 이 논문과 책은 제목에 '삼구육명'이라는 어휘를 쓰지 않았기 때문에, 이 분야의 연구사를 대충 보고 연구를 시작한 글들에서는 그 참고문헌에서 빠지기도 하고, 이 성실하지 않은 참고문헌을 참고한 글들에서는 뒷북이나 치기도 하였다. 그러나 이 두 글은 이미 알려질 만큼 알려진 글들이다. 1986년도 논문(「균여의 「원왕가」 연구: 그 문학성과 시문법을 중심으로」)은 그 내용이 인정되어, 『문학과 비평』(1987a:386~391, 가을호, 탑출판사)의 학위논문요지 부분에 동일 제목으로 요약되었고, 박사논문을 책으로 쉽게 찍어주지 않던 그 당시에, 바로 책(『고려향가연구: 균여 「원왕가」의 문학성과 시문법』, 1988)으로 출판되었다. 그리고 그 내용은 국어국문학회(1992)와 한국고전문학회(1997a)에서 발표한 발표문과 논문에 포함되었으며, 여타 논문들(1989, 1993, 1996a, 1997a, b, 2003, 2006d)에 포함되어 있어, 알려질 만큼 알려진 글들이다. 게다가 앞의 논문은 『한국문학통사(제2판)』(조동일 1989:295)에, 앞의 책은 『한국문학통사(제3판)』(조동일 1993: 315)과 『한국문학통사(제4판)』(조동일 2005:308)에, 각각 참고문헌으로 수록된 글들이다.

통초(釋華嚴旨歸章圓通鈔)』, 『화엄경삼보장원통기(華嚴經三寶章圓通記)』 등에 나온 명미구신(名味句身), 명구문(名句文), 명구자(名句字) 등의 명구가 삼구육명의 명구와 같은 것임을 확인하였다. 그 다음으로 명구문이 산문에만 쓰이는 것이 아니라, 게송문학(偈頌文學)을 짓고 설명하는 요소임을 보여주었다. 그 논거는 "의명가타성 공제조가타(依名伽他成工製造伽他)"[三藏眞諦, 『阿毘達磨俱舍譯論』 권제4]와 "명즉이성위체 차명안포차별위송 유여시의 설송의명 비언명유별체 차송시명안포차별(名卽以聲爲體 此名安布差別爲頌 由如是義 說頌依名 非言名有別體 此頌是名安布差別)"[沙門釋十光, 『俱舍論記』 권5]이다. 이 논거는 과거에 불경의 '명(名)'과 '구(句)'가 시가와 관련된 용어가 아니라고 하여, 삼구육명에 대한 불교 문학적 접근을 무시했던 주장을 반성하게 하고, 삼구육명에 대한 불교 문학적 접근의 타당성을 확실하게 보여주었다.

이 명과 구의 개념은 불교에서 말하는 법의 일종들이다. "名은 75法으로는 제 70법에, 100法으로는 제 79법에 각각 해당한다"(양희철 1986b: 76, 1988:95), "'三句六名'의 명구는 75법으로 보면, 제70·71법이고, 100법으로 보면 제78·79법이"다(양희철 1996a:450, 1997a:140, 2003:71)

이런 '구(句)'와 '명(名)'의 의미는 다음과 같은 과정을 거치면서 정리하고 있다. 먼저 '명'은 불교서적에 근거하여, "첫째로 '명'은 작상(作想)이다."와 "둘째로 '명'은 법(法)의 자성(自相)을 드러낸다."로 정리하였다. 그 다음에 '명'의 구성에서는 "첫째로 '명'은 음소(音素)들로 구성된다.", "둘째로 '명'은 문자(文字)와 어(語)에 의해 구성된다.", "셋째로 '명'은 의합(義合)이 아닌, 뜻이나 전표(銓表)로 구성된다.", "넷째로 '명'은 어미나 격조사를 포함치 않은 단어(crude word)이다."[7] 등으로 정리하였다. 또한

7 이 정리는 좀더 구체적으로 설명할 필요가 있다. '義合이 아닌, 뜻이나 銓表'라고 할

'명'의 종류를 명(名), 명신(名身), 다명신(多名身) 등으로 정리하였다.

구(句) 역시 불교서적에 근거하여, "첫째로 '구'는 모든 법(法)의 차별(差別)을 드러낸다.", "둘째로 '구'는 〈뜻의 결정(決定)된 구경(究竟)〉 또는 〈뜻의 구경(究竟)〉 내지 〈사(事)의 구경(究竟)〉을 드러낸다.", "셋째로 '구'는 휴지(休止)의 의미이다." 등으로 정리하였다. 그 다음에 '구'의 구성에서는 "첫째로 구(句)는 자(字)와 어(語)로 구성된다."와 "둘째로 '구'는 명(名)으로 구성된다."로 정리하였다. 또한 '구'의 종류에서는 두 종류를 정리하였다. 먼저 배열된 글자의 수에 따라, 중구(中句, 8자), 초구(初句, 6자 이상), 후구(後句, 26자 이하), 단구(短句, 6자 이하), 장구(長句, 26자 이상) 등의 다섯 종류를 정리하였다. 동시에 '구'의 결합 양상에 따라, 삼구(三句)는 '구'의 종류인 구신(句身)·다구신(多句身) 내지는 4(2)구(句)1게(=구)[偈(=句)]라는 개념에 기초한 제1~4행(=구)·제5~8행(=구)·제9~10행(=구) 등의 세 구(句)이다. 이는 두 측면, 즉 구의 종류라는 측면과, 글의 분량의 계산이라는 측면에서 설명된다. 구의 종류라는 측면에서 설명하면, 제1~4행(=구)의 다구신이라는 구, 제5~8행(=구)의 다구신이라는 구, 제9~10행(=구)의 구신이라는 구 등의 삼구(三句)를 의미한다. 그리고 글의 분량의 계산이라는 측면에서 설명하면, 10구체는 제1~4행(=구)의 4행(=구)1게, 제5~8행(=구)의 4행(=구)1게, 제9~10행(=구)

때에, 이는 단어를 의미한다. 이럴 경우에 단어의 의미는 매우 복잡하다. 어근과 어간만 단어인가? 격어미와 어미도 단어인가? 어근+격어미와 어간+어미가 단어인가? 이 문제를 다음과 같은 점에서 해결하고 있다. 첫째로, 법의 자성(/자상)은 불변불개한다는 점이다. 둘째로, 명은 체(體)를 드러내는데, 이 체는 어근을 의미하는 馱都(Dhādu)의 번역이라는 점이다. 셋째로, 명(名)은 실명(實名)이고, 자(字)는 가명(假名)이라 하는데, 이때 실명의 명은 어근이나 어간에 해당하고 가명의 자는 격어미나 어미에 해당한다는 점이다. 넷째로, 인도의 논리학자(Satis Chandra Vidyabhusana)도 명을 어미나 격을 포함하지 않은 단어(crude word)로 번역하고 있다는 점이다(양희철 1986b:76~77, 1988:95~96).

의 2행(=구)1게 등의 3게(偈)로 계산된다. 이때 이 '3게(偈)'의 '게(偈)'는 '구(句)'로도 번역된다는 점에서, 10구체 향가의 삼게(三偈) 곧 삼구(三句)를 의미한다.

이렇게 설명하고 나면, 왜 어느 경우에는 4행1게로, 어느 경우에는 2행1게로, 또는 어느 경우에는 4구의 다구신으로, 어느 경우에는 2구의 구신으로 정리했는가에 의문이 생기는데, 이를 해명한 것이 바로 '갈진명의(竭盡明義)'이다. 이 갈진명의는 게(偈)의 뜻이다. 즉 "게라고 말하는 것은 이 땅의 한서(漢書)에도 역시 이 소리가 있으니, 훈은 뜻을 다함을 말한다. 명의가 갈진됨을 말하기 때문에 게라 한다(言偈者 此土漢書亦有此音 訓言竭義 謂明義竭盡 故稱爲偈)."(吉藏 製, 『中論序疏』, 양희철 1988:108)에서 보듯이, '갈진명의'는 '게(偈)'의 훈이다.[8] 이 훈인 '밝은 뜻을 다 한다.'고 할 때에, 이는 이면적으로 문장의 종결과 한 단락의 의미를 보여준다는 점에서, 종결어미와 한 단락의 의미를 기준으로 한 단위, 즉 제1~4행(=구), 제5~8행(=구), 제9~10행(=구) 등의 세 구(句)를 의미하게 된다. 한 단락에 두 개의 종결어미가 올 수도 있다.

이 '구'와 '명'의 의미에 대해 다음과 같이 반론이 제기되기도 하였지만, 오히려 이 반론은 스스로 반론 자체를 다시 한번 생각해 볼 문제들을 보인다.

> 혹 향가가 낭송되거나 읽히는 문학형태였다면 양희철의 주장은 그런대로 성립될 수 있겠다. 하지만 가변소인 가요의 노래말이 굳이 특정한 언어적

8 이와 거의 같은 내용은 釋吉藏이 찬한 『百論疏』 卷上의 〈釋捨罪福品第一〉에서 '偈'의 종류로 通偈와 別揭의 종류를 정리하고, 이어서 이 偈들의 偈를 句로도 번역한다는 내용을 설명한 다음에도 보여준다. 즉 "게는 차문의 이름이다. 다함을 뜻한다. 그 명의를 다하기 때문에 칭하여 게라 한다(偈是此門之名 訓之爲竭 以其明義竭盡 故稱爲偈)." 고 하였다(양희철 1986b:82).

> 숫자, 즉 어근이나 어간으로 이루어진 여섯 개의 단어로 제한되어 노래된 예는 가정하기가 어려운 것이다. 옛날에 향가의 노랫말을 지어 불렀던 사람들이 '어근이나 어간으로 이루어진 여섯 개의 어휘'라는 언어학적 지식을 가졌던지도 의문이다. 이렇듯 양희철의 육명론은 우리의 시가문법이 보이는 항구적이며, 전형적인 특성을 벗어난 것이기 때문에 재고를 요하는 이론이다(라경수 1995:127).

이 반론의 핵심은 셋이다. 첫째는 향가가 낭송되거나 읽히는 문학인가 하는 것이고, 둘째는 특정한 언어적 숫자, 즉 어근이나 어간으로 이루어진 여섯 개의 단어로 제한되어 노래된 예는 가정하기가 어려운 것이며, 셋째는 옛날에 향가의 노랫말을 지어 불렀던 사람들이 '어근이나 어간으로 이루어진 여섯 개의 어휘'라는 언어학적 지식을 가졌겠는가 하는 것이다. 이 반론은 모두가 다음과 같이 부정된다.

첫째의 반론은 『균여전』의 〈제칠가행화세분자(第七歌行化世分者)〉를 읽고 하는 주장인가를 의심하게 한다. 『균여전』의 〈제칠가행화세분자〉를 보면, 다음과 같이 균여의 〈원왕가〉가 송념(誦念)과 송독(誦讀)의 작품임을 보여주고 있다.

> 依二五大願之文 課十一荒歌之句 … 願生凡俗之善根 欲笑誦者 則結誦願之因 欲毁念者 則獲念願之益 伏請 若誹若讚也 是閑 … 右歌播在人口 往往書諸墻壁 … 沙平郡那必及干 … 綿痼三年 不能醫療 師往見之 憫其苦 口授此願王歌 勸令常讀 ….

밑줄 친 부분의 '송(誦), 염(念), 독(讀)' 등에 유의하면서, 위의 인용문을 읽으면, 〈원왕가〉가 송념(誦念)과 송독(誦讀)의 작품임을 쉽게 파악할 수 있다. 이로 인해 앞의 반론은 성립하지 않는다.

둘째의 반론은 문맥을 잘라버리고, 남의 글을 변조한 내용으로 공격한, 성실하지 못한 반론이다. 필자는 향가가 "특정한 언어적 숫자, 즉 어근이나 어간으로 이루어진 여섯 개의 단어로 제한되어 노래된"다고 주장한 적이 없다. 삼구육명의 '육명'이 "격어미나 어미를 포함하지 않은 6개의 단어"라는 주장만 하였다. 이 반론의 황당함은 해당문맥에 앞의 육명의 의미를 넣고 볼 때에 드러난다. 즉 "가는 향어를 배열하여 삼구육명으로 끊고 간다(歌排鄕語 切磋於三句六名)."에서 보듯이, 향가 특히 균여의 향가는 향어, 즉 우리말을 배열해서 삼구와 육명(격어미나 어미를 포함하지 않은 6개의 단어)으로 끊고 간다고 했지, "특정한 언어적 숫자, 즉 어근이나 어간으로 이루어진 여섯 개의 단어로 제한되어 노래된"다고 한 적이 없다. 이로 보아, "특정한 언어적 숫자, 즉 어근이나 어간으로 이루어진 여섯 개의 단어로 제한되어 노래된 예는 가정하기가 어려운 것이다."라고, 반론을 편 것은, 남의 글을 아무렇게나 오해한 다음에, 말을 만들어서 반론을 편 것으로, 남의 글과 주어진 문맥을 성실하게 읽었으면 좋겠다.

셋째의 반론은 그 당시인들이 어미나 격어미를 수반하지 않은 어근이나 어간이란 개념을 알았겠느냐 하는 것이다. 이 반론은 우선 반론의 대상을 향가 전체가 아니라, 〈원왕가〉의 작가인 균여나 삼구육명을 언급한 최행귀가 '명구(名句)'의 개념을 알았겠는가 하는 문제로 한정해서 반론을 펴야 했다. 왜냐하면 반론의 대상이 된 글은 향가 전체를 대상으로 한 것이 아니라, 〈원왕가〉의 작가인 균여와 삼구육명을 언급한 최행귀에 한정되기 때문이다. 그리고 앞에서 언급했듯이, 균여의 불경을 보면, 명구(名句)라는 용어가 도처에 나온다. 그리고 균여의 글과 〈원왕가〉을 읽고 후자를 번역한 최행귀이기에 그가 명구(名句)의 개념을 알지 못했다고 말할 수는 없다. 게다가 명(名)은 자성(自性)이나 자상(自相)으로, 불변불개(不變不改)의 성격을 가지고, 그 당시에 어근을 다두(馱都, Dhātu)

라 하고, 어미나 격어미는 구결(口訣), 히라가나(平假名), 가다가나(片假名) 등으로 쓴다는 점에서, 이 반론은 문제가 되지 않는다. 특히 향가의 표기를 보면, '君隱 父也', '知古如, 去於丁' 등에서와 같이 체언, 격어미, 어간, 어미 등은 분리하여 각각 다른 향찰로 표기한다. 그리고 당시의 용어로 보면, 체언과 어간은 실명(實名)에 해당하고, 격어미와 어미는 가명(假名)에 해당한다. 이런 점에서, 이 문제의 제기 역시 성립하지 않는다.

기준2인 "시구당사(詩構唐辭) 마탁어오언칠자(磨琢於五言七字)"와 "가배향어(歌排鄉語) 절차어삼구육명(切磋於三句六名)"의 문맥에서도 이 해석은 문제를 보이지 않는다. 이 문맥의 문제는 '시(詩)'와 '가(歌)'의 지시체의 문맥과 나머지 문맥의 문제로 정리할 수 있다.

먼저 '시(詩)'와 '가(歌)'의 지시체의 문맥에서, 이 해석은 '시(詩)'를 최행귀의 11송으로, '가(歌)'를 균여의 〈원왕가〉로 해석하였다. 그 논거들은 『균여전』의 〈제팔역가현덕분자(第八譯歌顯德分者)〉에 나오는 세 단락이다.

한 단락은 "게송은 불타의 공과를 기리는 것으로 경문에 편찬되어 있고, 가와 시는 보살의 행인을 칭찬하는 것으로 논장에 거두어 붙여진다.(偈頌讚佛陀之功果 著在經文 歌詩揚菩薩之行因 收歸論藏)."이다. 이에 따르면, 『균여전』의 〈제팔역가현덕분자〉에서 언급한 가(歌)와 시(詩)는 불경의 논장(論藏)에 수록되는데, 〈원왕가〉와 최행귀의 십일송이 수록된 『균여전』은 『고려대장경』(보판)에 수록되어 있다. 이렇게 최행귀가 언급한 시와 가는 보살의 행인을 드날린 것을 내용으로 하고, 논장(論藏)에 수록된다는 점에서, '시구당사(詩構唐辭)'의 '시'는 최행귀의 11송이고, '가배향어(歌排鄉語)'의 '가'는 균여의 〈원왕가〉라 할 수 있다.

다른 한 단락은 "비록 마주하여 사봉(詞鋒)을 어둡게 한다고 말들 하나, 족히 함께 의해(義海)로 돌아감을 알겠고, 각각 그 갈 바를 얻으니 어찌 좋지 않은가?(雖云 對衒詞鋒 足認 同歸義海 各得其所于 何不臧)"이다. 이 경우에 함께 돌아가는 것은 최행귀의 십일송과 균여의 〈원왕가〉이고, 함께 돌아가는 의해(義海)는 바로 『보현행원품』의 의해(義海)이다. 이런 점에서도, '시구당사(詩構唐辭)'의 '시'는 최행귀의 11송이고, '가배향어(歌排鄕語)'의 '가'는 균여의 〈원왕가〉라 할 수 있다.

마지막의 한 단락은 "한 근원에 빙탁한 두 줄기로 시(詩)와 가(歌)는 같은 몸체의 다른 이름이니, 노래편을 좇아 각각 번역하여 글편 사이에 이어서 쓰니, 바라는 바는 동서에 두루 구애되지 않음이라.(憑托之一源兩派 詩歌同體異名逐歌各翻 間牋連寫 所冀遍東西而無旱)"이다. 이 경우에 한 근원은 『보현행원품』이고 양파(兩派) 곧 시(詩)와 가(歌)는 최행귀의 십일송과 균여의 〈원왕가〉이다. 이런 사실은 최행귀의 십일송이 균여의 〈원왕가〉를 번역하여 『균여전』의 글편 사이에 이어서 쓴 사실을 말하는 '축가각번 간전연사(逐歌各翻 間牋連寫)'로도 알 수 있다. 이런 점에서도, '시구당사(詩構唐辭)'의 '시'는 최행귀의 11송이고, '가배향어(歌排鄕語)'의 '가'는 균여의 〈원왕가〉라 할 수 있다.

이 논거들에 의거해 '시구당사(詩構唐辭)'의 '시'를 최행귀의 11송으로, '가배향어(歌排鄕語)'의 '가'를 균여의 〈원왕가〉로 해석하였다. 이 중에서 '시'가 최행귀의 11송이 아니라고 반론을 제기한 경우가 있다. 그 내용을 인용하면 다음과 같다.

> 첫째, 崔行歸의 이 論文은 六朝風의 騈儷體 文章으로 對照, 對句의 形式을 取하고 있어, 前句와 後句가 대체로 唐(中國)對 高麗(韓國)로 對를 이루고 있다는 것이다. …
>
> 둘째, "詩構唐辭"와 "歌排鄕語"는 語辭의 重複을 避하기 위한 表現이다.

> "唐詩唐辭" "鄕歌排鄕語"의 散文的 表現의 "唐-唐" "鄕-鄕"을 "( )-唐" "( )-鄕"으로 하여 文體的 妙味를 살리고 있는 것이다. 統計的인 後辭의 省略을 하지 않고 前辭를 省略한 것이 한층 더 含蓄性을 보이고 있다.
> 셋째, 아무리 自畵自讚하는 文章이라 하더라도, "詩構唐辭"의 詩를 崔行歸 自身의 詩라 한다면, "磨琢"이라는 讚辭를 함부로 사용하여 自己詩의 優越함을 宣傳하는 것과 같은 愚를 犯할 정도의 崔行歸는 아닐 것으로 보려 한다. 더구나 原詩가 있는 譯詩가 아닌가? "詩構唐辭"의 詩는 결코 崔行歸 자신의 譯詩를 表現한 것이 아니며, 中國側 唐詩를 가리키는 것이라고 思料하는 바다(송재주 1992:630~631).

이 주장은 앞에서 '시'와 '가'의 지시체를 정리하면서 논거로 제시한 세 단락들을 전혀 언급하지 않고, 앞의 인용만을 주장하고 있다. 이 앞의 논거들을 검토하면, 이 인용의 한계는 명확하게 드러난다. 이를 생략하고 보아도, 이 인용들은 다음과 같은 문제점들을 보여준다.

이 인용의 논지는 둘이다. 하나는 '마탁(磨琢)'이 찬사(讚辭)라는 것이고, 다른 하나는 '시구당사(詩構唐辭)'의 '시'가 중국측의 당시(唐詩)라는 주장이다. 이 두 논지는 두말할 것도 없이 논거 없는 주장에 불과하다.

먼저 '시구당사(詩構唐辭)'의 '시'가 중국측의 당시(唐詩)라는 논지의 문제를 보자. 이 문제는 인용의 "더구나 원시(原詩)가 있는 역시(譯詩)가 아닌가?" "시구당사(詩構唐辭)의 시(詩)는 결코 최행귀(崔行歸) 자신의 역시(譯詩)를 표현(表現)한 것이 아니며, 중국측(中國側) 당시(唐詩)를 가리키는 것이라고 사료(思料)하는 바다."를 검토하면 잘 나타난다.

"더구나 원시(原詩)가 있는 역시(譯詩)가 아닌가?"는 무슨 뜻인지 알 수 없는 주장이다. 우선 원시(原詩)와 역시(譯詩)가 각각 어느 시를 지시하는지 논거를 제시하지 않아, 무슨 주장을 하고 있는지를 알 수 없다. 이것이 가장 큰 문제이다. 그리고 그 다음의 "시구당사(詩構唐辭)의 시

(詩)는 결코 최행귀(崔行歸) 자신의 역시(譯詩)를 표현(表現)한 것이 아니며, 중국측(中國側) 당시(唐詩)를 가리키는 것이라고 사료(思料)하는 바다."라는 주장으로 미루어 보았을 때에, 만약 원시(原詩)가 불경의 범자 게송을, 역시(譯詩)가 그 번역인 한역 게송을 뜻하는 것으로 보았다면, 이는 이미 큰 잘못 넷을 범한 것이 된다.

첫째, 불경 『보현행원품』의 운문(韻文)은 시(詩)라 하지 않으며 게(頌)라 이름한다. 이런 사실을 『보현행원품』에서 보면 다음과 같다.

… 爾時 普賢菩薩摩訶薩 欲重宣此義 普觀十方 而說偈言 ….

둘째, 최행귀의 십일송은 누가 보아도 균여의 향가를 번역한 것이지, 중국측 당시를 번역한 것이 아니다. 따라서 앞의 주장은 어디에 근거한 것인지를 알 수 없다.

셋째, 불경 『보현행원품』의 운문(韻文)으로는 '磨琢於五言七字'를 설명할 수 없다. 『보현행원품』의 게(偈)는 7언(言) 248구(句), 즉 7언(言)의 62게(偈)로 되어 있어, '오언(五言)'을 설명할 수 없다.

넷째, 역시(譯詩)가 중국측 당시(唐詩)라면, 이 설명이 왜 균여의 〈원왕가〉를 최행귀가 번역하고 쓴 그 서문에 들어왔는지를 알 수가 없다.

이런 점에서 '시구당사(詩構唐辭)'의 '시'가 중국측의 당시(唐詩)라는 주장은 할 수 없다. 그리고 이를 논거로 '시구당사(詩構唐辭)'의 '시'를 최행귀의 11송으로 본 해석을 부정하기는 어렵다.

이번에는 '마탁(磨琢)'이 찬사(讚辭)라는 주장으로, '시구당사(詩構唐辭)'의 '시'가 최행귀의 11송이라는 주장을 부정할 수 없다는 사실을 보자. '마탁(磨琢)'이 찬사(讚辭)인가 아닌가를 보기 위하여, '마탁(磨琢)'을 사전에서 인용하면 다음과 같다.

【磨琢】謂彫琢磨礪也.[張耒, 次韻秦觀詩]球然瑚璉質 磨琢爭璀璨(『中文大辭典』, '磨琢'조).

이 글로 볼 경우에 '마탁(磨琢)'이라는 말에는 찬사(讚辭)의 의미가 없으며, '조탁(彫琢)'과 '마려(磨礪)'라는 서술사(敍述辭)에 지나지 않는다. 이를 다음 인용의 '절차탁마(切磋琢磨)'의 '탁마(琢磨)'에까지 확대하여도 사정은 마찬가지이다.

【切磋琢磨】言人修德成學, 治之有緖, 而益致其精也. 見切磋條.[爾雅, 釋器] 骨謂之切, 象謂之磋, 玉謂之琢, 石謂之磨.[詩衛風, 淇奧]有斐君子, 如切如磋, 如琢如磨.[傳]治骨曰切, 象曰磋, 玉曰琢, 石曰磨.[集傳]治骨角者, 旣切以刀斧, 而復磋以鑢鍚. 治玉石者, 旣琢以槌鑿, 而復磨以沙石. 言其德之修飭有進而無已也.[大學]如切如磋者, 道學也. 如琢如磨者, 自修也(『中文大辭典』, '切磋琢磨'조).

위 인용에서 보면, 절(切)은 치골(治骨)에, 차(磋)는 치상(治象)에, 탁(琢)은 치옥(治玉)에, 마(磨)는 치석(治石)에, 각각 쓰이는 문자임을 알 수 있다. 이 일차적 문자가 이차적으로 절차(切磋)의 경우는 수덕(修德)이나 도학(道學)에, 탁마(琢磨)의 경우는 성학(成學)이나 자수(自修)에 쓰임을 알 수 있다. 이 경우에 아무리 절차와 탁마가 이차적으로 수학, 도학, 성학, 자수 등에 쓰일지라도 찬사적 성격은 전혀 보여주지 않는다.

그리고 만약 마탁(磨琢)이 찬사적이라는 주장을 인정하면, 마탁이 포함된 문맥은 통하지도 않는다. 만약 마탁에 찬사적 성격을 부여하면, '시구당사(詩搆唐辭) 마탁어오언칠자(磨琢於五言七字)'는 해석되지 않는다. 즉 '시는 당나라 글을 얽어 오언칠자로 갈고 다듬는다.'라는 의미에 찬사의 성격이 들어갈 틈이 없다.

이런 점에서 마탁(磨琢)이 찬사적이라는 주장은 논거 없는 주장에 불과하다. 이로 인해 '마탁(磨琢)'이 찬사라고 주장하고, 이 근거 없는 해석을 근거로, '시구당사(詩搆唐辭)'의 '시(詩)'가 최행귀의 11송이라는 주장을 부정하기는 어렵다.

이와 비슷한 아래의 반론도 있다. 그러나 이 반론 역시 적확한 해석이 아니다.

> 최행귀는 詩와 歌를 矛와 盾에 비유하고 있는데, 양희철의 주장대로라면 최행귀의 번역시는 창이요, 균여의 향가는 방패가 된다. 그러나 최행귀가 그의 譯詩를 균여의 原歌와 등가적으로 생각할 만큼 방만했을 것으로는 보이지 않는다. 그의 글 속에서 최행귀는 균여에 대하여 지나치리만큼 저자세를 취하고 있다. 더구나 형식과 내용에 대한 비교대상은 한시일반과 향가일반이기 때문에 보현십원가와 번역시를 지시하는 것으로 한정하는 것은 옳지 못하다(라경수 1995:126).(밑줄 필자)

이 인용의 밑줄 친 부분들만을 보면, 양희철의 논문과 책에는 문제가 있는 듯하다. 그러나 이 밑줄 친 부분을 자세히 검토하면 오히려 반론에 문제가 있음을 알 수 있다.

먼저 밑줄 친 둘 중에서 전자를 보자. 전자는 해당 원문을 그대로 읽지 않고, 원문(原文)의 일부를 빼어버리고, 그것을 번역하여 논리를 편 것이다. 원문에서 빼어버린 부분은 바로 '거리(據理)'이다.

> 然而詩搆唐辭 磨琢於五言七字 歌排鄉語 切磋語三句六名 論聲則隔若參商 東西易辨 據理則敵如矛盾 强弱難分 雖云 對衒詞鋒 足認 同歸義海 各得其所于 何不臧.

위의 원문 인용에서 살필 수 있듯이, 앞의 비판은 '거리즉적여모순(據理則敵如矛盾)'의 '거리(據理)'를 빼고 번역을 하였다. 이 '거리(據理)'를 빼고 번역하면, 앞의 비판이 보이는 "최행귀는 시(詩)와 가(歌)를 모(矛)와 순(盾)에 비유하고 있는데"가 된다. 그러나 '거리(據理)'를 넣고, '거리즉적여모순(據理則敵如矛盾)'을 번역하면, 전혀 다른 성격이 된다. 즉 '이치를 거론한다면 맞섬이 창과 방패와 같아'이다. 이 번역으로 보면, 최행귀는 『균여전』의 〈제팔역가현덕분자〉에서 자신의 '시(詩)'와 균여의 '가(歌)'가 등가적인 것이라고 말하는 것이 아니라, 자신의 '시(詩)'와 균여의 '가(歌)'가 그 이치(理致)라는 측면에서 대등함을 말하는 것이다. 이런 점에서, 원문(原文)의 일부(一部)를 빼고 자신의 주장을 편 앞의 주장은 의미가 있는 주장이 되지 못한다.

그리고 앞 인용의 밑줄 친 나머지 부분의 문제 제기는 다음과 같다. "더구나 형식과 내용에 대한 비교대상은 한시일반과 향가일반이기 때문에 보현십원가와 번역시를 지시하는 것으로 한정하는 것은 옳지 못하다."이다. 이 주장의 전반부인 "더구나 형식과 내용에 대한 비교대상은 한시일반과 향가일반이기 때문에"라는 설명은, 관련문맥을 벗어나, 논거 없는 논자 자신의 선입견 내지 생각을 이유로 제시한 것에 불과하다. 이로 인해, 그 이하 나머지의 주장도 논거 없는 비판이 되고 만다.

이번에는 "시구당사(詩構唐辭) 마탁어오언칠자(磨琢於五言七字)"와 "가배향어(歌排鄕語) 절차어삼구육명(切磋於三句六名)"에서 '시(詩)'와 '가(歌)'의 지시체를 뺀 나머지 문맥의 문제를 보자. 이 해석은 오언칠자를 칠언율시(최행귀의 11송)에서 압운을 단위로 한 5언(제1행, 제2행, 제3·4행, 제5·6행, 제7·8행)과 1행 7자로 보고, 삼구육명을 균여의 〈원왕가〉에서 삼구(제1~4행, 제5~8행, 제9·10행)와 2행 6명(2행에 포함된, 어미나 격어미가 없는 어근이나 어간의 6단어)으로 해석하였다. 이들 오언칠자와 삼구육명의 의미들은 모두가 나머지 문맥에 맞다. 이런 점에서 이 기준2를 이 해석은 만족시킨다고 볼 수 있다.

기준3인 '오언칠자'와 '삼구육명'의 대구도 이 해석은 만족시킨다. 기준2에서 본 오언칠자와 삼구육명은 다음과 같이 대구를 이룬다. 즉 이 해석에서 오언과 삼구는 한 작품을 이루는 전체의 단위에서 대구를 이룬다. 그리고 칠자와 육명은 오언과 삼구에서의 최소 단위 또는 기본 단위인 1언(최행귀의 11송의 제1구, 제2구)과 1구(균여의 〈원왕가〉 제9, 10구)가 보인 자수(字數, 7자)와 명수(名數, 6명)를 말한다. 물론 최소 단위 또는 기본 단위의 배수인 1언(최행귀의 11송의 제3, 4구, 제5, 6구, 제7, 8구)과 1구(균여의 〈원왕가〉의 제1~4구, 제5~8구)도 대구를 이룬다. 이런 점에서 "시구당사(詩構唐辭) 마탁어오언칠자(磨琢於五言七字) 가배향어(歌排鄕語) 절차어삼구육명(切磋於三句六名)"가 치밀하게 계산된 대구(對句)의 문장임을 확인할 수 있다. 이 해석은 지금까지 나온 해석 중에서, 유일하게 완벽한 대구를 보인다.

기준4인 "가시양보살지행인(歌詩揚菩薩之行因) 수귀논장(收皈論藏)"의 조건으로 보자. 최행귀의 11송과 균여의 〈원왕가〉는 모두가 보살의 행인을 드날린 내용이다. 그리고 〈원왕가〉를 포함한 『균여전』은 『고려대장경』(보판)에 수록되어 있다. 이 점에서도 삼구와 육명을 (다)구신[(多)句身] 또는 게(偈)의 3구(句)와 2행(行) 6명(名)으로 본 해석은 기준4의 조건에도 맞다고 할 수 있다.

마지막으로 기준5인 실제 작품에서의 증명을 보자. 이 삼구와 육명을 (다)구신[(多)句身] 또는 게(偈)의 3구(句)와 2행(行) 6명(名)으로 본 해석은 〈원왕가〉 11수에서 이 해석을 증명하고 있다. 이 해석에서 '후구(後句), 낙구(落句), 격구(隔句), 후언(後言)' 등은 명(名)으로 계산하지 않았다. 이것들은 차사(嗟辭, 감탄사)로 해독될 수 없는 체격(體格)의 용어라는 사실은 최근에 정리되었다는 점(양희철 2004c:65~78, 2005d)에서, 이것들은 시어의 명(名)으로 계산해서는 안 된다. 이런 점에서 이 해석은 기준5도 만족시킨다고 할 수 있다.

이상과 같이 양희철의 두 글(1986b, 1988)은 변증의 기준 다섯을 모두 만족시키고 있어, 삼구육명의 해석은 이 두 글에서 거의 완결된 것으로 보아도 좋을 것 같다.

4.4. 시행의 구와 반만 이해한 명

삼구육명을 불교 용어로 본 정리는, 앞의 4.3.까지에서 본 바와 같이, 김승찬, 양희철(1), 윤기홍, 정창일(1, 2), 김준영, 송재주, 양희철(2) 등의 논의들을 거치면서, 거의 마무리된 것으로 판단된다. 그런데 아주 최근의 발표와 논문에서, 삼구육명을 불교 용어로 보는 것이 처음으로 새롭게 보는 것 같이, 기존 논의를 본문이나 각주에서 전혀 인용하지 않고, 그 논거를 불교사전에만 의지한 글이 나왔다. 그것도 어느 불교사전에 근거한 것인가를 명확하게 알 수 있도록, 사전의 조목이나 항목을 그대로 인용하지 않고, 그 근거를 명확하게 알 수 없게, 사전의 내용을 쪼개서 재편집을 하면서 설명한 글이 나왔다. 그러나 그 글을 자세히 보면, 시행에 해당하는 구(句)의 개념을 정리하고, 반만 이해한 명(名)의 개념을 제시한 것에 불과하다. 그 내용을 앞에서와 같이 다섯 기준에서 변증하면 다음과 같다.

기준1인 명과 구의 의미이다. 먼저 이 글은 '구'의 개념에서, 시행에 해당하는 '구'의 개념을 정리한 것에 불과하다. 구의 개념을 정리하면서, 『문심조룡』(유협), 『분류오주연문장전산고(分類五洲衍文長箋散稿)』(이규), 『법화현의(法華玄義)』, 『현가궤범(絃歌軌範)』(유중교), 『유식론』,

『구사론(俱舍論)』 등을 인용하면서, [구를 "한 마디 말이 끊어지는 곳", "경계를 나눈다, 언어의 경계를 나눈다는 것은 글자 하나하나를 엮어서 서로 구별되는 의미의 단위를 구성한다는 말"이라고 한 것과도 같은 맥락이다.]라고 정리하였다(황병익 2018:132~136). 이 '구'의 개념은 복잡하게 설명하고 있지만, 쉽게 이해할 수 있는 것이다. 향가의 4구체, 8구체, 10구체, 시조의 3장 6구 등에 나온 '구'의 개념을 정리한 것에 불과하다. 이는 시행에 해당하는 '구'의 개념 정리이다. 기왕의 연구들을 보면, 이 구의 개념은 이미 당연한 것으로 정리되어 있다. 문제는 제1~4행(=구), 제5~8행(=구), 제9~10행(=구) 등의 세 단위가 어떤 점에서 3구가 되느냐 하는 것이다. 이 문제를 푸는 데는 구(句, 1구), 구신(句身, 2구), 다구신(多句身, 3구 이상의 구)이라는 구의 종류와, 글의 분량을 계산할 때에, 4행(=구)1게(偈)와 2행(=구)1게(偈)의 게(偈)를 구(句)로도 번역한다는 점이 도움을 준다. 이 구의 개념을 전혀 계산하지 않은 점은 이 글의 미흡점이다.

이 글은 '명'의 개념을 정리하기 위하여, 사전류를 이용하였다. 그 해석을 보면 한 마디로 '명'의 개념을 아직 명확하게 이해하지 못하고 있다. 즉 반만 이해한 명의 개념이다. 이 글에서는 '명'을 '작상(作想), 자성(自性), 이름, 명칭, 단어' 등으로 보고 있다. '작상(作想)'과 '자성(自性)'은 앞에서 정리한, 삼구육명을 불교 용어로 본 연구자들의 글에서 이미 정리된 것들이고, '이름'과 '명칭'은 불경을 운위하지 않아도 누구나 '명(名)이라는 글자에서 아는 개념이다. 그리고 '명'을 '단어', 그 중에서도 '격어미나 어미를 포함하지 않은 단어'로 본 것도 이미 정리된 것이다. 이와 비슷하게 '명'을 '단어'로도 정리를 하였는데, 이 정리는 이 글에서 이해할 수 없는 문제를 보인다. 이를 보기 위해, 명의 개념을 정리한 두 부분의 글들을 차례로 보자.

……『유식론』 권2나 『구사론(俱舍論)』 권5에도 '구'는 "여러 낱말이 모여서 사물의 의리(義理)를 밝히는 것"이고, '명'은 작상(作想)이라 했다. "명(名, 이름)은 자성(自性)을 주관하고, 구는 차별(差別)을 주관"한다. 『법화현의(法華玄義)』 권1에 "명은 법의 이름이며, 법은 명의 체(體)이니, 이름을 알면 체를 아는 것"이라 했으니, '명'은 "소리를 따라 물체에 가서 주관하여 생각나게 하는 것, 즉 사물의 명칭"이다. "그 이름을 들으면 마음에 떠오르는 그 어떤 형상"을 말한다. 가령 '제행무상(諸行無常), 제법무아(諸法無我)'라고 할 경우, '제행'과 '제법'은 이름(名)이고 '무상'과 '무아'는 뜻이다. 즉, 제행은 자성이고, 무상은 차별이다. 자성은 "본래부터 갖추고 있는 불변불개의 성질"이고, 차별은 "구별하는 것, 다른 것, 특수한 것"이다. '제행'과 '제법'은 명에 지나지 않지만, "무상하다, 무아하다"라고 의미부여하면서 다른 것과의 차별이 생긴다. 하나의 사물이었던 '꽃'을 두고, "붉다"라고 하면서 차별되는 것과 같다(황병익 2018:134~135).

이 인용에서는 '명'을 '작상(作想), 자성(自性), 이름, 명칭' 등으로 정리하면서, '단어'라는 개념은 보여주지 않는다. 그리고 '제행무상(諸行無常), 제법무아(諸法無我), 꽃(이) 붉다' 등에서, '제행, 제법, 꽃(이)' 등은 '이름, 자성' 등의 '명'이라 하고, '무상, 무아, 붉다' 등은 '뜻, 차별'이라고 한다. 결국 '무상, 무아, 붉다' 등은 명이 아니라는 것이다. 이는 '명'을 '제행, 제법, 꽃(이)' 등의 이름이나 명칭으로 보고, 단어로 보지 않았음을 의미한다. 이렇게 명을 '이름'이나 '명칭'으로 보기 때문에, '제행무상(諸行無常), 제법무아(諸法無我), 꽃이 붉다' 등에서, '제행, 제법, 꽃' 등만을 명으로 보고, '무상, 무아, 붉다' 등은 명으로 보지 않은 것이다.

이번에는 다른 부분을 보자.

명(名, nāman)은 불교적으로는 "5법(五法)의 하나로서, 사물 위에 가정적으로 명칭",[각주 91)] "그 이름을 들으면 마음에 떠오르는 그 어떤 물체의

> 형상", "색성향미(色聲香味)의 작상(作想)"이고, 철학적으로는 "실(實)에 대한, 사물의 이름", 곧 단어를 뜻한다. 앞의 예처럼, "꽃이 붉다"나 "제행무상, 제법무아"에서 '꽃'이나 '제행, 제법' 등의 자성을 말한다. 자성은 "만들어진 것이 아니며, 다른 것에 의존하지 않는 존재", "일체 현상에 담긴, 각기 본래부터 갖추고 있는 불변불개(不變不改)의 성질"이다[92) 金勝東, 앞의 책(2001), 1787쪽. 각주 92)를 본문으로 인용자가 옮김](황병익 2018:136~137).

이 인용에서 보면, '명'을 '명칭, 이름, 작상(作想), 단어, 자성' 등의 순서로 언급하고 있다. 앞에서 정리한 부분과 다른 점은 '명'에 '단어'라는 개념이 더 들어간 것이다. 그런데 이 '명'을 '단어'라고 정리한 [철학적으로는 "실(實)에 대한, 사물의 이름", 곧 단어를 뜻한다.]의 부분은 논리적으로 이해가 되지 않는 부분이다. 이 부분은 이 분야를 잘 모르는 사람들이 보면, 잘 모르기 때문에, 그냥 넘어갈 수밖에 없다. 그러나 이 분야를 어느 정도 공부한 사람이 보면, 정확하게 이해하지 못한 글임을 파악할 수 있다. 이런 사실을 차례로 보자.

우선 이 인용의 [철학적으로는 "실(實)에 대한, 사물의 이름"]이 무슨 말인지 알 수 없고, 다음으로 "사물의 이름"은 명칭이지 단어가 아니다. 어떤 점에서 "사물의 이름"이 쉽게 '단어'가 되는지 이해가 되지 않는다. 혹시 인용을 잘못한 것인가를 의심하여, 각주 92)에 인용된 부분[9]을 찾아보아도 이해가 되지 않는다. 각주 92)는 '자성'의 항목으로, 문제가 된 [철학적으로는 "실(實)에 대한, 사물의 이름", 곧 단어를 뜻한다.]와는 관

9 "자성(自性) [英 own nature] 인도철학의 용어. 1) prakrti 상키야학파의 25제 가운데 하나. 만유(萬有)를 생성하는 물질적 근본원인. 2) svabhava의 번역. 만들어진 것이 아니며 또 다른 것에 의존하지 않는 존재. 일체 현상에는 각기 본래부터 갖추고 있는 불변불개(不變不改)의 성(性)이 있는데 이것을 자성(自性)이라 한다. 자성에 대하여 『18공론』(十八空論)에서는 무시(無始)와 인(因)의 뜻이 있다 하고 『현식론』(顯識論)에서는 부잡(不雜)과 불개불전위(不改不轉爲)의 듯이 있다고 한다."(김승동 2001:1787).

계가 없다. 이렇게 되면 문제가 된 [철학적으로는 "실(實)에 대한, 사물의 이름", 곧 단어를 뜻한다.]는 논거나 논리도 없이 쓴 부분이 된다. 이 부분은 기왕의 연구에서 보이는, '단어설'과 '격이나 어미를 포함하지 않는 단어설'을 참고하여 글을 작성하고 각주를 달지 않은 것으로 추측될 소지가 많다. 특히 "꽃이 붉다"에서 '꽃'만을 단어로 보는 것으로 보아, '격이나 어미를 포함하지 않는 단어설'을 참고하여 글을 작성하고 각주를 달지 않은 것으로 추측될 소지가 많다. 추후에라도 이 부분을 명확하게 하지 않으면, 표절 또는 조작의 의혹을 살 수도 있다. 사물의 이름이 갑자기 '단어'를 뜻한다고 주장할 수는 없다.

이런 사실은 '명'을 단어라고 주장한 다음에, 예로 설명한 부분에서도 확인할 수 있다. [철학적으로는 "실(實)에 대한, 사물의 이름", 곧 단어를 뜻한다. 앞의 예처럼, "꽃이 붉다"나 "제행무상, 제법무아"에서 '꽃'이나 '제행, 제법' 등의 자성을 말한다.]에서, '꽃, 제행, 제법' 등을 '자성'으로 정리하였다. 이 '자성'으로 본 '꽃, 제행, 제법' 등은 '이름 또는 명칭'으로 본 것일 수도 있고, '단어'로 본 것일 수도 있다. 만약 단어로 본 것이라면, '꽃이'에서 '꽃'만을 자성으로 잡는 것으로 보아, 단어를 격어미를 포함한 단어가 아니라, 격어미를 포함하지 않는 단어로 본 것이다. 그런데 이 주장자는 '꽃, 제행, 제법' 등을 '이름 또는 명칭'으로 본 것이지, 단어, 그 중에서도 격어미를 포함하지 않은 단어로 본 것은 아니다. 왜냐하면, '꽃이 붉다. 제행무상, 제법무아' 등에서, 명칭이나 이름인 '꽃, 제행, 제법' 등을 자상의 명으로 보고, 명칭이나 이름이 아닌 '붉다, 무상, 무아' 등은 자상의 명으로 보지 않기 때문이다. 그리고 만약 명을 단어의 의미로 보았다면, '꽃, 제행, 제법' 등은 물론, '붉(다), 무상, 무아' 등도 자상의 명, 즉 단어로 보았을 것이다. 그러나 이 논자는 '붉(다), 무상, 무아' 등을 자상의 명, 즉 단어로 보지 않았다. 이 논자와 같이 '붉(다), 무상,

무아' 등이 단어가 아니라고 주장할 사람은 이 논자를 빼고 보면, 아무도 없을 것 같다.

이렇게, [철학적으로는 "실(實)에 대한, 사물의 이름", 곧 단어를 뜻한다.]는 비논리적 문장이고, '꽃이 붉다. 제행무상, 제법무아' 등에서 이름 또는 명칭인 '꽃, 제행, 제법' 등은 자상의 명으로 보고, '붉(다), 무상, 무아' 등은 자상의 명으로 보지 않았다는 점에서, 이 논자가 파악한 '명'은 '이름 또는 명칭'이고, '명'을 '단어'라고 한 것은 논리적 근거도 없이 집어넣은 것으로 판단된다. 이런 점들로 보아, 이 글에서 정리한 '명'은 반만 이해한 것에 불과하다.

'명'이 〈격어미나 어미를 포함하지 않은 단어(crude word)〉라는 사실의 정리는 양희철의 글(1986b, 1988)에서 잘 되어 있다. 이에 대한 설명은 4.3.의 각주로 돌린다.

그리고 이 글은 변증의 기준으로 서론에서 제시한, 기준2("詩構唐辭磨琢於五言七字"와 "歌排鄕語 切磋於三句六名"의 문맥), 기준3('오언칠자'와 '삼구육명'의 대구), 기준4("歌詩揚菩薩之行因 收皈論藏"의 조건), 기준5(실제 작품에서의 증명) 등과 관련된 언급을 전혀 하지 않고, 다음과 같은 연구 방향을 제안하였다.

> 이제 〈보현십원가〉를 기점으로, 구와 명이 어떻게 적용되는가 하는 실체를 찾아나가는 일이 과제로 남았으나 구와 명은 비단 향가에만 적용되는 개념이 아니라, 동아시아 문학에 두루 적용[93) 김정화, 『古詩型式의 發見』(집문당, 2003), 13~69쪽, 111~134쪽 참조. 각주 93)을 본문으로 인용자가 옮김.]되는 보편적 용어임을 전제한 후, 이상의 구·명 이론을 종합하고 여러 나라의 문학작품을 견주어가며 개념을 파악해야 할 것이다(황병익 2018: 137).

이 인용을 보면, 상당히 그럴듯하다. 그러나 구체적으로 확인해 들어가면, 허상에 불과하다. 우선, 앞에서 정리했듯이, 이 논자가 보여준 '구'는 향가의 4구체, 8구체, 10구체, 시조의 3장 6구 등에 나오는 구의 개념으로, 3구의 구를 정리할 수 없다. 그리고 이 연구자가 보여준 '명'의 개념은 '이름' 또는 '명칭'에 불과하여, 이를 향가에 적용하면, 향가에 나온 '이름'이나 '명칭'의 숫자를 헤아릴 뿐이다. 그리고 '명'이 동아시아 문학에 두루 적용되는 것 같이 정리하고 있으나, 실상은 그렇지 않다. '명'과 '구'는 불교 용어로 산문과 운문의 어느 언어에도 적용된다. 그러나 시가에서 '명'과 '구'를 동시에 언급한 것은 『균여전』에서만 보인다. 심지어 불경에서도 명구문, 명구자, 명구미 등으로만 나타나며, 시가와 관련하여 '명'을 언급한 예는 있어도, '삼구육명'과 같이 '구'와 '명'을 동시에 언급한 예는 아직 보이지 않는다. 그리고 '동아시아 문학에 두루 적용되는 보편적 용어'라고 인용한 김정화의 글을 보면, 실상이 너무 다르다. 말을 바꾸면, 본문의 주장과 이 주장을 뒷받침한다고 제시한 각주의 내용이 전혀 일치하지 않는다. '구'는 김정화 책의 13~69쪽과 111~134쪽은 물론 시가의 형식을 논하는 모든 나라들의 모든 글에서 나온다. 그러나 '삼구육명(三句六名)'이나 '명(名)'은 39~49쪽과 62~69쪽에서만 나온다. 그것도 삼구육명의 해독은 지도교수인 홍재휴의 주장을 따르면서, 향가(김정화의 용어로는 '詞腦詩')와 관련된 부분에서만 나오며, 중국문학이나 일본문학에 나오는 '명(名)'은 전혀 보이지 않는다. 이런 자료를 가지고, "구와 명은 비단 향가에만 적용되는 개념이 아니라, 동아시아 문학에 두루 적용되는 보편적 용어임을 전제한 후, 이상의 구·명 이론을 종합하고 여러 나라의 문학작품을 견주어가며 개념을 파악해야 할 것이다."라고 주장하는 것은 논리적 비약이다. 차라리 종전의 연구들과 같이 명과 구를 인도문학→중국문학→향가 등의 비교문학적 차원이나, 불교문화권의 차원에서 정리하는 것이 바람직해 보인다.

앞의 연구자가 불교사전의 명과 구에서 출발하면서도, 왜 기본적으로 검토해야 할 부분들, 즉 불교사전의 명과 구에서 출발한 기왕의 연구들에 대한 검토, 불교사전을 넘어서 명과 구를 실제로 보여주는 불경들의 검토, 『균여전』의 〈제칠가행화세분자〉와 〈제팔역가현덕분자〉의 검토 등을 전혀 검토하지 않고, 관심을 다른 곳으로 돌렸는지는 그 이유를 알 것 같으면서도 이해하기가 어렵다.

5. 결론

지금까지 삼구육명을 검토한 기존 논의들을 종합적으로 변증해 보았다. 그 결과, 삼구육명을 검토한 기존 해석에서 학문적 진실에 이른 것은 불교의 시가 용어로 본 논의들이므로, 한시나 음악 용어로 본 논의들의 결과는 생략하고, 불교의 시가 용어로 본 논의들의 결과만을 표로 정리한 다음에, 결론을 내리려 한다. 황병익의 글은 미완의 글이라고 판단하여 표의 정리에서 생략하였다.

주장자	주장의 핵심 (삼구, 육명)	기준1		기준2	기준3		기준4	기준5	
		구	명		오언 삼구	칠자 육명		삼구	육명
김승찬	3장, 6반장(반구)의 6분절	△	△	○	×	×	○	△	×
양희철 (1)	3장, 6반장(반구)의 6분절	△	△	○	×	×	○	△	×
윤기홍	3장, 6반장(반구)의 6분절(주부, 술부, 절)	△	△	○	×	×	○	△	×

김준영	3장, 6반장(반구)의 6분절	△	△	○	×	×	×	△	×
송재주	3장, 6반장(반구)의 6분절	△	△	○	×	×	×	△	×
정창일 (1)	3장, 6합석	△	×	×	×	×	×	△	×
정창일 (2)	3句(因句, 根句, 究竟句) 6어휘(菩提心, 因, 慈悲, 根, 方便, 究竟)	×	×	×	×	×	×	×	×
양희철 (2)	3偈(=3句), 二多句身과 一句身의 三句, 2행 6명(crude word)	○	○	○	○	○	○	○	○

이 표에서 다음과 같은 점들을 정리할 수 있다.

1) 기준1인 '구'와 '명'의 의미에서 인정할 수 있는 기왕의 연구는 매우 적다. 거의 모든 연구들이 불경의 句(pāda)와 名(nāma)을 인용하였다. 그 결과 '구'와 '명'의 의미에 접근하였지만, '구'와 '명'의 정확한 의미의 정리에는 실패하였다. 특히 '구'의 경우에는, 10구체의 개개 구들은 무엇이고, 제1~4, 5~8, 9·10행(=구)의 3단위의 3구는 무엇인가를 정확하게 정리하지 못했다. 그리고 '명'의 경우에는 시조의 (삼장)육구라는 선입관에 이끌려 문장의 구문 일부로 해석하는 선에 머물고 있다. 이 둘을 표에서 '△'로 표시한 것이다. 이 문제는 3게(偈, 3게=3句) 또는 다구신(多句身) 둘과 구신(句身) 하나의 삼구(三句)와 2행 6명에 의해 해결된 것 같다.

2) 기왕의 연구들 대다수는 기준2인 "시구당사(詩構唐辭) 마탁어오언칠자(磨琢於五言七字)"와 "가배향어(歌排鄕語) 절차어삼구육명(切磋於三句六名)"의 문맥 문제에서 부분적인 충족만을 보인다. 문맥을 충족시킨 것은 오언칠자와 삼구육명의 해석이 마탁(磨琢)과 절차(切磋)의 의미

와 호응한다는 것이다. 이에 비해 충족시키지 못한 것은 거의 모든 해석들이 명확하게 하지 않은 '시(詩)'와 '가(歌)'의 지시체이다. 이 문제는 '시(詩)'를 최행귀의 11송으로, '가(歌)'를 균여의 〈원왕가〉로 본 해석에서 해결된다. 이 해석은 거의 확실한 세 개의 큰 준거들을 제시하였다.

3) 기준3인 '오언칠자'와 '삼구육명'의 대구는 거의 모든 연구에서 인정되지 않는다. 이는 오언시의 1행을 지칭하는 오언으로 본 오언과 10구체 향가의 전체 구조를 말하는 삼구의 대구가 그 대구 기반에서 성립하지 않기 때문이다. 또한 칠언시의 1행을 지칭한 칠언과 10구체 향가의 2행(또는 감탄사) 1명으로 해석한 육명의 대구가 그 대구 기반에서 성립하지 않기 때문이다. 이 문제는 칠언율시의 압운에 기초한 시 전체의 오언과 10구체 향가의 전체 구조를 말하는 삼구의 대구가 그 대구 기반에서 성립한다는 점과, 칠언율시의 1행을 지칭한 칠언과 10구체 향가의 2행 6명으로 해석한 육명의 대구가 그 대구 기반에서 성립한다는 점에서 풀린다.

4) 기준4인 "가시양보살지행인(歌詩揚菩薩之行因) 수궈논장(收皈論藏)"의 두 조건은 균여의 〈원왕가〉와 이를 번역한 최행귀의 11송을 대상으로 한 연구에서 충족된다.

5) 기준5인 실제 작품에서의 증명은 삼구를 게(偈)가 구(句)로 번역된다는 점에 입각한 3게(偈) 곧 3구(句)나, 2개의 다구신(多句身)과 1개의 구신(句身)이 합친 3구(句)로 보고, 육명을 2행 6명으로 본 해석만이 가능하다. 그리고 삼구(三句)는 구(句)의 종류인 구신(句身)·다구신(多句身) 내지는 4(2)구(句)1게(=구)[偈(=句)]라는 개념에 기초한 제1~4행(=구), 제5~8행(=구), 제9~10행(=구) 등의 세 구(句)이다. 이는 두 측면, 즉 구의 종류라는 측면과, 글의 분량의 계산이라는 측면에서 설명된다. 구의 종류라는 측면에서 설명하면, 제1~4행(=구)의 다구신이라는 구, 제5~8행(=구)의 다구신이라는 구, 제9~10행(=구)의 구신이라는 구 등

의 삼구(三句)를 의미한다. 그리고 글의 분량의 계산이라는 측면에서 설명하면, 10구체는 제1~4행(=구)의 4행1게, 제5~8행(=구)의 4행1게, 제9~10행(=구)의 2행1게 등의 3게(偈)로 계산된다. 이때 이 '3게(偈)'의 '게(偈)'는 '구(句)'로도 번역된다는 점에서, 10구체 향가의 삼게(三偈) 곧 삼구(三句)을 의미한다. 그리고 제1~4행(=구), 제5~8행(=구), 제9~10행(=구) 등과 같이 4행(=구)과 2행(=구)이 분리되는 것은 '게(偈)'의 의미인 '갈진명의(竭盡明義)'의 단락성에 기초한 것이다.

이상과 같이 볼 때에, 삼구육명의 해석은 이미 끝난 것으로 보아도 좋을 것 같다.

제4부

향가의 수사 연구가 당면한 문제

〈제망매가〉의 비유 연구가 당면한 문제

1. 서론

이 글은 향가의 수사 연구가 당면한 문제들, 그 중에서도 〈제망매가〉의 두 직유와 은유의 연구가 당면한 문제를 정리하는 데 연구의 목적이 있다. 이 문제들을 좀더 자세히 보자.

첫째는 은유적 직유 '毛如/털ᄀᆞᆮ'의 문제이다. 향찰 '毛如'로 표현된 부분은 '몯다, 모다, 모ᄃᆞᆯ' 등으로 읽은 경우와 직유법 '털ᄀᆞᆮ'으로 읽은 경우로 나뉜다. 이 부분은 직유인가 아닌가, 직유라면 어떤 종류의 직유인가 하는 문제를 보인다.

둘째는 '葉如/닙ᄀᆞᆮ'을 포함한 제5~8구 직유의 문제이다. 이 부분이 직유라는 점에는 그 누구도 의심을 하지 않는다. 그러나 이 직유는 일반적인 간단한 논리 변형적 직유인가? 아니면 확장된 직유인가? 이 직유의 기능은 무엇인가? 이 직유는 참신한 훌륭한 직유인가? 아니면 관습화된 평범한 직유인가? 등에서 그 의견이 상당히 엇갈리는 문제들을 보인다.

셋째는 제5~8구에 포함된 은유의 문제이다. 이 은유에서 '가지-잎'의 원관념은 '부모-누이' 또는 '부모-남매'로 해석하는 것이 일반적이지만, '조상-혈족/인류'로 해석한 주장이 나와서, 어느 것이 옳은가는 변석을 요한다. 그리고 이 은유의 해석에서 보이는 '의미의 전이' 즉 왜 원관념을 보조관념으로 표현하였는가 하는 문제도 변석을 요한다. 물론 은유의 해석론에 대한 기본 지식도 문제가 된다.

이 세 문제는 주로 1993~2012년에 발생했다. 핵심적인 문제가 발생하였을 때에, 바로 비판하는 글을 쓰려다가, 한편으로는 학문외적인 오해를 받기 싫어서 비판을 퇴직 이후로 미루어 왔다. 만약 현직에서 바로 비판을 하였다면, 학문외적인 오해를 사고도 남았을 것이다. 다른 한편으로는 이 정도로 가장 기초적인 직유와 은유의 문제는 내가 아니어도 그 누구인가가 비판하고 수정을 할 것으로 생각하여, 비판과 수정을 하지 않았다. 그러나 이 문제를 해결하고 정리한 글이 나오기는커녕, 이 잘못된 주장과 해석을 무비판적으로 수용하는 글들도 나왔다. 그것도 원로 학자는 물론 신진 연구자들의 글에서도 나왔다. 아주 바람직하지 않은 연구의 수용이 진행되어 온 것이다. 게다가 제5~8구의 직유와 은유를 엉뚱하게 수목상징으로 대신하는 주장까지도 나왔다.[1] 이제는 학문외적인 오해를 받지 않을 때가 충분히 되었고, 〈제망매가〉의 비유 연구에서, 잘못된 주장과 해석은 물론 이 글들을 무비판적으로 수용한 글들은 이제는 정리되어야 한다고 생각하여, 〈제망매가〉의 향찰 해독과 수사에서 문제가 되어온, 앞의 세 문제와 다른 문제들을 검토하고 정리한 바(양희철 2019)가 있다. 이 글에서는 앞의 세 문제를 정리한 부분만을 옮기면서, 글과 문맥을 다듬었다.

---

1 〈제망매가〉에는 '나무'가 아닌 '가지'가 나올 뿐이다. 이런 '가지'를 환웅이 하강한 '신단수(神檀樹)'나 전륜성왕이 그 아래서 깨달은 '보리수' 또는 '각수(覺樹)' 등의 세계목(世界木)에 견주면서, 수목상징을 주장하는 데는 한계가 있다. 특히 수목상징을 주장하는 글들은 직유와 은유가 들어가 있는 문맥을 논의하지 않고, 달랑 수목상징만을 주장하고 있어, 의미 있는 논의는 결코 아니라고 판단한다.

2. 은유적 직유

'毛如'는 '몬다/못다, 모다, 털ᄀᆞᆮ, 털닶/모다' 등으로 읽혀 왔다. 이 중에서 '몬다/못다'로 읽는 것이 주종이었으나, '毛如'의 '毛'를 음으로 읽을 경우에, '모다'는 되어도 '몬다/못다'는 되지 않는다. 이로 인해 '冬'을 보충하여 '毛冬如'로 수정하고 '모ᄃᆞᆫ다'로 읽기도 하고, 수정 없이 '모다, 털ᄀᆞᆮ, 모다/털ᄃᆞᆸ' 등으로 읽기도 했다. '모다'의 경우, 이 '모다'(일정한 수효나 양을 빠짐없이 다.)가 "'난 가ᄂᆞ다.' 말실도(말하는 일도)"와 연결될 수 있는가는 의문이다. 즉 "난 가ᄂᆞ다."와 같이 간단한 말을 하는 데 빠지고 말고가 있을 수 있을까 하는 의문이다.

'털ᄀᆞᆮ'(고정의 1996)의 해독은 그 뜻을 털같이 '아주 가늘고 힘없이 겨우'로 보았다. 이 해독의 형태를 따르지만, 그 의미는 털같이 '가볍게'로 수정한다. 이 두 해독은 '털ᄀᆞᆮ'을 모두 은유적 직유로 본 것이다. 은유적 직유에서는 보조관념만 문면에 나오고, 그 원관념은 문맥에 나오지 않는다. 이로 인해 그 원관념을 해석해야 되는데, 전자의 해석에서는 '털ᄀᆞᆮ'(털같이)의 원관념을 '아주 가늘고 힘없이 겨우'로 해석한 것이고, 후자의 해석에서는 '털ᄀᆞᆮ'(털같이)의 원관념을 '가볍게'로 해석한 것이다.

이 두 해석은 '털ᄀᆞᆮ'(털같이)만을 놓고 보면 모두가 가능하다. 그러나 전자는 두려움을 주는 의미이고, 후자는 가볍게 중유를 떠나 해탈할 수 있는 의미라는 점에서 후자를 택한다. 게다가 한자 '毛'에는 '가볍다'의 의미가 있으며, 향찰 '毛如/털ᄀᆞᆮ'(털같이)에 해당하는 한문의 표현은 '如毛'인데, 이 표현은 『시경』과 『중용』에서도 보인다(양희철 2019).[2]

2 『시경』의 〈증민〉편과 『중용』(33장)의 "德輶如毛 毛猶有倫"(덕은 털같이 가볍지만 털은 그래도 결이 있다.)에서도 보인다. 이 직유는 논리 변형적 비교/직유이고, 〈제망매가〉의 '毛如/털ᄀᆞᆮ'은 은유적 직유이다. 두 직유의 차이는 원관념이 문면에 나오고 나오

3. 직유의 해석과 평가

〈제망매가〉의 제5~8구에 나온 직유는 그 연구가 일찍부터 많이 이루어졌다. 이로 인해 새롭게 연구할 만한 것은 없는 것 같다. 그러나 기왕의 주장들을 보면, 서로 상반된 주장을 보이거나, 논리에 맞지 않는 주장을 한 것들이 적지 않아, 그 변석(辨釋)이 필요하다. 그 논점은 다음의 세 가지로 정리된다.

첫째로, 어떤 종류의 직유인가 하는 문제이다. 기왕의 주장들을 보면, (단순한) 직유로 보는 경우와 확장된 직유로 보는 경우가 있어, 그 변석이 필요하다.

둘째로, 이 직유의 기능은 무엇인가 하는 문제이다. 기왕의 주장들을 보면, 이 직유의 기능을, 구상화 또는 구체화의 기능, 기지(旣知)의 사실로 미지(味知)의 사실을 밝히는 강조의 기능, 의미 전이의 기능, 확장된 직유가 보이는 기능 등이 주장되고 있다. 이 중에서 어느 기능들이 가능한지는 구체적으로 변석할 필요가 있다.

셋째로, 이 직유에 대한 평가의 문제이다. 기왕의 주장들을 보면, 매우 뛰어난 직유로 보기도 하고, 평범한 직유로 보기도 한다. 이 중에서 어느 것으로 평가를 해야 할지는 구체적인 변석을 요한다.

이 세 논점을 '직유의 종류와 기능' 및 '낙엽의 소재와 직유의 평가'라는 두 절로 나누어 정리하고자 한다.

3.1. 직유의 종류와 기능

먼저 '잎같이'는 어떤 종류의 직유인가를 보자. 이 직유에 처음으로

지 않은 점에 있다.

관심을 표명하고 찬사를 보낸 글을 보자.

> … 향가(鄕歌) 가운데 이것이 가장 알기 쉬운 작품(作品)이었다. 비교법(比較法)을 썼으니 퍽 간명(簡明)하다. 미타찰(彌陁刹)에 귀의(歸依)하자는 건 그 불교적(佛敎的) 신앙(信仰)이었으며, 그 무궁(無窮)한 동기간(同氣間)의 법리(法理)를 알뜰히 말하였다.
>
> … (중간 생략) …
>
> … 그리고 퍽 소중(所重)히 하던 건 그 수사법(修辭法)이었다. 수사법(修辭法)에서도 가장 비유법(比喩法)을 교묘(巧妙)하게 썼다(이병기 1961:105~107).

이 인용에서 보면, 〈제망매가〉에서는 비교법을 매우 간명(簡明)하게 썼음을 정리하고, 향가에서는 비유법을 교묘하게 썼다고 찬사를 아끼지 않았다. 이 비교법이 간명하다는 사실은 생략된 부분을 넣어보면 쉽게 알 수 있다. 즉 "於內 (한 가지에 나고) 秋察 早隱 風未 此矣彼矣 浮良落尸 (가는 곳 모르는) 葉如 一等隱 부모에/枝良 出古 (중년 이른 죽음에) (이 곳에 저 곳에) (뜨어질) (너는) 去奴隱 處 毛冬乎丁"의 정리에서 보듯이, 괄호 안에 쓴 단어들을 모두 생략하고도 문맥은 명확하다. 이만하면, 이 비교법이 간명하다는 찬사에 동의를 하지 않을 수가 없다. 그리고 비유법 그 중에서도 '가지'의 은유가 이 직유법에 포함되어 있다는 점에서, '가장 비유법을 교묘하게 썼다'는 찬사 역시 이 직유에 대한 찬사로 정리할 수 있다.

이 찬사에 이어서 이 직유의 구상성을 정리한 연구가 나왔다.

> 제망매가의 수사법에서 가장 중요한 것은 비유적 표현에 있다. 이른바 비유사성의 유사성이 그 본질인 직유가 『如』(다이)란 매개어 비교점(tertium

coparations)에 의해 효과적 결합이 이루어져 있는 것이다.

> 어느 ᄀᆞ술 이른 ᄇᆞᄅᆞ매/이에 저에 ᄠᅥ딜 닙다이 하ᄃᆞᆫ 가재 나고/가는곧 모ᄃᆞ온뎌
>
> 죽음에 의한 이별의 주지(tenor)를 낙엽으로 전화(vehicle)한 것은 물론, 남매간의 혈연관계를 『하ᄃᆞᆫ 가재 나고』 卽 『한 가지에 나고』라 표현함으로써 육친의 관계를 『가지』 『잎』의 관계로 표상하고 있는 유사성에 대한 시적 인식이 바로 그것이다. 月明이 죽음으로 인한 이별로서의 근본관념을 이른 가을 바람에 표표히 떨어져 정처도 없이 사방으로 흩어지는 낙엽이란 감각적인 구상성으로 제시한 것은 확실히 (C. Brooks의 말을 빌면) 기능적인 비유이다(이재선 1972:166, 1979:77).

이 글에서는 〈제망매가〉의 직유를 설명하면서, 이 직유가 보여주는 '감각적인 구상성'을 설명하고, 이는 '기능적인 비유'에 해당한다고 보았다. 이 설명에 나온 '감각적인 구상성'은 그 뒤에 '구체적인 형상화'[3]로 설명되기도 하였으며, 이 구상성을 뺀 나머지의 설명이 이 설명과 비슷한 글들[4]도 보인다. 그리고 이 직유를 '확충적 직유법'이라고 부른 글[5]도

3 "죽음에 대한 抒情을 比喩에 의해 具體的으로 形象化해서 한 번 더 切感하게 된다." (윤영옥 1980a:71).

4 "… 本歌의 修辭法은 比喩的 表現法이라 하겠다. 兄弟間의 骨肉關係를 'ᄒᆞᄃᆞᆫ 가재 나고'라 했고, 죽음으로 인한 離別을 가을 바람에 漂漂히 떨어지는 落葉에 비유하고 있다. 그리고 이 바람은 또 自然現象으로서의 바람이기도 하지만, 落葉 곧 生命을 떨어뜨리는, 生死를 가르는 靈的인 神秘力을 가진 바람으로 비유하고 있다(/있는 것이다.)."(박성의 1986:117. 거의 같은 글이 156면에서도 반복).
"죽음과 삶의 원리를 자연의 질서 속에서 파악했다. 죽음에 의한 이별을 가을의 낙엽에다가 비하고 남매의 육친관계 한 가지에 나고로 대비시키었다.

tenor(취의)	vehicle(매개)
죽음	낙엽

보인다.

‘감각적인 구상성’ 또는 ‘구체적인 형상화’로 설명되어온, 이 직유의 구상화는 의미를 강조하는 강조법이다. 이 구상화의 강조에 동의하면서, 기지(旣知)의 사실로 미지(未知)의 사실을 밝힘으로, 의미를 강조한다는 글도 나왔다. 이 글은 비교의 종류인 논리 변형적 비교(metalogical comparison)와 은유적 비교(Group μ 1970, P. B. Burrell and E. M. Slotkin 1981:114~116)를 간단하게 설명한 다음에, 이 직유를 논리 변형적 비교로 정리하면서, 그 기능을 의미의 강조로 보았다.

> 이런 비교의 두 종류로 작품의 직유를 보자. 작품 직유의 전반부는 ‘어느 가을 이른 바람에 이에 저에 떨어지리다’의 변형이다. 그리고 이 직유의 후반부는 ‘한 부모에 나고 가다’의 변형이다. 이들 전후반부의 어느 부분에도 비일상적인 것이 없이 일상적이다. 그리고 어휘 약호가 일치한다. 게다가 비교되는 내용과 비교하는 내용이 모두 문면에 나타난다. 따라서 이 직유는 논리 변형적 비교라 할 수 있다.
>
> 이런 사실은 이 직유에는 의미소들의 변형에 의한 의미 형상이 없음을 말해준다. 그러나 동시에 이 직유에는 추상의 구상화와 기지의 사실로 미지의 사실을 밝힘에 의한 의미 강조가 있음을 말해준다.
>
> 중유에서 누이가 반복해서 죽거나 연처를 얻는 것은, 종교적 믿음의 세계로, 추상적인 미지의 사실이다. 이에 비해 가을에 떨어지는 낙엽의 세계는, 익히 체험한 구상적인 기지의 사실이다. 이로 인해 이 직유는 가을 낙엽의 세계라는 구상적인 기지의 사실로 중유에서 누이가 거듭 죽거나 연처를 얻는

육친관계	한 가지에 나고
무상·허무	(낙엽의) 가는 곳 모르온저!” (최철 1986:86).

5 “떨어지는 잎사귀를 생명에다 비유했다. 서로 다른 사물의 현상을 통해 현상을 설명하고자 하였다. 남매의 혈연적 육친관계를 “하든 가재 나고”로 표현하였다. … 인생을 “이른 가을에 떨어지는 잎사귀 같다”고 한 것은 확충적 직유법이라 할 수 있다.”(최철 2010:31).

다는 추상적인 미지의 사실을 밝힌다고 할 수 있다. 따라서 이 직유에는 추상의 구상화와 기지의 사실로 미지의 사실을 설명함에 의해 의미를 강조하는 측면이 있다고 말할 수 있다(양희철 1989a:248~249, 1997c:580~581).

이 인용에서는 〈제망매가〉에 나온 직유가 '추상의 구상화'와 '기지의 사실로 미지의 사실을 설명함'에 의해 의미를 강조한다고 보았다. 그리고 이런 사실은 불교 인명론(因明論)의 비유에서도 확인[6]되며, 이 직유는 불교의 여덟 종류의 비유(八喩) 중에서 현유(現喩)에 해당한다고 정리[7]하고, 〈제망매가〉에 나온 '… 잎같이 …'의 직유를 그 종류와 기능에서

6 이 글에서는 불교 인명론(因明論)의 비유를 다음과 같이 인용하였다. "유에는 두 종류가 있으니, 첫 번째는 동법이고 두 번째는 이법이다(喩有二種 一者同法 二者異法). 갖추어 말하면 비유이다. 유(喩)는 깨닫게 함(曉)이다. 즉 가까운 일로 유를 비견하여 깊은 법을 깨닫게 하기 때문이다. 무저(無著)가 이르기를 유(喩)라는 것은 변의(邊義)를 봄이다. 보여진 변과 보여지지 않은 변으로써 바르게 말함을 화합함을 말하며, 이를 이름하여 비유라 한다. 사자각(師子覺)이 이르기를 보여진 변이란 것은 이미 밝은 몫을 말하며, 보여지지 않은 변이란 것은 아직 밝지 않은 몫을 말한다. 밝은 몫으로 밝지 않은 몫을 나타낸다. … (具云譬喩 譬比也 喩曉也 卽以近事比類 令於深法得曉了故 無著云 喩者見邊義 謂以所見邊與所未見邊和合正說 名之爲喩 師子覺云 所見邊者 謂巳顯了分 未所見邊者 謂未顯了分 以顯了分 顯未顯了分 …. 王肯堂 集釋, 『因明入正理論集解』)". 그 다음에 이 인용에 근거하여, "인용에서 살필 수 있듯이, 인명론의 비유에는 동법과 이법 즉 동유(同喩)와 이유(異喩)가 있다. 이것들은 모두가 기지의 사실로 미지의 사실을 밝힌다. 인용의 보여진 변(所見邊)·이미 밝은 몫(顯了分)은 기지의 사실이고, 보여지지 않은 변(所未見邊)·아직 밝지 않은 몫(未顯了分)은 미지의 사실이다. 이렇게 기지의 사실로 미지의 사실을 드러내는 추정은 인명론의 비유에서도 발견된다. 이는 〈제망매가〉의 직유와 궤를 같이 하는 것이다."(양희철 1989a:249, 1997c:581)라고 설명하였다.

7 이 설명에서는, 불교의 여덟 비유 중에서 세 번째인 현유를 불경["… 3. 현유 현재의 앞에 있는 사실로 비유하는 것이다. 중생의 마음은 오로지 선후와 같다와 같다(三 現喩 以現前事爲喩也 如說衆生心性 猶如獮猴. 『揑槃經』 二十九)."]에서 인용한 다음에, "인용에서와 같이, 현유는 현전사인 기지의 사실로 비유한다. 인용의 비유 같으면, 선후(獮猴)의 심성이란 기지의 사실로 비유한다. 이는 〈제망매가〉의 직유에서 매개어 비교점 '같이'의 앞부분인 낙엽지는 가을의 기지 사실로 비유하는 것과 같다."(양희철 1989a: 250, 1997c:581~582)고 정리하였다.

다음과 같은 결론을 내렸다.

> 이런 사실로 볼 때에, 〈제망매가〉의 직유는 인명론의 비유와 관련된 현유이며, 서구의 개념으로는 논리 변형적 비교이다. 그리고 그 기능은 의미소들의 변형에 의한 의미 형상이 아니고, 현전사인 구상적인 기지의 사실로 추상적인 미지의 사실을 밝힌다. 따라서 추상의 구상화와, 기지의 사실로 미지의 사실을 밝힘 등을 수반한 의미 강조에 기여한다고 할 수 있다(양희철 1989a:250, 1997c:582).

이 결론에 이르러, 〈제망매가〉에 나온 '… 잎같이 …'의 직유는 그 종류와 기능이 어느 정도 정리되고 밝혀졌다고 할 수 있다.

그런데 그 후에 이 직유의 설명에 대하여, '표령(飄零)'이라는 불교 용어의 불교적 의미를 간과했다고 비판하고, 이 직유를 '확장된 직유'로 보면서, 그 기능을 확장된 직유의 기능으로 보려는 주장이 나왔다. 이 주장은 상당 부분이 오해에 기인한 것이어서, 변석이 요청된다.

먼저 '표령(飄零)'과 관련된 주장을 보자.

> 한편, 나뭇잎이 바람에 나부끼어 흩날리는 것을 '표령(飄零)'이라고 하는데, 이 말은 인간세계에서 사람이 의탁할 데 없이 떠돌아다니는 처지를 비유하여 쓰이기도 하지만, 불교에서는 주로 '생사고해(生死苦海)를 표류함'을 비유하는 말로 쓰인다.
>
> > 飄零은 ᄇᆞᄅᆞᆷ 부러 닙 떠러딜 씨니 六道에 두루 ᄃᆞᆫ뇨ᄆᆞᆯ 니ᄅᆞ니라.(『楞嚴經諺解』 5:29)
>
> '육도(六道)'란 윤회의 굴레를 벗어나지 못하는 중생들이 생전에 한 행위에 따라서 가서 살게 된다는 여섯 가지 세계들을 이르는 말이므로, 그 '육도에

> 두루 다님'을 이른다는 뜻으로서의 '표령'은 곧 윤회에 따라 그 여러 세계를 정처 없이 떠돌아다니며 태어나고 죽기를 거듭한다는 것이 된다.
>
> 그러니 이 시절에서의 '날가을 이른 바람에 여기저기에 떠서 질 잎'이란 말은 앞 시절의 '생사로'라는 말과 함께 인간(또는 중생)이 죽어서 그 생전의 업보에 따라 육도를 윤회하며 태어나고 죽기를 거듭한다는 불교의 윤회관에 의거한 것으로서, 표현의 사상적 기반에서 공통될 뿐만 아니라 의미에서도 서로 호응하는 표현이라고 할 것이다(ⓢⓗⓖ 2006:288, 2008:349).

이 인용이 인용한 '표령(飄零)'은 "飄零ᄋᆞᆫ ᄇᆞᄅᆞᆷ 부러 닙 ᄲᅥ러딜 씨니 六道애 두루 ᄃᆞᆫ뇨ᄆᆞᆯ 니ᄅᆞ니라."(『능엄경언해』 5:29)의 것이다. 이 '飄零'은 비유어이며, 그 문자적 의미가 보여주는 보조관념은 "ᄇᆞᄅᆞᆷ 부러 닙 ᄲᅥ러딜"이고, 그 비유적 의미가 보여주는 원관념은 "六道애 두루 ᄃᆞᆫ뇸"이다. 이에 비해 "어찌 가을 이른 바람에 이에 저에 뜨어질 잎같이, 한 가지에 나고 가는 데 모르온져"는 직유의 문장인데, '같이'의 앞부분은 문자적 의미가 보여주는 직유의 보조관념이고, 뒷부분은 비유적 의미가 보여주는 직유의 원관념이다. 이런 사실들은 이 "어찌 가을 이른 바람에 이에 저에 뜨어질 잎같이"에는 불교의 '飄零'이 의미하는 '육도에 두루 윤회함'의 의미가 없고, 자연의 현상만을 보여주는 의미만이 있음을 말해준다. 이로 인해, 이 부분의 원관념을, 작품의 문면에서 보여주는 "한 가지에 태어나고 가는 곳 모르온져"로 이해하지 않고, 다시 다른 의미로 해석해낼 필요가 없다. 사정이 이런데도, 만약 "어찌 가을(/날가을) 이른 바람에 이에 저에 뜨어질 잎같이"에 '육도에 두루 윤회함'이란 의미를 부여하면, 이 부분은 "어찌 가을 일찍이 육도를 두루 윤회하는 존재와 같이 한 부모에 나고 가는 곳 모르온져"에서 보듯이, 비교 또는 직유의 매개점 '같이'가 그 기능을 상실하면서 문맥이 모호해진다. 이렇게 의미와 기능이 다르고, 그 표면적 표현만이 유사한 표현을, 같은 것으로 보고, 이

시어의 불교적 의미를 간과했다("몇몇 주요 표현들의 불교적 의미를 간과했으며"에서 '몇몇 주요 표현들'은 논문 전체로 보아 '六道'와 이 '飄零'을 의미하는 것 같다.)고 비판한 것은 오해로 보인다. 오히려 비판자는 직유에서 '같이, 처럼, -듯' 등의 매개점 앞에 온 보조관념의 부분을 문자적 의미로 읽지 않고, 비유적 의미로 해석해도 좋은가를 검토해 보아야 할 것 같다. 그렇게 하고도 이해가 되지 않으면, 이 직유의 보조관념의 부분만 인용해 놓고 이 부분에서만 '飄零'을 논의하지 말고, 이 직유의 보조관념의 부분과 원관념의 부분을 모두 인용해 놓고, 이 전체에서 '飄零'을 이해하면 자체 모순을 이해할 수 있을 것으로 판단한다.

이번에는 '… 잎같이'의 직유가 '확장된 직유(extended simile)'인가 하는 문제를 보자.

> 이에서는 비교되는 관념으로서의 매체어가 '잎'에만 국한되지 않고 그 '잎'을 수식하는 '날가을 이른 바람에 여기저기에 떠서 질'이라는 관형절까지 포함하는 것이 된다. 그러므로 그 직유는 비교가 여러 행에 이르는 '확장된 직유(extended simile)'로 되어 있다고 하겠다.
>
> 길이가 길어진 직유는 매체어가 더 많고 더 특수한 맥락으로 전개될 공간을 가진다는 면에서 짧은 직유와는 뚜렷한 차이가 있다.(Longer similes differ most obviously from shorter ones in that their vehicles have space to develop more – and more specific – context.) 긴 직유의 매체어는 여러 세목(細目)들을 관련 상황 속에 몰아넣고 그 상황을 더 특유하게 만듦으로써 더 강렬한 기술을 하게 한다.(Those vehicles that are not narrative can include intensive description, crowding details into the picture and making it more individual than representative.) 직유가 확장되면, 독자의 체험은 더 현실적이게 될 것이다. 그리고 매체어의 세계가 많이 전개되면, 그 특수성과 맥락성으로 인해 독자들은 그 세계에 더 오래 머무르게 된다고 한다(ⓢⓗⓖ 2006:296, 2008:357. 영문은 각주의 것들

중에서 설명에 필요한 부분을 옮기고 밑줄을 쳤다.).

이 인용은 두 단락으로 이루어져 있다. 첫 번째 단락을 보면, 보조관념이 '잎'의 한 단어에 국한되지 않고, 그 '잎'을 수식하는 '날가을 이른 바람에 여기저기에 떠서 질'이라는 관형절까지 포함하였다는 점에서, 이 직유를 '확장된 직유'로 보았다. 이는 보조관념이 하나가 아니라 둘 이상으로 확장된 것을 의미하는 '확장된 직유'의 개념을, 보조관념의 묘사/서술이 관형절로 확장된 것을 의미하는 것으로 오해한 것이다. 이 오해는 인용의 두 번째 단락에 기인한다.

두 번째 단락은 외국인이 정리한 확장된 직유를 요약한 부분이다. 이 부분은 '확장된 직유'를 '길이가 길어진 직유'라는 용어로도 쓰면서, 이 〈제망매가〉의 직유를 '확장된 직유'로 오해할 수도 있게 하였다. '길이가 길어진 직유'라고 할 때에, 이는 보조관념이 관형절로 길어진 직유를 의미할 수도 있고, 보조관념이 둘 이상으로 길어진 직유를 의미할 수도 있다. 이렇게 두 의미를 가질 수 있는 '길이가 길어진 직유'라는 표현을 볼 때에, '확장된 직유'의 개념을 잘 알고 있는 학자들은 전자의 의미인 '보조관념이 관형절로 길어진 직유'로 오해하지 않는다. 왜냐하면, 확장된 직유에서 길이가 길어지는 것은 '하나의 보조관념'이 '관형절'로 묘사/기술(narrative) 되어 '길이가 길어진' 것이 아니라, '둘 이상의 보조관념들'에 의해 '길이가 길어진' 것임을 잘 알고 있기 때문이다. 그리고 인용의 밑줄 친 부분인, '길이가 길어진 직유들의 보조관념들'(their vehicles)과 '묘사/서술이 아닌, 길이가 길어진 직유들의 보조관념들은 …'(Those vehicles that are not narrative …)을 자세히 보면, 이런 오해를 피할 수 있다. 즉 하나의 보조관념이 길어진 것이 아니라, 여러 개의 보조관념들로 길어진 것이다. 게다가 이런 사실은 문학 용어에서 '확장된 직유'는 〈원관념 : 보조관념

:: 1 : 1〉의 단순 직유와 다르게, 서사시적 직유(epic simile)와 같이, 〈원관념 : 보조관념 :: 1 : 복수〉인 경우를 말한다. 예로 "오늘 광화문에서 만난 / 너는 꽃잎 같고 / 귀가 떨어질 것만 같고"(이승훈 〈어느 조그만 사람〉)에서와 같이 보조관념이 두 개 이상인 형태이지, '어찌 가을 이른 바람에 이에저에 뜨어 질 잎같이'와 같이 관형절을 포함한 형태를 의미하지 않는다. 그리고 '어찌 가을 이른 바람에 이에저에 뜨어 질 잎같이'는 '잎같이'보다 좀더 구체화된 하나의 맥락을 보여주지만, "보조관념들이 전개하는 더 많고 더 특수한 맥락"을 보여주지 않는다. 이에 비해 "오늘 광화문에서 만난 / 너는 꽃잎 같고 / 귀가 떨어질 것만 같고"에서는 두 보조관념들(꽃잎, 귀가 떨어질 것)이 두 종류의 많고 특수한 맥락을 보여준다.

이상과 같은 점들로 보아, 이 글에서 정리한 직유를 '확장된 직유'로 바꾸어 보려 한 시도는, '확장된 직유'의 개념을 오해한 것으로 판단된다.

3.2. 낙엽의 소재와 직유의 평가

시가에서, 가을의 낙엽은 '… 잎같이'의 직유에 의해 종종 죽음 및 이별과 연결되어 나타난다. 〈제망매가〉에서 보이는 '… 잎같이'의 직유 역시 이에 속한다. 이로 인해 〈제망매가〉의 '… 잎같이'의 직유는 다른 글들의 직유와 비교되거나, 비교를 통하여 평가되어 왔다. 이와 관련된 4인의 글들을 차례로 검토해 보자.

> … 석가는 세간에서 육친이나 친지와 만나고 헤어지는 것을 뭇 새떼와 뜬 구름과 꿈이 모였다 흩어지는 것으로 비유하기도 했거니와 다음의 비유는 제망매가와 엇비슷하다.

비유컨대 봄에 생겨난 나무도
점점 자라나 柯葉으로 무성하다
秋霜에 끝내 零落하듯이
한몸조차도 나누어져 헤어지네

이러한 장엄한 세계를 월명사는 내적 자아에 통합시켰다. 즉 세계를 자아화함으로써 밀도 있고 보다 양식화된 감동을 제시할 수 있었던 것이다(ⓢⓗⓑ 1993:92).

이 인용에서는 〈제망매가〉의 제5~8구와 『붓다차리타』(Buddhacarita)[8]의 제6품(〈車匿還品〉)이 '엇비슷하다'(어지간히 거의 비슷하다)고 설명하면서, 월명사는 그 장엄한 세계를 시적 자아에 통합시켰다고 주장하여, 〈제망매가〉가 『붓다차리타』를 수용한 것으로 보았다. 그런데 이 양자가 '엇비슷하다'는 이 주장은 양자를 구체적으로 논리적으로 비교하여 얻은 결과가 아니라는 문제를 보인다.

이 주장을 참고한 ⓢⓨⓜ과 ⓚⓒⓦ 역시 〈제망매가〉와 『붓다차리타』의 관계를 다음과 같이 설명하였다.

[B]의 불경적 원천인 것처럼 보이는 〈붓다차리타〉 제6품 「車匿還品」에는 ……

여기서 주목할 것은 "譬如春生樹/ 漸長柯葉茂/ 秋霜遂零落/ 同體尙分離"와 "어느 ᄀᆞ술 이른 ᄇᆞᄅᆞ매 이에저에 ᄠᅥ딜 닙다이/ ᄒᆞᄃᆞᆫ 가재 나고 가논 곧 모ᄃᆞ온뎌"가 거의 닮은꼴을 하고 있다는 것이다 (ⓢⓨⓜ 2004:103~104, 2012:29~31).

---

8 이 책은 인도의 아슈바고샤(Aśvaghoṣa, 馬鳴, 1~2세기경)가 지은 작품이다. 이 책의 한문 번역으로는 『佛所行讚』(北涼, 曇無讖)과 『佛本行經』(晋, 寶雲)이 있다고 한다.

이제 다음 단계로, "제망매가"에 좀 더 가까이 다가가기 위해 이 노래가 전고로 활용하고 있는 아슈바고샤(馬鳴)의 『붓다차리타 佛所行讚』를 읽어 보도록 하자(ⓚⓒⓦ 2004:113).

이 두 인용에서 보면, ⓢⓨⓜ은 『붓다차리타』는 〈제망매가〉의 "불경적 원천인 것처럼 보이"며, 양자는 '거의 닮은꼴'로 보았다. 그리고 ⓚⓒⓦ는 〈제망매가〉에서 "전고로 활용하고 있는" 것으로 보았다. 그런데 양자가 '거의 닮은꼴'이라는 이 주장과, '불경적 원천인 것'과 '전고'라는 주장 역시 양자를 구체적으로 논리적으로 비교하여 얻은 결과가 아니라는 문제를 보인다.

ⓢⓙⓔ는 ⓢⓗⓑ와 ⓢⓨⓜ의 글을 요약정리[9]하고, 이어서 『붓다차리타』와 〈제망매가〉의 비유 부분에 대하여 다음과 같이 자신의 의견을 피력하였다.

주제나 표현 면에서 상당히 흡사한 것이 사실이다. 또 「붓다차리타」을 통해서 〈제망매가〉를 읽을 때 해당 구절의 의미가 더욱 분명하게 해석되는 것도 사실이다. 불교국가였던 신라에서 승려가 쓴 향가 작품이 불교문학에 영향 받았다는 추측이 어느 정도 가능하고, 당대에 이 향가를 향유했던 사람들 역시 그런 전고(典故)에 대해서 직, 간접적인 지식이나 경험이 있었을

9 요약 정리된 내용은 다음과 같다. "죽음을 가을의 낙엽에 비유하고, 동기간(同氣間)을 한 나뭇가지에 난 잎에 비유하고, 살아서 맺은 인연의 허무함을 표현한 위의 부분은 부처의 일대기를 다룬 서사시인 「붓다차리타(Buddhacarita 佛所行讚)」에 비슷한 구절로부터 유래했다는 주장이 있다(ⓢⓗⓑ, 1993; ⓢⓨⓜ, 2004)."(ⓢⓙⓔ 2012:270). ⓢⓙⓔ의 글에서 한발 더 나아가 '차용'으로 본 글도 보인다. "이생의 인연을 맺은 사람과의 헤어짐을 가을 낙엽에 비유한 것은 ⓢⓙⓔ(2012:270)에서 ⓢⓗⓑ(1993)와 ⓢⓨⓜ(2004)을 인용하며 자세히 설명되어 있다. 즉 「붓다차리타」의 "가을 서리에 말라 떨어지는 것처럼 한 몸으로도 오히려 나뉘느니라."를 그대로 차용해 왔다는 것이다(ⓖⓒⓢ 2015:261~262).

것으로 짐작할 수 있다(ⓢⓙⓔ 2012:271).

이 인용에서 보면, 『붓다차리타』와 〈제망매가〉의 비유 부분은 "주제나 표현 면에서 상당히 흡사한 것이 사실"이라고 하면서, 〈제망매가〉가 불교문학에 영향을 받은 것으로 보았다. 그런데 "주제나 표현 면에서 상당히 흡사한 것이 사실"이라는 주장 역시, 양자를 구체적으로 논리적으로 비교하여 얻은 결과가 아니라는 문제를 보인다.

이렇게 기왕의 일부 주장들을 보면, 〈제망매가〉의 비유 부분은 『붓다차리타』의 비유 부분의 영향 하에 있어, 〈제망매가〉의 비유 부분은 『붓다차리타』의 비유 부분을 '전고' 또는 '불경적 원천'으로 활용했거나 '차용'한 것으로 추정하고, 〈제망매가〉의 비유 부분과 『붓다차리타』의 비유 부분은 '엇비슷하다'고 하거나, '거의 닮은 꼴'이라고 하거나, '상당히 흡사'하다고 정리를 하여왔다. 이 정리들을 그대로 수용한다면, 〈제망매가〉의 제5~8구에는 참신성이 거의 없다는 결론이나, "뛰어난 비유라고 평가받는 나뭇잎 구절은 오늘날은 물론 당시에도 그다지 새로울 것 없는 평범한 비유"라는 결론[10]에 이르게 된다. 단지 염은열(2013:310)만이 "그런데 월명사는 '어느 ᄀᆞ술 이른 ᄇᆞᄅᆞ매'라는 표현을 앞에 두고, '이에 뎌에 ᄠᅳ러딜 닙ᄀᆞᆫ ᄒᆞᄃᆞᆫ 가자 나고 가논 곧 모ᄃᆞ론뎌'라고 탄식함으로써 전혀 다른 의미를 만들어내고 있다."고 보면서, 차이를 인정하고 있다.

이상과 같이 앞의 결론에 이르는 과정에는 상당한 문제가 포함되어 있다. 즉 〈제망매가〉의 비유 부분과 『붓다차리타』의 비유 부분을 간단하

10 "보통 사람들은 〈제망매가〉의 표현이 아름답다고 말한다. 그런데 이 노래의 표현이 사실 그리 대단한 것이 아니라고 반론을 제기하는 사람들도 있다. 뛰어난 비유라고 평가받는 나뭇잎 구절은 오늘날은 물론 당시에도 그다지 새로울 것 없는 평범한 비유이고, 게다가 마지막에 '미타찰' 운운하는 구절은 문학적 형상화에서 멀어져버린 표현이라는 것이다."(ⓢⓙⓔ 2012:269~270).

게 제시만 하고, 양자를 구체적으로 논리적으로 비교하지 않았다는 문제가 포함되어 있다. 그리고 〈제망매가〉의 비유 부분과 『붓다차리타』의 비유 부분을 직접 읽어보면, 비슷한 점들보다는 차이가 더 많고, 상당한 참신성(斬新性, 새롭고 산뜻한 특성)이 드러난다. 이런 사실을 정리하기 위하여, 두 비유는 물론 다른 연구자들(ⓢⓗⓖ, ⓢⓙⓔ)이 제시한 자료들을 먼저 보자.

譬如春生樹　비유컨대 봄에 난 나무
漸長柯葉茂　점점 자라 가지와 잎 우거지다가
秋霜遂零落　가을 서리에 말라 떨어지는 것처럼
同體尙分離　한 몸으로도 오히려 나뉘느니라

(ⓢⓨⓜ 2004, ⓢⓙⓔ 2012)

飄零ᄋᆞᆫ ᄇᆞᄅᆞᆷ 부러 닙 ᄠᅥ러딜 씨니 六道에 두루 ᄃᆞᆫ뇨ᄆᆞᆯ 니ᄅᆞ니라.(『楞嚴經諺解』 5:29)

Tussi loma, tussi loma …… (“like falling autumn leaves, like falling autumn leaves”)

어느 ᄀᆞ술 이른 바ᄅᆞᆷ에 이ᄋᆡ뎌ᄋᆡ(/이ᄃᆡ뎌ᄃᆡ) ᄠᅳ어질 잎ᄀᆞᆮ ᄒᆞᄃᆞᆫ 갓아 나고 가는 곳 모ᄃᆞ론뎌(어찌 가을 이른 바람에 여기저기 떨어질 잎같이 한 부모에 나고 가는 곳을 모르는가?)

이 세 직유는 직유라는 점에서 같다. 그리고 ‘표령’은 어휘 설명이지만, 그 문자적 의미와 비유적 의미는 직유의 보조관념 및 원관념과 같아, 논의의 편의상 직유처럼 처리한다. 직유는 연결어 ‘如/ᄀᆞᆮ’과 ‘如/듯이’를 중심으로 그 전후가 나뉜다는 점에서, 그 전후를 나누어서 보자.

네 직유의 전반부는 낙엽을 노래/설명하였다는 점에서는 같다. 그러나 그 낙엽이 지는 시기, 원인, 장소, 낙엽이 지는 양상의 표현 등에서 차이를 보인다. 이를 구체적으로 보자.

첫째로, 낙엽이 지는 시기에서, 이른 가을과 늦은 가을(또는 불특정의 시기)의 차이다. 〈제망매가〉의 경우에는 '가을 이른 바람'을 통하여, 낙엽이 지는 시기가 '이른 가을'[早秋, 孟秋, 初秋]의 음력 7월을 알 수 있다. 이에 비해 『붓다차리타』의 가을은 '가을 서리에 말라 떨어지는 것처럼'(秋霜遂零落)으로 보아, '늦은 가을'[晩秋, 暮秋, 深秋]의 음력 9월임을 알 수 있다. 이렇게 〈제망매가〉와 『붓다차리타』의 낙엽이 지는 가을은 '이른 가을'(初秋, 음력 7월)과 '늦은 가을(晩秋, 음력 9월)의 큰 차이를 보인다. 그리고 "飄零ᄋᆞᆫ ᄇᆞᄅᆞᆷ 부러 닙 ᄠᅥ러딜 씨니 六道에 두루 ᄃᆞᆫ뇨ᄆᆞᆯ 니ᄅᆞ니라."에서는 낙엽이 지는 시기를 구체적으로 보여주지 않고 있는데, 특정한 죽음이 아니라는 점에서, 그 시기를 어느 때로 단정할 수 없는, 불특정의 때로 이해된다. 그리고 "Tussi loma, tussi loma ……"("like falling autumn leaves, like falling autumn leaves")에서는 낙엽이 지는 시간을 가을로 보여주면서, 가을 중에서 어느 가을인가는 보여주지 않는다.

둘째로, 낙엽이 지는 원인에서, 바람과 서리의 차이이다. 〈제망매가〉의 경우에는 낙엽이 지는 원인을 '가을의 이른 바람'으로 명시하고 있다. 이에 비해 『붓다차리타』의 경우에는 낙엽이 지는 원인을 '가을 서리'(秋霜)로 명시하고 있다. 이렇게 〈제망매가〉와 『붓다차리타』에서 낙엽이 지는 원인은 '가을의 이른 바람'과 '가을 서리'의 차이를 보인다. 그리고 "飄零ᄋᆞᆫ ᄇᆞᄅᆞᆷ 부러 닙 ᄠᅥ러딜 씨니 六道에 두루 ᄃᆞᆫ뇨ᄆᆞᆯ 니ᄅᆞ니라."에서는 낙엽이 지는 이유를 '바람'으로 본 것은 〈제망매가〉의 경우와 같으나, '이른 바람'과 관형사가 없는 일반적인 '바람'으로 차이를 보인다. 전자는 일찍 죽은 누이의 죽음을 의미하는 데 비해, 후자는 어느 특정한 죽음이 아니라, 이른 죽음, 늦은 죽음, 중간의 죽음 등을 모두 포함하는 죽음으로 차이를 보인다.

셋째로, 낙엽이 지는 장소에서, '여기 저기'(나무 아래와 다른 곳)의 명시와 '여기'(나무 아래)의 미명시(未明示)라는 차이이다. 〈제망매가〉의 경우에는 낙엽이 지는 장소를 '여기 저기'(나무 아래와 다른 곳)로 명시하고 있다. 이에 비해 『붓다차리타』의 경우에는 낙엽이 지는 장소를 명시하지 않았다. 그러나 가을 서리에 말라 떨어지는 낙엽은 여기 곧 나무 아래 떨어진다는 점에서, 『붓다차리타』의 경우에 낙엽이 지는 장소는 '여기'(나무 아래)의 미명시(未明示)로 정리할 수 있다. 이렇게 〈제망매가〉와 『붓다차리타』에서 낙엽이 지는 장소는 '여기 저기'(나무 아래와 다른 곳)의 명시와 '여기'(나무 아래)의 미명시의 차이를 보인다. 그리고 "飄零은 ᄇᆞᄅᆞᆷ 부러 닙 ᄠᅥ러딜 씨니 六道에 두루 ᄃᆞᆫ뇨ᄆᆞᆯ 니ᄅᆞ니라."와 "Tussi loma, tussi loma ……"("like falling autumn leaves, like falling autumn leaves")에서는 낙엽이 지는 장소를 보여주지 않는다.

넷째로, 추상적 설명과 구상적 설명의 차이이다. 〈제망매가〉의 경우는 "어찌 가을 이른 바람에 이에저에 뜨어질 잎같이"로 현장성을 좀더 구상적으로 생생하게 보여준다. 이에 비해 『붓다차리타』의 경우에는 "秋霜遂零落"(秋霜에 끝내 零落하듯이, 가을 서리에 말라 떨어지는 것처럼)에서 보듯이, 현장성이 다소 떨어지는 추상적인 설명을 보여준다. 두 표현의 차이는 '이에 저에 뜨어질'과 '끝내 영락하듯이(/말라 떨어지듯)에서 보인다. 그리고 "飄零은 ᄇᆞᄅᆞᆷ 부러 닙 ᄠᅥ러딜 씨니 六道에 두루 ᄃᆞᆫ뇨ᄆᆞᆯ 니ᄅᆞ니라."와 "Tussi loma, tussi loma ……"("like falling autumn leaves, like falling autumn leaves")에서는 낙엽이 지는 장소를 보여주지 않으므로 인해, 구상적인 생생한 설명보다는 추상적인 설명이 되었다.

이상과 같이 네 표현들의 낙엽은 낙엽이 지는 시기, 원인, 장소, 구상성 등에서 차이를 보인다. 이를 다시 통합하여 정리하면 다음과 같다.

〈제망매가〉 : (이른) 가을 이른 바람에 여기(나무 아래) 저기 지는 낙엽
『붓다차리타』 : 늦은 가을 서리에 (여기: 나무 아래) 지는 낙엽
표령 : 바람 불어 떨어질 낙엽
Tussi loma : 가을에 떨어지는 낙엽

이 네 낙엽을 비교하면, 『붓다차리타』, '표령', 'Tussi loma' 등의 낙엽은 흔히 보고 느끼는 일반적이고 보편적인 데 비해, 〈제망매가〉의 낙엽은 '(이른) 가을 이른 바람에 여기저기 지는' 드물게 보고 느끼는 개별적이고 특수한 것이다. 문학작품에서 등장하는 낙엽의 대다수는 『붓다차리타』의 낙엽과 같이 일반적이고 보편적인 것이고, 〈제망매가〉의 낙엽과 같은 예는 거의 찾아보기 어렵다. 이런 점에서, 〈제망매가〉에 나온 낙엽의 비유는 일단 독창적이고 참신하다고 정리할 수 있다.

이어서 직유의 매개어 후반을 비교해 보면, 은유의 포함 여부, 언술의 관심 내용, 언술의 목적 등에서 상당한 차이를 보인다. 이를 차례로 보자.

첫째로, 은유의 포함 여부에서의 차이점이다. 〈제망매가〉의 직유에서는 '한 가지'라는 은유를 포함하고 있다. 이에 대조적으로, 『붓다차리타』, '표령', 'Tussi loma' 등에서는 은유를 포함하지 않고 있다. 일반적으로 직유에서는 『붓다차리타』의 직유에서와 같이 은유를 포함하지 않는 데 비해, 〈제망매가〉의 직유에서는 은유를 포함하고 있다. 이는 〈제망매가〉의 직유가 보이는 특징이고 신선함이다.

둘째로, 언술의 관심 내용에서의 차이점이다. 〈제망매가〉의 경우에 "한 가지에 나고 가논 곳 모르온뎌"의 관심 내용은 '누이가 스스로 가는 곳을 모름'이다. 이에 비해 『붓다차리타』의 경우에는 "동체도 또한 분리된다"(同體尙分離)에서 보여주는 '동체(나무의 가지와 잎)도 분리됨'이

고, '표령'에서는 '육도에 두루 다니옴'이며, 'Tussi loma'에서는 '죽음'이다. 이렇게 〈제망매가〉와 『붓다차리타』, '표령', 'Tussi loma' 등의 직유가 보이는 관심 내용이 다르다.

셋째로, 언술 목적에서의 차이점이다. 〈제망매가〉의 "어ᄂᆞ ᄀᆞᄉᆞᆯ 이른 바ᄅᆞᆷᄋᆡ 이ᄋᆡ뎌ᄋᆡ/이ᄃᆡ뎌ᄃᆡ 드어딜 닙ᄀᆞᆮ ᄒᆞᄃᆞᆫ 갓아 나고 가논 곧 모ᄃᆞ론뎌"는 얼마 전까지만 해도 "어느 가을 이른 바람에 이에저에 떨어지는 잎같이 가는 곳 모르는구나!"의 감탄문으로 보아 왔다. 그러나 정재영(1995)의 '모르는가?'와 이현희(1996)의 '어찌'의 해독이 나온 이후에는 "어찌 가을 이른 바람에 이에저에 떨어지는 잎같이 가는 곳 모르는가?"의 의문문으로 해석한다. 이 해석으로 보면, "나(월명사)는 가는 곳이 미타찰임을 알고 있는데, 한 부모에 난 너 오누이는 어찌 가는 곳이 미타찰임을 모르는가?"의 의문문, 그것도 명령적 의문문으로, 가는 곳이 미타찰임을 알고 가게 하는 데 언술의 목적이 있다. 이에 비해, 『붓다차리타』에서는 동체인 나무의 가지와 잎도 오히려 가을 서리에 영락(零落)하여 분리(分離)되는데, 두 몸인 나와 부왕(父王)은 물론, 나와 그대(하인, 짠다카)의 이별은 너무나 당연하다는 언술의 목적을 보여준다. 이런 사실은 해당 부분의 의역에서도 쉽게 알 수 있다.[11] 그리고 '표령'에서는 '표령'의 의미 설명에 언술의 목적이 있고, 'Tussi loma'에서는 슬픔의 표현에 언술의 목적이 있다.

이렇게 〈제망매가〉, 『붓다차리타』, '표령', 'Tussi loma' 등의 직유는 일곱 측면에서 차이를 보인다. 특히 표현과 주제에서 차이를 보인다. 이런 사실은 앞에서 정리한 바와 같이, 〈제망매가〉의 낙엽은 드물게 보고

11 한 나무의 나뭇잎이 한 때에 붉게 물들다가도 / 제각기 가지에서 떨어져 가나니 / 하물며 본래 다른 두 사람이야 / 어찌 떠나지 않을 수 있으랴(각주 16) 아슈바고샤, 정대혁 옮김, 『붓다차리타』, 여시아문, 1998, 86~87면)(ⓚⓒⓦ 2004:114).

느끼는 개별적이고 특수한 것으로 이와 같은 예는 거의 찾아보기 어렵다는 점에서, 〈제망매가〉에 나온 낙엽의 비유는 독창적이고 참신하다고 정리할 수 있다.

이상과 같이 차이가 명확함에도 불구하고, 〈제망매가〉의 비유 부분은 『붓다차리타』, '표령', 'Tussi loma' 등의 비유 부분의 영향 하에 있어, 『붓다차리타』의 비유 부분을 '전고' 또는 '불경적 원천'으로 활용했거나 '차용'한 것으로 추정하고, 〈제망매가〉의 비유 부분과 『붓다차리타』의 비유 부분은 '엇비슷하다'고 하거나, '거의 닮은 꼴'이라고 하거나, '상당히 흡사'하다고 주장하거나, 〈제망매가〉의 '… 잎같이'의 직유가 불교 문화권에서 보편적이고, 그 표현도 관습적이라고 주장한 논의들은 재고를 필요로 한다.

특히 이 주장들의 정점에 있다고 할 수 있는, "따라서 죽음에 의한 이별을 낙엽에 비유하는 것은 불교 문화권에서는 이미 보편적인 것이고, 표현도 어느 정도는 관습적으로 굳어졌던 것으로 볼 수 있다."(ⓢⓙⓔ 2012: 271)는 주장과, 이 주장을 무비판적으로 수용하여 "이 비유는 비유 자체가 썩 참신하지는 않지만"이라고 언급한 주장은, 이것으로 끝나지 않고, '미타찰'이라는 표현이 제9구에 나온다는 점과 더불어, 〈제망매가〉의 '감천지동귀신'론에 지대한 영향을 준다는 점에서, 진지하게 재고를 해 보아야 할 것으로 판단된다. 그리고 '미타찰'이란 용어가 나왔다고 표현성이 떨어지는 것은 아니다. 박노준의 글을 인용하고 있으나, 이 글은 처음부터 〈제망매가〉를 의식가요가 아닌 서정시로 보고자 한 것이어서 직접 인용할 수 있는 글은 아니다.[12] 이 부분은 제9, 10구에서 생략법, 도치법, 행간

12 더구나 최근에는 〈제망매가〉를 "월명사가 사십구재(四十九齋)에서 읊은 노래다."(박노준 2018:92)에서와 같이 의식가요로 보고 있다.

걸침, 중의어 등의 문체 장치들에 의해 조성된 구문상의 중의법에 주목해야 할 부분이다. 이 구문상의 중의법은 글을 달리하였다.

4. 은유의 해석

이 장에서는 〈제망매가〉에 나온 은유의 해석에 포함된 문제를 검토하고자 한다.

은유는 시가의 여러 원천의 하나인 수수께끼에서부터 나온다는 점에서, 그 연원이 깊고 시가의 수용자들이 늘 수용하는 수사이다. 그러나 〈제망매가〉의 은유는 직유에 포함되어 있어서, 그 인지와 해석이 뒤에 이루어졌다. 다음의 인용에서는 은유표현 '가지'의 원관념을 '어버이'(부모)로 보여주고 있다.

> 이 대문의 발상(發想)은, 앞 대문에서 일죽은 누이동생을 나뭇잎에 비유한 데 이어, 동기간인 스스로를 다시 '나뭇잎'에 비긴 것이다. 그리하여, 「같은 어버이 밑에 태어 남」을 「하단 갖애 나고」(한 가지에 나고)로 표징하니… (김상억 1974:402)

이 인용의 밑줄 친 부분에서 보면, '가지에'를 '어버이 밑에'로 해석하고 있다. 이는 '가지'를 은유로 보고, 그 원관념을 '어버이'(부모)로 해석한 것이다.

이 보조관념 '가지'가 원관념 '부모'를 의미한다는 사실은 이제는 보편적인 사실이 되었다. 그리고 이 은유는 직유에 포함되어 있어, 해당 직유를 특수 형태로 만들고 있다. 즉 일반적인 직유에서는 은유를 포함하지 않는 것이 규범인데, 이를 일탈하여 해당 직유를 특수 형태로 만든 것이다.

그러면 이 은유를 왜 직유에 포함시켰을까? 이 문제를 검토한 글을 보자.

> 은유는 단어가 가진 의미소들을 변형시킨다. 그리고 그 변형을 통해 기존의 단어로 표현할 수 없는 의미를 표현한다. 이 때 의미소들의 변형은 매개어와 취의가 가진 교점(intersection)의 의미소만을 취하고, 이외의 의미소들을 버리는 행위이다.
>
> '가지'의 의미소들에는 비생식·무자애·생명·무보호·식물·생로병사 등이 있다. 그리고 '부모'의 의미소들에는 생식·자애·생명·보호·동물·생로병사 등이 있다. 이들 두 어휘의 교점 의미소들은 일단 생명·생로병사 등이다. 그런데 이들 교점의 의미소들 외에도 또다른 것들이 발견될 가능성이 있다. 이를 보충하기 위해 일상적인 부모의 의미소들로 이 부모에 포함되지 않은 것을 정리하면, 생식·동물 등의 동물적인 것과 보호·자애이다. 따라서 이 부모는 동물적인 보호·자애의 의미소를 포함하지 않고, 생명·생로병사의 의미소만 가진 것이라 할 수 있다.
>
> 이런 부모의 의미는 월명사가 가진 그 특유의 부모관이다. 그리고 이런 부모관을 강조하기 위해 앞에서와 같이 일반적인 직유의 형태를 일탈시키면서 이 은유를 구사했다고 할 수 있다(양희철 1989a, 1997c:579).

이 인용은 은유의 보조관념(매개어)을 발견하고, 이어서 그 은유의 원관념(취의)을 해석하는 차원을 넘어서, 은유에서 발견되는 '의미의 전이'를 그룹 뮤가 주장한 은유의 상호작용론(Group μ 1970, P. B. Burrell and E. M. Slotkin 1981:108~109), 그 중에서도 교점 의미소에 근거하여 해석하였다. 즉 이미 밝혀진 보조관념 '가지'의 원관념이 '부모'(어버이)라는 것을 해석해내는 차원을 넘어서, 원관념 '부모'를 보조관념 '가지'로 표현한 것은, 우리가 흔히 알고 있는 '부모'의 의미가 아니라, '의미의 전이'를 보인 부모, 즉 "동물적인 보호·자애의 의미소를 포함하지 않고, 생명·생로명사의 의미소만을 가진" 부모의 의미를 전달하기 위한 것

으로 본 것이다. 그 후에 이 은유 해석에서의 '의미의 전이'는 좀더 보완되었다.[13]

이 은유가 보이는 '의미의 전이'에 대한 해석은 그 당시의 국내 은유론의 연구 상황에서는 오해를 불러일으킬 소지를 충분히 가지고 있었다. 특히 앞에 인용한 은유론은, 그 당시에 유행한 외국이론에 대한 강한 거리화로 인해 각주를 생략하였기 때문에, 이 분야에 접해보지 못한 사람들은, 이 글이 무슨 소리를 하고 있는지도 몰랐을 가능성도 있다. 그 당시에는 은유의 보조관념을 발견하고 그 원관념을 객관적인 연구방법론도 없이 해석해내고 있었으며, '의미의 전이'는 거의 언급된 적이 없다. 현금에도 몇몇 연구가들을 제외하면, 원관념의 해석에 필요한 객관적인 연구방법[14]을 갖고 있지 않다. 이런 연구 상황은 '가지'의 원관념의 해석에서

13 "은유는 의미의 전이를 보인다. 이 의미의 전이는 다양한 방법으로 설명된다. 상호작용론에서는 보조관념과 원관념이 가진 교점(intersection)으로 본다. 개념론에서는 보조관념의 측면에서 원관념을 보면서, 맥락론에서는 문맥적·사용자적 맥락에서 보면서, 그 전이된 의미를 해석한다. 어느 이론으로 보든, 보조관념 '가지'의 원관념 '부모'는 어느 가을 이른 바람에 나뭇잎을 떨어뜨리는 나무 가지처럼, 무상(無常)하고 자식을 죽음으로부터 보호하거나 구원할 수 없는 존재이다. 이 무상성·무보호성·무구원성을 가진 것으로 부모를 보는 것은 물론 월명사의 부모관이다."(양희철, 2000c; 2002:115~116).

14 한국의 은유론에서 상당수의 사람들은 은유가 원관념과 보조관념의 두 요소로만 구성된 것으로 알고 있다. 그러나 우리가 은유론에서 사용하고 있는 원관념과 보조관념은 I. A. Richard(1950)의 것으로, 리처드가 제시한 은유의 '(공통)기반'이 빠져 있다. 이로 인해 은유의 보조관념에서 원관념을 해석하는 것이 쉽지 않고, 은유의 원관념으로 해석된 것이 맞는지 틀리는지를 확인하는 것도 쉽지 않다. 이 은유의 '(공통)기반'은 '공통의 의미소'나 '유사성'으로 바꾸어 쓸 수 있으며, 은유의 원관념을 해석할 수 있는 하나의 방법이다. 이 리처드의 은유론 외에, 은유를 발견하고 그 원관념을 해석하는 방법은, 리이치(G. N. Leech 1979:153~156)가 제시한 3단계설과, 그룹 뮤가 제시한 두 제유법의 결합설이 있다. 리이치의 3단계설은 석사논문(정용설 1999)을 지도하면서 사용한 바가 있으며, 〈서동요〉의 '토끼'에 적용한 바(양희철 2009b)가 있다. 이 글은 이 책 제5부의 '〈서동요〉의 기량난측의 수사'에도 옮겨 실려 있다. 그리고 그룹 뮤가 제시한 두 제유법의 결합설은 〈제망매가〉의 해석(양희철 1989a, 1997c)은 물론, 〈구지가〉의 해석(양희철 1987b)에 적용한 바가 있는 이론이다.

다음과 같은 오해를 불러왔다.

> 44) 양희철, 앞의 글, 247~248쪽에서는 일반적인 직유의 형태를 일탈시키면서 그 은유를 구사한 것이 월명사가 가진 특유의 부모관('가지'와 '부모'의 交點意味素인 '생명·생로병사'의 뜻만 가짐)을 강조하기 위해서라고 보았지만, 이는 문제제기의 중요성에도 불구하고, '가지'가 지니는 은유로서의 속성(애매성 등)과 그 문맥 속에서의 기능을 충분히 고려하지 않은 문제점을 보여서 설득력을 얻기 힘들 것으로 판단한다(ⓢⓗⓖ 2006:298, 2008:359).

이 비판에서는 은유의 속성과 은유의 해석론을 혼동하고 있다. 교점의 미소는 은유의 상호작용론에 따른 해석론이고, 애매성은 은유의 한 속성이다. 이 둘을 혼동하면서 비판하는 태도는 주의를 요한다. 그리고 이 비판의 각주 44)를 단 본문을 보면, 다음의 인용에서와 같이, 은유인 '잎'과 '가지'의 해석, 은유의 속성인 애매성의 이해, 은유의 애매성이 보이는 기능 등에서도 문제를 보인다.

> 만약 '가지'라는 매체어에 의한 은유를 쓰지 않고 '부모'로 바로 나타내거나 또는 그 뜻에만 한정되는 표현을 할 경우, 중간시절은 '동기간의 문제'에 국한되는 매우 좁은 의미밖에 지니지 못하게 된다. 이에 비해, '가지'라는 매체어는 일차적으로는 '부모'를 나타내는 것으로 파악되지만, 그 '가지-잎'의 관계는 '부모-자식'의 관계에만 국한되지 않는 애매하면서도 넓은 의미망을 지닐 수도 있다. 그 취의는 같은 조상을 가진 혈족이나 인류에까지도 확장될 수 있고, 이에 따라 이 시절은 '특정한 남매의 문제'에 국한되지 않는 '일반적인 인간세계의 일'을 나타낼 수 있게 된다.
>
> 그러므로 이 중간시절의 복합적인 비유방식은, 한편으로는 앞부분 …… 다른 한편으로는 뒷부분(⑦·⑧)에서 은유의 의미의 애매성과 광범위함을 통해 화제가 매우 좁은 범위에 국한되지 않고 널리 일반화될 수 있도록 해주는

효과를 지닐 가능성이 있다고 할 것이다(ⓢⓗⓖ 2006:298, 2008:359).

이 인용에서 보이는 은유의 해석은 네 가지 문제를 보인다. 이를 차례로 보자.

첫째로, '가지-잎'과 '조상-혈족/인류'는 은유의 기반인 유사성을 보이지 않는다는 점에서, '조상-혈족/인류'는 이미 '가지-잎'의 원관념이 되지 못한다는 문제이다. 우리가 잘 알고 있는 '가지-잎'과 '부모-누이/남매'는, 가지와 잎이 직접 연결되어 있듯이, 부모와 누이/남매가 직접 연결되어 있다는 점에서, 은유의 기반인 유사성을 잘 보여준다. 이에 비해 '가지-잎'과 '조상-혈족/인류'는, 가지와 잎이 직접 연결되어 있지만, 조상과 혈족/인류는 직접 연결되지 못하고, 중간에 사이를 두고 간접적으로 연결되어 있다는 점에서, 은유의 기반인 유사성을 보여주지 못한다. 이는 은유의 보조관념인 '가지-잎'에서 그 원관념을 '조상-혈족/인류'로 해석할 수 없음을 말해준다.

둘째로, '가지-잎'의 원관념인 '부모-누이/남매'의 애매성 또는 모호성은 '조상-혈족/인류'을 포함하지 않는다는 문제이다. '가지-잎'의 원관념인 '부모-누이/남매'가 갖는 애매성 또는 모호성은 '부모-누이', '부모-남매', '부-누이', '부-남매', '모-누이', '모-남매' 등에서 정확하게 어느 것을 의미하는지가 애매하거나 모호하다는 것이지, '부모-누이/남매'와 '조상-혈족/인류' 중에서 어느 것을 의미하는지가 애매하거나 모호하다는 것이 아니다. 이는 은유의 원관념이 갖는 애매성이나 모호성은, 유사성에 기초한 은유가 성립한 다음에, 그 은유의 원관념들 사이에서 오는 것이지, 유사성에 기초한 은유의 원관념(부모-누이)과 이 원관념(부모-누이)보다 넓은 개념의 언어(조상-혈족/인류) 중에서, 어느 것을 의미하는지가 애매하거나 모호하다는 것이 아님을 이해하지 못한 결과로 보인다. 이미 '조상-혈족/인류'는 '가지-잎'의 원관념이 아니기 때문에, '가지-잎'의 원관념인 '부모-누이'와 함께 '가지-잎'의 원관념의 차원에서 그 애매성이나 모호성이 논의될 대상도 아니다.

셋째로, '조상-혈족/인류'를 해당 문장에 넣어보면, 해당 문맥이 통하지 않고 비문이 되는 문제이다. '잎-가지'의 보조관념을 '누이-부모'의 원관념으로 읽은 〈어찌 가을 이른 바람에 이에저에 뜨어질 잎같이, 한 가지(부모)에 (태어)나고 (누이는) 가는 곳 모르온져?〉의 문장은 그 의미가 잘 통한다. 이에 비해 '잎-가지'(보조관념)의 원관념을 '혈족/인류-조상'으로 읽은 〈어찌 가을 이른 바람에 이에저에 뜨어질 잎같이, 한 가지(조상)에 (태어)나고 (혈족/인류의 누이는) 가는 곳 모르온져?〉는 문맥이 통하지 않는 비문으로 문제를 보인다. 특히 '한 조상에 (태어)나고'는 문맥이 통하지 않는 비문이다.

넷째로, 이 해석을 따르면, 혈족/인류의 누이는 모두 '중년 초기'에 죽느냐 하는 질문에 답할 수가 없다는 문제이다. '가지-잎'을 해석한 '조상-혈족/인류'를 문맥에 넣어보면, 〈어찌 가을 이른 바람에 이에저에 떨어질 잎과 같이 한 가지(조상)에 (태어)나고 (혈족/인류의 모든 누이는) 가는 곳 모르온져?〉가 된다. 이 문맥으로 보면, 혈족/인류의 모든 누이는 가을 이른 바람에 지듯이 중년 초기에 죽는 것이 된다. 문맥적 의미가 이런데도, 이 주장과 같이 혈족/인류의 누이는 모두 중년 초기에 죽는다고 주장할 사람은 없을 것이다.

이상의 네 가지 문제로 보아, '가지-잎'은 기왕의 해석과 같이 그 원관념을 '부모-누이' 정도로 읽어야 하며, 이 원관념의 해석에 '조상-혈족/인류'의 해석을 더해 보려는 앞의 해석은 재고를 요하는 것으로 판단된다. 특히 이 성립되지 않는 원관념 '조상-혈족/인류'의 주장과 이 주장을 따른 글들[15]은, 다음의 두 가지 문제만 검토했어도 무리하게 주장하지 않았을 것이다. 하나는 은유의 기반인 유사성이 보조관념('가지-잎')과 원관념('조상-혈육/인류')에서 발견되는가 하는 문제이다. 다른 하나는 원관념을 해당 어휘에 넣은 문장, 〈어찌 가을 이른 바람에 여기저기 떨어질 잎같이, 한 조상(가지)에 (태어)나고 (혈족/인류의 누이는) 가는 곳 모르온져?〉가 문법적인가 하는 문제이다.

이렇게 '가지-잎'의 해석에서 원관념을 '조상-혈족/인류'로 읽을 수 없다. 그리고 '조상-혈족/인류'는 '부모-누이'와 더불어 은유의 원관념이 갖는 애매성이나 모호성의 논의 대상도 아니다. 이로 인해 이 은유의 잘못된 해석에 기반을 두고 주장한, 제5~8구의 화제가 '인간계 일반'으로 확장된다는 주장과, 제5~8구의 시적 청자가 '화자 자신 또는 불특정 다수'라는 주장도 근거 없는 주장들이 되고 만다. 왜냐하면, '가지-잎'의 원관념을 '조상-혈족/인류'로 읽을 수 없고, 이 '조상-혈족/인류'는 '부모-누이'와 더불어 은유의 원관념이 갖는 애매성이나 모호성의 논의 대상도 아니라는 점에서, 제5~8구의 화제는 '인간계 일반'이 될 수 없고, 제5~8구의 시적 청자는 '화자 자신 또는 불특정 다수'가 되지 않기 때문이다.

최근에는 '가지'의 원관념을 '인간세상'으로 본 주장[16]도 있었지만, 그렇게 의미 있는 해석으로는 보이지 않는다.

이상과 같은 점에서, 〈제망매가〉에 나온 은유의 보조관념 '가지-잎'의 원관념은 '부모-누이'의 범위를 벗어날 수 없으며, 이 은유를 통하여 보여주고자 한 '부모'의 의미는 우리가 흔히 알고 있는 부모의 의미, 즉 사전적

---

15 대표적인 예로 "그러한 존재의 문제성을 누이와 자신만이 아닌 모든 존재 일반의 문제로까지 확장시킨 성과에 주목할 필요가 있다."를 들 수 있다.

16 "그런데 나는 '가지'를 월명사와 누이의 부모가 아니라 월명사의 노래를 듣는 청중들이 살아가는 인간세상이라고 이해하며, 그런 관점에서 노래가 불린 상황이나 시상의 흐름을 고려할 때 적당한 훈독은 규정의 강도가 센 '하나의'보다는 좀 더 자유롭게 쓰이는 '같은'이 적절하다고 판단하고 이를 취한다."(조용호 2016:59).

인 부모의 의미가 아니라, 월명사가 〈제망매가〉를 지으면서 가지고 있는 부모관, 즉 "동물적인 보호·자애의 의미소를 포함하지 않고, 생명·생로명사의 의미소만을 가진" 부모의 의미라고 다시 한번 확인할 수 있다.

5. 결론

지금까지 향가의 수사 연구가 당면한 문제들 중에서, 〈제망매가〉의 두 직유와 은유의 연구가 당면한 문제들을 검토 정리해 보았다. 그 결과를 요약하여 결론을 대신하면 다음과 같다.

1) '털같이'의 의미를 가진 '털Ꟈ/毛如'은 은유적 직유로, 그 원관념은 '가볍게'로 해석된다.

2) '… 잎같이 …'의 의미를 가진 '… 닙Ꟈ/葉如 …'은 일반적(논리변형적) 직유로, 그 간명성에 대한 찬사가 인정되며, '추상의 구상화'와 '기지의 사실로 미지의 사실을 설명함'에 의한 의미의 강조를 그 기능으로 하고, 이런 기능은 불교 인명론(因明論)의 비유에서도 확인되며, 불교의 여덟 종류의 비유(八喩) 중에서 현유(現喩)에 해당한다.

3) '… 닙Ꟈ/葉如 …'의 직유를 '표령(飄零)'과 관련시킨 해석과, 이 직유를 '확장된 직유(extended simile)'로 본 해석은 오해로 판단된다.

4) '… 닙Ꟈ/葉如 …'의 직유는 매우 뛰어난 표현으로 보아오는 가운데, 이 직유는 『붓다차리타』(Buddhacarita)의 제6품(〈車匿還品〉), "飄零은 ᄇᆞ름 부러 닙 떠러딜 씨니 六道에 두루 돋뇨ᄆᆞᆯ 니ᄅᆞ니라." "Tussi loma, tussi loma ……" 등의 직유 부분의 영향 하에 있어, 『붓다차리타』의 직유 부분을 '전고' 또는 '불경적 원천'으로 활용했거나 '차용'한 것으로 추정하고, 〈제망매가〉의 직유 부분과 『붓다차리타』의 직유 부분은 '엇비슷하다'

고 하거나, '거의 닮은 꼴'이라고 하거나, '상당히 흡사'하다고 주장하거나, 〈제망매가〉의 '… 잎같이'의 직유가 불교 문화권에서 보편적이고, 그 표현도 관습적이라고, 부정적으로 평가한 주장들이 나오기도 했다. 이 부정적인 평가들은 비교 대상인 네 직유의 자료들만을 제시하고, 구체적으로 논리적으로 비교하고 분석한 결론이 아니라는 문제를 보인다.

5) '… 닢ᄀᆞᆮ/葉如 …', 『붓다차리타』(Buddhacarita)의 제6품(〈車匿還品〉), "飄零ᄋᆞᆫ ᄇᆞᄅᆞᆷ 부러 닙 뻐러딜 씨니 六道에 두루 ᄃᆞᆫ뇨ᄆᆞᆯ 니ᄅᆞ니라." "Tussi loma, tussi loma ……" 등의 직유들을, 낙엽이 지는 시기, 원인, 장소, 낙엽이 지는 양상의 표현, 은유의 포함 여부, 언술의 관심 내용, 언술의 목적 등의 일곱 차원에서, 구체적으로 논리적으로 비교하고 분석한 결과, 『붓다차리타』, '표령', 'Tussi loma' 등의 낙엽은 흔히 보고 느끼는 일반적이고 보편적인 데 비해, 〈제망매가〉의 낙엽은 드물게 보고 느끼는 개별적이고 특수한 것으로, 이와 같은 예는 거의 찾아보기 어렵다는 점에서, 〈제망매가〉에 나온 낙엽의 비유는 독창적이고 참신하다고 판단하였다.

6) 은유의 표현 '가지'는 그 원관념을 '부모'로, '잎'은 그 원관념을 '누이' 또는 '남매'로, 해석하는 것이 일반적이다. 그리고 '부모'를 '가지'로 표현한 것은, 우리가 흔히 알고 있는 '부모'의 의미가 아니라, '의미의 전이'를 보인 부모, 즉 "동물적인 보호·자애의 의미소를 포함하지 않고, 생명·생로명사의 의미소만을 가진" 부모의 의미를 전달하기 위한 것으로 보았다.

7) 6)에서 원용한 '의미의 전이'는 그룹 뮤(Group μ)가 주장한 은유의 상호작용론, 그 중에서도 교점 의미소에 근거한 해석이다. 이 해석은, 그 당시의 국내 은유론의 연구 상황, 특히 은유를 발견하고 객관적인 연구방법의 검토도 없이 그 원관념만을 해석하고, '의미의 전이'를 검토하

지 않는 연구 상황과, 그 당시에 유행한 외국이론에 대한 강한 거리화로 인해 각주를 생략한 연구 상황으로 인해, 독자들의 오해를 불러일으킬 수 있는 소지를 충분히 가지고 있었다.

8) '가지-잎'의 비유는 '부모-누이' 또는 '부모-남매'의 의미로 해석되는 것이 일반적인데, 이를 '조상-혈족/인류'의 의미로 확대하여 해석하려는 오해가 있었다. 이 오해는 은유의 속성과 은유의 해석론을 혼동한 결과이며, 최소한 은유의 기반인 유사성이 보조관념('가지-잎')과 원관념('조상-혈육/인류')에서 발견되는가 하는 문제와, 원관념을 해당 어휘에 넣은 〈어찌 가을 이른 바람에 여기저기 떨어질 잎같이, 한 조상(가지)에 (태어)나고 (혈족/인류의 누이는) 가는 곳 모르온져?〉가 문법적인가 하는 문제만을 검토했어도 피할 수 있었던 오해로 보인다.

〈제망매가〉의 수사 연구가 당면한 문제에는 명령적 의문법과 중의법도 있다. 이 문제의 검토와 해결은, 다음의 글로 돌린다.

향가의 명령적 의문법과 중의법

1. 서론

이 글은 향가의 수사 연구가 당면한 문제들 중에서, 명령적 의문법과 중의법을 검토 정리하는 데 연구의 목적이 있다.

먼저 명령적 의문법과 관련된 문제를 보자. 〈처용가〉의 제7, 8구가 의문문이란 점에는 어떤 의심도 없다. 그러나 이 의문문을 해석한 내용이 역신의 '감이미지(感而美之)'와 자연스럽게 연결되지 않는다는 점에서, 문제가 해결되지 않고 있다. 이 문제와 같이, 의문문으로 해독하는 데는 문제가 없지만, 그 의문문의 해석이, 특히 수사론적인 해석이, 문맥적 의미의 이해에 도움을 주지 못하는 경우는 다음과 같다. 〈제망매가〉의 제1~4구와 제5~8구에서 발견되는 두 의문문, 〈안민가〉의 제1~4구, 제5~8구, 제9, 10구 등에서 발견되는 세 의문문, 〈원왕생가〉의 제9, 10구에서 발견되는 의문문, 〈맹아득안가〉의 제9, 10구에서 발견되는 의문문, 〈참회업장가〉의 제5~8구에서 발견되는 의문문, 〈청불주세가〉의 제9, 10구에서 발견되는 의문문 등이다. 이 의문문의 일부는 화행론(발화행위이론, speech act theory)적 입장에서 설명되고 있지만, 수사론적인 입장에서 설명된 것은 하나도 없다. 그리고 명령문이나 감탄문으로 해독한 것들에도 명령적 의문법으로 읽어야 하는 것들이 있다. 〈도솔가〉의 제1~4구, 〈원왕생가〉의 제1~4구, 제5~8구, 〈청전법륜가〉의 제5~8구, 제9, 10구 등이 이에 해당한다.

이번에는 향가의 중의법과 관련된 문제를 보자. 수사법에서 매우 중요한 위치에 있는 은유법과 중의법은 시가의 여러 뿌리들 중의 하나인 수수께끼에서부터 나타난다. 그리고 중국 문학의 경우에, 유협(劉勰)의 『문심조룡(文心雕龍)』을 보면, 복의(複義)라는 중의가 나온다. 이어서 당나라 교연(皎然)의 『시식(詩式)』을 보면, 이중의, 삼중의, 사중의 등과 이를 보여주는 예들을 설명하고 있다. 이외에 다양한 중의의 표현들이 보인다. 송나라부터는 이 중의라는 용어가 잘 보이지 않는데, 이는 『시인옥설(詩人玉屑)』(魏慶之)에서부터 용의정심(用意精深)이라는 4자평어로 중의를 포함하였기 때문이다. 현대에는 『중국시가예술연구(中國詩歌藝術硏究)』(袁行霈)에서 중의가 폭넓게 정리되었다. 그리고 영시의 경우에는 엠프슨의 『중의의 일곱 유형(Seven types of ambiguity)』에 의해 잘 알려져 있고, 프랑스시의 경우는 이 글을 모방한 저술도 보인다. 이에 비해 한국고전시가의 연구에서는 기녀 시조에 나타난 어휘상의 중의법이 다인 것 같이 생각하고 있다가, 최근에야 황진이의 시조 〈어져 내일이야 …〉에서 구문상의 중의법(양희철 2012b)이 밝혀졌고, 향가 연구의 경우에는 양희철(1988, 1997c)의 글들이 있다. 그러나 양희철이 정리한 향가의 두 글은 중의만을 한 데 모아서 정리한 것도 아닌 데다가, 향찰식 사고를 강조한 나머지, 부분적으로 논지와 초점이 흐려진 취약점도 보인다.

이렇게 향가의 수사 연구에서 당면한 두 문제, 즉 명령적 의문법과 중의법을 다음과 같이 검토하고 정리하려 한다.

첫째로, 문맥적 의미를 자연스럽게 설명하지 못하고 있는 의문문은 화행론적 입장에서 설명하는 것은 물론, 수사론적인 입장에서 명령적 의

문법으로 설명을 하고자 한다. 명령적 의문법은 지금까지 향가의 해석에서 한 번도 원용되지 않은 수사이다.

둘째로, 중의법을 정리하면서 두 가지에 초점을 맞추고자 한다. 하나는 구문상의 중의법을 구문상의 다의에 의한 중의법과 구문상의 동음이의에 의한 중의법으로 나누어 설명하는 것이다.

셋째로, 다른 하나는 향가의 두 구문상의 중의법이 황진이의 〈어져 내일이야…〉와 김수영의 〈풀〉에 나타난 구문상의 중의법과 어떻게 연결되는가를 정리하고, 향가의 중의법이 석굴암의 본존불과 어떻게 연결되는가를 정리하는 것이다.

2. 향가의 명령적 의문법

의문문의 한 종류로 '명령적 의문문'이라는 것이 있다.[1] 이 명령적 의문문은 향가에서 문제가 되어온 일부의 의문문을 이해하는 데 적지 않은 도움을 준다. 이 명령적 의문문은 〈안민가〉, 〈제망매가〉, 〈원왕생가〉, 〈맹아득안가〉, 〈처용가〉, 〈도솔가〉, 〈참회업장가〉, 〈청천법륜가〉, 〈청불주세가〉 등의 9작품에서 15회 나온다. 논의의 순서는 화행론적 차원에서 의문문을 권고의 의미로 파악하면서도, 수사론적인 차원에서 명령적 의문문으로 정리하지 못했던 것들을 먼저 정리하고, 이어서 화행론적 차원에서는 물론, 수사론적인 차원에서도 명령적 의문문으로 이해하지 못

1 "명령적 의문문은 그 형식은 의문문이나 내용상으로는 청자에 대한 명령이나 권고를 나타내는 문장이다. 예를 들어 "왜 빨리 집에 가지 않느냐?"라는 문장은 그 형식상으로는 '집에 빨리 가지 않는 이유가 무엇인지'를 물어보는 설명의문문이지만, 그 내용상으로는 '빨리 집에 가라'는 명령을 담고 있는 명령적 의문문이다."([네이버 지식백과] '의문문 [疑問文]'조(『한국민족문화대백과』, 한국학중앙연구원).

해온 것들을 차례로 정리하고자 한다.

2.1. 〈안민가〉의 세 명령적 의문문

〈안민가〉는 권고의 텍스트와 책난의 텍스트를 보여준다. 두 텍스트별로 나누어서 보자.

먼저 제4구의 'ᄒᆞ실디', 제8구의 'ᄒᆞᆯ디', 제10구의 'ᄒᆞᄂᆞᆯᄃᆞ언' 등이 의미상 각각 앞구의 끝에 붙을 때에 나타나는 권고의 텍스트에서, 이 의문문들이 화행론적 차원에서 권고의 의미를 가진 의문문으로 해석되었다는 사실을 보자.

> … 이는 치자와 피치자가 서로 사랑하고, 그 사랑을 서로 인식하게 하기 위해서, 당신은 '君=父 臣=母 民=兒'라고 가정 혈연적인 입장으로 인식을 전환하여 군·신·민의 관계를 말씀하시라는 권고이다. … (중간 생략) … 결국 선정에 대한 이런 좋은 말을 백성들이 할지는 모르지만, 이런 좋은 말을 백성들이 한다면, 나라가 지녀짐을 알겠다는 말은, 왕에게 이런 좋은 말이 나오도록 선정을 베풀라는 권고의 의미를 가진다. … (중간 생략) … 이는 나라가 태평하기 위해서는, 임금 신하 백성 각자가 각자다워야 한다는 권고라 할 수 있다(양희철 1997c:691~692).

이렇게 화행론적 차원에서 권고의 명령적 의미로 해석된 앞의 의문문들은, 수사론적인 측면에서 보면, 권고의 명령적 의미를 가진, 명령적 의문문으로 정리할 수 있다. 이는 화행론적 차원에서는 언표적 내용으로부터 언표내적 의미를 이끌어 내는 것이고, 수사론적인 차원에서는 설명 의문문의 형식으로부터 명령적 의문문의 의미를 이끌어 내는 것이다.

이번에는 제4구의 'ᄒᆞ실디', 제8구의 'ᄒᆞᆯ디', 제10구의 'ᄒᆞᄂᆞᆯᄃᆞ언' 등이 의미상 각각 해당구의 맨 끝에 오는 문장의 도치로 볼 때에 나타나는 책난의 텍스트에서, 이 의문문들이 화행론적 차원에서 권고의 의미를 가진 의문문으로 해석되었다는 사실을 보자.

> … 치자와 피치자가 서로 사랑하고, 그 사랑을 서로 인식하고 있다고 말씀하실지라는 의문의 책난이다. 이 책난은 이런 말씀을 하실 수 없는 현재의 정치를 나무라고 이런 말씀을 하실 수 있게 정치를 하라는 권고이다. … (중간 생략) … 먼저 백성들이 치자의 정치를 악정이라 비판하고 어디로든지 가겠다고 하면서 나라가 지녀짐을 알겠다고 비아냥거림으로, 왕을 강하게 책문하면서, 그 이면의 의미인 백성들이 치자의 정치를 선정이라 찬양하고 어디로든 가지 않겠다고 하면서 나라가 지녀짐을 알겠다고 찬양하는 말이 나오게 정치를 하라는 권고의 의미를 가진다. … (중간 생략) … 이 내용은 임금 신하 백성 등이 모두가 그들답게 '나라가 태평한음다'라고 할 것인간?이라고 책문하면서 이런 말이 나오도록 정치를 하라는 권고이다(양희철 1997c:693~694).

이렇게 화행론적 차원에서 권고의 명령적 의미로 해석된 앞의 의문문들은, 수사론적인 측면에서 보면, 형식은 의문문이지만, 그 의미는 권고의 명령적 의미를 가진, 명령적 의문문으로 정리할 수 있다.

2.2. 〈제망매가〉의 두 명령적 의문문

제1~4구와 제5~8구의 두 의문문은 모두가 명령적 의문문이다. 이 두 의문문들은 화행론의 언표내적 의미로 보면, 모두가 명령의 의미를 갖는다(양희철 2019:17, 19~20). 이는 수사론적인 측면에서 보면 명령적 의문문이다. 이에 화행론적 설명을 옮겨 쓰면서, 이를 다시 수사론적으로 해석하려 한다.

제1~4구의 명령적 의문문을 보자. 이 구들의 언표적 내용은 "중유의 생사로[2](중유에서 죽어서 연처인 이 곳의 중유에서 다시 태어나거나, 삼계육도에서 태어나는 길)는 이(천도재)[3]에서 있으매(벌어질/이루어질 예

2 이 '중유의 생사로'를 부정하고 "육도에 나고 죽는 윤회의 길"(성호경 2006:284, 2008:344, 345)로 바꾸려는 시도와 이 시도를 따른 네 해독들이 나오기도 했으나 세 가지 문제를 보인다. 첫째로, 육도의 생사윤회만을 할 뿐, 미타찰 또는 서방정토에 가서 태어날 수 없다는 문제이다. 육도는 욕계(欲界)의 여섯 세계를 의미한다. 이로 인해 여섯 세계의 생사라는 윤회에 한정한다면, 이에 속하지 않는 미타찰 또는 서방정토에 가서 태어날 수 없는 문제를 보인다. 둘째로, 중유에서의 생사와 천도재가 들어갈 틈이 없어, 누이가 현재 당면한 문제를 해결할 수 없다는 문제이다. 이 반론에서와 같이 육도만을 주장하면, 이 육도에는 중유에서의 생사가 포함되지 않는다. 이로 인해 누이는 중유에서 태어나지도 죽지도 않는다는 점에서, 누이가 현재 중유에서 당면한 문제를 해결하는 천도재가 들어갈 틈이 없고, 이로 인해 누이로 하여금 좋은 연처(緣處)에 태어나게 할 수도 없다. 셋째로, 육도의 생사윤회만을 주장하면, 바로 뒤에 온 '此矣'와 '次肹伊遣'을 합리적으로 객관적으로 해석할 수 없다. 좀더 구체적인 내용은 양희철(2019) 참조.

3 '이(천도재)에(서)'를 부정하고 그 의미를 '바로 앞에' 또는 "바로 앞에 펼쳐진 최근접적 상황"으로 군색하게 해석한 경우(성호경 2006:283)가 있었다. 너무나 자명한 '이에'의 의미를 이렇게 주장한 이유는 '이에', 즉 '천도재에' 또는 '천도재의 시간에'의 의미를 부정하거나 피해 보기 위하여, 만들어낸 군색한 설명이다. 이런 사실은 이 주장이 '이'를 해석한 "바로 앞에 펼쳐진 최근접적 상황"이 구체적으로 어떤 상황인가를 "爲亡妹營齋作鄕歌祭之"의 문맥에서 생각해 보면 너무나 쉽게 알 수 있다. 즉 '이에'는 '여기에(천도재에)'를 의미한다. 이렇게 '이에'가 '여기에(천도재에)'와 연결되어 있는데도, 이를 애써 외면하고, '이에'를 형태소 차원에서 그 연결이 거의 불가능한 "바로 앞에"로 해석하거나, '이에'의 의미를 군색하게 "바로 앞에 펼쳐진 최근접적 상황"으로 말을 돌린 것은, '生死路'를 자연스럽게 천도재에 관련시키지 않고, 애써 억지로 '六道의 윤회'에만 연결시켜 보려는 무리한 의도에 기인한 것으로 판단된다.

이 오해는 그래도 나은 편이다. 이 오해의 전후에 나온 여섯 해독과 해석들에서는 더 심각한 문제가 발견된다. 이 해독과 해석들은 두 가지 공통점을 갖고 있다. 하나는 '生死路'의 생사를 육도윤회의 생사윤회로 본 것이다. 다른 하나는 '예/이에/이긔'의 '여기에'와 '이더/이대'의 '이곳에'의 '여기'와 '이곳'을 '이 세상/세간, 此岸/이승, 현세' 등으로 본 것이다. 이 해독과 해석들은 다음의 서너 가지 문제를 피할 수 없다. 첫째로, '生死路'의 생사를 육도윤회의 생사윤회로 해석할 수 없다는 문제이다. 이 문제는 앞의 각주에서 충분하게 검토하였다. 둘째로, 단어 '此'에는 '此岸/此生'의 의미가 없다는 문제이다. 앞의 해독과 해석들은 '此'를 '이 세상/세간, 此岸/이승, 현세' 등으로 해석하였다. 그런데 '此'에는 '此岸/此生'의 의미가 없다는 점에서, 앞의 해독과 해석들은 문제를 보인다. 혹시 '此矣彼矣'의 해독인 '이에뎌긔/이더더더'의 '이에/이더'가 '이승/차안'을 의미하기도 한다는 점에서, '此矣'의 해독인 '이에/이더'도 '이승/차안'이 될 수 있다고 주장할

정/계획이매) 다음일 것이므로[4] '나는 간다'고 말하는 일도 가볍게 이르고 가나닛고?"의 의문문이다. 이 의문문의 언표적 내용은 누이가 중유의 생사로를 천도재에 맡기고 가볍게 죽어가지 못하는 사실과, 이로 인한 아쉬움을 보여준다. 그런데 이 언표적 내용은, 이 자체로 끝나지 않고, 영재(營

수도 있다. 그러나 '이에더익/이딕더딕'의 '이에/이딕'는 '가을 이른 바람'을 문맥적 배경으로 하고, 이곳의 '이에/이딕'는 '천도재'를 문맥적 배경으로 한다는 점에서, 양자는 별개의 문제이다. 셋째로, 단어 '여기'와 '이곳'에도 '이 세상/세간, 此岸/이승(此生), 현세' 등의 의미가 없다는 문제이다. 앞의 해독과 해석들은 단어 '여기'와 '이곳'을 '이 세상/세간, 此岸/이승, 현세' 등으로 해석하였다. 그런데 단어 '여기'와 '이곳'에는 "말하는 이에게 가까운 곳을 가리키는 지시 대명사"나 "바로 앞에서 이야기한 대상을 가리키는 지시 대명사"의 의미만이 있을 뿐이지, '이 세상/세간, 此岸/이승(此生), 현세' 등의 의미가 없다는 점에서, 앞의 해독과 해석들은 문제를 보인다. 넷째로, 육도윤회는 모두가 '이 세상/세간, 此岸/이승(此生), 현세' 등에서 이루어지지 않는다는 문제이다. 앞의 해독과 해석들의 대부분은 육도윤회가 '이 세상/세간, 此岸/이승(此生), 현세' 등에서 이루어지는 것으로 설명하고 있다. 그러나 인간도(人間道)만이 '이 세상/세간, 此岸/이승(此生), 현세' 등에서 이루어지며, 나머지 지옥도(地獄道)·아귀도(餓鬼道)·축생도(畜生道)·아수라도(阿修羅道)·천상도(天上道) 등은 각각 소속 세계에서 이루어진다. 이런 점에서 앞의 해독과 해석의 대부분은 문제를 보인다. 이 문제의 일부를 피한 것은, '육도'를 좀더 구체적으로 설명하여, 누이가 살아온 이승의 '인간도'로 '생사로'를 설명하면서, '이딕/此矣'를 현생으로 설명한 글이다. 이 주장은 앞의 문제를 일부 피해 가지만, 이승/현생에서 '태어나고 죽는 길', 즉 누이의 인간도는 이미 월명사가 죽은 누이를 위하여 올려주는 천도재의 현시점에 앞서, 얼마 전에 죽은 임종으로 끝났다는 점에서 문제를 해결하지는 못한다. 죽은 누이는 이미 현생(現生, 또는 此生)을 마감하고, 전생(前生)과 후생(後生)의 중간인 중유(中有)에 있기 때문에, '이에/이익'(여기에)나 '이딕/이대'(이곳에)를 '이 세상/세간, 此岸/이승(此生), 현세' 등으로 해석할 수 없다.

이렇게 앞의 해독과 해석들은 서너 가지 문제를 보인다. 그리고 '此矣'를 해독한 '예/이에/이익'('여기에')와 '이딕/이대'('이곳에')의 '여기'와 '이곳'은 천도재를 올리는 시간과 장소에서 '천도재에서'나 '천도재의 시간에'의 의미를 갖는대도, 애써 '이 세상/세간, 此岸/이승(此生), 현세' 등의 의미를 주장하는 이유는, '생사로'를 '중유에서 죽어서 연처(중유와 삼계육도)에서 태어나는 길', 즉 중유에서 당면한 생사로로 보지 않고, 육도윤회의 생사로로 본 것을 합리화하려는 의도에 지나지 않는다(양희철 2019).

4 이 해독은 '次肹伊遣'을 '다음일 것이니(/것이므로), 둘째일 것이니(/것이므로)' 등의 의미인 '버글이곤'으로 읽은 것이다. 이 해독과 '次肹伊遣'을 읽은 기왕의 모든 해독들에 대한 충분한 변증은 두 글(양희철 2015a, 2019)에서 다루었다.

齋)의 상황과 연결되면서 언표내적 의미(illocutionary force)를 얻는다.

우선 죽어가는 과정의 현장에서 '나는 간다.'고 말하는 일을 가볍게 말하는 것은 죽음을 초월하거나 극복한 이후나 할 수 있는 말, 즉 죽음의 초월/극복을 확신한 이후나 할 수 있는 말이다. 그런데 그의 누이에게 이를 질문한다는 것은 그의 누이가 그렇지 못하다는 사실을 말해준다. 그리고 천도재를 올리는 상황도 이를 말해준다. 이런 점에서 일단 이 말은 월명사의 누이가 한 말이 아니며, 월명사가 그의 누이가 이렇게 말을 했으면 하는 마음의 표현이라고 할 수 있다. 그런데 실행하지 못한 어떤 내용을 질문할 때, 그 질문은 실행하지 못한 일에 대한 아쉬움을 보여주면서, 그 일을 지금이라도 실행하게 유도하는 언표내적 의미를 갖는다. 즉 '나는 간다.'고 말하는 일도 가볍게 말하고 가지 못하고 있는 누이로 하여금, '나는 간다.'고 말하는 일도 가볍게 말하고 가라는 언표내적 의미를 갖는다.

이 시적 화자가 시적 청자인 누이를 유도하는 언표내적 의미의 설명은 제3, 4구만으로는 충분하지 않다. 이 설명에는 '나는 간다.'고 말하는 일도 가볍게 이르고 갈 수 있는 이유나 근거가 있어야 한다. 그 이유나 근거는 제1, 2구인 "생사로(중유에서 죽어서 연처인 이 곳의 중유에서 다시 태어나거나, 삼계육도에서 태어나는 길)는 이(천도재)에서 있으매(벌어질/이루어질 계획/예정이매) 다음일 것이므로"에 있다. 이는 시적 청자 자신의 생사로는 이 천도재에서 이루어지므로, 이 천도재를 믿고, '나는 간다.'고 말하는 일도 가볍게 말하고 갈 수 있는 근거이다.

이상과 같은 점들로 보아, 제1~4구의 의문문은 그 언표적 내용인 [중유의 생사로(중유에서 죽어서 연처인 이 곳의 중유에서 다시 태어나거나, 삼계육도에서 태어나는 길)는 이(천도재)에서 있으매(벌어질/이루어질 예정/계획이매) 다음일 것이므로 '나는 간다.'고 말하는 일도 가볍게 이르고 가나닛고?]를 통하여, 시적 청자가 당면한 현재의 문제를 이해하고, 이 문제를 해결할 수 있는 방법을 제시하면서 공감을 유도하는, 언표내적 의미인 [중유의 생사로(중유에서 죽어서 연처인 이 곳의 중유에서 다시 태어나거나, 삼계육도에서 태어나는 길)는 이(천도재)에서 있으매(벌어질/이루어질 예정/계획이매) 다음일 것이므로 '나는 간다.'고 말하는 일도 가볍게 이르고 가라(/가길 바란다)]를 보여준다. 화행론적 입장에서 이 명령의 언표내적 의미를 보여준 제1~4구의 의문문은, 수사론적으로 보면, 의문문의 형식을 통하여, 명령의 의미를 보여주는 명령적 의문문에 해당한다.

이번에는 제5~8구의 명령적 의문문을 보자. 제5~8구의 의문문이 보여주는 언표적 내용은 [어찌 가을 이른 바람에 이에저에 떠서질 잎같이 한 가지에 태어나고 가는 곳을 모르는가?]이다. 이 언표적 내용은 월명사가 이해한 누이의 현재의 인식과 행동을 의문문으로 표현한 것이다. 그리고 이 언표적 내용은 누이가 현재 당면한 문제를 인식하고, 영재의 상황과 연결되면서 이 문제를 해결할 수 있는 방법을 제시하면서 공감을 유도하는 언표내적 의미를 얻는다. 이에 저에 떨어질 잎같이 한 가지에 나고 가는 곳을 어찌 모르는가라고 질문할 때에, 이는 나와 같이 가는 곳이 미타찰임을 알고 죽어가라는 유도를 함축한다. 특히 '이에 저에'가 바람직한 미타찰과 그렇지 못한 이승·지옥·중유 등을 의미하고, 진술상황이 천도재라 할 때에, 제5~8구의 언표내적 의미는 [가을 이른 바람에 이에저에 떠서질 잎같이 한 가지에 태어나고 갈 곳이 미타찰임을 알고 가라(/가길 바란다)]로 이해된다. 화행론적 측면에서 언표적 내용인 의문과 언표내적 의미의 명령을 보여준 제5~8구의 의문문은, 수사론적 측면에서 보면, 의문문의 형식을 통하여 명령의 의미를 보여주는 명령적 의문문에 해당한다.

이상과 같이 제1~4구와 제5~8구의 의문문들은 화행론의 언표적 내용의 의문과 언표내적 의미의 명령을 보여주는데, 이는 수사론적인 측면에서 보면, 의문문의 형식을 통하여 명령의 의미를 보여주는 명령적 의문문이다.

2.3. 〈원왕생가〉의 세 명령적 의문문

〈원왕생가〉의 명령적 의문문은 3단락 모두에서 보인다. 제1~4구와 제5~8구는 '白遣賜立'를 '숣고시셔'로 읽고, 그 의미를 '사뢰쇼셔' 정도의 청유형으로 읽어 왔다. 이에 따라 '白遣賜立'를 청원적 어법(이재선 1972:153, 박성의 1974:158)으로 보아 왔다. 그런데 이 해독은 해독의 형태인 '숣고시셔'를 현대역인 '사뢰쇼셔'와 연결하는 데 문제가 있었다. 이 문제를 해결하기 위하여 최근에 '白遣 賜立'를 '숣곤 시셔'(사뢰고는 있으셔? 양희철 2013b; 2015a:205~209, 2015b:163~164)의 의문형으로 읽은 해독이 나왔다. 이 해독을 따르면 제1~4구와 제5~8구는 의문문, 그 중에서도 명령적 의문문이 된다. 이를 차례로 보자.

제1~4구는 '月下 伊底亦 / 西方 念丁 去賜里遣 / 無量壽佛 前乃 惱叱古音 多可攴 白遣 賜立(둘하 이뎌여 / 서방 스뎡 가시리곤 / 무량수불 전애 굣곰 다갑 숣곤 시셔?)'이다. 이 의문문은 언표적 내용으로 보면, '… 무량수불 전에 자신의 정토행의 수행을 다구어 사뢰고는 있으셔?'를 묻는 것이다. 그리고 언표내적 의미로 보면, '… 무량수불 전에 자신의 정토행의 수행을 다구어 사뢰어 주세요'라는 청원의 명령을 보여준다. 이렇게 화행론적 측면에서 언표적 내용의 의문을 통하여 언표내적 의미의 명령을 보여주는 제1~4구의 의문문은, 수사론적인 측면에서 보면, 의문의 형식을 통하여 명령의 의미를 보여주는 명령적 의문문이다.

제5~8구는 '誓音 深史隱 尊衣希 仰支 / 兩手 集刀花乎 白良 願往生願往生 慕人 有如 白遣 賜立(다딤 깊신 존의히 우러릅 / 두손 모도 곶호 숣아 / 원왕생 원왕생 모인(慕人, 某人) 있다 숣곤 시셔?'이다. 이 의문문은 언표적 내용으로 보면, '… 원왕생 원왕생 모인(慕人, 某人) 있다 사뢰고는 있으셔?'를 묻는 것이다. 그리고 언표내적 의미로 보면, '… 원왕생 원왕생 모인(慕人, 某人) 있다 사뢰어 주세요.'라는 청원의 명령을 보여준다. 이렇게 화행론적 측면에서 언표적 내용의 의문을 통하여 언표내적 의미의 명령을 보여주는 제5~8구의 의문문은, 수사론적인 측면에서 보면, 의문의 형식을 통하여 명령의 의미를 보여주는 명령적 의문문이다.

제10구의 '成遣賜去'는 '이루고시가'로 읽고, 그 의미를 '이루실까'로 보면서, 제9, 10구를 수사 의문문 또는 설의법으로 보아 왔다. 즉 수사 의문문(rhetorical question P. H. LEE 1959:113)으로 보기도 하고, 김기동(1963:126)에 의해 설의법이 처음으로 언급되고, 위하(威嚇)의 설의법(윤영옥 1980a:95), 가벼운 설의법(박노준 1982:69), 단순한 설의적 표현을 넘어선 위협적이고 강압적인 집념이 응결된 표현 수사, 즉 의구법(최철 1983c:114) 등이 주장되기도 하였다. 이 해독 역시 해독의 '이루고시가'와 그 현대역인 '이루실까'의 연결에 문제가 포함되어 있다. 이 문제를 해결하기 위한 해독으로 '이루곤 시가'(이루고는 있으시가? 양희철 2015a: 375~376, 2015b:169)가 나왔다. 이 해독에 따르면 제9, 10구도 명령적 의문문이다.

제9, 10구는 '阿邪 此身 遺也 置遣 四十八大願 成遣 賜去(아라, 이몸 깃디야 두곤 / 사십팔대원 이루곤 시가?)'이다. 이 의문문은 언표적 내용을 보면, '아라, 이몸 남겨 두곤 / 사십팔대원 이루곤 있으시가?'를 묻는 것이다. 그리고 언표내적 의미를 보면, '아라, 이 몸을 제도하여 사십팔대원을 이루세요'라는 청원의 명령을 보여준다. 이렇게 화행론적 측면에서 명령의 언표내적 의미를 보여주는 제9, 10구의 의문문은, 수사론적인 측면에서 보면, 명령적 의문문이다.

이상과 같은 점들로 보아 〈원왕생가〉의 세 의문문 역시 명령적 의문문이라고 정리할 수 있다.

2.4. 〈맹아득안가〉의 명령적 의문문

〈맹아득안가〉의 제9, 10구는 '阿邪也 吾良 遺知支 賜尸等焉 / 於(←放)冬矣 用屋尸 慈悲也 根古(아라라 나아 깃딥 주실둔 / 어돌이 쓰올 자비라 불휘고)'이다. 이 부분의 일부 또는 전체를 '어디에 쓸 자비라 부를꼬'로 읽고 수사적 의문문(엄국현 1998:37)으로 보기도 하고, '나를 버리신다면 어디에 쓸 자비의 뿌리라 할까요?'로 읽고 설의 즉 수사의문문(박재민 2012:171)으로 보기도 하였다. 이렇게 설의법 즉 수사의문문으로 보면 기원성이 떨어진다. 이 제9, 10구 역시 명령적 의문문으로 판단된다.

제9, 10구의 언표적 의미는 '아라라, 나에게 남기어 주실 것이면 / (둘 없는 내가) 어디에 쓰올 자비의 뿌리고?'의 의문이다. 그리고 이 언표적 내용인 의문의 형태는 언표내적 의미로 '자비의 뿌리를 (둘 없는 내가) 눈으로 쓸 것이니, 나에게 남기어 주세요.'의 명령적 의미를 전달한다. 이 화행론적 측면에서 의문의 언표적 내용을 통하여 명령의 언표내적 의미를 보여주는 제9, 10구의 의문문은, 수사론적인 측면에서 보면, 의문의 형식을 통하여 명령의 의미를 전달하는 명령적 의문문이다.

2.5. 〈처용가〉의 명령적 의문문

〈처용가〉의 제7, 8구는 해독과 해석 모두에서 문제를 보인다. 해독과 해석을 간단하게 정리한 다음에, 제7, 8구가 명령적 의문문이라는 사실을 보자.

'奪叱良乙'은 크게 보면 '아사놀'(앗은 것을)과 '앗알/앗알을'(앗을 것을: 앗을 일을)로 읽힌다. '何如'는 '어떠, 엇지, 엇치, 엇디, 엇뎨, 엇드, 아다, 엇뎌, 엇다' 등으로 읽고 있다. '如'의 음이 음절첨기의 '여'에 해당한다는 점에서, '何'를 '엇뎌'로, '如'를 '여'로 읽고, '何如'를 '엇뎌'(엇뎌+여)로 읽은 것을 취한다. '爲理古'는 'ᄒᆞ릿고'와 'ᄒᆞ리고'의 두 형태로 해독되고 있는데, 전자는 'ㅅ'의 첨가를, 후자는 '홀+이+고'(할 것인고, 강길운)의 괄호 안에서와 같이 'ㄴ'의 첨가를 각각 문제로 보인다. 어느 것으로 판단할 수 없어, 두 가능성을 모두 염두에 두고 글을 진행해야 할 것 같다.

이상의 해독을 종합하면, 다음의 네 경우가 가능하다.

1) 아사놀(앗은 것을) 어찌 할 것인고
2) 아사놀(앗은 것을) 어찌 하릿고(어찌 하리오)
3) 앗알/앗알을(앗을 일을) 어찌 할 것인고
4) 앗알/앗알을(앗을 일을) 어찌 하릿고(어찌 하리오)

일단 이렇게 정리한 네 경우는 모두가 가능해 보인다. 그러나 1)2)와 3)4)는 크게 보면, 앗는 행위의 주체와 시제(時制)가 다르다. 즉 1)2)에서 앗는 행위의 주체는 시적 청자인 역신이고, 시제는 과거 또는 완료이다. 이에 비해 3)4)에서 앗을 행위의 주체는 시적 화자인 처용이고, 시제는 미래이다. 이는 '아사놀'과 '앗알/앗알을'의 해독에서 오는 차이이다. 이 해독의 차이만으로는 어느 것이 맞다고 주장할 수 없다. 어느 해독이 옳은가는 두 측면에서 정리할 수 있다. 하나는 시점(視點)의 문제이고, 다른 하나는 '감이미지'의 문제이다. 두 문제를 차례로 보자.

1)과 2)에서는 시점이 혼효되어 있다. 즉 시적 화자의 시점('본디 내것

이다마는'), 시적 청자의 시점('앗은 것을'), 시적 화자의 시점('어찌하릿고/어찌할 것인고') 등에서와 같이, '본디 내 것이다마는, 앗은 것을 어찌하릿고(/할 것인고)'의 한 문장에서 시점이 혼효되어 있다. 시점이 혼효되었다는 문제를 피할 수 없다. 하나의 시점으로 통일하여 이 문장을 다시 쓰면, '본디 내 것이다마는, (빼)앗긴 것을 어찌 하릿고(/할 것인고)'가 된다. 즉 '앗은 것'을 '앗긴 것'으로 바꾸어야 한다. 이 시점의 문제를 해결하고자, '앗긴 것'의 의미로 해독한 해독들이 나왔는데, 이 해독들은 향찰에도 없는 피동형을 첨가한 문제를 보인다. 이렇게 문제가 있는데도, 1)과 2)에 문제가 없는 것 같이 생각한 것은, 배경설화의 잔상에 기인한 것이며, 제7, 8구의 향찰 해독에만 의존한 것은 아닌 것 같다.

이렇게 시점에서 혼효의 문제를 보인 1)과 2)의 해독들은 '감이미지'를 만족시키지 못하는 문제도 보인다. 1)과 2)의 해독들은 제7, 8구의 의미를 체념, 포기, 방치, 관용, 미덕, 관대 등으로 보면서 문제를 보인다. 제7, 8구의 의미를 체념적으로 본 것은 "이 諦念的이면서도 含蓄이잇는 悠遠한 情緖를 가진 「엇디ᄒᆞ릿고」調는 …"(양주동 1942:431)에서 시작되었다. 이 체념을 다소 다르게 해석(김종우 1974, 박일용 2016)하기도 하였고, 이 체념을 포기 또는 방치와 연결하기(김승찬 1981, 김학성 1995, 김영수 1999, 서명희 2005, 신재홍 2012)도 하였으며, 체념과 포기(박노준 2018)로 보기도 하였다. 이 해석들은 '어찌'를 '어떤 방법으로'의 의미로 보고, '어찌 하릿고(/할 것인고)'를 '어찌 할 방법이 없다.'는 의미로 보았다는 점에서, 해독에서 체념 나아가 포기, 방치 등을 정리하는 데는 문제가 없다. 그러나 이 체념, 포기, 방치 등에 역신이 감동하여 아름답게 여겼다고 해석하는 데는 너무도 큰 문제가 따른다. 이 문제를 해결하고자, 양주동의 체념을 관용, 미덕, 관대 등으로 연결(윤영옥 1980a, 이완형 1999, 서철원 2011)한 연구들이 있다. 이 연구들은 '감이미지'를 설명하는 데는 성공할 수 있지만, 그 근거가 되는 '何如 爲理古/엇뎌 ᄒᆞ리(ㅅ)고'의 해독으로부터, 특히 '어찌 할 방법이 없다'에서, 관용, 미덕, 관대 등의 의미를 끌어낼 수 없는 문제를 보인다.

이에 비해 3)과 4)를 보면, 앞의 두 문제를 해결한다. 이 문제를 설명하기 전에 '어찌'의 의미를 정리하는 것이 필요하다. 1)과 2)에서 '어찌'의 의미는 '어떤 방법으로'이었다. 이에 비해 3)과 4)에서 '어찌'의 의미는 두 가지이다. 하나는 '어떤 방법으로'이고, 다른 하나는 '어떤 이유 때문에'이다. 이 의미들을 3)과 4)에 넣어보면 다음과 같다.

3) 본디 내 것이다마는 앗을 일을 어찌(어떤 이유 때문에, 어떤 방법으로) 할 것인고

4) 본디 내 것이다마는 앗을 일을 어찌(어떤 이유 때문에, 어떤 방법으로) 하릿고(하리오)

이 3)과 4)는 앞에서 검토한 두 문제를 모두 해결한다. 먼저 이 두 문장에서 시점(視點)을 보면, 모두가 시적 화자인 처용의 시점으로 통일되어 있다.

다음으로 이 두 문장을 보면, '공불현노(公不見怒) 감이미지(感而美之)'에 부합한다. 이 부합의 사실은 두 문장이 명령적 의문문이라는 사실에서 밝혀지므로, 두 문장이 명령적 의문문이라는 사실을 먼저 보자.

먼저 '어찌'의 의미를 '어떤 이유 때문에'로 읽을 경우에 나타난 명령적 의문문을 보자. '본디 내 것이다마는, 앗을 일을 어떤 이유 때문에 하릿고(/할 것인고)'는 의문의 형태를 취하고 있지만, 그 의미는 '역신 당신은, 본디 내 것인 내 처를, 부도덕하게 앗아갔으니, 스스로 나에게 되돌려 주라'는 명령이다. '본디 내 것이다마는, 앗을 일을 어떤 이유 때문에 하릿고(/할 것인고)'라는 의문을 역신에게 던질 때에, 이에 대한 역신의 대

답은 '본디 네 것인 네 처를 (부도덕하게) 앗고서도 되돌려 주지 않았기 때문이다.'일 것이다. 그런데 문제는 처를 범간한 현장에서 앞의 의문을 처용이 역신에게 던질 때에, 처용이 겨우 역신으로부터 '본디 네 것인 네 처를 (부도덕하게) 앗고서도 되돌려 주지 않았기 때문이다.'라는 대답을 듣기 위한 것이 아니라는 데 있다. 적어도 처용은 역신으로부터 앗긴 처를 되돌려 받기 위해서 앞의 의문을 역신에게 던진 것이다. 왜냐하면 만약 처용이 앗긴 처를 되돌려 받았다면, 역신 앞에 던진 앞의 의문은 이미 존재할 필요가 없기 때문이다. 이로 보면, '본디 내 것이다마는, 앗을 일을 어떤 이유 때문에 하릿고(/할 것인고)'는 언표적 내용으로는 의문이지만, 언표내적 의미로는 '역신 당신은, 본디 내 것인 내 처를, 부도덕하게 앗아갔으니, 스스로 나에게 되돌려 주라.'는 명령의 의미를 가진 명령적 의문문으로 정리된다.

이번에는 '어찌'의 의미를 '어떤 방법으로'로 읽을 경우에 나타난 명령적 의문문을 보자. '본디 내 것이다마는, 앗을 일을 어떤 방법으로 하릿고(/할 것인고)'는 의문의 형태를 취하고 있지만, 그 의미는 '역신 당신은, 본디 내 것인 내 처를, 내가 어떤 방법을 도모하여 되찾기 전에, 스스로 나에게 되돌려 주라.'는 명령이다. '본디 내 것이다마는, 앗을 일을 어떤 방법으로 하릿고(/할 것인고)'라는 의문을 역신에게 던질 때에, 이 의문에 접한 역신은 처음에는 당황할 것이다. 왜냐하면 처용 스스로 결정하면 될 방법을 왜 나에게 물을까 하고 당황하기 때문이다. 그러나 이 당황은 순간일 뿐, 자신이 처한 불리한 상황을 인식하고, 처용이 취할 수 있는 방법들은 곧 역신이 취해야 하는 방법, 즉 역신이 되돌려 주는 방법을 암시하고 있다는 사실을 인지하게 한다. 왜냐하면 '본디 내 것이다마는, 앗을 일을 어떤 방법으로 하릿고(/할 것인고)'에서 보듯이, 앗을 일을 할 수 있는 방법의 추구는 '앗고 되돌려 주지 않기 때문에' 생긴 일이고, 되돌려 주면 문제가 해결되기 때문이다. 결국 문제의 해결 방법은 '앗은 처용의 처를 본래대로 되돌려 주는 것이다. 이런 사실들로 보면, '본디 내 것이다마는, 앗을 일을 어떤 방법으로 하릿고(/할 것인고)'는 언표적 내용으로는 의문이지만, 언표내적 의미로는 '역신 당신은, 본디 내 것인 내 처를, 내가 어떤 방법을 도모하여 되찾기 전에, 스스로 나에게 되돌려 주라.'는 명령의 의미를 가진 명령적 의문문으로 정리된다.

이렇게 두 명령적 의문문은 '역신 당신은, 본디 내 것인 내 처를, 스스로 나에게 되돌려 주라.'는 기본 의미를 공통으로 한다. 그러나 이 기본 의미에 부가된 의미는 다르다. 즉 '어찌'를 '어떤 이유 때문에'의 의미로 보았을 때는, '부도덕하게 앗아갔으니'의 의미가 앞의 기본 의미에 부가되고, '어찌'를 '어떤 방법으로'의 의미로 보았을 때는, '내가 어떤 방법을 도모하여 되찾기 전에'의 의미가 앞의 기본 의미에 부가되어 있다.

이제 이 두 명령적 의문문이 '공불현노(公不見怒) 감이미지(感而美之)'에 부합한다는 사실을 보자. 우선 앞의 두 명령적 의문문에는 처용이 화를 내는 내용이 없다. 역신에게 도덕적으로 상황적으로 자신의 처를 되돌려 주지 않으면 안 되게 구속하는 의미만이 있을 뿐이다. 이는 '공불현노(公不見怒)'를 잘 보여준다. 다음으로 앞의 두 명령적 의문문에서 역신이 공감하여 감동할 수 있게 하는 이유를 보자. 상대를 감동시키려면, 상대가 처한 문제를 제대로 파악하고, 그 문제를 주어진 상황에서 해결할 수 있는 최선의 방법을 제시하는 통찰력 곧 명찰력이 있어야 한다. 앞의 두 명령적 의문문에서 보면, 처용은 역신이 당면한 문제와 그 해결책을 잘 알고 있다. 역신이 당면한 문제는 어떤 수모(受侮)나 창피(猖披)도 당하지 않고 무탈하게, 남의 처를 범간한 현장에서, 그것도 그 처의 남편인 처용이 직접 목격한 현장에서, 빠져나가는 것이다. 이 무탈하게 빠져나갈 수 있는 칼자루는 처용이 잡고 있다. 이런 처용은 역신에게 어떤 수모나 창피도 줄 수 있다. 그러나 처용은 역신이 어떤 수모나 창피도 당하지 않고 당면 문제를 해결할 수 있는 방법을, 앞의 두 명령적 의문문으로 제시하였다. 그리고 역신은 이 문제를 해결할 수 있는 방법에 공감하고, 이 방법을 따르면서, 남의 처를 범간한 현장에서, 그것도 그 처의 남편인 처용이 직접 목격한 현장에서, 무탈하게 빠져나가게 되었다. 이 일련의 과정에서, 역신이 처용의 처신에 감동할 수밖에 없는 이유를 명확하게 파악할 수 있다. 즉 처용이 제시한 해결 방법을 따르면서, 남의 처를 범간한 현장에서, 그것도 그 처의 남편인 처용이 직접 목격한 현장에서, 어떤 수모나 창피도 당하지 않고, 본디 처용의 것인 처용의 처를, 처용에게 되돌려 주는 것으로 문제를 무탈하게 해결하였다. 이 해결 과정에는, 처용의 관용(寬容), 관대(寬待), 미덕(美德) 등이 자리하고 있다. 즉 부도덕한 역신으로 하여금, 남의 처를 범간한 현장에서, 그것도 그 처의 남편인 처용이 직접 목격한 현장에서, 어떤 수모나 창피도 당하지 않고, 무탈하게 빠져나가도록 관용, 관대, 미덕 등을 처용이 베푼 것이다. 이 관용, 관대, 미덕 등이 역신을 감동시킨 요인이다.

이렇게 역신이 당면한 문제를 탈 없이 원만하게 처리할 수 있었던 것은, 역신이 당면한 문제와, 이 문제를 별다른 탈 없이 원만하게 해결할 수 있는 방법에 밝은, 처용의 명찰(明察) 즉 통찰(洞察)[5]에 기인한 것으로 판단한다. 이는 성론(誠論)에서 말하는 '誠하면 …… 밝으면 감동시키고, 감동시키면 움직일 수 있다.'는 감동론과 연결되어 있다. 그리고 이

5 이와 거의 같은 '통찰'은 다음의 글에서도 보인다. "이로서 보건대 처용이 자신의 아내와 역신이 정을 통하고 있는 현장을 목격하고도 노래를 부르고 춤을 추며 물러나왔던 것은 결코 무능하거나 또는 자신의 아내를 사랑하지 않아서가 아니라 오히려 이미 높은 정신적 수준에 도달해 있었기 때문이며, 잘못을 탓하고 나무라는 것이 결코 근본적인 대책이 될 수 없음을 통찰하고 있었기 때문이며, 어느 지점에서 균열이 억지되고 화평이 유지되는지를 꿰뚫어 알고 있었기 때문이었음을 짐작하게 한다."(정운채 2006:219).

문제의 해결 방법을 보여준 표현이 바로 제7, 8구의 명령적 의문문이다.

2.6. 〈도솔가〉의 명령적 의문문

'羅良'은 그 해독이 상당히 엇갈리고 있다. 즉 '-러라, -롸, -라, -스랑, -라라, 벌라, -ᄅ아/라아' 등이다. '-러라, -롸, -스랑' 등은 '羅'의 음을 벗어나 있고, '-라'는 '良'을 해독하지 않은 문제를 보이며, '-라라'는 그 의미를 파악하기가 어렵다. 그리고 '-라라'와 '벌라'에서는 '良'을 '라'로 읽었는데, 바로 앞의 '唱良/부르아'와 '花良/곶아'에서 '-良'을 '-아'로 읽고서, 이런 '-良'을 '-라'로 읽는 데는 문제가 있어 보인다. 이 때문에 '-羅良'을 '-ᄅ아/라아'의 장음으로 읽은 해독이 나왔다. 이 해독은 종결어미에서 장음표기를 논하는 것이 쉽지 않다. 이렇게 기왕의 해독들은 문제를 보인다. 이 문제는 '陪立 羅良'를 '뫼시어 羅立하냐'의 의미인 '모셔 벌아?'로 읽으면 풀린다.

이 '모셔 벌아(뫼시어 羅立하냐)'는, 언표적 내용으로 보면 설명의문문이지만, 언표내적 의미로 보면 '뫼셔 나립하라'는 명령의 의미를 갖는다. 이렇게 화행론적으로 설명되는 이 의문문은, 수사론적인 측면에서 보면, 명령적 의문문이다. 즉 '모셔 벌아(뫼시어 羅立하냐)'는 '뫼셔 나립하라'는 명령적 의미를 갖는 명령적 의문문이다. 따라서 〈도솔가〉의 제1~4구인 "오늘 이의 산하(散花) 브르아 / 자보 ᄉᆞᆲ온 곶아 넌 / 고ᄃᆞᆫ ᄆᆞᅀᆞᆷ의 시기실 브리-악 / 미륵자쥬(彌勒座主) 모셔 벌아(今日 此矣 散花 唱良 / 巴寶 白乎隱 花良 汝隱 / 直等隱 心音矣 命叱 使以惡只 / 彌勒座主 陪立 羅良)"는 명령적 의문문이다.

2.7. 〈참회업장가〉의 명령적 의문문

'閼遣只 賜立'은 최근에 '알곡 시셔?'(양희철 2015a:380)로 해독되었다. 이 해독에 따르면, 〈참회업장가〉의 제5~8구인 '今日 部 頓 部叱 懺悔 / 十方叱 佛體 閼遣只 賜立'는 '오늘 주비 뭇 주빗 참회 / 시방의 부텨 알곡 시셔?'로 해독되는 명령적 의문문이다. 이 표현은 언표적 내용으로 보면 '… 알고 있으셔?'의 물음이며, 언표내적 의미로 보면, '… 알고 있으세요'라는 명령이다. 그리고 이 물음을 통한 명령은 수사론적으로 보면, 명령적 의문법이다.

2.8. 〈청전법륜가〉의 두 명령적 의문문

〈청전법륜가〉의 제5~8구는 그 해독과 의미에서 문제를 보여온 부분이다. 그 중에서도 '潤只沙音也'의 부분은 그 해독과 의미에서 적지 않은 문제를 보여왔는데, 명령적 의문문으로 판단한다. 대다수의 해독들에서는 '潤只沙音也'를 '潤只沙音也'로 붙여서 읽었지만, 이를 '潤只 沙音也'로 띄어서 읽은 해독들도 있다. 매우 주목되는 해독들이다. "흐웍 삼여"(흡족하고 윤택한 상태가 되게 함이여, 박재민 2002, 2013), "저지기 삼여"(젖이도록 함이여, 이건식 2012), "저직 삼야"(적시기 위함이라, 김지오 2012) 등이다. 이 해독들은 '潤'의 중세훈인 '흐웍-'과 '저지-'를 살려서 읽은 가치 있는 해독들이다. 동시에 두 가지 문제도 보인다. 바로 '흐웍, 저지기, 저직' 등의 의미와 '-여'의 기능이다. '흐웍'은 현대역의 '흡족하고 윤택한 상태가'로 보아, 명사의 주어로 본 것 같고, '저지기'는 현대역의 '젖이도록'으로 보아, '-도록'의 부사로 본 것 같으며, '저직'은 현대역의 '적시기'로 보아, 명사로 본 것 같다. 이 해독들은 해독의 형태와 현대역이 형태소 차원에서 원만하게 연결되지 않는 문제를 보인다.

그리고 이 해독들은 '-이여'와 '-이라'로 보아 감탄형으로 읽은 것 같은데, 이 감탄은 제9, 10구의 감탄과 더불어, 이 작품의 주제라 할 수 있는 '청전법륜(請轉法輪)'과 잘 연결되지 않는 문제를 보인다. 이 두 문제는 '潤只 沙音也'를 'ᄒᆞ워기 삼여'로 읽고, 그 의미는 '윤택하게 하는가?'의 의문을 통해 '윤택하게 하라'의 명령적 의미를 전달하는 명령적 의문문으로 정리한다. 이 'ᄒᆞ워기'(윤택하게)는 『번역소학』(8:22)과 『몽산화상법어략록언해』(38)에 나온 어휘이다. 그리고 '-여'가 의문형이라는 사실은 설명이 필요 없다. 이런 점에서 〈청전법륜가〉의 제5~8구는 '… 윤택하게 하라'의 의미를 보이는 명령적 의문문이라고 정리할 수 있다.

〈청전법륜가〉의 제9, 10구 역시 그 해독과 의미에서 문제를 보여온 부분이다. 그 중에서도 '烏乙反隱'과 '秋察羅波處也'의 해독과 의미에서 문제를 보여왔다. '烏乙反隱'은 '烏乙 及隱'의 오자로 보아, '검을 믿은(검을 밑은)'으로 해독한 바(양희철 2015a:404~407, 502~504)가 있다. 이 해독과 정리는 제1부로 돌리고, '秋察羅波處也'만을 보자. '秋察羅波處也'은 '가ᄉᆞᆯ벌 믈결치여'로 읽고, 그 의미는 '수확물을 거두어들임의 벌판이 물결치여?'의 의문문을 통해 '수확물을 거두어들임의 벌판이 물결치게 하라'의 명령적 의미를 전달하는, 명령적 의문문으로 판단한다. '가을'은 다의어인데, 그 의미 중에는 계절의 '가을' 외에, '수확물을 거두어들임'의 의미도 있다. 이 의미를 취한 것이다. 그리고 '羅'를 '벌(판)'로 읽었는데, 이는 '羅'의 의미인 '羅立'의 의미인 '벌-'의 동음이의어인 '벌(판)'의 의미를 본 것이다. 끝으로 '也'를 '여'로 읽고 그 형태는 의문형으로 보았다. 이렇게 제9, 10구는 '…가을벌 물결치여?'의 의문을 통하여 '… 가을벌 물결치게 하라'의 명령적 의미를 전달하는 명령적 의문문으로 정리할 수 있다.

이렇게 제5~8구와 제9, 10구를 명령적 의문문으로 해독하고 해석하면, 그 의미는 제목의 '청전법륜'의 청원에 부합한다.

2.9. 〈청불주세가〉의 명령적 의문문

〈청불주세가〉의 제9, 10구인 "吾里 心音水 淸等 / 佛影 不冬 應爲賜下呂"는 "우리 ᄆᆞᅀᆞᆷ믈 ᄆᆞᆰ든 / 불영 안들 응ᄒᆞ시알려" 정도로 읽히고 있다. 물론 '應爲賜下呂'는 '응ᄒᆞ샤리, 응ᄒᆞ시하리'로도 읽힌다. 그러나 '응ᄒᆞ시알려(응하샬 것이어?), 응ᄒᆞ샤리, 응ᄒᆞ시하리' 등의 어느 경우에도 의문문으로 보는 것은 일치한다. 특히 이 의문문을 기왕의 해독과 해석에서는 수사의문문으로 보아왔다. 이 해독과 해석에는 문제가 없는 것 같이 보인다. 그러나 제목인 '청불주세(請佛住世)'와 연결하여 보면 문제가 발생한다. 즉 제9, 10구를 수사의문문으로 보았을 때 나오는 '불영이 응할 것이다.'의 의미는, '부처가 세상에 살음'과는 연결되지만, 청원의 의미와는 연결되지 않는 문제를 보인다. 이 문제는 제9, 10구를 수사의문문이 아니라, 명령적 의문문으로 해석할 때에 풀린다. 즉 제9, 10구의 의문문을, '… 불영이 응하시지 않을 것인가'의 의문 형태를 통하여, '… 불영이 응하시게 하라'는 명령, 또는 '… 불영이 응하시게 하자'는 청유의 의미를 전달하는 것으로 이해할 때에 풀린다. 이런 점에서 〈청불주세가〉의 제9, 10구 역시 명령적 의문문으로 정리할 수 있다.

3. 향가의 구문상의 두 중의법

이 장에서는 향가에 나타난 구문상의 두 중의법을 정리하고자 한다. 중의법은 어휘상의 중의법과 구문상의 중의법으로 나뉜다. 그리고 뒤늦게 관심의 대상이 된 구문상의 중의법[6]은 다시 구문상의 다의(grammatical polysemy)와 구문상의 동음이의(grammatical homonymy)[7]로 나뉜다.

3.1. 향가의 구문상의 다의

구문상의 중의법 중에서, 구문상의 다의는 어휘상의 중의를 이루는 다의어, 동음이의어, 비유어, 생략어 등의 결합에 의해서 이루어진다. 향가에서 이 구문상의 다의는 여섯이 발견된다.

첫째로 〈모죽지랑가〉 제5, 6구의 구문상의 다의이다. 이 구문상의 다의는, 격어미 이상의 생략인 '逢烏支/맛보기(를/-인가?/이겠습니까?)'와 다의어인 '惡知/엇디'(어떠한 이유로, 어떠한 방법으로)에 의해 형성된다(양희철 2000d).

둘째로 〈헌화가〉의 구문상의 다의이다. 이 구문상의 다의는, 상징어인 '紫岩/딛배'(붉은 바위, 붉은 옷을 입은 순정공), 동음이의어인 '手/손'(사지의 '손', "한 수 위"에서 보이는 '수'의 옛말 '손'), 상징어인 '母牛/암소'(새끼가 딸린 어미소, 자식이 있는 처), 은유어의 '花/곶'(철죽꽃, 수로부인) 등에 의해 형성된다. 그 결과 이 구문상의 다의는 수작적 텍스트와 교훈적 텍스트를 보여준다.

셋째로 〈도솔가〉의 구문상의 다의이다. 이 구문상의 다의는, 동음이의어인 '散花/산화'[散花(歌), 散花(:흩어진/흩은 꽃(=화랑)], '花/곶(연꽃, 화랑), '彌勒座主/미륵좌주(미륵자리의 주인)'(미륵보살, 경덕왕) 등과, '곧은 마음' 앞에 생략된 '월명사의, 경덕왕의'(종교적 텍스트)와 '월

---

6 "In the past, discussion of homonymy and polysemy has been largely confined to individual words. But it is important to realize that there are both lexical and grammatical ambiguities:"(G. N. Leech 1979:206).

7 네 종류의 중의는 LEXICAL HOMONYMY, GRAMMATICAL HOMONYMY, LEXICAL POLYSEMY, GRAMMATICAL POLYSEMY 등이며, GRAMMATICAL HOMONYMY의 예로 "The ambiguity is apparent in 'I like moving gates'"의 'moving gates'를 들고, "*moving gates* as a Modifier+Noun construction (='gates which move')"과 "*moving gates* as a Verbal+Object construction (='causing gates to move')"으로 설명을 하였다(G. N. Leech 1979:206~207).

명사의, 경덕왕의, 화랑의, 왕권에 도전할 자의, 여타 백성의'(정치적 텍스트) 등에 의해 형성된다. 그 결과 이 구문상의 다의는 (주술적〉)종교적 텍스트와 정치적 텍스트를 보여준다(양희철 1997c).

넷째로 〈찬기파랑가〉 제1~3구의 구문상의 다의이다. 이 구문상의 다의는, 격어미의 생략인 '咽嗚(이/를)', 다의어인 '爾處米/그치믹'(자동사, 타동사), 상징어인 '月/달'(달, 기파랑)과 '白雲音/힌구름'(자연의 흰구름, 현인 또는 刑官 또는 수행승) 등에 의해 형성된다. 그 결과 이 구문상의 다의는 자연의 세계와 인간의 세계를 보여준다.

다섯째로 〈찬기파랑가〉 제9, 10구의 구문상의 다의이다. 이 구문상의 다의는, 상징어인 '栢/잣'(잣나무, 기파랑의 志義), 은유어인 '雪/눈'(눈, 부도덕한 상급자), 동음이의어인 '花判/곶갈'('고깔'의 고어 '곶갈', 판결을 의미하는 花判의 고어 '곶갈', 공문서 처리의 의미인 '判花'의 고어 '갈곶'의 도치인 '곶갈') 등에 의해 형성된다. 그 결과 이 구문상의 다의는 자연의 세계와 인간의 세계를 보여준다.

여섯째로 〈서동요〉의 구문상의 다의이다. 이 구문상의 다의는, 다의어인 '薯童房乙/서동방을'(서동방으로, 서동방에), 동음이의어인 '嫁良/얼아'(정을 통하여, 어린 아이)와 '置古/두고'(조동사, 본동사), 은유어인 '夘/톳기'(토끼, 아이) 등에 의해 형성된다. 그 결과 이 구문상의 다의는 6종의 텍스트(아이들의 텍스트 2종, 왕과 백관의 텍스트 2종, 선화공주의 텍스트 2종)를 보여준다(양희철 2009b).

3.2. 향가의 구문상의 동음이의

구문상의 동음이의(grammatical homonymy)는 문장에서 어느 한 단어 이상이 이중의 문법적 기능을 보인 때에 나타난다. 그 중에서 우리가 잘 아는 것은 행간걸침 또는 계속행과 도치에 의해 이루어진 구문상의 동음이의이다. 이 구문상의 동음이의에는 뒤에 볼 다의어, 동음이의어, 비유어, 생략어 등의 결합이 합쳐지기도 한다. 향가에서 이 구문상의 동음이의는 다섯이 발견된다. 이 중에서 〈안민가〉의 셋은 이미 오래전에 밝힌 것(양희철 1997c)이고, 〈처용가〉의 하나는 이 글에서 정리한 것이며, 〈제망매가〉의 하나는 최근에 정리한 것(양희철 2019)이다. 이 다섯을 차례로 보자.

첫째로, 〈안민가〉 제1~4구의 구문상의 동음이의이다. 이 구문상의 동음이의는, "君隱 父也 / 臣隱 愛賜尸 母史也 / 民焉 狂尸恨 阿孩古 / 爲賜尸知 民是 愛尸 知古如(님검은 아비야 / 알바든 둧오실 어시야 / 일거-ㄴ 얼흔 아히고 / ᄒᆞ실디 일건이 둧올 알고다.)"에서, '爲賜尸知/ᄒᆞ실디'가 제3구의 끝에 붙는 계속행 또는 행간걸침과 제4구의 끝에 붙은 시어의 도치로 읽힐 수 있기 때문에 형성된다. 부가적으로 동음이의어인 '아히고'(접속형, 의문형)도 작용한다.

둘째로, 〈안민가〉 제5~8구의 구문상의 동음이의이다. 이 구문상의 동음이의는, "窟理叱 大肹 生以支 所音 物生 / 此肹 喰惡支 治良羅 / 此地肹 捨遣只 於冬是 去於丁 / 爲尸知 國惡支(←支) 持以支 知古如(窟理(구리, 理窟)ㅅ 한흘 살이기 숌 物生(갓살, 生物이) / 이흘 자-ㅂ다술아라 / 이 다흘 ᄇᆞ리곡 어둘이 니거-뎌 / ᄒᆞᆯ디 나라-기 디니이기 알고다.)"에서, '爲尸知/ᄒᆞᆯ디'가 제7구의 끝에 붙는 계속행 또는 행간걸침과 제8구의 끝에 붙은 시어의 도치로 읽힐 수 있기 때문에 형성된다. 이 제5~8구 내부에는 다른 중의어들도 있어 구문상의 중의를 복잡하게 하는데, 이에 대한 설명은 생략한다.

셋째로, 〈안민가〉 제9, 10구의 구문상의 동음이의이다. 이 구문상의 동음이의는, "君如 臣多支(←支) 民隱如 / 爲內尸等焉 國惡 太平恨音叱

如(님검답 알바둔답 일건답 / ᄒᆞᆫ널ᄃᆞ언 나라-ㄱ 太平ᄒᆞᆫ음 실다.)”에서, ‘爲內尸等焉/ᄒᆞᆫ널ᄃᆞ언’이 제9구의 끝에 붙는 계속행 또는 행간걸침과 제10구의 끝에 붙은 시어의 도치로 읽힐 수 있기 때문에 형성된다.

넷째로, 〈처용가〉 제1, 2구의 구문상의 동음이의이다. 이 구문상의 동음이의는 ‘東京 明期 月良 / 夜入伊 遊行如可(동경 볽기 ᄃᆞᆯ아 / 밤들이 노니다가)’에서 ‘ᄃᆞᆯ아’의 이중적인 문법 기능에 의해 조성된다. 이 제1, 2구는 ‘동경(이) 달에 밝기(에) / 밤들이 노니다가’로 읽을 수도 있고, ‘동경(이) 밝기(에), 달에 / 밤들이 노니다가’로 읽을 수도 있다. 전자에서는 ‘밝기(에)’와 ‘달에’가 도치된 것으로 본 것이고, 후자에서는 ‘달에 밤들이 노니다가’를 행간걸침 또는 계속행으로 본 것이다. 말을 바꾸면, 전자에서의 ‘달에’는 동경이 밝게 된 이유를 보여주는 것이고, 후자에서의 ‘달에’는 밤들이 노닐 수 있게 밤의 환경을 보여주는 것이다. 이렇게 이 ‘달에’는 구문상에서 이중의 기능을 한다는 점에서, 〈처용가〉의 제1, 2구는 구문상의 동음이의로 정리된다.

다섯째로, 〈제망매가〉 제9, 10구의 구문상의 동음이의이다. 〈제망매가〉의 제9, 10구는 그 해독과 해석에서 상반된 견해들을 보여왔다. 그런데 이 상반된 견해들은 어느 하나만이 맞는 것이 아니라, 구문상의 동음이의로 통합되는 것들이다. 이를 간단하게 인용한다.

제9, 10구에서는 구문상의 동음이의로 수렴되는 네 종류의 문체 장치들이 발견된다. 그 첫째는 제9구말에 온 ‘吾/나’의 표기 및 표현에서 보이는 격어미의 생략이라는 문체 장치이다. 둘째는 제9구말에 온 ‘吾/나’는 구문상 제9구에 속한 도치이면서, 동시에 구문상 제10구에 속한 행간걸침(enjambment) 또는 계속행(a run-on line)이 되는 문체 장치이다. 셋째는 “彌陁刹良 逢乎 (吾)”와 “(吾) 道 修良 待是古如”의 표현에서, ‘吾/나’는 만남의 주체도 객체도 되고, 기다림의 주체도 객체도 되는 중의적 문체 장치이다. 넷째는 '기다리고다'는 원망/희망(기다리고 싶다)이나 청원(기다리기를 바란다)의 어느 하나가 아니라, 이 두 의미를 모두 갖고 있는 다의어의 문체 장치이다. 이 네 종류의 문체 장치들은 구문상의 동음이의로 수렴(convergence)된다. 수렴된 구문상의 동음이의는 4중의이다(양희철 2019:26~29).

1) 미타찰에서 (네/너는) 나를 만나니, (네/너는) 도 닦아 (나를) 기다리기를 바란다.
2) 미타찰에서 (네/너는) (나를) 만나니, (네/너는) 도 닦아 나를 기다리기를 바란다.
3) 미타찰에서 내/나는 (너를) 만나니, (내/나는) 도 닦아 (너를) 기다리고 싶다.
4) 미타찰에서 (내/나는) (너를) 만나니, 내(/나는) 도 닦아 (너를) 기다리고 싶다.

먼저 누이가 미타찰에 먼저 가서 월명사를 맞이하게 될 것이라는 가정 아래, 누이를 미타찰로 유도(誘導)하는 경우를 보자. '나'를 목적격으로 하고, 이 '나'(목적격)를 제9구의 도치로 보는 경우에, 제9, 10구는 [1) 미타찰에서 (네/너는) 나를 만나니, (네/너는) 도 닦아 (나를) 기다리기를 바란다.]로 정리된다. 그리고 '나'를 목적격으로 하고, 이 '나'(목적격)를 행간걸침으로 보는 경우에, 제9, 10구는 [2) 미타찰에서 (네/너는) (나를) 만나니, (네/너는) 도 닦아 나를 기다리기를 바란다.]로 정리된다. 이 1)과 2)에서 괄호를 모두 풀면, [미타찰에서 네/너는 나를 만나니, 네/너는 도 닦아 나를 기다리기를 바란다.]의 한 문장으로 통합된다. 이 문장 자체는 월명사가 누이에게 바라는 청원을 나타내는 언표적(locutionary) 내용을 보여준다. 그리고 이 문장은 천도재를 올려주는 상황에서 [(미타찰에서 네/너는 나를 만나니, 네/너는 도 닦아 나를 기다리기를 바라니) 너는 미타찰에서 나를 기다리기 위하여, 도를 닦아 미타찰로 먼저 가라(/가길 바란다).]는 언표내적 의미(illocutionary force)를 보여준다. 이 언표내적 의미는 누이로 하여금 도 닦아 미타찰에서 월명사 자신을 기다리길 바란다는 자신의 청원을 통하여, 누이로 하여금 도 닦아 미타찰로 가도록 누이의 미타행을 유도(誘導)하는 것이다.

이번에는 월명사가 미타찰에 먼저 가서 누이를 맞이하게 될 것이라는 가정 아래, 누이를 미타찰로 선도(先導)하는 경우를 보자. '나'를 주제격/주격으로 하고, 이 '나'(주제격/주격)를 제9구의 도치로 보는 경우에, 제9, 10구는 [3) 미타찰에서 내/나는 (너를) 만나니, (내/나는) 도 닦아 (너를) 기다리고 싶다.]가 된다. 그리고 '나'를 주제격/주격으로 하고, 이 '나'(주제격/주격)를 행간걸침으로 보는 경우에, 제9, 10구는 [4) 미타찰에서 (내/나는) (너를) 만나니, 내(/나는) 도 닦아 (너를) 기다리고 싶다.]로 정리된다. 이 3)과 4)에서 괄호를 모두 풀면, [미타찰에서 내/나는 너를 만나니, 내/나는 도 닦아 너를 기다리고 싶다.]의 한 문장으로 통합된다. 이 문장 자체는 월명사의 원망/희망을 나타내는 언표적 내용을 보여준다. 그리고 이 문장은 천도재를 올려주는 상황에서 [(미타찰에서 내/나는 너를 만나니, 내/나는 도 닦아 너를 기다리고 싶으니) 너도 나를 만나기 위하여, 도를 닦아 미타찰로 가라(/가길 바란다).]는 언표내적 의미를 보여준다. 이 언표내적 의미는 월명사가 도 닦아 미타찰에서 누이를 기다리고 싶다는 자신의 원망/희망을 통하여, 누이로 하여금 도 닦아 미타찰로 가도록 누이의 미타행을 선도(先導)하는 것이다.

이렇게 정리해 보면, 제9, 10구에서 월명사는 자신과 누이 중에서 누가 먼저 미타찰에 갈지를 모르는 상황에서, 이 문제를 해결할 수 있도록, 격어미의 생략, 도치법과 행간걸침, 다의어 등을 사용한 4중의의 구문상의 동음이의를 구사하고, 이 4중의인 구문상의 동음이의가 보여주는 언표내적 의미들을 통하여, 누이의 미타행을 유도하면서 동시에 선도하였다고 정리할 수 있다.[8] 이런 점에서, 제9, 10구의 주제 내지 의미는 [중유의 누이로 하여금 도 닦아 미타찰에 왕생하도록 유도하면서 선도하기]로 정리할 수 있다.

이상과 같이 정리되는 구문상의 동음이의들은 행간걸침 또는 계속행과 도치를 기본으로 한다. 그런데 이 구문상의 동음이의들은 행간걸침 또는 계속행과 도치의 결합 양상에서 두 경우로 나눌 수 있다. 하나는 앞구 전체와 뒷구의 첫부분이 행간걸침 또는 계속행을 이루고, 뒷구에서 도치가 일어나는 경우이다. 이 경우에는 〈안민가〉의 구문상의 동음이의가 속한다. 다른 하나는 앞구에서 도치가 일어나고, 앞구의 뒷부분과 뒷구가 행간걸침 또는 계속행을 이루는 경우이다. 이 경우에는 〈처용가〉와 〈제망매가〉의 구문상의 동음이의가 속한다.

4. 향가 이후의 중의법과 석굴암

이 장에서는 앞에서 살핀 구문상의 중의법이 향가 이후에 어떻게 나왔나를 정리하고, 동시에 향가의 중의법이 석굴암의 본존불과 어떻게 연결되는가를 정리하고자 한다.

---

8 혹시 '逢乎'가 '만나오/맛보오'로 읽히지 않고, '만나올/맛보올'로 읽힐 경우에도, '나/吾' 다음에 생략된 격어미와 '기드리고다'의 중의는 구문적 2중의를 형성한다. 즉 "미타찰에서 만나올/만나보올 나는 도 닦아 (너를) 기다리고 싶다."의 원망/희망에 의한 미타찰로의 선도와 "미타찰에서 만나올/만나보올 나를 (너는) 도 닦아 기다리길 바란다."의 청원에 의한 미타찰로의 유도이다.

4.1. 향가 이후의 중의법

앞장에서 검토하였듯이, 향가에는 적지 않은 구문상의 중의법이 나온다. 게다가 이어서 '향가 수사의 전모'에서 보게 될 어휘상의 중의법이 적지 않게 나온다. 이 어휘상의 중의법과 구문상의 중의법들은 후대 시가로 이어지고 있다. 이 중에서 구문상의 중의법들이 후대 시가에서 어떻게 나타나는가를, 이 절에서 두 항으로 나누어 정리하고자 한다.

4.1.1. 향가의 구문상의 다의와 김수영의 〈풀〉

앞장에서 검토한 향가의 구문상의 다의는 후대의 시가와 연결되어 있다. 그 중에서 가장 두드러진 것으로 셋을 들 수 있다. 하나는 〈헌화가〉의 구문상의 다의가 보여준 수작적 텍스트와 교훈적 텍스트가, 〈어져 내 일이야 …〉(황진이)의 구문상의 다의가 보여준 수작적 텍스트와 자기 보호의 텍스트(양희철 2012b)와 연결된다는 것이다. 다른 하나는 〈서동요〉의 구문상의 다의가 보여준 아이들의 텍스트와 성인의(왕과 백관의) 텍스트가, 〈도산십이곡〉(이황)의 구문상의 다의가 보여준 아이들의 텍스트와 성인의(퇴계의) 텍스트(양희철 2016c)와 연결된다는 것이다. 마지막 하나는 향가의 구문상의 다의가 〈풀〉의 구문상의 다의와 연결된다는 점이다. 이 중에서 마지막의 것만을 좀더 구체적으로 보자.

우리는 김수영의 현대시 〈풀〉을 보면서, 그 비문법적인 것같이 보이는 시어를 풀지 못해왔다. 즉 바람보다도 먼저 눕고, 먼저 우는 등을 문법적으로 해석하지 못해왔다. 그런데 이 문제들은 앞 절에서 검토한 향가의 구문상의 다의에 관여한, 다의어, 동음이의어, 비유어, 생략어 등을 고려할 때에 풀 수 있다(양희철 2001e). 이를 차례로 보자.

먼저 풀과 바람의 중의법이다. 〈풀〉에서 '풀'은 상징어이다. '풀'은 문자적인 차원에서 자연의 '풀'을 의미하고, 비유적인 차원, 즉 상징어의 원관념의 차원에서는 '민중'[9]을 의미하는 중의어이다. 이 '풀'에 대가 되어 있는 '바람' 역시 중의어이다. 일차로 자연의 '풀'을 의미하는 '풀'과 짝이 될 때에 '바람'은 자연의 '바람(風)'을 의미하고, 이차적으로 인간 세계의 '민중'을 의미하는 '풀'과 짝이 될 때에 '바람'은 인간 세계의 '바람(所望)'은 물론 '바람(불안하게 하거나 무섭게 하는 소란)'을 의미한다. 이렇게 '바람'을 동음이의어의 중의로 읽고 나면, 풀이 바람보다 먼저 눕고 먼저 우는 등의 문맥을 문법적으로 자연스럽게 읽어낼 수 있다.

이렇게 〈풀〉에서 쓰인 '바람'과 '풀'은 중의어이다. 즉 '바람'은 동음이의어를 이용한 중의법을, '풀'은 상징어를 이용한 중의법을 각각 사용한 것이다. 이처럼 동음이의어와 상징어의 중의법을 이용하여 구문상의 다의를 보여준 예는, 앞에서 정리한 〈헌화가〉의 구문상의 다의와 〈찬기파랑가〉 제9, 10구의 구문상의 다의에서 발견된다. 〈헌화가〉의 경우는 상징어인 '紫岩/딛배'(붉은 바위, 붉은 옷을 입은 순정공), 동음이의어인 '手/손'(사지의 '손', "한 수 위"에서 보이는 '수'의 옛말 '손'), 상징어인 '毋牛/암소'(새끼가 딸린 어미소, 자식이 있는 처) 등을 결합한 것이고, 〈찬기파랑가〉의 경우는 상징어인 '栢/잣'(잣나무, 기파랑의 志義)와 동음이의어인 '花判/곶갈'('고깔'의 고어 '곶갈', 판결을 의미하는 花判의 고어 '곶갈', 공문서 처리의 의미인 '判花'의 고어 '갈곶'의 도치인 '곶갈')을 결합한 것이다.

이번에는 〈풀〉에서 생략어에 의해 구문상의 다의를 형성하는 경우를 보자. 제2, 3연의 '바람'을 '바람(所望)'과 '바람(불안하게 하거나 무섭게

---

9 이 '풀'은 과거에는 '백성'의 상징으로 쓰였다. 이런 점에 이 '풀'은 '백성, 민중, 대중' 등의 어느 것으로 보아도 좋다.

하는 소란)'으로 읽었다고 문제가 모두 해결된 것은 아니다. 이 '바람(所望)'과 '바람(불안하게 하거나 무섭게 하는 소란)'의 생략된 주체를 살려내지 않으면 이 작품을 이해할 수 없다. 생략된 주체로는 '억압 세력의, 민중운동가의, 나의' 등이 모두 가능하다. 그리고 '발목'과 '발밑'에서도 그 앞에 생략된 주체를 살려내지 않으면, 이 작품을 이해할 수 없다. 생략된 주체로는 '억압 세력의, 민중운동가의, 나의' 등이 모두 가능하다. 결국 이 두 부분에서 사용된 생략법은 중의를 전달하는 중의법으로 쓰인 것이다.

이렇게 두 부분에서 쓰인 생략법은 중의법으로 쓰인 것이다. 그런데 이처럼 중의를 전달하기 위하여 사용된 생략법은 앞에서 살핀 〈도솔가〉의 생략법과 같은 것이다. 즉 '곧은 마음'의 주체로 생략된 생략법과 같다. 종교적 텍스트의 경우에는 '곧은 마음' 앞에 '월명사의, 경덕왕의'의 두 의미가 생략되었고, 정치적 텍스트의 경우에는 '곧은 마음' 앞에 '월명사의, 경덕왕의, 화랑의, 왕권에 도전할 자의, 여타 백성의' 등의 다섯 의미가 생략된 것이다.

이상과 같이 김수영은 〈풀〉에서, 상징어, 동음이의어, 생략어 등을 결합하여, 구문상의 다의를 구사[10]하고 있는데, 이는 향가의 구문상의 다의

---

10 지금까지 정리한 구문상의 중의를 괄호 안에 넣어서 작품을 정리하면 다음과 같다.

풀(:민중)이 눕는다. / 비를 몰아오는 동풍에 나부껴 / 풀(:민중)은 눕고 / 드디어 울다가 / 날이 흐려서 더 울다가 / 다시 누웠다.(제1연)

풀(:민중)이 눕는다. / (억압 세력의/민중운동가의/나의) 바람(:소망/불안하게 하거나 무섭게 하는 소란)보다도 더 빨리 눕는다. / (억압 세력의/민중운동가의/나의) 바람(:소망/불안하게 하거나 무섭게 하는 소란)보다도 더 빨리 울고 / (억압 세력의/민중운동가의/나의) 바람(:소망/불안하게 하거나 무섭게하는 소란)보다도 먼저 일어난다.(제2연)

(억압 세력의/민중운동가의/나의) 발목까지 / (억압 세력의/민중운동가의/나의) 발밑까지 눕는다. / (억압 세력의/민중운동가의/나의) 바람(:소망/불안하게 하거나 무섭게

에서 구사하고 있는 방법들과 같은 범주에 속해 있음을 확인할 수 있다.

4.1.2. 향가의 구문상의 동음이의와 황진이의 〈어져 내일이야 …〉

황진이의 〈어져 내일이야 …〉는 일찍이 이병기 선생에 의해 주목을 받았고, 그 도치법과 계속행 또는 행간걸침이 논의된 후에, 최근에야 그 구문상의 동음이의가 정리되었다. 이 과정의 약술은 한국고전시가의 연구에서 중의법의 이해가 얼마나 취약했나를 잘 보여주고, 구문상의 중의법을 이해하는 데 도움을 주므로, 먼저 연구사를 약술한다.

가람 선생(이병기 1938)은 이 작품의 기교가 무섭다고 하였다. 그러나 그 구체적인 설명을 보여주지 않았다. 조운제(1968)는 영문학자답게, 중장 끝의 "제 구틔야"와 종장이 연결된 계속행(a run-on line)과 그 정형시를 깨뜨린 자유시적 성격을 검토하였다. 이 검토는 계속행, 즉 행간걸침(enjambement)을 정리한 것이다. 그 후에 원문인 "이시라 ᄒᆞ더면 제 구틔야 가랴마는 / 보내고 …"에서의 '제'(임이)의 의미와 "이시라 ᄒᆞ더면 가랴마는, 제 구틔야 / 보내고 …"에서의 '제'(내가)의 의미가 다르다는 사실이 윤영옥(1980b) 등에 의해 정리되었다. 그러나 이 해석들은 중의법의 개념을 거의 고려하지 않았다. 이 작품의 해석에서 중의법 넷을 정리한 것은 양희철(2012b)이다. 어휘상의 동음이의인 '제'(임이, 내가), 어휘상의 다의인 '몰라'(이해하지 못해, 관심이 없어)[11], 구문상의(문법상의) 동음이의인 '제 구틔야 가랴마는 보내고'(제 구틔야 가랴마는 보내

하는 소란)보다 늦게 누워도 / (억압 세력의/민중운동가의/나의) 바람(:소망/불안하게 하거나 무섭게 하는 소란)보다 먼저 일어나고 / (억압 세력의/민중운동가의/나의) 바람(:소망/불안하게 하거나 무섭게 하는 소란)보다 늦게 울어도 / (억압 세력의/민중운동가의/나의) 바람(:소망/불안하게 하거나 무섭게 하는 소란)보다 먼저 웃는다. 날이 흐리고 풀(:민중)뿌리가 눕는다.(제3연)

11 이 어휘상의 다의는 구문상으로 확대하면, 구문상의 다의도 된다.

고, 가랴마는 제 구틔야 보내고), 구문상의(문법상의) 동음이의인 "그릴 줄을 모로ᄃᆞ냐"[(내가) (임을) 그릴 줄을 모로ᄃᆞ냐, (임이) (나를) 그릴 줄을 모로ᄃᆞ냐] 등이다. 이 네 중의들이 결합하여 여덟 텍스트들을 형성하고, 이 여덟 텍스트들은 둘씩 결합하여, 네 종류의 양가적 자기갈등의 연정을 보여준다.[12]

이렇게 〈어져 내일이야 …〉에서 발견된 구문상의 중의법, 특히 구문상의 동음이의는 상당히 탁월하다. 그런데 이 구문상의 동음이의는 이 작품에서만 존재하는 것이 아니라, 앞에서 살핀 향가의 구문상의 중의법, 그 중에서도 구문상의 동음이의와 맞닿아 있다. 즉 앞구에서 도치가 일어나고, 앞구의 뒷부분과 뒷구가 연결된 행간걸침 또는 계속행을 보여주

---

12 네 종류의 양가적 자기갈등을 보여주는 텍스트들은 다음과 같다.

첫째로, 임이 구태여 간 경우에 양가적 자기갈등의 연정을 보여주는 텍스트1·2는 다음과 같다.(초장과 중장은 두 텍스트가 같다.) "어져 내일이야 (내가) (저를:임을) 그릴 줄을 모로ᄃᆞ냐 / (내가) (저에게:임에게) 이시라 ᄒᆞ더면 제(:임이) 구틔야 가랴마는 / (내가) (저를:임을) 보내고 그리는 情은 나도 몰라(이해하지 못해) ᄒᆞ노라.(텍스트1). (내가) (저를:임을) 보내고 그리는 情은 나도 몰라(관심이 없어) ᄒᆞ노라.(텍스트2)"이다.

둘째로, 내가 구태여 보낸 경우에 양가적 자기갈등의 연정을 보여주는 텍스트3·4는 다음과 같다.(초장과 중장은 두 텍스트가 같다.) "어져 내일이야 (내가) (저를:임을) 그릴 줄을 모로ᄃᆞ냐 / (내가) (저에게:임에게) 이시라 ᄒᆞ더면 (제:임이) 가랴마는 / 제(:내가) (저를:임을) 구틔야 보내고 그리는 情은 나도 몰라(이해하지 못해) ᄒᆞ노라.(텍스트3). 제(:내가) (저를:임을) 구틔야 보내고 그리는 情은 나도 몰라(관심이 없어) ᄒᆞ노라.(텍스트4)"이다.

셋째로, 내가 구태여 간 경우에 양가적 자기갈등의 연정을 보여주는 텍스트5·6은 다음과 같다.(초장과 중장은 두 텍스트가 같다.) "어져 내일이야 (제:임이) (나를) 그릴 줄을 모로ᄃᆞ냐 / (제:임이) (나에게) 이시라 ᄒᆞ더면 제(:내가) 구틔야 가랴마는 / (제:임이) (나를) 보내고 그리는 情은 나도 몰라(이해하지 못해) ᄒᆞ노라.(텍스트5). (제:임이) (나를) 보내고 그리는 情은 나도 몰라(관심이 없어) ᄒᆞ노라.(텍스트6)"이다.

넷째로, 임이 구태여 보낸 경우에 양가적 자기갈등의 연정을 보여주는 텍스트7·8은 다음과 같다.(초장과 중장은 두 텍스트가 같다.) "어져 내일이야 (제:임이) (나를) 그릴 줄을 모로ᄃᆞ냐 / (제:임이) (나에게) 이시라 ᄒᆞ더면 (내) 가랴마는 / 제(:임이) (나를) 구틔야 보내고 그리는 情은 나도 몰라(이해하지 못해) ᄒᆞ노라.(텍스트7). 제(:임이) (나를) 구틔야 보내고 그리는 情은 나도 몰라(관심이 없어) ᄒᆞ노라.(텍스트8)"이다.

는, 〈처용가〉 제1, 2구와 〈제망매가〉 제9, 10구에서 보여준 구문상의 동음이의와 맞닿아 있다.

지금까지 정리한 구문상의 중의들로 보아, 특히 향가의 구문상의 중의들이 후대 시가의 구문상의 중의들을 선도하고 있다는 사실로 보아, 향가의 구문상의 중의들이 한국시가사에서 점유하는 그 위상의 중요성은 아무리 강조해도 지나치지 않을 것으로 판단한다.

4.2. 향가의 중의법과 석굴암의 본존불

향가의 중의법은 석굴암의 본존불과도 연결되어 있다. 이 문제를 이 절에서 간단하게 정리하고자 한다.

석굴암의 본존불이 월명사의 〈제망매가〉 및 〈도솔가〉와 연결되어 있다는 사실을 주장한 것은 서철원이다. 그런데 그 설명을 보면, 석굴암의 본존불에 대한 설명을 인용한 것은 맞지만, 이에 연결하기 위하여, 〈제망매가〉와 〈도솔가〉를 설명한 내용, 즉 "종교적 개념어들을 자신의 상황에 따라 새롭게 해석했다."는 것과 이를 수정한 것인데, 이 부분에는 문제[13]

13 월명사의 향가를 석굴암의 본존불의 중의성과 연결하기 위하여, 〈제망매가〉와 〈도솔가〉를 설명한 부분을 인용하면 다음과 같다. "향가 작가로서 월명사는 "미륵좌주"·"미타찰" 등 종교적 개념어들을 자신의 상황에 따라 새롭게 해석했다. 월명사가 평소에 익숙했을 터인 종교적 개념어를 나름의 감성에 따라 재해석한 근거는 무엇일까? 바로 개념적 대상의 본래 뜻보다는 수신자의 상황에 비추어 지니게 되는 의미를 중시했기 때문이다. 월명사에게는 '누이의 불완전한 상태의 죽음', 갈 곳 몰라 불안·공포에 떨며 죽었을 육친에 대한 정이 모든 개념적 조건을 일소시킬 서정주체로서의 '체험'이었다. 바로 그 때문에 "미타찰"을 새롭게 수용하고자 한 것이다. 자신의 체험·상황에 따라 새로운 수용 방식이라는 점에서 월명사의 작가적 지향과 석굴암의 구성방식은 만날 가능성이 있다."(서철원 2011:265~266). 이 인용에서는 '미타찰'을 설명하고 있으나, '미타찰'의 본래의 뜻과 '미타찰'의 새롭게 수용한 뜻이 어떻게 다른지 명확하지 않다. 그리고 앞의 설명에서는 '미륵좌주'에 대한 설명이 없다. 이를 설명한 다른 부분을 인용하면 다음과 같다. "그렇지만 보다 중요한 것은 월명사가 종교적 개념어를 자신의 '상황' 속에서 새롭게 파악했다는

가 있어 다르게 설명을 하고자 한다.

석굴암의 본존불은 보는 사람에 따라 다르게 볼 수 있게 표현했다. 이런 사실을 두 인용에서 보자.

> 토함산 석실 별당 안의 모든 조상과 그 중앙의 본존불을 어느 한 경설의 틀에다가 억지로 맞추려고 하여서는 안 되리라고 본다. 여래의 명호나 형의도 실은 절대적이라기보다는 오히려 중생심에 맞추어 방편으로 시설되어지는 경우가 많다고 할 수가 있다. 그러므로 사바국토의 신라 토함산 중턱에 세운 석불사의 금당 안에 성문·보살중과 호법호세의 제천·신중들에 둘러싸여 미증유의 대법을 연설키 위하여 심묘적정의 삼매에 들어계시는 본존여래도, 보는 이에 따라서 혹은 석가불로도 볼 수 있고 혹은 화장세계의 비로자나불로도 볼 수 있으며, 또한 극락정토의 무량수여래로도 볼 수가 있을 것이다(김영태 1992:98, 서철원 2011:264와 서철원 2013:152에서 재인용, 밑줄 필자).

점에 있다. 앞서 살펴보았듯이 "미륵좌주"는 '나'에게 텍스트 창작을 의뢰한 정당한 권력자의 비유로, "생사로"는 누이와 '나'가 갈라진 불완전한 상태의 '갈라짐', "미타찰"은 '나'의 수도를 통해 이를 수 있는 완전한 종교적 이상향의 상징으로 각각 다시 해석되었다."(서철원 2011:251~252). '미륵좌주, 생사로, 미타찰' 등을 새롭게 해석한 것이, 어떤 점에서, 석굴암의 본존불이 보이는 중의성과 연결되는지는 쉽게 이해되지 않는다.

그 후에 나온 글을 보면, 앞의 논지는 보이지 않고, 다른 논지를 폈다. 즉 "이런 맥락에서 석굴암의 불상은 월명사의 시어(詩語)처럼 불교 교리의 관습적 개념을 벗어났다. 월명사는 속세의 인연을 내세에 지고 가겠다는 〈제망매가〉의 맹세를 통해 불교로써 불교를 부정하는 역설을 시도하는 한편, 미륵과 좌주의 결합을 통해 종교적 권력과 세속적 권세의 융합을 시도하기도 했다. 불교이되 불교의 범주를 넘어선 상징성의 구현이라는 점에서 월명사의 시도와 석굴암의 불상은 닮아 있다."(서철원 2013:153). 이 설명만으로는 석굴암 본존불의 중의성과 월명사의 시어가 닮았다고 주장하기에는 한계가 있다. 이 글에서는 앞의 글에서 쓰지 않았던 '중의성'과 '중의적 성격'이라는 용어를 쓰면서, 석굴암 본존불의 중의성을 설명하였다. 이렇게 '중의성' 또는 '중의적 성격'이라는 용어를 쓰면서도, 이미 월명사의 향가는 물론 향가 전반에서 정리되어 있는 '중의법'을 검토하지 않았다. 이는 이 글들의 한계로 보인다.

> 이미 本尊의 圖像에 대하여 언급한 것처럼, 그것이 釋迦냐, 阿彌陀냐, 毗盧遮那佛이냐 하는 어느 특정한 여래를 가리켰다기보다는, 모든 여래를 수렴하는 綜合的·統一的 如來像으로서 正覺像을 구현한 것이다(강우방 2000:256).

첫 번째 인용에서는 밑줄 친 부분인 "본존여래도, 보는 이에 따라서 혹은 석가불로도 볼 수 있고 혹은 화장세계의 비로자나불로도 볼 수 있으며, 또한 극락정토의 무량수여래로도 볼 수가 있을 것이다."에서와 같이, 보는 이에 따라서, 석굴암의 본존불이, 석가불, 비로자나불, 무량수여래 등으로 볼 수 있다는 것이다. 주로 보는 이들의 중생심에 따른 중의적 해석을 보여주고 있다. 이에 비해 두 번째 인용에서는 '구현' 즉 표현에 초점을 맞추었다. 두 인용에는 미세한 차이가 있지만, 하나의 사실을 확인할 수 있다. 즉 석굴암의 본존불은 석가불, 비로자나불, 무량수불 등의 어느 것으로도 볼 수 있게 구현, 즉 만들었고, 이에 따라 보는 이에 따라서 석가불, 비로자나불, 무량수불 등의 어느 것으로도 볼 수 있다는 것이다. 마치 중의법에서 중의의 어느 한 의미는 물론 중의 전체로도 볼 수 있는 것과 같다는 것이다. 예로 〈서동요〉의 중의어 '톳기/夘'(토끼, 딸 또는 아이)에서, 〈서동요〉를 부른 아이들은 '토끼'의 의미를 취하고, 왕과 백관 및 공주는 '딸 또는 아이'의 의미를 취하며, 서동과 독자는 '토끼'와 '딸 또는 아이'의 의미를 모두 취하는 것과 같다.

이런 점에서 석굴암의 본존불이 보이는 중의성 또는 다의성은 향가의 중의법들이 보이는 중의성 또는 다의성과 통한다고 정리할 수 있다. 그리고 향가에서 중의법을 구사한 예들은 『삼국유사』 소재 향가의 경우에 14수 모두에서 나타나지만, 불상이나 그림에서 중의법을 구사한 예는 매우 드물다는 점에서, 향가의 중의법이 신라 예술에서 그 위치를 선점한 것으로 보인다. 또한 중의법은 시가의 여러 근원 중의 하나인 수수께끼에서부터 은유법과 함께 발견된다는 점에서, 그 근원은 은유법과 함께 매우 오래된 것으로 판단한다.

5. 결론

지금까지 향가의 수사 연구가 당면한 문제들 중에서, 명령적 의문법 및 중의법과 관련된 문제들을 검토해 보았다. 그 결과를 부분별로 요약하여 결론을 대신하면 다음과 같다.

먼저 명령적 의문법으로 해석한 것들은 다음과 같다.

1) 〈안민가〉의 제4구의 'ᄒᆞ실디', 제8구의 '홀디', 제10구의 'ᄒᆞ낼ᄃᆞ언' 등이 의미상 각각 앞구의 끝에 붙을 때에 나타나는 권고의 텍스트에서, 이 의문문들은 권고의 명령적 의미를 가진, 명령적 의문문이다. 그리고 제4구의 'ᄒᆞ실디', 제8구의 '홀디', 제10구의 'ᄒᆞ낼ᄃᆞ언' 등이 의미상 각각 해당구의 맨 끝에 오는 문장의 도치로 볼 때에 나타나는 책난의 텍스트에서도, 이 의문문들은 권고의 명령적 의미를 가진, 명령적 의문문이다.

2) 〈제망매가〉의 '가나닛고?'와 '모르는가?'를 포함한 제1~4구와 제5~8구의 두 의문문도 "… '나는 간다'고 말하는 일도 가볍게 이르고 가라(/가길 바란다)"와 '… 갈 곳이 미타찰임을 알고 가라(/가길 바란다)'는 명령의 의미를 보여주는 명령적 의문문이다.

3) 〈원왕생가〉의 '사뢰곤 있으셔?'와 '이루곤 있으시가?'를 포함한 제1~4구, 제5~8구, 제9, 10구 등의 세 의문문들은 '… 사뢰어 주세요.', '… 사뢰어 주세요.', '이 몸을 제도하여 사십팔대원을 이루세요.' 등의 의미를 갖는 명령적 의문문이다.

4) 〈맹아득안가〉의 '불휘고?'를 포함한 제9, 10구의 의문문은 '자비의 뿌리를 (둘 없는 내가) 눈으로 쓸 것이니 나에게 주세요.'의 의미를 갖는 명령적 의문문이다.

5) 〈처용가〉의 '본디 내 것이다마는, 앗을 일을 어찌(어떤 이유 때문에. 어떤 방법으로) 하릿고(/할 것인고)'는 언표적인 내용으로는 의문의 형태를 취하지만, 그 언표내적인 의미에서는 '역신 당신은, 본디 내 것인 내 처를, 부도덕하게 앗아갔으니, 스스로 나에게 되돌려 주라'는 명령의 의미와, '역신 당신은, 본디 내 것인 내 처를, 내가 어떤 방법을 도모하여 되찾기 전에, 스스로 나에게 되돌려 주라'는 명령의 의미를 보여주는 명령적 의문문이다. 이 명령적 의문문은 부도덕한 역신으로 하여금, 남의 처를 범간한 현장에서, 그것도 그 처의 남편인 처용이 직접 목격한 현장에서, 어떤 수모나 창피도 당하지 않고, 무탈하게 빠져나가도록 관용, 관대, 미덕 등을 처용이 베푼 것이다. 이 관용, 관대, 미덕 등이 역신을 감동시킨 요인이다.

6) '모셔 벌아(뫼셔 나립하냐)'를 포함한 〈도솔가〉 제1~4구의 "오늘이의 산하(散花) 브르아 / 자보 숣온 곶아 넌 / 고든 ᄆ솜의 시기실 브리-악 / 미륵자쥬(彌勒座主) 모셔 벌아"는 '… 뫼셔 나립하라'는 명령의 의미를 가진 명령적 의문문이다.

7) 〈참회업장가〉의 '알곡 시셔?'를 포함한 제5~8구는 '… 알고 있으세요.'라는 명령의 의미를 보이는 명령적 의문문이다.

8) 〈청전법륜가〉의 제5~8구는 '… 흐워기 삼여?(윤택하게 하는가?)'의 의문을 통해 '… 윤택하게 하라'의 명령적 의미를 전달하는 명령적 의문문이며, 〈청전법륜가〉의 제9, 10구 역시 '… 가을벌 물결치여?'의 의문을 통하여 '… 가을벌 물결치게 하라'의 명령적 의미를 전달하는 명령적 의문문이다.

9) 〈청불주세가〉의 제9, 10구는 '… 불영이 응하시지 않을 것인가'의 의문 형태를 통하여, '… 불영이 응하시게 하라'는 명령, 또는 '… 불영이 응하시게 하자'는 청유의 의미를 전달하는 명령적 의문문이다.

향가의 구문상의 다의와 동음이의는 다음과 같다.

1) 향가의 구문상의 중의법 중에서, 구문상의 다의는 어휘상의 중의를 이루는 다의어, 동음이의어, 비유어, 생략어 등의 결합에 의해서 이루어진다.

2) 향가에서 이 구문상의 다의는 〈모죽지랑가〉 제5, 6구, 〈헌화가〉 전체, 〈도솔가〉 전체, 〈찬기파랑가〉의 제1~3구와 제9, 10구, 〈서동요〉 전체 등에서 발견된다.

3) 향가의 구문상의 중의법 중에서, 구문상의 동음이의는 어느 한 단어 이상이 이중의 문법적 기능을 보인 때에, 특히 행간걸침 또는 계속행과 도치에 의해 이루어지며, 다의어, 동음이의어, 비유어, 생략어 등의 결합이 합쳐지기도 한다.

4) 향가에서 이 구문상의 동음이의는 〈안민가〉의 제1~4구, 제5~8구, 제9, 10구, 〈처용가〉 제1, 2구, 〈제망매가〉 제9, 10구 등에서 발견된다.

5) 〈제망매가〉의 구문상의 동음이의는 제9구말에 온 '吾/나'의 표기 및 표현에서 보이는 격어미의 생략이라는 문체 장치, 제9구말에 온 '吾/나'가 구문상 제9구에 속한 도치이면서, 동시에 구문상 제10구에 속한 행간걸침(enjambment) 또는 계속행(a run-on line)이 되는 문체 장치, "彌陁刹良 逢乎 (吾)"와 "(吾) 道 修良 待是古如"의 표현에서, '吾/나'가 만남의 주체도 객체도 되고, 기다림의 주체도 객체도 되는 중의적 문체 장치, '기다리고다'가 원망/희망(기다리고 싶다)이나 청원(기다리기를 바란다)의 어느 하나가 아니라, 이 두 의미를 모두 갖고 있는 다의어의 문체 장치 등이 수렴(convergence)된 결과이다.

6) 향가에서 발견된 구문상의 동음이의들은 행간걸침 또는 계속행과 도치를 기본으로 하며, 앞구 전체와 뒷구의 첫부분이 행간걸침 또는 계속행을 이루고, 뒷구에서 도치가 일어나는 경우와, 앞구에서 도치가 일어나고, 앞구의 뒷부분과 뒷구가 행간걸침 또는 계속행을 이루는 경우로 나뉜다. 전자에는 〈안민가〉의 구문상의 동음이의가 속하고, 후자에는 〈처용가〉와 〈제망매가〉의 구문상의 동음이의가 속한다.

향가 이후의 중의법과 석굴암에서 정리한 바는 다음과 같다.

1) 〈헌화가〉의 구문상의 다의가 보여준 수작적 텍스트와 교훈적 텍스트는, 〈어져 내일이야 …〉(황진이)의 구문상의 다의가 보여준 수작적 텍스트와 자기 보호의 텍스트와 연결되고, 〈서동요〉의 구문상의 다의가 보여준 아이들의 텍스트와 성인의(왕과 백관의) 텍스트는, 〈도산십이곡〉(이황)의 구문상의 다의가 보여준 아이들의 텍스트와 성인의(퇴계의) 텍스트와 연결된다.

2) 김수영은 〈풀〉에서, 상징어, 동음이의어, 생략어 등을 결합하여, 구문상의 다의를 구사하고 있는데, 이는 향가의 구문상의 다의에서 구사하고 있는 방법들과 같은 범주에 속한다.

3) 황진이의 〈어져 내일이야 …〉에서는 어휘상의 동음이의인 '제'(임이, 내가), 어휘상의 다의인 '몰라'(이해하지 못해, 관심이 없어), 구문상의(문법상의) 동음이의인 '제 구틔야 가랴마는 보내고'(제 구틔야 가랴마는 보내고, 가랴마는 제 구틔야 보내고), 구문상의(문법상의) 동음이의인 "그릴 줄을 모로ᄃᆞ냐"[(내가) (임을) 그릴 줄을 모로ᄃᆞ냐, (임이) (나를) 그릴 줄을 모로ᄃᆞ냐] 등의 중의법들이 발견된다.

4) 황진이의 〈어져 내일이야 …〉에서 발견된, '제 구틔야 가랴마는 보내고'(제 구틔야 가랴마는 보내고, 가랴마는 제 구틔야 보내고)의 구문상의(문법상의) 동음이의는, 앞구에서 도치가 일어나고, 앞구의 뒷부분과

뒷구가 연결된 행간걸침 또는 계속행을 보여주는, 〈처용가〉 제1, 2구와 〈제망매가〉 제9, 10구에서 보여준 구문상의 동음이의와 맞닿아 있다.

5) 향가의 중의법들이 보여주는 중의의 어느 한 의미나 중의의 모든 의미는, 석굴암의 본존불이 석가불, 비로자나불, 무량수불 등의 어느 하나나 석가불, 비로자나불, 무량수불 등의 모두로 보는 것과 연결되어 있다. 즉 향가의 중의법은 석굴암 본존불의 중의법과 통한다.

지금까지 정리한 내용으로 보아, 명령적 의문문과 중의법은 향가의 수사에서 매우 중요한 것들이라고 할 수 있다. 그리고 향가의 구문상의 중의들이 후대 시가의 구문상의 중의들을 선도하고 있으며, 향가의 중의법은 석굴암 본존불의 중의법과 통한다는 점에서, 향가의 중의법들이 한국시가사와 한국예술사에서 점유하는 그 위상의 중요성은 아무리 강조해도 지나치지 않을 것이다.

제5부

향가 수사의 기량난측과 전모

〈서동요〉의 기랑난측의 수사

1. 서론

이 글은 〈서동요〉의 중의적 표현과 세 시적 청자의 해석을 연구하는 데 연구의 목적이 있다.

이 연구의 목적과 관련된 기왕의 연구들을 간단하게 보자. 먼저 중의적 표현은 '얼아 두고'에서 '정을 통하여 두고, 어린 아이를 두고'의 중의가, '밤의 알'에서 '밤[栗]의 알, 밤에 아이를, 밤에 임신한 배를' 등의 삼중의가 각각 언급되었고, 이 중의들은 다시 표면적 텍스트들과 이면적 텍스트들의 양면성으로 확대·논의되었다(양희철 1995b:12~22). 세 시적 청자의 해석은 전체적으로 직접 연구된 경우는 없으며, 단지 어느 한 시적 청자의 해석이 주가설(김열규 1972:15~16 등), 참요설(임동권 1976:716 등), 계략적인 구애시가설(求愛詩歌說, 이재선 1972:146), 구애민요설(강혜선 1992:37), 계략구처설(計略求妻說, 양희철 1995b:24) 등과 연계되어 간접적으로 언급되었다.

이런 연구 상황에서 두 문제를 제기할 수 있다. 하나는 〈서동요〉에서 중요한 향찰들의 판독과 해독이 바뀌게 되면, 앞의 논의들은 물론 기왕의 연구들은 얼마나 유효할까 하는 문제이다. 이 문제를 제기하는 이유는

〈서동요〉 향찰의 판독과 해독은 현재 다시 검토되어야 하고, 검토되면 바뀔 수밖에 없기 때문이다. 2000년대에 들어오면서 〈서동요〉 향찰의 새로운 판독과 해독은 거의 없다가, 2007년도에 두 논문(임홍빈 2007: 7~34; 정우영 2007:259~294)이 발표되었다. 한 논문에서는 '-을(처격)가-'의 연어(連語) 형태는 15·16세기 국어자료에서 발견하기 어렵다는 점에서, 향찰 '薯童房乙'은 '서동방(處所)에/으로'의 의미로 볼 수 없고, '夘乙'은 '알'로 읽어야 한다고 주장하였다. 다른 한 논문에서는 '알[夘乙]'을 '알몸'의 의미로 해석하였다. 이 두 논문들은 이때까지 있어온 '薯童房乙'과 '夘乙'의 판독, 해독, 해석 등에서 발견되는 문제들을 해결하려고 노력을 하였다. 그러나 그 결과는 기왕의 문제들을 해결하지 못했고, 새로운 문제들도 야기시켰다. 이 문제들은 이 향찰들의 판독, 해독, 해석 등을 다시 검토하게 한다. 또한 정우영은 앞의 논문에서 동양 삼국의 대자전(大字典)들에 '夘'가 '卯'의 속자(俗字)로 등재되어 있다는, 기왕의 주장이나 정리에서 볼 수 없는, 새로운 사실을 소개하였다. 게다가 『삼국유사』에서 '夘'는 간지(干支)에서만 쓰였다는 주장이 거의 굳어져 있지만, 『삼국유사』를 다시 검토해 보면, 기왕의 주장과는 다르게, '夘'가 '卵'의 오자(誤字)로 간지가 아닌 곳에서도 쓰여 있다. 이 두 사실들 역시 향찰 '夘'의 판독과 해독을 다시 검토하게 한다.

다른 하나는 〈서동요〉의 세 시적 청자들(아이들, 백관과 왕, 선화공주)은 〈서동요〉를 듣고 하나의 같은 텍스트로 해석하였을까, 아니면 각각 다른 여러 텍스트들로 해석하였을까 하는 문제이다. 거의 모든 해석들은 하나의 같은 텍스트로 보았다. 그러나 이 하나의 같은 텍스트는 배경설화의 서사진행에서 세 번 다른 기능(4장 참조)을 해야 하는데, 이 기능들을 할 수 없는 문제를 보인다. 이 문제는 기왕의 연구들이 해석한 하나의 텍스트들이 세 시적 청자에게 어떻게 기능하고, 그 결과가 배경설화와 일치할 수 있는가를 검토하지 않아 인식되지 않았다. 이 문제는 〈서동요〉의 세 시적 청자가 해석한 텍스트들을 검토하게 한다.

이렇게 〈서동요〉 연구에서 연구자들이 당면한 문제의 일부들은 향찰의 판독과 해독, 시어의 표현, 시적 청자의 해석 등이다. 이 중에서 〈서동요〉의 중의적 표현과 세 시적 청자의 해석만을 이 글에서 다루려 한다. 이 중의적 표현의 검토에서는 수사론 내지는 문체론의 방법을 사용하려 한다. 그리고 세 시적 청자의 해석에서는 중의적 표현의 검토 결과인 여러 텍스트들과 배경설화의 문맥을 사용하려 한다. 이 경우에 여러 텍스트들의 설정에 대해 제기될 수도 있는 신뢰성의 문제는 배경설화의 검토를 통하여 해결하려 한다. 특히 〈서동요〉가 배경설화에서 세 번 다른 기능을 한다는 사실과, 〈서동요〉의 연구에서 지금까지 언급이나 논의가 한 번도 되지 않은 '기량난측(器量難測)'의 검토를 통하여 해결하려 한다.

2. 판독과 해독

〈서동요〉의 연구에서 일차로 문제가 되는 것은 향찰의 판독과 해독이다. 이 향찰의 판독과 해독을 다른 글(양희철 2009a:5~28)에서 검토하였는데, 그 결과는 다음과 같다.

선화공주님은 / 놈 그슥 얼아 두고 / 서동방을 밤의 / 돗길 안고가여[1]

이 중에서, 문제가 제기될 수 있는 '薯童房乙(서동방을)'과 '夘乙'(돗

1 '안고가여'의 해독(홍재휴 1983, 장성진 1986)을 따른다. '안고가여'는 '안고간다'의 경상도 방언이다.

길)의 판독과 해독을 이 글의 논의에 필요한 최소만을 인용 요약하면 다음과 같다.

2.1. '薯童房乙'

'薯童房乙'을 '서동방을'로 해독하는 데는 문제가 없지만, '서동방'이 인명과 처소 중에서 어느 것이냐 하는 문제에서는 의견이 서로 갈린다. 초기의 해독자들은 '인명'으로 보았다. 특히 양주동(1942:448~450)은 조어의 측면에서 '서동방'의 '-방'은 '안즌방이, 주정방이, 가난방이' 등의 '-방-'과 같은 것이고, 어원의 측면에서 '-방'은 'ㅏ·巴'에 기원한다고 설명하였다. 남풍현(1983:379~380)은 이 설명을 부정하였다. 즉 조어의 측면에서, '안즌방이, 주정방이, 가난방이' 등은 '동작/상태+방'의 형태인데 비해, '서동방'은 이 '동작/상태+방'의 형태가 아니라는 점을 지적하였다. 그리고 어원의 측면에서, 'ㅏ·巴'는 '동(童)'을 뜻하는 데 비해, '방(房)'은 성인에 한하여 쓰이는 것이므로, '방'의 어원이 'ㅏ·巴'에 있지 않다는 점을 지적하였다. 이 지적 이후에는 처소로 보는 것이 거의 굳어져 왔다. 그리고 이로 인해 '서동방을'의 '-을'은 '-에/으로'의 의미로 해석되었다.

그런데 최근에 다시 처소로 본 주장을 부정하는 글이 나왔다. 바로 '-을(처격) 가-'라는 연어(連語)의 형태는 15·16세기의 자료에서 발견할 수 없다는 점에서, '서동방을'의 '-을'에 '-에/으로'의 의미를 부여할 수 없다는 주장(정우영 2007:276~277)이다. 이 주장은 '서동방'이 인명이라는 주장과 같다. 그러나 이 주장에는 두 가지 문제가 포함되어 있다.

하나는 남풍현이 양주동의 주장을 부정하면서 제시한 조어와 어원을 부정할 수 없다는 점이다. 이런 사실은 남풍현의 글로 대신한다. 단지 이 중에서 조어의 측면을 좀더 부연해 보자. 처소로 인명을 대신하는 경우에, 처소에는 '서동방'에서의 '서동'과 같은 인명이 포함되지 않는다. 그리고 이렇게 되면, 서동이 지닌 또는 서동이 거처하는 '서동의 방'이라는 의미의 '서동방'과 인명의 '서동방'을 구분할 수 없다. 이런 점에서 '서동방'은 인명일 수 없다.

다른 하나는 '-을(처격) 가-'의 연어가 15·16세기의 국어자료에서 드물지만 발견된다는 점이다. 이를 보여주는 예 셋만을 보자. '관산풍설리(關山風雪裡)예'로 시작하는 박계숙(朴繼叔, 1569~1646)의 시조가 있다. 이 시조의 중장을 보면 '어딕롤 가노라'가 나온다. 이는 16세기 또는 16세기에서 그리 멀지 않은 시대에 '-을/를/롤(처격) 가-'가 쓰인 예가 된다. 그리고 한국어에서 목적격어미는 생략되기도 하고, 처격어미는 처소를 지칭하는 명사들 아래에서는 생략되기도 하지만, 다른 곳에서는 생략되지 않는다. 이런 격어미의 생략으로 보면, '山行(을) 가 이셔'(『용비어천가』 제125장)와 '아히도 採薇(를) 가고'(鄭澈 1536~1593)에서는 '가-' 앞에 '-을/를'이 생략된 것을 알 수 있다. 전자는 '-(을/를) 가-'의 15세기 예가 되고, 후자는 16세기 예가 된다.[2]

이런 점들로 보면, '서동방을'을 '서동방으로/서동방에'의 의미로 볼 수 없는 것이 아니라, 오히려 이렇게 보아야 한다는 사실을 확인할 수 있다.

2.2. '夘乙'

'夘乙'을 '卯乙, 卵乙, 夗乙' 등으로 판독하고 해독을 하여왔다. 초기

2 '-(으)로/을/를'의 의미로 쓰인 예로, "강동을 가즈하니"(이세보)와 "갈 딕를 가게 되면"으로 시작되는 시조의 '-을'과 '-를'을 보충할 수도 있다.

에는 '夘乙'을 '卯乙'로 판독하고, '卯'를 그 음으로 읽으려 하였다. 그러나 '卯乙'을 '뫌'로 읽고 그 의미의 해석을 유보한 경우를 빼고는, 모두가 '卯'의 음 '묘'를 벗어난 '모, 므, 머' 등으로 본 문제를 보였다. 이 초기의 판독과 해독이 가진 문제는 명확하여, 그 후의 판독과 해독은 세 부류로 나뉘어 전개되었는데, 그 장단점을 보면 다음과 같다.

첫째 부류에서는 '夘乙'을 '卵乙'로 판독하고 '알/알을'로 해독하였다. 이 판독은 '夘'가 '卵'의 속자(俗字, 夘)도 동자(同字)도 아니지만, '卵'의 오자(誤字)로 쓰인 예가 『삼국유사』에 있다는 점에서 가능하다. 그러나 이 해독은 차제자 원리를 벗어나거나, '알/알을'의 의미가 문맥에서 명확하지 않은 문제를 보인다.[3]

둘째 부류에서는 '夘乙'을 '夗乙'로 판독하고 '딩굴, 뒹굴, 누버딩굴' 등으로 해독하였다. 이 판독은 '夘'가 '夗'의 동자(同字)라는 장점을 보이지만, 『삼국유사』에서 '宛, 婉, 惋, 怨' 등의 '夗'이 '夘'으로 쓰인 적이 없다는 점에서 부정적이다.

셋째 부류에서는 '夘乙'을 '卯乙'로 판독하고 '돍을(잠자리를), 도깨를(土器를), 물/더블(무턱/덥석)' 등으로 해독하였다. 이 해독들은 '夘'를 '卯'로 판독하고, 그 훈으로 해독하려 하였으나, 중세어 '톳기'가 '돍'이나 '도깨'라고 보기에는 너무나 거리가 있으며, '물/더블'의 경우는 그 현대역으로 보아 그 의미를 파악하기가 어렵다. 이 부류의 판독과 해독들에

---

3 '알'을 '아이'나 '아래'의 의미로 본 경우는 '兒'와 '下'를 표기에 이용하지 않은, 차제자 원리를 벗어난 문제를 보인다. '알'을 '공알'로 본 경우는 '알'에 이 의미가 없는 문제를 보인다. '알'을 '선화공주'로 본 경우는 그 연결의 이유를 알 수 없다. '마둥서방을 밤에 불(알)을 품고서'와 '마퉁놈을 밤에 알 안았다'의 경우에는 이중 목적어의 의미가 명확하지 않다. '알 안겨거다'와 '알을 품고'는 새나 닭의 행위에 쓰는 말이다. 이 문제를 해결하려고 '알을 품고서'를 '사랑을 나누고서'로 보기도 하였으나, '알을 품고서'는 孵化行爲로 사랑의 행위가 아니다. '알몸을 안고'의 경우는 '알'에 '알몸'의 의미가 없는 문제를 보인다.

서는 방향을 잘 잡은 것 같다. 그러나 이 작품이 배경설화에서 세 번 다른 기능을 한다는 점과, 이에 작용하는 것이 향찰 '夘'(=卯)의 중의 또는 다양한 의미라는 점을 생각하지 않고, 단순하게 하나의 의미를 찾다가, 이런 해독과 해석을 내놓은 것 같다.

'夘乙'을 '卯乙'로 판독하고 그 훈으로 읽은 해독을 보완한 것이 '톳길'[4] 이다. 이 해독의 진위는 3장에서 좀더 명확해지는데, 이 판독과 해독을 기왕의 주장들은 잘못된 두 논거로 부정하려 할 것이다. 이 잘못된 두 논거의 문제를 차례로 보자.

먼저 잘못된 하나의 논거는 자전류에 '夘'가 '卯'라는 사실이 등재되어 있지 않다는 주장이다. 얼마 전까지만 해도 우리는 대자전에 '夘'가 '卯'의 속자라는 사실이 등재되어 있다는 것을 몰랐다. 그러나 이런 사실은 최근에 수정되었다. 즉 『한어대자전(漢語大字典)』(編輯委員會, 四川辭書出版社·湖北辭書出版社, 中國: 成都, 1993)과 『교학대한한사전(敎學大漢韓辭典)』(李家源·安炳周 監修, 辭典編纂室 編, 敎學社, 2000) 등을 보면, '夘'는 '卯'의 속자이며, '夗'의 동자(同字)로 등재되어 있다(정우영 2007:265~266). 이런 점에서 '夘'를 '卯'로 판독하고 '톳기'로 해독한 것을 부정할 수 없다.

잘못된 다른 하나의 논거는 『삼국유사』에서 '夘'가 간지(干支)에 한정되고, 다른 부분에서는 '卯'나 '兎'로 통일되어 있다는 주장이다. 이 주장은 거의 정설로 굳어져 오고 있지만, 너무나 잘못된 주장이어서 인용하면 다음과 같다.

4 '卯'가 '토끼'의 훈으로 읽힌 예는 '토끼날[卯日], 토끼띠[卯生], 토끼해[卯年], 토끼잠[卯眠, 卯睡]' 등에서 발견된다.

> 「夘」字에 관해서 살피기로 하자. 「夘」가 「卯」의 俗體임은 周知의 사실이다. 그러나, 三國遺事의 刻字는 반드시 그런 것은 아니다. 「卯」로 正字가 된 것도 있고, 俗體로 「夘」로 된 것도 있으며, 또 「夗」로 된 것도 있다. <u>이들의 用處는 모두가 干支에 局限되어 있다.</u> 한편 「卵」字는 大部分 「夘」으로 적혔는데, 本歌 外에서도 다음과 같은 곳에서는 분명히 「夘」로 적혀 있음을 본다(서재극 1973:263).(밑줄 필자)

이 인용의 밑줄 친 문장은 두 문제를 보인다. 먼저 이 문장은 문맥이 모순된 글이다. 밑줄 친 문장을 보면, '夘'는 간지에서만 나와야 한다. 그런데 그 다음의 문장인 "한편 「卵」字는 大部分 「夘」으로 적혔는데"를 보면, '夘'는 '卵'에 해당하는 글자로 즉 간지가 아닌 곳에서도 나온다. 이렇게 앞의 문장은 문맥이 모순된 설명인데도, 이를 근거로 〈서동요〉의 '夘'를 '卯'로 판독할 수 없다고 주장하는 것은 의외이다.

이번에는 밑줄 친 문장의 함축적 의미가 야기시킨 문제를 보자. 밑줄 친 문장은 "'卯'의 속자인 '夘'는 모두가 간지에서만 나오고, 다른 부분에서는 속자 '夘'가 아닌 정자 '卯'나 '兎'로 통일되어 나온다."는 함축적 의미를 가진다. 그러나 이 의미는 잘못된 것이다. 그 이유는 첫째 이 문장은 바로 앞에서 보았듯이 문맥이 모순된 글이라는 것이다. 이렇게 모순된 글이 함축한 의미 역시 믿을 수 없다. 둘째 앞의 함축적 의미는 자료와도 맞지 않는 주장이다. '夘乙'을 제외하고 『삼국유사』를 보면, 간지가 아닌 곳에서 '卯'를 '夘'로 쓴 곳이 없는 것이 아니라, 간지가 아닌 곳에서는 아예 '卯'의 정자(正字), 속자, 오자 등을 쓴 적이 없다. 그리고 '兎'字조차도 '토로질비(兎攎迭憊)'(〈후백제 견훤〉조)에서 겨우 한번 나올 뿐이다. 이런 자료로 보아, 앞의 밑줄 친 문장의 함축적 의미를 "'卯'의 속자인 '夘'는 모두가 간지에서만 나오고, 다른 부분에서는 속자 '夘'가 아닌 정자 '卯'나 '兎'로 통일되어 나온다."로 이해한 것은 잘못된 해석이다. 나아가

이 잘못된 해석을 가지고, '夘'를 '돗기'로 읽은 것을 부정할 수는 없다.

이상과 같은 점에서, '夘'를 '卯'로 판독하고, '돗기'로 해독한다.

3. 중의적 표현과 텍스트들

작품을 해석한다고 할 때에, 그 해석의 의미는 다양하다. 이 글에서는 "해석이란 말은 한 언어에 전제된 비문법적인 혹은 초사전적 의미를 밝혀냄을 의미한다."(박이문 1983:89)는 의미로 사용한다. 이 해석의 의미에서, 해석의 대상은 비문법적인 표현[5] 혹은 초사전적(超辭典的)인 표현들이다. 이 비문법적인 표현들, 즉 해석의 대상을 찾아내는 것은 발견적 독서이고, 해석의 대상을 해석해내는 것은 해석적 독서이다. 이를 작품의 비문법적인 어휘들과 문법성을 획득한 텍스트들로 나누어 정리하려 한다.

3.1. 비문법적인 어휘들

앞에서 제시한 "선화공주님은 / 놈 그스 얼아 두고 / 서동방을 밤의 / 돗길 안고가여."의 해독에서 비문법적인 표현을 찾아보면 셋이다.

첫째는 '서동방을'이다. '-을'은 주로 목적격어미로 사용된다. 이를 '서동방을'에 적용하면, 제3·4구는 이중의 목적어를 가지게 된다. 그런데 이 이중의 목적어에서, '돗길'은 서술어 '안고가여'의 목적어가 될 수 있지

---

5 비문법적인 표현은, 정확하게 말해서, 처음에는 비문법적인 표현처럼 보이지만, 마지막에 해석된 의미로 그 표현을 바꾸면 문법적인 표현으로 이해되는 것들이다. 이 '비문법적인 표현'은 통사론적 측면에서는 '선택의 제약을 위반한 표현'으로, 논리학의 협조원리의 측면에서는 '質의 格率을 위반한 표현'으로 바꾸어 쓸 수도 있다.

만, '서동방'이 처소라는 점에서 '서동방을'은 '안고가여'의 목적어가 될 수 없다. 이는 '서동방을'과 '안고가여'의 연결이 비문법적이라는 사실을 말해준다. 그런데 '안고가여'는 '톳길'의 서술어라는 점에서, '서동방을'이 비문법적인 어휘이다. 이런 점에서 이 '서동방을'은 해석의 대상이 된다.

둘째와 셋째는 '얼아 두고'와 '톳길'이다. 앞에서 해석의 대상으로 정리한 '서동방을'을 제외하여도, 제1·2구와 제3·4구의 연결은 비문법적이다. 이런 사실은 제2구의 끝에 있는 연결어미 '-고'를 어떤 의미(열거의 의미, 이유/근거의 의미, 진행/지속의 의미, 반복의 의미)로 보아도, 제1·2구의 선화공주님이 남 몰래 얼아 둔(정을 통하여 둔) 것과 제3·4구의 밤에 토끼를 안고가는 것이 통사-의미론적으로 연결되지 않는다는 점에서 확인된다. 특히 얼아 둔(정을 통하여 둔) 것과 토끼를 안고가는 것이 연결되지 않는다. 이 둘은 모두가 다른 의미로 해석될 수 있어 해석의 대상이 된다. 왜냐하면 '얼아 두고'를 해석하여 '톳기'에 맞출 수도 있고, '톳기'를 해석하여 '얼아 두고'에 맞출 수도 있기 때문이다. 이런 점에서 '얼아 두고'와 '톳기'는 모두가 해석의 대상이 된다.

3.2. 문법성을 획득한 텍스트들

이 절에서는 앞에서 정리한 세 비문법적인 표현들(얼아 두고, 서동방을, 톳기)이 어떤 해석적 독서를 통하여, 문법성을 획득하는가를 살피려 한다. 그런데 해석의 대상이 하나일 경우에는, 그 해석된 것을 해당 문장에 넣어보면, 문법성의 획득을 쉽게 확인할 수 있다. 그러나 해석의 대상이 중의적이고 하나 이상일 경우에는 텍스트들을 구성해 보아야, 그 문법성의 획득을 확인할 수 있다. 이 점 때문에, 이 절에서는 어휘들의 중의와 은유를 먼저 해석하고, 이어서 텍스트들을 구성하여, 문법성의 획득을 확인하려 한다.

3.2.1. 중의와 은유

해석의 대상인 '얼아 두고, 서동방을, 톳기' 등을 차례로 해석해 보자.

3.2.1.1. '얼아 두고'의 삼중의

'얼아'[6]는 '얼(정을 통하-)+아(부동사형어미)'와 '얼[幼]+아[兒]'의 중의를 갖는 구문상의 동음이의어(grammatical homonymy)[7]이다. 그런데 후자의 '얼[幼]+아[兒]'는 '자식의 어린 아이'라는 의미와 '또래의 어린 아이'라는 의미로 다시 구분된다. 이런 점에서, '얼아'는 '정을 통하여, 또래의 어린 아이, 자식의 어린 아이' 등의 삼중의로 정리된다.

이번에는 '두고'를 보자. '두고'는 조동사와 본동사로 쓰이는 어휘상의 동음이의어(lexical homonymy)이다. '정을 통하여 두고'의 '두고'는 조동사로 본동사인 '정을 통한' 결과를 그대로 지닌, 즉 정을 통한 행위를 그대로 지속하는 의미이다. 이에 비해 '또래의/자식의 어린 아이 두고'의

---

6 향찰 '嫁良'을 '어라'와 '얼라'로 읽어도 이것들은 앞에서와 같은 의미의 동음이의어로 해석된다. '어라'는 '얼아'의 연철 내지 연음이란 점에서 별다른 설명을 요하지 않는다. 그리고 '얼라'는 '얼+아'에서 '-ㄹ'이 '-ㄹㄹ-'로 발음된 것이라고 보면 더 이상의 설명을 요하지 않는다.

7 종종 중의(ambiguity)는 구들이나 문장들의 구문상의 중의(the grammatical ambiguity of phrases or sentences)와 단어들의 어휘상의 중의(the lexicail ambiguity of words)로 구별된다. 이는 중의가 단어에서 나타나느냐, 구나 문장에서 나타나느냐에 따른 분류이다. 구문상의 이중적인 단위들은 하나 이상의 구조적 해석의 가능성을 허락한다. 이는 구문상의 중의이다. 어휘상의 중의는 다의어와 동음이의어 때문에 발생한다(Katie Wales, 1989, 'ambiguity'조). 리이치는 중의(ambiguity)를 어휘상의 동음이의어(lexicail homonymy), 구문상의 동음이의어(grammatical homonymy), 어휘상의 다의어(lexicail polysemy), 구문상의 다의어(grammatical polysemy) 등(Geoffey N. Leech, 1979:205~206)으로 나누기도 하였다.

'두고'는 본동사이다. 이 본동사는 '일정한 곳에 있게 하다'의 의미와 '자식을 두다'에서와 같은 '가지다'의 의미를 갖는다. 이 '두다'의 두 의미에서, 전자는 '또래의 어린 아이'와 연결되고, 후자는 '자식의 어린 아이'와 연결된다. 이런 점에서 이 '두고'는 두 의미를 이용한 어휘상의 다의어(lexical polysemy)이다.

이렇게 '얼아'와 '두고'는 각각 중의를 보이고, 다시 '얼아 두고'는 구(句)의 차원에서 중의를 보이는 구문상의 동음이의어로, '정을 통하여 두고, 또래의 어린 아이를 두고, 자식의 어린 아이를 두고' 등의 삼중의를 보인다.

3.2.1.2. '서동방을'의 다의어적 이중의

'薯童房乙'은 앞의 해독에서 정리했듯이, '서동방(처소)을'이다. '-을'은 사전적으로는 '-을, -에, -으로, -에게' 등의 의미를 가지는 어휘상의 다의어이다. 그러나 그 앞에 '서동방'과 같은 처소가 오면, '-을'의 의미는 '-에'와 '-으로'로 한정된다. 이런 점에서 '서동방을'은 '서동방으로'와 '서동방에'의 이중의를 보인다.

3.2.1.3. '톳기'의 은유와 이중의

은유의 원관념(tenor)과 보조관념(vehicle)은 리처드(I. A. Richards)의 이론이다. 그런데 우리는 리처드의 은유론을 원용하면서, 기반(ground) 또는 은유의 기반(the ground of the metaphor)을 빠트렸다. 이해를 쉽게 하기 위하여, 은유의 기반을 포함한 리이치(G. N. Leech 1979:153~156)의 은유 분석의 3단계를 따라 '톳기'를 분석해 보자.

제1단계는 은유적 사용으로부터 문자적 사용을 분리하라는 것이다. 이를 따라 작품의 시어를 분리하면 다음과 같다.

문자적 사용 : 정을 통하여 두고 ______ 안고간다.
은유적 사용 :   토끼를

제2단계는 문자적 해석들과 은유적 해석들의 간격들을 채우기 위해 의미의 요소들을 가정하면서 원관념과 보조관념을 구성하라는 것이다. 이에 따라 '토끼'의 원관념을 구성하면 다음과 같다.

원관념　: 정을 통하여 두고 [아이를] 안고간다.
보조관념 :   토끼를

문자적 의미 즉 보조관념(vehicle)의 '토끼'에 대응하는 은유적 의미 즉 원관념(tenor)으로 '아이'를 찾을 수 있다. 왜냐하면, '두고'의 '-고'에 이유나 원인의 의미가 있는데, 이를 계산하면, 남녀가 정을 통하여 둔 다음에 안고갈 수 있는 것으로는 아이가 가능하기 때문이다.

제3단계는 은유의 기반을 설명하라는 것이다. 이 은유의 기반은 은유의 원관념과 보조관념이 보여주는 공통의 특성들(common characteristics, I. A. Richards 1950:117)이다. 이 은유를 가능하게 하는 은유의 기반은 '토끼'(보조관념)와 '아이'(원관념)가 공통으로 보이는 특성들인 '예쁨' 내지 '귀여움'이다. 이 공통의 특성 때문에 원관념인 아이와 보조관념인 토끼는 유사해 보인다.

이렇게 보면 작품의 '톳기'는 보조관념인 문자적 의미로 원관념인 '아이'의 은유적 의미를 포함한 은유의 시어임을 알 수 있다. 그런데 일반적으로 은유에서 수용자들은 독서의 마지막에는 은유적 의미를 선택한다. 그러나 뒤에 보겠지만, 이 은유의 경우에 아이들은 문자적 의미를 취하고, 백관, 왕, 공주 등은 은유적 의미를 취한다. 이런 점에서 이 은유는 중의적인 표현이다.

3.2.2. 문법적인 세 부류의 텍스트들

앞의 중의와 은유에서 본 중의들을 작품에 넣으면, 12종의 텍스트들이 생산된다. 〈서동요〉가 하나의 문장으로 되어 있다는 점에서, 이 12종의 텍스트들은 12중의의 구문상의 중의(grammatical ambiguity)이기도 하다. 이 텍스트들은 일차로 〈의미가 명확한 텍스트들〉과 〈의미가 모호한 텍스트들〉로 나눌 수 있다. 〈의미가 명확한 텍스트들〉은 그 문법성이 명확하여, 문법성을 획득한 텍스트들이 된다. 이에 속한 세 부류가 있다.

먼저 〈숨겨놓은 또래의 아이를 노래하는 텍스트들[01)과 02)]〉을 보자.

01) 선화공주님은 남몰래 (또래의) 어린 아이를 두고 서동방으로 토끼를 안고간다.
02) 선화공주님은 남몰래 (또래의) 어린 아이를 두고 서동방에 토끼를 안고간다.

이 두 텍스트들에서 '남몰래 (또래의) 어린 아이를 두고'라는 말은 그 주체를 일반인으로 보면, 그 의미가 통하지 않아 비문법적인 표현 같다. 왜냐하면 세간에서 또래의 어린 아이들은 서로 남모르게 사귀지 않는다는 점에서, 이 표현은 비문법적이라고 볼 수도 있기 때문이다. 그러나 이 행위의 주체가 선화공주라는 점에서, 이 표현은 문법적이다. 왜냐하면 선화공주는 엄격한 궁궐의 생활에서 세간의 또래 아이와 사귀는 것이 금지되어 있을 것으로 보이므로, 세간의 또래 아이와 사귀려면, 남몰래 사귀게 되기 때문이다. 이런 점에서 '남몰래 (또래의) 어린 아이를 두고'는 선화공주를 주체로 할 때는 문법적인 표현이 된다. 그리고 이 작품에 포함된 '얼아 두고, 서동방을, 톳길' 등은 이 두 텍스트들[01)과 02)]에서 '또래의 어린 아이를 두고, 서동방으로/서동방에, 토낄' 등으로 해석되면서 문법성을 획득한다.

이번에는 〈밀통(密通)을 노래하는 텍스트들[03)과 04)]〉을 보자.

03) 선화공주님은 남몰래 정을 통하여 두고 서동방으로 아이를 안고간다.
04) 선화공주님은 남몰래 정을 통하여 두고 서동방에 아이를 안고간다.

이 두 텍스트들은 선화공주가 밀통을 하여 낳은 아이를 서동방으로(/서동방에) 안고가는 내용을 보인다. 그리고 이 작품에 포함된 '얼아 두고, 서동방을, 톳길' 등은 이 두 텍스트들[03)과 04)]에서 '정을 통하여 두고, 서동방에/서동방으로, 아이를' 등의 의미로 해석되면서 문법성을 획득한다.

이번에는 〈숨겨놓은 자식을 노래하는 텍스트들[05)와 06)]〉을 보자.

05) 선화공주님은 남몰래 (자식의) 어린 아이를 두고 서동방으로 아이를 안고간다.
06) 선화공주님은 남몰래 (자식의) 어린 아이를 두고 서동방에 아이를 안고간다.

이 작품에 포함된 '얼아 두고, 서동방을, 톳길' 등은 이 두 텍스트들[05)와 06)]에서 '자식의 어린 아이를 두고, 서동방으로/서동방에, 아이를' 등으로 해석되면서 문법성을 획득한다.

이 외에 〈의미가 모호한 텍스트들[07)~12)]〉로 여섯이 있다.[8]

---

8 이에 속한 여석은 텍스트 07)~12)이다. 다음과 같다.

07) 선화공주님은 남몰래 (자식의) 어린 아이를 두고 서동방으로 토끼를 안고간다.
08) 선화공주님은 남몰래 (자식의) 어린 아이를 두고 서동방에 토끼를 안고간다.
09) 선화공주님은 남몰래 (또래의) 어린 아이를 두고 서동방으로 아이를 안고간다.

4. 세 시적 청자의 해석과 신뢰성

이 장에서는 세 시적 청자들이 해석한 텍스트들과 그 신뢰성을 정리하고자 한다.

4.1. 세 시적 청자가 해석한 텍스트들

이 절에서는 앞장에서 정리한 텍스트들이 어떻게 쓰이는가를 검토하기 위하여, 세 시적 청자들이 해석한 텍스트들을 정리하려 한다. 이는 다음 절에서 검토할 신뢰성의 문제와도 관련이 있어, 세 시적 청자들이 해석한 텍스트들이 배경설화의 서사진행에서 없어서는 안 되는 것들이라는 점도 함께 정리하려 한다.

4.1.1. 백관과 왕이 해석한 텍스트들

〈서동요〉는 배경설화에서 백관과 왕으로 하여금 선화공주를 원방(遠方)에 찬류(竄流)시키게 하는 원인으로 기능한다. 이 기능에 이의를 제기할 사람은 아무도 없다. 문제는 이 기능을 앞에서 살핀 여러 텍스트들

---

10) 선화공주님은 남몰래 (또래의) 어린 아이를 두고 서동방에 아이를 안고간다.
11) 선화공주님은 남몰래 정을 통하여 두고 서동방으로 토끼를 안고간다.
12) 선화공주님은 남몰래 정을 통하여 두고 서동방에 토끼를 안고간다.

07)과 08)에서는 선화공주가 남몰래 (자식의) 어린 아이를 둔 내용과 서동방으로(/서동방에) 토끼를 안고가는 내용의 연결이, 09)와 10)에서는 선화공주가 남몰래 (또래의) 어린 아이를 둔 내용과 서동방으로(/서동방에) 아이를 안고가는 내용의 연결이, 11)과 12)에서는 선화공주가 남몰래 정을 통하여 둔 내용과 서동방으로(/서동방에) 토끼를 안고가는 내용의 연결이 각각 잘되지 않는다. 이 〈의미가 모호한 텍스트들〉은 앞에서 살핀 〈의미가 명확한 텍스트들〉을 창출하는 과정에 부수적으로 발생한 騷音의 텍스트들이라고 할 수 있다.

중에서 어느 것이 수행하느냐 하는 것이다. 이에 대한 대답은 앞에서 정리한 〈밀통을 노래하는 텍스트들[03)과 04)]〉과 〈숨겨놓은 자식을 노래하는 텍스트들[05)와 06)]〉이다. 만약 이 텍스트들의 내용들, 즉 선화공주가 밀통을 하였거나 숨겨놓은 자식을 가지고 있다는 내용들로 〈서동요〉가 해석되지 않는다면, 예로 〈숨겨놓은 또래의 아이를 노래하는 텍스트들[01)과 02)]〉로 해석된다면, 백관과 왕은 〈서동요〉에서 선화공주를 원방에 찬류시킬 수 있는 내용을 확보하지 못한다. 그만큼 이 텍스트들[03)~06)]은 백관과 왕으로 하여금 선화공주를 원방에 찬류시킬 수밖에 없게 하는 원인으로 기능한다는 점에서, 이 텍스트들은 백관과 왕이 해석한 것들이며, 배경설화의 서사진행에서 없어서는 안 되는 것들이라고 정리할 수 있다.

4.1.2. 아이들이 해석한 텍스트들

서동은 경주에 가서, 마을과 거리의 여러 아이들에게 마를 먹여, 여러 아이들이 자기를 가까이하고 따르므로, 〈서동요〉를 짓고 여러 아이들을 꾀어 노래하게 하였다. 그 결과 〈서동요〉는 서울에 가득 퍼져 궁궐에까지 다다르게 된다. 이 일련의 사건은 〈서동요〉의 유희와 유포의 기능을 보여준다. 이 유희와 유포의 기능을 부정할 사람은 없다. 이 경우에 생각해 볼 것이 하나 있다. 즉 아이들이 유희로 즐긴 노래의 내용과 서동이 유포시키고자 한 내용이 같은 것이냐 하는 문제이다. 앞에서 살폈듯이 서동이 유포시키고자 한 내용은 찬류의 원인이 되는 텍스트들[03)~06)]의 것들이다. 그러면 아이들도 이 텍스트들을 유희로 즐겼을까? 특히 선화공주가 저지르지도 않은 밀통을 했다는 내용이나, 낳지도 않은 자식을 안고가는 내용의 이 텍스트들[03)~06)]을 아무런 부담도 없이 유희로 즐겼을까? 아이들은 이 텍스트들을 노래하면 신변의 위협을 느낄 수 있어, 이 텍스트들의 노래를 주저(躊躇)하고 끝내는 노래하지 않았을 것으로 판단한다.

그런데 서동은 이런 내용의 노래를 아이들을 통하여 유포시켜야만 자신의 목적을 달성할 수 있다. 이런 상황에서 서동이 취할 수 있는 방법은 무엇일까? 그 방법은 선화공주가 음예(淫穢)한 여자라는 내용을 백관과 왕은 감지할 수 있지만, 아이들은 그 내용을 감지할 수 없게 작품에 함축시키고, 아이들은 선화공주가 음예한 여자가 아닌 내용만을 감지할 수 있게 하는 것이다. 이 두 측면을 만족시키는 방법은 중의를 이용하는 것이다. 이 중의가 바로 앞에서 본 '얼아 두고'와 '돗길'이다. 이 두 중의에서 아이들이 취한 의미는 '또래의 어린 아이'와 '토낄'이다. 이 두 의미가 들어간 텍스트들이 바로 〈숨겨놓은 또래의 아이를 노래하는 텍스트들[01)과 02)]〉이다. 이런 점에서 이 두 텍스트들[01)과 02)]은 아이들이 〈서동요〉를 읽고 해석한 것들이며, 배경설화의 서사진행에서 없어서는 안 되는 것들이라고 정리할 수 있다.

4.1.3. 선화공주가 해석한 텍스트들

선화공주가 "동요의 효험·효능을 믿었다"[信童謠之驗, 驗=效驗, 效能]는 사실은 〈서동요〉의 내용과 일치하는 사건을 현실에서 확인하였다는 것을 의미한다. 그러면 이 배경설화의 사건은 무엇일까? 이는 "이로 인해 수행하고 잠통하였는데, 그런 후에 서동의 이름을 알고"[因此隨行潛通焉 然後知薯童名]에서 보이는, 선화공주가 서동과 잠통(=밀통)한 사건이다. 그리고 이 사건과 일치하는 내용이 앞장에서 정리한 〈밀통을 노래하는 텍스트들[03)과 04)]〉의 것들이다. 즉 두 텍스트들에서 '남몰래 정을 통하여(他 密只 嫁良)'는 밀통을 의미하고, '서동방을'은 처소를 통해 밀통의 대상을 간접적으로 언급한 것이다. 그런데 이 두 텍스트들을 먼저 인식하고, 그 다음에 배경설화의 사건이 발생하면, 선화공주는 〈서동요〉의 효험·효능을 믿게 된다. 이런 점에서, 선화공주가 해석한 텍스트들은 03)과 04)이며, 이 두 텍스트들[03)과 04)]은 배경설화의 서사진행에서 없어서는 안 되는 것들이라고 정리할 수 있다.

4.2. 신뢰성과 기량난측

3장에서 정리한 텍스트들[01)~06)]에 대하여, 이 텍스트들은 작가가 의도하지도 않은 것을 해석자가 발명한 것이 아니냐 하는 질문을 할 수도 있다. 말을 바꾸면, 이 텍스트들은 송신인의 코드를 수용하고 수신인의 개인적 코드를 거부한 신뢰성의 해석이 아니라, 송신인의 코드를 거부하고 수신인의 개인적 코드를 도입한 선제성(先制性)의 해석(U. Eco 1979, 서우석 1985:302)이 아니냐 하는 질문이다. 특히 이런 질문은 탁월하고 좋은 작품을 해석하였을 때에 흔히 제기된다.

이런 질문에 대해 자신의 해석이 신뢰성의 해석이란 근거를 제시하는 것은 일반적으로 쉽지 않다. 그러나 이 작품의 경우에는 이를 증명할 수 있는 배경설화가 있어, 그 대답이 쉬운 편이다.

4.2.1. 배경설화의 서사진행과 텍스트들의 신뢰성

신뢰성의 해석은 송신인의 코드를 수용하기 때문에, 어느 작품의 역사적 환경에서 그 작품의 의미를 밝히려는 역사주의적 해석이다. 이 입장에 서서, 우리가 〈서동요〉의 역사적 환경으로 취할 수 있고 취하여야 할 것은, 바로 〈무왕〉조의 서사이다. 왜냐하면 두 말을 할 것도 없이 〈무왕〉조는 〈서동요〉의 배경설화이기 때문이다. 이 배경설화의 서사진행에 부합하고 없어서는 안 될 텍스트들이면, 이 텍스트들은 신뢰성의 해석이 되고, 그렇지 않으면 선제성의 해석이 된다.

그런데 앞의 제1절에서 살핀 바와 같이, 〈서동요〉의 시적 청자이면서 동시에 해석자인 아이들, 백관과 왕, 선화공주 등은 배경설화의 서사진행에 부합하고 없어서는 안 되는 그들만의 텍스트들을 취하였다. 즉 아이들은 〈숨겨놓은 또래의 아이를 노래하는 텍스트들[01)과 02)]〉을, 선화공주는 〈밀통을 노래하는 텍스트들[03)과 04)]〉을, 백관과 왕은 〈밀통을 노래하는 텍스트들[03)과 04)]〉과 〈숨겨놓은 자식을 노래하는 텍스트들[05)와 06)]〉을 각각 취하였다. 만약 이 시적 청자들이 앞에서 정리한 텍스트들을 취하지 않고 나머지 다른 것들을 취하면, 배경설화의 그럴듯한 또는 논리적인 서사진행은 불가능하다. 이렇게 앞에서 정리한 중의적 표현과 텍스트들은 세 시적 청자들이 각각 그들의 위치에서 취한 것들로, 배경설화의 서사진행에 부합하고, 없어서는 안 되는 것들이란 점에서, 신뢰성의 해석이라고 말할 수 있다.

4.2.2. 기량난측과 텍스트들의 신뢰성

〈무왕〉조의 첫머리("第三十武王 名璋 母寡居 築室於京師南池邊 池龍交通而生 小名薯童 器量難測…")에서는, 서동의 인물을 '기량(器量)'이 '난측(難測)'하다고 추상적으로 서술하였다. 그러면 〈무왕〉조에서 이 난측한 서동의 기량은 무엇일까? 이 인물의 추상적 서술에 상응하는 예증의 사건들은 무엇인가를 검토해 보자.

이 예증의 사건들은 〈무왕〉조의 전반부에서 나온다.[9] 전반부는 시작

---

9 후반부는 母后가 준 금을 서동 앞에 선화공주가 꺼내는 부분부터 미륵사가 지금까지 존재한다는 끝부분까지이다. 이 후반부에서 器量 내지 才能을 드러낸 인물은 서동이 아니라, 知命法師이다. 지명법사는 하룻밤에 금을 신라 궁중으로 옮기고, 못을 메운다. 이로 보아, 배경설화의 후반부에는 서동의 器量이 難測하다는 인물의 抽象的 敍述에

부터 선화공주를 얻어 함께 백제에 도착한 때까지이다. 이 전반부에서 서동이 보인 그의 기량은 〈서동요〉와 그 밖의 것들로 나눌 수 있다. 그 밖의 것들에는 단 두 가지가 있다. 하나는 마[薯蕷]를 먹여 아이들로 하여금 자기를 가까이하고 따르게 한 사건이다. 다른 하나는 자신을 찬류(竄流)시키게 하고 의도적으로 따라온 서동을 선화공주가 우연으로 믿게 한 사건이다. 이에 비해 〈서동요〉에서 발견되는 기량은 크게 둘로 정리할 수 있다. 하나는 앞의 4.1.절에서 검토한 바와 같이, 세 시적 청자들이 각각 그들의 위치에서 해석할 수 있게 중의적 표현들을 구사하여 〈서동요〉를 지었다는 것이다. 다른 하나는 세 시적 청자들의 사고, 생활, 동요관(童謠觀) 등을 이용하여, 세 시적 청자들이 각각 그들의 위치에서 해석하면서 계략(計略)에 빠진 것을 모르도록 〈서동요〉를 지었다는 것이다. 후자는 좀더 구체적인 설명을 요한다.

먼저 세 시적 청자들의 사고와 생활을 서동이 철저하게 이용하였다는 사실을 보자. 아이들은 작품의 시어에서 '얼아 두고'를 '또래의 어린 아이를 두고'로, '톳기'를 문자적 의미인 '토끼'로 각각 해석하였다. 이렇게 아이들이 읽은 이유를 보자. 전자에서 '또래의 어린 아이'를 택한 것은 아이들이 또래 문화에 익숙하다는 점에 근거한다. 즉 아이들은 또래들이 끼리끼리 논다. 이로 인해 '얼아'의 세 의미들 중에서 우선 선택하는 것이 '또래의 어린 아이'이다. 그리고 후자에서 '토끼'를 택한 것은 아이들은 은유적 사고를 통해서 해석하는 것보다 일상생활에서 익숙하고 문면에 나와 있는 문자적 의미를 그대로 수용하는 특성 때문이다. 즉 '토끼'를 은유적으로 해석하여 얻는 '아이'보다, 일상생활에서 매우 익숙하고 문면에 나와 있는 '토끼'를 아이들은 쉽게 선택하기 때문이다. 이런 점에서

상응하는 例證의 事件은 없다고 정리된다.

앞의 중의와 은유에서 앞의 텍스트만을 아이들이 읽을 수 있게 한 것은 아이들의 사고와 생활을 이용한 것으로 정리할 수 있다.

백관과 왕은 '얼아 두고'를 '정을 통하여 두고'와 '자식의 아이를 두고'로, '톶기'를 은유적 의미인 '아이'로 해석하였다. 이렇게 읽은 이유를 보자. 성인들은 성생활(性生活)을 하고, 성과 관련된 육담(肉談)과 은어(隱語)를 사용하며, 어린 자식을 키우고 함께 살며, 은유와 완곡어법(婉曲語法)을 사용한다. 특히 시작(詩作)에서는 은유를 종종 사용한다. 이런 생활과 사고를 하는 성인에 백관(百官)과 왕도 속한다. 이런 백관과 왕이기에, '얼아 두고'와 '톶기'의 표현을 보거나 들었을 때에, 그들은 '얼아 두고'를 그들의 사고와 생활에서 흔히 나오는 '정을 통하여 두고'나 '자식의 어린 아이를 가지고'로, '톶기'를 '아이'로 각각 이해하고 읽어내게 된다. 이는 결국 백관과 왕이 속한 성인이 보이는 사고와 생활을 간파(看破)하고, 이를 이용하여 백관과 왕이 선화공주를 원방(遠方)에 찬류(竄流)시키게 하는 텍스트들[03)~06)]로 해석하게 '얼아 두고'와 '톶기'를 표현한 것이 된다.

선화공주는 '얼아 두고'를 '정을 통하여 두고'로, '톶기'를 은유적 의미인 '아이'로 해석하였다. 이렇게 읽은 이유를 보자. 선화공주는 왕의 사고와 생활에 의해 통제된다. 이로 인해 이 작품에서 선화공주가 해석한 텍스트, 좀더 정확하게 말하면, 왕이 해석하고 선화공주에게 부여한 텍스트들은 03)과 04)이다. 이런 점에서 이 두 텍스트들[03)과 04)]은 선화공주의 사고와 생활을 철저하게 이용한 것으로 정리할 수 있다.

이렇게 서동은 세 시적 청자들이 그들의 사고와 생활로 보아 '얼아 두고'와 '톶기'를 어떻게 해석할 것인가를 철저하게 계산하고 〈서동요〉를 지었다.

이번에는 세 시적 청자들의 동요관(童謠觀)을 서동이 철저하게 이용하였다는 사실을 보자. 동요는 보는 각도나 사람에 따라, 현실반영(現實反映)의 노래일 수도 있고, 예언(豫言)의 참요(讖謠)일 수도 있으며, 주원(呪願)의 주가(呪歌)일 수도 있고, 유희(遊戲)의 노래일 수도 있다. 그런데 동요를 백관과 왕은 현실반영의 노래로, 선화공주는 주원의 주가로, 아이들은 유희의 노래로 각각 보고 있다. 이런 사실은 세 시적 청자들이 해석한 텍스트들과 그것들을 보는 동요관에서 알 수 있다.

아이들은 작품을 〈숨겨놓은 또래의 아이를 노래하는 텍스트들[01)과 02)]〉로 해석하였다. 그리고 이 두 텍스트들은 앞에서 보았듯이 관련 설화에서 유희의 기능을 한다. 또한 이 두 텍스트의 내용은 현실반영의 노래나 예언의 참요나 주원의 주가 등의 어느 것도 될 수 없는 것이고, 단지 아이들이 유희할 수 있는 것이다. 이런 점에서, 아이들은 작품을 〈숨겨놓은 또래의 아이를 노래하는 텍스트들[01)과 02)]〉로 해석하면서, 유희한다. 이는 아이들이 동요를 유희요로 보는 동요관을 서동이 이용한 것이 된다.

백관과 왕은 동요를 현실반영의 노래로 보았다. 백관과 왕은 작품을 〈밀통을 노래하는 텍스트들[03)과 04)]〉과 〈숨겨놓은 자식을 노래하는 텍스트들[05)와 06)]〉로 해석하면서, 이를 현실의 반영으로 보았기에 선화공주를 원방에 찬류시키게 된다. 만약 백관과 왕이, 〈서동요〉를 참요나 주가나 유희요로 보았다면, 선화공주를 원방에 찬류시킬 필요가 없다. 왜냐하면, 〈서동요〉를 참요나 주가나 유희요로 보았다면, 〈서동요〉의 내용에는 선화공주가 잘못한 행동은 하나도 없기 때문이다. 특히 정을 통하거나, 숨겨놓은 자식을 가지고 있거나, 자식을 안고 가는 내용들은, 현재 실제로 선화공주가 저지른 비행(非行)이 아니라, 앞으로 그렇게 할 것이라는 예언이거나, 누군가가 선화공주가 그렇게 하기를 바라는 주가의 내용이거나, 유희의 내용에 불과하다. 이로 인해 선화공주를 원방에 찬류시킬 필요가 없다. 그러나 정을 통하거나, 숨겨놓은 자식을 가지고 있거나, 자식을 안고 가는 내용들을 현실의 반영으로 보면, 백관과 왕은 선화공주를 원방에 찬류시킬 수밖에 없다. 이런 점에서 서동은 백관과 왕이 동요를 현실의 반영으로 본다는 점을 간파하고, 이를 이용하여, 앞의 텍스트들[03)~06)]이 찬류원인(竄流原因)의 기능을 하게 계산한 것으로 판단한다.

선화공주는 동요를 주원(呪願)의 주가(呪歌)로 보고 있다. 왜냐하면 선화공주는 동요의 효험·효능을 믿기 때문이다. 만약 선화공주가 〈서동요〉를 현실반영의 노래나 예언의 참요나 유희의 노래로 보았다면, 선화공주는 배경설화에서와 같이 〈서동요〉의 효험·효능을 믿지 않았을 것이다. 이런 점에서 서동은 선화공주의 동요관을 철저하게 이용하여, 선화공주가 〈서동요〉에서 이 두 텍스트들[03)과 04)]의 주가적 기능을 해석하게 〈서동요〉를 지은 것으로 판단한다.

이렇게 서동은 세 시적 청자들의 동요관을 철저하게 파악하고, 그들이 〈서동요〉를 이에 입각하여 해석하리라는 것을 계산하여, 그 해석의 결과들이 자신의 목적인 계략구처(計略求妻)에 도움을 주도록 〈서동요〉를 지었다.

이는 앞에서 본 바와 같이, 세 시적 청자들이 그들의 사고와 생활로 보아 작품의 시어 '얼아 두고'와 '돗길'을 어떻게 해석할 것인가를 철저하게 계산하고, 그 해석의 결과들이 자신의 목적인 계략구처에 도움을 주도록 〈서동요〉를 지은 것에 부가된 내용이다. 둘을 합치면, 결국 세 시적 청자들의 사고, 생활, 동요관 등을 간파하고, 그들이 〈서동요〉를 그의 목적인 계략구처에 도움을 주게 해석하도록, 서동이 〈서동요〉를 지은 것이 된다. 이는 가히 '기량난측(器量難測)'이란 말을 할 수 있게 한다. 그런데 작품 〈서동요〉와 그 계략구처의 기능에서 발견되는 이 '기량난측'은 배경설화의 앞부분에 나오는 '기량난측'과 일치한다.[10] 이 일치는 서술자가 〈서동요〉의 작가인 서동의 기량난측을 인식한 것이다. 그리고 이 일치는 서동의 기량난측을 〈무왕〉조의 시작 부분에서는 추상적인 '기량난측'으로 서술하고, 〈무왕〉조의 전반부에서는 〈서동요〉와 그 기능으로 예증한 것이 된다. 이런 점에서도 앞에서 정리한 중의적 표현들과 텍스트들은 신뢰성(信賴性)의 해석(解釋)이라고 말할 수 있다.

5. 결론

지금까지 〈서동요〉에서 문제가 되어온 향찰 '薯童房乙'을 해독하고 확인한 '서동방(處所)을'과, 향찰 '夘乙'을 판독하고 해독한 '卯乙(톳길)'을 바탕으로, 〈서동요〉의 중의적 표현과 세 시적 청자의 해석을 검토해 보았다. 그 중요한 결과를 요약하는 것으로 결론을 대신하려 한다.

1) '얼아'와 '두고'는 각각 중의로, '정을 통하여 두고, 또래의 어린 아이를 두고, 자식의 어린 아이를 두고' 등의 삼중의를 생성한다.

2) '서동방을'은 '서동방으로'와 '서동방에'의 이중의를 가진다.

3) '톳기'는 그 원관념을 '아이'로 하고, 그 은유의 기반을 '예쁨' 내지 '귀여움'으로 하는 은유의 보조관념이다. 이 은유에서 아이들은 문자적 의미를 취하고, 백관, 왕, 공주 등은 은유적 의미를 취한다는 점에서, 이 은유는 중의적인 표현이다.

4) 앞의 세 중의적 표현들은 12중의의 구문상의 중의를, 곧 12종의

---

10 '器量'은 "才器與德量也"(中文大辭典編纂委員會 편, 중화민국 62년, '器量'조)와 "사람의 도량과 재간"(신기철·신용철 편저, 1975, '기량(器量)'조)의 의미로 정리되어 있다. 이 중에서 '才器' 또는 '재간'이 서동의 計略求妻와 그 핵심 수단인 〈서동요〉의 창작에 해당한다.

텍스트들을 생성하며, 〈숨겨놓은 또래의 아이를 노래하는 텍스트들[01)과 02)]〉, 〈밀통을 노래하는 텍스트들[03)과 04)]〉, 〈숨겨놓은 자식을 노래하는 텍스트들[05)와 06)]〉 등은 〈의미가 명확한 텍스트들〉에 속하고, 나머지 여섯 텍스트들은 〈의미가 모호한 텍스트들[07)~12)]〉에 속한다.

5) 세 시적 청자들은 각각 작품을 배경설화의 서사진행에 부합하고 없어서는 안 되는 자신들만의 텍스트들로 해석한다. 〈숨겨놓은 또래의 아이를 노래하는 텍스트들[01)과 02)]〉은 아이들이 해석한 것들이고, 〈밀통을 노래하는 텍스트들[03)과 04)]〉은 선화공주가 해석한 것들이며, 〈밀통을 노래하는 텍스트들[03)과 04)]〉과 〈숨겨놓은 자식을 노래하는 텍스트들[05)와 06)]〉은 백관과 왕이 해석한 것들이다.

6) 세 시적 청자들이 각각 작품을 배경설화의 서사진행에 맞는 텍스트들로 해석하게 된 것은 서동이 세 시적 청자들의 사고, 생활, 동요관 등을 간파하고, 이렇게 해석하리라는 입장에서 〈서동요〉를 창작하였기 때문이다.

7) 이렇게 되면, 〈서동요〉는 세 시적 청자의 사고, 생활, 동요관 등을 이용하여, 그들이 각각 작품을 다른 텍스트들로 읽게 하여 자신의 목적인 계략구처(計略求妻)를 성취한 매우 탁월한 작품이 되고, 서동은 이 작품을 쓴 대단한 작가가 된다. 이 해석에 대해 신뢰성의 문제를 제기할 수 있다. 이 문제 제기에 대한 답은 일차적으로 세 시적 청자들이 해석한 텍스트들이 있어야만, 배경설화의 그럴듯하고 논리적인 서사진행이 가능하다는 점에서, 이차적으로 〈무왕〉조의 서두에서 서술자가 서동을 '기량난측'이라고 추상적인 서술을 하고, 이에 상응하는 구체적인 예증의 사건으로 〈서동요〉의 창작과 그 기능들을 배경설화의 전반부에서 보여준다는 점에서, 세 시적 청자들이 해석한 텍스트들은 신뢰성의 해석이라고 정리할 수 있다.

이 글에서는 〈서동요〉의 극적 반어(dramatic irony)와 서동이 보이는 트릭스터(trickster)의 문제들을 논의하지 않았다. 이에 대한 논의는 앞의 글(1997c)로 돌린다.

이 글은 전에 발표한 글(양희철 2009b)을 다듬은 것임.

향가 수사의 전모

1. 서론

이 글은 향가의 수사의 전모를 정리하는 데 연구의 목적이 있다.

먼저 연구사를 간단하게 보자. 정병욱(1952)은 「향가의 역사적 형태론 시고」(『국어국문학』 2, 국어국문학회)에서 향가의 수사에 관심을 표명하였다. 향가의 수사에 대한 좀더 구체적인 관심과 언급 중에서 개괄적인 단평은, 「신라가요의 문학적 우수성」에서 보인다. 『국학연구논고』(1962)에 수록된 이글은 1959의 글로 되어 있으며, 『증정 고가연구』(1965)에는 「평설: 신라가요의 문학적 우수성」의 제목으로 전게되어 있다.

…그러면 우리 古詩歌의 質的 水準은? 羅歌 十四首 전부가 個個의 특질로 보아 어느것이나 뜻깊은 秀作 아님이 아니나, 순연한 문학적 眼目으로 보아, 모르긴 몰라도, 그 約半數는 참으로 뛰어난 驚異로운 작품들이다. 이를테면 年代順으로 ― 저 融天師 「彗星歌」의 교묘한 메타포어와 경쾌한 유우머, 「風謠」의 「江南多蓮葉曲」을 無色케 할만한 그 소박·悠遠性, 失名老人 「獻花歌」의 그 修辭的 技法과 語法을 통한 멋진 風流, 月明師 「祭亡妹歌」의 漢·晋古詩를 훨씬 능가하는 哀切한 인생觀과 그 깊디 깊은 悲

傷, 忠談師「讚耆婆郎歌」의 저 劈空撰出의 高邁한 託意와 希臘唱劇의 三部樂을 연상케 하는 그 탁월한 構成, 그리고 저「處容歌」의 그 奇想天外의「이데」(想)와 독특한 노래法 등 — 어느것이 문학적으로 우수한「걸작」아님이 있는가(양주동 1965:883~884).

향가의 수사에 대한 전반적인 연구는 PETER H. LEE(1959)의 *STUDIES IN THE SAENAENNORAE: OLD KOREAN POETRY*(ROME: ISTITUTO ITALIANO PER IL MEDIO ED ESTREMO ORIENTE)에서 시작되었다고 할 수 있다. 그러나 이 연구는 이재선(1972)의 연구에서 소개될 때까지 국내에 알려지지 않았으며, 향가의 수사론은 정병욱(1952), 이병기(1961), 김열규(1971) 등의 단편적인 이해가 대신하여 왔다.

이재선(1972)은 P. H. LEE(이학수 1959)에 이어서 향가의 수사를「신라향가의 어법과 수사」(김열규, 정연찬, 이재선 공저,『향가의 어문학적 연구』, 서강대학교 출판부)에서 전반적으로 연구하였다. 이 논문은『향가의 시적 어법과 수사』(이재선,『향가의 이해』, 삼성미술문화재단, 1979)와「향가의 수사론과 상상력」(김열규·신동욱 편,『삼국유사와 문예적 가치해명』, 새문사, 1982)이라는 제목으로 옮겨 실렸다. 이 이재선의 논문은 박성의(1974), 윤영옥(1980a), 박노준(1982) 등의 요약적이거나 부분적인 연구에 영향을 주었다.

최철(1983a)은 이재선(1972; 1979; 1982)에 이어서 향가의 수사를「향가의 수사와 상상력」(최철,『향가의 문학적 연구』, 새문사, 1983c)에서 전반적으로 정리하였다. 이 글은 거의 같은 내용의「향가의 수사기법에 대하여」(최철,『동방학지』39, 연세대학교 국학연구원, 1983d)를 옮겨 실은 것 같다. 이 글들은 논지에는 변화를 주지 않고 글을 다듬어서「향가의 수사기법」(김승찬 편저,『향가 문학론』, 새문사, 1986)이란 제목과,

「향가의 수사와 상상력」(고가연구회 편, 『향가의 수사와 상상력』, 보고사, 2010)이란 제목으로 옮겨지기도 했다.

이렇게 1980년대 초반까지 나온 향가의 수사는 단행 논문으로 정리되고, 저서에 옮겨 실렸다. 그러나 그 후에 나온 연구들은 작품론의 차원에서 연구할 뿐, 이를 수사론의 차원에서 하나의 논문이나 글로 정리한 연구는 보이지 않는다.

이에 이 글에서는 그간에 나온 향가의 수사를 종합하면서, 미흡점을 보완하고자 한다. 선행연구들에서는 수사와 어법을 함께 검토하였으나, 이 글에서는 수사만을 검토하고 정리하려 한다.

2. 『삼국유사』 향가의 수사

『삼국유사』의 향가는 4구체, 8구체, 10구체 순으로 정리한다.

2.1. 〈서동요〉

"그는 간접적으로 반어적으로 그리고 유머 감각을 가지고 접근한다." (he approaches it indirectly and ironically and with a sense of humor. P. H. LEE 1959:105)의 반어와 유머, "狀況을 전도시켜 버린 Irony"(이재선 1972:178), "전도된 상황 설명의 Allegory"(최철 1983c: 113) 등이 언급되기도 했다. 이 중에서 반어가 인정된다. 즉 이 작품을 통하여 신라의 왕과 백관, 아이들, 선화공주 등을 속는자 곧 알라존의 희생양으로 만들고, 나아가 신라인을 바보로 만들면서 백제인들의 결속을 도모한다는 점에서, 상황적 아이러니, 즉 극적 아이러니(양희철 1997c:

62~64)를 형성한다.

'他/남(이)'에서는 주격어미 '-이'가 생략되었다.

최근에 '夘(=卯)'가 '톳기'로 읽히면서 중의법이 정리되었다. '얼아'와 '두고'(조동사, 본동사)는 각각 중의로, '정을 통하여 두고, 또래의 어린 아이를 두고, 자식의 어린 아이를 두고' 등의 삼중의를 생성하고, '서동방을'은 '서동방으로'와 '서동방에'의 이중의를 갖는다. 그리고 '톳기'는 그 원관념을 '아이'로 하고, 그 은유의 기반을 '예쁨' 내지 '귀여움'로 하는 은유의 보조관념이며, 이 은유에서 아이들은 문자적 의미를 취하고, 백관, 왕, 공주 등은 은유적 의미를 취한다는 점에서, 이 은유는 중의적인 표현이다. 이렇게 어휘 차원에서 정리된 세 중의적 표현들은 구문상의 6중의를 통하여 여섯 텍스트를 보여준다. 〈숨겨놓은 또래의 아이를 노래하는 텍스트들〉인 "01) 선화공주님은 남몰래 (또래의) 어린 아이를 두고 서동방으로 토끼를 안고가여"와 "02) 선화공주님은 남몰래 (또래의) 어린 아이를 두고 서동방에 토끼를 안고가여"는 아이들이 해석한 것들이고, 〈밀통(密通)을 노래하는 텍스트들〉인 "03) 선화공주님은 남몰래 정을 통하여 두고 서동방으로 아이를 안고가여"와 "04) 선화공주님은 남몰래 정을 통하여 두고 서동방에 아이를 안고가여"는 선화공주는 물론 왕과 백관들이 해석한 것들이며, 〈숨겨놓은 자식을 노래하는 텍스트들〉인 "05) 선화공주님은 남몰래 (자식의) 어린 아이를 두고 서동방으로 아이를 안고가여"와 "06) 선화공주님은 남몰래 (자식의) 어린 아이를 두고 서동방에 아이를 안고가여"는 왕과 백관들이 읽은 것들이다(양희철 2009b:190~203).

공주가 해석한 텍스트는 동종(모방)주가인데, 이 외에 유희요의 텍스트와 현실반영요의 텍스트가 더해졌다는 점에서, 〈서동요〉는 동종주가의 패러디이다.

2.2. 〈풍요〉

'오가' 또는 '오다'로 읽은 '來如'의 반복법(P. H. LEE 1959:105, 이재선 1972:175 등)과 '셔럽-'의 반복법(박성의 1974:157, 윤영옥 1980a:163 등)이 정리되었다. 특히 "오가, 오가, 오가, 오가"의 반복법을 도발적인 기교(suggestive technique, P. H. LEE 1959:106)로 보기도 하고, 제1구와 제4구를 수미쌍관(윤영옥 1980a:162, 박노준 1982:115, 황패강 1986:99)으로 보기도 하였다. 그런데 이 반복들에서 제1구의 반복은 인정되지만, 앞구의 끝시어를 그 다음구의 첫시어로 반복하고, 끝구의 끝시어를 첫구의 첫시어로 반복하는 것은 반복법보다 연쇄법에 해당한다. 이 연쇄법과 반복법은 〈풍요〉가 회문시(回文詩)임을 말해준다(양희철 1997c:371~376).

'功德(을)'에서는 목적격어미 '-을'이 생략되었다.

'공덕 닦아 오가'는 반어적 표현(윤영옥 1980a:163)으로 보기도 하나, 5회 반복된 '오가'는 모두 설의법(양희철 1997c:369)[1]이다. 이 용어를 수사의문문으로 수정한다. 국내에서 설의법과 수사의문문(rhetorical question, 또는 반어의문문)을 구분하기도 하고, 하나로 보기도 한다. 즉 설의법은 '쉽게 판단할 수 있는 사실을 의문의 형식으로 표현하여 상대편이 스스로 판단하게 하는 수사법'으로, 수사의문문은 '문장의 형식은 물음을 나타내나 답변을 요구하지 아니하고 강한 긍정 진술을 내포하고 있는 의문문'으로 구분하기도 한다. 하나의 같은 개념으로 본다. 즉 이미 잘 알려진 것을

---

1 '來如'를 '오가'로 읽고, 그 의미를 의역에서는 '오가?'로, 설명에서는 '설의'로 명확하게 정리를 하였다(양희철 1997c:340, 369). 그런데 이 해독을 인용한 다음에, 각주 50)에서 "어석은 양희철(1997)을 취했다. 그 이유는 문면의 모든 "如"를 일관성 있게 "가"로 音讀했기 때문이다. 다만 "오가"라는 표현은 구체적 의미가 잘 드러나지 않는 점을 해명해야 할 것이다."(ⓢⓒⓦ 2011:107)라고, '오가'의 해독을 취한 이유를 설명한 다음에, 성실하지 않게 비판한 글이 나왔다. 성실한 글쓰기가 요청된다.

의문형으로 바꾸어 스스로 판단하면서 확인 강조하게 하는 변화법의 수사이다.

2.3. 〈헌화가〉

'딛배'로 읽히는 '紫岩'은 '붉은 바위'의 의미를 가진 중의어(붉은 바위, 붉은 옷을 입은 순정공, 양희철 1997c)이다.

'手'는 손발의 손과 수단(手段)의 두 의미를 보여주는 중의어로 정리한 바가 있는데, 이보다는 향찰 '手'를 '손'으로 읽고 중의어(사지의 '손', "한 수 위"에서 보이는 '수'의 옛말 '손')로 보는 것이 좀더 정확해 보인다.

'母牛'를 '암소'의 의미로 보고, '모성상징'(이재선 1972:176), "'생활' 자체의 상징"(박노준 1982:211), 상징법(최철 1983c:117) 등의 수사로 보는 가운데, '母牛'를 '어미소'의 의미로 보고, 중의어(새끼가 딸린 어미소, 자식이 있는 처, 양희철 1997c:331~332)로 보는 해석이 나왔다.

'岩乎/바호(의), 手/손(이), 母牛/어ᅀᅵ쇼(를)' 등에서는 괄호 안의 격어미들을 생략하였다.

'꽃'은 〈헌화가〉의 꽃과 같은 공물의 상징(이재선 1972:176), 상징법(최철 1983c:117) 등이 주장되는 가운데, 이 '꽃'을 중의어(철죽꽃, 수로부인 당신, 양희철 1997c:331)로 본 주장이 나왔다. 그 후에 '수로부인의 아름다움의 상징'(신재홍 2006:273)으로 본 주장도 나왔다.

'나흘 안디 붓글히샤든'은 도치법(이재선 1972:176, 박성의 1974:157, 최철 1983c:110)으로 보기도 하나, 도치법이 아닌 것 같다.

대우적(對偶的) 포치(布置)(이재선 1972:176) 또는 대우법(최철 1983c:110)이 [순정공·수로부인 = 老翁·牸牛]에서 정리되고, 대조법이 "老翁과 누런 암소는 쇠락하고 추한 모습으로 아름다운 자태의 水路夫人과

꽃에 대조를 이루고 있으며"(최철 1983c:110)에서 정리되었다.

'가정법내의 직설법'(이재선 1972:177)과 가정법(최철 1983c:110, 양희철 1997c:331)이 〈헌화가〉에서 정리되었다. 특히 이 가정법은 앞에서 정리한 중의어들('딛배, 손, 母牛, 꽃')과 결합하여, 두 텍스트를 형성한다. 즉 수작적(酬酌的) 텍스트와 교훈적(敎訓的) 텍스트이다. 전자는 종속절의 내용인 나를 부끄러워함이 없다면, 주절의 내용을 실행하겠다는 의미이다. 즉 당신을 꺾어 드리겠다는 수작적 의미이다. 후자는 종속절의 내용에 반대되는 행동, 즉 수작을 부리지 말라는 교훈적 내용을 청자로 하여금 행하라는 것이다. 이와 같은 주제의 표현은 〈해가(海歌)〉에서 확인할 수 있다. 이 두 텍스트는 구문상의(/문법상의) 이중의로 정리할 수 있다.

〈헌화가〉는 〈해가〉와 같은 구속언어의 구속시가를 패러디하여, 수작적 텍스트와 교훈적 텍스트를 보여준다는 점에서 구속언어의 패러디이다(양희철 2000b:23).

2.4. 〈도솔가〉

'散花'는 중의어([散花歌, 흩어진 꽃(=화랑), 양희철 1997c:248]이다. '흩어진/흩은 꽃(=화랑)'은 향찰 '散花'의 한자 의미이다.[2]

2 양희철은 '散花'를 '산하(散花)'로 읽고, 그 의미를 의역에서는 '산화가(/흩어진 화랑)'로 달고(1997c:248), 두 부분에서 좀더 구체적으로 설명하였다. 즉 ['산하'(散花)로 읽고 그 뜻은 '散花歌'와 '흩어진 화랑'을 동시에 표현한 것으로 본다.](양희철 1997c:252, 하8~7행)와, ['산하'(散花)는 한자로 이해할 때에, '흩은 꽃' '흩어진 꽃'이 된다. 그리고 '꽃'은 '꽃'의 의미를 포함한 '화랑'이나 '仙花'와의 그 기표 관계에서 부분과 전체에 기초한 초언어의 이차언어가 된다. 이는 「혜성가」에서 세 화랑을 '세 곶'(三 花)으로 표현한 것에서 보이는 '곶'(花)과 같은 것이다.](양희철 1997c:285, 4~7행)에서와 같이 좀더 구체적으로 설명을 하였다. 그런데 이런 해독과 해석을 있는 그대로 받아들이지 않은 글이

'꽃'은 의인화, 상징, 은유, 중의 등으로 해석되고 있다. 의인화(이재선 1972:171) 또는 의인법(최철 1983c:115)은 '상징, 은유, 중의' 등에서 어느 것으로 보든 인정된다. 다음으로 이 '꽃'은 '상징, 은유, 중의' 등으로 해석되었다. 즉 '공물 sacrifice'과 Mana의 상징(김열규 1971:295 등), 지상의 의지와 염원을 천상에 전하는 매체의 상징(신재홍 2006:274), '불력'의 은유(김학성 1997a:217), 연화좌의 은유인 꽃과 화랑을 동시에 의미하는 중의어(양희철 1997c:249, 281) 등으로 해석되었다. 그런데 〈도솔가〉는 이일병현의 문제를 종교적인 측면과 정치적인 측면에서 해결하고 있다는 점에서, 이 두 측면을 모두 만족시킬 수 있는 중의어로 읽어야 한다.

'고자/꽃아'는 돈호법(이재선 1972:171, 박성의 1974:158, 최철 1983c:115)이다.

'곧은 마음'은 '곧은 마음의 소유자'를 표현한 대유법적(代喩法的) 표현(윤영옥 1980a:64)으로 보기도 하고, '곧은 마음' 앞에, 곧은 마음의 주체인, '경덕왕의'(윤영옥 1980a:65, 라경수 1995:319), '월명사와 경덕왕의'(종교적 텍스트), '신라 모든 사람들(월명사, 경덕왕, 화랑, 왕권에 도전할 자, 여타 백성)의'(정치적 텍스트)(양희철 1997c:275~286) 등이 생략된 것으로 보고 있다.

'彌勒座主'는 그 의미가 '미륵자리의 주인'이란 점에서, '미륵보살'의 환칭(양희철 1989c:75)으로 정리한 다음에, 이를 인용하는 과정에서 '환

나왔다. 즉 {『삼국유사』 〈도솔가〉 조의 산화(散花)에 관해서는 꽃을 흩어 미륵불에게 공양하는 행위로 이해하는 관점이 주를 이루지만, "산화는 선화(仙花)로, 각지에 흩어져 있는 화랑을 뜻할 가능성"을 제기하기도[각주 6) 양희철, 『삼국유사 향가연구 -詩性과 鄕札式 思考로 본 解讀과 解釋』, 태학사, 1997, 248~249쪽.] 한다. …… 그러나 산화가 화랑을 뜻하는 선화(仙花)로 쓰인 다른 용례를 찾기 어렵고, ……}(ⓗⓑⓘ 2015:396~397)이다. 이 인용은 '산화(散花)'를 '산화가'와 '흩어진 꽃(=화랑)'의 중의로 본 양희철의 글을, '산화(散花)'을 '선화(仙花)로 보았다고 성실하지 않게 비판을 가하고 있다. 성실한 글쓰기가 요청된다.

치'(양희철 1992:33)로 잘못 옮겨쓰기도 하다가, '미륵보살'과 '경덕왕'을 이중으로 환칭한 중의어(양희철 1997c:249, 276~277, 286)로 확대하였다. '환치'는 이민홍(2003:87)에서도 발견되는데, 그 이유를 수사적으로 설명하지 않고, "암암리에 경덕왕을 미래의 안락한 삶을 제공할 미륵불로 환치하려는 의도로 짐작된다."라고 설명하였다. 그리고 '미륵좌주'가 미륵보살과 국왕을 함께 의미한다는 주장은 "미륵좌주에서 좌주는 선가의 住持에 대응하는 것으로 도솔천의 주인, 그곳을 주재하는 분을 뜻한다. 때문에 여기서는 도솔천의 주인으로서의 미륵불과 미륵불과 동일시되는 국왕을 함께 의미한다."(최정선 2008:167)에서도 보인다.

'散花/산화(를), 命叱(을), 彌勒座主(를)' 등에서는 괄호 안의 격어미를 생략하였다.

〈도솔가〉는 앞에서 정리한 중의법들에 의해서 구문상의 중의를 형성하여, (주가적〉)종교적 텍스트와 정치적 텍스트(양희철 1997c:273~289)를 보여준다.

구속언어의 종교적 텍스트 외에도 교훈적 정치적 텍스트도 갖고 있다는 점에서, 구속언어를 패러디한 작품이다(양희철 2000b:19).

2.5. 〈모죽지랑가〉

'봄'은 '죽지랑의 청춘'(최철 1983c:109), '죽지랑과 득오의 좋은 시류'(양희철 1997c:117), '죽지랑과 득오의 좋은 시절'(양희철 2000d) 등의 상징으로 보고 있다.

'봄' 다음에 주격 '-이'가 생략(양희철 1997c:118)되었다.

'憂音/시름…'에서는 용언의 어근 이하가 생략되었다. 이 생략에는 거의 모든 연구자들이 동의한다. 그러나 생략된 부분의 설명에서는 매우 다양하게 엇갈리고 있다. 즉 단순한 접미사들로부터 중의법까지 다양하게 설명되고 있다(양희철 2000d:32~36, 112~115).

'두돌임(阿冬音)'은 '(어깨를) 두드림'으로, '격려, 용기를 북돋아 주기'의 상징으로 보인다.

'好支(를)', '年(를)', '數就音(을)' 등에서는 괄호 안에 쓴 격어미들이 생략되어 있다.

'墮支行齊'의 해독은 매우 다양하며, 이 '墮支行齊'의 '-져'를 연결어미로 볼 것인가, 아니면 종결어미로 볼 것인가가 문제로 제기되고, 후자의 경우는 서술법 감탄법 청유법 의문법 등에서 어느 것으로 볼 것인가 하는 문제가 제기되어 있다. 전자의 경우에는 중의를 포함한 다양한 생략의 설명들이 보인다(양희철 2000d:54~71, 115~119).

'히 헤나삼 딥니져'(해를 혜아려 나아감을 등지고 가려)는 '죽으려'를 완곡하게 돌린 완곡표현(양희철 1997c:117)이다.

'目煙(이)'에서는 괄호 안에 쓴 격어미가 생략되어 있다.

'逢烏支' 다음에는 목적격 '-를' 또는 의문형 종결 '-인가?(양희철 1997c) 또는 '-이겠습니까?'(양희철 2000d) 등의 생략이 논의되었다.

'惡知/엇디'는 다의어로 '어떠한 이유로'와 '어떠한 방법으로'를 표현한 중의법(양희철 2000d:120)이다.

제5, 6구에서 '下是'의 '-是/이'가 주격이라는 점에서, "目煙(이) 廻於尸 七 史伊衣 逢烏支(…)"와 "惡知 作乎 下是"는 도치이다(양희철 1997c:118).

'逢烏支(…)'의 중의와 '惡知'의 중의가 결합하여, 제5, 6구의 "目煙(이) 廻於尸 七 史伊衣 / 逢烏支(…) 惡知 作乎 下是"는 구문상의 중의(양희철 2000d:120~121)를 보여준다.

'郎이여, 마루여, 낭여' 등으로 해독되는 '郎也'는 돈호법(이재선 1972:178, 윤영옥 1980a:191, 최철 1983c:109)이다.

'그릴 ᄆᆞᄉᆞᄆᆡ'의 '그릴 마음'은 그리워하는 주체 '나'를 표현한 제유법(윤영옥 1980a:191, 최철 1983c:109)이다.

'道尸/길…'에서는 서술격 이하인 '-입니다, -입니까' 등이 생략되었는데, 그 생략된 형태는 여러 형태로 중의 또는 함축을 보여준다.

'蓬次叱 巷'은 '세속 미로'의 비유적인 표현(윤영옥 1980a:191), '폐허가 된 허전하고 쓸쓸함을 나타내는 비유'(최철 1983c:109)로 봄은 물론, 荒村(정연찬), 民庶의 마을(황패강), 草家의 마을(유창균), 거친 거리(정렬모, 신재홍), 쑥의 구불구불한 마을길(김선기), 분묘변/공동묘지/북망산(지헌영, 김운학), 蒿里(무덤, 조지훈), 무덤(김준영, 김종우, 강길운), 蓬萊의 洞壑(김동욱) 등으로 보기도 하였다(양희철 2000d:101). 문자적 의미로 보든, 비유적 의미로 보든, 정확하게 논리적으로 설명을 하지 않고 막연하게 추정한 주장들이 대부분이다. 『장자』 〈소요유(逍遙遊)〉의 "夫子猶有蓬之心也"에 나온 '蓬, 非直達者也'와 '蓬者短不暢 曲士之謂'의 주석으로 보아, '다보짓 골'은 '마음이 바르지 못한 사람의 마을' 즉 '익선의 마을'을 상징한 것(양희철 2000d:109~110)으로 보인다.

'밤(夜音)' 다음에는 주격 '-이'가 생략되어 있다.

제7구의 "慕理尸 心未 行乎尸 道尸(…)"와 제8구의 "蓬次叱 巷中 宿尸 夜音(이) 有叱 下是"는 도치(양희철 1997c:119~120)이다.

2.6. 〈처용가〉

"東京(이) 붉기(에)"에서는 주격어미와 부사격어미가 생략(양희철 1997c:133~134)되었다.

'돌아(月良)'은 구문 구조상 '東京(이) 돌아 붉기(에)'의 도치와, '돌아 밤들이 …'로 연결되는 행간걸침 또는 계속행을 모두 보여주면서 제1, 2

구를 구문상의 동음이의로 만든다.

'허토이 넷이아라'는 정확하게 수학적인 시어선택(exact mathematical diction, P. H. LEE 1959:109)으로 보기도 한다. 그리고 이 '허토이 넷이어라'는 두 사람을 표현한 제유법(P. H. LEE 1959:110, 김열규 1972:24)으로 정리된 이래, 불쾌한 것의 직접 표현을 돌려서 표현하는 우언(迂言)적 제유법(이재선 1972:167, 양희철 1997c:175) 또는 우회적(迂廻的) 표현법(박성의 1974:159)과, 역신을 곱게 물리기 위하여 그를 자극하지 않으려는 완곡의 제유법(최철 1983c:112)으로 갈리고 있으나, 전자로 보인다. 그리고 '四是良羅/넷이아라'는 영탄법이다.

제1, 2구와 제3, 4구의 내용은 대립관계(윤영옥 1980a:128)로 보다가 대조법으로 보기도 하였는데, 내용상 대조를 설정할 수는 있으나, 표현상의 대조법은 아니다.

'둘은 내해엇고 / 둘은 누해언고'(제5, 6구)에서는 세 가지 수사가 정리되었다. 첫째는 '둘 … 둘 …'의 반복법(repetition, P. H. LEE 1959:110)이다. 둘째는 '일종의 수수께끼 형태의 질문'(이재선 1972:167), '질문식 형식'(박성의 1974:159), 두 다리의 정체를 알려는 위협과 강압의 설문의 의문법(최철 1983c:112), '청자인 역신으로 하여금 스스로 둘은 당신의 것이고 둘은 역신인 나의 것이라는 결론을 내리게 하기 위한' 설의법(양희철 1997c:177) 등으로 갈리고 있다. 문맥상 설의법이 맞는데, 용어를 수사의문문으로 수정한다. 셋째는 대조의 대구(양희철 1997c:177~178)이다.

제8구의 "奪叱良乙 何如 爲理古"는 의문법인 것만은 분명하다. 그러나 그 의미의 해석에서 유화적 역설(이재선 1972:168), 체념적·유화적인 역설(박성의 1974:159), '체념적 언사는 결코 체념이 아니며 능력 있는 자의 관용'(윤영옥 1980a:129~130), 역설적 결구(최철 1983c:112) 등이 언급되어 왔다. 그러나 앞에서 정리했듯이, 명령적 의문문이다. 그리고

'何如/엇뎌'의 '어찌'는 '어떤 방법으로'와 '어떤 이유 때문에'의 두 의미를 보여주는 다의어이다.

2.7. 〈원가〉

"가시 좋기(에) 잣나무(이) 가을(에) 아니 이울어 지매"에서는 격어미의 생략법(양희철 1997c:534)이 발견된다. 이 표현은 비자동화의 기능을 한다.

'잣나무(栢)'는 상징(P. H. LEE 1959:107, 박성의 1974:156, 최철 1983c:118)으로 보기도 하나, 상징의 원관념이 명확하지 않을 뿐만 아니라, 이 잣나무는 효성왕이 맹세의 보증자로 사용한 잣나무이기에, 상징이 아니다.

"汝 於多(支〉)支 行齊"의 향찰은 그 해독에서 다소 차이를 보이나, 인용법(양주동 1965:879, 양희철 1997c:535, 신재홍 2006:210)이란 점은 일치한다. 이 제3구를 포함한 제1~3구를 인용법(박노준 1982:161, 최철 1983c:116)으로 보기도 한다.

"汝 於多(支〉)支 行齊"는 '너 가ᄃᆞᆮ/가ᄃᆞ디 니져'(너 가듯 가져, 양희철 2013a:463~464)로 읽히며, 이에 포함된 '가듯'은 직유법이다.

'낯/얼굴(面)'은 '왕'을 개별화의 제유법으로 표현한 것이다. 이는 변한 모습이 잘 드러나는 낯으로 표현한 것으로 변심의 구상화 즉 변심한 의미를 농밀화하기 위한 것(양희철 1997c:535)이다.

'改衣賜乎隱(고티시온/가ᄉᆡ시온)'은 '변심하신'을 완곡하게 표현한 완곡어법이다. 이는 국왕에 대한 온유돈후한 표현이다.

'冬矣也(ᄃᆞᆰ의야/겨울에야)'의 '겨울'은 냉담(冷淡)을 원관념으로 하는 은유이다.

이 은유는 물론 앞의 완곡어법은 "이는 隱喩다. '얼굴을 고침은 겨울이다' 즉 主旨로서의 '얼굴을 고침'(冷淡)이 喩意를 通해 主旨를 類推할 수 있는 것이다. 이때의 겨울이 表象하는 것은 冷氣 그것인 것으로 지난날 우럴어 보면 溫和했던 孝成王의 變心과 冷淡을 連結한 것이다."(이재선 1972:174), "온화한 효성왕의 변심과 冷寒한 태도의 비유"(박성의 1974:156), 4구의 비유법(최철 1983c:118) 등의 일부를 수용하면서 수정한 것이다. 수정할 수밖에 없는 이유는 해독에 있다.

제1~4구의 내용에서 대조나 대칭이 운위되고 있으나, 표현 측면에서 수사상의 대조법이나 대구법은 아니다.

제6구의 향찰 '以攴如攴'은 그 해독에서 어려움을 보이는데, 이 '以攴如攴'은 '以攴如攴'의 오자로 보이며, '입ᄃᆞᆯ/입ᄃᆞ디(혼미하듯)'(양희철 2013a:460)로 해독되는 직유이다. 해독에 차이는 있어도 '-如攴'을 '-듯'의 의미로 읽고 직유(이재선 1972:174, 윤영옥 1980a:211, 최철 1983c:116 등) 또는 은유적 비교(양희철 1997c:536) 등과 같이 직유로 보는 것은 같다.

제5, 6구의 '달(月), 못(淵), 물결(浪)' 등은 각각 비유법으로 다양하게 해석되기도 했다. 즉 '달'은 의인화, 비유적인 심상에 기반을 둔 유의(喩意)(이재선 1972:174~175, 박성의 1974: 156), 왕의 은유(윤영옥 1980a:213), 상징법(최철 1983c:118), 국왕의 은총의 상징(신재홍 2006:256) 등으로 해석되기도 하고, 물결은 상징법(최철 1983c:118)으로, '못'은 '궁궐' 혹은 '왕의 은혜가 베풀어진 장소'의 상징(신재홍 2006:262)으로 해석되기도 했다. 그러나 직유어 '입ᄃᆞᆯ/입ᄃᆞ디(혼미하듯)'의 앞에 온 이 시어들을 비유어로 보는 데는 문제가 있는 것 같다.

그리고 제5~8구에서 대조법이 언급되기도 하나 정확한 대조법은 없는 것 같다.

'皃'는 모든 것을 통합(統合)한 대유(代喩)(윤영옥 1980a:213)로 보기도 하나 설명이 명확하지 않다.

2.8. 〈혜성가〉

'건달바의 놀온 자시'는 두려운 존재로서의 왜군을 표현한 완곡어법(euphemism)으로 보기도 했으나(이재선 1972:178, 최철 1983c:118), 낭산(김승찬 1977)의 환치(양희철 1997c:417)이다. 또는 '초월적인 이름으로 바꾸어' 서술한 것으로 보았다(서철원 2011:70~71). 낭산의 환치보다는 낭산의 환칭이 정확한 용어로 보인다.

'ㅂ라-고'는 '앗으려고'의 완곡 표현(euphemism, 양희철 1997c:417)이다.

'倭軍도 왔다!'를 인용법(양주동 1965:877)으로 보는 가운데, "여릿軍도 옷다 홰 ᄉ르라"까지를 인용법(신재홍 2006:210)로 보기도 한다.

제4구말의 '藪/곶'은 '봉화대'를 그 위치로 비유한 환유법이다.

제4구말의 '藪也/곶야'(봉화대냐)는 설의법(양희철 1997c:418)으로 정리하였는데, 용어를 수사의문문으로 수정한다. 이 수사의문문은 반어의문문이다.

'달'은 왕의 상징(양희철 1997c:426~427, 신재홍 2006:255)이면서 동시에 일월의 달을 의미하는 중의어이다.

'彗星이여!'는 인용법(양주동 1965:877)으로 정리되는데, "'彗星야' 술ᄫ라"까지를 인용(신재홍 2006:210)으로 보기도 한다.

'길 쓸 별'은 혜성을 표현한 완곡어법(euphemism, 이재선 1972:178), 상징(최철 1983c:118), 역설(양희철 1997c:419) 등으로 보았으나, 반어(irony)로 판단한다.

제7, 8구인 '길 쓸 별을 바라보고 혜성야 사뢴사 사람이 있다'는 하늘의 현상에 밝은 자가 확신을 가지고 하는 주장이며, 야유라 할 수 있다. 이 야유는 '술반야'의 사뢴 사실의 강조와 '잇다'의 강한 반어적 어감에 의해서도 드러난다. 이 (역설>)반어와 야유는 흉성인 혜성의 출현을 사뢴 자를 속는자의 바보로 만들면서 상황적 아이러니(양희철 1997c:422)를 형성한다.

제9, 10구인 "(혜성이) 達阿羅/달아라 …"에서는 그 주어인 '혜성이'가 생략(양희철 1997c:423)되었다. 이는 일종의 완곡 표현으로 소극적 주술인 금기에서 보이는 생략법과도 외형상 같은 표현이다.

'達 阿羅 浮去 伊叱等邪(달 아라 떠가 덧다야/잇다야)'에서 '-야'는 야유의 비꼼이며, 이 '-야'를 뺀 부분은 적극적 주술의 문장이지만, 이 '-야'를 더한 '산 아래 떠가 졌다야'는 차이를 수반한 반복의 희인(parody)(양희철 1997c:423)이다.

'이야(此也)'의 '-야' 역시 야유의 비꼼(양희철 1997c:423)이다.

'술비리의 기(彗星叱 只)'는 꺼리는 왜군을 직접 말하지 않고 돌려서 말한 일종의 완곡 표현(양희철 1997c:423)이다.

'舊理/여리(에), 烽/횃불(을), 岳音/오름(을), 友物/벋갓(의), 北/뒤(에), 只/기(이)' 등에서는 괄호 안의 격어미들이 생략되었다.

제10구의 '이실고(有叱故)'는 '단박·간결한 설의법'(최철 1983c:116)으로 보기도 하나, 반어적 설의법으로 혜성의 것이 없음을 강조하는 비꼼적 야유(양희철 1997c:424)로 정리되어 있는데, 용어를 비꼼적 비유를 보이는 수사의문문으로 수정한다.

제9, 10구에 포함된 야유들은 혜성의 출현을 사뢴 자를 속은자 곧 바보로 만드는 기능을 하면서, 상황적 아이러니를 보여준다(양희철 1997c:424).

2.9. 〈원왕생가〉

'달'은 의인법과 상징법(이재선 1972:164, 최철 1983c:114)으로 정리되었으며, 상징의 구체적인 원관념은 다양하게 추정되다가, 아미타불의 보처불인 '대세지보살'의 응현(양희철 1997c:479~480)으로 정리되었다.

'달하'는 돈호법(이재선 1972:164, 최철 1983c:114)이다. 그 후에 이 돈호법의 기능은 김열규(1983:199~200)에서 자세하게 설명되었다.

'去賜里遣'을 '가시리고'로 읽고 수사의문문 또는 설의법으로 보기도 했다. 그러나 최근에 '去賜里遣'는 '가시리곤'(가시리니, 가실 것이니, 양희철 2015a:373)으로 읽히면서 수사의문문 또는 설의법이 아님이 밝혀졌다.

'㲌곰(스스로 번뇌함)'은 '스스로 정토행을 수행함'을 반어(irony, 양희철 1997c:484)로 표현한 것이다.

'白遣 賜立'는, 앞에서 정리했듯이, '사뢰고는 있으셔'의 의문으로 '사뢰오 주세요'의 의미를 보여주는 명령적 의문문이다.

"다짐 깊으신 … '願往生 願往生' 그릴 사람 있다"는 인용법(양주동 1965:878, 신재홍 2006:209)이다.

'모인(慕人, 某人)'은 괄호 안의 두 의미를 보여주는 중의어(양희철 1997c:474)이다.

'成遣 賜去'는, 앞에서 정리했듯이, '이루고는 있으시가?'의 의문으로 '나를 구제하여 사십팔대원을 이루세요'의 명령을 보여주는 명령적 의문문이다.

'西方(을), 無量壽佛(의), 誓音(이), 兩手/두손(을), 慕人(이), 身/몸(을), 四十八大願(을)' 등은 괄호 안에 쓴 격어미들을 생략하였다.

2.10. 〈제망매가〉

'毛如'(털ᄀᆞᆮ/털같이)는 원관념을 '가볍게'로 하는 은유적 직유(양희철 2019:15)이다.

'나ᄂᆞᆫ 가ᄂᆞ다'는 인용법(양주동 1965:879)이다.

'어찌 … 잎같이 … 모르는가'는 직유(이재선 1972:166, 박성의 1974:156, 윤영옥 1980a:71), 그 중에서도 일반적(논리변형적) 직유/비교(양희철 1989a:248~249, 1997c:580~581)이다. 이 직유를 '확충적 직유법'(최철 1983c:115)로 명명한 경우도 있다.

'가지'는 원관념을 '어버이'(부모)로 하는 은유(김상억 1974:402, 양희철 1989a; 1997:579)이다.

'생사론 …… 가ᄂᆞᆫ닛고?'(제1~4구)는 명령적 의문문이다.

'어찌 …… 모르는가?'(제5~8구)도 명령적 의문문이다.

'吾/나'(제9구말)의 다음에는 주격어미 '-이'와 목적격어미 '-를'이 생략되었다.

'吾/나'(제9구말)는 구문상 제9구에 속한 도치이면서, 동시에 구문상 제10구에 속한 행간걸침(enjambment) 또는 계속행(a run-on line)이 되는 중의어이다.

'吾/나'(제9구말)는 "彌陁刹良 逢乎 (吾)"와 "(吾) 道 修良 待是古如"의 표현에서, 제9구에서 만남의 주체도 객체도 되고, 제10구에서 기다림의 주체도 객체도 되는 중의어이다.

'기다리고다'는 원망/희망(기다리고 싶다)이나 청원(기다리기를 바란다)의 어느 하나가 아니라, 이 두 의미를 모두 가지고 있는 다의어의 중의어이다.

'아라! …… 기다리고다'(제9, 10구)는 '吾/나(이/를)'(제9구말)의 중의어, 생략된 '너(이/를)', '기다리고다'의 중의어 등이 수렴(convergence) 되어 구문상의 4중의를 형성한다(양희철 2019:26~29). 구문상의 4중의는 다음과 같다. 1) 미타찰에서 (네/너는) 나를 만나니, (네/너는) 도 닦아 (나를) 기다리기를 바란다. 2) 미타찰에서 (네/너는) (나를) 만나니, (네/너는) 도 닦아 나를 기다리기를 바란다. 3) 미타찰에서 내/나는 (너를) 만나니, (내/나는) 도 닦아 (너를) 기다리고 싶다. 4) 미타찰에서 (내/나는) (너를) 만나니, 내(/나는) 도 닦아 (너를) 기다리고 싶다.

'秋察(의), 處/데(를), 道(를)' 등에서는 괄호 안의 격어미들이 생략되었다.

2.11. 〈안민가〉

제1~3구의 '임금은 아버지, 신하는 어머니, 백성은 어린 아이' 등은 E. R. Curtius의 용어인 인칭적 은유(Personmetaphor, 이재선 1972:175, 박성의 1974:156, 최철 1983c:117)와 진규(陳騤)의 용어인 유유(類喩, 이재선 1972:175)이다.

'君은 … 아히고'는 인용법(양주동 1965:880)이다. 이 인용법은 그 다른 명칭인 인유법(引喩法, 최철 1983c:117)으로 정리되기도 했다.

'아히고'는 접속형과 의문형을 동시에 보여주는 중의어(양희철 1997c:657)이다.

'ᄒᆞ실디'(제4구 첫시어)는 의미상 제3구의 끝에 붙는 계속행 또는 행간 걸침인 동시에, 제4구의 끝에 붙은 것이 도치된 중의어(양희철 1997c:658)이다.

'아히고'와 'ᄒᆞ실디'의 두 중의어에 의해 제1~4구는 구문상의 중의를 형성하며, 이 제1~4구의 의문문은 명령적 의문문이다.

제4구의 '民是 愛尸 知古如'는 '백성이 다솔(사랑) 알고다'로 읽으면 중의가 발생하지 않는다. 단지 'ᄒᆞ실디'(제4구 첫시어)에 의한 구문상의 중의만 형성된다.

'홀디'(제8구의 첫시어)는 의미상 제7구의 끝에 붙는 계속행 또는 행간걸침인 동시에, 제8구의 끝에 붙은 것이 도치된 중의어(양희철 1997c:658)이다. 이 중의어에 의해, 제5~8구는 구문상의 중의를 형성한다. 그리고 이 제5~8구의 의문문은 명령적 의문문이다.

'ᄒᆞ녈ᄃᆞ언'(제10구의 첫시어)은 의미상 제9구의 끝에 붙는 계속행 또는 행간걸침인 동시에, 제10구의 끝에 붙은 것이 도치된 중의어(양희철 1997c:658)이다. 이 중의어에 의해 제9, 10구는 구문상의 중의를 형성한다. 그리고 이 제9, 10구의 의문문은 명령적 의문문이다.

제1~4구, 제5~8구, 제9, 10구 등에서 보여준 세 구문상의 중의는 권고의 텍스트와 책난의 텍스트를 형성한다(양희철 1997c:690~698).

'窟理'와 '物生'은 '理窟'(양희철 1997c:663)과 '生物'(양희철 1997c:668)의 도치이다.

제5, 6구의 "窟理叱 大肹 生以支 所音 物生 此肹 喰惡支 治良羅"는 해독에 따라 구문적 중의를 설정할 수도 있다(양희철 1997c:684~689).

제7, 8구 역시 해독에 따라 구문상의 중의를 설정할 수도 있다(양희철 1997c:689~690).

"이 싸홀 ᄇᆞ리곡 어듸 가늘뎌"는 인용법(양주동 1965:880, 신재홍 2006:210)이다.

'愛賜尸(을), 愛尸(을), 生以支(에), 所音(의), 物生(을), 持以支(를)' 등의 괄호 안에 있는 격어미들을 생략하였다.

2.12. 〈찬기파랑가〉

'咽嗚'는 '嗚咽'의 도치이며, '咽嗚(이/를)'에서는 괄호 안의 격어미 '-이/를'이 생략되었다(양희철 1997c:597).

'爾處米/그치미'는 다의어로 자동사와 타동사의 기능을 하면서, 앞의 '-이/를'과 호응한다.

'月/둘'은 기파랑의 상징(박성의 1974:156, 최철 1983c:112, 양희철 1997c:632, 신재홍 2006:240)이며, 동시에 자연의 달을 의미하는 중의어이다.

'白雲音/힌구름'은 현인 또는 황제시의 추관(秋官)인 형관(刑官)의 상징(양희철 1997c:632)이거나 (한곳에 머무르지 않고 구름과 같이 떠돌아다니는) 수행승의 상징이면서, 동시에 자연의 흰구름을 뜻하는 중의어이다.

'白雲音/힌구름(을)'에서는 괄호 안의 목적격어미 '-을'이 생략되었다.

'藪/곶'은 '은둔처'를 그 주변인 '곶(=숲)으로 표현한 환유이다.

'藪邪/곶야'는 '곶(은둔처)인가'의 의미로 의문법을 보여준다.

'磧/자갈'은 기랑의 상징(양주동 1965, 최철 1983c:112)으로 보기도 하고, 시적 화자의 상징(이재선 1972:170, 양희철 1997c:633)으로 보기도 한다. '磧'이 '작벼리'(서덜)로 읽히고, '磧/작벼리'(서덜)와 '시적 화자'는 유사성을 가지고 있고, 문화적 개인적 문화도 아니라는 점에서, 상징이 아니라 은유인 것 같다. 이 은유의 원관념과 보조관념은 중의어를 형성한다.

'心未/ᄆᆞᄉᆞ미'는 '志節의 마음의'의 의미를 부분과 전체의 관계에서 표현한 일반화의 제유법이다. '心未/ᄆᆞᄉᆞ미 際叱/갓'은 '마음'의 의미를 전체와 부분의 관계에서 표현한 개별화의 제유법이다

'잣나무'는 '기파랑의 정신으로 暗喩된 잣나무의 久遠性의 象徵'(이재선 1972:170), 기파랑의 상징(최철 1983c:112, 양희철 1997c:643, 신재홍 2006:268), '기파랑의 지의(志義>志節)'의 상징(양희철 2005b), '극락왕생의 상징이자 기파랑의 이념을 집약한 환유'(신재홍 2006:242) 등으로 정리되고 있다. 동양 문학에서 문화적이라는 점에서 상징으로 보인다. 이 상징의 원관념과 보조관념 역시 중의어를 형성한다.

'栢史叱 枝次(자싯 가지)'는 '잣나무'의 의미를 전체와 부분의 관계에서 표현한 개별화의 제유법이다.

'雪'은 '雪'로 읽고, '눈, 雪冤, 시류편승자' 등의 의미를 가진 중의어로 보기도 하였으나, '눈'으로 읽고, 원관념을 '부도덕한 상급자'로 하고, 은유의 기반, 즉 공통의 자질을 '꺾음, 누름, 덮음' 등으로 하는 은유로 판단한다. 이 은유의 원관념과 보조관념 역시 중의어를 형성한다.

'花判'은 '判花'의 도치이다(양희철 1985;1997c:628).

'花判'은 '花判'으로 읽고, '곶갈, 판결, 공문서 처리' 등의 의미들을 가진 중의어(양희철 1997c:634~635)로 보았으나, '곶갈'로 읽고, '고깔'의 고어 '곶갈', 판결을 의미하는 花判의 고어 '곶갈', 공문서 처리의 의미인 '判花'의 고어 '갈곶'의 도치인 '곶갈' 등의 동음이의어들을 표현한 중의어로 판단한다.

'花判也/곶갈여'는 영탄법이다.

2.13. 〈맹아득안가〉

제1, 2구인 '膝肹 古召旀 二尸 掌音 毛乎攴內良(무룹글 고됴며 두블 손바담 모홉 내아)'는 오체투지(五體投地)의 후반부를 묘사한, 일종의 완서법(litotes, 양희철 1997c:227~229)이다. 오체투지는 합장하였다가 무릎을 굽히고, 다시 머리 두 손 두 발을 땅에 던지고, 이어서 바로 서기 위해 몸을 일으켜 세우며(무릎을 세우며) 합장하는 일련의 동작에서 후반부를 표현한 것으로 경제성과 겸손의 효과를 얻는다. 이 완서법은 개별화의 제유법으로 볼 수도 있다.

'二尸/두블(의), 掌音/손바담(을), 二/두블(을)' 등에서는 괄호 안의 격어미들을 생략하였다.

제6구인 'ᄒᆞ둔ᄒᆞᆺ 노ᄒᆞ ᄒᆞ둔홀 덜읍'에서 보이는 'ᄒᆞ둔 … ᄒᆞ둔'의 '하나를 … 하나를'을 수사적 수사(rhetorical number, P. H. LEE 1959:118)로 보기도 했다.

제5, 6구인 "즈믄 손앗 즈믄 눈글 / ᄒᆞ둔ᄒᆞᆺ 노ᄒᆞ ᄒᆞ둔홀 덜읍"을 연첩(連疊)과 반복(反覆)으로 보기도 하였는데(박성의 1974:157), 반복법을 정리할 수 있다. 그리고 유첩(類疊)을 포함한 대구를 정리하기도 하였는데(양희철 1997c:231~233), 대구법을 정리할 수 있다.

제5~8구의 ["즈믄 손읫 … ᄒᆞ둔산 주이고"ㄱ]을 인용법(신재홍 2006:209)으로 보기도 한다.

제9, 10구의 의문문은 명령적 의문문이다.

2.14. 〈우적가〉

'藪/곶'은 원관념인 수도처 또는 은둔처를 그 주변인 '藪/곶' 곧 숲으로 표현한 환유이다. 이는 인접관계에 근거한 환유이다.

'다만 그르오(但非乎)'는 관련 상황을 전환화한 반복(trans-contextualized repetition)이라는 점에서 패러디(parody, 戲引)이다. 우선 도적이 '다만 그르오'라고 말했을 때에, 그 관련 상황은 세속적인 것이다. 즉 도적이 도적이 되지 않으면 안 될 세상이 그르다고 한 것이라 할 수 있다.

그러나 이런 상황에서 기능한 저 '다만 그르오'를 시적 화자가 〈우적가〉에서 반복할 때에, 이 반복은 단순하게 도적의 말을 반복한 것이 아니다. 적어도 저 '다만 그르오'는 차이를 수반한 반복의 특성을 보인다. 일단 도적이 말한 '다만 그르오'를 시적 화자가 인용했다는 점에서 반복이다. 그러나 이 반복은 그 관련 상황을 전환화한 반복이고, 그 기능도 다르다. 즉 도적이 도적이 될 수밖에 없었던 관련 상황이, 도적들이 수도를 위해 숨은 것으로 상정된 관련 상황으로 바뀐 상태에서의 반복이다. 그리고 그 기능은 세속적인 것에서 수도자적인 것으로 바뀐 것이다. 이런 점에서 '다만 그르오'는 희인이라 할 수 있다(양희철 1997c:752~753).

'破□主'를 '破邪主'로 보면, 이는 반어이다. 그것도 화자 반어(speaker irony)와 상황 반어(situation irony) 중에서, 화자 반어에 속한다. 파사주의 본래 대상은 도적이다. 도적은 사악한 것을 파괴하는 파사(破邪)가 아니라 사악한 것을 나타내는 현사(顯邪)이다. 그런데도 저 도적을 파사주라 표현하고 있다. 이는 상황이 반어적인 것이 아니라 화자가 반어적인 것이다. 이런 점에서 '파사주'는 화자 반어라 할 수 있다(양희철 1997c:753).

'好尸曰'의 '됴흘 말쌈(좋을 말씀)'도 반어이다. 이 반어는 분명히 '나쁠 말씀'이란 시적 화자 내면의 말을 '좋을 말씀'이란 시어로 바꾼 말의 반어이다. 이런 수직적 전환의 표현은 수평적으로도 작가의 표현 의도와 그에 따른 효과를 갖는다. '나쁠 말씀'을 '좋을 말씀'으로 바꾸었을 때에, 이것은 수사적인 의장(意匠)으로서의 반어이다. 이 반어에서 시적 화자는 도적이 지적으로 이 표현에 반대하리라는 것을 알면서도 '허위'인 '좋을 말씀'이란 말을 쓴 것이다(양희철 1997c:757).

'濡陵'은 善의 세계를 '陵(큰 언덕)'에 비유한 '善陵'을 패러디한 것으로 보인다. '善陵'이 은유라는 사실의 설명은 〈수희공덕가〉의 '善陵'으로 돌리고, '㵛陵'이 '善陵'의 패러디라는 사실만을 보자. 골계를 잘하는 영재의 '㵛陵'은 균여 향가의 '善陵'에 대응한다. 그리고 "사람을 물로 보았다."와 "누구는 물 퍼서 장사하는 줄 아나?"에서와 같이 '물'은 '보잘 것 없는 것, 흔해 빠진 것' 등을 의미하기도 한다. 이런 점들을 고려하면, '㵛陵'에서 삼수변(氵)을 '善'자 앞에 붙인 것은, 영재 자신이 닦은 '善'이 겸손하게 '물같이 보잘 것 없는 것'임을 재치 있게 '기지(機智, wit)'를 발휘하여 보여준 것으로, '善陵'을 반복하되, 삼수변(氵)을 더하여 차이를 보인 패러디로 판단된다.

'安支 尙宅 都乎隱以多'를 '안디 새집 ᄃᆞ외니다'로 읽으면, 이 표현은 '새집이 안되니이다'의 도치법(박성의 1974:157, 최철 1983c:118)이 되며, '새집'은 '來世의 안락'의 상징(최철 1983c:118)으로 보기도 한다. 동시에 '尙宅 都乎隱以多'를 '尙(놉힌, 오히려) 집(이) 都(모도, 도)-ㄴ 것이다'로 읽으면 다의(多義)를 보이게 된다(양희철 1997c:759~760). 해독을 좀더 검토해 보아야 할 것 같다.

'尙宅' 다음에 격어미가 생략된 것만은 분명하지만, '-이'와 '-을'에서 어느 것이 생략된 것인지는 해독과 문맥을 좀더 검토해 보아야 한다.

3. 『균여전』 향가의 수사

이 장에서는 『균여전』 향가의 수사를 작품별로 정리한다.

3.1. 〈예경제불가〉

제1구에 나온 '마음의 붓'은 그 표현이 구상적인(concrete) 이미지를 보여준다는 점에서 주목을 받았다(P. H. LEE 1959:121). 이어서 이 '봇'을 은유(최래옥 1976:23, 이재선 1979:197, 최철 1983c:90, 서철원 2009a: 152 등)로 보기도 하고, '심소'(心所: 대상의 전체를 주체적으로 인식하는 心王에 부수적으로 일어나 대상의 부분을 구체적으로 인식하는 마음 작용)의 상징(양희철 1988:183)으로 보기도 하였다. 이 '봇/필'은 번역시에서와 같이 '심왕(心王)'과 '심소(心所)'를 구분하지 않고 통합하여 쓰는 '마음'을 원관념으로 한 은유로 볼 수도 있고, '심왕(心王)'과 '심소(心所)'를 구분하여, '심소'의 '마음'을 원관념으로 하는 은유로 볼 수도 있다. 심왕과 심소의 의미로 보아, 후자의 은유로 보인다. 이 은유는 추상적인 심소를 구상적인 봇/필로 표현한 효과를 보인다.

'慕呂/그려'는 '그려(畵呂)'의 동음이의어로 두 의미를 모두 보여준 중의적 표현으로 볼 수도 있다. 그러나 '봇/필'의 은유를 계산하면, 이 중의는 성립하지 않는다.

'塵塵'과 '刹刹'의 수사는 반복을 통한 강조법(최철 1983c:123)으로 정리되었다. 이 수사는 강조법에 속한 반복법으로 정리된다.

'佛體/부텨(의)'에서는 속격어미 '-의'가, '法界/법계(에)'(제4, 7구)에서는 처격어미 '-에'들이, '九世/구세(에)'에서는 부사격어미 '-에'가, 각각 생략되었다.

3.2. 〈칭찬여래가〉

인용법이 "南無佛야"(신재홍 2006:209)와 "身語意業無疲厭"(양주동 1942:696, 신재홍 2006:211)에서 정리되었다.

'無盡辯才叱海'와 '際于萬隱 德海'의 '海(바다)'는 상징(P. H. LEE 1959:122)으로 해석되었고, 이 상징은 "여기에서는 넓고 無限한 生의 에

너지와 佛性 및 普遍的 意識을 表象하고 있다."(이재선 1972:179)고 해석되기도 하였다. 그 후에 이 '바다'는 장엄화와 구상화(양희철 1988:194, 1997a:127~128, 1997b:272)로 해석되었다. '無盡辯才叱海'와 '際于萬隱 德海'의 '海(바다)'는 '세계, 세상' 등을 원관념으로 하고, '넓음, 많음, 순리' 등등을 공통기반으로 하는 은유이며, 장엄화와 구상화의 효과를 얻는다.

'際/乙(이)'에서는 주격어미 '-이'가 생략되었다.

제9, 10구의 "비록 일모의 덕도 다 못 사뢴 너여"는 우언적(迂言的)인 완곡어법(최철 1983c:123) 또는 겸양의 우언법(迂言法, 양희철 1988:189)으로 해석되었다. 완곡어법인 동시에 우언법이다. 완곡어법으로 통합한다.

'乃兮/너혀'는 영탄법이다.

3.3. 〈광수공양가〉

"등주는 수미여"를 "심지는 須彌山 같이 높고"의 의미로 읽고 직유법(최철 1983c:124)으로 보기도 하였다. "燈炷隱/등준 須彌也/수미여"와 "燈油隱/등윤 大海/대해 …"는 원관념과 보조관념을 모두 명시한 명시의 은유로 판단된다.

"燈炷隱/등준 須彌也/수미여 燈油隱/등윤 大海/대해 …"는 대구법(양희철 1988:202)이다.

"손언 법계 못(끝까지) 두루 하며/손에마다 법의 공으로"는 '손 … 법 …'을 반복한 반복법이다.

'佛佛'도 반복법이다.

'火條(를)'와 '大海(를)'에서는 목적격어미 '-를'이, '法界(에)', '佛體

(에)', '佛佛(에)' 등에서는 처격어미 '-에'가 각각 생략되었다.

'最勝功也/최승공여'는 영탄법이다.

3.4. 〈참회업장가〉

'轉倒/전도(이)'에서는 주격어미 '-이'가, '菩提/보리(를)'에서는 목적격어미 '-를'이, '法界/법계(에)'에서는 처격어미 '-에'가, '佛體/부텨(는)'에서는 주제격어미 '-는'이, '來際/내제(에)'에서는 부사격어미 '-에'가, 각각 생략되었다.

'出隱伊音叱如支'의 해독은 상당히 엇갈려 왔다. 그러나 최근에 '난이임 실 ᄃᆞ디/ᄃᆞᆯ'((남아) 나오게 된 것임(이) 있을 듯)으로 읽혔다(양희철 2013a:324). 이 해독에 따르면 직유법 '如支/ᄃᆞᆯ/ᄃᆞ디…'에서와 같이 접미사 이하가 생략된 것으로 보인다.

'三業/삼업(을)'과 '懺悔/참회(를)' 다음에는 목적격어미 '-을, 를'이 각각 생략되어 있다.

제5~8구(惡寸習落臥乎隱三業/淨戒叱主留卜以支乃遣只/今日部頓部叱懺悔/十方叱佛體閼遣只賜立)를 역설(서철원 2009a:207, 2011:315)로 보았다.

'衆生界盡我懺盡'은 인용법(신재홍 2006:211)이다.

'閼遣只 賜立(알곡 시셔?)'(양희철 2015a:380)는 '알고 있으쇼셔'의 의미를 보이는 명령적 의문문이다.

'造物'은 '惡業' 또는 '業障'을 일반화한 일반화의 제유법이다.

3.5. 〈수희공덕가〉

'人米/ᄂᆞ매 無叱昆/업시곤'은 '나에 있으리니/있으므로'의 의미를 겸손하게 반대로 돌려서 표현한 완서법(양희철 2012a; 2013a:214)이다.

'… 人音 有叱下呂(ᄂᆞᆷ 이시알려)'(제4구말), '… 置乎理叱過/두오릿과'(제8구말), '…(至刀〉)到來去/이르오가'(제10구말) 등은 설의법(양희철 1988:221)으로 보았는데, 용어를 통일하기 위하여 수사의문문으로 수정한다.

그리고 제9, 10구의 '… 行等/녀든 … (至刀〉)到來去/이르오가"를 조건-설의법(양희철 1988:221)으로 정리하였는데, '조건-수사의문문'으로 용어를 수정한다.

'善陵'은 '지고한 공덕'의 상징(양희철 1988:220~221)으로 보기도 하였다. 그리고 〈보개회향가〉의 '善陵'과 해당 계경 및 송을 비교하여 보면, '善陵'은 '功德'에 대응하며, 『승만경(勝鬘經)』 〈보굴상본(寶窟上本)〉의 "'악'이 다하면 '공'이라 하고, '선'이 가득하면 '덕'이라 하며, '공'을 닦아 얻은 바이기 때문에 공덕이라 한다(惡盡言功 善滿曰德 修功所得故 名功德也)."를 보면, 악이 다하고 선이 가득하면 '공덕'이라고 하고, 공을 닦아서 얻은 바이기 때문에 공덕이라 한다. 이때 '공덕'을 설명한 '공을 닦아서 얻은 바'가 곧 '선'이란 사실을 생각하면, '善'은 '功德'의 환치이고, '陵/큰 언덕'은 추상적인 '善'을 구상화하고, 장중화하는 시어로 정리하게 된다(양희철 1995a:28~31). '善陵'이 '功德'에 대응한다는 사실은 박재민(2002a; 2013b:314~316)에 의해서도 확인되었다. 이런 사실들을 종합하면, '善陵'은 '(남이 얻은) 善(=공덕)의 세계(:범위)'를 陵(큰 언덕)에 비유한 은유법이다. 이 경우에 공통기반은 '크고 많음'이다.

'衆生(이)', '吾衣身(이)', '人音/ᄂᆞᆷ(이)', '心音/ᄆᆞᅀᆞᆷ(이)' 등에서는 주

격어미 '-이'가, 각각 생략되었다.

3.6. 〈청전법륜가〉

〈청전법륜가〉의 수사는 매우 뛰어난 것으로 보면서, 비교적 많은 연구들(P. H. LEE 1959:123, 이재선 1972:181, 최래옥 1976:28, 최철 1983c:124~125 등)이 이루어져 왔다. 그 내용을 보면, 일곱 비유의 개별적 해석과 일곱 비유 전체의 해석이다. 전자의 경우에는 일곱 비유의 원관념과 보조관념을 모두 분리하는 데까지는 나아가지 못했고, 그 공통기반의 설명에는 하나도 도달하지 못했다.[3] 그리고 후자의 경우에는 '불교적인 관념의 표상을 구상적 및 감각적 형태로 전화(轉化)'하였다는 지적까지는 나

3 일곱 비유의 개별적 해석을 간단하게 보자. 이학수(P. H. LEE 1959:123)는 '비'를 물의 상징으로, '무명토'를 환유적 형용사(metonymic adjective)로, '각월 밝은 가을 밭'을 단 하나의 아름다운 은유(single beautiful metaphor)로, '각월'을 깨달음(enlightenment)의 상징으로 해석하였다. 최래옥(1976:28)은 〈청전법륜가〉의 은유를 언급하고 있으나, '覺月'을 제외한 '중생의 마음, 無明, 煩惱, 善業, …' 등과 같이, 은유에 해당하는 시어들('衆生의 田, 無明土, 煩惱熱, 善芽, …' 등)의 일부분만을 분석하여, 큰 의미는 없는 것으로 판단한다. 조현설(1998:422)은 '중생의 밭', '보리 열매', '각월(覺月) 등을 은유로 보았다. 원관념, 보조관념, 공통기반 등에 대한 설명은 없다. 신재홍 역시 이 비유들을 은유로 보면서, "… 제4행에 나온 '법우'(法雨)이다. 대지를 흠뻑 적시는 비라는 심상으로써 불법, 곧 진리를 표현한 은유이다. …(중간 생략)… 중생의 밭'에서 중생계의 밭이라는 은유로 그려졌다. 그것은 그냥 밭이 아니라 '씨를 뿌린 밭'을 뜻한다. … 중생계의 밭과 연결된 '무명의 흙', '번뇌의 열', '선한 싹/선업의 삭' 등의 은유가 잇달아 구사되어 있다. … 제3구는 제1구의 비, 제2구의 밭과 싹의 은유를 거쳐 가을의 은유로 나아간다."(신재홍 2006:237)고 설명하였다. '법우'를 비유로 설명한 부분은 정확하다. 이건식(2012)은 12연기와 관련하여 불경을 인용하면서, '法雨, 無明土, 善芽, 衆生叱田, 菩提叱菓音, 覺月' 등을 비유로 설명하였다. 그 중에서 원관념과 보조관념을 정확하게 분리한 설명은 두 곳에서 보인다. 즉 "번뇌열에서도 추상적 개념인 번뇌가 구체적 개념인 熱에 비유된 것이다."(이건식 2012:109~110)와, "결국 菩提叱菓音이란 표현은 菩提를 여러 단계의 성장을 거친 後에 결실되는 '여름[菓音]'에 비유한 것이다."(이건식 2012:112)이다. 나머지 비유들의 원관념과 보조관념도 분리해서 설명하는 것, 비유가 구체적으로 어떤 종류의 비유인가를 밝히는 것, 비유들의 전후 관계를 전체적으로 설명하는 것 등이 아쉬운 해석이다.

아갔으나, 유유(類喩)와 이취(理趣)의 설명까지는 나아가지 못했다.[4]

제목의 '법륜'은 '불법(부처님의 가르침)'의 상징이다.

'법우(法雨), 무명토(無明土), 선아(善芽), 중생의 밭[衆生叱田], 보리의 열음/열매[菩提叱菓音], 각월(覺月)' 등은 원관념과 보조관념이 결합된 은유들로 유유(類喩)를 형성한다.

'법우(法雨)'는 '법' 즉 불법(부처의 가르침)을 비에 비유한 은유이다(신재홍 2006:237). 원관념은 '법' 즉 불법(부처의 가르침, 불교의 진리)이고, 보조관념은 '비'이다. 공통기반은 '키움'이다.

'無明土/무명토'는 '무명'을 토에 비유한 은유이다. 원관념은 모든 법의 진리에 어두움을 의미하는 '무명'이고, 보조관념은 '土/토'이다. 공통기반은 '선'과 '芽/아/싹'이 '묻혀서 살 수도 죽을 수도 있는 장소'이다.

'煩惱熱/번뇌열'은 '번뇌'를 '열'에 비유한 은유이다. 원관념은 번뇌이고, 보조관념은 '열'이다. 공통기반은 결실을 맺게 될 존재의 시작과 성장을 방해는 존재이다.

'善芽/선아'는 '선'을 '아(芽, 싹)'에 비유한 은유이다. 원관념은 '선'이고 보조관념은 '아/싹'이다. 공통기반은 결실을 맺게 될 존재의 시발체(始發體)이다.

'衆生叱田/중생의 밭'은 중생을 밭에 비유한 은유이다. 원관념은 '중생'이고, 보조관념은 '밭'이다. 공통기반은 '선'과 '싹'을 '키우는 터전'이다.

---

4 일곱 비유 전체의 해석을 간단하게 보자. 이 해석은 이재선의 다음 글에서 보인다. "그리고 宗教的인 抽象의 狀態가 이와같은 具象的인 形象을 借用하여 比喩가 이루어지고 있음도 지적할 수 있다. 즉 法雨·無明土·煩惱熱·善芽·衆生叱田·覺月 등에서 보는 바와 같이, 法·無明·煩惱·善·覺 등이 佛教的인 觀念의 表象이 具象的 및 感覺的 形態로 轉化함으로써, 이러한 具象化는 想像的인 心象을 可能하게 하는 것이다."(이재선 1972:181). 최철(1983a:124~125)도 이와 비슷한 설명을 하였다. 그 후에 양희철(1988:229)은 '法雨, 無明土, 善芽, 衆生叱田, 보릿(菩提叱)菓音, 覺月, 秋察(羅)과 波處' 등을 모두 상징어로 보고, 이 전체를 알레고리적 상징으로 보았다.

'菩提叱菓音/보리의 열음/열매'는 정각(正覺)의 '보리'를 '열음/열매'에 비유한 은유이다. '보리'는 원관념이고, '열음/열매'는 보조관념이다. 공통기반은 '결실'이다.

'覺月/각월'은 '각(覺, 깨달음)'을 '월(月)'에 비유한 은유이다. 원관념은 '각'이고, 보조관념은 '월'이다. 공통기반은 '밝음, 밝힘' 등이다.

이 일곱 은유들은 원관념과 보조관념을 문면에 모두 보여준다는 점에서 명시의 은유이며, 원관념인 '법(法), 무명(無明), 번뇌(煩惱), 선(善), 중생(衆生) 보리(菩提), 각(覺)' 등의 추상적인 종교적 수행과 깨달음의 세계를 '우(雨), 토(土), 열(熱), 아(芽), 밭[田], 열음/열매[菓音], 월(月)' 등의 구체적인 자연과 결실의 세계로 비유하였다는 점에서 유유(類喩)이다. 그리고 이 유유를 포함한 이 작품은 추상적인 것 즉 이치나 도리를, 자연의 정취를 보여주는 풍취(風趣)와 결합한 이취(理趣)를 매우 잘 보여준다. 이 이취는 철리시(哲理詩) 또는 종교시가 빠지기 쉬운 이장(理障)을 극복한 것으로, 이 작품이 아름답게 보이는 이유이다.

'無明土(를)'에는 목적격어미 '-를'이, '善芽(이)'에는 주격어미 '-이'가, '覺月(이)'에는 주격어미 '-이'가, 각각 생략되었다.

'潤只 沙音也'를 포함한 제5~8구는 '… 흐워기/潤只 삼여/沙音也?(윤택하게 하는가?)'의 의문을 통해 '… 윤택하게 하라'의 명령적 의미를 전달하는 명령적 의문문이며, '秋察羅 波處也'를 포함한 제9, 10구 역시 '… 가을벌 물결치여?'의 의문을 통하여 '… 가을벌 물결치게 하라'의 명령적 의미를 전달하는 명령적 의문문이다.

3.7. 〈청불주세가〉

'모도 부텨 비루 화연 다ᄋ 뮈신나(皆 佛體 必于 化緣 盡 動賜隱乃)'의

'모도(皆)'는 '부텨 비루 화연(을) 모도 다ᄋᆞ 뮈신나(佛體 必于 化緣 皆 盡 動賜隱乃)', '부텨 비루 화연(을) 모도(를) 다ᄋᆞ 뮈신나(佛體 必于 化緣 皆 盡 動賜隱乃)', '부텨 모도 비루 화연 다ᄋᆞ 뮈신나(佛體 皆 必于 化緣 盡 動賜隱乃)' 등에서와 같이 도치된 시어이다(양희철 2015a:81).

'心音水/마숨믈'을 상징으로 보기도 한다(이재선 1972:179, 최철 1983c:125, 양희철 1988:235). 그러나 '마음'을 원관념으로 하고, '물'을 보조관념으로 하는 은유로 보인다. '맑음과 비춤'을 공통기반으로 한다.

'佛影/불영'은 상징적 비유(최철 1983c:125)로 보기도 하고, '부처'의 대유(양희철 1988:235)로 보기도 하였다. 대유법 중에서도 환유법으로 보인다.

이 두 비유를 포함한 제9, 10구(吾里心音水淸等 / 佛影不冬應爲賜下呂)는, '… 불영이 응하시지 않을 것인가'의 의문 형태를 통하여, '… 불영이 응하시게 하라'는 명령, 또는 '… 불영이 응하시게 하자'는 청유의 의미를 전달하는 명령적 의문문이며, 부처님이 세상에 머물기를 청하는 노래에서 부처님이 세상에 머물게 되는 이치를 풍취 있게 노래한 이취(理趣)를 잘 보여준다.

'佛體/부텨(ㅣ)'에서는 주격어미 '-ㅣ'가, '化緣/화연(을)'에서는 목적격어미 '-을'이, '朝/아촘(이)'에서는 주격어미 '-이'가, '吾里/우리(의)'에서는 속격어미 '-의'가 각각 생략되었다.

'心音水/ᄆᆞᅀᆞᆷ믈'에서는 '마숨(의) 믈(이)'에서와 같이 속격어미 '-의'와 주격어미 '-이'가, '佛影/불영(이)'에서는 주격어미 '-이'가, 각각 생략되었다.

3.8. 〈상수불학가〉

'모도 부텨도 그럿 ᄒᆞ신 이루혀(皆 佛體置 然叱 爲賜隱 伊留兮)'는 '부텨도 모도 그럿 ᄒᆞ신 이루혀(佛體置 皆 然叱 爲賜隱 伊留兮)'의 도치(양희철 2015a:94)이다.

'我/우리(이)'에서는 주격어미 '이'가, '佛體/부텨(ㅣ)에서는 주격어미 'ㅣ'가, '世呂/누려(에)'에서는 처격어미 '-에'가, '佛道/불도(를)'에서는 목적격어미 '-를'이, '他道/년길(을)'에서는 목적격어미 '-을'이, 각각 생략되었다.

3.9. 〈항순중생가〉

'覺樹王'은 '覺王', '菩提樹王' 등으로도 쓴다. 그런데 '樹'가 들어간 '覺樹王'을 택한 이유는 식물의 세계와 관련시킨 내용과 연결시키기 위한 시어선택(diction)이며, '覺樹王'은 '부처'의 상징(양희철 1988:248)이다.

'迷火隱乙/이븐을'은 '이븐 것을' 즉 '중생'을 의미한다. 이는 '중생'을 그 특성으로 바꾸어 부른 환칭(換稱, antonomasia)으로 보인다.

'大悲叱水/대비의 수'는 "넓고 無限한 生의 에너지와 佛性 및 普遍的 意識을 表象"한 상징(이재선 1972:179) 또는 "마음까지 적시는 풍만과 풍요, 생성의 상징"(최철 1983c:125)으로 보기도 하고, 은유(신재홍 2006:238)로 보기도 하였다. 이 '대비의 수(大悲叱水)'는 '대비'를 원관념으로 하고, '수'를 보조관념으로 하며, 중생과 식물의 '어려움을 해결해 주는 것'을 공통기반으로 하는 은유로 보인다.

제1~4구(覺樹王焉 / 迷火隱乙根中沙音賜焉逸良 / 大悲叱水留潤良只 / 不冬萎玉內乎留叱等耶)를 역설(서철원 2009a:206, 2011:313)로 보았다.

제1~4구는 부처님은 중생의 고통을 대비로 구제해 주시어, 중생이 고통스럽지 않다는 이치를 노래하되, 식물이 물을 주어 시들지 않는다는 자연의 풍취로 노래하여, 이취(理趣)를 보여준다.

'丘物叱丘物叱'은 '구믈구물'로 해독되기도 했으나, 최근에는 '굼실굼실'의 선행형인 '구므실구므실'로 해독(양희철 2015a:342~343)된 의태어로 의태법과 반복법을 보여준다.

'同生同死/동생동사'는 같은 음절 '동'을 반복한 유첩(類疊)으로 어휘의 웅위를 증진시킨다. 일종의 반복법이다.

"念念相續無間斷"은 인용법(신재홍 2006:211)이다.

'法界/법계(에)'에서는 처격어미 '-에'가, '佛體/부텨(ㅣ)'(제8, 10구)에서는 주격어미 'ㅣ'들이, '衆生/중생(이)'에서는 주격어미 '-이'가, 각각 생략되었다.

3.10. 〈보개회향가〉

'부처의 바다'는 '부처의 세상'에 견줌(최철 1983c:126)으로 보기도 하였다. "衆生叱 海惡中"와 "佛體叱 海等"의 '海/바다'는 '세상, 세계'를 원관념으로 비유한 은유이다. 공통기반은 '바다'의 어휘에 포함된 "많이 모인 곳" 또는 "썩 너른 넓이로 무엇이 많이 모여 있는 곳"의 의미이다. 이 의미로 보아, 이 은유는 죽은 은유는 아니지만, 오래된 것으로 보인다.

'善陵'은 〈보개회향가〉와 해당 계경 및 송을 비교하여 보면 '功德'에 대응하는데, '善'은 『등만경』을 보면 '功德'의 환치이고, '陵/언덕'은 추상적인 '善'을 구상화하고, 장중화하는 시어이다(양희철 1995a:28~31). 따라서 '善陵'은 〈수희공덕가〉의 '善陵'과 같이 선(=공덕)의 세계를 능(큰 언덕)에 비유한 은유이다.

'善陵(을)'에서는 목적격어미 '-을'이, '人/놈(이)'에서는 주격어미 '-이'가 각각 생략되었다.

제5~8구(佛體叱海等成留焉日尸恨 / 懺爲如乎仁惡寸業置 / 法性叱宅阿叱寶良 / 舊留然叱爲事置耶)를 역설(서철원 2009a:207, 2011:315)로 보았다.

제9, 10구(病吟禮爲白孫隱佛體刀 / 吾衣身伊波人有叱下呂)는 수사의문문이다.

'群/물/무리(이)'에서는 주격어미 '-이'가, '海等/바돌(을)'에서는 목적격어미 '-을'이 생략되었다.

3.11. 〈총결무진가〉

'願海'는 'boundless sea'(P. H. LEE 1959:122)나 상징(최철 1983c:126)으로 보기도 하였다. 그러나 앞에서와 같이 '願海'의 '海/바돌'은 '세계'를 원관념으로 하는 은유로 판단된다.

'善陵道'의 '善陵'은 〈보개회향가〉의 '善陵'과 같다. '공덕의 세계'에서 '공덕'을 '선'으로 환치하고, '세계'를 '陵(큰 언덕)에 비유한 은유이다.

'生界/중생(이)'에서는 주격어미 '-이'가, '吾衣願/우리의 원(이)'에서는 주격어미 '-이'가, '普賢行願/보현행원(은)'에서는 주제격어미 '-은'이, 각각 생략되었다.

'心音/ᄆᆞᅀᆞᆷ(에/을)'에서는 격어미의 생략이 보이나, 문맥이 정확하게 해독되지 않아, 어느 것으로 확정할 수는 없다.

4. 향가 수사의 종류

수사는 강조법, 변화법, 비유법 등으로 나누는 것이 일반적이다. 그러나 이 3분만을 고집할 경우에, 억지로 3분의 어느 하나에 귀속시켜서, 이해가 되지 않는 것들이 나타난다. 갈래는 이해를 돕기 위한 것이라는 점에서, 일반적인 강조법, 변화법, 비유법 등을 따르되, 그 분류가 석연치 않은 것들은 기타로 처리한다.

4.1. 강조법

이 절에서 정리하려는 강조법은 의미의 강조를 보여주는 수사에 한정하였다. 이에 해당하는 수사법으로 과장법, 반복법, 열거법, 연쇄법, 점층법, 점강법, 인용법, 영탄법 등을 들고 있다. 이 중에서 향가에 나타난 수사법은 반복법, 연쇄법, 인용법, 영탄법 등이다.

4.1.1. 반복법

반복법에 속한 것들은 세 유형으로 나눌 수 있다. 첫째는 '塵塵'(〈예경제불가〉), '刹刹'(〈예경제불가〉), '佛佛'(〈광수공양가〉) 등에서와 같이 1음절의 한 단어를 반복하는 유형이다. 둘째는 '來如/오가, 오가, 오가'(〈풍요〉)와 '丘物叱丘物叱/구므실구므실'(〈항순중생가〉)에서와 같이 2음절 이상의 단어를 반복하는 유형이다. 셋째는 구문에서 같은 음절 또는 단어를 부분적으로 반복하는 유형이다. "둘은 내해엇고 / 둘은 누해언고"(〈처용가〉)에서는 '둘은'을, "즈믄 손앗 즈믄 눈글 / ᄒᆞᄃᆞᆫᄒᆞᆺ 노ᄒᆞ ᄒᆞᄃᆞᆫᄒᆞᆯ 덜옵"(〈맹아득안가〉)에서는 '즈믄'과 'ᄒᆞᄃᆞᆫᄒᆞ-'를, "同生同死/동생동사"(〈항순중생가〉)에서는 '同'을, "손언 법계 못(끝까지) 두루 하며 / 손에마다 법의 공으로"(〈광수공양가〉)에서는 '손 … 법'을, 각각 반복하고 있다.

4.1.2. 연쇄법

〈풍요〉에 나온, 제1구의 끝시어 '오가'와 제2구의 첫시어 '오가', 제2구의 끝시어 '설분 하'와 제3구의 첫시어 '설분 하', 제4구 끝시어 '오가'와 제1구의 첫시어 '오가' 등은 연쇄법이다. 이 연쇄법을 부정하지 못하는 한, 회문시의 가능성을 무시하기는 어렵다.

4.1.3. 인용법

『삼국유사』의 향가에는 인용법이 8회 나온다. ["즈믄 손잇 … ᄒᆞᄃᆞᆫ산 주이고"ᄀ](〈맹아득안가〉), "汝 於多(支〉)支 行齊"(〈원가〉), "倭軍도 왔다! (홰 ᄉᆞ르라)"(〈혜성가〉), "彗星이여(ᄉᆞᆯᄫᅧ라)!"(〈혜성가〉), "다짐 깊으신 … '願往生 願往生' 그릴 사람 있다"(〈원왕생가〉), "나ᄂᆞᆫ 가ᄂᆞ다"(〈제망매가〉), "이 ᄧᅡ홀 ᄇᆞ리곡 어듸 가ᄂᆞᆯ뎌"(〈안민가〉), "君은 … 아ᄒᆡ고"(〈안민가〉) 등이다.

『균여전』의 향가에는 인용법이 4회 나온다. "南無佛야"(〈칭찬여래가〉), "身語意業無疲厭"(〈칭찬여래가〉), "衆生界盡我懺盡"(〈참회업장가〉), "念念相續無間斷"(〈항순중생가〉) 등이다.

4.1.4. 영탄법

『삼국유사』의 향가에는 영탄법이 2회 나온다. '四是良羅/넷이아라'(〈처용가〉), '花判也/곶갈여'(〈찬기파랑가〉) 등이다.

『균여전』의 향가에는 영탄법이 3회 나온다. '乃兮/너혀'(〈칭찬여래가〉), '最勝功也/최승공여'(〈광수공양가〉), '伊留兮/이루혀'(〈상수불학가〉) 등이다.

4.2. 변화법

향가의 변화법에는 반어법, 역설법, 대구법, 수사의문법/설의법, 명령적 의문법, 도치법, 돈호법, 생략법, 완곡어법, 완서법, 환칭법 등이 있다.

4.2.1. 반어법

반어법/아이러니(irony)는 두 종류로 나뉜다. 일반적으로 반어법이라고 말하는 언어의 반어법 또는 화자 반어법과 상황적(/극적) 아이러니 또는 상황 아이러니이다. 전자에는 '길 쓸 별'(길성의 혜성)(〈혜성가〉), '㦖곰'(스스로 번뇌함)(〈원왕생가〉), '破□主(破邪主)'(〈우적가〉), '好尸曰(됴흘 말삼: 좋을 말씀)'(〈우적가〉) 등이 속한다. 그리고 후자에는 〈서동요〉, '길 쓸 별을 바라보고 혜성야 사뢴사 사람이 있다.'(〈혜성가〉), '달아라 … 이실고'(〈혜성가〉) 등이 속한다.

4.2.2. 역설법

역설법은 3회 보인다. '惡寸習 落臥乎隱 三業 / 淨戒叱 主留 卜以攴乃遣只(머준 비㦖 디누온 三業 / 淨戒ㅅ 主로 디입 내곡)'(〈참회업장가〉), '覺樹王焉 / 迷火隱乙 根中 沙音賜焉 逸良(각수왕언 / 미븐을 불히 삼시언 이라)'(〈항순중생가〉), '佛體叱 海等 成留焉 日尸恨 / 懺爲如乎仁 惡寸 業置 / 法性叱 宅阿叱 寶良(부텻 바돌 이루언 날흔 / 참ᄒᆞ다온 머준 業도 / 법성시 댁앗 보비라)(〈보개회향가〉) 등이다.

4.2.3. 대구법

대구법은 '둘은 내해엇고 / 둘은 누해언고'(〈처용가〉), '즈믄 손앗 즈믄 눈글 / ᄒᆞ든ᄒᆞᆺ 노ᄒᆞ ᄒᆞ든홀 덜ᅀᆸ'(〈맹아득안가〉), '등준 수미여 등윤 대해 …'(〈광수공양가〉) 등에서 3회 보인다.

4.2.4. 수사의문법

수사의문문과 설의법은 분리하기도 하고 하나로 묶기도 한다. 하나로 묶어서 처리한다.

『삼국유사』의 향가에는 수사의문법이 7회 나온다. '오가'(5회)(〈풍요〉), '둘은 내해엇고 / 둘은 누해언고'(〈처용가〉), '… 이실고(有叱故)'(〈혜성가〉) 등이다.

『균여전』의 향가에는 수사의문법이 4회 나온다. '… 人音 有叱下呂(놈이시알려)(〈수희공덕가〉), '… (至刀〉)到來去/이르오가'(〈수희공덕가〉), '… 置乎理叱過/두오릿과'(〈수희공덕가〉), '病吟 禮爲白孫隱佛體刀 / 吾衣身伊波人有叱下呂'(〈보개회향가〉) 등이다.

4.2.5. 명령적 의문법

명령적 의문법은 의문문의 형태를 보이면서, 그 의미는 명령 권고 권청 등을 보이는 의문법이다. 이 명령적 의문법은 9작품에서 15회 보인다.

〈처용가〉의 명령적 의문법은 '本矣 吾下是如 馬於隱 / 奪叱良乙 何如爲理古(본디 내하이다마는 / 앗알을 엇뎌 ᄒᆞ리고)'에서 보인다.

〈원왕생가〉의 명령적 의문법은 3단락 모두에서 보인다. 즉 '月下 伊底亦 / 西方 念丁 去賜里遣 / 無量壽佛 前乃 惱叱古音 多可支 白遣 賜立(돌하 이뎌여 / 서방 스뎡 가시리곤 / 무량수불 전애 곶곰 다갑 사뢰곤 시셔?)', '誓音 深史隱 尊衣希 仰攴 / 兩手 集刀花乎 白良 願往生願往生 慕人 有如 白遣 賜立(다딤 깊신 존의히 우러릅 / 두손 모도 곶호 사뢰어 / 원왕생 원왕생 모인(慕人, 某人) 있다 사뢰곤 시셔?', '阿邪 此身遺也 置遣 四十八大願 成遣 賜去(아라 이몸 깃디야 두곤 / 사십팔대원 이루곤 시가?)' 등에서 보인다.

〈제망매가〉의 명령적 의문법은 2회 보인다. '生死路隱 / 此矣 有阿米次肸伊遣 / 吾隱 去內如 辭叱都 / 毛如 云遣 去內尼叱古(생사론 / 이의 있아매 버글이곤 / 나는 가느다 말실도 / 털곧 이르곤 가느닛고)', '於內秋察 早隱 風未 / 此矣彼矣 浮良落尸 葉如 / 一等隱 枝良 出古 /去奴隱處 毛冬乎丁(어느 가졸 이르은 바람매 / 이의/뎌의 드어질 입곧 / 호둔 가지아 나고 /가는 데 모돌온뎌)' 등이다.

〈안민가〉의 명령적 의문법은 3회 보인다. '君隱 父也 / 臣隱 愛賜尸母史也 / 民焉 狂尸恨 阿孩古 / 爲賜尸知 民是 愛尸 知古如(님검은 아비야 / 알바둔 돗오실 어시야 / 일거-ㄴ 얼흔 아히고 / 호실디 일건이 돗올 알고다.)', '窟理叱 大肸 生以支 所音 物生 / 此肸 喰惡攴 治良羅 / 此地肸 捨遣只 於冬是 去於丁 / 爲尸知 國惡攴(←支) 持以支 知古如(窟理(구리, 理窟)ㅅ 한흘 살이기 솜 物生(갓살, 生物이) / 이흘 자-ㅂ 다슬아라 / 이 다흘 ㅂ리곡 어돌이 니거-뎌 / 홀디 나라-기 디니이기 알고다.)', '君如 臣多攴(←支) 民隱如 / 爲內尸等焉 國惡 太平恨音叱如(님검답 알바둔답 일건답 / 호낼드언 나라-ㄱ 太平혼음 실다.)' 등이다.

〈맹아득안가〉의 명령적 의문법은 '阿邪也 吾良 遺知攴 賜尸等焉 / 於(←放)冬矣 用屋尸 慈悲也 根古(아라라 나아 깃딥 주실둔 / 어돌의 쓰올 자비라 불휘고?)'에서 발견된다.

〈도솔가〉의 명령적 의문법은 '今日 此矣 散花 唱良 / 巴寶 白乎隱花良 汝隱 / 直等隱 心音矣 命叱 使以惡只 / 彌勒座主 陪立 羅良(오늘

이의 산하(散花) 브르아 / 자보 숣온 곶아 넌 / 고둔 ᄆᆞᅀᆞᆷ의 시기실 브리-악 / 미륵좌쥬(彌勒座主) 모셔 벌아?)'에서 발견된다.

〈참회업장가〉의 명령적 의문법은 '今日 部 頓 部叱 懺悔 / 十方叱 佛體 閼遣只 賜立(오늘 주비 뭇 주빗 참회 / 시방시 부텨 알곡 시셔?)'에서 발견된다.

〈청전법륜가〉의 명령적 의문법은 '潤只 沙音也'를 포함한 제5~8구('… 흐워기/潤只 삼여/沙音也?)'와 '秋察羅 波處也'를 포함한 제9, 10구('… 가을벌 물결치여?')에서 발견된다.

〈청불주세가〉의 명령적 의문법은 제9, 10구인 "吾里 心音水 淸等 / 佛影 不冬 應爲賜下呂"(우리 ᄆᆞᅀᆞᆷ믈 몱ᄃᆞᆫ / 불영 안들 응ᄒᆞ시알려?)에서 발견된다.

4.2.6. 도치법

도치법은 세 유형으로 정리된다. 하나는 '窟理(理窟)'(〈안민가〉), '物生(生物)'(〈안민가〉), '花判(判花)'(〈찬기파랑가〉), '咽鳴(鳴咽)'(〈찬기파랑가〉) 등에서와 같이 한 단어에서 전후의 음절이 도치된 유형이다. 다른 하나는 단어와 단어 또는 단어와 구를 도치시킨 유형이다. 이에 속한 예로, '皆 佛體 必于 化緣 盡 動賜隱乃(모도 부텨 비루 화연 다ᄋᆞ 뮈신나)'(〈청불주세가〉), '皆 佛體置 然叱 爲賜隱 伊留兮(모도 부텨도 그럿ᄒᆞ신 이루혀)'(〈상수불학가〉), '目煙 廻於尸 七 史伊衣 / 逢烏支 惡知 作乎 下是(눈ᄂᆡ 돌얼, 질 시이의 맛보기(을/입니까) 엇디 짓올 하이)'(〈모죽지랑가〉) 등이 있다. 마지막 하나는 '慕理尸 心未 行乎尸 道尸(…) / 蓬次叱 巷中 宿尸 夜音 有叱 下是(그릴 ᄆᆞᅀᆞᄆᆡ 녀올 길(…) 다보짓 굴헝ᄋᆡ 잘 밤 있을 하이)'(〈모죽지랑가〉)에서와 같이 앞뒤의 구가 도치된 유형이다.

구문상의 중의법과 관련된 도치는 중의법으로 돌린다.

4.2.7. 돈호법

돈호법은 '花良/곶아'(〈도솔가〉), '月下/달하'(〈원왕생가〉), '郎也/마루여'(〈모죽지랑가〉, 〈찬기파랑가〉) 등에서 보인다.

4.2.8. 생략법

생략법은 대단히 많이 나타난다. 격어미의 생략과 격어미 이상의 생략으로 나누어 정리한다.

4.2.8.1. 격어미의 생략

생략된 격어미를 그 기능으로 보면, 글을 간결하게 하는 경우와 중의를 형성하는 경우로 나눌 수 있다.

글을 간결하게 하는 격어미의 생략을 격어미의 종류에 따라 차례로 정리해 보자

주격어미의 생략은 다음과 같다. '他/ᄂᆞᆷ(이)'(〈서동요〉), '手/손(이)'(〈헌화가〉), '目煙(이)'(〈모죽지랑가〉), '봄(이)'(〈모죽지랑가〉), '夜音/밤(이)'(〈모죽지랑가〉), '東京(이)'(〈처용가〉), '잣나무(이)'(〈원가〉), '只/기(이)'(〈혜성가〉), '慕人(이)'(〈원왕생가〉), '誓音(이)'(〈원왕생가〉), '際/ᄉᆞ(이)'(〈칭찬여래가〉), '轉倒(이)'(〈참회업장가〉), '心音/ᄆᆞ숨(이)(〈수희공덕가〉), '吾衣身(이)'(〈수희공덕가〉), '人音/ᄂᆞᆷ(이)'(〈수희공덕가〉), '衆生(이)'(〈수희공덕가〉), '覺月(이)'(〈청전법륜가〉), '善芽(이)'(〈청전법륜가〉), '佛影/불영(이)'(〈청불주세가〉), '佛體/부텨(ㅣ)'(〈청불주세가〉), '朝/아참(이)'(〈청불주세가〉), '佛體/부텨(ㅣ)(〈상수불학가〉), '我/우리(이)'

(〈상수불학가〉), '佛體(ㅣ)'(〈항순중생가〉), '衆生(이)'(〈항순중생가〉), '群/물/무리(이)'(〈보개회향가〉), '人/ᄂᆞᆷ(이)'(〈보개회향가〉), '生界(이)' (〈총결무진가〉), '吾衣願(이)'(〈총결무진가〉) 등이다.

주제격어미의 생략은 '佛體/부텨(는)'(〈참회업장가〉), '普賢行願(은)' (〈총결무진가〉) 등에서 보인다.

속격어미의 생략은 다음과 같다. '岩乎/바호(의)'(〈헌화가〉), '友物/벋갓(의)'(〈혜성가〉), '無量壽佛(의)'(〈원왕생가〉), '秋察(의)'(〈제망매가〉), '所音(의)'(〈안민가〉), '二尸/두블(의)'(〈맹아득안가〉), '佛體(의)'(〈예경제불가〉), '心音/ᄆᆞᅀᆞᆷ(의)'(〈청불주세가〉), '吾里/우리(의)'(〈청불주세가〉) 등이다.

목적격어미의 생략은 다음과 같다. '功德(을)'(〈풍요〉), '母牛/어ᅀᅵ쇼(를)'(〈헌화가〉), '彌勒座主(를)'(〈도솔가〉), '散花/산화(를)'(〈도솔가〉), '命叱/시기실(을)'(〈도솔가〉), '年(를)'(〈모죽지랑가〉), '好支(를)'(〈모죽지랑가〉), '數就音(을)'(〈모죽지랑가〉), '烽/횃불(을)'(〈혜성가〉), '岳音/오름(을)'(〈혜성가〉), '四十八大願(을)'(〈원왕생가〉), '西方(을)'(〈원왕생가〉), '身/몸(을)'(〈원왕생가〉), '兩手/두손(을)'(〈원왕생가〉), '道(를)'(〈제망매가〉), '處/데(를)'(〈제망매가〉), '持以支(를)'(〈안민가〉), '物生(을)' (〈안민가〉), '愛賜尸(을)'(〈안민가〉), '愛尸(을)'(〈안민가〉), '白雲音/흰구름(을)'(〈찬기파랑가〉), '二/두블(을)'(〈맹아득안가〉), '掌音/손바담(을)' (〈맹아득안가〉), '大海(를)'(〈광수공양가〉), '火條(를)'(〈광수공양가〉), '菩提(를)'(〈참회업장가〉), '懺悔(를)'(〈참회업장가〉), '三業(을)'(〈참회업장가〉), '無明土(를)'(〈청전법륜가〉), '化緣/화연(을)'(〈청불주세가〉), '佛道/불도(를)'(〈상수불학가〉), '世呂/누려(를)'(〈상수불학가〉), '他道/년길(을)'(〈상수불학가〉), '善陵(을)'(〈보개회향가〉), '海等/바ᄃᆞᆯ(을)(〈보개회향가〉) 등이다.

부사격어미의 생략은 다음과 같다. '가을(에)'(〈원가〉), '舊理/여리(에)'(〈혜성가〉), '北/뒤(에)'(〈혜성가〉), '九世(에)'(〈예경제불가〉), '法界(에)'(제4, 7구)(〈예경제불가〉), '法界(에)'(〈광수공양가〉), '佛佛(에)'(〈광수공양가〉), '佛體(에)'(〈광수공양가〉), '來際(에)'(〈참회업장가〉), '法界(에)'(〈참회업장가〉), '法界(에)'(〈항순중생가〉) 등이다.

원인격어미의 생략은 '生以支/살이기(에)'(〈안민가〉), '好支/둏기(에)'(〈원가〉), '明期/ᄇᆞᆰ기(에)'(〈처용가〉) 등에서 보인다.

이외에 '尙宅('-이' 또는 '-을')(〈우적가〉)과 '心音('-에' 또는 '-을')'(〈총결무진가〉)의 경우에는 격어미의 생략은 명확하나, 앞뒤 향찰의 해독이 유동적이어서, 괄호 안의 어느 하나로 확정하지 못하고 있다.

생략된 대다수의 격어미들은 글을 간결하게 한다. 이에 비해 드물지만 다음의 두 생략된 격어미들은 중의를 형성한다.

하나는 '咽嗚(이/를)'(〈찬기파랑가〉)이다. 이 '咽嗚'에 이어진 '爾處米(그치미)'의 '그치다'는 자동사인 동시 타동사이다. 즉 자동사와 타동사의 두 의미를 모두 갖는 다의어이다. 이로 인해 '咽嗚'에 생략된 격어미도 '-이'와 '-를'을 모두 허락한다.

다른 하나는 '吾/나'(이/를)(〈제망매가〉)이다. 이 '吾/나(이/를)'는 제9구의 끝에 나오면서, '-이'와 '-를'을 모두 허락하면서 구문상의 중의를 가능하게 한다.

4.2.8.2. 격어미 이상의 생략

격어미 이상의 생략은 네 유형으로 나눌 수 있다.

첫째는 용언으로 쓰인 단어에서 어근인 명사와 어미(-듯)만 표현하고 나머지 부분을 생략한 유형이다. 이 유형에는 '憂音/시름…'(〈모죽지랑가〉), '道尸/길…'(〈모죽지랑가〉), '如支/ᄃᆞᆮ/ᄃᆞ디…'(〈참회업장가〉) 등이 있다. 이 단어들의 생략된 부분은 대단히 함축적이어서, 이 단어와 해당 구문들을 중의적으로 읽게 한다.

둘째는 '逢烏支/맛보기(를/-인가?/이겠습니까?)'(〈모죽지랑가〉)에서와 같이 격어미와 계사의 생략을 보여주는 유형이다. 이 유형에서 생략된 부분은 해당 단어는 물론 해당 구문을 중의적으로 읽게 한다.

셋째는 단의(單意)적인 단어를 생략한 유형이다. 이 유형에는 '(혜성이) 達阿羅/달아라 …'(〈혜성가〉)가 있다. 이 경우에는 괄호 안의 단어가 생략되었다. 이 생략은 글을 간결하게 한다.

넷째는 중의적인 단어를 생략한 유형이다. 이 유형에는 '墮支行齊(…)'(〈모죽지랑가〉)와 '(…) 고둔 ᄆᆞᅀᆞᆷ'(〈도솔가〉)과, 〈제망매가〉의 제9, 10구에서의 '너(이/를)'(〈제망매가〉)의 생략이 있다. '墮支行齊 (…)'의 경우에는 선어말어미 이하가 매우 다양한 'ᄒᆞ-'의 생략을 보여주면서 중의적이다. 고둔 ᄆᆞᅀᆞᆷ'의 경우에는 '(월명사의, 경덕왕의) 곧은 마음'(종교적 텍스트)과 '(월명사의, 경덕왕의, 화랑의, 왕권에 도전할 자의, 여타 백성의) 곧은 마음'(정치적 텍스트)에서와 같이 중의적인 생략을 보여준다. 〈제망매가〉의 제9, 10구에서 '너(이/를)'의 생략은 '나(이/를)'와 연계되어 중의적인 생략을 보여준다.

4.2.9. 완곡어법

완곡어법과 우언법(迂言法)을 분리하기도 하고 하나로 묶기도 하는데, 하나로 묶었다. '望良古/ᄇᆞ라-고'(〈혜성가〉), '彗星叱 只(술비릿 기)'(〈혜성가〉), '年 數就音 墮支行齊(힛 혜나삼 딥니져)'(〈모죽지랑가〉), '改衣賜乎隱/가시시온'(〈원가〉), '必只 一毛叱 德置 / 毛等 盡良 白乎隱 內兮(비록 일못 덕두 모돌 다ᄋᆞ 사뢰온 너여)'(〈칭찬여래가〉) 등에서 4회 보인다.

4.2.10. 완서법

완서법은 ‘膝肹 古召旀 二尸 掌音 毛乎攴 內良(무릅글 고됴며 두블 손바담 모홉 드리아)’(〈맹아득안가〉)와 ‘人米 無叱昆(ᄂᆞ매 업시곤)’(〈수희공덕가〉)에서 보인다.

4.2.11. 환칭법

환칭법은 ‘건달바의 놀온 자시’(〈혜성가〉), ‘彌勒座主’(미륵자리의 주인)(〈도솔가〉), ‘迷火隱乙/이븐을’(〈항순중생가〉) 등에서 3회 보인다.

4.3. 비유법

이 절에서 정리하려는 비유법은 원관념과 보조관념을 가지고 있는 수사만으로 한정한다. 간혹 비유법으로 보기도 하는 의태법과 중의법은 기타로 돌렸다.

4.3.1. 직유법

직유법은 일반적인 직유와 은유적 직유로 나뉜다. 전자에는 ‘汝 於多(攴〉)支/너 가ᄃᆞᆯ(/가ᄃᆞ디)’(〈원가〉), ‘以攴如(攴〉)支/입ᄃᆞᆯ(/입ᄃᆞ디)’(〈원가〉), ‘於內/어ᄂᆡ … 葉如/닙ᄀᆞᆮ … 毛冬乎丁/모ᄃᆞᆯ온뎌’(〈제망매가〉) 등이 있다. 후자에는 ‘毛如/털ᄀᆞᆮ’(〈제망매가〉)이 있다.

4.3.2. 은유법

향가에 나온 은유는 4유형으로 정리할 수 있다.

‘첫째로 은유의 보조관념만 문면에 보인 유형이다. 이 유형에는 ‘冬/ᄃᆞᆰ(〉듥)’(〈원가〉), ‘枝次/가지’(〈제망매가〉), ‘磧/작벼리’(〈찬기파랑가〉), ‘雪

/눈'(〈찬기파랑가〉) 등이 있다.

둘째는 '세계'라는 원관념을 '海/바다'나 '陵/큰 언덕'의 보조관념으로 표현한 유형이다. 이 유형에 속한 예로 '(無盡辯才叱)海'(〈칭찬여래가〉), '(際于萬隱德)海'(〈칭찬여래가〉), '(衆生叱)海'(〈보개회향가〉), '(願)海'(〈총결무진가〉), '(善)陵'(〈수희공덕가〉, 〈보개회향가〉, 〈총결무진가〉) 등이 있다. 이 은유는 추상적인 원관념 '세계'를 구상적이고 장엄한 보조관념 '바다, 큰 언덕' 등으로 비유한 은유이다. 이 유형은 주로 균여의 향가에서 나타난다.

셋째는 원관념과 보조관념을 'A는 B다.'의 형식으로 보여주는 유형이다. 이 유형에는 '신하는 어머니'(〈안민가〉), '임금은 아버지'(〈안민가〉), '백성은 어린 아이'(〈안민가〉), '燈炷隱/등준 須彌/수미'(〈광수공양가〉), '燈油隱/등윤 大海/대해'(〈광수공양가〉) 등이 있다.

넷째는 원관념과 보조관념을 'A(의)B'의 형식으로 보여주는 유형이다. 이 유형에는 '心未/ᄆᆞᄉᆞᆷ매 筆/필'(〈예경제불가〉), '法雨/법우'(〈청전법륜가〉), '無明土/무명토'(〈청전법륜가〉), '煩惱熱/번뇌열'(〈청전법륜가〉), '善芽/선아'(〈청전법륜가〉), '菩提叱菓音/보리의 열음/열매'(〈청전법륜가〉), '覺月/각월'(〈청전법륜가〉), '衆生叱田/중생의 밭'(〈청전법륜가〉), '心音水/마ᄉᆞᆷ믈'(〈청불주세가〉), '大悲叱水/대빗수'(〈항순중생가〉) 등이 있다. 이 유형의 은유는 균여의 향가에서 주로 보인다.

4.3.3. 유유법

유유법은 은유들이 복수로 서로 연결된 유형이다. 이에는 〈안민가〉 제1~3구의 '임금은 아버지, 신하는 어머니, 백성은 어린 아이'와, 〈청전법륜가〉의 法雨/법우, 無明土/무명토, 善芽/선어, 衆生叱田/중생의 밭, 菩提叱菓音/보리의 열음, 覺月/각월' 등이 속한다.

4.3.4. 의인법

의인법은 '花/곶'(〈헌화가〉)과 '月/돌'(〈원왕생가〉)에서 보인다.

4.3.5. 대유법

대유법에는 제유법과 환유법이 있다. 환유법은 '藪/곶'(봉수대)(〈혜성가〉), '藪/곶'(은둔처)(〈찬기파랑가〉), '藪/곶'(수도처 또는 은둔처)(〈우적가〉), '佛影/불영'(〈청불주세가〉) 등에서 보인다.

제유법은 개별화의 제유법과 일반화의 제유법으로 나뉜다. 개별화의 제유법이 '慕理尸 心米(그릴 ᄆᆞᅀᆞ미)'(〈모죽지랑가〉), '面/낯'(〈원가〉), '脚烏伊 四是良羅(허토이 넷이아라)'(〈처용가〉), '心未 際叱(마음의 가장자리)'(〈찬기파랑가〉), '栢史叱 枝次(잣나무의 가지)'(〈찬기파랑가〉) 등에서 보인다.

일반화의 제유법은 '心未(마음의)'(〈찬기파랑가〉)와 '造物'(〈참회업장가〉)에서 보인다.

4.3.6. 상징법

상징법은 '春/봄'(죽지랑과 득오의 좋은 시절)(〈모죽지랑가〉), '阿冬音/두돌임'(격려, 용기를 북돋아 주기)(〈모죽지랑가〉), '蓬次叱/다보짓'(마음이 바르지 못한 사람, 즉 익선)(〈모죽지랑가〉), '月/돌'(왕)(〈혜성가〉), '月/돌'(대세지보살)(〈원왕생가〉), '月/돌'(기파랑)(〈찬기파랑가〉), '白雲/힌구름'(현인, 형관, 수행승)(〈찬기파랑가〉), '栢/잣'(기파랑의 志節)(〈찬기파랑가〉), '法輪/법륜'(불법, 즉 부처님의 가르침)(〈청전법륜가〉) 등에서 보인다.

4.4. 기타

이 절에서는 중의법, 의태법, 패러디 등을 정리하고자 한다.

4.4.1. 중의법

중의는 어휘상의 중의와 구문상의(문법상의) 중의로 나뉜다.

4.4.1.1. 어휘상의 중의법

어휘상의 중의법은 다의어, 동음이의어, 비유어, 생략어 등으로 나타난다. 생략어는 앞에서 정리한 생략법으로 돌리고, 나머지만을 차례로 보자.

첫째는 어휘상의 중의법에 사용된 다의어이다. 이에 속한 다의어들은 '薯童房乙/서동방을'(서동방으로, 서동방에)(〈서동요〉), '惡知/엇디'(어떠한 이유 때문에, 어떠한 방법으로)(〈모죽지랑가〉), '何如/엇뎌'(어떤 이유 때문, 어떤 방법으로)(〈처용가〉), '待是古如/기다리고다'(기다리고 싶다, 기다리기를 바란다)(〈제망매가〉), '爾處米/그치믹'(자동사, 타동사)(〈찬기파랑가〉) 등이다.

둘째는 어휘상의 중의법에 사용된 동음이의어이다. 이에 속한 동음이의어는 다음과 같다. '嫁良/얼아'(정을 통하여, 어린 아이)(〈서동요〉), '置古/두고'(조동사, 본동사)(〈서동요〉), '手/손'(사지의 '손', "한 수 위"에서 보이는 '수'의 옛말 '손')(〈헌화가〉), '散花/산화'[散花(歌), 散花(: 흩어진 꽃(=화랑))](〈도솔가〉), '花/곶(연꽃, 화랑)(〈도솔가〉), '彌勒座主/미륵좌주(미륵자리의 주인)'(미륵보살, 경덕왕)(〈도솔가〉), '慕人/모인(慕人, 某人)'(〈원왕생가〉), '阿孩古/아히고'(접속형, 의문형)(〈안민가〉) 등이다.

셋째는 어휘상의 중의법에 사용된 비유어이다. 이에 속한 비유어에는 은유어와 상징어가 있다. 어휘상의 중의를 은유어로 보여주는 예에는 '夘/톳기'(토끼, 아이)(〈서동요〉), '花/곶'(철죽꽃, 수로부인)(〈헌화가〉), '磧/작벼리'(서덜, 시적 화자)(〈찬기파랑가〉), '雪/눈'(눈, 부도덕한 상급자)(〈찬기파랑가〉) 등이 있다. 그리고 어휘상의 중의를 상징어로 보여주는 예에는 '紫岩/딛배'(붉은 바위, 붉은 옷을 입은 순정공)(〈헌화가〉), '毋牛/암소'(새끼가 딸린 어미소, 자식이 있는 처)(〈헌화가〉), '月/달'(달, 왕)(〈혜성가〉), '月/달'(달, 기파랑)(〈찬기파랑가〉), '白雲音/힌구름'(자연의 흰구름, 현인 또는 刑官, 또는 수행승)(〈찬기파랑가〉), '栢/잣'(잣나무, 기파랑)(〈찬기파랑가〉) 등이 있다.

4.4.1.2. 구문상의 중의법

구문상의 중의는 앞에서 검토한 다의어, 동음이의어, 비유어, 생략어 등의 결합에 의해서 이루어진 경우와, 문법적 기능이 이중적인 시어에 의해 이루어지는 경우가 있다. 특히 후자인 문법적 기능이 이중적인 시어는 행간걸침 또는 계속행과 도치와 연결되어 있으며, 다의어, 동음이의어, 비유어, 생략어 등의 결합이 더해지기도 한다.

향가에서 구문상의 다의는 여섯이 발견된다.

첫째로 〈모죽지랑가〉 제5, 6구의 구문상의 다의이다. 이 구문상의 다의는, 격어미 이상의 생략인 '逢烏支/맛보기(를/-인가?/이겠습니까?)'와 다의어인 '惡知/엇디'(어떠한 이유로, 어떠한 방법으로)에 의해 형성된다.

둘째로 〈헌화가〉의 구문상의 다의이다. 이 구문상의 다의는, 상징어인 '紫岩/딛배'(붉은 바위, 붉은 옷을 입은 순정공), 동음이의어인 '手/손'(사지의 '손', "한 수 위"에서 보이는 '수'의 옛말 '손'), 상징어인 '毋牛/암소'(새끼가 딸린 어미소, 자식이 있는 처), 은유어의 '花/곶'(철죽꽃,

수로부인) 등에 의해 형성된다. 그 결과 이 구문상의 다의는 수작적 텍스트와 교훈적 텍스트를 보여준다.

셋째로 〈도솔가〉의 구문상의 다의이다. 이 구문상의 다의는, 동음이의어인 '散花/산화'[散花(歌), 散花(:흩어진 꽃(=화랑))], '花/곶(연꽃, 화랑), '彌勒座主/미륵좌주(미륵자리의 주인)'(미륵보살, 경덕왕) 등과, '곧은 마음' 앞에 생략된 '월명사의, 경덕왕의'(종교적 텍스트)와 '월명사의, 경덕왕의, 화랑의, 왕권에 도전할 자의, 여타 백성의'(정치적 텍스트) 등에 의해 형성된다. 그 결과 이 구문상의 다의는 (주술적〉) 종교적 텍스트와 정치적 텍스트를 보여준다.

넷째로 〈찬기파랑가〉 제1~3구의 구문상의 다의이다. 이 구문상의 다의는, 격어미의 생략인 '咽嗚(이/를)', 다의어인 '爾處米/그치믜'(자동사, 타동사), 상징어인 '月/달'(달, 기파랑)과 '白雲音/힌구름'(자연의 흰구름, 현인 또는 刑官, 또는 수행승) 등에 의해 형성된다. 그 결과 이 구문상의 다의는 자연의 세계와 인간의 세계를 보여준다.

다섯째로 〈찬기파랑가〉 제9, 10구의 구문상의 다의이다. 이 구문상의 다의는, 상징어인 '栢/잣'(잣나무, 기파랑의 志義), 은유어인 '雪/눈'(눈, 부도덕한 상급자), 동음이의어인 '花判/곶갈'('고깔'의 고어 '곶갈', 판결을 의미하는 花判의 고어 '곶갈', 공문서 처리의 의미인 '判花'의 고어 '갈곶'의 도치인 '곶갈') 등에 의해 형성된다. 그 결과 이 구문상의 다의는 자연의 세계와 인간의 세계를 보여준다.

여섯째로 〈서동요〉의 구문상의 다의이다. 이 구문상의 다의는, 다의어인 '薯童房乙/서동방을'(서동방으로, 서동방에), 동음이의어인 '嫁良/얼아'(정을 통하여, 어린 아이)와 '置古/두고'(조동사, 본동사), 은유어인 '夘/톳기'(토끼, 아이) 등에 의해 형성된다. 그 결과 이 구문상의 다의는 6종의 텍스트(아이들의 텍스트 2종, 왕과 백관의 텍스트 2종, 선화공주의 텍스트 2종)를 보여준다.

이번에는 문법적 기능이 이중적인 시어, 특히 행간걸침 또는 계속행과 도치에 의해 이루어진 구문상의 동음이의를 보자. 이 구문상의 동음이의에는 앞에서 살핀 다의어, 동음이의어, 비유어, 생략어 등의 결합이 합쳐지기도 한다. 향가에서 이 구문상의 동음이의는 다섯이 발견된다.

첫째로 〈안민가〉 제1~4구의 구문상의 동음이의이다. 이 구문상의 동음이의는, “君隱 父也 / 臣隱 愛賜尸 母史也 / 民焉 狂尸恨 阿孩古 / 爲賜尸知 民是 愛尸 知古如(님검은 아비야 / 알바ᄃᆞᆫ ᄃᆞᆺ오실 어시야 / 일거-ㄴ 얼ᄒᆞᆫ 아히고 / ᄒᆞ실디 일건이 ᄃᆞᆺ올 알고다.)”에서, ‘爲賜尸知/ᄒᆞ실디’가 제3구의 끝에 붙는 계속행 또는 행간걸침과 제4구의 끝에 붙은 시어의 도치로 읽힐 수 있기 때문에 형성된다. 부가적으로 동음이의어인 ‘아히고’(접속형, 의문형)도 작용한다.

둘째로, 〈안민가〉 제5~8구의 구문상의 동음이의이다. 이 구문상의 동음이의는, “窟理叱 大肹 生以支 所音 物生 / 此肹 喰惡攴 治良羅 / 此地肹 捨遣只 於冬是 去於丁 / 爲尸知 國惡支(←攴) 持以支 知古如(窟理(구리, 理窟)ㅅ 한ᄒᆞᆯ 살이기 ᄉᆞᆷ 物生(ᄀᆞᆺ살, 生物이) / 이ᄒᆞᆯ 자-ㅂ다ᄉᆞᆯ아라 / 이 다ᄒᆞᆯ ᄇᆞ리곡 어ᄃᆞᆯ이 니거-뎌 / ᄒᆞᆯ디 나라-기 디니이기 알고다.)”에서, ‘爲尸知/ᄒᆞᆯ디’가 제7구의 끝에 붙는 계속행 또는 행간걸침과 제8구의 끝에 붙은 시어의 도치로 읽힐 수 있기 때문에 형성된다. 이 제5~8구 내부에는 다른 중의어들도 있어 구문상의 중의를 복잡하게 하는데, 이에 대한 설명은 생략한다.

셋째로, 〈안민가〉 제9, 10구의 구문상의 동음이의이다. 이 구문상의 동음이의는, “君如 臣多攴(←支) 民隱如 / 爲內尸等焉 國惡 太平恨音叱如(님검답 알바ᄃᆞᆫ답 일건답 / ᄒᆞ낼ᄃᆞ언 나라-ㄱ 太平ᄒᆞᆫ음 실다.)”에서, ‘爲內尸等焉/ᄒᆞ낼ᄃᆞ언’이 제9구의 끝에 붙는 계속행 또는 행간걸침과 제10구의 끝에 붙은 시어의 도치로 읽힐 수 있기 때문에 형성된다.

넷째로, 〈처용가〉 제1, 2구의 구문상의 동음이의이다. 이 구문상의 동음이의는 '東京 明期 月良 / 夜入伊 遊行如可(동경 붉기 돌아 / 밤들이 노니다가)'에서 '돌아'의 이중적인 문법 기능에 의해 조성된다. 이 제1, 2구는 '동경(이) 달에 밝기(에) / 밤들이 노니다가'로 읽을 수도 있고, '동경(이) 밝기(에), 달에 / 밤들이 노니다가'로 읽을 수도 있다. 전자에서는 '밝기(에)'와 '달에'가 도치된 것으로 본 것이고, 후자에서는 '달에 밤들이 노니다가'를 행간걸침 또는 계속행으로 본 것이다. 말을 바꾸면, 전자에서의 '달에'는 동경이 밝게 된 이유를 보여주는 것이고, 후자에서의 '달에'는 밤들이 노닐 수 있게 밤의 환경을 보여주는 것이다. 이렇게 이 '달에'는 구문상에서 이중의 기능을 한다는 점에서, 〈처용가〉의 제1, 2구는 구문상의 동음이의로 정리할 수 있다.

다섯째로, 〈제망매가〉 제9, 10구의 구문상의 동음이의이다. 이 구문상의 동음이의는 제9구의 끝에 온 '吾/나(이/를)'가 그 앞에 온 '逢乎/맛보호(만나므로)'와 도치된 것으로 볼 수도 있고, 제10구와 연결된 행간걸침 또는 계속행으로 볼 수도 있다는 사실과, 앞에서 살핀 생략어 '(너(이/를))'와 다의어 '待是古如理/기다리고다(기다리고 싶다, 기다리기를 바란다)' 등에 의해 형성된다. '吾/나(이/를)'(제9구말)의 중의어, 생략된 '너(이/를)', '기다리고다'의 중의어 등이 수렴(convergence)되어 형성된 구문상의 4중의는 다음과 같다. 1) 미타찰에서 (네/너는) 나를 만나니, (네/너는) 도 닦아 (나를) 기다리기를 바란다. 2) 미타찰에서 (네/너는) (나를) 만나니, (네/너는) 도 닦아 나를 기다리기를 바란다. 3) 미타찰에서 내/나는 (너를) 만나니, (내/나는) 도 닦아 (너를) 기다리고 싶다. 4) 미타찰에서 (내/나는) (너를) 만나니, 내(/나는) 도 닦아 (너를) 기다리고 싶다.

4.4.2. 의태법

의태법은 '丘物叱丘物叱/구므실구므실'(〈항순중생가〉)에서 보인다.

4.4.3. 패러디

패러디는 단어나 문장 차원의 것과 텍스트 차원의 것으로 나눌 수 있다. 전자는 '達 阿羅 浮去 伊叱等邪(달 아라 떠가 덧다야/잇다야)'(〈혜성가〉), '澾陵/선릉'(〈우적가〉), '但 非乎(다만 그르오)'(〈우적가〉) 등에서 보인다. '澾陵/선릉'은 '善陵/선릉'(선의 큰 언덕)의 패러디이다.

텍스트 차원의 패러디는 〈서동요〉, 〈헌화가〉, 〈도솔가〉 등에서 보인다. 〈서동요〉는 동종주가인 공주가 해석한 텍스트에, 유희요의 텍스트와 현실반영요의 텍스트를 더한 패러디이다. 〈헌화가〉는 〈해가〉와 같은 구속언어의 구속시가를 패러디하여, 수작적 텍스트와 교훈적 텍스트를 보여준다는 점에서 구속언어의 패러디이다. 〈도솔가〉는 구속언어의 종교적 텍스트에 교훈적 정치적 텍스트를 더한, 구속언어의 패러디이다.

5. 결론

지금까지 향가에 나온 수사를 정리해 보았다. 향가에 나온 수사의 종류를 요약하는 것으로 결론을 대신하려 한다.

1) 강조법에 속한 수사로 반복법, 연쇄법, 인용법, 영탄법 등의 4종류가 향가에서 보인다.

2) 변화법에 속한 수사로 반어법, 역설법, 대구법, 수사의문법(설의법), 명령적 의문법, 도치법, 돈호법, 생략법, 완곡어법, 완서법, 환칭법

등의 11종류가 향가에서 보인다.

3) 비유법에 속한 수사로 직유법, 은유법, 유유법, 의인법, 대유법(제유법, 환유법), 상징법 등의 7종류가 향가에서 보인다.

4) 기타에 속한 수사로 중의법, 의태법, 패러디 등의 3종류가 향가에서 보인다.

이상과 같이 향가에 나타난 25종류의 수사 중에서, '세계'의 원관념을 '海/바ᄃᆞᆯ'이나 '陵/릉(큰 언덕)의 보조관념으로, 'A(의)B'와 같이 '원관념(의)보조관념'으로 표현한 은유는 불경의 표현법과 무관하지 않고, 한국의 다른 시가 장르에서는 보기 어려운 형태이다. 그리고 중의법 중에서 구문상의 중의법은, 옆으로는 석굴암의 본존불이 보이는 중의성의 중의법과 연결되고, 아래로는 〈어져 내일이야〉(황진이), 〈도산십이곡〉(이황), 〈고산구곡가〉(이이), 〈오우가〉(윤선도), 〈매화사〉(안민영), 〈풀〉(김수영) 등의 구문상의 중의법과 연결되어 있다. 또한 구문상의 중의법과 유유법이 보여주는 의(=理趣, 立言)가 매우 높음은 옆으로는 석가탑과 다보탑의 의(=이취, 입언)가 매우 높음과 닮았고, 아래로는 〈도산십이곡〉(이황), 〈고산구곡가〉(이이) 등등의 의(=이취, 입언)가 매우 높음을 선도한다.

제6부

향가와 주변 주사의 주가성과 구속언어

향가 주변의 주사와 구속언어

1. 서론

이 글은 향가의 주가성과 구속언어, '능감동천지귀신(能感動天地鬼神)' 등을 검토하기에 앞서, 한국 상대에 향가 주변에 나타난 주사들과 구속언어를 검토 정리하는 데 연구의 목적이 있다.

향가 주변의 주사들에 대한 연구는, 주로 한국 상대의 주사들을 중심으로 일찍부터 연구되어 왔다. 뿐만 아니라, 이 주사들의 연구는 향가의 해석과 '능감동천지귀신'의 해석에도 큰 영향을 주어 왔다. 그런데 우리는 상대 주사들을 다시 한번 검토할 필요성을 느끼고 있다. 왜냐하면 주사들을 설명하고 있는 상당수의 글들을 보면, 이해할 수 없는 측면들을 보이거나, 설명하지 않은 글들이 상당수 있기 때문이다. 상대 주사로는 동명왕의 〈설색궤(雪色麂)주사〉, 〈구지가〉, 〈귀별교탄사(龜鼈橋歎詞)〉, 〈비형랑정사(鼻荊郎亭詞)〉, 〈지귀주사〉, 〈해가〉 등이 논의되어 왔다. 이 중에서 〈설색궤주사〉와 〈구지가〉를 "유사한 것이 유사한 것을 초래케 한다."는 유사의 법칙으로 설명하는 정도에 머물고 있다. 그런데 이 두 작품마저도 앞의 유사의 법칙("유사한 것이 유사한 것을 초래케 한다.")을 빌어서 논리적으로 설명하는 데는 한계가 있어 보인다. 나머지 네 작품에 대한 설명은 거의 없다.

이 작품들을 이렇게 명확하게 설명할 수 없었던 이유는 두 가지 측면에 기인한 듯하다. 하나는 동종주술의 유사의 법칙을 언급하면서 "유사한 것은 유사한 것을 초래한다."는 것만 보았지, "유사한 것은 유사한 것에 작용한다.(/영향을 미친다.)"는 것을 고려하지 않은 점이다. 다른 하나는 원시문화를 잘 보여주는 동종주술과 감염주술만을 고려하였지, "구속(拘束)함에 의해 영(靈)의 힘을 움직여서 요구된 목적을 성취하는 힘의 언어"로 된 구속언어(incantation)[1](T. M. Ludwig, 1987:147)를 전혀 고려하지 않은 점이다. 이 구속언어는 한국 상대의 글들에서 많이 보인다는 점에서, 한 번쯤은 반드시 검토할 필요가 있다.

이에 이 글에서는 한국 상대의 주사 논의에서 이미 언급된 작품들은 물론, 비담의 반란에 쓴 김유신의 축(祝), 유인궤의 맹문(盟文), 왕거인이 하늘에 하소연한 시 등을 대상으로, 그 주사성과 구속언어를 검토 정리하고자 한다. 물론 검토의 기준은 주술의 두 종류(동종주술과 감염주술)와 구속언어이다.

2. 동종주사

프레이저(J. G. Frazer)는 주술을 적극적 주술과 소극적 주술[2]로 나누

1 'incantation'은 흔히 '구속주술/구속주가'로 번역된다. 이를 따라 이 글의 원본(양희철 2000a)에서는 '구속주술/구속주가'이란 용어를 썼다. 그러나 그 내용을 보면 주술/주가란 내용이 없고 언어라는 의미만 있다. 이를 살려 '구속언어'로 바꾸어 쓴다.

2 "적극적 주술 혹은 마술의 목적은, 소원하는 결과를 일으키게 한다. 이에 반해서 소극적

고, 공감주술을 동종주술과 접촉주술[3]로 나누었다. 동종주술을 보여주는

인 주술 혹은 타부의 목적은, 소원하지 않는 결과를 피하는 일이다. 그리고 소원하는 결과와 소원하지 않는 결과는 함께 유사의 법칙과 접촉의 법칙에 따라서 유래된다고 생각한다. … 그러니까 관념연합의 잘못된 개념의 두 측면 혹은 兩極에 불과하다. 마술의 오류는 적극적인 측면이며, 타부는 그 소극적인 측면인 것이다. 만일 이론적 방면과 실제적 방면과를 포함하여, 이 오류의 조직의 전체에 주술이라는 총칭이 주어진다면, 타부는 실제적 주술의 소극적 측면이라고 定義할 수 있을 것이다. 이것을 圖式化하면 다음과 같은 것이 된다."(김상일 1975:52~53).

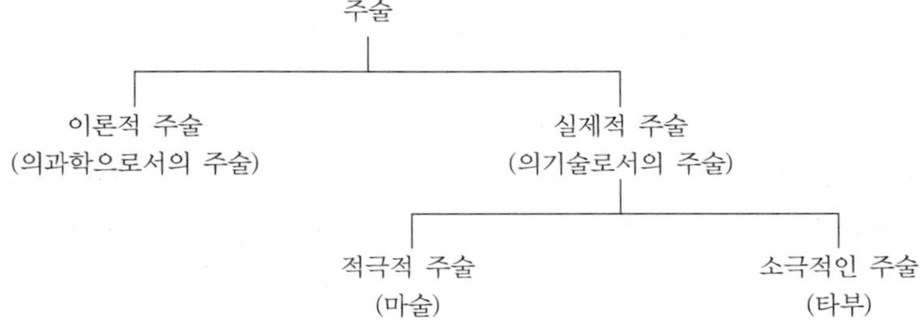

3 "주술의 기초가 되는 원리를 분석해 보면, 그것은 다음 두 가지로 要約될 것이다. 첫째, 類似는 유사를 낳는다. 혹은 결과는 원인과 유사하다. 둘째, 그전에 서로 접촉했던 사물은, 물리적인 접촉이 끝난 후에도 공간을 사이에 두고 상호적 작용을 계속한다. 앞의 원리를 유사의 법칙(Law of Similarity)이라 하고, 후자를 接觸의 법칙(Law of Contact), 혹은 傳播(Contagion)의 법칙이라고 말할 수 있을 것이다. 이 두 개의 원리 가운데 전자, 그러니까 유사의 법칙에서 주술사는 다만 하나의 현상을 모방하여 자기가 소망하는 어떠한 결과라도 얻을 수 있다고 생각한다. 후자에서는, 비록 그것이 신체의 일부분이었건 아니었건을 막론하고, 한번이라도 누군가의 신체에 접촉한 적이 있었던 사물에 대해서 가해진 행위는, 그것에 대해서 가해진 행위는, 그것과 똑같은 결과를 그 인물 위에 초래하게 되리라고 결론한다. 유사의 법칙 위에 선 주술을 同種的 呪術(Homoeopathic Magic) 혹은 模倣呪術(Imitative Magic)이라 한다. 그리고 접촉의 법칙 위에 혹은 전파의 법칙을 기초로 하는 주술은, 傳播呪術(Contagious Magic)이라 부른다. 이 두 주술의 分派의 전자를 가리키는 것으로는, 類感(Homoeopathic)이라는 용어가 적당할지 모르겠다. … 이 사고의 계통은, 둘 다 사실상 극히 단순하고 초보적이다. 그것들은 추상적일 수 없는, 구체적인 원시인의 소박한 知性에 대해서만이 아니라, 다른 모든 低文化民族에게 친숙한 것이므로, 결코 복잡하거나 高度한 것이 못된다. 주술의 두 분파는, 그러니까 동종주술과 전파주술은, 총괄적으로 共感呪術(Sympathetic Magic)이라는 이름으로 이해하는 것이 편리할 것이다. … 편의상, 그 기본이 되고 있는 사고의 법칙에 따라, 주술의 분파를 圖式化해 보면 다음과 같은 것이 된다."(김상일 1975:42~44).

주사를 동종주사로 부르는데, 둘이 있다. 동명왕의 〈설색궤주사〉와 〈구지가〉이다. 이것들을 차례로 보자.

> 동명왕이 서쪽으로 순수할 때 우연히 눈빛 사슴을 얻었다. 해원 위에 거꾸로 달아 매고 감히 스스로 주술을 걸어 이르기를
>
> 하늘이 비류에 비를 내려,
> 그 도읍을 표몰시켜 더럽게 하지 않으면,
> 나는 진실로 너를 풀어주지 않겠다!
> 너는 나의 분함을 옳게 도와라!
>
> 사슴의 우는 소리 심히 슬퍼 위로 하늘의 귀에 사무쳤다. 장마가 이레를 퍼부어 회수 사수를 넘쳐나듯 … (『동국이상국집』의 〈동명왕편〉).[4]

이 〈설색궤주사〉를 감염주술로 설명한 경우가 있다. 그 글을 인용하면 다음과 같다.

> 汝能訴天의 命令法과 "我固不汝放矣"의 威脅 등은 앞에서 보아 온 呪詞의 典型的 表徵이다. 白鹿에 直接 呪術을 加함으로써 그를 通해 비를 내리게 하는 祈雨呪詞다. 이 경우, 사슴은 呪術媒體다. 呪術媒體인 사슴(或은

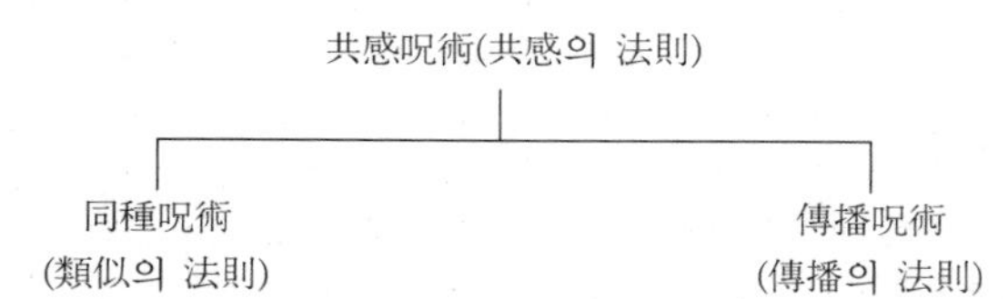

4 "東明西狩時 偶獲雪色麂 倒懸蟹原上 敢自呪而謂
天不雨沸流 / 漂沒其都鄙 / 我固不汝放 / 汝可助我慣
鹿鳴聲甚哀 上徹天之耳 霖雨注七日 霈若傾淮泗 …"(〈東明王篇〉).

사슴의 울음)과 비(或은 비내리는 하늘) 사이에 어떤 對應關係가 있어야 한다. 그 對應關係가 있고서야 비로소 그 媒體에 作用하여 비를 내리게 할 수 있겠기 때문이다. 사슴은 白色이었다. 白色은 神聖의 빛이므로 呪術媒體로서 白鹿이 더욱 適當하였을 것이다. 이 呪詞는 呪術媒體에 作用함으로써 所期의 目的을 達成코자 하고 있다는 點에서 兜率歌와 같은 一面을 지니고 있다. … 사슴과 비 사이에 對應關係가 있다면 어느 한 쪽에 作用하는 것은 感染法則으로 다른 한 쪽에도 作用을 끼치는 結果가 되는 것이다. 사슴의 울음이 비의 原因이다. 原因이 作用하여 降雨라는 結果를 招來코자 한 것이다. 原因과 結果의 關係에서 前者와 後者 사이에는 代喩의 關係가 形成될 수 있고 이 代喩를 通해 兩者는 하나로 맺어지는 것이다. 사슴의 울음 곧 비라는 比喩法的인 思考方式에서 東明王의 祈雨呪術이 行하여진 것이다. 그래서 東明王은 사슴에 訴天하기를 곧 울기를 强要한 것이다(김열규 1972: 7~8).

이 설명을 보면, 설색궤는 분명히 주술 매개물(呪媒)이다. 그런데 이 설색궤와 비, 또는 사슴의 울음과 비를 원인과 결과로 보고, 감염주술로 설명하고 있다. 이렇게 설명하는 것이 불가능한 것은 아니지만, 모방주술의 한 형태인 "유사한 것은 유사한 것에 작용한다." 또는 "유사한 것은 유사한 것에 영향을 미친다."는 유사 법칙으로 설명하는 것이 나을 것 같다. 이에 대한 구체적인 설명은 〈구지가〉와 함께 하려 한다.

천지가 개벽한 이래 이 땅에는 아직 나라의 이름이 없었고 또 임금과 신하의 명칭도 없었다. 다만 아도간(我刀干)·여도간(汝刀干)·피도간(彼刀干)·오도간(五刀干)·유수간(留水干)·유천간(留天干)·신천간(神天干)·오천간(五天干)·신귀간(神鬼干) 등 아홉 간이 있었는데, 이들 추장이 백성들을 통솔하였으니, 모두 10,000호에 75,000명이었다. 백성들은 대부분 산이나 들에 살면서 우물을 파서 물을 마셨고 밭을 갈아 밥을 먹었다. 후한 세조(世祖) 광무제(光武帝) 건무(建武) 18년 임인(서기 42) 3월 계욕일(禊

浴日, 음력 첫 사일(巳日)에 물가에서 몸을 씻고 모여서 술을 마시는 날이다.)에 그들이 살았던 북쪽 구지(龜旨)[이것은 산봉우리의 이름인데, 마치 10마리의 거북이 엎드린 모양과 같다고 해서 이렇게 불렀다.]에서 누군가를 부르는 것 같은 이상한 소리가 났다. 200~300명 정도가 이곳에 모이자 사람 말소리가 들렸는데 그 형체를 보이지 않고 소리만 났다. "여기에 사람이 있는가?" 구간들이 말하였다. "우리들이 있습니다." "내가 있는 곳이 어디인가?" 구간들이 대답하였다. "구지입니다." "하느님께서 나에게 명하시길, 이곳에 와서 나라를 세우고 임금이 되라고 하셨다. 그래서 내려온 것이다. 너희들은 모름지기 산봉우리 위에서 흙을 파며 뒤로 당기며[掘峰頂撮土][5] 노래하기를,

거북아 거북아 / 우두머리를 내어라 / 만일 내놓지 않으면 / 구워서 먹겠다.

라고 하면서 춤을 추어라[蹈舞]. 그렇게 하면 곧 대왕을 맞이하게 되어 기뻐 춤을 추게 될 것이다." 구간들이 그 말처럼 모두 기뻐하면서 노래를 부르며 춤을 추었다[舞].[6] 얼마 되지 않아 하늘을 우러러 보았더니 붉은 줄이 하늘로부터 내려와 땅에 닿았다. 줄의 끝을 찾아보니 붉은 보자기 속에 금상자가 있었고, 상자를 열어 보니 황금알 여섯 개가 있었다. …… (『삼국유사』의 〈가락국기〉).[7]

---

5 '掘峰頂撮土'의 '撮'은 다양하게 읽히고 있으나, '당기다'(挽也)의 의미로 판단된다. 그리고 이 '흙을 파며 뒤로 당기며'는 거북이가 알을 낳을 때에 보여주는 행위를 모방한 것으로 은유주술, 즉 모방주술의 한 표현이다(양희철 1987b:87).

6 이 '춤'[蹈舞, 舞]은 왕을 맞이할 때에 기뻐서 추는 춤을 모방한 것으로 은유주술, 즉 모방주술의 행위이다(양희철 1987b:92~93).

7 "開闢之後 此地未有邦國之號 亦無君臣之稱 越有我刀干汝刀干彼刀干五刀干留水干留天干神天干五天干神鬼干等九干者 是酋長 領總百姓 凡一萬戶 七萬五千人 多以自都山野 鑿井而飮 耕田而食 屬後漢世祖光武帝建武十八年壬寅三月禊浴之日 所居北龜旨[是峯巒之稱 若十朋伏之狀 故云也] 有殊常聲氣呼喚 衆庶二三百人 集會於此有如人音 隱其形 而發其音曰 此有人否 九干等云 吾徒在 又曰 吾所在爲何 對云 龜旨也 又曰 皇天所以命我者 御是處 惟新家邦 爲君后 爲茲故降矣 爾等須掘峯頂撮土

이 〈구지가〉가 주사라는 것을 누구도 의심하지 않는다. 그런데 기왕의 연구들은 동종주술 그것도 "유사(類似)한 것이 유사(類似)한 것을 초래(招來)하게 된다."는 유사의 법칙으로 〈구지가〉를 설명하였다.

> "龜"의 顯首는 直接 大王의 降臨에 對應되어 있다. 그러나, 그렇다고 "龜"를 直接 神으로 읽거나 神 또는 君長의 象徵으로 看做하기에는 적잖은 難點이 있다. 神이나 君長의 象徵에 威脅이 더해진 命令의 말을 加할 可能性은 헤아리기 힘들기 때문이다. 이어서 龜旨歌에서 命令法만이 그 呪術性의 全部가 아닌 것을 알게 된다. 여기에는 類似한 것이 類似한 것을 招來하게 된다는 呪術心理가 作用하고 있는 것이다. 그런 點에서 龜旨歌는 多元的인 呪歌임을 드러내 보이게 된다. 顯示되기 힘든 龜首가 出現되면 神의 出現도 可能하리라는 思考方式이 거기 있는 것이다. 이른바 類似法則의 呪術이 거기 作用하고 있는 것이다. 命令法에 依한 强壓은 龜首에 對하여 加하여지고 있을뿐 直接 君長에 對해 加해지고 있는 것은 아니다. 이 點을 考慮한다면 龜旨歌는 隱喩의 命令法에 依한 呪歌라고 함 직하다(김열규 1972:4~5).

이 설명에서 보이는 유사의 법칙은 "현시(顯示)되기 힘든 귀수(龜首)가 출현(出現)되면 신(神)의 출현(出現)도 가능(可能)하리라는 사고방식(思考方式)"으로 설명하고 있다. 이 설명은 유사의 법칙을 설명하면서 보이는, 많은 사냥을 위해, 그 사냥 전날에 사냥을 흉내 내는 것과 다른 설명이다. 즉 원하는 바를 흉내 내는 유사의 법칙과 좀 다른 설명이 되어,

---

歌之云
　龜何龜何 / 首其現也 / 若不現也 / 燔灼而喫也
以之蹈舞 則是迎大王 歡喜踴躍之也 九干等如其言 咸忻而歌舞 未幾 仰而觀之 唯紫繩自天垂而着地 尋繩之下 乃見紅幅裹金合子 開而視之 有黃金卵六圓如日者 ……"(『삼국유사』의 〈가락국기〉).

다시 한번 검토해 볼 문제가 있는 듯하다.

유사의 법칙은 다음과 같이 두 유형으로 나뉜다.

> 이 유사의 법칙은 구별하는 것이 중요한 두 주요한 공식을 갖는다: 유사한 것은 유사한 것을 초래한다 … ; 유사한 것은 유사한 것에 작용한다(/영향을 미친다). 특히 유사한 것을 치료한다. …(M. Mauss 1972:68).[8]

이 인용에서 볼 수 있듯이, 유사의 법칙에는 두 종류가 있다. "유사한 것은 유사한 것을 초래한다."(like produces like)와 "유사한 것은 유사한 것에 작용한다.(/영향을 미친다.)"(like acts upon like)이다. 이 중에서 후자는 〈설색궤주사〉와 〈구지가〉의 설명에 적합한 유사의 법칙이라 할 수 있다. 설색궤와 거북이는 주술의 매개물이고, 주술의 목적은 강우(降雨)와 현수(現首)이며, 이 주술의 목적을 성취시켜줄 자는 비를 내릴 천록/天鹿[:천록/天祿]과, 대왕을 내놓을 천구/天龜·신구/神龜이다. 여기에 〈석척(蜥蜴)주사〉[9]까지를 포함시키면, 석척[도마뱀]은 주술 매개물이고,

---

8 "The second law, the law of similarity, has a less direct expression than the first as far as ideas of sympathy are concerned. We think Frazer was right when he, along with Sidney Hartland, reserved the term sympathy proper for phenomena including contagion, and called this other category, which we shall now deal with, 'mimetic sympathy'. This law of similarity has two principal formulas which it is important to distinguish: like produces like, similia similibus evcocatur; and like acts upon like, and, in particular, cures like, similia similibus curantur."(M. Mauss, 1972:68).

9 "궁중에서 석척기우를 행하였다. 순금사 대호군 김겸이 말하기를, "전에 보주 수령으로 있을 때 소동파의 시를 보니, '독 가운데 석척이 참으로 우습다.'라는 글귀가 있었는데, 그 주에 비를 비는 법이 갖추어 실려 있으므로, 김겸이 그 법에 따라 시험해서 과연 비를 얻었습니다." 하였는데 임금이 이 말을 듣고 이날 김겸을 불러 물어보고 곧 광연루 아래에서 시험할 것을 명하였다. 그 법은 뜰에다 물을 가득 넣은 두 개의 독을 놓고, 석척을 잡아다 독 가운데 넣고 자리를 베풀고 분향하며, 남자 아이 20인을 시켜 푸른

주술의 목적은 강우이며, 이 주술의 목적을 성취시켜줄 자는 용이다. 이때, 주술 매개물[설색궤, 거북이, 도마뱀]과 주술의 목적을 성취시켜줄 자[천록/天鹿, 천구/天龜·신구/神龜, 용/龍]는 유사 관계에 있어, "유사한 것은 유사한 것에 작용한다(/영향을 미친다)"는 유사의 법칙으로 그 설명이 가능하다. 즉 설색궤는 천록(天鹿)과 유사하고, 지상의 거북이는 천구(天龜)·신구(神龜)와 유사하며, 도마뱀은 용과 유사하다.

이 유사만 있다고 유사의 법칙이 적용되는 것은 아니다. 이 점 역시 두 동종주사의 차이점이다. "유사한 것은 유사한 것을 초래한다."(like produces like)의 동종주사에서는 주술 매개물에게 위협을 하거나 비는 행위나 언급을 하지 않는다. 즉 주술 매개물만을 보여주면 된다. 이에 비해 "유사한 것은 유사한 것에 작용한다.(/영향을 미친다.)"(like acts upon like)에서는 주술 매개물로 하여금 그 유사한 것에 작용하거나 영향을 미치게 하기 위해서는, 그 주술 매개물에게 무엇인가를 해야 한다. 즉 주술 매개물을 위협하든지, 주술 매개물에게 빌든지 하여야 한다.

후자에 속한 이 주사들에서는 주술 매개물에게 위협을 가하고 있다. 학계에서 많이 쓰인 말로 하면 위하(威嚇)를 가하고 있다. 이 위하들은 〈설색궤주사〉에서는 "아고불여방(我固不汝放)"이고, 〈구지가〉에서는 "번작이끽야(燔灼而喫也)"이다. 이 위하는 물리적인 힘을 이미 가한 상태에서 그 물리적인 힘을 풀어주지 않겠다는 것이거나, 물리적인 힘을 가하겠

옷을 입고 버들가지를 가지고 빌기를, "석척아! 석척아! 구름을 일으키고 안개를 토하여 비를 주룩주룩 오게 하면 너를 놓아 보내겠다"고 하는 것이었다. 이틀 동안이나 빌었으나 비를 얻지 못하였으므로, 동자들을 놓아 보내고 각각 쌀 1석씩을 주었다. 行蜥蜴祈雨于宮中 上聞巡禁司大護軍金謙言 前守甫州見東坡詩 有瓮中蜥蜴眞堪笑之句 注備載祈雨之法 謙依其法試之 果得雨 是日召謙問之 卽命試之於廣延樓下其法 置盛水二瓮於庭 捕蜥蜴納之瓮中 設席焚香 令童男二十人 衣靑衣 持柳枝祝曰 蜥蜴蜥蜴 興雲吐霧 降雨滂沱 放汝歸去 旣二日不得雨 放童子各賜米一石"[『태종실록』 권제13, 36장 뒤쪽, 태종 7년 6월 21일(계묘)]. 이 주사는 『宋史』 '禮志'의 〈蜥蜴呪詞〉와 같다.

다는 위하로, 물리적인 힘을 쓰는 야만성을 벗어나지 못하고 있다.

이 야만성은 어떤 이유도 없이 주술사 자신이 목적하는 바를 먼저 내놓으라고 윽박지르는 발화 형태를 취한다.

> 天不雨沸流 漂沒其都鄙 我固不汝放 汝可助我憤
> 龜何龜何 首其現也 若不現也 燔灼而喫也(밑줄 필자).

이 두 인용에서 볼 수 있듯이, 밑줄 친 부분의 주술목적을 먼저 언급하고 위협을 가하는 형태이다. 이는 마치 강도가 칼을 목에 대고 "돈 안 내놓으면 죽여!"나 "돈 내놔! 말 안 들으면 죽여!"하는 언술과 같은 형태이다.

3. 동종주사의 패러디

물리적인 힘으로 위하를 가하는 야만성을 가진 동종주술은 후대의 작품에서 구속언어로 바뀐다. 즉 물리적인 힘의 위하는, 혈통·신분적인 구속이나 정신적인 구속을 수반한 구속언어로 바뀐다. 동종주술의 주사에서 구속언어로 넘어가는 중간의 형태로, 동종주사의 패러디를 보여주는 작품이 〈해가〉이다.

> 성덕왕(聖德王) 때 순정공(純貞公)이 강릉(江陵)[지금의 명주(溟州)이다.] 태수로 임명되어 가던 중, 바닷가에 이르러 점심을 먹을 때였다. 주변에는 바위 봉우리가 병풍처럼 둘러쳐서 바다를 굽어보고 있었는데, 높이 천 길이나 되는 그 위에는 철쭉꽃이 활짝 피어 있었다. 공의 부인 수로가 그것을 보고 주위 사람들에게 말하였다. "꽃을 꺾을 사람 그 누구 없소?" 옆에서

모시는 사람이 말하였다. "사람의 발자취가 이를 수 있는 곳이 아닙니다." 모두들 할 수 없다고 사양하였다. 그런데 옆에 암소를 끌고 지나가던 노인이 있었는데, 부인의 말을 듣고는 그 꽃을 꺾고 노래까지 지어서 바쳤다. 그 노인은 어느 곳 사람인지 알 수 없었다. 다시 이틀 동안 길을 가다가 임해정(臨海亭)에서 점심을 먹고 있는데, 갑자기 바다의 용이 나타나 부인을 납치해서 바다 속으로 들어가 버렸다. 순정공은 넘어져 바닥에 쓰러졌으며 어찌 해야 좋을지 몰랐다. 그러자 또 어떤 한 노인이 말하였다. "옛사람들 말에, 여러 사람의 말은 쇠도 녹인다 하였습니다. 지금 바다 속 짐승이 어떻게 사람들의 입을 무서워하지 않겠습니까? 마땅히 이 지역 내 백성들을 모아 노래를 지어 부르면서 막대기로 언덕을 친다면 부인을 다시 만날 수 있을 것입니다." 그래서 공이 그 말대로 했더니, 용이 부인을 모시고 바다에서 나와 바쳤다. 공이 부인에게 바다 속에서 있던 일을 물었더니 이렇게 말하였다. "칠보로 꾸민 궁전의 음식이 달고 기름지며 향기롭고 깨끗하여 인간 세상의 음식이 아니었습니다." 부인의 옷에서도 이상한 향내가 풍겼으니, 이 세상에서 맡아보지 못한 것이었다. 수로부인은 자태와 용모가 뛰어나서 매번 깊은 산이나 큰 연못을 지날 때마다 여러 차례 신물(神物)들에게 납치되곤 하였다. 여러 사람들이 부른 〈해가(海歌)〉의 가사는 이러하다.

> 거북아 거북아 수로를 내놓아라!
> 남의 부녀 납치한 죄 얼마나 크냐?
> 네 만약 거역하여 내어 받치지 않으면,
> 그물로 사로잡아 구어 먹겠다! (『삼국유사』의 〈수로부인〉).[10]

---

10 "聖德王代 純貞公赴江陵太守(今溟州)行次 海汀晝饍 傍有石嶂如屛臨海 高千丈 上有躑躅盛開 公之夫人水路見之 謂左右曰 折花獻者其誰 從者曰 非人跡所到 皆辭不能 傍有老翁牽牸牛而過者 聞夫人言 折其花 亦作歌詞獻之 其翁不知何許人也 便行二日程 又有臨海亭 晝饍次 海龍忽攬夫人入海 公顚倒躄地 計無所出 又有一老人告曰 故人有言 衆口鑠金 今海中傍生何不畏衆口乎 宜進界內民作歌唱之 以杖打岸 則可見夫人矣 公從之 龍奉夫人 出海獻之 公問夫人海中事 曰 七寶宮殿 所饍甘滑香潔非人間煙火 此夫人衣襲異香 非世所聞 水路姿容絶代 每經過深山大澤 屢被神物掠攪 衆人唱海歌詞曰 龜乎龜乎出水路 / 掠人婦女罪何極 / 汝若悖逆不出獻 / 入網捕掠燔

주지하는 바와 같이, 이 〈해가〉는 〈구지가〉의 패러디이다. [거북이에게 얻고자 하는 것, 즉 우두머리나 수로부인을 내놓지 않으면 잡아 구어 먹겠다.]는 기본 의미가 일치한다. 이 일치점만을 보면, 〈해가〉와 〈구지가〉는 둘 모두가 물리적인 힘으로 위하를 가하는 야만성을 보이는 동종주사이다.

그러나 두 측면에서 차이점을 보면, 〈해가〉는 〈구지가〉와 상당히 다른 노래임을 파악할 수 있다. 하나는 영의 힘을 도덕적으로 구속하여 움직이는 힘의 언어를 가진 구속언어의 측면이다. 이는 "약인부녀죄하극(掠人婦女罪何極)"으로 쉽게 확인된다. 이 도덕적 구속과 외형적인 동종주사의 형태를 종합하면, 이 노래는 영의 힘을 움직이기 위하여, 물리적인 힘의 위하와, 도덕적으로 구속하는 힘의 언어를 동시에 사용한다고 할 수 있다.

다른 하나는 이 노래에 등장한 거북이가 이미 동종주술에서 보는 주술 매개물이 아니라는 점이다. 〈구지가〉에서의 거북이는 주술 매개물로 주술목적을 성취시켜줄 신구/神龜(천구/天龜)와 별개의 존재이며, 이 양자는 유사의 법칙에서 그 기능적 위치를 달리한다. 즉 "유사한 것(A)은 유사한 것(B)에 작용한다.(/영향을 미친다.)"에서, A는 영향을 미치는 거북이이고, B는 영향을 받게 되는 천구(/신구)이다. 이에 비해 〈해가〉의 거북이는 이미 A가 아니며, B가 존재하지 않는다. 만약 A를 거북이로 B를 용으로 설정하면, A와 B가 유사한 것이냐 하는 문제에 답할 수가 없다. 이 경우에 애써 용두(龍頭)와 귀두(龜頭)가 같은 의미라는 점에서, 용(龍)과 귀(龜)를 동일한 것으로 보기도 어렵다.

이 문제는 다르게 풀어야 할 듯하다. 무리하게 거북이와 용을 같은 의미로 보거나, 주술에서 보이는 유사한 것들로 보지 말고, 우회적 표현

之喫"(『三國遺事』 卷二 〈水路夫人〉조).

으로 보는 것이 나을 것 같다. 즉, 〈해가〉는 용을 앞에다 놓고, 용에게 직접 수로부인을 내놓으라고 노래하여, 용으로 하여금 수로부인을 내놓게 하는 것이 아니라, 용을 앞에다 놓고, 거북이에게 수로부인을 내놓으라고 노래하여, 용으로 하여금 수로부인을 내놓게 한 것이라고 생각할 수 있다. 이는 용에게 직접 수로부인을 내놓으라고 노래할 것을, 거북이에게 수로부인을 내놓으라고 노래한 것이 된다. 용을 노래에서 직접 대상으로 하지 않으면서도, 나머지 내용으로 보아, 용으로 하여금 이 노래가 겉으로는 거북이를 대상으로 하고 있지만, 실제 내면적으로는 나를 대상으로 노래하고 있다는 사실을 알게 하는 것이다. 이렇게 보면, 용을 직접 대상으로 하지 않고 우회적으로 표현하였기 때문에, 용을 자극하지 않는 효과를 가져온다. 게다가 이 간접 표현으로 인해, 용은 최소한 겉으로는 수로부인의 납치자가 아니다. 이는 용을 자극하지 않는 동시에, 용을 보호해주는 측면까지 가지고 있다. 이 때 용을 보호해주는 것은 사실은 용으로 하여금 납치한 사실을 공개하기 전에, 즉 망신을 주기 전에, 이 선에서 묵인해줄 것이니, 납치한 수로부인을 내놓으라는 구속의 의미를 가진다. 이는 용을 막다른 골목으로 몰지 않고, 빠져나갈 통로를 하나 열어 놓고, 그 통로로 빠져나가게 구속하는 것이다.

이렇게 〈해가〉는 표면적으로 보면, 〈구지가〉와 같은 동종주사이지만, 용에게 할 위하를 거북이에게 한다는 점을 보면, 우회적인 동종주사이고, "약인부녀죄하극(掠人婦女罪何極)"의 도덕적 구속을 고려하면 구속언어이다. 이 같은 점과 다른 점은 이 작품이 〈구지가〉의 패러디라는 사실, 즉 동종주사의 패러디라는 사실을 잘 말해준다. 그리고 이 작품이 갖고 있는 동종주술과 구속언어는, 이 작품이 동종주사에서 구속언어로 넘어가는 과정을 잘 보여준다고 정리할 수 있다.

4. 구속언어

구속력을 가진 언어를 사용하는 구속언어에 속한 작품들은 그 구속의 성격상 혈통·신분적인 구속언어와 정신적인 구속언어로 나누어 정리할 수 있다.

4.1. 혈통·신분적인 구속언어

혈통·신분적인 구속언어에는 〈귀별교탄사(龜鼈橋歎詞)〉와 〈비형랑정사(鼻荊郎亭詞)〉가 있다. 먼저 전자를 보자.

> 건너려 하나 배는 없고 쫓는 군사가 곧 이를 것을 두려워하여 채찍으로 하늘을 가리키며 개연히 탄식하기를
>
> 나는 천제의 자손이요 / 하백의 외손자이다! / 지금 어려움을 피하여 이에 이르렀으니 / 황천후토는 나 외로운 자를 가엽게 여기시어, / 속히 배나 다리를 보내라!
>
> 하는 말을 마치고, 활로 물을 치니, 고기와 자라가 나와 다리를 이루어 주몽이 건넜는데 한참 뒤에 쫓는 군사가 이르렀다(『동국이상국집』의 〈동명왕편〉).[11]

이 〈귀별교탄사〉는 "천제지자손(天帝之子孫)이요 하백지생(河伯之甥)임으로써 자신(自身)이 가지는 신격(神格)이 황천후토(皇天后土) 또는

11 "欲渡無舟 恐追兵奄及 迺以策指天 慨然嘆曰 我天帝之子孫 河伯之甥 今避亂至此 皇天后土憐我孤子 速致舟橋 言訖以弓打水 龜鼈浮出成橋 朱蒙乃得渡 良久追兵至"(〈東明王篇〉).

강수(江水)의 신격(神格)을 움직일 수 있다고 믿고 발(發)하여진 주사(呪詞)인 것이다."(김열규 1972:8)에서 알 수 있듯이, 자신의 혈통·신분적 위치에서 발해진 구속언어라 할 수 있다. 이는 곧 자신이 천제의 자손이고, 하백의 외손자라는 혈통·신분적 후광의 힘으로 황천과 후토를 구속하는 것이다. 이 구속만을 보면, 이는 후광을 등에 진 위협에 가깝다. 그러나 나를 가엽게 여겨 달라[憐我]는 간청을 보면, 이 탄사는 이미 동종주사가 보이는 위하의 단계를 넘어서 기원에 접근하고 있다. 또한 이 탄사에서 매개물은 존재하지 않으며, 탄사의 목적을 성취시켜줄 자에게 직접 하소연하고 구속하는 형태를 보인다. 이 형태의 언어에서는 동종주사에서와 같은 물리적인 위하는 보여주지 않는다.

이번에는 〈비형랑정사〉를 보자. 이를 보여주는 〈도화녀 비형랑〉조를 보면 다음과 같다.

> 제25대 사륜왕은 시호가 진지대왕이고 성은 김 씨이며, 왕비는 기오공의 딸인 지도부인이다. 대건 8년 병신(서기 576)에 왕위에 올라 나라를 4년 동안 다스렸는데, 정치가 어지럽고 음란하여서 나라 사람들이 그를 폐위시켰다. 이에 앞서 사랑부 백성의 딸이 있었는데, 자색이 곱고 아름다워서 당시에 도화랑이라고 불렀다. 왕이 이 소문을 듣고 궁중에 불러들여 관계를 갖고자 하자 여자가 말하였다. "여자가 지켜야 하는 일은 두 남자를 섬기지 않는 것입니다. 비록 천자의 위엄이라 할지라도 남편이 있으면 다른 사람에게 시집가게 할 수 없는 법입니다." 그러자 왕이 말하였다. "죽이겠다면 어찌 할 것이냐?" "차라리 거리에서 죽음을 당할지언정, 다른 남자를 따를 수는 없습니다." 왕이 장난삼아 말하였다. "남편이 없으면 되겠느냐?" "그렇다면 가능합니다." 왕은 그 여자를 놓아 보내주었다. 이 해에 왕이 폐위되어 죽었는데, 2년 후에 도화랑의 남편도 죽었다. 열흘 뒤에 갑자기 밤중에 왕이 살아 있을 때와 똑같은 모습으로 그 여자의 방으로 들어와서 말하였다. "네가 옛날에 허락하였는데, 지금 네 남편이 없으니 괜찮겠느냐?" 여인은 가벼이 허락하지

않고 부모에게 물어보았다. 그러자 부모가 말하였다. “임금님의 말씀인데 어떻게 피하겠느냐?” 그리고는 딸을 방으로 들어가게 하였다. 왕은 7일 동안 머물러 있었는데 늘 오색구름이 집을 덮었고 향기가 방안에 가득하더니, 7일 후에 홀연히 왕의 자취가 사라졌다. 여자는 이 일로 인해 태기가 있었다. 달이 차서 해산을 하려 하는데 천지가 진동하면서 남자 아이 하나를 낳았으니, 이름을 비형이라고 하였다. 진평대왕은 이 이상한 소문을 듣고 그 아이를 궁중으로 데려다 길렀다. 나이가 15세가 되자 집사라는 벼슬을 주었다. 비형은 매일 밤마다 멀리 도망 나가 놀았다. 왕이 용사 50명에게 지키게 하였지만, 매번 월성을 날아 넘어서 서쪽 황천 언덕 위[서울 서쪽에 있다.]에 가서 귀신들을 거느리고 놀았다. 용사들이 숲 속에 엎드려서 엿보았는데, 귀신들은 여러 절에서 울리는 새벽 종소리를 듣고는 각각 흩어졌고 비형랑도 돌아오는 것이었다. 군사들이 이 일을 왕에게 아뢰자, 왕이 비형을 불러서 말하였다. “네가 귀신들을 거느리고 논다는데 정말이냐?” “그러하옵니다.” “그렇다면 네가 귀신들에게 신원사 북쪽 개천에 다리를 놓으라고 하거라.” 비형은 왕명을 받들고 귀신들을 시켜서 돌을 다듬어 하룻밤 만에 큰 다리를 완성하였다. 그래서 그 다리를 귀교(귀신다리)라고 한다. 왕이 또 물었다. “귀신들 중에 인간 세상에 나타나서 조정을 도울 수 있는 자가 있느냐?” “길달이란 자가 있는데 나라의 정치를 도울 만합니다.” “함께 오라.” 다음날 비형이 길달을 데리고 와서 뵙자 길달에게 집사 벼슬을 내렸는데, 과연 충성스럽고 정직하기가 짝이 없었다. 그 당시 각간 임종이 자식이 없었으므로 왕이 명하여 그를 아들로 삼게 하였다. 임종은 길달에게 명하여 흥륜사 남쪽에 누문을 세우게 하고 밤마다 그 문 위에서 자도록 하였다. 그래서 그 문을 길달문이라고 한다. 하루는 길달이 여우로 변해서 도망가자, 비형이 귀신들을 시켜 그를 잡아 죽였다. 그래서 귀신들이 비형의 이름만 들어도 두려워서 달아났다. 당시 사람들이 이러한 글을 지었다.

성제(聖帝)의 혼이 낳은 아들
비형랑의 실정(室亭)이다!
날아 달아나라! 모든 귀신들아!

이 곳에 머물지 말라!

나라 풍속에 이 글을 써 붙여서 귀신을 쫓아버리곤 하였다(『삼국유사』의 〈도화녀 비형랑〉).[12]

이 〈비형랑정사〉 역시 후광의 힘에 의존한 측면을 가지고 있다. 즉 비형랑이 성제의 아들이라는 것이다. 그런데 이 후광의 힘은 비형랑이라는 인물에 힘을 실어주고 핵심적인 구속의 수단은 아니다. 핵심적인 구속은 비형랑이라는 이름 자체이다. 그것도 이 비형랑이라는 인물이 길달을 잡아 죽임으로 인해 귀신들이 비형랑의 이름을 듣고 두려워 달아난 사건의 환기에 있다고 할 수 있다. 이 환기에 이어서 이곳이 비형랑의 실정(室亭)이니 이곳에 머물지 말고 날아 달아나라고 명령할 때에, 이는 힘에 의한 구속을 의미한다. 특히 그 힘은 설화에서 볼 수 있는 일종의 신화에 근거한 구속이다. 이 구속은 물론 물리적인 힘에 의한 위협은 아니다.

---

12 "第二十五舍輪王 諡眞智大王 姓金氏 妃起烏公之女 知刀夫人 大建八年丙申卽位(古本云 十一年己亥 誤矣) 御國四年 政亂荒淫 國人廢之 前此 沙梁部之庶女 姿容艶美 時號桃花娘 王聞而召致宮中 欲幸之 女曰 女之所守 不事二夫 有夫而適他 雖萬乘之威 終不奪也 王曰 殺之何 女曰 寧斬于市 有願靡他 王戱曰 無則可乎 曰 可 王放而遣之 是年 王見廢而崩 後三年 其夫亦死 浹旬忽夜中 王如平昔 來於女房曰 汝昔有諾 今無汝夫可乎 女不輕諾 告於父母 父母曰 君王之敎 何以避之 以其女入於房 留御七日 常有五色雲覆屋香氣滿室 七日後忽然無蹤 女因而有娠 月滿將産 天地振動 産得一男 名曰 鼻荊 眞平大王聞其殊異 收養宮中 年至十五 授差執事 每夜逃去遠遊 王使勇士五十人守之 每飛過月城 西去荒川岸上(在京城西) 率鬼衆遊 勇士伏林中窺伺 鬼衆聞諸寺曉鐘各散 郎亦歸矣 軍士以事奏 王召鼻荊曰 汝領鬼遊 信乎 郎曰 然 王曰 然則 汝使鬼衆 成橋於神元寺北渠(一作神衆寺 誤 一云荒川東深渠) 荊奉勑 使其徒鍊石 成大橋於一夜 故名鬼橋 王又問鬼衆之中 有出現人間 輔朝政者乎 曰 有吉達者 可輔國政 王曰 與來 翌日荊與俱見 賜爵執事 果忠直無雙 時角干林宗無子 王勅爲嗣子 林宗命吉達創樓門於興輪寺南, 每夜去宿其門上 故名吉達門 一日吉達變狐而遁去 荊使鬼捉而殺之 故其衆聞鼻荊之名 怖畏而走 時人 作詞曰 聖帝魂生子 鼻荊郎室亭 飛馳諸鬼衆 此處莫留停 鄕俗帖此詞以辟鬼." (〈桃花女 鼻荊郎〉)(이 작품은 진지대왕이 죽은 3년후에 비형랑이 잉태되고, 비형랑이 15세 되던 해에 일어난 사건으로 보면, 598년경의 작품으로 볼 수 있다.).

만약 이곳에 머물면 비형랑이 잡아죽일 것이라는 점을 비형랑이란 이름으로 간접적으로 환기시키면서, 이곳에 머물지 말라고 구속하는 것이다. 이 간접적인 환기는 이미 물리적인 힘에 의한 위하를 직접 드러내는 야만성을 극복한 형태라 할 수 있다. 그리고 이 언어는 동종주사와는 다르게 이미 매개물과 언어의 목적을 성취해 줄 자가 이분되어 있지 않고 하나로 통합된 양상을 보인다.

4.2. 정신적인 구속언어

정신적으로 구속하는 힘의 언어에 의해, 영의 힘을 움직이는 구속언어로는 다섯을 들 수 있다. 이 글들을 차례로 검토하면 다음과 같다.

4.2.1. 자괴감

먼저 자괴감으로 구속하는 〈지귀주사〉를 보자.

지귀는 신라 활리역(活里驛) 사람으로, 선덕여왕의 아름다움을 흠모한 나머지 근심하고 울어 형용이 초췌해졌다. 왕이 절에 행차하여 향을 올릴 때, 그 이야기를 듣고 기다리고 있으라 했다. 지귀는 절에 가서 탑 아래서 왕의 행차를 기다리다가 문득 잠이 들었다. 왕이 팔찌를 빼서 잠든 지귀의 가슴 위에 얹어놓고 환궁했다. 그 후에 잠을 깬 지귀는 민망하여 정신을 잃고 까무러치고 오래되어 가슴속의 불[心火]이 솟아올라 그 탑을 둘렀다가 불귀신[火鬼]으로 변했다. 왕이 술사로 하여 주사를 짓게 했다.

지귀의 마음속 불이,
자신을 태우고는 불귀신이 되었구나.
멀리 바다 밖에 옮겨가서,
보이지도 말고 서로 친근하지도 말지어다.

> 세속에는 이 주문을 붙여 화재를 막는 데에 이용한다(『大東韻府群玉』 卷二十).[13]

이 〈지귀주사〉는 지귀의 잘못과 이로 인한 자괴감으로 지귀를 구속하는 구속언어를 보여준다. 설화에서 보면, 선덕왕을 흠모했던 지귀가 선덕왕을 만나지 못한 것은 자신이 잠에 빠졌던 것에 있다. 이로 인해 지귀는 지나치게 번민하여 정신을 잃고 까무러치고[悶絶], 그 결과 불귀신이 되었다. 이런 지귀에게 "지귀의 마음속 불이, 자신을 태우고는 불귀신이 되었구나!"(志鬼心中火 燒身變火神)라는 과거의 잘못을 환기시킬 때에, 지귀는 자괴감에 빠지게 된다. 이 자괴감에 빠지게 하는 것으로 이 주사는 지귀를 구속하여 움직이는 것이다.

4.2.2. 맹세와 보증자의 책임

이번에는 맹세(盟誓)와 저주(詛呪)에서 맹세와 보증자의 책임으로 구속하는 구속언어를 보자.

> 임신년 유월 십육일 두 사람이 함께 맹세하여 기록한다. 하늘 앞에 맹세한다. 오늘부터 삼년 이후 충도를 지녀 지키고 과실이 없기를 맹세한다. 만약 이 일을 잃으면 <u>하늘에 큰 죄과를 얻을 것을 맹세한다</u>(〈임신서기〉).[14]

---

13 "志鬼 新羅活里驛人 慕善德王之美麗 憂愁涕泣 形容憔悴 王幸寺行香 聞而召之 志鬼歸寺 塔下待駕幸 忽然睡酣 王脫臂環 置胸還宮 後乃睡覺 志鬼悶絶良久 心火出遶其塔 卽變爲火鬼 王令術士 作呪詞曰 志鬼心中火 燒身變火神 流移滄海外 不見不相親 時俗帖此詞於門壁 以鎭火災"(大東韻府群玉 卷二十).

이 설화는 그 변이형이 넓은 분포를 보인다(황패강 1975b:321~333; 조용호 1997:283~310).

14 "壬申年六月十六日 二人幷誓記 天前誓 今自三年以後 忠道執持 過失無誓 若此事失 天大罪得誓"(〈임신서기〉).

신라별기에서 말하길, "문무왕 즉위 5년 을축(665) 가을 8월 경자에 왕이 친히 대병을 거느리고 웅진성에 갔다. 가왕 부여융을 만나 단을 만들고 흰말을 잡아서 맹세할 때, 먼저 천신과 산천의 신령에게 제사를 지낸 뒤에 삽혈하고 글을 지어 맹세하기를, '지난번에 백제의 先王이 역리와 순리에 어두워, 이웃과의 우호를 두텁게 하지 않고, 인친과 화목하지 않으며, 고구려와 결탁하고 왜국과 교통하여 함께 잔폭한 행동을 하여, 신라를 침해하여 성읍을 파괴하고 무찔러 죽임으로써 조금도 편안한 때가 없었다. 천자는 사물 하나라도 제 곳을 잃음을 민망히 여기고 백성이 해독 입는 것을 불쌍히 여기어 자주 사신을 보내어 화호하기를 달랬다. (그러나 백제는) 지리의 험함과 거리가 먼 것을 믿고 하늘의 법칙을 업신여기므로 황제가 이에 크게 노하여 죄를 묻는 정벌을 삼가 행하니, 깃발이 향하는 곳마다 한번 경계하여 크게 평정하였다. 진실로 그 궁택을 웅덩이로 만들어 자손을 경계하고 근원을 막고 뿌리를 빼어 후인에게 교훈을 보일 것이나, 복종하는 자를 품고 반란자를 정벌함은 선왕의 명령과 법이고, 망한 것을 흥하게 하고 끊어진 것을 잇게 함은 전대 현인의 통해온 법이며, 일은 반드시 옛것을 본받아야 함은 모든 옛 서적에 전해온다. 그리하여 전 백제왕 사가정경 부여융을 웅진도독으로 삼아 그 제사를 받들게 하고 그 고향을 보전케 하니, 신라에 의지하여 길이 우방이 되어 각각 묵은 감정을 풀고 우호를 맺어 화친할 것이며, 삼가 조명을 받들어 길이 속방이 되라. 이에 사자 우위장군 노성현공 유인원을 보내어 친히 임하여 권유하고 달래어 내 뜻을 갖추어 선포하니, (그대들은) 혼인을 약속하고 맹세를 아뢰며 희생을 잡아 삽혈을 하고 함께 시종을 두터이 할 것이며, 재앙을 나누고 환란을 구원하여 형제와 같이 은의가 있어야 할 것이다. 삼가 조칙을 받들어 감히 잃지 말고, 이미 맹세한 후에는 함께 변하지 않는 지조를 지켜야 할 것이다. 만일 여기에 위배하여 그 덕이 변하여 군사를 일으키고 무리를 움직여서 변경을 침범하는 일이 있으면, 신명이 이를 살펴 많은 재앙을 내리어 자손을 기르지 못하게 하고 사직을 지키지 못하게 하며, 제사도 끊어져 남김이 없게 될 것이다. 그러므로 금서철계를 지어 종묘에 간직해두니 자손들은 만 대토록 혹 어기거나 범하지 말라. 신이여 이를 듣고 흠향하고 복을 주소서'라고 하였다. 삽혈이 끝난 후 폐백을 제단 북쪽에 묻고 맹세한

> 글을 대묘에 간직하니, 이 글은 대방도독 유인궤가 지은 것이다(『삼국유사』의 〈태종 춘추공〉조)[15](밑줄 필자).

이 〈임신서기〉(552년, 또는 612년)와 유인궤의 맹문(665년)을 보면, 맹세자들은 각각 그리고 서로 맹세로 자신과 상대를 구속한다. 그리고 만약 맹세를 지키지 못하면, 하늘 또는 신명에게 저주받을 것을 앞의 밑줄 친 부분에서와 같이 맹세하고 있다. 이 때 저주가 발생하는 것은 맹세한 약속의 위반에 의한 것이다. 그리고 이 저주는 맹세에서 약속한 바를 깰 때에, 그 약속의 보증자로 등장한, 하늘과 신명이 약속의 파기자에게 내리는 것이다. 이 두 경우에 맹세자들이 하늘과 신명으로 하여금 저주를 행하게 하는 것은, 하늘과 신명이 두 맹세의 보증자라는 점에서, 보증의 책임으로 하늘과 신명을 구속하는 것이다. 이런 점에서 이 두 맹세는 맹세로 맹세자 각각과 서로가 자신과 상대를 구속하는 동시에, 앞으로 행하게 될 수도 있는 저주는 하늘과 신명을 보증자의 책임으로 구속하는 것이라 할 수 있다. 이런 점에서 이 두 맹세에 포함된 맹세와 저주는 맹세자와 보증자의 책임으로 구속한 구속언어라고 정리할 수 있다.

---

15 "新羅別記云 文虎王卽位五年乙丑秋八月庚子 王親統大兵 幸熊津城 會假王扶餘隆作壇刑白馬而盟 先祀天神及山川之靈 然後歃血爲文而盟曰 往者百濟先王迷於逆順不敦隣好 不睦親姻 結托句麗 交通倭國 共爲殘暴 侵削新羅 破邑屠城 畧無寧歲 天子憫一物之失所 憐百姓之被毒 頻命行人 諭其和好 負險恃遠 侮慢天經 皇赫斯怒 恭行吊伐旌旗所指 一戎大定 固可瀦宮汚宅 作誡來裔 塞源拔本 垂訓後昆 懷柔伐叛 先王之令典興亡繼絶 往哲之通規 事必師古 傳諸曩冊 故立前百濟王司稼正卿扶餘隆爲熊津都督守其祭祀 保其桑梓 依倚新羅 長爲與國 各除宿憾 結好和親 恭承詔命 永爲藩服 仍遣使人右威衛將軍魯城縣公劉仁願 親臨勸諭 具宣成旨 約之以婚姻 申之以盟誓 刑牲歃血共敦終始 分災恤患 恩若兄弟 祗奉綸言 不敢墜失 旣盟之後 共保歲寒 若有乖背 二三其德 興兵動衆 侵犯邊陲 神明鑒之 百殃是降 子孫不育 社稷無宗 禋祀磨滅 罔有遺餘故作金書鐵契 藏之宗廟 子孫萬代 無或敢犯 神之聽之 是享是福 歃訖埋幣帛於壇之壬地 藏盟文於大廟 盟文乃帶方都督劉仁軌作"(『삼국유사』의 〈태종 춘추공〉조).

4.2.3. 천도와 인도의 도덕적 당위성

비담의 반란에 쓴 김유신의 축을 논하기 전에, 그 앞에 있는 속신(俗信)에 대한 태도를 먼저 보자. 이 속신에 대한 태도는 축(祝)의 이해에서 상당히 중요하다.

> 16년 정미는 선덕왕 말년이요 진덕왕 원년이다. 대신 비담 염종이 말하기를 "여주는 정치를 잘할 수 없다."라고 하고, 군사를 일으켜 왕을 폐하려고 하였다. 왕이 안에서 막자 비담 등은 명활성에 주둔하였으며, 왕의 군사는 월성에 영을 두고 열흘이나 공격하고 방어하였으나 풀리지 않았다. 한밤중에 큰 별이 월성에 떨어지자 비담 등이 사졸에게 말하기를, "내가 들으니 별이 떨어진 그 아래는 반드시 유혈이 있다 한다. 이는 여왕이 패할 징조라." 하였다. 사졸의 큰 소리가 땅을 뒤흔들므로 대왕이 듣고 공구하여 어찌할 바를 몰랐다. 유신이 왕을 뵙고 말하기를, "길흉은 무상하여 오직 사람이 부르는 것입니다. … 그러므로 덕이 요(妖)를 이기는 것을 알진대 별의 이변(異變)으로 해서 두려워할 것은 없습니다. 청컨대 왕은 근심하지 마십시오." 하고 이내 허수아비를 만들어 불씨를 싸고 풍연(風鳶)에 날리어 하늘로 올라가는 것처럼 하였다. 이튿날 사람으로 하여금 거리에 말을 퍼뜨리게 하기를, "어젯밤에 떨어졌던 별이 위로 올라갔다." 하여, 적군으로 하여금 의심하게 하였다(『삼국사기』의 〈김유신〉조).[16]

인용의 "내가 들으니 별이 떨어진 그 아래는 반드시 유혈이 있다 한다.

---

16 "十六年丁未 是善德王末年 眞德王元年也 大臣毗曇廉宗謂 女主不能善理擧兵欲廢之 王自內禦之 毗曇等屯於明活城 王師營於月城 攻守十日不解 丙夜大星落於月城 毗曇等謂士卒曰 吾聞落星之下必流血 此殆女主敗績之兆也 士卒呼吼聲振地 大王聞之恐懼失次 庾信見王曰 吉凶無常 惟人所召 故紂以赤雀亡 魯以獲麟衰 高宗以雉雊興 鄭公以龍鬪昌 故知德勝於妖 則星辰變異不足畏也 請王勿憂 乃造偶人 抱火載於風鳶而颺之 若上天然 翌日 使人傳言於路曰 昨夜落星還上 使賊軍疑焉"(『삼국사기』의 〈김유신〉조).

이는 여왕이 패할 징조라."는 일종의 속신(俗信)을 포함하고 있다. 즉 별이 떨어지면, 떨어진 곳에는 반드시 유혈이 있다는 속신이다. 이런 속신은 주술이 성립하는 하나의 배경이기도 하다. "A가 일어나면, 그 결과 B가 발생한다."는 속신적 사고를 바탕으로, 결과인 B를 얻기 위하여, A를 모방하는 동종주술이 나타난다. 이렇게 동종주술에 깔려 있는 속신적 사고이기에, 이에 대한 대응으로 주술을 행할 수 있다. 그러나 왕은 별이 떨어진 것에 불안해하고, 적절한 대응을 하지 못하고 있다. 만약 이 수준에서 이야기가 끝났다면, 여왕과 여왕의 군대는 속신의 희생양이 되었을 것이다.

그러나 이에 대한 김유신의 대응은 주술이 아니라, 다른 대응을 보인다. 인용의 마지막 부분에서 보듯이, 허수아비를 만들어 불씨를 싸고 풍연(風鳶)에 날리어 하늘로 올라가는 것처럼 하고는, 이튿날 사람으로 하여금 거리에 말을 퍼뜨리게 하기를, "어젯밤에 떨어졌던 별이 위로 올라갔다." 하여, 적군으로 하여금 의심하게 하였다. 이는 김유신이 고대 영웅들과 같이 사술사(trickster)임을 잘 말해주는 동시에, 김유신은 "별이 떨어진 그 아래는 반드시 유혈이 있다."는 속신을 더 이상 믿지 않고, 이 속신을 믿는 적을 이 속신을 이용하여 역으로 자신감을 잃게 한다. 여기에서 중요한 것은 김유신이 "별이 떨어진 그 아래는 반드시 유혈이 있다."는 속신을 믿지 않았다는 것이다. 이 믿지 않음은 이것으로 끝나지 않고, 속신적 사고에 기반을 둔 동종주술의 기반이 깨어졌음을 의미한다. 즉 별이 떨어지면, 그 아래에는 반드시 유혈이 있다는 사고에서, 조건(원인)과 결과의 연결 고리가 끊어진 것이다. 이는 이미 동종주술을 벗어난 사고를 말해준다.

> 또 백마를 잡아 별이 떨어진 땅에 제사 지내며 빌어 말하기를(祝曰), "천도에서 양은 굳세고 음은 부드러우며, 인도에서 임금은 높고 신하는 낮습니다. 진실로 이것이 바뀐다면, 곧 큰 난리가 있는 것입니다. 지금 비담 등은 신하로서 임금을 도모하고 아래에서 위를 범하니, 이는 이른바 난신적자인데, 사람과 신이 함께 미워하는 바요, 천지에 용납되지 못하는 것입니다. 지금 하늘에서 이에 뜻이 없으셔서, 도리어 별의 변괴를 왕성에 보여주시니, 이는 신의 의혹이 풀리지 않는 것입니다. 오직 하늘의 위엄으로써 백성의 염원에 따라, 선을 좋아하고 악을 싫어하여, 신의 수치를 만들지 마십시오." 하였다. 그리고 모든 장졸을 독려하여 분격하니, 비담 등이 패하여 달아나므로 좇아가 베고 구족을 없앴다(『삼국사기』의 〈김유신〉조).[17]

이 인용에 나타난 축을 보면, 신을 단단히 구속하고 있다. "천도에서 양은 굳세고 음은 부드러우며 인도에서 임금은 높고 신하는 낮습니다."에서, 우선 천도(天道)와 인도(人道)를 전제로 깔고, 이어서 "진실로 이것이 바뀐다면 곧 큰 난리가 있는 것입니다. 지금 비담 등은 신하로서 임금을 도모하고 아래에서 위를 범하니 이는 이른바 난신적자인데 사람과 신이 함께 미워하는 바요, 천지에 용납되지 못하는 것입니다."에서, 비담 등의 신하가 임금을 도모한 것이 그릇된 것임을 말한다. 이는 천도와 인도라는 차원에서 하늘을 구속하는 내용이다. 그리고 "지금 하늘에서 이에 뜻이 없으셔서, 도리어 별의 변괴를 왕성에 보여주시니, 이는 신의 의혹이 풀리지 않는 것입니다. 오직 하늘의 위엄으로써 백성의 염원에 따라, 선을 좋아하고 악을 싫어하여, 신의 수치를 만들지 마십시오."에서, 하늘의

---

17 "又刑白馬祭於落星之地 祝曰 天道則 陽剛而陰柔 人道則君尊而臣卑 苟或易之 卽爲大亂 今毗曇等以臣而謀君 自下而犯上 此所謂亂臣賊子 人神所同疾 天地所不容 今天若無意於此 而反見星怪於王城 此臣之所疑惑而不喩者也 惟天之威 從人之欲 善善惡惡 無作神羞 於是督諸將卒奮擊之 毗曇等敗走 追斬之 夷九族"(『삼국사기』의 〈김유신〉조).

위엄으로 신의 도덕적 수치를 범하지 말라고, 말을 바꾸면 자신들의 편을 들라는 구속과 요구를 하고 있다. 이는 하늘이 마땅히 행해야 할 바인 천도와 인도라는 도덕적 당위성의 측면에서 자신들의 편을 들라는 구속과 요구가 된다. 그리고 자신들의 편을 들어달라는 말은 언표에 나타난 의미가 아니라, 언표내적으로 표현한 것이다. 이는 주제를 언표에 직접 표현한 것이 아니라, 언표내적인 표현으로 주제의 은성화를 의미한다. 이 은성화는 주술의 목적을 직접 말하는 동종주술과는 큰 차이이다.

이렇게 볼 때에, 이 축은 영의 힘을 구속하여 움직이는 힘의 언어인 구속언어를 수반한 축이라 할 수 있다. 이 경우의 축(祝)은 도축(禱祝)으로 용기와 확신을 김유신의 군사들에게 주는 기능을 한다. 즉, 속신으로 인해 두려워하고 있는 군사들로 하여금 우리가 속한 편이 정당하고, 이 정당함을 하늘에 아뢰었으니, 하늘도 마땅히 우리편을 들 것이고, 이로 인해 우리는 이긴다는 확신과 이로 인한 용기를 가지게 한다는 것이다.

4.2.4. 하늘의 도리적 당위성과 연민의 정

〈진성여왕 거타지〉조의 설화와 해당 작품을 보면 다음과 같다.

> 第51대 진성여왕(眞聖女王)이 왕위에 오른 지 몇 해가 되자, 유모 부호부인(鳧好夫人)의 남편 위홍(魏弘) 잡간(匝干) 등 서너 명의 총애 받는 신하들이 권력을 제멋대로 부려서 정치가 흔들렸다. 그러자 도적들이 벌떼처럼 일어났다. 나라 사람들이 이를 근심하여 다라니(陀羅尼)의 은어를 만들어서 글로 써서 길 위에 던져놓았다. 왕과 권신들이 이를 보고 말하였다. “이것은 왕거인(王居仁)의 짓이다. 그가 아니라면 누가 이런 글을 지을 수 있단 말이냐?” 그리고는 곧 거인을 옥에 가두었다. 거인이 시를 지어서 하늘에 호소하자, 하늘이 옥에 벼락을 내리쳐서 풀려날 수 있었다. 그 시는 이러하다.

> 연단이 피로 울매 무지개 해를 꿰었고,
> 추연이 슬픔을 품으매 여름에 서릿발 쳤다.
> 이제 내가 갈 길을 잃음이 옛사람과 같은데,
> 황천은 어인 일로 상서를 내리지 않는가(『삼국유사』의 〈진성여왕 거타지〉조).[18]

이 시 역시 다분히 감동천지귀신과 연결될 수 있는 시라 할 수 있는데, 기왕의 연구들을 보면, 이 작품을 감동천지귀신과 연결시킨 연구는 없는 듯하다.[19] 설화에 나오는 "하늘에 하소연한" 형태는 〈귀별교탄사〉에서 동명왕이 황천후토에게 하소연하는 형태와 같다. 그리고 황천후토와 하늘이 동명왕과 왕거인의 소원을 들어준 것도 같다. 게다가 두 작품에는 영의 힘을 구속하여 움직이는 힘의 언어인 구속언어가 모두 존재한다. 단지 다른 점은 황천후토와 하늘을 구속하여 움직이는 힘의 언어인 구속언어가 보이는 내용이 다를 뿐이다.

〈귀별교탄사〉에서 동명왕은 자신이 천제의 자손이고, 하백의 외손자라는 혈통·신분적 후광의 힘과, 나를 가엽게 여겨 달라[憐我]는 연민의 정으로, 황천과 후토를 구속한다. 이에 비해 이 시에서 왕거인은 연단과 추연이 옛날에 당한 어려움에 황천이 보인 반응과 자신이 당한 어려운 현실과 이에 대한 연민의 정으로 황천을 구속한다. 연민의 정으로 구속하

18 "第五十一眞聖女王 臨朝有年 乳母鳧好夫人 與其夫魏弘匝干等三四寵臣 擅權撓政 盜賊蜂起 國人患之 乃作陁羅尼隱語 書投路上 王與權臣等得之 謂曰 此非王居仁 誰作此文 乃囚居仁於獄 居仁作詩訴于天 天乃震其獄囚以免之 詩曰 燕丹泣血虹穿日 鄒衍含悲夏落霜 今我失途還似舊 皇天何事不垂祥 陁羅尼曰 南無亡國 刹尼那帝 判尼判尼 蘇判尼 于于三阿干 鳧伊娑婆訶 說者云 刹尼那帝者 言女主也 判尼判尼蘇判尼者 言二蘇判也 蘇判爵名 于于三阿干也 鳧伊者 言鳧好也" (『삼국유사』의 〈진성여왕 거타지〉조).

19 이 글을 발표(양희철 2000a)한 이후에, 필자와 같이 이 작품에서 감동천지귀신을 언급하는 글(김성룡 2004:127)이 나타나기 시작했다.

는 것은 같지만, 〈귀별교탄사〉는 후광의 힘으로 구속하고, 이 시는 황천이 마땅히 보여야 할 도리적 당위성으로 구속하는 차이점이 다르다. 이때 〈귀별교탄사〉의 구속은 위하에 가까운 구속이라 할 수 있고, 이 시의 구속은 하늘의 도리적 당위성에 근거한 구속이라 할 수 있다. 그리고 "이제 내가 갈 길을 잃음이 옛사람과 같은데, 황천은 어인 일로 상서를 내리지 않는가?"는 언표적으로 보면 의문이다. 그러나 언표내적으로 보면 나를 구해달라는 명령적 의미이다. 이 의문문은 명령적 의문문으로 작품의 목적을 은성화(隱性化)한 것이다.

지금까지 앞장과 이 장에서 살핀, 영의 힘을 구속하여 움직이는 힘의 언어를 가진 구속언어는 동종주사와 현격하게 구분되는 세 가지 특성을 가지고 있다.

첫째는 영의 힘을 움직이기 위하여, 물리적인 힘의 위하를 쓰지 않고, 구속하는 힘의 언어를 사용한다는 점이다. 〈귀별교탄사〉와 〈비형랑정사〉의 혈통·신분적 후광의 힘에 의지한 힘의 언어, 〈지귀주사〉의 자괴감을 일으키는 힘의 언어, 〈임신서기〉와 유인궤 맹문에서 보이는 보증자의 책임으로 구속하는 힘의 언어, 비담의 반란에 쓴 김유신 축의 천도(天道)와 인도(人道)의 도덕적 당위성에 의지한 힘의 언어, 왕거인이 하늘에 호소한 시의 황천이 마땅히 보여야 할 도리적 당위성과 연민의 정에 의지한 힘의 언어 등이 이를 잘 말해준다.

둘째는 언술 목적을 성취시켜줄 자만이 존재하고, 언술 목적을 들어주도록 하는 매개물이 존재하지 않는다는 것이다. 동종주사에서는 언술 목적을 들어주도록 하는 매개물이 주술 매개물로 존재한다. "유사한 것(A)은 유사한 것(B)을 초래한다."형의 동종주사에서는 A가 매개물이고, B는 언술의 목적이며, 위협의 언술이 없다. 이에 비해 "유사한 것(A)은 유사한 것(B)에 영향을 미친다."형의 동종주사에서는 A가 매개물이고, B는 언술의 목적을 들어줄 자이며, 위협의 언술을 수반한다. 그러나 영의 힘을 구속하여 움직이는 힘의 언어를 사용하는 구속언어에서는 이 매개물이 존재하지 않고, 언술의 목적을 성취시켜줄 자만이 존재한다. 〈귀별교탄사〉의 황천후토, 〈비형랑정사〉의 귀신들, 〈지귀주사〉의 지귀, 〈임신서기〉의 하늘, 유인궤 맹문의 신명, 김유신 축의 하늘의 신, 왕거인 시의 황천 등이다.

셋째는 언술의 형태가 다르다는 것이다. 동종주사는 앞에서 정리했듯이, 언술의 목적, 즉 주술의 목적을 작품의 전반부에서 반드시 먼저 진술한다. 이에 비해 영의 힘을 구속하여 움직이는 힘의 언어를 사용하는 구속언어에서는 구속의 언술을 앞에 놓고 언술의 목적을 후반부에 놓는다.

> 我天帝之子孫 河伯之甥 今避亂至此 <u>皇天后土憐我孤子 速致舟橋</u>(〈귀별교탄사〉)
>
> 聖帝魂生子 鼻荊郎室亭 <u>飛馳諸鬼衆 此處莫留停</u>(〈비형랑정사〉)
>
> 志鬼心中火 燒身變火神 <u>流移滄海外 不見不相親</u>(〈지귀주사〉)
>
> … 忠道執持 過失無誓 若此事失 <u>天大罪得誓</u>(〈임신서기〉)
>
> 往者百濟先王迷於逆順 … 若有乖背 二三其德 興兵動衆 侵犯邊陲 <u>神明鑒之 百殃是降 子孫不育 社稷無宗 禋祀磨滅 罔有遺餘</u>(유인궤의 맹문)
>
> 天道則 陽剛而陰柔 … 今毗曇等以臣而謀君 自下而犯上 此所謂亂臣賊子 人神所同疾 天地所不容 今天若無意於此 而反見星怪於王城 此臣之所疑惑而不喩者也 <u>惟天之威 從人之欲 善善惡惡 無作神羞</u>(김유신의 축)
>
> 燕丹泣血虹穿日 鄒衍含悲夏落霜 今我失途還似舊 <u>皇天何事不垂祥</u>(왕거인의 시) (밑줄 필자)

인용의 밑줄 친 부분들은 각 작품에서 언술의 목적들이다. 이렇게 영의 힘을 구속하여 움직이는 힘의 언어를 사용하는 구속언어는 언술의 형태에서 동종주술의 동종주사와는 큰 차이를 보인다. 즉 언술의 목적을 작품의 후반부에서 진술하고, 그 앞에다 구속의 언술을 놓는다. 이는 이미 강도가 강도 현장에서 하는 물리적인 힘의 위하와 같은 언술을 벗어나서 혈통·신분적으로, 정신적으로, 합리적인 당위성을 이용하여 상대를 구속하기 위한 것으로 보인다. 이는 이미 상당한 설득력으로, 영의 힘을 움직이고 있음을 의미한다고 할 수 있다.

5. 결론

지금까지의 논의에서 얻은 바를 간단하게 요약하고, 인접 문학인 향가와의 관계와, 구속언어, 향가, 『시경』 등의 감동론과 직접·간접적으로 연결된 '능감동천지귀신'의 "지성(至誠)"적 해석 가능성을 언급하는 것으로 결론을 맺고자 한다.

1) 〈설색궤주사〉와 〈구지가〉는 "유사한 것은 유사한 것에 작용한다(/영향을 미친다)"는 동종주술의 동종주사로 해석해야 할 것 같다.

2) 이 두 작품에 나타난 동종주술의 동종주사는 주술의 목적을 성취하기 위하여 주술 매개물에게 물리적인 힘으로 위하하는 야만성을 갖고 있다.

3) 이 두 작품에 나타난 동종주술의 동종주사는 강도가 칼을 목에 대고 "돈 안 내놓으면 죽여!"나 "돈 내놔! 말 안 들으면 죽여!"하는 언술과 같이, 목적→위하의 형태를 보인다.

4) 〈해가〉는 표면적으로는 〈구지가〉와 같은 동종주사이지만, 용에게 행할 위하를 거북이에게 우회적으로 행한다는 점에서는 우회적인 동종주사이고, "약인부녀죄하극(掠人婦女罪何極)"의 도덕적 구속을 더하고 있다는 점에서, 이 작품은 동종주사를 패러디한 것이다.

5) 〈해가〉는 동종주사가 '영의 힘을 구속하여 움직이는 힘의 언어를 사용'하는 구속언어로 넘어가는 과정을 보여주는 작품이다.

6) 〈귀별교탄사〉와 〈비형랑정사〉는 혈통·신분적 후광의 힘에 의해, 〈지귀주사〉는 자괴감에 의해, 〈임신서기〉와 유인궤의 맹문에서의 저주는 보증자의 책임에 의해, 비담의 반란에 쓴 김유신의 축은 천도(天道)와 인도(人道)의 도덕적 당위성에 의해, 왕거인이 하늘에 호소한 시는 황천이 마땅히 보여야 할 도리적 당위성과 연민의 정에 의해, 각각 영의 힘을 구속하여 움직이는 힘의 언어를 사용하는 구속언어들이다.

7) 영의 힘을 구속하여 움직이는 힘의 언어를 사용하는 구속언어들은 동종주사에서처럼 매개물을 가지지 않으며, 언술 목적을 성취시켜줄 자를 직접 대상으로 삼는다.

8) 영의 힘을 구속하여 움직이는 힘의 언어를 사용한 구속언어들은 동종주사들이 보인 '목적→위하'의 언술 형태가 아니라, '구속→목적'의 언술 형태를 취한다. 그리고 이것들에서 '구속'과 '목적'은 직접적인 방법으로 언표에 나타나는 경우도 있지만, 간접적인 방법으로 언표내에 은성화되는 경향을 보인다.

이렇게 정리할 수 있는 것들, 그 중에서도 영의 힘을 구속하여 움직이는 힘의 언어를 사용한 구속언어들은 이와 같은 성격을 가진 향가들과 매우 유사한 유형들로 짐작할 수 있다. 대충 보면, 도덕성에 의지한 〈해가〉와 〈헌화가〉·〈도솔가〉·〈처용가〉, 맹세에 의지한 〈임신서기〉·유인궤의 맹문과 〈원왕생가〉·〈원가〉, 속신과 도덕성에 의지한 김유신의 축과 〈혜성가〉·〈원가〉, 하늘의 도리적 당위성과 연민의 정에 의지한 왕거인의 시와 〈제망매가〉·〈맹아득안가〉 등은 각각 매우 유사한 유형들이다.

한편 앞의 영의 힘을 구속하여 움직이는 힘의 언어를 사용한 구속언어들의 관련설화에 나타난, 천지나 귀신을 움직였다는 기록이나 암시는,

향가와 『시경』의 감동론에서 보이는 '능감동천지귀신'과 매우 유사한 측면을 보이고 있다. 그리고 향가 '능감동천지귀신'의 간접적 설명인 '지성(至誠)'과 '지덕(至德)'은, 『시경』 논의의 '감천지동귀신(感天地動鬼神)' 또는 '동천지감귀신(動天地感鬼神)'에서 나오는 '지성(至誠)'과도 상당히 일치한다. 이런 점에서 '능감동천지귀신'은 '지성(·지덕)'적으로 연구를 좀더 해야 할 것 같다. 이에 대한 심도 있는 연구는 글을 달리하여 검토하고자 한다.

이 글은 2000년에 발표했던 「靈의 힘을 움직이는 힘의 언어 : 한국 상대의 주사, 祝, 盟文, 시 등을 중심으로」를 수정 보완한 것임.

향가의 주가성과 구속언어

1. 서론

향가의 주가성 논의는 향가 연구의 시작과 거의 함께 하였다. 그 후로, 향가 작품 및 관련설화의 측면, 이론적인 측면, '(능)감동천지귀신[(能)感動天地鬼神]'의 측면 등에서 많은 연구들이 거듭되었다. 향가의 주가성 논의에 대한 '(능)감동천지귀신' 측면에서의 검토는 앞의 글들(양희철 1999a, b)로 돌리고, 이 글에서는 나머지 두 측면에서의 향가의 주가성 논의에 대한 검토를 다시 생각해 보고자 한다.

먼저 향가 작품 및 관련설화의 측면에서 연구한 글들을 보자. 유창선(1940b) 이래 설화 중심으로 향가의 주가성이 주장[1]되다가, 임기중(1967)에 이르러 동기 효험의 측면에서 체계적으로 정리되었다. 김열규(1972)는 관련설화와 작품을 함께 어우르는 작업을 하였으며, 그 이후의 많은 석사 논문들은 김열규의 연구를 크게 벗어나지 못하였다. 그리고 나머지 연구들 중에는 부분적으로 시각을 달리한 주장들[2]도 있고, 전체적으로 의견을

1 이에 속하는 연구자들로 양주동(1942), 고정옥(1949), 유창돈(1952), 이능우(1956), 임동권(1958), 김동욱(1961) 등이 있다.

달리하는 주장들[3]도 있다.

이번에는 이론과 관련된 향가의 주가성 논의를 정리해 보자. 고정옥(1949)은 처음으로 프레이저의 적극적 마술(positive magic)의 노래와 소극적 마술(negative magic)의 노래, 즉 금제(taboo)의 노래로 향가의 주가성을 간단하게 언급하였다. 김열규(1957)는 감염의 법칙으로 〈원가〉를 설명하였고, 허영순(1963)은 소극적 주술과 적극적 주술, 유사주술과 감염주술, 유사의 법칙과 접촉(감염)의 법칙 등을 소개하였지만, 실제 적용은 김열규의 것을 인용하는 선에 머물렀다. 임기중(1967)은 주술과 관련된 여러 분야의 연구들을 전면적으로 개관하면서 유사주술과 감염주술, 그리고 그에 내재한 유사의 법칙과 접촉(감염)의 법칙을 논하고, 〈원가〉의 주술을 유사의 법칙으로 설명하였다. 이상의 주장들에서 언급된 이론들은 거의가 프레이저의 것들이다. 이 이론들에 모스(Mauss)의 '역의 유사의 법칙'을 첨가하여 작품을 본격적으로 분석하고 해석한 것은 김열규(1972)이다. 이 김열규가 이용한 이론과 분석 방법은 그 후의 연구들에서도 거의 그대로 모방되었다. 단지 임기중(1993)만이 독자적인 이론화를 추구하는 경향을 보였다. 이 외에도 레비-브룰(Lévy-Bruhl)의 융즉(融卽)의 법칙(loi de participation)과 말리노프스키(Malinowsky)의 주술 논의가 조향(1957), 김열규, 허영순, 김진욱(2010) 등에 의해 소개 적용되기도 했다.

---

2 이재선(1972), 최철(1979), 박노준(1982), 윤영옥(1980a), 최성호(1984), 김성기(1986), 강은해(1986), 유효석(1990, 1993), 이도흠(1993a), 김종규(1994), 김문태(1995) 등의 글들이 이에 속한다.

3 작가의 지성과 정과 법력으로 본 김운학(1976)의 연구, 잡밀의 신주로 본 김승찬(1986a)과 이연숙(1991; 1999)의 연구들, 주가와 주력관념을 폭넓게 연구한 임기중의 연구들(1980a, b, 1981, 1993), 향가를 모두 주원가로 처리한 장진호(1990; 1993)의 글, 기왕의 주가설을 비판한 김승찬(1982)과 김학성(1997a)의 글들 등이 있다.

이렇게 연구되어온 향가의 주가성 논의에서 가장 근본적인 문제로 세 가지를 생각해 볼 수 있다.

첫째, 향가를 원시 문화의 시가로 해석하게 하는 동종주술과 감염주술은 향가에 정확하게 적용된 이론인가?

둘째, 향가의 주술성을 논의할 수 있는 차원은 기왕의 해석들이 의존한 동종주술과 감염주술의 차원을 제외한 다른 차원은 없는가?

셋째, 향가에서 발견되는 주가성은 향가 주변의 주사들에서 발견되는 주사성과 어떤 관계에 있는가?

이 세 가지 문제에 답하기 위하여, 향가의 주가 논의를 기왕에 소개된 이론은 물론 구속언어(incantation)로 변증하고, 그 내용을 향가 주변의 주사들에서 발견되는 주사성과 비교하면서, 향가의 주가성을 다시 생각해 보고자 한다.

대상 작품은 『삼국유사』 소재 향가 14수 가운데서 간혹 주가로 처리되는 경우가 있으나, 관련설화는 물론 작품 자체에서 주술의 법칙이 설명되지 않거나, 주가나 구속언어를 패러디한 작품도 아닌 것들, 즉 〈모죽지랑가〉, 〈풍요〉, 〈제망매가〉, 〈찬기파랑가〉, 〈안민가〉, 〈우적가〉 등은 논의에서 제외하고, 나머지 8작품만을 대상으로 하였다.

2. 동종주가를 패러디한 향가

기왕의 연구에서 동종주술에 의해 설명되기도 하나, 그 자체가 아니라 패러디된 양상을 보이는 작품으로 〈혜성가〉와 〈서동요〉가 있다.

2.1. 〈혜성가〉

〈혜성가〉는 혜성이 심대성을 범한 사실과, 이 노래를 지어서 부르매, 성괴(星怪)가 즉멸하고, 일본병도 돌아가서 거꾸로 복경(福慶)을 이루었다는 관련설화의 내용에 근거해 주가로 보기도 하는 작품이다. 그리고 차례로 변증하겠지만, 작품 내의 주술의 법칙을 세 가지 측면에서 설명하려고 노력하기도 하였다. 그러나 이 노력들이 보인 설명들은 일면 그럴듯한 측면들을 보이지만, 주가에서 쓰는 표현법을 그대로 쓴 것이 아니라, 그것들을 끌고 들어와서 패러디한 측면을 보인다(양희철 1997c:413~429). 이런 사실들을 차례로 정리하면 다음과 같다.

첫째, "道尸掃尸星利望良古 彗星也白反也人是有叱多"만은 동종주술의 유사의 법칙으로 설명될 수 있지만, 이 구문을 패러디한 문맥을 무시하고 있다.

"道尸掃尸星利望良古 彗星也白反也人是有叱多"만은 기왕의 주장과 같이 흉성(凶星)이 아닌 길성(吉星)으로 단언한다는 점에서 동종주술의 주가에서 보이는 유사의 법칙으로 설명할 수도 있다. 동시에 이 구문은 주가에서 보이는 유사의 법칙을 야유한 문장에서 보이는 단언으로 볼 수도 있다. 그런데 이 제7·8구는 이 두 구가 속한 문맥의 제5·6구를 고려하면, 야유로 보인다. 제5·6구는 "三 花矣 岳音見賜烏尸 聞古 月置 八切爾 數於將來尸 波衣"이다. 이 두 행의 해독에는 서로 엇갈리는 주장들이 있다. 그러나 〈세 화랑이 금강산 구경을 하려고 함을 듣고 달도 밝게(또는 빨리) 헤어 올 바에〉라는 의미에는 거의 일치한다. 이 때, 달이 밝게 비추거나 떠오르면, 동쪽에 있는 혜성은 꼬리 없는 별이 된다. 그리고 이 혜성은 더 이상 흉성이 아니라 길성이 된다. 이렇게 혜성이 변할 찰나에, 그 혜성을 흉성이라고 사뢰는 것은, 한 치의 앞도 내다보지 못하는 자의 소행이다. 이런 점에서 이는 지적으로 우월한 자가 그렇지 못한

자를 야유하는 문맥이라 할 수 있다.

둘째, "達阿羅 浮去 伊叱等邪"는 동종(모방)주술의 동종주사를 야유한 패러디이다.

"達阿羅 浮去 伊叱等邪"는 "달(/산) 아래 떠가 이시다야(/있다야)"로 해독된다. 이 구문 중의 "달(/산) 아래 떠가 이시다야(/있다야)"는 동종(모방)주술의 유사의 법칙을 포함하고 있다. 즉 바라는 바인 혜성이 없어진 상태를 모방한 주술의 표현이다. 그러나 이 구문에 '-야'가 붙으면, 이 표현은 야유의 표현이 되고 만다.

셋째, "此也友物北所音叱彗叱只有叱故"는 동종(모방)주술의 유사 법칙으로 설명되지 않는다.

> "彗ㅅ별이 어디 있느냐"는 修辭的 疑問法은 "彗ㅅ별은 없다"라는 斷定的 敍述의 對偶가 된다고 한다. "없다."라는 말로써 없어지기를 바라고 있는 것이다(김열규 1972:18).

이 설명에서 보면, 혜성이 없다는 의미를 표현한 것으로 해석하고 있다. 이 설명이 가능하다면, 이 두 구는 유사의 법칙에 의한 동종(모방)주술의 표현이다. 그러나 이 구는 "이야 우믈(/벗갓) 디솜의 삸 기 이실고"로 해독된다. 이로 인해 "이야 우물거리며 (벗의 것) 뒤에 있는 혜성의 것(즉 왜병)이 있을꼬"가 되면서, 왜병이 이미 갔다고, 길성을 보고 흉성이라고 사뢴 사람을 야유한다. 이 야유는 앞에서 본 제9구의 야유와 결합하면서, 동종주사의 어법을 야유로 패러디한 것이다.[4]

---

4 제9·10구의 해독들은 약간씩 다른 측면을 보이기도 한다. 그러나 어느 해독을 따라도, 동종주가에서 보이는 비인격체를 시적 청자로 하지 않고, 그 시적 청자를 사람으로 하였다는 점에서 논리의 전개에는 문제가 없다.

넷째, 이 작품의 작가인 융천사의 의미를 주술사의 의미로 풀 수 없다. 기왕의 주장들은 이 작품의 작가인 융천사를 "하늘의 변괴를 없게 했다고 해서 융천사" 또는 "혜성의 요괴를 없애고 천체의 운행을 융화 조절하였기에 융천"이라 했다고 해석하면서, 이 작품을 주가로 보기도 한다. 그러나 "융천사(融天師)"의 의미는 이렇게 해석하는 것이 어렵다. 우선 국내 한자 사전은 물론, 『중문대사전(中文大辭典)』과 『대한화사전(大漢和辭典)』의 '융(融)'조를 보면, '변괴를 없애다'나 '융화 조절'의 의미가 없다. 그리고 '융화(融和)'는 '녹여서 사이좋게 화합한다.'는 의미인데, 이 의미로 하늘의 혜성을 사라지게 했다고 해석하는 데는 한계가 있어 보인다. 이보다는 '융(融)'의 '명야(明也), (융)통야[(融)通也]' 등에 따라, '융천사(融天師)'를 '하늘에 밝은 사(師)'나 '융통한(融通한, 임시응변으로 일을 처리한, 또는 변통에 재주가 있는) 천사(天師)'로 보아야 한다고 생각한다. 이 의미로 볼 때에, 융천사는 작품에서 보듯이 하늘에 밝은 자이며, 동시에 임시응변으로 일을 처리한 자로, 결코 이 작품은 주가가 아니라, 동종주술의 주가를 패러디한 것이라 할 수 있다.

다섯째, 주가는 주술을 거는 대상을 비인격체, 즉 영적인 존재로 하고 있는데, 이 작품의 시적 청자(/독자)는 사람이고, 극적 아이러니로 인해 바보가 되는 인물이다.

이런 점들에서, 이 작품은 이미 동종주술의 표현법을 야유로 패러디하고, 시적 청자(/독자)를 사람으로 하여, 정략적인 목적을 성취하려는, 풍자 문학의 선상에 와 있다고 정리를 할 수 있다.

2.2. 〈서동요〉

〈서동요〉는 매우 다양하게 해석되어 왔다. 즉 아이들이 부른 유희요,

현실반영요, 모방주가 등의 어느 하나로 해석되어 왔다. 이 해석들은 각각 배경설화의 어느 한 부분에만 맞는 양상을 보였다. 즉 아이들의 동요설은 아이들이 신변의 위협을 느끼지 않으면서 부르는 배경설화에만 맞다. 현실반영요설은 왕과 백관이 선화공주를 먼 곳에 유배시키는 배경설화에만 맞다. 모방주가설은 공주가 이 노래의 효험을 믿게 되는 배경설화에만 맞다. 이렇게 배경설화의 세 부분을 모두 만족시킬 수 있는 해석이 없었다.

그러나 최근에 이 세 부분을 모두 만족시키는 해석이 나왔다(양희철 2009b. 이 글은 제5부에 실었다.). 즉 향찰 '嫁良'을 '얼아'(어린 아이, 성관계를 하여)로, '夘'를 '톳기'(토끼, 토끼의 은유 딸/아이)로 읽을 때에 세 부분에 모두 부합한다는 것이다. 즉 아이들은 〈선화공주님은 남 몰래 어린 아이를 두고 서동방으로 밤에 토기를 안고가여〉의 텍스트를 통하여 신변의 위협을 느끼지 않으면서 이 노래를 유희요로 향유한다. 왕과 백관은 〈선화공주님은 남 몰래 성관계를 하여 두고 서동방으로 밤에 딸/아이를 안고가여〉의 텍스트를 통하여, 이 노래를 현실의 반영으로 보아 공주를 먼 곳으로 유배시킨다. 선화공주는 서동과 밀통한 이후에 〈선화공주님은 남 몰래 성관계를 하여 두고 서동방으로 밤에 토끼 또는 딸/아이를 안고가여〉의 텍스트가 효험을 가진 동종주가로 이해한다.

이렇게 세 부분에 모두 맞는 해석은 이 작품을 동종주가(모방주가)의 패러디로 정리하게 한다. 즉 공주가 본 텍스트로만 보면 이 작품은 동종(모방)주가이다. 그러나 이것으로 끝나지 않고, 이 작품은 아이들이 본 유희요의 텍스트와, 왕과 백관들이 본 현실반영의 텍스트를 더 가지고 있다. 이는 동종주가를 패러디한 것이다.

이런 점들로 보아, 〈서동요〉는 동종주가를 패러디한 작품이다.

3. 구속언어의 향가

이 장에서는 동종주술과 감염주술로는 설명이 되지 않으나, 구속언어(incantation)로 설명되는 네 작품, 즉 〈맹아득안가〉, 〈원왕생가〉, 〈처용가〉, 〈원가〉 등을 검토 정리하고자 한다.

구속언어란 용어는 영어의 incantation을 번역한 말이다. 영어 사전을 보면, magic과 incantation을 모두 '주술, 마술' 등으로 번역하고 있다. 그런데 우리는 magic을 동종주술과 감염주술로 나눈다. 이는 magic의 두 종류가 가진 특성들을 살린 용어이다. 이와 대비되는 incantation은 구속언어를 특성으로 한다는 점에서, 구속언어(拘束言語)로 번역한 것이다. incantation은 다음과 같이 정의되고 있다.

> incantation은 영적인 힘들이 호의적인 방법으로 작동하게 구속함에 의해 어떤 요망된 목적을 성취하기 위하여 노래된, 말해진, 씌어진, 율동적이게 조직된 힘을 가진 언어의 권능이 부여된 사용으로 이해될 수 있다.[5]

이 인용에서 알 수 있듯이, 구속언어(incantation)는 영적인 존재들로 하여금 그들이 가진 영적인 힘들을 호의적인 방법으로 작동하게 구속하는 특성을 가진다. 그리고 구속언어는 영적인 힘들을 움직여서 요망된 목적을 성취하는 데에 언어를 사용하기 때문에, 구속언어의 실제는 기도, 간청(invocation), 신의 은총(blessing), 저주(cursing) 등과 같은 종교적 언어의 다른 사용들과 관계된다. 기도와 관련된 언어는 어떤 행동

5 "incantation can be understood as the authorized use of rhythmically organized words of power that are chanted, spoken, or written to accomplish a desired goal by binding spiritual powers to act in a favorable way"(T. M. Ludwig, 1987:147).

들을 영적인 힘들에게 간청하거나, 찬양과 순종에 의해 의사소통을 유지한다. 그러나 구속언어와 관련된 언어는 영적인 힘들을 구속함에 의해 요망된 결과들을 행하도록 고안된다. 그리고 간청, 신의 은총, 저주 등은 기도나 구속언어에서 함께 사용된다.[6]

3.1. 〈맹아득안가〉

〈맹아득안가〉는 그 발상법이 주술의 유사의 법칙에서 싹튼 것으로 보기도 하고, 동시에 천수대비의 대자대비(大慈大悲)에 의존하는 기원으로 보기도 한다. 이 작품을 주가로 처리하는 경우는 그 법칙을 다음과 같이 설명하였다.

다음은 〈맹아득안가〉는 기도적 표현법을 쓰고 있지만 기도가 아니다.

(나)
-1. 무릎을 곧추며 두 손바닥을 모으와
千手觀音 전에 비옴을 두노이다/
-2. 千 손에 千 눈을 하나를 놓고 하나를 더옵기
둘 없는 내라 하나야 그으기 고치올러라.
아으, 내게 기쳐 주시면 놓되 쓰올/

---

6 "Since incantation uses words to move spiritual powers and accomplish a desired result, this practice is related to other uses of sacred language such as prayer, invocation, blessing, and cursing. Verbal formula associated with prayer beseech the spiritual powers for certain actions or maintain communication by praise and submission. However, verbal formulas associated with incantation are designed to perform the desired result by "obliging"(Lat., *ob-ligare*, "to bind") spiritual powers. Invocation, blessing, and cursing are used with both prayer and incantation" (T. M. Ludwig, 1987:147).

-3. 慈悲여 얼마나 큰고. 〈맹아득안가〉

여기서 (나-1)과 (나-3)은 기도적 표현법이다. 그러나 (나-2)는 기도라고 할 수 없다. 여기에는 앞에서 거론한 〈매르제브르크주사〉에서 "뼈는 뼈에, 피는 피에, 관절은 관절에 아교처럼 달라붙으소서"라고 한 동종주술의 문법이 그대로 들어 있다. 한 사람이 잃은 눈을 찾기 위해 천개의 눈을 가진 불상 앞에 가서 눈을 구하는 것은 불교적 기도가 아니다. 이것은 정확하게 표현하면 기도주사적 시문법으로 쓴 불교적 기도주사라고 하는 것이 타당할 것이다(임기중 1993:211).

이 인용에서 경청할 만한 것은 기도주사라는 지적이다. 그러나 동종주술의 문법으로 보는 데는 문제가 있는 듯하다.

동종주술에는 유사의 법칙이 내재한다. 이 작품에서도 유사의 법칙에서 전제가 되는 유사를 발견할 수는 있다. 즉 천수관음의 눈과 눈먼 아이의 눈은 눈이라는 점에서 유사한 측면을 가지고 있다. 그러나 유사의 법칙이 적용되기 위해서는 천수관음의 눈에 대해 눈먼 아이의 눈에 붙으라는 것과 같은 주술 행위가 행해져야 하는데, 이 작품에서는 주술 행위가 행해지지 않고 있다. 말을 바꾸면 이 작품에서는 두 눈 사이의 유사만 나타나고, 그 유사를 전제로 한 유사의 법칙이 적용될 수 있는 주술 행위가 없다. 이런 점에서 이 작품이 유사의 법칙을 작동시킨 동종주술이라고 말하기는 어려워 보인다.

이 작품은 그 구체적인 내용을 거론하지 않더라도, 청원(請願) 또는 기원(祈願)과 밀접한 관계에 있는 것으로 정리되었다. 이 때 청원은 쉽게 간청(懇請)으로 이해할 수도 있다. 이 간청은 기도와 구속언어가 함께 공유하는 부분이다. 그런데 가장 문제가 되는 것은 제9·10구이다. 이 두 구를 기도에서 보이는 순종과 귀의(歸依)로 볼 수 있을까 하는 점이다. 이 문제는 기왕의 해독까지도 문제를 포함하게 하는 부분이었다.

阿邪也 吾良 遺知攴 賜尸等焉(아라라 나아 깃딥 주실드언)
於(←放)冬矣 用屋尸 慈悲也 根古(어둘의 스올 자비야 뿌리고)

이렇게 해독될 때에, 이 두 구는 명령적 의문문을 보여준다. 명령적 의문문은 형식적으로는 의문문이다. 즉 "나에게 남겨 주신다면 (둘 없는 내가) 어디에 쓸 慈悲야 뿌리고?"의 의문의 형태를 보여준다. 그 다음에 이 의문문은 언표내적으로 명령의 의미를 전달한다. 즉 "나에게 남겨 주신다면 (둘 없는 내가) 어디에 쓸 慈悲야 뿌리고?"는 "자비의 뿌리를 (둘 없는 내가) 눈으로 쓸 것이니, 나에게 남기어 주세요."라는 명령의 의미를 전달한다. 이 명령적 의문문는 대자대비한 천수관음으로 하여금 대자대비하기 위해서는 당연히 나에게 눈을 주어야 한다는 구속을 발하는 것이다. 그리고 이 구속에 의해 눈을 얻고자 하는 것이다.[7]

이런 점들로 볼 때에, 이 제9·10구는 기왕의 주장들과 같이, 찬탄이나 찬양이 아니라, 대자대비한 천수관음을 대자대비해야 하는 당위성으로 구속하여 눈을 얻고자 하는 결청(結請)이라 할 수 있다. 그리고 이에 따라 이 작품은 기도가나 기원가가 아니라, 간청과 구속에 근거한 구속언어의 시가라 할 수 있다.

이 작품에서 시적 화자가 이용한 당위성과 '둘 없는 나라'의 연민에 의존한 구속은 김유신의 축과 왕거인의 시에서 보이는 도리적 당위성과 연민에 의존한 구속과 거의 같은 것이라 할 수 있다.

7 이 두 구의 해독에서 '根古'를 '큰고'로 읽어도 두 구속성을 이끌어 내는 데는 하등의 문제가 발생하지 않는다.

3.2. 〈원왕생가〉

〈원왕생가〉는 거의가 기원가로 정리하고 있다. 그런데 윤영옥은 이 작품에 주가적 요소가 있는 것으로 보기도 하였다.

> ④는 그러한 獨白이요, 一種의 呪言이다. "이몸 남겨 두고 四大八大願을 이루실까?" 疑問終結語尾로 끝맺어 設疑法으로 나타냈으나 內心은 威嚇다. 逆으로 풀 때 "나를 이 娑婆에 남겨 두고는 四十八大願을 이루지 못한다. 그러니 나를 往生彼土케 하라"는 命令이다. …… 直接的인 獨白은 威嚇的인 姿勢로의 命令이다.
>
> 이렇게 볼 때, 이 노래는 단순한 祈願歌만이 아니며, 오히려 呪歌的인 要素가 加味된 것이다(윤영옥 1980a:95~96).

이 주장에서 주목되는 것은 주가적인 요소가 가미되어 있다는 것이다. 이 주가적인 요소를 설명하기 위하여 내심(內心)의 위하(威嚇)를 언급하고 있다. 그러나 위하를 쓰는 주가는 명령법으로 되어 있다는 문제를 포함하고 있다. 이 문제는 박노준의 지적으로도 알 수 있다. 이 외에도 위하의 대상이 비인격체라는 점과, 제8구까지 이어져온 광덕의 왕생극락을 염원하는 지극한 정성은 초월자에 대한 존경심으로 일관되어 있는데, 제9구에 접어들면서 전혀 반대의 개념인 원망과 위하·명령으로 급변하는 것은 시중 화자의 본의를 보아서도 있을 수 없는 일이라는 점도 지적되어 있다(박노준 1982:69~70).

그런데 제9·10구의 내용인 '아– 이 몸을 남겨두고는 당신과 아미타불이 48대원을 이룰 수 없으니, 당신과 아미타불이 48대원을 이루시려면, 나를 극락 원생케 하라'는 의미에는 거의 모든 연구가들이 공감한다. 이 내용에서 '당신과 아미타불이 48대원을 이루시려면'은 시적 화자가 작품의 시적 청자(/독자)를 구속하는 내용이다. 특히 48대원은 아미타불이 서원한 약속이고, 달(:대세지보살)이 따르는 서원의 약속이라는 점에서, 이 서원의 약속은 아미타불과 대세지보살에게 그 이행을 요구하는 구속이다. 그리고 '나를 극락 왕생케 하라'는 시적 화자가 바라는 바의 목적이다. 이렇게 볼 때에, 이 제9·10구는 구속언어가 가지고 있는 구속을 보여준다고 할 수 있다.

게다가 구속언어는 그 대상을 인격체로 하지 않고 영적인 존재에게 발해지는데, 이 작품의 시적 청자인 달(:대세지보살)은 영적 존재이고, 제8구까지 보여주는 청원 또는 간청은 기도와 구속언어가 공유하는 부분이라는 점에서, 이 작품은 간청과 구속을 보이는 구속언어로 정리할 수 있다. 이럴 경우에 불교적인 간청과 구속언어의 혼합이 낯설어서 문제를 제기할 수 있으나, 이런 현상은 불교 의식에서 흔히 나타나는 현상이다. 그리고 구속언어는 영적인 힘들에 대한 단순한 복종의 양식이기보다는 차라리 공격성의 양식일지라도 세상에 존재하는 종교 양식을 표상한다(T. M. Ludwig, 1987:151)는 측면에서 문제가 없을 것으로 판단한다.

이 작품 〈원왕생가〉가 보여주는 서원의 구속은 〈임신서기〉와 유인궤의 맹문에서 맹세에 의해 구속하는 것과 같은 것이다.

3.3. 〈처용가〉

〈처용랑 망해사〉조에서 〈처용가〉는 천연두를 치료하기 위한 치병주사의 발상으로 볼 수도 있다. 그러나 정작 작품 자체에서 주술의 법칙을 찾는 것은 용이치 않았다. 이 작품에서 주술의 법칙을 가장 잘 설명한 것으로 보아온 아래의 주장도 그 설득력을 가지지 못하는 듯하다.

> 處容歌는 일단은 單純히 現前하고 있는 事實만을 記述하고 있는 듯이 보인다. 그러나 이 事實의 記述은 세 가지 見地에서 呪術原理를 지니고 있다.
>
> 첫째 이것은 原因의 記述이다. 或은 그 指摘이다. 疫神에 犯하여진 것은 疫神이 든 것 곧 疫疾에 든 것을 意味한다. 疫疾은 疫神에 犯하여진 結果인 것이다. 疫神이 犯한 것은 疫疾의 原因인 것이다. "入良沙寢矣見昆 脚烏伊四是良羅"에서 脚烏는 提喩法이다. 그 提喩法으로 疫疾의 原因이 指摘되어 있는 것이다. 이 指摘에는 原因에 作用함으로써 그 結果에 影響을 미치자는 心理가 움직이고 있는 것이다. 病은 그 原因에 依해서 고쳐질 수 있다는 呪術原理가 거기 作用하고 있는 것이다.
>
> 둘째로는 疫疾의 原因은 곧 疫疾의 部分인 點을 考慮할 수 있다. 이 考慮下에서는 處容歌가 感染法則의 呪術原理를 지니고 있음을 推量할 수 있게 된다. "脚烏"이 肉身全體의 提喩이었듯이 "脚烏"를 疫神에게 빼앗긴 것은 肉身全體를 疫神에게 빼앗긴 것의 提喩일 수 있고 나아가 疫神으로 해서 병든 것을 意味하는 것이다.
>
> 셋째 處容歌는 惹起되기를 바라고 있는 바 結果의 反對狀況을 陳述하고 있다. 疫神이 물러날 結果와는 反對인 疫神이 들어 있는 狀態를 그리고 있는 것이다. 反對로써 反對를 부를 〈逆의 類似法則의 呪術〉이라고 할 만한 것이다. 이 原理가 適用될 民間呪術의 事例가 그리 흔한 것은 아니다. 祈雨祭를 지내면서 山峰에 불을 놓는 경우가 그것이다.
>
> …(중간 생략)…
>
> 이처럼 세 가지 原理의 呪術이 處容歌에서 찾아질 수 있는 것이라면 處容歌는 노래 그 自體로써만도 그것이 呪歌임을 드러내게 된다. 그것은 消極的인 命令法을 담고 있는 呪詞인 것이다(김열규 1972:24~25).

이 인용에서는, 세 가지 측면에서 〈처용가〉를 동종·감염주술로 보고 있다. 그러나 설명들을 차례로 보면, 적지 않은 문제들을 포함한 듯하다.

먼저 위의 인용 첫째에서 보이는 두 문제를 보자. 하나의 문제는 병이 발병한 상태를 역신이 그의 처를 범한 상태로 의인화한 표현을, 원인과 결과라는 관계에서 그 원인의 지적에 의해 병을 고치려는 주술의 심리나 주술의 원리가 작용한 표현으로 판단하고 있다는 것이다. 위의 인용의 첫째에서 보이는 "역신(疫神)에 범(犯)하여진 것은 역신(疫神)이 든 것 곧 역질(疫疾)에 든 것을 의미(意味)한다."는, 병이 발병한 상태를 역신이 그의 처를 범한 상태로 의인화한 표현임을 말해준다. 즉 "역신(疫神)에 범(犯)하여진 것은 역신(疫神)이 든 것"이 "곧 역질(疫疾)에 든 것을 의미(意味)한다."고 할 때에, 이는 역질 곧 병에 든 것을 역신이 든 것으로 의인화한 표현이기 때문이다. 그런데 문제는 이렇게 해석을 하고서는 바로 이어서 "역질(疫疾)은 역신(疫神)에 범(犯)하여진 결과(結果)인 것이다. 역신(疫神)이 범(犯)한 것은 역질(疫疾)의 원인(原因)인 것이다." 라고 모순되는 이야기를 한다는 데에 있다. 이 두 문장들이 성립하려면, 최소한 역신(疫神)과 역질(疫疾)은 분리된 개념이어야 한다. 그것도 이 작품과 관련설화 내에서 분리된 개념이어야 한다. 그런데 이 작품과 관련설화에서 보면, 역질을 역신으로 의인화할 뿐이지, 역신과 역질을 분리하지 않고 있다. 이런 사실은 이 작품과 관련설화의 어디를 보아도 역신만이 나오지 역질이 나오지 않는다는 것이다. 이런 점에서 "역질(疫疾)은 역신(疫神)에 범(犯)하여진 결과(結果)인 것이다. 역신(疫神)이 범(犯)한 것은 역질(疫疾)의 원인(原因)인 것이다."는 이 작품과 관련설화에 적용될 수 없는 해석이며, "入良沙寢矣見昆 脚烏伊四是良羅"는 역질을 역신으로 의인화한 것임을 말해준다고 할 수 있다.

다른 하나의 문제는 주술의 원리를 언급하고 있지만, 그 주술의 원리가 무엇을 말하는지 명확하지 않다는 것이다. 앞의 문제와 관련된 "역질(疫疾)은 역신(疫神)에 범(犯)하여진 결과(結果)인 것이다. 역신(疫神)이 범(犯)한 것은 역질(疫疾)의 원인(原因)인 것이다."의 문장을 왜 무리하게 끌고 왔을까 하는 문제는 다음의 문장과 연결되어 있다. 즉 "이 지적(指摘)에는 원인(原因)에 작용(作用)함으로써 그 결과(結果)에 영향(影響)을 미치자는 심리(心理)가 움직이고 있는 것이다. 병(病)은 그 원인(原因)에 의해서 고쳐질 수 있다는 주술원리(呪術原理)가 거기 작용(作用)하고 있다."의 문장과 연결되어 있다. 그런데 이 지적에서 말하고 있는 주술원리가 유사의 법칙, 감염(접촉)의 법칙, 역의 유사의 법칙 등에서 어느 법칙에 근거한 주술원리를 말하는지 알 수 없다.

이번에는 위의 인용 둘째에서 보이는 문제로, "역질의 원인은 곧 역질의 부분인 점을 고려할 수 있다. 이 고려 하에서는 처용가가 감염법칙의 주술원리를 지니고 있음을 추량할 수 있게 된다."를 보자. 이 주장에는 완곡어법적(euphemistic) 제유를 감염주술의 제유로 오해한 문제가 있어 보인다. 제유는 완곡어법과 감염주술 모두에서 볼 수 있는 수사이다. 그러나 이 양자는 그 사용 목적과 양태에서 다르다. 우선 완곡어법의 제유는 불쾌한 대상이 되어 입에 담기 싫을 때에 본체를 그 부분으로 바꾼 표현이며, 그 본체와 그 부분은 예나 지금이나 함께 붙어 있다. 이에 비해 감염주술의 제유는 공간적 사정으로 인하여 본체를 그 부분으로 바꾼 표현이며, 그 본체와 그 부분은 과거에는 붙어 있었지만, 주술을 거는 순간에는 서로 떨어져 있다. 감염주술의 제유로 감염주술에서 쓰이는 머리카락이나 손톱이면 앞의 설명을 구체화할 필요도 없다고 생각한다. 이런 두 제유의 차이로 보면, '허토이'(가랑이)라는 제유는 두 말할 것도 없이 완곡어법의 제유이지, 감염주술의 제유가 아님을 알 수 있다. 즉 작품의 '허토이'(가랑이)는 감염주술에서와 같이 공간적 사정으로 인하여 그 본체인 몸을 대신한 것이 아니라, 불쾌한 범간의 장면을 돌려서 표현한 완곡어법적 제유이다. 그리고 작품의 '허토이'(가랑이)는 그 본체인 몸과 과거나 지금이나 계속 붙어 있는 것이지, 감염주술에서와 같이 과거에는 붙어 있다가 주술을 거는 순간에는 서로 떨어져 있는 것이 아니다. 이런 점들에서 이는 완곡어법적 제유를 감염주술의 제유로 오해한 것이 아닌가 생각한다.

마지막 하나는 위의 인용 셋째에서 보이는 문제로, 〈처용가〉는 야기되기를 바라고 있는 바 결과의 반대상황을 진술하고, 반대로써 반대를 부르는 '역(逆)의 유사법칙(類似法則)'을 갖고 있다는 주장을 보자. 이 주장은 적어도 제7·8구가 존재하지 않는다면, 산봉우리에 불을 놓거나 성산(聖山)에 소피를 보는 기우제의 법칙으로 설명할 수 있을 듯하다. 그러나 제7·8구에 다른 내용이 있어 이 작품 전체가 야기되기를 바라고 있는 바 결과의 반대 상황을 진술한다고 말하기 힘들다. 특히 "〈처용가〉의 노래 속에서 화자가 취한 태도가 드러나 있는 끝부분(7~8구)에 대한 의미를 전혀 고려하지 않은 것이어서 문제가 된다."(김학성 1995:25). 제7·8구에는 바로 이어서 보겠지만, 자신의 것을 당연히 다시 찾을 권리가 있다는 구속성으로, 역신을 물러나게 한다는 점에서, 이 부분 역시 역의 유사법칙이 아니라, 부도덕한 불륜을 인식시키기 위한 범간 현장의 기술로 보인다.

이렇게 〈처용가〉에서는 동종주술이나 감염주술에서 발견할 수 있는 세 법칙을 발견할 수 없다.

이제 〈처용가〉가 어떤 측면에서 구속언어의 시가인가를 보자.

제1·2구는 동경의 번화 중에서 외부의 밝음만을 외부 관찰자의 시점에서 본 것과 그의 건전한 노닐음을 노래하고, 제3·4구는 간범 현장의 놀라움과 대상에 대한 감정의 조절을 보인다. 그리고 제5·6구인 "二肹隱 吾下於叱古 二肹隱 誰下焉古"는 "두흘은 내하엇고 두흘은 누기하언고"로 해독되면서, 설의법에 의해 둘은 처용의 것이고 둘은 역신 자신의 것이라는 것을 스스로 답하게 하면서, 역신으로 하여금 부도덕한 불륜을 스스로 확인하게 한다.

그리고 제7·8구는 "本矣 吾下是如馬於隱 奪叱良乙 何如 爲理古"로, "본ᄃᆡ 내하이다마ᄂᆞᆫ 앗알 엇뎌 ᄒᆞ리오(/엇뎌 ᄒᆞ릿고)"로 해독되고, 그 내용은 '본래 내것이지만 앗을 일을 어찌(어떤 방법으로, 어떤 이유 때문에) 하릿고(하리오)'의 의문문이다. 이 의문문은 본디 내것이지만, 빼앗긴 처를 되찾는 일을 어찌(어떤 방법으로, 어떤 이유 때문에) 하릿고(하리오)를 시적 청자에게 묻는 것을 언표적 내용으로 한다. 그리고 언표내적으로는 '역신 당신은, 본디 내 것인 내 처를, 부도덕하게 앗아갔으니, 내가 어떤 방법을 도모하여 되찾기 전에, 스스로 나에게 되돌려 주라'는 명령의 의미를 갖는다. 이 명령적 의문문에서, 본래 내 것이므로 네가 되돌려 주는 것이 당연하다는 당위성으로 역신이 앞으로 할 행동을 하게 하는 구속성을 갖는다.

이렇게 〈처용랑 망해사〉조에서 〈처용가〉와 그 관련설화만을 독립시켜 볼 때에, 이 작품은 구속에 근거한 구속언어의 구속시가라고 정리할 수 있다. 그리고 〈처용랑 망해사〉조 전체로 보아도, 이 작품은 구속시가이다. 이런 이 작품의 구속시가를, 앞의 글(양희철 1999b)에서는 〈처용랑 망해사〉조 전체의 문맥에서는 구속하는 영적 대상이 인간으로 바뀐다고 착각을 하여, 교훈가로 정리를 하였었다. 그러나 〈처용랑 망해사〉조 전체에서 그 주제인 경계의 의미를 나라 사람들이 알지 못하고 오히려 상서로운 징조로 생각하고 탐락(耽樂)이 자심(滋甚)한 나머지 나라가 끝내 망했다로 보아도, 이 작품이 구속시가라는 사실은 변하지 않는다. 즉 구속하는 역신은 〈처용랑 망해사〉조 전체에서 보아도, 영적인 대상이지, 인간이 아니다. 이런 점에서 앞의 착각을 수정하여, 이 작품은 〈처용랑 망해사〉조 전체로 보아도 구속언어의 구속시가라고 수정한다.

이 작품에서 도덕성에 의해 영적 대상을 구속하는 것은 〈해가〉에서

도덕성에 의해 영적 대상을 구속하는 것과 같은 범주이다.

3.4. 〈원가〉

〈원가〉는 이 노래를 잣나무에 붙이자, 곧 나무가 황췌(黃悴)했고, 왕이 신충을 등용하자 잣나무가 다시 소생했다는 관련 설화의 측면에서 상당히 신비하다. 그런데 정작 주술의 법칙을 설명하는 것을 보면, "왕(王)과 나무 사이에 신비(神秘)한 융합(融合)이 존재(存在)해 있는 이상(以上) 나무에 작용(作用)하는 것은 곧 왕(王)에 작용(作用)하는 것이다. 감염법칙(感染法則)의 주술(呪術)이 거기 움직이고 있다."(김열규 1872:21)고 설명하기도 하고, "잣나무를 말라 버리게 하기 위해서 〈원가〉를 지으면서 "누리도 싫은 지고"라 하여 잣나무가 이미 죽어 버린 것으로 선험적 달성을 해서 예고한다."(임기중 1993:211)고 모방의 법칙으로 설명하기도 한다.

잣나무와 왕은 왕이 잣나무를 두고 한 약속의 맹세에 의해 연결된다. 이에 비해 감염주술의 접촉의 법칙은 맹세에 의해 연결되지 않는다. 즉 접촉의 법칙은 한번 접촉한 사물은 영원히 접촉의 관계에 있어 감염이 가능하다는 사고에 근거하는데, 잣나무와 왕은 접촉의 관계에 있다고 말하기는 힘들다. 이런 점에서 잣나무와 왕이 약속의 맹세에 의해 연결된다는 사실로, 접촉의 법칙에 의한 연결과 이에 따른 감염주술로 설명하는 데는 한계가 있어 보인다.

이렇게 볼 때에, 이 작품은 기왕의 설명으로는 주가라고 단정할 만한 근거가 없다. 그런데 관련설화로 보면, 이 작품은 주술과 일면 연결된 구속언어를 보여준다. 이제 이 작품이 구속언어에 근거한 구속시가임을 보자.

먼저 제1~4구를 보면 다음과 같다.

가시 좋기(에) 잣나무(가) / 가을(에) 아니 이울어 지매 / '너 가듯이 가져'라 하시인 / 울월던 낯의 고치이시온 겨울에야(物叱 好支 栢史 / 秋察尸 不冬 爾屋支 墮米 / 汝於多支 行齊 敎因隱 / 仰頓隱 面矣 改衣賜乎隱 冬矣也).[8]

이는 크게 보아 잣나무를 두고 행한 왕의 맹세가 깨어졌음을 보여주는 내용이다. 그것도 '너 가듯이 가져'라 한 과거의 맹세의 약속을 환기시키면서, 그 맹세의 약속이 깨어졌음을 보여주는 내용이다. 이 과거 맹세의 약속이 깨어졌음은 두 쪽에, 즉 왕 쪽과 잣나무 쪽에 의미를 갖는다. 왕 쪽으로 보면, 맹세의 약속으로 왕을 구속하여, 과거의 맹세를 이행하라는 의미이다. 잣나무 쪽으로 보면, 맹세의 약속의 보증자로 잣나무를 구속하여, 그 보증자로 왕이 약속을 깼으니 황췌하라는 의미이다.

이번에는 제5~8구를 보자.

달님이 비취어 여리인(蓋/軟) 못에의 / 갈 물결엣 모래- 입듯이 / 즛이야 바라아나 / 세상도 밖엣 잃었구나(月羅理 影支 古理因 淵之叱 / 行尸浪尸(←□)阿叱 沙矣 以支如支 / 皃史沙叱 望阿乃 / 世理都 外(←□)之叱 逸烏隱苐也).[9]

이 부분은 두 궐자로 인하여 해독에 어느 정도 한계가 있다. 그러나

8 이 해독은 양희철(1997c:514~520)에 '가ᄃᆞᆫ/가ᄃᆞ디'(가듯이)의 해독(양희철 2013a: 460~464)을 첨가한 것이다.

9 이 해독은 양희철(1997c:522~531)에 '입ᄃᆞᆫ/입ᄃᆞ디'(혼미하듯)의 해독(양희철 2013a: 454~460)을 첨가한 것이다.

달(月)을 왕의 상징으로, '즛이야 바라아나(皃史沙叱 望阿乃)'를 왕의 기용을 기대한다는 의미로, 나머지 부분은 시적 화자가 왕에 의해 기용되지 못하고 있다는 의미로, 각각 해석하는 데는 거의 일치한다. 이렇게 거의 일치된 의미로 보면, 왕의 기용은 시적 화자가 바라는 바이고, 기용되지 못함은 왕의 맹세의 약속이 파괴되었음을 의미한다. 이 맹세의 약속이 파괴되었음은 앞의 제1~4구에서와 같이 왕과 잣나무에 똑같은 구속과 행동을 요구하는 의미를 갖는다.

이렇게 왕을 맹세자로 구속하고, 잣나무를 맹세의 보증자로 구속하고 있다는 점에서, 〈원가〉는 구속언어를 이용한 구속시가라고 정리할 수 있다.

〈원가〉에서 왕과 잣나무를 구속한 맹세, 보증자, 목이(木異)의 속신 등은 〈임신서기〉와 유인궤의 맹문에 있는 맹세와 보증자, 김유신의 축에 있는 속신 등과 같은 범주이다.

4. 구속언어를 패러디한 향가

구속언어를 패러디한 향가에는 〈도솔가〉와 〈헌화가〉가 있다.

4.1. 〈도솔가〉

〈도솔가〉는 왕권에 도전할 모반자 출현의 전조를 상징하는 이일병현(二日並現)의 일괴(日怪)를 불양(祓禳)하기 위한 주가로 생각되고 있다. 그런데 주술의 종류에서 서로 다른 주장들을 보이고 있다. 한 쪽에서는 명령형을 기준으로 위하형의 전통적인 주가로 보고 있고, 다른 쪽에서는 밀교적 주가로 보고 있다. 전자의 경우는 명령형이지만 위하의 내용을 갖지 않은 문제를 갖고 있고, 후자의 경우는 밀교적 주가로 명령형 주가의 형태를 취하는 문제를 보인다. 뿐만 아니라, 전통적 주가로 보든 밀교적 주가로 보든, 양자 모두에서는 기왕의 주장들이 의지하고 있는 유사의 법칙도, 접촉의 법칙도, 역의 유사의 법칙도 발견되지 않는 문제를 갖고 있다. 이렇게 기왕의 설명으로는 이 작품의 주가성을 설명하기가 힘들다. 이 문제를 해결하기 위하여 우선 작품을 보자.

오늘 이에 산화가(/흩어진 화랑) 부르어	今日 此矣 散花 唱良
잡아 사뢰온 꽃(/화랑)아 넌	巴寶 白乎隱 花良 汝隱
곧은 마음의 시킴을 행하여	直等隱 心音矣 命叱 使以惡只
미륵보살(/경덕왕)을 뫼셔 벌아[10]	彌勒座主 陪立羅良

이 작품은 두 텍스트를 가지고 있다. 하나는 현대역에서 괄호 밖의 내용으로 종교적 텍스트이고, 다른 하나는 괄호 안에 쓴 내용으로 그에 해당하는 시어를 대체했을 때에 나타나는 정치적 교훈적 텍스트이다.

이 중에서 종교적 텍스트는 이 작품이 보여주는 구속언어의 측면이다. 이 텍스트에서 꽃은 연꽃으로 연화대(蓮花臺), 즉 연화좌(蓮花座)를 은유하는데, 이 연화좌는 당연히 그 본분상 미륵산화에서 미륵보살을 모셔야 하는 의무를 갖고 있다. 게다가 이 연꽃은 미륵산화에서 주원사인 월명사와 공덕주인 경덕왕의 곧은 마음의 시킴을 행해야 하는 의무를 가지고 있다. 이 꽃의 본분과 의무로 꽃을 구속하면서 시가의 목적인 미륵보살을 모시도록 하는 것이 이 텍스트이다. 이런 점에서 이 〈도솔가〉는 일

10 이 해독은 양희철(1997c:273~289)의 해독에 김완진의 '벌라'를 '벌아'로 수정하여 첨가한 것이다.

단 구속에 기반한 종교적 시가라 정리할 수 있다.

게다가 이 작품은 종교적 시가로 끝나는 것이 아니다. 왜냐하면 앞에서 언급했듯이 이 작품에는 정치적이고 교훈적인 텍스트가 포함되어 있기 때문이다. 이 정치적이고 교훈적인 텍스트에서는 더 이상 꽃의 본분과 의무를 구속의 내용으로 하지 않고, 화랑의 본분과 의무라는 도덕적인 측면을 구속의 내용으로 한다. 즉 세속오계의 사군이충(事君以忠)이라는 화랑의 본분과 의무로 구속하고, 다시 신라 모든 사람들의 곧은 마음의 시킴으로 구속하여 경덕왕을 모시게 하는 것이다. 그리고 이 텍스트에서는 더 이상 구속언어의 대상인 영적인 존재는 존재하지 않으며, 이 텍스트의 대상은 명령을 받는 화랑의 시적 청자로 바뀐 것이다.

이렇게 볼 때에, 이 〈도솔가〉는 더 이상 단순한 구속언어의 구속시가로 존재하는 것이 아니라, 이 종교적 텍스트의 구속시가 외에도(beside) 교훈적 정치적 텍스트를 더 포함하는 작품으로 패러디되어 있는 것이다. 이는 이일병현을 해결하는 데는 종교적인 텍스트 외에도 교훈적 정치적 텍스트가 필요함을 보충하는 것인데, 이 때 이 패러디는 앞의 텍스트를 조롱하거나 조소하는 것이 아니라 보충하는 것이다.

이 작품에서 (연)꽃으로 하여금 미륵보살을 모시도록 당위성에 의해 구속하는 것은 김유신의 축과 왕거인의 시에서 하늘과 신명으로 하여금 자신(들)을 돕도록 당위성에 의해 구속하는 것과 같은 범주이고, 화랑들로 하여금 경덕왕을 모시게 도덕성에 의해 구속하는 것은 〈해가〉에서 도덕성에 의해 수로부인을 내어놓게 구속하는 것과 같은 범주이다.

4.2. 〈헌화가〉

〈헌화가〉는 종종 주술-무속의 제의와 관련된 노래로 정리되기도 한다. 그 가장 핵심적인 근거는 관련설화의 '주선(晝饍)'과 '해룡(海龍)'에 있었다. 그러나 '주선'의 '선(饍)'은 제의 음식이 아니라, '갖춘 음식' 또는 '음식을 갖추어 먹다'의 의미이고, '해룡'은 관련설화에서 살필 수 있듯이, '해중방생(海中傍生)' 즉 해중의 물짐승이다. 이런 점에서 이 두 어휘에 근거해, 이 작품을 주가로 볼 수는 없다. 이 주장들보다는 "나를 아니 부끄러워하시면, 꽃을 꺾어 받자오리다"를 {-하지 않으면, -하리라}의 부정조건 긍정형의 시문법에 근거한 주가로 보는 경우(임기중 1993:213)가 훨씬 긍정적일 수 있다. 그러나 이 경우에도 문제를 가진 듯이 보인다. 왜냐하면, 주가는 비인격적인 존재에게 발해지는 발화인데, 이 작품은 이미 수로부인이라는 인격체에 발해지는 발화이기 때문이다.

이 작품은 앞에서 살핀 구속언어의 구속시가를 패러디한 시가로 볼 수 있다. 특히 같은 〈수로부인〉조에 수록되어 있는 〈해가〉와 같은 (동종) 구속시가를 패러디한 비주가의 작품으로 볼 수 있다.

〈헌화가〉는 수작적(酬酌的) 텍스트와 교훈적(敎訓的) 텍스트를 가지고 있다.

> (자신을 꺾어 달라고 하여) 검붉은 바위(/당신의 남편) 가에
> 잡아오고 있는 손에서(/수단으로) 어미소(/자식이 딸린 처)를 놓게 하시고
> 나를 아니 부끄러워하신다면
> 꽃(/당신)을 꺾어 바치(/드리)오리이다(양희철 1997c:304~338).

이 작품은 가정법을 사용하고 있다. 그런데 이 가정법은 두 가지의 의미를 가진다. 하나는 종속절의 내용인 나를 부끄러워함이 없다면, 주절의 내용을 실행하겠다는 의미이다. 즉 당신을 꺾어 드리겠다는 수작적 의미이다. 다른 하나의 의미는 종속절의 내용에 반대되는 행동을 청자로 하여금 행하라는 교훈적 의미이다. 이 때 교훈적 의미는 도덕적인 측면

에서 시적 청자를 구속하면서 도덕적인 행동을 요구하고 있다. 이 도덕적인 구속은 구속언어의 구속시가로 보면 구속에 해당하고, 요구된 행동은 구속시가의 목적에 해당한다. 이 구속과 구속시가의 목적은 〈해가〉[11]에서 확인할 수 있다.

〈해가〉가 동종주가에 구속언어가 추가된 시가임은 쉽게 알 수 있다. 수로부인을 다시 찾는 것이 이 시가의 목적이다. 그리고 이 시가에 작용한 것은 구속이다. 즉 남의 부녀를 납치한 죄 얼마나 크냐 하는 내용은 부녀 납치라는 부도덕성으로 시적 청자를 구속하여 수로부인을 다시 찾으려는 것이다. 특히 한 사람이 아니라 여러 사람의 입으로 그 부도덕성을 말할 때에, 중구삭금(衆口鑠金)할 수 있었던 것이다. 이런 점에서 이 〈해가〉는 동종주술과 구속언어에 기초한 시가임을 알 수 있다.

이렇게 볼 때에, 〈헌화가〉는 〈해가〉가 도덕성으로 영적 대상을 구속한 구속언어의 구속시가를 패러디한, 수작가의 성격과 교훈가의 성격을 겸한, 비주가의 작품이다.

5. 결론

지금까지 세 가지 문제, 즉 향가를 원시 문화의 시가로 해석하게 하는 동종주술과 감염주술은 향가에 정확하게 적용된 이론인가? 향가의 주술성을 논의할 수 있는 차원은 기왕의 해석들이 의존한 동종주술과 감염주술의 차원을 제외한 다른 차원은 없는가? 향가에서 발견되는 주가성은 향가 주변에서 발견되는 주사들의 주사성과 어떤 관계에 있는가? 등에

11 "龜乎龜乎出水路 / 掠人婦女罪何極 / 汝若悖逆不出獻 / 入網捕掠燔之喫."

답하기 위하여, 향가의 주가 논의를 변증하면서, 향가의 주가성과 구속언어를 다시 생각해 보았다. 그 결과를 요약 정리하면서 결론을 내리면 다음과 같다.

먼저 향가를 원시 문화의 시가로 해석하게 하는 동종주술과 감염주술은 향가에 정확하게 적용된 이론인가 하는 문제를 보자. 그 답은 원시 문화의 시가로 해석하게 하였던, 동종주술과 감염주술의 향가 적용은 상당히 부정확하였다고 정리할 수 있다. 왜냐하면, 기왕의 연구들에서 여러 작품에 적용되었던 동종주술과 감염주술을 그대로 보이는 향가는 하나도 없기 때문이다.

이번에는 향가의 주술성을 논의할 수 있는 차원은 기왕의 해석들이 의존한 동종주술과 감염주술의 차원을 제외한 다른 차원은 없는가 하는 문제를 보자. 이에 대한 대답은 동종주술 외에 구속언어(incantation)가 있다는 것이다. 그 양상을 작품별로 요약하면 다음과 같다.

1) 〈혜성가〉는 동종주술을 포함한 동종주사의 표현을 야유로 패러디하고, 시적 청자(/독자)를 사람으로 한, 풍자 문학의 선상에 와 있는 작품이다.

2) 〈서동요〉는 공주가 본 동종(모방)주가 외에, 유희요의 텍스트와 현실반영요의 텍스트가 더해진, 동종주가의 패러디이다.

3) 〈맹아득안가〉는 대자대비한 천수관음을 대자대비해야 하는 당위성과 연민으로 구속하여 눈을 얻고자 하는 구속과 간청을 보이는 구속언어의 구속시가이다.

4) 〈원왕생가〉는 간청과 시적 청자인 달(:대세지보살)을 그가 서원(誓願)한 48대원의 약속으로 구속하면서 극락에 왕생하려는 구속을 보이는 구속언어의 구속시가이다.

5) 〈처용가〉는 도덕성과 당위성으로 역신을 구속한 구속언어의 구속

시가이다.

6) 〈원가〉는 왕의 맹세로 맹세자인 왕과 맹세의 보증자인 잣나무를 구속한 구속언어의 구속시가이다.

7) 〈도솔가〉는 구속언어의 종교적 텍스트 외에도 교훈적 정치적 텍스트를 가지면서, 구속언어를 패러디한 작품이다.

8) 〈헌화가〉는 〈해가〉와 같은 구속언어의 구속시가를 패러디하여, 수작가의 성격과 교훈가의 성격을 겸비한, 비주가의 작품이다.

이 작품별로 정리한 내용에서, 향가의 주가성은 동종주가의 패러디, 구속언어의 구속시가, 구속언어의 패러디 등으로 이루어졌음을 정리할 수 있다.

마지막으로 향가에서 발견되는 주가성과 구속언어는 향가 주변에서 발견되는 주사들의 주사성 및 구속언어와 어떤 관계에 있는가 하는 문제를 보자. 그 답은 매우 밀접한 관계에 있으며, 향가들의 주사성은 향가 주변의 주사성에서 한 단계 벗어난 위치에 있다고 정리할 수 있다. 먼저 밀접한 관계를 보인 작품별로 그 관계를 정리하면 다음과 같다.

1) 〈맹아득안가〉에서 시적 화자가 시적 청자를 구속한 당위성과 연민은 김유신의 축과 왕거인의 시에서 시적 청자를 구속한 도리적 당위성 및 연민과 같은 범주에 속한다.

2) 〈원왕생가〉에서 시적 화자가 시적 청자를 구속한 48대원의 맹세는 〈임신서기〉와 유인궤의 맹문에서 시적 청자를 구속한 맹세와 같은 범주에 속한다.

3) 〈처용가〉에서 시적 화자가 시적 청자를 구속한 도덕성은 〈해가〉에서 시적 청자를 구속한 도덕성과 같은 범주에 속한다.

4) 〈도솔가〉에서 시적 화자가 (연)꽃으로 하여금 미륵보살을 모시도록 시적 청자를 구속한 당위성은 김유신의 축과 왕거인의 시에서 하늘과

신명으로 하여금 자신(들)을 돕도록 구속한 당위성과 같은 범주에 속하고, 시적 화자가 화랑들로 하여금 경덕왕을 모시도록 구속한 도덕성은 〈해가〉에서 수로부인을 내어놓게 시적 청자를 구속한 도덕성과 같은 범주에 속한다.

5) 〈원가〉에서 왕과 잣나무를 구속한 맹세, 보증자, 목이(木異)의 속신 등은 〈임신서기〉와 유인궤의 맹문에 있는 맹세와 보증자, 김유신의 축에 있는 속신 등과 같은 범주에 속한다.

이렇게 향가들의 주가성 및 구속언어는 향가 주변의 작품들이 보여주는 주사성 및 구속언어와 직접 대응하는 것들이 많다. 그리고 향가의 주가성은 향가 주변의 주사들이 보이는 주사성을 한 단계 벗어난 성격을 보인다. 이런 사실은 두 가지 사실에서 정리된다. 하나는 향가 주변의 주사들에서는 동종주술이 보이지만, 향가에서는 동종주술이 보이지 않고 그 패러디만이 보인다는 점이다. 다른 하나는 향가 주변의 주사들에서는 구속언어만이 보이고 그 패러디는 보이지 않는 데 비해, 향가에서는 구속언어와 그 패러디가 보인다는 점이다.

이 글은 「향가의 주가성을 다시 생각해 본다」(2000b)를 수정 보완한 것임.

제7부

향가의 '기의심고'와 '사청구려'

풍격의 '의'와 〈찬기파랑가〉의 '기의심고'

1. 서론

이 글에서는 향가의 평어 '기의심고(其意甚高)'를 한중 비교문학적인 입장에서 종합적으로 다시 검토하고자 한다.

'기의심고'는 경덕왕이 충담사에게 〈이안민가〉를 짓도록 하는 과정에서, 〈찬기파랑시뇌가〉를 두고 한 말이다. 이로 인해, 이 언급은 연구자들로 하여금 '기의심고'가 무엇인가를 검토하게 하였고, 이를 〈찬기파랑시뇌가〉에서 찾게 하면서, 〈찬기파랑시뇌가〉의 부분과 전체의 연구에 매진하게 하는 기폭제로 작용하였고, 지금도 작용하고 있다. 그 결과 '기의심고'와 〈찬기파랑시뇌가〉에 대한 기왕의 논의는 대단히 많게 되었다.

그런데 문제는 기왕의 해석들이 도출한 결론들이 어딘가 석연치 않다는 점이다. 즉 〈찬기파랑시뇌가〉의 해석에서 얻은 결과와 '기의심고'의 의미가 명확하게 연결되지 않고, 나아가 '기의심고'의 해석이 그 문맥인 "왕왈 짐상문 사찬기파랑시뇌가 기의심고 시기과호 대왈 연 왕왈 연즉 위짐작이안민가 승응시봉칙가정지 …"(王曰 朕嘗聞 師讚耆婆郎詞腦歌 其意甚高 是其果乎 對曰 然 王曰 然則 爲朕作理安民歌 僧應時奉勅歌呈之 … 『삼국유사』 〈경덕왕 충담사 표훈대덕〉)에서의 〈안민가〉와 연결되지 않는다는 것이다. 이 문제는 우리로 하여금 '기의심고'의 연구를 다시 검토하게 한다.

이에 '기의심고'에 대한 기왕의 번역과 해석이 보이는 한계를 검토하고, 새로운 연구 방향의 모색을 시도한 바(양희철 2005a, 2005b, 2005c)가 있다. 특히 새로운 연구 방향의 모색은, 관련 한문의 문맥을 다시 해석하고, 한중 비교문학, 그 중에서도 당대비평과의 비교문학적 측면에서 행한 바가 있다. 그런데, 이 글들을 책으로 정리하려고 그 내용을 보니, 너무 거칠고 산만하며, 오독한 것들도 적지 않았다. 이에 이 글에서는 기왕의 글을 기초로, '기의심고'를 다시 정리하고 다시 해석하고자 한다. 제2장에서는 전에 쓴 글을 압축하고 극히 일부분만 수정하였으며, 제3, 4장에서는 상당 부분을 수정하고 다시 썼다. 특히 제4장에서는 〈찬기파랑가〉의 향찰 해독과 수사를 먼저 정리하고, 이 해독과 수사 위에서 기의심고를 검토한 다음에, 그 예술사적 의미를 시가사적(詩歌史的) 의미와 인접 예술인 조각(석가탑과 다보탑)과의 관계에서 간단하게 검토하고 정리하였다.

2. '기의심고'의 번역과 해석

'기의심고'에 대한 기왕의 번역들과 해석들은 상당히 많다. 그 한계를 유형별로 정리하고, 이 문제를 해결할 수 있는 방향을 모색한 바가 있다. 그 결론을 인용하면 다음과 같다.

1. 기왕의 번역은 '기의심고'를 "그 뜻이 매우 고상하다(/높다)"로 번역하였으며, '뜻'의 의미는 '志'나 '意義'나 '意味' 등으로 보면 문맥이 통하지 않

지만, 그 '뜻'의 의미를 '의미'의 일부인 '내용'으로 볼 때만 문맥이 통한다. 물론 기왕의 번역들은 '意'를 '뜻'으로만 번역을 하였지, 그 '뜻'이 어떤 의미인지는 밝히지 않았지만, 앞에서 살핀 '내용'의 의미로 번역하였을 것으로 판단한다.

2. 기왕의 해석들은 다음의 4유형을 보여준다. 1) 그 뜻이(=「찬기파랑가」의 내용이) 매우 높다. 2) 그 뜻이(=「찬기파랑가」의 내용이) 깊고 높다. 3) 그 뜻이[=기파랑의 뜻(志)이] 매우 높다(/고상하다). 4) 그 뜻이(=「찬기파랑가」의 내용과 의의가) 매우 깊고 높다. 그런데 2)와 4)의 '깊고 높다'는 '高'의 의미를 벗어났고, 3)의 '기파랑의 뜻(志)이'와 4)의 '「찬기파랑가」의 내용과 의의가'는 각각 '其意'의 의미를 벗어났다는 점에서 부정적이며, 1)만이 가능하다.

3. 번역과 해석에서 이해할 수 있는 "그 뜻이 매우 높다"에 나타난 '그 뜻이'(=「찬기파랑가」의 내용이)의 '내용'은 그 의미가 매우 포괄적이고 피상적이어서, '기의심고'의 연구가 막연성을 피할 수 없게 한다(양희철 2005a).

이 결론에서 살필 수 있듯이, 기왕의 번역과 해석을 검토한 결과, 〈찬기파랑가〉나 그 부분을 이해하는 데 도움을 줄 수 있는 '기의심고'의 번역과 해석은 하나도 보이지 않는다.[1] 그러면 경덕왕이 이렇게 그 의미를 알 수 없게 막연한 문장이나 비문으로 '기의심고(其意甚高)'라는 표현을

1 이렇게 '기의심고'의 '기의'를 '그 뜻이 높다'로 번역할 수 없다는 사실이 밝혀졌다. 그럼에도 불구하고, 최근에도 "기파랑의 뜻", "기파랑의 신념", "耆婆郎의 志向·指向과 理想" 정도의 의미로 보고, 그 지시하는 바를 "잣가지 높아 서리 모를"이나, "낭이 지니었던 마음의 갓/끝" 정도로 보고자 하는 의견들이 계속 나오고 있다. 그러나 '기의'를, 특히 문맥상의 '기의'를, '기파랑의 뜻', '기파랑의 신념', '기파랑의 지향·지향과 이상' 등으로 읽을 수 없다는 사실을 피하기는 어렵다. 이렇게 쉽게 결론을 내지 말고, 좀더 연구를 해 보는 것이 바람직해 보인다. 이에 비해, 다음과 같이 '意'의 의미를 '格'으로 본 해석과 같은 해석을 보인 경우도 최근에 보인다. "다만 궁궐의 군주도 평소 알고 있으리만큼 널리 퍼져 있었다는 점과 그 당시의 잣대로 잴 때 이미 작품의 격이 매우 높았었다는 점만은 분명히 파악할 수 있다."(박노준 2014:157~158). '意'와 '格'의 관계는 후술한다.

하였을까? 아니면 우리가 번역과 해석에서 연구 방향을 잘못 잡은 것일까? 필자가 보기에는 후자로 생각한다.

이런 문제가 발생하게 된 원인은, 두 가지로 요약할 수 있다. 첫째는 '의(意)'자를 너무 쉽게 '뜻'으로만 읽고, 사전에 등재되어 있는 다른 의미들을 검토하지 않은 문제이다. 둘째는 '의(意)'자를 너무 쉽게 '뜻'으로만 읽고, 당대문학 나아가 중국문학의 비평, 특히 풍격론(風格論)에서 보이는 '의(意)'자의 의미를 전혀 검토하지 않은 문제이다.

『중문대사전』에서 '의(意)'조를 보면, 1) 志也, 心思也, 2) 意義也, 義理也, 3) 理趣也, 風情也, 4) 私意也, 5) 心所無慮也, 6) 思念也, 猶計也, 7) 度也, 推測也, 8) 疑也, 9) 臆想也 등의 의미들이 있다. 이 중에서 '기의심고'의 번역에 맞는 것으로는, 1)의 '지야(志也)'와 2)의 '의의야(意義也) 의리야(義理也)'를 번역한 '뜻' 외에, 다른 것도 있다. 바로 3)에 포함된 '이취야(理趣也)'[2]이다. 이 의미를 가진 '의(意)'자의 예로는 〈등연주성루시(登兗州城樓詩)〉(두보)의 "從來多古意 臨眺獨躊躇"[3]와 〈제성서서사시(題城西書舍詩)〉(袁士元)의 "自笑茅檐多野意 水邊栽柳翠成堆"를 들었다.

사전에 등재되지 않은 '의(意)'자의 의미로는 '입언왈의(立言曰意)'와 '입언반박왈의(立言盤泊曰意)'의 '의(意)'자가 있다. 이 '의'자는 중국의 당대(唐代)에 정리된 풍격론(風格論)에서 쓴 용어이다.

이 '의(意)'자의 의미들은 '기의심고'의 '의'자와 '고'자에 부합한다. 왜냐하면 '〈찬기파랑시뇌가〉의 의(意), 곧 이취(理趣)/입언(반박)[立言(盤泊)]이 매우 높다(/고상하다/뛰어나다).'는 주어진 문맥에 맞으며, 〈찬기

2 네이버 한자사전에서는 3)을 '정취(靜趣)'와 '풍정(風情)'으로 정리를 하였다.

3 이 작품의 원문은 "東郡趨庭日 / 南樓縱目初 / 浮雲連海岱 / 平野入青徐 / 孤嶂秦碑在 / 荒城魯殿餘 / 從來多古意 / 臨眺獨躊躇"이다.

파랑시뇌가〉와 〈안민가〉 모두가 이취(理趣)/입언(반박)[立言(盤泊)]이 매우 높다(/고상하다/뛰어나다)는 점에서 설득력을 갖기 때문이다.

3. 풍격론에서의 '의'와 '의고'

이 장에서는 시가론에서 사용되면서, '기의심고(其意甚高)'에 맞는 '의(意)'자의 의미를, 사전에 등재되어 있는 '이취야(理趣也)'의 의미와, 사전에 등재되어 있지 않은 '입언왈의(立言曰意)'와 '입언반박왈의(立言盤泊曰意)'의 의미를 통하여 정리하고, 이어서 '의고(意高)'의 의미를 정리하려 한다.

3.1. 이취의 '의, 격, 의고'

이 절에서는 '이취와 이득기취'의 항과 '의고 곧 격고'의 항으로 나누어, '이취'의 '의, 격, 의고' 등을 정리하고자 한다.

3.1.1. 이취와 이득기취

'이취(理趣)'의 '이(理)'는 '도리, 이치' 등을 의미하고, '취(趣)'는 '풍취(風趣)[4]나 멋'을 의미한다. 그리고 이에 포함된 '멋'은 "세련되고 아름다움" 내지 "고상한 품격[品格: 사물 따위에서 느껴지는 품위(品位: 사물이 지닌 고상하고 격이 높은 인상)]"을 의미한다. 이런 자의들에 근거하여, '의(意)'의 한 의미인 '이취'를 정리하면, '이취(理趣)의 의(意)'는 이(理, 도리, 이치)와 풍치(風致)가 결합된 용어임을 알 수 있다.

4 風趣는 "시원스럽게 격에 맞는 멋"을 의미하는 '風致'와 같은 의미이다.

이렇게 이(理)와 취(趣)가 결합된 '이취'는 사전적 의미[5]는 물론 비평 용어상의 의미도 잘 정리되어 있다. 중국문학비평에서 정리된 '이취'들을 종합하여 정리한 의미를 인용하면 다음과 같다.

> 따라서 '리취'의 개념을 정리하면, "'리취'란 이성적 경향의 '理'와 감성적 경향의 '趣'가 결합된 개념으로, 자연관찰이라든지 사회 체험과 같은 실제 현실을 근간으로 하여, 독자들이 여러 측면에서 관조하고 음미할 수 있는 맛이라 할 수 있다. 그러나 그것은 단순한 정감의 표현이나 추상적인 理의 나열에 머물지 않는, 그러한 정감과 철리적 사고가 융화되어 趣에 나아간 또다른 차원의 맛"이라 할 수 있을 것이다(문혜정 2011:241).

이 글은 중국문학비평에서 정리되어 있는 '이취'들[6]을 종합하여 정리

---

5 '이취'의 사전적 의미는 "謂道理指趣"(『中文大辭典』)와 "義理情趣"(『漢語大詞典』)이다.

6 이 글이 종합하면서 참고한 중국문학비평의 글들은 셋이다. 이 글들을 참고로 문혜정(2011:239~240)의 글에서 재인용하면 다음과 같다. "리취는 철학적 이치(哲理)와 시적 정감(詩情)이 어우러져 이루어진 산물이다. 시 안에 철학적 이치가 내재되어 있다는 것은, 시인들이 자연을 예리하게 관찰하여 얻어낸, 그리고 사회에서 절실하게 체험하여 개괄해 낸, 아울러 형상이 표출해 내고 있는 일종의 진리성을 통해 깨달은, 그러한 추출과 개괄 깨달음을 통해 시 속에 말은 다했으나 무궁한 여운이 남아 있다는 것을 의미한다.(理趣是哲理和詩情的統一. 詩中哲理, 是詩人通過敏銳的觀察. 深切的體驗, 從自然界, 社會中提煉, 概括, 幷通過形象表達出來的一种眞理性的認識, 言有盡意无窮."(周國光·陳樹東, 『語文教學与研究·綜合天地』, 2006年, 第10期). "시가 창작에서 리를 말하여 취가 있는 것은 반드시 이념적인 것과 심미적인 특징을 통일하고 예술의 형상 사유의 기본 원칙을 어기지 않아야 한다. 이러한 리를 말해 시 중에 시인의 진술한 리는 반드시 시인이 현실 상황 속에서 깨닫고 느낀 구체적인 "리"여야 하고, 추상적인 개념을 운용하여 판단과 추리를 통하여 얻은 "리"가 아니어야 한다."(張小康, 『中國古典文學創作論』, 이홍진 옮김, 법인문화사, 2000, 342쪽). "리취의 리는 추상적이지만 말로 형언할 수 없는 추상적인 리가 아니다. 實相에 근원하여 실상을 벗어나지 않고 실상을 빌려서 그 의미를 드러내지만, 논리적으로 진술하는 게 아니므로 몽롱하면서도 뜻이 넘쳐나고, 또한 영롱하고 투명하여 여러 측면에서 관조할 수 있으며 여러 층차에서 음미할 수 있다. 이러한 시는 입체적이며, 독자들에게 광활한 음미의 공간을 제공해 줄 뿐 아니라 나아가

한 글이다. 이 정리에서 보아도 '이취'는 도리와 이치를 의미하는 '이'와 풍취를 의미하는 '취'의 결합이라는 사실을 벗어나지 않으며, 이 이취는 자연관찰이나 사회체험과 같은 실제현실에서 얻은 것임을 잘 보여준다.

이 '이취'는 왕창령(王昌齡, 698~756)의 글을 보면, '득취(得趣)' 곧 '이득기취(理得其趣)'로 나타난다.

> 詩有三格 一曰得趣 謂理得其趣 詠物如合砌 爲之上 詩曰 五里徘徊鶴三聲 斷續猿如何俱失 路相對泣離尊 是也 二曰得理 謂詩首末確語 不失其理 此爲之中也 …… 三曰得勢 ……(王昌齡 중화민국 59:93).

이 인용에서 보면, 왕창령은 시의 격으로 득취, 득리, 득세[7] 등을 들고, 그 중에서 '득취(得趣)' 곧 '이득기취(理得其趣)'를 상격으로 보았다. 이 득취는 이(理, 도리, 이치)가 취(趣, 風趣/風致)를 얻은 것을 말하며, 사물을 합체(合砌, 여럿이 모여 조화를 이룬 섬돌, 대궐의 섬돌)와 같이 노래한다고 설명하였다. 이 득취의 '이득기취(理得其趣)'는 이(理, 도리, 이치)가 취[趣, 風趣/風致=시원스럽게 격에 맞는 멋(=세련되고 아름다움, 고상한 품격)]를 얻는 것으로 해석하는 데는 어려움이 없다. 이에 비해 이를 비유적으로 설명한 '영물여합체(詠物如合砌)'의 '합체(合砌)'

독자들의 적극적인 감상을 유도하는데 도움을 준다."(吳戰壘 저, 『중국시학의 이해』, 유병례 역, 태학사, 2003, 157~158쪽).

7 得勢를 보여주는 글은 다음과 같다. "… 고수(高手)의 작세(作勢)는 "한 구가 다시 별도로 '의(意)'를 일으키고, 그 다음에 두 구가 '의(意)'를 일으키어, '의(意)'가 솟는 연기와 같이 땅으로부터 하늘로 올라 향후 점점 높아져서, 높이를 사다리로 오를 수 없다. (… 高手作勢 一句更別起意 其次兩句起意 意如湧煙從地昇天 向後漸漸高 高不可階上也 下手下句弱於上句 不看向背 不立意宗 皆不堪也.)"(遍照金剛 중화민국 63:113). 이 글에서 보듯이 득세의 고수는 점층(또는 점고)을 보여주지만, 하수는 상구보다 하구가 약하여 향배를 볼 수 없다.

는 그 의미가 다소 모호하지만, 다음과 같이 이해할 수 있다. '합(合)'의 의미 중에는 '합해(合諧, 여럿이 모여 조화를 이룬)'와 '대궐'의 의미가 있다. 이 두 의미를 계산하면, '합체'는 '여럿이 모여 조화를 이룬 섬돌'과 '대궐의 섬돌'의 의미가 된다. '여럿이 모여 조화를 이룬 섬돌'은 섬돌의 점층적 이치는 물론 그 격에 맞는 조화 즉 멋(=세련되고 아름다움, 고상한 품격)을 갖고 있다.[8] 특히 '대궐의 섬돌'은 섬돌의 점층적 이치는 물론 그 격에 맞는 멋을 갖고 있다. 이 점층적 이치와 그 격에 맞는 조화의 멋은 '이취(理趣)'를 비유한 것으로 판단된다. 그리고 '이취'와 '영물여합체'를 예증한 한시는 "5리를 어정거리고 머뭇거리며 학은 세 번 울고, 끊어졌다 이어지는 원숭이의 울음은 어찌하여 함께 마음을 상하게 하는가? 길에서 서로 마주하여 울며 이별하며 우러러본다."(五里徘徊鶴三聲斷續猿如何俱失 路相對泣離尊)이다. 우선 이 시에서 이별의 사리가 시종일관하면서 득리(得理)를 잘 보여준다. 그 다음에 시적 화자와 이별하는 상대는 학과 원숭이에 기탁되어, 그 이별에 걸맞는 풍취(風趣)를 잘 보여주고 있다. 즉 서로 마주하여 울며 이별하며 우러러보는 이별의 풍취를, 5리를 어정거리고 머뭇거리며 학이 세 번 울음과 이에 더해진 끊어졌다 이어지는 원숭이의 울음을 통하여 잘 보여준다.

이런 점들로 보아, '득취' 즉 '이득기취'는 이(理, 도리, 이치)가 취(趣, 風趣/風致)를 얻는 것으로 '이취(理趣)'를 다르게 표현한 것으로 정리할 수 있다.

---

8 '여럿이 모여 조화를 이룬 섬돌'에서는 실용성과 풍취를 읽을 수 있는 반면에, 실용성과 계단에서 보이는 다사(多事)에 의한 다단(多端), 반박(盤礴), 점층(또는 漸高) 등을 생각할 수도 있다. 그러나 이 '합체'가 이취를 설명하는 예라는 점에서, 전에 읽은 다사(多事)에 의한 다단(多端), 반박(盤礴), 점층(또는 漸高) 등을 버리고, 이 글에서는 풍취를 취한다.

3.1.2. 의고 곧 격고

'격(格)'은 "주위 환경이나 형편에 자연스럽게 어울리는 분수나 품위"(네이버 국어사전)를 의미한다. 이 경우의 '품위'는 '품격'과 같은 의미이다. 그리고 이 사전적 의미에서, 시가의 작품에 적용할 수 있는 부분만을 정리하면, '격'은 "형편에 자연스럽게 어울리는 품격(/품위)"이 된다.

이 '격'의 의미와, 앞에서 정리한 '의'자의 의미인 '이취(理趣)'를 다시 한 자리에 옮겨 놓으면 다음과 같다.

> 이취(理趣)의 의(意) : 도리, 이치 등과 시원스럽게 격에 맞는 멋(=세련되고 아름다움, 고상한 품격) 또는 도리, 이치 등의 시원스럽게 격에 맞는 멋
>
> 격(格) : 형편에 자연스럽게 어울리는 품격(/품위, 사물이 지닌 고상하고 격이 높은 인상)

이 두 의미들의 핵심은 거의 같은 것으로 판단된다. 즉, 도리, 이치 등은 작품의 내용 중에서 '이(理)'에만 한정한 것이고, '형편'은 작품 내용의 형편으로 작품의 도리, 이치 등을 포함한다. 그리고 "시원스럽게 격에 맞는 멋(=세련되고 아름다움, 고상한 품격)"과, "자연스럽게 어울리는 품격(/품위, 사물이 지닌 고상하고 격이 높은 인상)"은, 표현의 어휘에는 차이가 있을망정, 기본 내용인 '고상한 품격'에는 큰 차이가 없다. 이런 사실은 '이취'를 의미하는 '의(意)'의 의미와 '격(格)'의 의미가 거의 같은 의미이고, 이로 인해 다음과 같이 당대비평(唐代批評)에서 '의고(意高)'를 '격고(格高)'라고 한 글들을 이해할 수 있게 한다.

> 句有三例 一句見意 則股肱良哉 是也 兩句見意 則關關雎鳩 在河之洲 四句見意 則青青陵上柏 磊磊澗石中 人生天地間 忽如遠行客
>
> 詩有二格 詩意高謂之格高 意下謂之格下 古詩 耕田而食 鑿井而飮 此

高格也 沈休文詩 平生少年分 白首易前期 此下格也(王昌齡 중화민국 59: 91~92).

凡作詩之體 意是格 聲是律 意高則格高 聲辨則律清 格律全 然後始有調 用意於古人之上 則天地之境洞焉 可觀 古文格高 一句見意 則股肱良哉 是也 其次兩句見意 則關關雎鳩 在河之洲 是也 其次古詩 四句見意 則青青陵上柏 磊磊澗石中 人生天地間 忽如遠行客 是也 又劉公幹詩云 青青陵上松 飋飋谷中風 風弦一何盛 松枝一何勁 此詩從首至尾 唯論一事 以此不知古人也(遍照金剛 중화민국 63:112~113).

전자의 인용은 왕창령(王昌齡, 698~756)의 글이고, 후자는 전자에 기초하여 서술한 것으로 추정되는 편조금강/헨죠콘고(遍照金剛, 弘法大師 空海, 774~835)의 글이다. 이 두 인용에서 보면, "의고는 격고를 말한다(意高謂之格高)."고 하고, 더 나아가 "의고는 곧 격고다(意高則格高)."라고 하여, '의'가 곧 '격'임을 보여준다. 그런데 이 두 글이 보여주는 '의'가 곧 '격'이라는 사실은 이 자체로만 보면 쉽게 이해되지 않는다. 그러나, 앞에서 정리한, '이취(理趣)'라는 '의(意)'자의 의미와, "형편에 자연스럽게 어울리는 품격(/품위)"이라는 '격(格)'자의 의미로 보면, '의'가 곧 '격'임을 알 수 있다. 즉, [도리, 이치 등의 시원스럽게 격에 맞는 멋]('의'의 '이취'의 의미)이, [형편에 자연스럽게 어울리는 품격)]('격'의 의미)과 통한다. 이런 점에서, "의고는 격고를 말한다(意高謂之格高)."와 "의고는 곧 격고다(意高則格高)."가 이해된다.

이번에는 앞의 두 인용에서 예로 든 시구를 통하여, '의고'를 보자. 왕창령은 '의고'의 시구 및 시의 예로 넷을 들었고, 편조금강은 이 중에서 셋을 들었다. 이 중에서 두 작품을 통하여, '이취'의 '의(意)'가 '격(格)'이란 사실과 '의고'가 곧 '격고'라는 사실을 차례로 보려 한다.

먼저 '고굉량재'가 포함된 『서경』의 작품을 보자.

원수(임금)가 밝으면, 元首明哉
고굉(신하들)이 좋아지고, 股肱良哉
모든 일들이 편안해진다. 庶事康哉

원수(임금)가 사소한 일들이나 챙기면, 元首叢脞哉
고굉(신하들)이 게을러지고, 股肱惰哉
모든 일들이 무너져 버린다. 萬事墮哉

이 작품의 '원수(元首)'와 '고굉(股肱)'은 일종의 유유(類喩)이다. (우둠의 머리〉)우두머리의 의미를 가진 '원수'는 원관념 '임금'을 표현한 보조관념이고, 넓적다리와 팔뚝의 의미를 가진 '고굉'은 원관념 '신하들'을 표현한 보조관념이다. 그리고 이 두 은유들이 묶여서 유유가 된다. 이 유유에 포함된 '고굉량재(股肱良哉)'가 '시원스럽게 격에 맞는 멋'을 보여준다는 사실은, 이 표현이 기본적으로 전달하려는 의미인 '신하들이 좋아지고'와 이 표현을 비교하면 알 수 있다. '신하들이 좋아진다.'는 사실은 신하의 도리와 사리를 보여줄 뿐, 어떻게 좋아지는가 하는 풍취[風趣, 시원스럽게 격에 맞는 멋(=세련된 아름다움, 고상한 품격)]를 전혀 보여주지 않는다. 그러나 '고굉량재(股肱良哉)'의 표현은 이 풍취를 잘 보여준다. 즉 '고굉량재'에 포함된 '고굉'은 머리가 생각하는 대로 움직이는 넓적다리 및 팔뚝으로, 우두머리가 하고 싶은 대로 움직이는 신하의 도리, 이치 등을 잘 보여준다. 이런 신하의 의미를 보여주는 '고굉량재'의 표현은, 더 이상 바랄 것도 없이, 시원스럽게 격에 맞는 멋(=세련되고 아름다움, 고상한 품격)을 보여준다. 물론 [형편에 자연스럽게 어울리는 품격(/품위, 사물이 지닌 고상하고 격이 높은 인상)]('격'의 의미)도 잘 보여준다. 이런 점에서 '고굉량재(股肱良哉)'는 '이취'의 '의'가 높은/뛰어난 '의고(意高)' 즉 '격'이 높은/뛰어난 '격고(格高)를 잘 보여준다고 정리할 수 있다.

이번에는 '관관저구(關關雎鳩) 재하지주(在河之洲)'가 포함된 『시경』〈관저(關雎)〉편의 첫 부분을 보자.

관관하고 짝지어 우는 저구가	關關雎鳩
하수(河水)의 모래섬에 있도다.	在河之洲
요조한 숙녀는	窈窕淑女
군자의 좋은 짝이로다.	君子好逑

이 시를 처음에 차례로 보면, "관관하고 짝지어 우는 저구가 하수(河水)의 모래섬에 있도다."는 서경(敍景) 또는 경물(景物)로 이해된다. 그러나 나머지 부분도 읽고 나면, 이 앞부분은 단순한 서경 또는 경물이 아니라, 요조숙녀와 군자의 삶을 기탁(寄托)한 것임을 알 수 있다. 이 기탁은 "요조(窈窕, 말과 행동이 품위가 있으며 얌전함)한 숙녀는 군자의 좋은 짝이로다."의 추상적인 이치로는 보여줄 수 없는 '풍취'[風趣, 시원스럽게 격에 맞는 멋(=세련되고 아름다움, 고상한 품격)] 내지 '격'(格, 형편에 자연스럽게 어울리는 품격)을 잘 보여준다. "요조한 숙녀는 군자의 좋은 짝이로다."의 단어와 의미만을 보면, 그 의미가 추상적이어서 마음에 와닿는 것이 별로 없다. 특히 이런 군자의 좋은 짝이라는 의미를 보면, 더욱 알기 어렵다. 그러나 하수의 모래섬에서 짝이 되어 관관하고 짝지어 우는 저구(雎鳩, 물수리 또는 징경이)를 생각하면, 그 의미가 달라진다. 저구는 항상 짝이 되어 그윽하고 정숙한 행실과 품행을 보여주는데, 이 저구의 삶은 군자가 부부로 짝이 되어, (『논어』〈八佾〉편에서 잘 보여주듯이) 즐기나 지나치지 않고[樂而不淫], 슬프나 상하게 하지

않는[哀而不傷] 정숙한 행실과 품행을 잘 보여준다. 이는 유가에서 말하는 중용(中庸)의 미학을 보여주는 것으로, '군자의 좋은 짝이라'는 이치가 그 취를 얻은 이취(理趣)가 높은/뛰어난 '의고'를 말해주며, '군자의 좋은 짝이라'에 [자연스럽게 어울리는 품격(/품위, 사물이 지닌 고상하고 격이 높은 인상)]을 더해 보여주는 '격'이 높은/뛰어난 '격고'의 '의고'를 보여주는 것이다.

이렇게 이취의 의미를 보이는 '의'와 '의고'는 왕창령의 '득취' 즉 '이득기취'에서 확인할 수 있다. 그리고 이 이취의 '의'와 '의고'를 보이는 작품들은 '이'와 '취'의 결합을 위하여, 말을 바꾸면 '이'에 '취'을 더하기 위하여, 기탁, 비유법(직유, 은유), 중유(법)를 포함한 함축[9] 등을 사용한다는 사실도 정리할 수 있다. 이 때 '취'를 더하기 위하여 사용된, 기탁물, 비유법의 보조관념, 함축의의 표면적 의미 등은, 자연관찰이나 사회체험과 같은 실제현실에서 얻은 것임은 두 말할 필요도 없다. 그리고 '의고'의 '고'는 '이'와 '취'의 결합이 격에 잘 맞는 것을 의미하는 것으로 이해된다.

---

9 함축은 표면적 의미가 이면적 의미를 함축하면서 나타난다. 이를 잘 보여주는 것이 "詩有內外意 內意欲盡其理 外意欲盡其象 內外意含蓄方妙(楊仲弘, 『詩法家數』, 臺靜農 중화민국 62:1376)이다. 이 함축은 "詩語貴涵畜 言有盡意無窮者 天下之至言也," (楊仲弘, 『詩法家數』, 顧龍振 중화민국59:36)에서 천하의 지극한 말(天下之至言)로 정리되기도 하였고, 이 함축의는 중의(重意), 언외지의(言外之意), 출자의외(出自意外), 문외지지(文外之旨) 등으로 표현되기도 하였는데, 백석도인은 자체의 의미 밖으로 나감[出自意外], 즉 문자적 의미가 아니라 함축의를 가질 때에 이를 의고묘(意高妙, '意'의 수준이 높고 솜씨가 뛰어남)라고 설명하기도 하였고, 교연은 "重意以上 皆文外之旨 若遇高手 如康樂公 覽而察之 但見情性 不覩文字 蓋詩道之極也."(皎然, 『評論』, 顧龍振 중화민국 59:97)에서 중의 이상은 고수를 만나면 시도의 극치(詩道之極)가 되는 것으로 정리하기도 했다.

3.2. 입언과 입언반박의 '의, 의고'

이 절에서는 교연(皎然, 720?~793?)의 '입언왈의(立言曰意)'와 왕현(王玄)의 '입언반박왈의(立言盤泊曰意)'의 의미와 '의고(意高)'를 정리하고자 한다.

3.2.1. '입언왈의'

'입언왈의'의 의미와 의고(意高)를 차례로 보자.

3.2.1.1. '입언왈의'의 의미

교연의 '입언왈의(立言曰意)'는 〈변체유일십구자(辨體有一十九字)〉에 나온다. 이 '입언왈의'의 '입언(立言)'은 삼불후(三不朽)의 하나인 '입언'과 깊게 연결되어 있다. 삼불후의 하나인 '입언(立言)'은 그 번역에서 가장 흔히 보이는 '말을 세우는 것'을 따를 경우에 문제가 발생하며, 이 '입언(立言)'과 연계된 '입공(立功), 입덕(立德)' 등의 '입(立)'자의 번역에서도 문제를 보인다. 이에 '삼불후'를 보여주는 『춘추좌씨전』의 〈양공(襄公)〉 '24년'조를 먼저 보려 한다. 다음의 번역에서와 같이 두 번역의 가능성을 보이는 부분에서는 두 번역을 ①과 ②로 구분하고 밑줄을 쳤다.

> 24년 봄에, 전국시대 노나라의 대부 숙손표(叔孫豹)가 외교 사절로 진나라에 갔다. 진나라의 범선자(范宣子)가 숙손표를 맞이하며 물어 이르되, "옛 사람의 말에 죽어도 썩지 않는다(死而不朽)는 말이 있는데, 무슨 뜻입니까?" 하였다. 숙손표가 바로 답하지 않았다. 범선자가 이르되, "…… 이것이 바로 불후를 이르지 않습니까?"라고 했다. 숙손표가 이르되, "나 숙손표가 들은 바로는 이것은 대대로 이어진 봉록이지 불후는 아닙니다. 노나라에 앞서 장문중(臧文仲)이란 대부가 있었는데, 이미 돌아가셨으나 그의 언(言, 의견,

견해, 언론)이 전(傳)하니(/不廢絶하니), 이것이 바로 불후를 이르지 않습니까?" "나 숙손표가 듣기로는, 최상에는 입덕(立德, ①덕을 세우는 것, ②불폐절의 덕)이 있고, 그 다음에는 입공(立功, ①공을 세우는 것, ②불폐절의 공)이 있으며, 그 다음에는 입언(立言, ①말을 세우는 것, ②불폐절의 언)이 있습니다. 비록 오래되어도 없어지지 않으리니, 이것이 불후라고 하는 것입니다."라고 하였다.(二十四年春 穆叔如晉 范宣子逆之問焉 曰 "古人有言曰 死而不朽 何謂也" 穆叔未對 宣子曰 "…… 其是之謂乎" 穆叔曰 "以豹所聞 此之謂世祿 非不朽也 魯有先大夫曰臧文仲 旣沒 其言立 其是之謂乎" "豹聞之 大上有立德 其次有立功 其次有立言 雖久不廢 此之謂不朽")

이 정리의 ①에서와 같이, '입공, 입덕, 입언' 등을 '덕을 세우는 것, 공을 세우는 것, 말을 세우는 것' 등으로 번역한 경우를 종종 본다. 그러나 이 ①의 번역만으로는 사전들이 보이는 '입언(立言)'의 의미를 도저히 이해할 수 없다. 즉 "후세에 남겨 교훈이 될 만한 말을 함"(네이버 국어사전의 '입언'조), "후세(後世)에 교훈(敎訓)이 될 만한 말을 함(네이버 한자사전의 '입언'조), "정묘하고 요긴한 것을 수립하여 썩지 않는 언론이나 학설(樹立精要不朽之言論學說)"(『중문대사전』 '立言'조) 등의 의미를 이해할 수 없다. 이에 비해 ②에서와 같이 '입공, 입덕, 입언' 등을 '불폐절의 덕, 불폐절의 공, 불폐절의 언(言)'으로 번역하면, 사전들이 보이는 삼불후의 의미를 이해할 수 있다. 이렇게 이해가 가능하게 '입(立)'자를 '불폐절야(不廢絶也)'의 의미로 번역한 것은, 『춘추좌씨전(春秋左氏傳)』의 주(注)에서 보이고, 『중문대사전』에 등재된 '입위불폐절야(立謂不廢絶也)'를 따른 것이다. 그리고 이 불폐절의 언은, 『춘추좌씨전』의 [소]에서 언급하듯이, "언이 요긴한 것을 얻어 이(이치나 도리)가 족히 전할 만한" 것이라 하였다.[10] 이를 참고하면, '불폐절야'가 되는 이유를 알 수 있으며, 사전들에서 보여주는, '후세에 교훈이 될 만한'이나 '정묘하고 요긴한 것을 수립하여 썩지 않는' 이유와 근거를 이해할 수 있다. 즉, "언이 요긴한 것을 얻은" 것이기에, 썩지 않고, 폐절되지 않는 것이다. 그리고 이런 것이기에, 〈왕망전〉에서는 오로지 지덕(至德)과 대현(大賢)한 연후에 할 수 있는 것이라고 하였다.

이 삼불후의 '입언'이 '입언왈의(立言曰意)'의 '입언'이란 사실은, '불폐절(/불후)의 언'이 시론서인 『시식(詩式)』(上)의 문맥에서, '폐절되지(/썩지) 않는 시와 시구'를 의미한다는 사실에서 알 수 있다. 폐절되지(/썩지) 않는 시와 시구가 되기 위해서, 그 시와 시구는 성인의 공에 빠지지 않아야 한다. 이 경우에, 성인의 공에 빠지지 않을 수 있는 조건은, 『시식(詩式)』(上)의 시작 부분이 말해준다. 즉 "시는 중묘(衆妙, 많고도 훌륭한 道理. 모든 妙理)의 화실(華實, 꽃과 열매)이며, 육경(六經, 詩經, 書經, 禮記, 樂記, 易經, 春秋)의 청영(菁英, 정화, 정수)이기에, 비록 성인의 공은 아닐지라도 묘하게 성인의 공에 빠지지 않는다."(詩者衆妙之華實, 六經之菁英, 雖非聖功, 妙均於聖. 皎然, 『詩式』, 許清雲 중화민국 73:39)는 것이다. 이 인용을 참고하여, '입언왈의'를, '사상과 도덕'의 범주로 정리하기도 하는데,[11] 이는 '입언왈의'의 '입언'이 '불폐절(/불후)의 언'임을 말해준다고 할 수 있다.

이상과 같이 볼 때에, '입언왈의(立言曰意)'의 '입언'은 '요긴한 것(사

---

10 『중문대사전』의 '입언'조를 보면, "樹立精要不朽之言論學說 [左傳, 襄, 二十四] … 其次有立言, 雖久不廢, 此之謂不朽 [疏] 立言, 謂言得要, 理足可傳, 其身旣沒, 其言尙存 … [漢書, 王莽傳] 其次有立言, 唯至德大賢 然後能之"라 하였다.

11 이 '입언왈의'의 '의'를 사상과 도덕의 범주로 정리한 글은 다음과 같다. "皎然詩式之作, 首先確立詩歌之崇高地位, 以爲「詩者衆妙之華實, 六經之菁英, 雖非聖功, 妙均於聖.」緣此, 特標擧詩之風格爲十九體. 其中有屬於思想道德範疇者, 如貞, 忠, 節, 志, 德, 誡, 悲, 怨, 意, 所謂「六經之菁英」是也."(黃美鈴 중화민국 71:43). 이 '사상과 도덕'은 '요긴한 것'과 별반 다른 것이 없다고 판단한다.

상, 도덕)을 얻은, 불폐절(/불후)의 언'을 의미한다고 할 수 있다.

3.2.1.2. '입언왈의'의 의고

이 목에서는 '기의심고(其意甚高)'의 '의고(意高)'를 이해하기 위하여, 교연의 '입언왈의'의 '의'가 어느 경우에 '고(高)'가 되는가를 정리하려 한다.

먼저 앞에서 정리한 '입언'의 의미로부터 '의고'를 정리할 수 있다. 즉 '의고(意高)' 곧 '입언이 고상하다/높다/뛰어나다.'라는 점에서, '의고'는 '요긴한 것(사상, 도덕)을 얻은, 불폐절(/불후)의 언'이 고상하다/높다/뛰어나다.'로 정리할 수 있다. 그리고 이에 포함된 요긴한 것(사상, 도덕)은, 창의적(創意的, 創新的)일 수도 있고, 경서(經書)나 사서(史書) 또는 시가(詩歌)의 시문이 갖는 특징적인 개념이나 사적(事迹)을 이용하여, 용사적(用事的)일 수도 있다. 이 중에서 창의적/창신적인 것을 높게 본다. 이런 사실은 교연이 쓴 두 글에서 알 수 있다.

> 凡詩者, 雖以敵古爲上, 不以寫古爲能. 立意於衆人之先, 放詞於群才之表, 獨創雖取, 使耳目不接, 終患倚傍之手. … 時人賦孤竹則云「冉冉」, 詠楊柳則云「依依」, 此語未有之前, 何人曾道(皎然, 『詩式』, 許淸雲 中華民國 73:15).

이 인용에 나오는 '이적고위상(以敵古爲上)'은 옛것에 대적한 것을 상격(上格)으로 삼는다는 것이며, 그것도 '입의어중인지선(立意於衆人之先, 중인의 앞에 의를 세운다)'과 '차어미유지전(此語未有之前, 이 언은 전에는 없었다)'으로 보아, 창의를 상격으로 삼음을 파악할 수 있다. 이 창의는 그 반대인 '의방(倚傍)'을 벗어난 것이다.[12]

이번에는 시가를 다섯 등급으로 나눈 〈시유오격(詩有五格)〉을 보자.

不用事第一
作用事第二(有不用事而措意不高者 黜入第二格)
直用事第三(其中亦有不用事, 而格稍弱, 貶居第三)
有事無事第四(比於第三格中稍下, 故入第四)
有事無事情格俱下第五(情格俱下可知也)[13]

이 분류로 보면, '불용사(不用事)' 즉 용사를 하지 않은 것에, 제1의 격, 즉 제1의 지위를 부여하였다. 이 제1의 불용사에 해당하는 작품으로는 36편의 예를 들면서, '입언왈의'의 '의'를 보여주는 작품으로는 다음의 8편을 들었다.

4. 古詩:「橘柚垂華實.」意也.
5. 古詩:「冉冉孤生竹, 結根泰山阿. 與君爲新婚, 兎絲附女蘿.」意也
6. 古詩:「青青陵上柏, 磊磊澗石中. 人生天地間, 忽如遠行客.」意也

---

12 '倚傍'을 벗어난 것이 高格임은 "凡高手言物及意 皆不相倚傍 如方塘涵清源 … 又池塘生春草 … "(遍照金剛 중화민국 63:119)에서도 알 수 있다. 그리고 '입언왈의'에서 창의를 상으로 삼는다는 사실은 다음의 글에서도 보인다. "「立言曰意.」按: 意體所列詩例, 多如詩式卷五立意總評中, 所標擧之詩例同. 是知皎然立言卽立意. 其云:「詩人意立變化, 無有倚傍, 得之者懸解其間.」, 立言者非斤斤於華藻麗辭, 而以創意爲上. 蓋造意之妙, 與造物相表裡, 中藏乾坤 尺幅千里, 以展呈心靈之深遠內涵. 是以意在筆先, 乃成千古佳論. 詩如:
阮嗣宗詠懷:「三楚多秀士, 朝雲進荒淫. 朱華振芬芳, 高蔡相追尋. 一爲黃雀哀, 淚下誰能禁.」
陶潛讀山海經:「孟夏草木長, 繞屋樹扶疏. 衆鳥欣有托, 吾亦愛吾廬. 旣耕亦已種, 時還讀我書. 窮巷隔深轍, 頗迴故人車. 歡然酌春酒, 摘我園中蔬. 微雨從東來, 好風與之俱.」"(黃美鈴 중화민국 71:71~72).

13 皎然,『詩式』, 顧龍振 중화민국 59:99~106. 皎然,『詩式』, 許清雲 중화민국 73:48~158.

7. 古詩: 「客從遠方來, 遺我一端綺.」 意也.

14. 古詩: 「東城高且長, 逶迤自相屬. 迴風動地起, 秋草萋已綠. …… 蕩滌放情志, 何爲自結束. 燕趙多佳人, 美者顔如玉.」 德也. 意也.

18. (曹子建)又贈徐幹: 「驚風飄白日, 忽然歸西山. 圓景光未滿, 衆星粲以繁.」 意也

33. 吳均贈柳秘書: 「鵁䴔欲上天, 寄聲謝明月.」 意也

35. 江文通擬班婕妤詠團扇: 「紈扇如圓月, 出自機中素. 畫作秦王女, 乘鸞向煙霧. 采色世所重, 雖新不代故. 竊愁涼風至, 吹我玉階樹. 君子恩未畢, 零落在中路.」 意也. 思也.

이 중에서 두 번째의 "5. 古詩 : 「冉冉孤生竹, 結根泰山阿. 與君爲新婚, 兎絲附女蘿.」 意也"는 바로 앞에서 창의를 설명하면서 인용한 '冉冉'이 들어 있는 작품이다.

이 '불용사' 다음에 '작용사(作用事)'에 제2의 지위를 부여하면서, 불용사이지만 '조의(措意)'가 높지 않은 것도 이 제2격으로 낮추어 넣었다고 부기하였다. 이 '작용사'에 해당하는 작품으로는 124편의 예를 들면서, '입언왈의'의 '의'를 보여주는 작품으로는 30편을 들었다.[14]

14 예로 든 30편은 다음과 같다. 6. 張平子四愁詩: 「美人贈我貂襜袖, 何以報之明月珠.」 意也. 16. 魏文帝雜詩: 「西北有浮雲, 亭亭如車蓋, 惜哉時不遇, 適與飄風會. 吹我東南行, 行行至吳會.」 意也. 18. (陸士衡)又吳王郎中時從梁陳作: 「在昔蒙嘉運, 矯跡入崇賢. 假翼鳴鳳條, 濯足升龍淵.」 意也. 19. (陸士衡)又園葵: 「幸蒙高墉德, 玄景蔭素蕤.」 意也. 20. 阮嗣宗詠懷: 「三楚多秀士, 朝雲進荒淫. 朱華振芬芳, 高蔡相追尋. 一爲黃雀哀, 淚下誰能禁」 意也. 29. 傅休奕雜詩: 「清風何飄颻, 微月出西方. …… 落葉隨風摧, 一絶如流光.」 意也. 30. 張景陽雜詩: 「飛雨灑朝蘭, 輕露棲叢菊, 龍蟄暄氣凝, 天高萬物肅, 弱條不重結, 芳蕤豈再馥, 人生瀛海內, 忽如鳥過目.」 意也. 32. 潘正叔贈河陽: 「逸驥騰夷路, 潛龍躍海波, 弱冠步鼎鉉, 旣立宰三河.」 意也. 33. 陸士衡塘上行: 「江蘺生幽渚 微芳不足宣 被蒙風雲會 移居華池邊 …… 不惜微軀退 但懼蒼蠅前 願君廣末光 照妾薄暮年」 意也. 38. 謝靈運登池上樓: 「傾耳聆波瀾 擧目眺嶇嶔 初景革緖風 新陽改故陰 池塘生春草 園柳變鳴禽」 意也. 41. 陶潛飮酒: 「青松在東園, 衆草沒其姿, 凝霜殄異類, 卓然見高枝.」 意也. 42. 謝靈運還舊園作呈顔范二中書: 「辭滿

이어서 직접 용사한 것인 '직용사'에 제3의 지위를 부여하면서, 불용사를 하였지만 그 격이 매우 약한 것은 낮추어 제3격으로 삼았다고 부기하였다. 제3격 이하에서는 '意也, 思也' 등과 같은 19자의 변체(辨體)를 하지 않았다.

이번에는 제1격에 속한 두 작품을 통하여 입언이 높은 '의고'를 보자. 먼저 "4. 古詩: 「橘柚垂華實.」 意也."의 작품이다.

귤유가 꽃과 과실을 드리우고　　　　橘柚垂華實

豈多秩, 謝病不待年. 偶與張邴合, 久欲歸東山. …… 盛明蕩氣昏, 貞休康屯邅. 殊方咸成貸, 微物預采甄. 感深操不固, 弱質易攀纏.」意也. 43. 謝宣遠詠張子房: 「婉婉幕中畫, 輝輝天業昌. …… 爵仇建蕭宰, 定都護儲皇. …… 惠心舊千祀, 淸埃播無疆.」意也. 44. 謝靈運詠魏太子: 「天地中橫潰, 皇家拯生民. 區宇旣蕩滌, 群英畢來臻.」意也. 49. (陶潛)又讀山海經: 「孟夏草木長, 繞屋樹扶疏. 衆鳥欣有托, 吾亦愛吾廬. …… 歡然酌春酒, 摘我園中蔬. 微雨從東來, 好風與之俱.」意也. 情也. 50. (陶潛)又始作鎭軍參軍經曲阿: 「望雲慚高鳥, 臨水愧遊魚. 眞想初在襟, 誰謂形跡拘.」遠也. 意也. 55. (謝靈運)又過始寧墅: 「束髮懷耿介」意也. 61. (鮑明遠)又學劉公幹體: 「胡風吹朔雪, 千里度龍山. 集君瑤臺裏, 飛舞兩楹前.」遠也. 意也. 64. (鮑明遠)又西域廨中望月: 「夜移衡漢路, 徘徊入戶中. 歸華先委露, 別葉早辭風.」意也. 情也. 67. 謝朓暫使下都夜發新林至京邑贈西府同僚: 「大江流日夜, 客心悲未央. 徒念關山近, 終知返路長. 秋河曙耿耿, 寒渚夜蒼蒼. …… 金波麗鳷鵲, 玉繩低建章. 驅車鼎門外, 思見昭邱陽.」意也. 72. (謝朓)又和伏武昌登孫權故城: 「炎靈遺劍璽, 當塗駭龍戰. 聖朝缺中壤, 霸功興宇縣. …… 三光厭分景, 書軌欲同薦. ……舞館識餘基, 歌梁想遺囀.」意也. 74. (謝朓)又和王著作八公山: 「戎州昔亂華, 素景淪伊穀. 阽危賴宗袞 微管寄明牧.」意也. 84. (何遜)又新安夜別: 「露涇寒塘草, 月映淸淮流. 方抱新離恨, 獨守故園秋」靜也. 意也. 89. (吳均)又重贈周承: 「甘泉無竹花, 鵷雛欲還海.」意也. 97. (江文通)又擬謝臨川遊山: 「南中氣候煖, 朱華凌白雪」意也. 104. (柳惲)又擣衣詩: 「亭皐木葉下, 隴首秋雲飛」意也. 108. 宋之問晦日幸昆明池應制: 「舟陵石鯨度, 槎拂斗牛回. …… 象溟看落景, 燒劫辨沈灰. …… 不愁明月盡, 自有夜珠來.」意也. 閑也. 113. 沈佺期樂安郡主滿月侍宴應制: 「除夜子星迴, 天孫滿月盃. 詠歌麟趾合, 簫管鳳雛來」德也. 意也. 115. (沈佺期)又驩州作: 「山空聞鬪象, 江靜見遊犀」靜也. 意也. 122. 杜審言送李大夫撫巡河東途臨汾晉: 「六位乾坤動, 三微歷數遷. 歐歌移火德, 圖讖在金天 …… 舜畊餘草木, 禹鑿舊山川. 飛霜遙度海, 殘日迥臨邊.」意也. 遠也.

도리어 깊은 산 가에 있네. 乃在深山側
그대가 나의 단맛을 듣고 聞君好我甘
살짝 홀로 스스로 단장하였네. 竊獨自雕飾
옥반 안에 몸을 맡기고 委身玉盤中
해를 지내며 먹힘을 바랐으나 歷年冀見食
향기 다하도록 뜻을 이루지 못하고 芳菲不相投
청황빛이 홀연 색을 바꾸었네. 青黃忽改色
사람들이 늘 나를 알고자 하니 人尙欲我知
그대로 인해 우익(보좌)이 되고자 하네. 因君爲羽翼

이 작품의 "귤유가 꽃과 과실을 드리우고(橘柚垂華實)"는 처음에 이 제1구만 또는 제1, 2구만 보면, 자연에서 꽃과 과실을 드리우고 있는 귤유만을 생각하게 된다. 그러나 제3구 이하를 모두 읽고나면, 이 제1구 또는 제1, 2구가 기탁에 의한 비유임을 파악할 수 있다. 즉 이 귤유는 시적 화자를 비유한 것이다. 그런데 이 시적 화자는 누구나 탐을 내는 남녀의 인물일 수도 있고, 더 나아가 사회는 물론 국가의 차원에서 요긴하게 쓰일 수 있는 인재(人才)임을 함축한다. 이로 인해 이 표현은 창의적이며, 요긴한 것을 얻어 불폐절(/불후)의 시구임을 잘 보여준다.

누구나 탐을 내는 남녀의 인물이나 인재는 어느 때 어느 곳에서나 요긴하다. 그리고 그렇게 요긴한 존재를 꽃과 과실을 드리운 귤유에 비유할 때에, 그 이치를 너무도 잘 보여준다. 즉 누구나 탐내는 남녀의 인물이나 인재를 직접 표현하게 되면, 지독하게 추상적이어서, 그 인물이 과연 누구나 탐내는 존재인가에 쉽게 동의하는 것이 쉽지 않다. 어찌 보면, 입에 발린 인물이나 인재의 설명인지도 모른다. 그러나 '꽃과 과실을 드리운 귤유'로 인물이나 인재를 비유할 때에, 그 인물이나 인재가 잘 익고 꽃피는 귤유와 같다는 이치를 보여준다. 게다가 더불어서 이취의 풍취까지도 보여준다. 말을 바꾸면, 누구나 탐내는 인물이나 인재에 잘 어울리는 품격도 잘 보여준다.

이런 점들로 보아, 이 "귤유가 꽃과 과실을 드리우고(橘柚垂華實)"는 창의적인 표현으로, 긴요한 것을 얻은 불폐절(/불후)의 언으로, '입언왈의'의 '의'를 고상하게/훌륭하게 보여준 '의고'로 이해할 수 있다.

이번에는 "5. 古詩:「冉冉孤生竹, 結根泰山阿. 與君爲新婚, 兎絲附女蘿.」意也."의 작품을 보자.

하늘하늘 홀로 살아온 대나무	冉冉孤生竹
태산 언덕에 뿌리를 내렸네.	結根泰山阿
그대와 새로 약혼한/결혼한 것은	與君爲新婚
새삼이 여라에 의탁한 듯하네요.	兎絲附女蘿
새삼이 생기는 것에도 때가 있듯이	兎絲生有時
부부의 만남에도 알맞은 때가 있네요.	夫婦會有宜
천리 멀리 혼인을 맺었으니	千裏遠結婚
아득히 산언덕에 가로막히었네.	悠悠隔山陂
그대 생각은 사람을 늙게 하는데	思君令人老
수레 오는 것 어찌 더딘가.	軒車來何遲
애처롭다 저 혜란의 꽃이여	傷彼蕙蘭花
꽃봉오리를 머금고 아름답게 광채를 내지만	含英揚光輝
때가 지나도 따지 않으니	過時而不采
장차 가을 풀 따라 시들어버리리.	將隨秋草萎
그대는 참으로 높은 정절을 지녔으니	君亮執高節
천첩 또한 무슨 말을 하리오.	賤妾亦何爲

이 작품의 시적 화자는 그 해석에서 두 가지의 견해가 있다. 하나는 약혼만 하고 결혼을 기다리는 여인으로 보는 견해이고, 다른 하나는 결

혼을 하고 헤어져 있는 여인으로 보는 견해이다. 이 두 견해를 고려하면, 이 작품은 약혼만 하고 결혼을 하기 위하여 신랑이 오길 기다리나 기다리는 신랑의 마차가 지체하며 오지 않으니, 또는 결혼한 남편이 멀리 떠나 돌아오기를 기다리나 기다리는 마차가 지체하며 오지 않으니, 기다리는 마음은 애가 탈 뿐이지만, 그대의 높은 정절을 믿고 기다린다고 여인의 심정을 노래한 것으로 볼 수 있다. 이런 이 작품에서 제1~4구를 보면, 다음과 같은 점에서, 그 '입언' 즉 '불폐절(/불후)의 언'이 매우 높음/뛰어남을 알 수 있다.

먼저 약혼한 여인 또는 결혼한 여인이 어떻게 살아야 할까? 즉 약혼한 여인 또는 결혼한 여인의 도리는 무엇일까? 이는 시가(媤家)와 남편에 적응하면서, 즉 뿌리를 내리면서, 친가의 뿌리를 끊는 것이다. 이 도리를 이 작품은 직접 노래하지 않고 비유를 통하여 우회적으로 노래하고 있다. 제3, 4구를 보면, "그대와 약혼한/결혼한 것은 새삼[菟絲]이 여라(女蘿)에 의탁한 듯하네요."라고 노래하였다. 이 경우에 새삼[菟絲]은 시적 화자를, 여라(女蘿)는 약혼남 또는 결혼남을 의미한다. 이 때, 새삼은 "줄기가 다른 식물에 달라붙어 영양분을 빨아들이기 시작하면 스스로 뿌리를 잘라낸다." 이런 사실은 시적 화자가 시가와 약혼자 또는 남편에게 뿌리를 내리면 친가에 내렸던 뿌리를 잘라내는 것을 의미한다. 이는 약혼녀 또는 결혼녀가 취할 도리이다. 이 도리는 약혼녀 또는 결혼녀에게는 매우 요긴한 이치를 매우 잘 보여준다.

그리고 이 제1~4구는 그 표현에서 창의적인 성격을 잘 보여준다. 이 부분이 창의적인 표현이라는 사실은 이미 교연이 지적한 바가 있다. 대나무[竹] 내지 외로운 대나무[孤竹]는 선비의 절개나 장수 및 효도 등의 표현에 주로 쓰인다. 그러나 이 작품의 제1구에서와 같이 유약하고 외로운 여인을 비유한 적은 없다. 이런 점에서 제1구는 창의적인 표현이다.

게다가 남녀의 약혼 또는 결혼을 "새삼이 여라에 의탁한 듯하네요."라고 표현한 적도 없다. 이런 점에서 이 제1~4구는 창의적인 표현이다.

이렇게 제1~4구는 요긴한 것을 얻은 불폐절(/불후)의 언이며, 창의적인 표현이다. 이런 점에서 이 제1~4구는 '입언왈의'의 '의'가 높은/뛰어난 '의고'를 잘 보여준다고 정리할 수 있다.

3.2.2. 입언반박의 '의, 의고'

이번에는 왕현(王玄)의 '입언반박왈의(立言盤泊曰意)'의 의미와 의고를 보자.

3.2.2.1. '입언반박왈의'의 의미

왕현은 교연의 〈변체유일십구자(辨體有一十九字)〉를 본떠서 〈의교연십구자체(擬皎然十九字體)〉를 썼다. 그 중에서 교연의 '입언왈의(立言曰意)'를 본뜬 '입언반박왈의'를 보면 다음과 같다.

> 立言盤泊曰意 鄭谷送曹郎 中赴漢州開懷江 稻熟悅性路花香 體裁輕健曰力 … 意中之遠曰遠(王玄, 『詩中旨格』, 顧龍振 중화민국 59:128).

이 인용의 '입언반박왈의'는 앞에서 정리한 '입언왈의'를 크게 벗어난 것은 아니라고 할 수 있다. 즉 교연의 '입언왈의'를 본떴다는 점에서, '입언반박왈의'는 '입언왈의'의 범위를 좀더 축소한 것으로 판단한다. 이에 '반박(盤泊)'의 의미를 먼저 정리하고, 이어서 '입언반박왈의'의 의미를 정리하고자 한다.

'입언반박왈의'의 해석에 적합한 '반박(盤泊)'의 의미들을 보자. 네이버 한자사전을 보면, '반(盤)'의 의미에는 "소반, 쟁반, 받침, 바탕, 대야

(둥글넓적한 그릇), 넓고 큰 모양, 큰 돌, 굽다, 돌다, 서리다" 등이 있고, '박(泊)'의 의미에는 "머무르다, 묵다, (배를)대다, 담백(淡白)하다, 뒤섞이다, 얇다, 조용하다, ……" 등이 있다. 이 의미들 중에서, '입언반박왈의'의 해석에 적합한 것으로, '반(盤)'의 의미에서는 '넓고 큰 모양'을 들 수 있고, '박(泊)'의 의미에서는 '담백하다'(산뜻하다, 시원스럽고 말쑥하다, 시원스럽고 지저분함이 없이 말끔하고 깨끗하다.)를 들 수 있다.[15] 이 두 의미를 넣어서 '입언반박왈의'를 해독하면, [입언(立言, 요긴한 것을 얻은 불폐절/불후의 언)이 넓고 크며 담백하면(산뜻하면, 시원스럽고

15 이 '盤泊'의 의미는 교연의 '盤礴'과도 연결된 것으로 보인다. 교연의 글들을 보면, 세 곳에서 '盤礴'을 보여준다. "高手述作 如登荊巫覿三湘鄢郢 山川之盛 縈回盤礴千變萬態. … (중간 생략) … 詩有四深 氣象氤氳 由深於體勢 意度盤礴 由深於作用 用律不滯 由深於聲對 用事不直 由深於義類"(皎然, 『詩式』, 顧龍振 중화민국 59:99). "… 且如池塘生春草, 情在言外; 明月照積雪, 旨冥句中. 風力雖齊, 取興各別. …… 夫詩人作用, 勢有通塞, 意有盤礴. 勢有通塞者, 謂一篇之中, 後勢特起, 前勢似斷, 如驚鴻背飛, 卻顧儔侶. 卽曹植詩云: 「浮沈各異勢, 會合何時諧. 願因西南風, 長逝入君懷.」 是也. 意有盤礴者, 謂一篇之中, 雖詞歸一旨, 而興乃多端. 用識與才, 蹂踐理窟. 如卞子采玉, 徘徊荊岑, 恐有遺璞. 且其中有二義, 一情一事. 事者, 如劉越石詩曰: 「鄧生何感激, 千里來相求. 白登幸曲逆, 鴻門賴留侯. 重耳用五賢, 小白相射鉤. 苟能隆二伯, 安問黨與仇.」 是也. 情者, 如康樂公 「池塘生春草」 是也. 抑由情在言外, 故其辭似淡而無味, 常手覽之, 何異文侯聽古樂哉! 謝氏傳曰: 「吾嘗在永嘉西堂作詩, 夢見惠連, 因得池塘生春草, 豈非神助乎(皎然, 〈池塘生春草明月照積雪〉, 중화민국 73:33). 맨앞에 나온 "縈回盤礴千變萬態"의 "盤礴"은 '迴旋起伏也', '넓고 크며 뒤섞이다', '넓고 크며 가득 차다(충만하다)' 등의 의미로 볼 수 있다. 그리고 "意度盤礴"과 "意有盤礴者"의 "盤礴"는 '넓고 크며 가득 차다(충만하다)'의 의미로 볼 수 있다. 이런 의미로 쓰인 '盤礴'은 "盤礴胸中萬花春 筆端能與物傳神"(蕙園 〈美人圖畫題〉)에서도 보인다. 특히 '意有盤礴'의 '盤礴' 중에서 '事'의 '盤礴'을 보여주기 위하여 인용한 부분은 劉越石(劉琨)의 시인 〈重贈盧諶〉의 부분으로, "其次古詩 四句見意 則青青陵上柏 磊磊澗石中 人生天地間 忽如遠行客 是也 又劉公幹詩云 青青陵上松 飂飂谷中風 風弦一何盛 松枝一何勁 此詩從首至尾 唯論一事 以此不知古人也"(遍照金剛 중화민국 63:112~113)에 나온 '古人'으로 볼 수 있다. 동시에 '情'의 '盤礴'을 설명한 "情者, 如康樂公 「池塘生春草」 是也. 抑由情在言外, 故其辭似淡而無味"의 "似淡而無味"는 '盤泊'의 '泊'(淡白)과도 무관하지 않은 것으로 보인다.

말쑥하면, 시원스럽고 지저분함이 없이 말끔하고 깨끗하면) 의라 이른다.]'가 된다.

이런 사실은 앞에서 인용한 시, 정곡(鄭谷, 851?~910?)의 〈송조랑(送曹郎)〉인, "중간에 한주에 나아가 회강을 여니 벼가 무르익어 마음(혹은 생활)을 즐겁게 하고 꽃길이 향기롭다(中赴漢州開懷江 稻熟悅性路花香)"에서도 파악할 수 있다. 이 시를 보면, 시적 화자가 관리인 조랑을 보내면서 보고 접한 들과 길의 풍경과 느낌을 아주 짧게, 그리고 담백하게 노래하고 있다. 이로 인해, 이 작품의 주제는 시적 화자가 관리인 조랑을 보내면서 본 들과 길의 풍경과 느낌으로 정리할 수 있다. 이는 표면적 주제일 뿐이다. 이 시에서 관리인 조랑을 보내면서, 즐거움을 느끼는 '마음'의 주체가 시적 화자는 물론, 조랑과 백성(또는 농민들) 등도 된다는 점에서, 이 시의 주제를 시적 화자가 관리인 조랑을 보내면서 본 들과 길의 풍경과 느낌으로 쉽게 정리해 버릴 수는 없다. 즐거움을 느끼는 '마음'의 주체를 조랑과 백성(또는 농민들)으로 보면, 그 의미가 확대된다. 조랑과 백성(또는 농민)은 벼가 무르익게 노력한 사람들이 될 수 있다. 이렇게 자신들의 노력이 거둔 좋은 결과를 볼 때에 그 마음의 즐거움은 단순한 관찰자의 즐거움과 비교할 수 없는 배가 된다. 벼가 무르익어 보내는 사람과 가는 사람의 마음을 즐겁게 할 때에, 이는 이미 단순한 배경의 묘사가 아니라, 가는 사람이 관리로서 보인, 사람들을 즐겁게 하는 치적을 남긴, 즉 공적을 남겨서 더욱 즐거운 것이다. 이렇게 되면, 이 노래는 관리가 돌아가면서 치적을 남기고 칭송을 받으며 간다는 사실을 노래하였다고 할 수 있다. 이는 관리가 지방에서 선정을 베풀고 가야 한다는 매우 긴요한 사실과 관리의 도리를 노래한 것으로, 불폐절의 시구인 '입언'이라 할 수 있다.

그리고 이 시는 넓고 크며 담백하다는 '반박(盤泊)'도 보여준다. 시적 화자가 조랑을 송별하면서 본 '벼가 무르익어 마음을 즐겁게 하고'는 넓고 큰 들의 풍경이고, '시적 화자, 조랑, 백성 또는 농민들의' 마음들을 포괄하는 마음은 '넓고 큰' 마음이다. 그리고 "중간에 한주에 나아가 회강을 여니, 벼가 무르익어 마음을 즐겁게 하고 꽃길이 향기롭다(中赴漢州開懷江 稻熟悅性路花香)"의 표현은 아주 짧고 간결하며 산뜻하다. "중간에 한주에 나아가 회강을 여니"는 노정(路程)을 말해주고, "벼가 무르익어 마음을 즐겁게 하고 꽃길이 향기롭다."는 가을 들녘의 풍경과 느낌을 진하지 않고 산뜻하게 보여준다. 이렇게 넓고 크며 담백하게 표현을 하였다는 점에서 '반박'을 보여준다고 정리할 수 있다.

이상과 같이 앞의 시는 '입언'과 '반박'을 보여준다는 점에서, '입언반박왈의'의 '의'를 잘 보여준다고 정리할 수 있다.

3.2.2.2. '입언반박왈의'의 의고

이 목에서는 '입언반박왈의'의 '의'가 '심고'하다고 설명한 글을 보자.

> 虛中春詩 春雨無高下 花枝有短長 此意甚高(王玄, 『詩中旨格』, 顧龍振 중화민국 59:126).

이 인용은 '입언반박왈의'를 보여준 〈의교연십구자체〉의 바로 앞에 있는 왕현의 『시중지격(詩中旨格)』에 포함되어 있다. 이 글에서는 허중(虛中)[16]의 〈춘시(春詩)〉를 인용한 다음에, '차의심고(此意甚高)'를 통하여

16 "허중(虛中) 당나라 때의 승려. 의춘(宜春) 사람이다. 젊어서 속세를 벗어나 불교를 좇았는데, 책을 읽고 시를 읊조리기를 그치지 않았다. 12년 동안 옥사산(玉笥山)에서 머물면서 소상(瀟湘)에서 노닐었다. 제기(齊己), 상안(尙顔), 고서섬(顧栖蟾) 등과 시우(詩友)로 지냈다. 나중에 상서(湘西) 율성사(栗成寺)에 머물렀는데, 마희진(馬希振)과 아주 돈독한 우의를 나누었다. 때로 사공도(司空圖)에게 시를 주었는데, 사공도 역시 크게 존중했

'기의심고(其意甚高)'의 '의고(意高)' 그 중에서도 '의심고(意甚高)'를 보여주고 있다. 〈춘시〉의 "春雨無高下 花枝有短長"의 표면적 의미를 보면, "봄비는 높고 낮은 곳이 없이 나리지만, 꽃가지는 짧고 긴 것이 있다."고 노래하였다. 이 표면적 의미는 이면적 의미를 갖는데, "하늘, 임금, 부모 등은 군신(또는 군민), 신민, 형제 등의 높은 자나 낮은 자에 관계없이 은혜를 베풀지만, 이 은혜에 보답하는 결과는 각각 다르다."는 것이다. 이 이면적 의미는 평범한 것 같으면서도, 삶에서 발견할 수 있는 사리이며, 이치이다. 이 〈춘시〉에서 발견되는 이 사리와 이치는 요긴한 것을 얻어 폐절되지 않는 '입언(立言=不廢絶之言)'이 되고, 그 내용과 표현은, 넓고 크며 담백하여(산뜻하여, 시원스럽고 말쑥하여, 시원스럽고 지저분함이 없이 말끔하고 깨끗하여), '반박(盤泊)'이라 할 수 있고, 이 반박이 매우 뛰어나서, 가히 '입언반박(立言盤泊)'의 극치를 보여는 '의심고(意甚高)'의 작품이라고 정리할 수 있다.

4. '기의심고'와 그 예술사적 의미

이 장에서는 〈찬기파랑가〉의 향찰 해독과 수사를 먼저 정리하고, 이 해독과 수사 위에서 '기의심고'를 검토한 다음에, 그 예술사적 의미를 간단하게 검토하고자 한다.

4.1. 〈찬기파랑가〉의 해독과 수사

〈찬기파랑가〉의 향찰 해독은 적지 않은 부분에서 문제를 보여 왔다.

다. 저서에 『벽운집(碧雲集)』이 있다."(한보광·임종욱 2011, '허중[虛中]'조).

그 중의 상당수는 최근에 해결되어 오고 있지만, 아직도 적지 않은 문제를 보인다. 이 문제와 작품 전체의 향찰 해독과 수사를 간단하게 정리하여, 다음 절의 토대를 마련하고자 한다.

4.1.1. 咽嗚 爾處米

'咽嗚 爾處米'를 '열오(이/를) 그치매'의 의미인 '咽嗚 그치매'로 읽었다. '咽嗚'은 '열-'로 읽으면서 '嗚咽'을 도치시킨 희서(戲書, 양주동 1942)로 본 주장을, 문체론적인 입장에서 도치 표현으로 보완(양희철 1985, 1997c, 권재선 1988, 박재민 2009b)한 것이다. '爾處米'를 '爾處米'(니지믜, 그치믜)의 중의로 읽은 바(양희철 1997c:604)가 있다. 향찰식 사고와 문자문학이라는 점에서 보면, 이 주장을 지속한다. 단지 '지'를 '치'로 바꾸어, '니치믜, 그치믜'로 수정한다. 다만 이 작품을 노래로 할 경우에는 어떻게 발음을 하였을까 하는 측면에서 보면, '니치믜'와 '그치믜'에서 어느 하나를 선택하게 된다. 이 경우에는 '열오(이/를)'의 생략된 두 격어미의 의미를 살릴 수 있는 '그치믜/그치매'를 취하는 것이 바람직해 보인다. 이렇게 '咽嗚 爾處米'를 '咽嗚 그치매'로 읽은 이유는, 무엇보다도 기왕의 해독들이 '그치매'의 '-매'의 기능을 살리지 못해, 이를 살리기 위한 것이다. 말을 바꾸면, '咽嗚 爾處米'에 대한 기왕의 해독들은, '-매(米)'의 기능인 '露曉邪隱 (月羅理)'의 근거나 이유를 정확하게 보여주지 못하기 때문에, 이를 살리기 위하여 '咽嗚(이/를) 그치매'로 해독하였다. 혹시 향찰 '爾'가 향찰과 구결의 '금/곰/尒'이라면, '금/곰/尒'의 본자가 '弥(㢱)'이라는 점(양희철 2015a)에서, '爾處米'의 '㢱處米'는 '긇+치+매'로 '끈치매' 곧 '그치매'나 '금치매' 등으로 '그치매'라 할 수 있다.

4.1.2. 露曉邪隱 月羅理

'露曉邪隱 月羅理'는 '나타나 환하게 한 달이'의 의미인 '낟환ᄒᆞ얀 다ᄅᆞ리'로 읽었다. '환ᄒᆞ얀'은 두 측면에서 '훤ᄒᆞ얀'(박재민 2009b)의 해독을 수정하고 보완한 것이다. 한 측면은 "조금 흐릿하게 밝다."는 의미인 '훤하다'보다는 '환하다'가 문맥에 좀더 잘 맞는다는 것이다. 다른 한 측면은 다의어 '환하게 하다'의 두 의미들을 살리기 위한 것이다. 하나는 달이 세상을 환하게 하는 것이고, 다른 하나는 기파랑이 훌륭한 판결로, 또는 훌륭한 판결과 공문서 처리로, 세상을 밝게 하였다는 의미이다. '달'은 자연의 '달'이며, 동시에 기파랑을 의미한다.

4.1.3. 白雲音 逐于 浮去 隱安 (支>)支 下

'白雲音 逐于 浮去 隱安 (攴>)支 下'는 '흰구름 좇아 떠가 숨은 데(곳) 아래'의 의미인 'ᄒᆡᆫ구름 좇우 ᄃᆞ가 숨안 디 알'로 읽었다. '隱'을 '숨-'으로 읽었다(서재극 1975, 양희철 1997c, 성호경 2008). '攴'은 '支'의 오자로 보아, '데'의 의미인 '디'로 읽었다. 이렇게 읽은 것은 이 글이 처음이다. 이 '디'는 '데'(곳)의 축약형 내지 방언형이다. '下'는 '아래'의 의미인 '알'로 읽었다. 이 '알'은 '安攴下'의 해독인 '언저레'(김완진 1980b), '곳ㅅ아래, 처하여 편안ㅅ아래'(양희철 1985), '숨언 아래'(성호경 2008) 등에서 '下'를 읽은 '(아래>)어레, 아래' 등을 고어로 수정한 것이다. '흰구름'은 '현인'[17]과 중국 황제 때의 '추관(秋官)' 곧 '형관(刑官)'을 비유하고(양희철 1997c), 수행승을 비유하기도 한다.

---

17 "白雲孤雲孤烟比喩賢人也 …"(賈閬仙, 〈論總例物象〉, 『二南密旨』, 顧龍振 중화민국 59:80).

4.1.4. 耆郎矣 皃史 是史 藪邪

이 '耆郎矣 皃史 是史 藪邪'는 원전에서는 '沙 是 八陵隱 汀理也中' 다음에 있다. 그런데 10구체 향가들은 4-4-2의 통일된 구조를 보인다는 점에서, '沙 是 八陵隱 汀理也中'와 '耆郎矣 皃史 是史 藪邪'의 순서가 바뀌었다고 본 선행연구들(김준영 1979:116, 안병희 1987, 서정목 2013, 2014)을 따라, '耆郎矣 皃史 是史 藪邪'를 먼저 해독한다.

'耆郎矣 皃史 是史 藪邪'를 '기랑의 자취(/흔적)가 겨우 은둔처인가?'의 의미인 '기랑ᄋᆡ ᄌᆞ시 ᄇᆞᄅᆞ시 고지야'로 읽었다. 상당히 많은 해독들은 기랑의 모습(/양자/얼굴)이 물에 비추었다는 의미로 보았다. 이는 물에 비친 달을 기랑의 모습(/양자/얼굴)으로 본 것이다. 그러나 물에 비친 달을, 그것도 흰구름을 좇아간 달을, 또는 흰구름을 좇아가 숨은 달을, 물에 비친 기랑의 모습(/양자/얼굴)으로 보는 데는 한계가 있다. 이 한계를 극복하고자, 기랑의 모습을 '藪'(곶, 숲)로 본 해독들이 나왔다. 이 해독들 역시 기랑의 모습을, 앞의 해독들과 같이, '藪'(곶, 숲)로 보는 데도 한계가 있다. 이런 문제를 해결하고자, '耆郎矣 皃史 是史 藪邪'를 '기랑의 자취(/흔적)가 겨우 은둔처인가?'의 의미인 '기랑ᄋᆡ ᄌᆞ시 ᄇᆞᄅᆞ시 고지야'로 읽었다.

'ᄌᆞ시'의 의미로 취한 '자취(/흔적)'는, 'ᄌᆞᆺ'의 의미인 '모습'이 포함한 다의(사람의 생긴 모양. 자연이나 사물 따위의 겉으로 나타난 모양. 자취나 흔적) 중의 하나이다. '是史'는 '겨우, 바듯이' 등의 의미인 '(바ᄅᆞ시〉) ᄇᆞᄅᆞ시'로 읽었다. '是'를 'ᄇᆞᄅᆞ'로, '史'를 '시'로 읽은 것이다. '藪邪'는 '은둔처인가?'의 의미인 '고지야'로 읽었다. '고지'는 '곶'(오구라 1929, 유창선 1936b)의 해독을 따르되, 'ᄌᆞᆺ'이 과거에 '자시'이듯이 일음절어가 아닌 이음절어로 보고, 그 의미는 은둔처로 본다. 이 '藪(고지, 숲)'는 '은둔처'를 그 인접한 주변의 '藪(고지, 숲)'로 표현한 환유법이다. 이런 표현은 '藪(고지, 숲)'로 '수도처' 또는 '은둔처'를 환유한 〈우적가〉에서도 발견된다.

4.1.5. 沙 是 八陵隱 汀理也中

'沙 是 八陵隱 汀理也中'는 '모래 바로(수직적으로 곧게) 가른 물가에'의 의미인 '몰기 바ᄅᆞ 가른 믈셔리여긔'로 읽었다. '是'는 '바로'(비뚤어지거나 굽은 데가 없이 곧게)의 의미인 '바ᄅᆞ'로 읽은 것이고, '八陵隱/가른'은 '隱'의 음을 살려 '가ᄅᆞᆫ'(김완진 1980b)을 수정한 것이다. '믈셔리여긔'는 '믈서리여히'(김완진 1980b)와 '믈서리여긔'(유창균 1994)를 수정한 것이다. 이 해독에는 '沙'와 '是'를 분리해서 읽어야 하는가 하는 문제가 있다. 이 문제를 해결할 수 있는 방법으로는 '모래를 가른 물가에'의 의미인 '몰기이 가른 믈셔리여긔'로 읽는 방법이 있다. 이 경우는 '-이'가 '-을'로 쓰이는 드문 예를 따라야 하는 문제를 보인다. 둘 중에서 어느 것인지를 판단하기 어려워서 일단 전자로 정리를 하였다.

4.1.6. 逸烏川理叱 磧惡希

'逸烏川理叱 磧惡希'는 '숨오내의 서덜(냇가나 강가 따위의 돌이 많은 곳, 또는 물가의 모래벌판에 돌이 섞여 있는 곳)에'의 의미인 '숨오나릿 쟉벼리아긔'로 읽었다. '逸'을 '숨'으로 읽은 것은 '수모내'(이임수 1992)를 살리기 위한 것이다. '磧'의 해독은 『훈몽자회』의 '쟉벼리'에 근거한 오구라(1929)의 해독을 따랐다. 이 '쟉벼리(磧)'는 '자갈, 조약돌' 등을 뜻하는 '지벽(력/礫, 락/珞)'과는 별개의 어휘이다. 그리고 '쟉벼리'는, 그 의미인 '물가의 모래벌판에 돌이 섞여 있는 곳'으로 보아, '조약'의 의미인 'ᄌᆞ악/ᄌᆞ약'의 축약인 '쟉'과 '벌'의 이형태인 '벼리/별'의 합성어로 보인다.

4.1.7. 郎也 持以攴 如賜烏隱

'郎也 持以攴 如賜烏隱'을 '낭이여! 지니어 가시온'의 의미인 '마루여! 디니입 가시온'으로 읽었다. '攴'은 연결어미 'ㅂ'으로, '如'는 '가-'로 읽은 것이다(양희철 2001d; 2008:281~282).

기왕의 해독들은 상당수가 '디니다시온'으로 읽고 '지니시더온'의 의미로 보고 있는데, '如(다)'를 '더'로 보기 어렵고, '-다시-'가 '-시더-'라고 주장하는 것도 어렵다. 이 문제를 피하거나 해결하고자, 持以攴如賜烏隱'을 '持以 攴如賜烏隱'으로 띄우고, '디녀 괴여샨'(가지고 있는, 오구라 1929)으로 읽거나, '持以攴 如賜烏隱'으로 띄우고, '가지기 녀리 가문'(가깝게 다니는 이여 고상한, 정열모 1965), '디니디 답샤온'(디녀야 할, 홍기문 1956), '디니디 깥샤온/같샤온'(지니심 같사온, 김선기1967f/1993), '디니ㆆ 녀샤온'(지니고 가시는, 권재선 1988), '디니기 ᄀᆞᄐᆞ시온'(지님과 같으신, 유창균 1994), '디니기 다비시혼'(지니게 되시온, 류렬 2003), '디니입 가시온'(지니어 가시온, 양희철 2001d;2008) 등으로 읽었다. 이 해독들은 '攴'자를 '支'자의 속자나 오자로 보고 '괴-, -기, -디, -ㆆ' 등으로 읽거나, '攴'자를 'ㅂ'으로 읽었다. 그리고 '如'자를 '-여-, 답-, 같/깉-, 녀-, 가-' 등으로 읽었다. 거의 모든 해독들이 형태소의 차원에서 해당 현대역들과 잘 연결되지 않는다. 단지 '디니입 가시온'(지니어 가시온)의 해독만이 형태소의 측면에서 해독과 그 현대역의 일치를 보여준다. 이 해독에 포함된 '攴/ㅂ'은 돌궐어와 중세어, 특히 "무릅 ㅆ다(무르어 뜨다), 므룹 ㅆ며(무르어 뜨며), 냅 ㅆ며(내어 뜨며), 팁 ㅆ고(치어 뜨고), 팁 ㅆ니(치어 뜨니)" 등에서 발견되는 연결어미 'ㅂ'이다(양희철 1995a; 2001d; 2008:275~276). 그리고 우리는 말음표기자와 말음첨기자로 '只/ㄱ, 隱/ㄴ, 乙/尸/ㄹ, 音/ㅁ, 叱/ㅅ' 등을 이야기하면서 말음표기자와 말음첨기자 'ㅂ'을 정리하지 않고 있는데, 이 '攴'을 바로 'ㅂ'의 말음

표기자와 말음첨기자로 판단하였다.

4.1.8. 心未 際叱肹 逐內良齊

'心未 際叱肹 逐內良齊'는 '지절(志節)의 마음을 따라내고져'의 의미인 'ᄆᆞᅀᆞᄆᆡ 갓글 좇내아져'로 읽었다.

'ᄆᆞᅀᆞᄆᆡ 갓글 좇내아져'는 문자적 의미로 보면, '마음의 가장자리를 따라내고져'의 의미이다. 그런데도 '마음'을 '지절의 마음'의 의미로, '마음의 가장자리'를 '마음'의 의미로 해석한 것은 두 제유법과 관련되어 있다. 전자는 일반화의 제유법이고, 후자는 개별화의 제유법이다. '心未'를 'ᄆᆞᅀᆞᄆᆡ'로 읽고, 그 의미를 '지절의 마음의' 의미로 보았는데, 이는 '지절의 마음'이라는 부분을 '마음'이라는 전체로 바꾸어 표현한 일반화의 제유법이다. 그리고 '心未 際叱'을 'ᄆᆞᅀᆞᄆᆡ 갓'으로 읽고, 그 의미를 '마음'으로 보았는데, 이는 '마음'이라는 전체를 '마음의 가장자리'라는 부분으로 바꾸어 표현한 개별화의 제유법이다.

'逐內良齊'의 '內'를 '조차제'(오구라 1929)와 '조ᄎᆞ제'(유창선1936b)에서는 읽지 않았다. 그리고 대다수의 해독들이 취한 '-內(ᄂᆞ/나/ᄂᆞ)+良(아)-'의 연결은 문제를 보인다(김완진 1980b:89). 이 두 문제를 해결하고자, '좇차져'(성호경 2008)에서는 '內'를 지정문자로 보기도 했다. 바로 앞에 온 향찰을 뜻으로 읽으라는 지정문자로 보면, 그 앞에 온 향찰을 뜻으로 읽을 수 없는 경우를 해결할 수 없으며, 한자의 뜻을 이용한 많은 향찰들 다음에 이 지정문자를 쓰지 않은 이유를 설명할 수 없는 문제를 보인다. 이 두 문제들은 '內'를 복합용언의 후행 어간 '-내-'로 보고, 逐內良齊'를 '따라내고져'의 의미인 '좇내아져'로 읽으면 모두 풀린다(양희철 2001c; 2008:348~349).

4.1.9. 阿耶 栢史叱 枝次 高支好

'阿耶 栢史叱 枝次 高支好'는 '아아 잣나무의 가지 높아'의 의미인 '아라 자싯 가지 놉호'로 해독하였다.

'阿耶'는 초기에 '아으, 아야' 등으로 읽었으나, 차차 '아라'(이탁 1956, 유창균 1994, 강길운 1995)로 기울었다. '栢史叱'은 '자싯'(정열모 1965, 김준영 1964 등)으로 굳어졌다.

'枝次'는 '가지, 갖아, 갖, 가ᄌᆞ 가즈, 가디' 등으로 읽히고 있으나, '次'가 '止'섭의 한자라는 점에서, '가지'(오구라 1929, 양주동 1942 등)로 판단한다. 이로 인해 '栢史叱 枝次'를 '잣나무의 가지'의 의미인 '자싯 가지'로 읽는 데는 문제가 없다. 그러나 이 표현이 의미하는 바가 무엇인가는 당연한 듯하면서도 문제를 보인다. 바로 '잣나무'만으로도 현인의 지의(志義)를 비유[18]하는데, '가지'를 붙인 이유를 설명해오지 않고 있다는 문제이다. 이 '지의'는 '지절(志節)로 보아도 좋다. 이 문제는 수사와 관련된 것으로, '마음의 가[際, 가장자리]'와 같은 범주의 것으로 이해된다. 즉 기파랑이 지니고 간 마음과, 기파랑이 보여준 현인의 지절을, 모두 표현하지 않고, 그 가장자리와 그 일부분만을 표현하여, 시적 화자 자신은 그 가장자리만을 따르고, 그 일부분만을 찬양할 수 있다고, 기파랑의 마음과 지절을 매우 숭고하게 표현하고, 시적 화자의 위치와 능력을 겸손하게 표현한 것이다. 물론, 이 두 표현은 전체를 그 부분으로 표현한 개별화의 제유법이다. 그리고 '잣나무 가지'의 표현에는 '눈이 덮지 못할'의 대상을 구체적으로 표현한 의미도 있다.

'高支好'의 해독은 매우 다양하다. 그 중에서 '高'의 훈('높-')을 살리

18 "松竹檜柏賢人志義也 … "(賈閬仙, 〈論總例物象〉, 『二南密旨』, 顧龍振 중화민국 59: 80. 양희철 2005b:60~61).

고, '好'의 음('호')이나 훈('둏-, 됴ᄒᆞ-')을 살리면서, 향찰에도 없는 '-고'나 '-하'를 첨가하지 않은 해독들은 다섯 종류이다. 이 다섯 종류의 해독들의 해독 결과는 같다. 그러나 '攴'의 처리에서 큰 차이를 보인다. '놉호'(홍기문 1956)에서는 '攴'을 '支'(기)로 보고, '높-'의 본래음은 '녹-'이라고 보았다. 근거 없는 합리화에 불과하다. '놉호'(김상억 1974, 최남희 1996)에서는 '攴'을 용언의 어간하에 온 부호자로 보았다. 이는 양주동의 주장을 따른 것이다. 향찰은 차제자인데, 차제자에서 이런 부호자를 인정하는 것이 어렵고, 이런 부호자의 개념은 지정문자로 이어지는 것 같다. '노포'(김완진 1980b, 서정목 2013, 2014)에서는 '攴'자를 바로 앞의 향찰을 뜻으로 읽으라는 지정문자로 보았다. '攴'자 앞에 뜻으로 읽을 수 없는 향찰이 온 경우가 많고, 그 많은 뜻으로 읽는 향찰 다음에 이 '攴'자를 쓰지 않은 이유를 설명하기가 어렵다. '높호'(지형률 1996)에서는 "말음절에 'ㅎ' 두음자 好를 쓴 것은 'ㅍ'의 유기성 때문이고, 그 앞에 'ㅎ'표기에 쓰는 '攴'를 덧쓴 것은 이 노래의 표기가 주로 중철식 철자법을 따르기 때문이다. 安攴下, 八陵隱, 心未 등이 모두 중철이다."(지형률 1996:79)의 설명에서와 같이, '攴'을 'ㅎ'의 표기로 보고 중철로 보았다. '攴(복)'자를 'ㅎ'의 표기로 보는 것이 어렵고, '安攴下'에서 설명한 중철과 '八陵隱, 心未' 등에 나온 중철은 성격이 다르다. '놉호'(양희철 1997c, 2008)에서는 '攴(복)'자를 '놉-'의 'ㅂ'을 말음첨기한 글자로 보았다. 이 주장이 가장 타당한 것으로 판단한다(자세한 것은 '持以攴 如賜烏隱'의 '攴'자 참조).

4.1.10. 雪是 毛冬 乃乎尸 花判也

'雪是 毛冬 乃乎尸 花判也'는 '눈(눈, 부도덕한 상급자)이 못 이올(/가올) 곶갈(고깔, 花判, 判花)여'의 의미인 '눈이 모들/모둘 니올 곶갈여'로 읽었다.

'雪是'를 '눈이'로 해독하는 데는 아무런 문제도 없다. 그러나 그 이면적 의미, 즉 비유적 의미가 무엇인가를 보자. 이 비유적 의미로 '雪'의 다른 의미인 '雪怨'과, '隨風宛轉'에 의거한 시류편승자로 설정하기도 했다(양희철 1996c, 1997c). 그러나 이 해석은 어의만을 검토하고 문맥을 검토하지 않은 문제를 보인다. 즉 어휘론적 의미만을 검토하였지, 비유론적인 해석은 아니다. 해당 문맥에서 '눈'의 의미를 보면, 덮은 눈의 무게로 나무의 가지를 꺾거나, (푹) 늘어지게 하기도 하는 존재이며, 덮은 눈으로 상청(常青)의 푸름을 덮는 존재이다. 이런 성격을 가진 존재를 관직 세계, 더 나아가 판관들의 세계에서 찾으면, 판결을 억압할 수 있고 덮어버릴 수 있는 존재로, 판결을 억압하고 덮어버릴 수 있는, 부도덕한 상급자, 또는 의롭지 않은 상급자로 이해된다. 이 문맥적 의미로 보면, '눈'은 '부도덕한 상급자'를 표현한 은유로 이해된다. 보조관념 '눈'과 원관념 '부도덕한 상급자'가 가지고 있는 은유의 기반, 즉 공통의 자질은 '꺾음, 누름, 덮음' 등이다.

'乃乎尸'[19]를 '이올(蓋)'과 '가올'의 의미인 '니올'로 읽은 것은 '乃'에

---

19 '乃乎尸'에 대한 기존 연구에 대한 비판은 다음과 같다. "'乃乎尸'의 해독은 다양하다. 그 중의 일부[각주 42) '(몰)나올'(不知) '나올'(겪은) '나올'(생길) '너올'(해 내야 할).]는 자연 현상과 거리가 멀고 다른 문제도 포함한다. 'ᄂᆞ올'(下, 降)은 'ᄂᆞ리-'를 'ᄂᆞᆯ-'로 재구하고 '-오-'가 첨가된 것으로 보았다. 그러나 이같이 처리하려면 'ᄂᆞᆯ+오+ㄹ'로 'ᄂᆞ롤'이 되어야 한다. 나머지 해독들은 일단 자연 현상으로 본다는 점에서 긍정적이지만, 다음과 같은 문제들을 보여준다. '이올'(덮을)은 한자 '乃'에 '이-'의 뜻이나 음이 없는 문제를 보인다. '두폴'(덮을)은 '乃'를 '久'로 수정한 해독인데, 수정의 근거에서 설득력이 없는 듯하다. '녀리올'(덮을)은 한자 '乃'의 한 의미인 '古'에 근거해 '蓋'의 의미 '녜-'[이-(蓋)]의 재구음 '녀리-'로 본 것인데, 재구음을 증명하는 데 한계가 있다. '고졸'(꽂을)은 한자 '乃'의 한 의미인 '곧/곶'(卽/則)에 근거한 해독이다. 그러나 자연 현상에서 잣나무 가지가 아무리 높아도 눈이 그 잎이나 가지 사이를 꽂는다는 점에서, 해당 향찰을 '모돌 고졸'(못 꽂을)로 해독할 수는 없다. 그리고 '고졸'(꽂을)은 어감상 예리한 시어처럼 보이만, 기파랑의 인품을 드러내는 후경의 시어로서는 크기와 무게에서 적합하지 않은 것 같다."[각주 42)를 협주로 필자가 옮김. 양희철 2005b:63].

'니다/往也'의 의미가 있기 때문이다. 이 의미는 한국 사전에는 등재되어 있지 않지만, 중국 사전에는 등재([廣雅, 釋詁一] 乃往也)되어 있으며, 『삼국유사』의 "又始築富山城三年乃畢"(〈문호왕법민〉조), "慈藏法師西學 乃於五臺 感文殊授法"(〈황룡사구층탑〉조), "匠乃心疑停乎"(〈황룡사구층탑〉조), "如是乃至一百七十二 … 如是乃至餓鬼修羅 …"(〈심지계조〉조) 등에서 발견된다. 이 '니다/往也'는 '가다'의 의미이고, 동시에 '이다(蓋, 덮다)'의 동음이의어이다(양희철 2005b:63~64).

'花判也'의 해독사를 간단하게 정리한 글이 있어 인용하면 다음과 같다.

> '雪'이 일차로 자연의 눈이라는 점에서, 제9, 10행은 景中情이나 景中意의 景이거나, 알레고리적 상징으로 보인다. 이로 인해, 일차적으로는 '乃乎尸 花判也'도 자연을 노래한 것으로 해독해야 할 것 같다. '花判'은 초기의 해독과 그 후의 많은 해독들에서, 인간 또는 신의 존재나 그들의 행위와 관련된 것으로 보았다.[각주 37) 이에 속한 해독으로 '花判'(화랑의 장) '불한'(神明) '곶ㅂ한'(國仙) '꽃한'(화주 또는 유사 벼슬) '곶ᄀᄅ'[꽃가루(敎化)] '花判'(殉烈) '가반'(官員) '花判'(화랑의 誓願) 등이 있다.] 중간에 '花判'을 인공물로 해독하기도 했는데, '곶갈'[각주 38) 정열모 1965:310] '곳갈'[각주 39) 김완진 1980b:90] 등이 이에 속한다. 이 '곶갈/곳갈'은 인간이 쓰는 '곶갈'(弁/帽/冠)로 본 것이다. 그 후에 '花判'을 자연물, 즉 잣나무 끝부분의 원추형 모양[각주 40) 양희철 1997c:628] 또는 원뿔꼴[각주 41) 성호경 2004:250]을 나타낸 '곶갈'로 보았다. '花判'은 앞에서 언급했듯이, 제9행과 제10행의 '雪'이 자연이라는 점에서, 일차적으로는 자연으로 본 해독을 취해야 할 것 같다(모든 각주를 할주로 필자가 바꿈. 양희철 2005b:62~63).

이 인용에서 보듯이, '花判也'는 잣나무 끝부분의 원추형 모양 또는 원뿔형 모양을 일차로 의미한다. 그러면 '곶갈'을 '串曷'과 같은 식으로 표기하지 않고, 판결이나 판결의 화압(花押)을 의미하는 '花判, 判花' 등으로 표기하였을까? 이는 잣나무 끝의 '花判(곶갈>고깔)'은 물론 '花判(판결)'과 '判花(공문서의 판결문 뒤에 친 화압, 공문서의 처리)'(양희철 1985:6)도 표기하기 위한 것(양희철 1996c; 1997c:634~636)으로 판단하였다.[20] 이 花判(고깔, 花判, 判花)의 해독은 세 의미를 전달할 수 있지만, 시로 읽을 때에 어떻게 읽을 수 있는가에 답하기 어려운 문제를 보인다.

이 문제를 해결하기 위하여 곶갈[고깔, 곶갈(花判, 판결), 갈곶(判花, 공문서의 판결문 뒤에 친 화압, 공문서의 처리)]로 해독한다. '곶갈'을 동음이의어와 그 도치 표현으로 본 것이다. 먼저 '곶갈'은 '고깔'의 고어이다. 다음으로 '곶갈'은 각각 향찰 '花'와 '判'의 훈독이며, '花判'의 우리말로, 판결의 의미이다. 그리고 '곶갈'은 '갈곶'의 도치로 판결문의 화압(花押)을 의미한다. 이는 판결문을 쓰고 판결자의 사인을 붓으로 그림과

20 이 해독을 엉뚱한 해독으로 바꾸어 놓은, 성실하지 않은, 글이 최근에 발표되었다. 양희철의 글(1996c; 1997c:597)에서는 제9, 10구를 "아야 자싯 가지 놉호 / 雪(눈, 雪怨)이 모돌 乃(녀리, 나)올 花判(곶갈, 花判, 判花)야"로 읽고, 그 의미를 "아야 잣나무 가지 높혀 / 눈(/雪怨)이 못 덮(/나)올 곶갈(/花判/判花)여"로 달았다. 그런데 이 부분의 제10구를 양희철이 "눈이 모돌 녀리올 곶갈야"로 읽었다고 바꾸어 놓고, 각주 84)에서 "양희철, 『삼국유사향가연구』, 태학사, 1997, 596~597쪽."라고 그 논거 아닌 논거를 제시했다(ⓗⓑⓘ 2019:220). 이는 인용한 책의 내용과는 전혀 다른 내용으로 바꾸어 놓은 사실을 보여준다. 만약 양희철의 글을 그대로 인용하였다면, '花判' 및 '判花'와 관련된 설명이 이미 양희철의 글에서 이루어졌다는 사실이 드러나기 때문에, 이를 감추기 위한 글쓰기로 볼 수도 있다. 문제의 글에서는 '花判'에 대하여 매우 긴 설명(ⓗⓑⓘ 2019:220~225)을 하고 있는데, 그 긴 설명을 보면, 양희철이 네 글(1985, 1996c, 1997c, 2005b)에서 보여준 '花判' 및 '判花'에 대한 설명이나 인용도 없이, 처음으로 소개하고 설명하는 듯이, 관련 글들을 장황할 정도도 열거하면서, '花判也'를 "花判이야"로 읽고, 그 의미를 "花判이여", "(청렴한) 評判(判決)이여", "강직하고, 명쾌한 판단"(ⓗⓑⓘ 2019:225, 235)으로 설명하고 있다. 이는 양희철이 '花判也'를 '花判(곶갈, 花判, 判花)야'로 읽고, 그 의미를 '곶갈(/花判/判花)여'의 중의로 보고, 자연의 '고깔'은 물론, "곧고 바른 판결과 공문서 처리"(양희철 1997c:643~645)로 정리한 것 중에서 "곧고 바른 판결과 공문서 처리"의 의미를 벗어나지 않는다. 남의 글을 인용할 때는 정확해야 한다. 성실한 글쓰기가 요청된다.

같이 그린 것이다. 이런 점에서 향찰 '花判'을 '곶갈'로 읽고, 그 의미는 자연의 '고깔', 판결의 '곶갈', 판결문의 화압(花押)인 공문서 처리를 의미하는 '갈곶(갈음의 꽃, 判花)'의 도치인 '곶갈' 등의 삼중의를 보여주는 동음이의어의 중의어로 정리한다. '갈'을 '갈음'의 명사로 본 것은, 고어에서 어간이 명사나 부사로 쓰이듯이, 고어 '갈다(分)'의 어간 '갈'이 명사로 쓰였다고 본 것이다. 예로 "갈타다"의 '갈'을 들 수 있다. 그리고 이 도치는 작품의 시작 부분에서 왜 '嗚咽'을 '咽嗚'로 도치시켰는가를 이해할 수 있게 한다. 즉 '花判'이 '判花'의 도치라는 사실을 문체적으로 암시한 것이다.

이상의 해독과 현대역을 다시 정리하면 다음과 같다.

咽嗚 그치매[21]	열오(이/를) 그치매
난환ᄒᆞ얀 다ᄅᆞ리	나타나 환하게 한 달이
힌구름 좇우 드가 숨안 디 알	흰구름 좇아 떠가 숨은 데 아래
기랑ᄋᆡ 즈시 ᄇᆞᄅᆞ시 고지야	기랑의 흔적이 겨우 은둔처인가?
몰ᄀᆡ 바ᄅᆞ 가른 믈셔리여ᄀᆡ	모래 바로(곧게) 가른 물가에서
숨오나릿 쟉벼리아긔	숨오내의 서덜에서
마루여 지니입 가시온	낭이여 지니어 가시온
ᄆᆞᅀᆞᄆᆡ 갓글 좇내아져	마음의 가를(志節의 마음을) 따라내고져
아라 자싯 가지 놉호	아아 잣가지(잣나무가, 지절이) 높아
눈이 모둘 니올 곶갈여	눈(눈, 부도덕한 상급자)이 못 이올/가올 곶갈[고깔(弁, 끝이 뾰족한 갈래), 花判(판결), 判花(공문서 처리)]여!

21 노래를 부르는 경우가 아니라, 읽는 시가의 경우에 '爾處米'는 '니치매'와 '그치매'의 중의를 갖는 시어이다.

4.2. 〈찬기파랑가〉의 기의심고

이 절에서는 앞장에서 살핀 왕창령의 '이취', 교연의 '입언', 왕현의 '입언반박' 등의 '의'로 〈찬기파랑가〉의 기의심고를 검토·확인하고자 한다. '기의심고'의 '의(意)'를 설명하면서 인용한 득취(得趣, 王昌齡, 698~756)의 이취(理趣), 입언(立言, 皎然, 720?~793?), 입언반박(立言盤泊, 王玄, 9~10세기) 등은 8세기 이후의 용어이다. 이 용어들을 〈안민가〉(경덕왕 24년, 765)보다 앞서 지어진 〈찬기파랑가〉의 '기의심고'에 적용할 수 있는가 하는 문제를 제기할 수 있다. 왕창령과 교연의 용어를 '기의심고'에 적용하는 데는 큰 문제가 없어 보인다. 이에 비해 왕현의 용어를 '기의심고'에 적용하는 데는 문제가 있을 수 있다. 이는 참고로 정리하려는 것이다.

4.2.1. 이취의 심고

왕창령이 보여준 이취, 즉 득취의 이득기취로, 〈찬기파랑가〉의 기의심고를 설명할 수 있는 부분은 제2, 3구와 제9, 10구이다. 이 두 부분을 차례로 보자.

먼저 "나타나 환하게 한 달이 / 흰구름 좇아 떠가 숨은 데 아래"의 제2, 3구를 보자. 이 중의 "나타나 환하게 한 달이 / 흰구름 좇아 떠가 숨은"의 부분은 "나타나 밝은 달이 / 흰구름 좇아 떠가"로 해독되기도 하지만, 그 의미를 다르게 볼 만큼 큰 차이를 보이는 것은 아니다. "나타나 환하게 한 달이 / 흰구름 좇아 떠가 숨"는 풍경은 아름다운 정취를 느끼게 하는 풍취(風趣), 즉 풍치를 잘 보여준다.

그러면 이 풍취 또는 세련되고 아름다운 '멋'이, 어떤 '이치'나 '도리'와 하나가 되어 이취를 보여주는가를 보자. 이 문제는 "나타나 환하게 한 달이 / 흰구름 좇아 떠가 숨은"이 전달하고자 하는 '이치' 또는 '도리'가 무엇인가를 먼저 살펴야 한다. 이 문제는 이 자연의 세계를 묘사한 표면적 의미의 이면에 있는 이면적 의미를 읽어야 한다. 이 이면적 의미는 현인의 형관(刑官)인 기파랑이 (훌륭한 판결로, 또는 훌륭한 판결과 공문서 처리로) 세상을 밝게 하고, 황제시의 현인과 형관 또는 수행승을 따라 숨었다는 것이다. 이는 현인인 형관의 도리를 보여준 것이다. 이런 사실을 차례로 보자. '달'이 기파랑을 비유한다는 사실에는 이의가 없다. 그러나 기파랑이 현인이고 형관이란 사실은 설명을 요한다. 제9구를 보면, 기파랑을 잣나무로 비유하고 있다. 이 잣나무는 가도(賈島)가 보여주듯이 현인의 지의(志義) 즉 지절(志節)을 비유한다. 그리고 제10구를 보면, '곶갈(판결, 공문서 처리)'이 나온다. 이 '곶갈(판결, 공문서 처리)'은 기파랑이 형관임을 보여준다. 그리고 제3구의 '흰구름'은 '白雲'으로 황제시의 추관(秋官)인 형관(刑官) 또는 수행승을 의미한다. 이런 사실들을 고려하면, 제2, 3구의 이면적 의미는 '현인'의 형관인 기파랑이 (훌륭한 판결로, 또는 훌륭한 판결과 공문서 처리로) 세상을 밝게 하고, 황제시의 형관 또는 수행승을 따라 숨은 사실을 노래하였다고 할 수 있다.

이 표면적 의미와 이면적 의미를 계산하면, 형관이 (훌륭한 판결로, 또는 훌륭한 판결과 공문서 처리로) 세상을 밝게 하고 황제시의 형관을 따라(/형관과 같이) 또는 수행승을 따라 숨어야 하는 도리를, 자연스럽게 그 격에 맞는, 나타나 세상을 환하게 한 달이 흰구름을 좇아 떠가 숨는 아름다운 자연의 풍취(風趣)와 결합시킨 이취(理趣)를 매우 잘 보여준다고 정리할 수 있다. 이 자연현상은 자연의 관찰에서 찾아낸 것이다.

이번에는 제9, 10구의 이취를 보자. "아아 잣가지(잣나무, 志節) 높아 눈(눈, 부도덕한 상급자)이 못 이올(/가올) / 곶갈[고깔(弁, 끝이 뾰족한 갈래), 花判(판결), 判花(공문서 처리)]여!"의 표면적 의미는 "아아 잣가지 높아 / 눈이 못 덮을 고깔(弁, 끝이 뾰족한 갈래)여!"이다. 이 표면적 의미는 눈이 온누리를 덮은 겨울에 크고 우람한 잣나무의 맨위 갈래를 눈이 덮지 못하는 자연의 아름다운 풍경을 관찰하면서 얻은 풍취를 보여준다.

이 표면적 의미는 이면의 이면적 의미와 연결되어 있다. 제9, 10구의 이면적 의미는 기파랑의 지절(志節)이 매우 높아 부도덕한 상급자가 덮지 못할(/가지 못할) 판결, 또는 판결과 공문서 처리라는 것이다. 이 이면적 의미는 판결을, 또는 판결과 공문서 처리를, 억압하고 덮어버릴 수 있는, 부도덕한 상급자가, 기파랑의 지절이 높기 때문에 그의 판결을, 또는 판결과 공문서 처리를, 억압할 수 없고 덮어버릴 수 없다는 이치를 보여주는 동시에, 판관은 지절을 가지고 판결에, 또는 판결과 공문서 처리에, 임하여 부도덕한 상급자가 판결을, 또는 판결과 공문서 처리를, 억압하거나 덮어버리지 못하게 해야 한다는 형관의 도리를 말해준다.

이렇게 제9, 10구는 정취를 보여주는 풍취와 이치 및 도리가 결합되어 이취를 잘 보여주고, 이 이취의 이와 취의 결합이 매우 자연스럽고 제격에 맞는다는 점에서, 이취의 의가 매우 높다고 정리할 수 있다.

4.2.2. 입언(반박)의 심고

이번에는 교연이 보여준 '입언왈의'와 왕현이 보여준 '입언반박왈의'의 '의'가 매우 높다는 의미의 '기의심고'를 정리하고자 한다.

앞에서 정리했듯이, 제2, 3구의 표면적 의미인 "나타나 환하게 한 달이 / 흰구름 좇아 떠가 숨"는 풍경은 아름다운 정취를 느끼게 하는 풍취(風趣), 즉 풍치를 잘 보여준다. 동시에 제2, 3구의 이면적 의미는 현인의 형관인 기파랑이 (훌륭한 판결로, 또는 훌륭한 판결과 공문서 처리로) 세상을 밝게 하고 황제시의 현인과 형관을 따라, 또는 수행승을 따라,

숨었다는 것이다. 이 이면적 의미는 현인인 형관의 도리를 보여준 것으로, 이 도리는 어느 시대나 요긴한 것으로 불폐절의 시구가 되면서, 일단 교연과 왕현이 말한 '입언'의 '의'라고 할 수 있다. 그리고 이 시구가 창의적/창신적이면 교연의 입장에서 심고가 되고, 이 시구가 뛰어난 반박이면 왕현의 입장에서 심고가 된다. 이를 차례로 보자.

제2, 3구에서 현인과 형관 또는 수행승을 백운으로 표현한 것은 오래된 전통이다. 이에 비해 형관의 인물을 달에 비유하고, 달빛을 밝은 판결에, 또는 판결과 공문서 처리에, 비유한 것 역시 지금까지 우리가 보아온 비유가 아니다. 이렇게 이 부분은 도리의 요긴한 불폐절의 시구로 매우 창의적/창신적이라는 점에서, 이 부분은 교연의 입장에서 보면, 입언이 매우 높은 '기의심고'를 보여준다고 할 수 있다. 동시에 이 부분은 매우 넓고 크며 담백한 측면도 보여준다. 하늘에 나타나 환하게 한 달은 온 세상을 환하게 비추고 흰구름에 숨을 때에, 그 모습은 넓고 크며, 그 모양은 담백하며 산듯하다. 그리고 이에 비유한 판결과, 또는 판결 및 공문서 처리와, 그로 인한 세상의 밝음 역시 매우 넓고 크며, 그 모양은 담백하고 산듯하다고 할 수 있다. 이렇게 이 부분은 '반박'도 크게 잘 보여준다는 점에서, 이 부분은 왕현이 말한 '입언반박'의 '의'가 매우 높은 측면도 보여준다고 정리할 수 있다.

이번에는 제9, 10구를 보자. 앞에서 살폈듯이, 제9, 10구의 표면적 의미는 눈이 온누리를 덮은 겨울에 크고 우람한 잣나무의 맨위 갈래를 눈이 덮지 못하는 자연의 아름다운 풍경을 관찰하면서 얻은 풍취를 보여준다. 그리고 이면적 의미는 기파랑의 지절(志節)이 매우 높아 부도덕한 상급자가 덮지 못할(/가지 못할) 판결, 또는 판결과 공문서 처리라는 것이다. 이 이면적 의미는 판결을, 또는 판결과 공문서 처리를, 억압하고 덮어버릴 수 있는, 부도덕한 상급자가, 기파랑의 지절이 높기 때문에, 그의 판결을, 또는 판결과 공문서 처리를, 억압할 수 없고 덮어버릴 수 없다는 이치를 보여주는 동시에, 판관은 지절을 가지고 판결에, 또는 판결과 공문서 처리에, 임하여 부도덕한 상급자가 판결을, 또는 판결과 공문서 처리를, 억압하거나 덮어버리지 못하게 해야 한다는 판관의 도리를 보여준다. 이 이치와 도리는 어느 때나 요긴한 것으로 불폐절의 시구임을 말해준다. 그리고 이 제9, 10구에서, 판결을, 또는 판결과 공문서 처리를, 억압하고 덮어버릴 수 있는, 부도덕한 상급자를 '눈'으로 은유한 표현과, 판결문의 서명을 뜻하는 '判花'를 '곶갈'(꼬깔)의 도치와 동음이의어의 중의로 표현한 것은 처음 보는 표현으로, 그 창의성/창신성을 잘 보여준다. 이 요긴한 것의 불폐절성과 창의성/창신성은 교연이 말한 '입언'의 '의'가 매우 높음을 말해준다.

그리고 이 제9, 10구의 눈이 온누리를 덮은 겨울에 크고 우람한 잣나무의 맨위 갈래를 눈이 덮지 못하는 자연은 그 공간에서 넓고 크며 담백한, 즉 산듯한 모양도 보여준다. 이는 왕현의 입장에서 보면, 제9, 10구에서 '입언반박'의 '의'가 매우 높음을 보여주는 것으로 해석할 수 있게 한다.

이상과 같은 점들로 보아, 〈찬기파랑가〉의 제2, 3구와 제9, 10구는, 왕창령의 '의'(意=理趣, 理得其趣), 교연의 '의'(意=立言), 왕현의 '의'(意=立言盤泊) 등의 어느 것으로 보아도, 그 '의'가 매우 훌륭하다/높다고 결론을 내릴 수 있다.

4.3. 기의심고의 예술사적 의미

이 절에서는 〈찬기파랑가〉의 '기의심고'가 예술사에서 갖는 의미를, '풍격'이라는 차원과 후대 작품과의 관계라는 차원에서, 인접 예술인 조각(석가탑과 다보탑)과의 관계에서 각각 간단하게 정리하려 한다.

〈찬기파랑가〉의 '기의심고'는 앞절에서 검토한 바와 같이 왕창령의 이취와 교연의 입언왈의의 입장에서 〈찬기파랑가〉를 논한 풍격론이라고 할 수 있다. 이 〈찬기파랑가〉의 풍격론은 두 가지의 시가사적 의미를 갖는다.

하나는 중국의 '의'의 풍격을 수용하여, 한국 시가를 중국 시가와 같은 반열에 올려놓았다는 의미이다. 앞에서 정리하였듯이, 〈찬기파랑가〉의 '의'는 중국의 풍격으로 보면, 양(梁)나라 유협(劉勰)의 『문심조룡(文心彫龍)』, 당(唐)나라 왕창령(王昌齡)의 『시중밀지(詩中密旨)』와 교연(皎然)의 『시식(詩式)』, 당말(唐末) 사공도(司空圖)의 『24시품(二十四詩品)』, 송(宋)나라 엄우(嚴羽)의 『창랑시화(滄浪詩話)』, 원(元)나라 양재(楊載)의 『시법가수(詩法家數)』 등으로 이어지는 선상에서 왕창령의 『시중밀지』와 교연의 『시식』에 해당한다. 이런 '의'를 〈찬기파랑가〉의 '기의심고'에 나온 '의'가 보여준다는 사실은, 그 수용을 의미하며, 이 수용은 풍격론의 측면에서 한국 시가를 중국 시가와 같은 반열에 올려놓은 의미를 갖는다.

다른 하나는 〈찬기파랑가〉의 '기의심고'에 나온 '의'는 후대에 나온 풍격론의 '의' 또는 '의격'을 선도한다는 의미이다. 우리는 한국의 풍격론을 논의하면, 후대에 나온 최자(崔滋)의 『보한집(補閑集)』, 이규보(李奎報)의 『백운소설(白雲小說)』, 이이(李珥)의 『정언묘선(精言妙選)』 등을 언급한다. 그런데 이 후대에 나온 풍격론의 '의' 또는 '의격'을 〈찬기파랑가〉의 '기의심고'에 나온 '의'가 선도하였다는 사실은 한국 시가사에서 매우 중요한 의미를 갖는다고 정리할 수 있다.

〈찬기파랑가〉의 '기의심고'에 나온 '의'는 풍격론은 물론, 작품으로 보아도 선도성을 보여준다. 〈찬기파랑가〉 이후에 이 이취와 입언왈의를 보여주는 대표적인 작품으로 〈안민가〉, 〈청전법륜가〉, 〈도산십이곡〉, 〈고산구곡가〉 등을 간단하게 보자.

〈안민가〉는 〈찬기파랑가〉의 '기의심고' 때문에 지어진 작품이다. 이런 사실은 배경설화가 말해준다. 즉 경덕왕이 충담사에게 묻기를, 대사가 지은 찬기파랑시뇌가는 기의심고하다고 하는데, 과연 그런가를 묻자, 충담사가 '그렇다'고 대답을 하였다. 이에 그러면 짐을 위하여 〈이안민가〉를 지어달라고 하자, 충담사가 지어 바친 작품이 〈안민가〉이다. 이런 배경설화로 보아, 〈안민가〉는 '기의심고'의 '의'가 '심고'한 노래로 지었다고 볼 수 있다.

이렇게 지어진 〈안민가〉는 이취와 입언왈의를 잘 보여준다. 제1~4구에서는 백성이 임금과 신하의 사랑을 아는 이치를, 제5~8구에서는 나라가 다스려지는 이치를, 제9, 10구에서는 나라가 태평하게 되는 이치를 각각 노래하고 있다. 이 세 이치들은 이득기취의 이취에서 '이(理, 이치)'를 의미한다. 그리고 이 세 이치들은 추상적인 측면을 전혀 보여주지 않고, 격에 맞는 풍취(風趣)를 보여준다. 즉 제1~4구에서는 임금은 아비이고, 신하는 어미이며, 백성은 어린 아해라는 풍취를, 제5~8구에서는 '이 땅을 버리고 어디로 갈져'라고 하는 풍취를, 제9, 10구에서는 '임금이 임금답고, 신하가 신하답고, 백성이 백성답게 해낼 것이면'이라는 풍취를 각각 보여준다. 물론 이 풍취는 격에 맞는 품격도 잘 보여준다. 이렇게 〈안민가〉는 이치와 풍취가 결합한 이취를 잘 보여주는데, 이 이취는 자연관찰에서 얻은 것이 아니라, 사회체험의 실제현실에서 얻은 것들이다. 그리고 〈안민가〉는 어느 시대에나 요긴한, 불폐절의 언을 보여주고, 그 표현은 상당히 창의적이다. 이런 점에서 〈안민가〉는 이취와 입언왈의를 잘 보여주는 작품으로 정리할 수 있다.

이렇게 〈찬기파랑가〉와 〈안민가〉에서 드러난, 이취와 입언은 한국시가에서 매우 중요한 위치를 점한다. 즉 이치나 도리를 노래한 철리시(哲理詩)나 종교시(宗教詩)의 작품들이 추상적이고 이성적인 측면을 직접 노래하지 않고, 구상적이고 감성적인 풍취를 통하여 노래하고 있다는 것이다. 이는 한국시가에서 하나의 지대한 발전이며, 중국시가와 대등한 위치로의 발전이라고 할 수 있다.

〈찬기파랑가〉와 〈안민가〉 이후에 이취와 입언왈의를 잘 보여주는 작품들을 좀더 보자.

〈청전법륜가〉는 전법륜을 청하는 노래 곧 부처님의 가르침(설법)을 청하는 노래로, 가르침(설법)의 필요성, 가르침(설법)의 간청, 가르침(설법)의 결과 등을 차례로 노래하였다. 이 가르침(설법)의 필요성, 간청, 결과 등은 추상적인 종교적 수행과 깨달음의 세계인 이치와 도리로, '법(法), 무명(無明), 번뇌(煩惱), 선(善), 중생(衆生) 보리(菩提), 각(覺)' 등으로 표현된다. 그런데 〈청전법륜가〉는 추상적인 종교적 수행과 깨달음의 세계인 이치와 도리를 추상적으로 노래하지 않고, 풍취를 얻은 이취로 노래를 하였다. 즉 '법우(法雨), 무명토(無明土), 선아(善芽), 중생의 밭[衆生叱田], 보리의 열음/열매[菩提叱菓音], 각월(覺月)' 등의 유유(類喩)를 통하여, 풍취를 얻은 이취로 노래를 하였다. 이 이취에 포함된 풍취는 이 작품이 아름답게 보이는 이유이다. 그리고 이 작품이 보여주는 가르침(설법)의 필요성, 가르침(설법)의 간청, 가르침(설법)의 결과 등은 불교인에게는 매우 요긴한 불폐절의 입언이며, 앞의 유유에 포함된 은유의 일부는 불경에 나온 것일지라도, 유유 전체는 매우 창의적인 것이다. 이렇게 이 작품은 이취(왕창령)와 입언(교연)의 측면을 잘 보여준다.

〈도산십이곡〉의 〈언지〉 제6수는 재도시(載道詩)로 이취와 입언왈의의 측면을 잘 보여준다. "춘풍(春風)에 화만산(花滿山)ᄒᆞ고 추야(秋夜)애 월만대(月滿臺)라 / 사시(四時) 가흥(佳興)이 사ᄅᆞᆷ과 ᄒᆞᆫ 가지라 / ᄒᆞ믈며 어약연비(魚躍鳶飛) 운영천광(雲影天光)이야 어늬 그지 이슬고"를 읽고 나면, 일차로 이 작품이 보여주는 풍취(風趣)에 탄성이 절로 난다.

이 때문에 그런지, 이본들의 수용으로 볼 때에, 12수 중에서 가장 많은 수용을 보여준다. 그런데 이 풍취는 이취의 '취'에 해당하며, 이취의 '이(理, 이치, 도리)'인 이 작품의 주제를 전달하는 수단에 불과하다. 〈언지〉 제6수의 주제는 군자지도(君子之道)와 그 즐거움이다. 이 경우에 군자지도는 만물의 자득기도(自得其道)와 자득기락(自得其樂)이다. 이 작품이 자득기도와 자득기락을 노래하였다는 사실은 두 측면에서 알 수 있다. 하나는 초장("春風에 花滿山ᄒᆞ고 秋夜애 月滿臺라")과 중장("四時 佳興이 사ᄅᆞᆷ과 ᄒᆞᆫ 가지라")을 "만물정관개자득(萬物靜觀皆自得) 사시가흥여인동(四時佳興與人同)"(程顥, 〈秋日偶成詩〉)과 비교해 보면, "춘풍에 화만산ᄒᆞ고 추야애 월만대라"가 자득기도와 자득기락을 보여준다는 측면이다. 다른 하나는 종장("ᄒᆞ믈며 魚躍鳶飛 雲影天光이야 어늬 그지 이슬고")에서 인용한 어약연비(魚躍鳶飛)와 운영천광(雲影天光)이 자득기도와 자득기락을 보여준다는 측면이다(양희철 2016c:205~208). 이런 점들로 보아, 이 작품은 자득기도와 자득기락이라는 군자지도의 추상적인 도리가 풍취와 결합된 이취를 노래하였다고 정리할 수 있다. 그리고 이 군자지도와 그 즐거움은 도학자들에게 있어서 매우 요긴한 불폐절의 입언이며, 이 제6수에는 일부 전고인용이 있지만, 창의적인 측면도 보여준다. 이렇게 〈도산십이곡〉의 〈언지〉 제6수는 '기의심고'에서 볼 수 있는 이취와 입언왈의를 잘 보여준다.

〈고산구곡가〉의 제4, 5, 7, 8수도 재도시(載道詩)로 이취와 입언왈의의 측면을 잘 보여준다. 이 중에서 제5수만을 보자. 제5수인 "사곡(四曲)은 어드미오 송애(松崖)에 ᄒᆡ 넘거다 / 담심(潭心) 암영(巖影)은 온갓 빗치(〈빛치) 즘겨셰라 / 임천(林泉)이 깁도록 됴ᄒᆞ니 흥(興)을 계워 ᄒᆞ노라"를 서정시로 읽고 보면, 자연의 아름다움에 몰입된 서정의 홍취를 통하여, 풍취(風趣)를 잘 보여준다. 자연의 아름다움 나아가 담심 암영의 즐김은 중장에서 알 수 있고, 시적 화자가 즐김은 종장에서 알 수 있다. 이런 점에서 이 작품의 표면적 주제는 [자연의 아름다움(담심 암영의 즐김)을 시적 화자가 즐김] 정도로 정리할 수 있다. 이에 비해 제5수를 재도시(載道詩)로 읽고 나면, 이 작품의 이면적 주제를 [암영이 본성을 따르면서, 본성을 따르는 것인 도(道)에 참여하여, 저절로 도를 얻는 즐김을 시적 화자가 즐김]으로 정리할 수 있다. 이런 사실은 중장과 종장에서 알 수 있다. 중장에서는 담심의 암영이 그 본성(:담심에 드리운 암영이, 담심에 드리운 온갖 빛과 어울려 하나가 되는 것, 즉 암영으로 보면, 담심에 드리운 다른 온갖 빛들과 物我一體가 되는 것)을 따르면서, 본성을 따르는 것인 도(道)에 참여하여, 저절로 도를 얻는 즐김을 보여준다. 그리고 종장에서는 시적 화자가 암영지락을 즐김을 보여준다. 이렇게 자연이 도를 얻는 즐김을 시적 화자가 즐김을 성리학자들은 진락(眞樂)이라고 한다(양희철 2016c:322~324). 이런 사실들을 종합하면, 제5수는 성리학자들이 추구한 매우 추상적인 진락의 이치를 앞에서 정리한 자연의 풍취(風趣)와 더불어 이취로 노래하였다고 할 수 있다. 그리고 이 진락은 성리학자들에게 요긴한 불폐절의 입언이며, 담심 암영의 자연이 도를 얻는 즐김을 중장의 표현을 통하여 표현한 것은 매우 창의적이라는 점에서 제5수는 교연의 입언과도 통한다. 이렇게 제5수는 이취와 입언왈의를 잘 보여준다.

이상과 같은 점들로 보아, 왕창령의 이취와 교연의 입언왈의를 수용한 '기의심고'는, 한국 시가를 이취와 입언왈의의 차원에서 중국의 시가와 대등한 차원으로 올려놓은 의미가 있으며, 〈안민가〉, 〈청전법륜가〉, 〈도산십이곡〉, 〈고산구곡가〉 등에서 보이는 이취와 입언왈의의 시작이라는 한국 시가사적 의미를 정리할 수 있다.

그리고 〈찬기파랑가〉와 〈안민가〉는 그 의(=이취, 입언)가 매우 높다는 점에서 석가탑 및 다보탑과도 서로 닮았다. 『묘법연화경』의 〈견보탑품〉

을 보면, 석가탑은 '석가여래 상주설법'(釋迦如來 常住說法)을, 다보탑은 '다보여래 상주증명'(多寶如來 常住證明)을, 각각 상징한다(허균 2000: 248~254). 그리고 이 두 탑은 〈견보탑품〉에 근거하여 만들어진 것이어서, 상징의 이치도 잘 보여준다. 또한 다보탑은 다보여래가 과거에 세운 서원("내가 만일 성불하여 멸도한 후에 시방국토에 『법화경』을 설하는 곳이 있으면, 나의 탑은 이 『법화경』을 듣기 위하여 그 앞에 나타나 증명하고, 거룩하다고 찬양하리라.")의 실현이란 점에서 서원적 도리(道理)도 잘 보여준다. 게다가 이 두 탑은 국보 제20, 21호로 상징적 이치와 서원적 도리는 물론, 격에 맞는 멋 즉 풍취(風趣)도 잘 보여주면서, 이취(理趣)가 매우 높음을 조각의 언어로 매우 잘 보여준다. 동시에, 이 두 탑이 보여준 상징적 이치와 서원적 도리는 불교인들에게는 매우 요긴한 불폐절의 언어인 입언(立言)에 해당하며, 이 입언을 두 탑의 상징적 의미로 표현한 점은, 다른 탑들이 그 문자적 의미인 묘(廟)의 표현이라는 점에서 보면, 매우 독창적이어서, 그 입언(立言)이 매우 높음을 매우 잘 보여준다. 이렇게 두 탑은 그 의(=이취, 입언)가 매우 높음을 조각의 언어로 매우 잘 보여준다는 점에서, 의(=이취, 입언)가 매우 높은 〈찬기파랑가〉 및 〈안민가〉와도 서로 닮았다.

5. 결론

지금까지 〈찬기파랑가〉의 '기의심고(其意甚高)'를 종합적으로 다시 검토해 보았다. 그 결과를 요약하여 결론을 대신한다.

1) '기의심고'를 지금까지 번역하거나 해석한 글들을 보면, 〈찬기파랑가〉나 그 부분을 이해하는 데 도움을 줄 수 있는 '기의심고'의 번역과

해석은 하나도 보이지 않는다. 이 문제는 '의(意)'자의 의미를 너무 쉽게 '뜻'으로만 읽고, 사전에 등재되어 있는 다른 의미('理趣')나 풍격론(風格論)에서 보이는 '의(意)'자의 의미를 전혀 검토하지 않았기 때문에 발생한 것으로 보인다.

2) '기의심고'의 '의'를 밝히는 데 도움을 주는 풍격의 '의'는 왕창령, 교연, 왕현 등에서 보인다. 왕창령의 '의'(意=理趣, 理得其趣)는 '이(理, 도리, 이치)'와 '취(趣, 風趣, 멋)'의 결합이며, 그 결합이 자연스럽고 제격에 맞을 때 의고가 된다. 이 '이취'의 의미는 사전에 등재된 것이다. 교연의 '의'는 '입언왈의(立言曰意)'에서 보이며, 입언은 '요긴한 것을 얻은 불폐절(不廢絶)의 언'을 의미하며, 창의적/창신적인 것을 상격으로 보았다. 왕현의 '의'는 '입언반박왈의(立言盤泊曰意)'에서 보이며, 이 입언의 반박이 높거나 뛰어날 때에 의고가 된다. 교연과 왕현의 '의'는 사전에 등재되어 있지 않다.

3) 〈찬기파랑가〉의 향찰은 "咽鳴 그치매 / 난환ᄒᆞ얀 다ᄅᆞ리 / ᄒᆡᆫ구름 좇우 드가 숨안 디 알 / 기랑ᄋᆡ 즈시 ᄇᆞᄅᆞ시 고지야 / 몰ᄀᆡ 바ᄅᆞ 가른 믈셔리여ᄀᆡ / 숨오나릿 쟉벼리아긔 / 마루여 지니입 가시온 / ᄆᆞᄉᆞᄆᆡ 갓글 좇내아져 / 아라 자싯 가지 놉호 / 눈이 모둘 니올 곳갈여"로 해독되며, 그 현대역은 "열오(이/를) 그치매 / 나타나 환하게 한 달이(/나타나 명판으로, 또는 명판과 공문서 처리로, 세상을 밝게 한 기파랑이) / 흰구름 좇아 떠가 숨은 데 아래 / 기랑의 흔적이 겨우 은둔처인가? / 모래 바로(곧게) 가른 물가에서 / 숨오내의 서덜에서 / 낭이여 지니어 가시온 / 마음의 가를(지고한 마음을) 따라내고져 / 아아 잣가지(잣나무, 기파랑의 지절이) 높아 / 눈(눈, 부도덕한 상급자)이 못 이올/가올 곶갈[고깔(弁, 끝이 뾰족한 갈래), 花判(판결), 判花(공문서 처리)]여!"이다.

4) 시어 '환하게 하다'('달이 세상을 환하게 하다.'와 '기파랑이 (훌륭한

판결로, 또는 훌륭한 판결과 공문서 처리로) 세상을 밝게 하다.)', '달'('달'과 '기파랑'), '흰구름'('흰구름'과 '현인, 刑官, 수행승'), '곶/고지'('숲'과 '은둔처'), '잣가지'('잣가지'와 '기파랑의 지절'), '눈'('눈'과 '부도덕한 상급자'), '니올'('덮올'과 '가올'), '곶갈'(자연의 '고깔', 판결의 '花判', 공문서 처리의 '判花') 등은 괄호 안의 두 의미, 또는 세 의미를 표현하는 중의어들이다.

5) '마음'은 '지고한 마음'을 표현한 일반화의 제유법이고, '마음의 가'와 '잣가지'는 '마음'과 '잣나무'을 표현한 개별화의 제유법이다.

6) '눈'은 '부도덕한 상급자'를 표현한 은유이다. 보조관념 '눈'과 원관념 '부도덕한 상급자'가 갖고 있는 은유의 기반, 즉 공통의 자질은 '꺾음, 누름, 덮음' 등이다.

7) 〈찬기파랑가〉의 제2, 3구는 표면적으로는 "나타나 환하게 한 달이 / 흰구름 좇아 떠가 숨"는 풍경을 통하여 아름다운 정취를 느끼게 하는 풍취(風趣)를 보여주고, 이면적으로는 '현인'의 형관인 기파랑이 (훌륭한 판결로, 또는 훌륭한 판결과 공문서 처리로) 세상을 밝게 하고 황제시의 형관을 따라, 또는 수도승을 따라, 숨은 사실을 통하여 형관의 도리를 보여주면서, 도리와 풍취가 결합된 이취의 '의'를 보여준다. 이는 왕창령의 '의'인데, 그 격이 자연스럽게 제격에 맞는다는 점에서 이취의 의가 높다고 정리할 수 있다.

8) 〈찬기파랑가〉의 제2, 3구가 이면적으로 보여준 형관의 도리는 어느 시대나 요긴한 것으로 불폐절의 시구가 되면서, 일단 교연과 왕현이 말한 '입언'의 '의'가 된다. 게다가 형관의 인물을 달에 비유하고, 달빛을 밝은 판결에, 또는 밝은 판결과 공문서 처리에, 비유한 것 역시 지금까지 우리가 보아온 비유가 아니고 매우 창의적/창신적이라는 점에서, 이 부분은 교연의 입장에서 보면, 입언이 매우 높은 '기의심고'를 보여준다.

동시에 하늘에 나타나 환하게 한 달이 온 세상을 환하게 비추고 흰구름에 숨을 때에, 그 모습은 넓고 크며, 담백한/산듯한 '반박'도 잘 보여준다는 점에서, 이 부분은 왕현이 말한 '입언반박'의 '의'가 매우 높은 측면도 보여준다.

9) 〈찬기파랑가〉의 제9, 10구는 표면적으로는 "아아 잣가지 높아 / 눈이 못 덮을 고깔(弁, 끝이 뾰족한 갈래)여!"를 통하여 자연의 아름다운 풍취를 보여주고, 이면적으로는 "기파랑의 지절(志節)이 매우 높아 부도덕한 상급자가 덥지 못할(/가지 못할) 판결이여, 또는 판결과 공문서 처리여"를 통하여 판결을, 또는 판결과 공문서 처리를, 억압하고 덮어버릴 수 있는, 부도덕한 상급자가, 기파랑의 지절이 높기 때문에 그의 판결을, 또는 판결과 공문서 처리를, 억압할 수 없고 덮어버릴 수 없다는 이치와, 판관은 지의 또는 지절을 갖고 판결에, 또는 판결과 공문서 처리에, 임하여 부도덕한 상급자가 판결을, 또는 판결과 공문서 처리를, 억압하거나 덮어버리지 못하게 해야 한다는 판관의 도리를 보여주면서, 풍취와 이(이치, 도리)가 결합된 이취를 보여준다. 이는 왕창령의 '이취'라는 '의'인데, 그 격이 자연스럽고 제격에 맞다는 점에서 이취의 의가 매우 높다고 정리할 수 있다.

10) 〈찬기파랑가〉의 제9, 10구가 이면적으로 보여준 이치와 도리는 어느 때나 요긴한 것으로 불폐절의 시구임을 말해준다. 게다가 판결을, 또는 판결과 공문서 처리를, 억압하고 덮어버릴 수 있는, 부도덕한 상급자를 '눈'으로 은유한 표현과, 자연의 '꼬깔', 판결(花判), 공문서 처리(判花) 등의 삼중의를 '곶갈'(꼬깔)의 동음이의어와 그 도치의 중의로 표현한 것은 처음 보는 표현으로, 그 창의성/창신성을 잘 보여준다는 점에서, 이 부분은 교연이 말한 '입언'의 '의'가 매우 높음을 말해준다. 동시에 눈이 온누리를 덮은 겨울에 크고 우람한 잣나무의 맨위 갈래를 눈이 덮지

못하는 자연은 그 공간에서 넓고 크며 담백한/산듯한 모양의 '반박'도 크게 잘 보여준다는 점에서, 이 부분은 왕현의 입장에서 보면, '입언반박'의 '의'가 매우 높음을 보여주는 것으로 해석하게 한다.

11) 7)~10)으로 보아, 〈찬기파랑가〉의 제2, 3구와 제9, 10구는, 왕창령의 '의'(意=理趣, 理得其趣), 교연의 '의'(意=立言), 왕현의 '의'(意=立言盤泊) 등의 어느 것으로 보아도, 그 '의'가 매우 높다/훌륭하다고 결론을 내릴 수 있다.

12) 왕창령의 이취와 교연의 입언왈의를 수용한 '기의심고'는, 한국 시가를 이취와 입언왈의의 차원에서 중국의 시가와 대등한 차원으로 올려놓은 의미가 있으며, 후대에 나온 최자의 『보한집』, 이규보의 『백운소설』, 이이의 『정언묘선』 등에 나오는 풍격의 '의' 또는 '의격'을 선도하였다는 의미도 있고, 〈안민가〉, 〈청전법륜가〉, 〈도산십이곡〉, 〈고산구곡가〉 등에서 보이는 이취와 입언왈의의 시작이라는 한국 시가사적 의미를 보여준다.

13) 〈찬기파랑가〉와 〈안민가〉가 보여준 그 의(=이취, 입언)가 매우 높음은 석가탑과 다보탑이 조각의 언어로 보여준 그 의(=이취, 입언)가 매우 높음과 서로 닮았다.

두보의 '청사려구'와 향가의 '사청구려'

1. 서론

이 글은 향가론에서 매우 중요하면서도, 지금까지 자구(字句)의 축자적(逐字的) 번역에 머물고 있는 향가의 평어 '사청구려(詞淸句麗)'와 그 문맥을, 한중 비교문학적 입장에서 검토하고 정리하는 데 연구의 목적이 있다.

향가의 문학론을 검토한 글들을 보면, 거의 모두가 『균여전』에 수록된 '사청구려(詞淸句麗)'를 인용하였다. 그런데 그 인용을 통하여 말하고자 하는 바는, 향가의 우수성을 주장하려 한 것 같은데, 그 내용은 상당히 피상적이다. 이런 사실은 '사청구려'의 축자적 번역에 거의 머물고 있는 연구사를 통하여 명확하게 알 수 있다. '사청구려'의 번역은 두 유형이다. 하나는 축자적으로 번역한 유형이고, 다른 하나는 의역한 유형이다.

먼저 축자적으로 번역한 유형을 보자. 이 유형에서는, '사청(詞淸)'을 "말은 맑고"(홍기문 1956), "말이 깨끗하고"(정열모 1965), "사(詞)가 맑고"(김운학 1976, 1978, 김준영 1979, 최철 1990), "문장(文章)이 맑고"(동악어문학회 1981, 이재호 1997) 등으로 비슷하게 번역하였다. 그리고 '구려(句麗)'도 "글귀는 아름답다."(홍기문 1956), "글귀가 아름답다."(동악어문학회 1981, 이재호 1997), "구(句)가 아름답다."(정열모 1965, 김운학 1978), "구(句)가 깨끗하다."(김운학 1976), "구(句)가 미려하다."(김운학 1978), "구(句)가 곱다."(김준영 1979, 최철 1990) 등으로 비슷하게 번역하였다.

의역한 유형에는 "시구가 맑고도 곱다."(최철·안대회 1986)의 번역만이 있다.

이렇게 '사청구려'의 연구는 거의가 자구의 축자적 번역을 넘어서지 못하고 있다. 그리고 이 '사청구려(詞淸句麗)'와 연계된 한자식 명의(名義) '시뇌(詞腦)'의 연구 역시 번역의 수준을 넘어서지 못하고 있다. 즉 '시뇌(詞腦)'의 협주인 "의정어사(意精於詞) 고운뇌야(故云腦也)"와, "십일수지향가(十一首之鄕歌) 사청구려(詞淸句麗) 기위작야(其爲作也) 호칭시뇌(號稱詞腦) 가기정관지사(可欺貞觀之詞) 정약부두(精若賦頭) 감비혜명지부(堪比惠明之賦)"를 축자적으로 번역하는 수준에 머물고 있다.

이에 이 글에서는, 한중 비교문학적 입장에서, '사청구려'의 연원과 의미를 검토하고, 이를 균여의 향가 〈(보현십종)원왕가〉에서 확인하며, 이 의미의 차원에서 향가와 관련된 '사청구려'의 문맥을 검토 정리하고자 한다.

2. '사청구려'의 연원과 의미

이 장에서는 '사청구려'의 연원을 두보(杜甫, 712~770)의 '청사려구(淸詞麗句)'와 이를 따른 글들에서 찾고, 그 의미를 정리하고자 한다.

2.1. '사청구려'의 연원

두보는 중국한시의 비평사에서 유명한 〈희위육절구(戱爲六絶句)〉(761~762년 사이로 추정)를 남겼다. 이 한시의 제5수에는 "ᄆᆞᆯᄀᆞᆫ 말ᄉᆞᆷ과 빗난 긄句(ᄅᆞᆯ 반ᄃᆞ기 이웃 ᄒᆞ고져 ᄒᆞ노라)"[『두시언해』(초) 十六 12]로 번역하기도 한, "청사려구(필위린)[淸詞麗句(必爲鄰)]"가 포함되어 있다. 이 제5수는 제6수와 함께 〈희위육절구〉의 결론에 해당한다.

오늘의 사람을 박대하지 않고 옛사람을 사랑하여, 不薄今人愛古人
맑은 말과 아름다운 글귀는 반드시 이웃하고자 한다. 淸詞麗句必爲鄰
屈原과 宋玉을 마음속으로 잡고 오르려거든
마땅히 본떠 몰고 가야지 竊攀屈宋宜方駕
齊梁을 좋아하고 뒷 먼지를 지을까 두려워 한다. 恐與齊梁作後塵

前賢에 미치지 못하는 것을 다시 의심하지 말고 未及前賢更勿疑
번갈아 서로 祖述함에 다시 누가 먼저이겠는가? 遞相祖述復先誰
특히 僞體를 삭감하고 風雅를 가까이하면, 別裁僞體親風雅
오히려 넘치는 여러 스승이 너의 스승이리라. 轉益多師是汝師

이 두 수에서는 창작을 어떻게 해야 하는가를 보여주고 있다. 특히 제5수에서는 '청사려구(淸詞麗句)'를 이웃하고자 하는 문학으로 정리하면서, 굴원(屈原)과 송옥(宋玉)의 문학을 따르고, 제량(齊梁)의 문학과 같이 기려(綺麗)만을 추구해서는 아니 된다는 의미를 보여준다. 이런 내용은 제6수에서는 "위체(僞體)를 삭감하고 풍아(風雅)를 가까이하면"으로 부연되었다. 결국 두보가 추구한(이웃하고자 한) 문학을 한마디로 말하면 '청사려구(淸詞麗句)'이고, 그 구체적인 예로는 굴원과 송옥의 문학과 풍아를 들은 것이다. 이 제5수에 포함된 '청사려구(淸詞麗句)'는, 우리가 관심을 갖고 있는, 향가의 평어 '사청구려(詞淸句麗)'의 연원으로 판단한다.

두보의 '청사려구(淸詞麗句)'는 위장(韋莊, 836~910)과 진사도(陳師道, 1053~1101)의 '청사려구(淸詞麗句)'와 '여구청사(麗句淸詞)'로 이어진다. 두보는 중국 최고의 시인으로 인식되고 있다. 두보를 처음으로 숭배한 것은 한유(韓愈, 768~824)와 백거이(白居易, 772~846)이고, 그 평가를 왕안석(王安石)과 소식(蘇軾)이 확정하였다. 그런데 위장은 두보를 처음으로 숭배한 한유와 백거이보다 후대 사람이며, 두보를 흠모하여, 성도(成都)에서 두보의 초당(草堂) 옛터에다 집을 짓고 살다가 죽었다.[1] 이런 사실로 보아, 위장의 '청사려구'[2]와 '여구청사'[3]는 두보의 '청사려구'와 같은 것이라 할 수 있다. 그리고 진사도 역시 두보의 시풍을 본받으려 한 인물이다.[4] 이런 사실로 보아, 진사도의 글에서 보이는 '청사려구'[5] 역시 두보의 '청사려구'와 같은 것이라 할 수 있다. 그 후에 이 '청사

1 "…소종(昭宗) 건녕(乾寧) 원년(894) 과거에 급제하고 교서랑(校書郎)이 되었다. 얼마 뒤 좌보궐(左補闕)로 양천(兩川)을 선유(宣諭)하고, 마침내 촉(蜀)에 머물러 왕건(王建)을 섬겼다. 3년 뒤 왕건이 전촉(前蜀)을 세워 칭제하면서 여러 가지 제도를 마련할 때 그의 손에서 많이 나왔다. 이부상서(吏部尙書)와 동평장사(同平章事)를 역임했다. 성도(成都)에 있으면서 두보(杜甫)의 초당(草堂) 옛 터에다가 집을 짓고 살았다. 그곳에서 죽었다. 입촉(入蜀)한 뒤 지은 사(詞) 「시여(詩餘)」는 만당(晩唐) 이후 성행하던 이 형식에 새로운 국면을 열었다. 저서에 『완화집(浣花集)』 10권과 『완화사집(浣花詞集)』 1권 등이 있고, 당시선집(唐詩選集) 『우현집(又玄集)』을 편찬했다."(임종욱 2010:1276).

2 "謝玄暉文集盈編 …… 但掇其淸詞麗句 錄在西齋 莫窮其巨派洪瀾 任歸東海 …… "(韋莊, 〈又玄集序〉, 羅聯添 편, 중화민국 68:266).

3 "…… 據臣所知 則有李賀 皇甫松 李羣玉 陸象蒙 趙光遠 溫庭筠 劉德仁 陸逵 傅錫 平曾 賈島 劉稚珪 羅鄴 方于 俱無顯遇 皆有奇才 麗句淸詞 編在詞人之口 ……"(韋莊, 〈乞追賜李賀皇甫松等進士及第奏〉, 羅聯添 편, 중화민국 68:267).

4 "… 시에서는 황정견(黃庭堅)의 영향을 받았다. 나중에 그의 시풍에 불만을 품고 두보(杜甫)의 시풍을 본받으려 했지만 그늘에서 완전히 벗어나지는 못했다. 강서시파(江西詩派)를 대표하는 시인이다. 저서에 『후산집(後山集)』과 『후산담총(後山談叢)』, 『후산시화(後山詩話)』 등이 있다."(임종욱 2010:1838).

려구'와 같은 의미인 '청신기려(淸新綺麗)'는 원나라의 기려청신파(綺麗淸新派)[6]로 이어졌다.

두보와 위장의 '청사려구'와 '여구청사'는 최행귀(崔行歸)의 '사청구려(詞淸句麗)'로 이어진다. 이런 사실은 다음의 사실들에서 알 수 있다.

첫째로, 두보와 위장의 '청사려구'와 '여구청사'는 최행귀의 '사청구려'와 같은 의미를 가지고 있다는 점이다. 단지 다른 점은 문장에서 주제구와 설명구로 쓰이면서 어순이 바뀐 것뿐이다. '청사려구'는 "청사려구필위린(淸詞麗句必爲鄰)"에서 주제구로 쓰였다. 즉, '맑은 글과 아름다운 구는'의 주제구로 쓰였다. 이에 비해 '사청구려'는 "십일수지향가(十一首之鄉歌) 사청구려(詞淸句麗)"에서 향가를 설명한 "글이 맑고 구가 아름답다"의 설명구로 쓰였다. 특히 후자의 '사청구려(詞淸句麗)'는 주제구인 '청사려구(淸詞麗句)'의 의미를 설명구에서 그대로 사용할 때에, 어순을 바꾼 것에 불과하다.

둘째로, 최행귀는 중국에 유학하고 관직 생활을 하여 한문학에 익숙한 인물이라는 점이다. 최행귀(출생년도 미상, 970~975 사이에 죽음)는, 오월국(吳越國, 908~978)으로 유학을 하였는데, 그 나라 왕이 비서랑(秘書郎)으로 임명하였고, 뒤에 고려로 돌아와서 광종(925~975)을 섬기어 총애를 받는 신하가 되었으나 죄에 연루되어 죽었다(『고려사』 〈열전〉 권제5의 '崔彦撝'조). 이런 사실로 보아, 최행귀는 중국의 한문학에 익숙하고, 10세기까지 나온 '청사려구(淸詞麗句)', 특히 두보와 위장의 '청사

5 "往時靑幕之子婦 妓也. 善爲詩詞 同府以詞挑之. 妓答曰 : 淸詞麗句 永叔子瞻曾獨步; 似恁文章 寫得出來當甚强"(陳師道, 『後山詩話』 八b, 臺靜農 편, 중화민국 63: 2013).

6 "元時蒙古色目子弟 … 貫酸齋 馬石田[祖常]開綺麗淸新之派 而薩經歷[都剌]大暢其風 淸而不佻 麗而不縟"(顧嗣立, 『寒廳詩話』 二b, 臺靜農 편, 중화민국 63:1520).

려구'에 익숙한 인물이라고 볼 수 있다.

셋째로, 주제구인 '청사려구(淸詞麗句)'를 설명구로 바꾸어 쓴 '사청구려(詞淸句麗)'의 의미는 '3'장에서 검토할 균여의 〈(보현십종)원왕가〉(일명 〈보현십원가〉)에서 확인되고, 이 '사청구려'의 의미는 '4'장에서 검토할 향가 '사청구려'의 문맥에 부합한다는 점이다.

이런 사실들로 볼 때에, '사청구려(詞淸句麗)'의 연원은 두보의 '청사려구(淸詞麗句)'이며, 이 '청사려구'를 『균여전』(혁연정)에 수록된 최행귀의 글에서 '사청구려(詞淸句麗)'로 어순을 바꾸어 썼다고 정리할 수 있다.

2.2. '사청구려'의 의미

'청사려구'의 의미를 검토하기 위하여, 〈희위육절구〉의 제1수를 먼저 보자.

유신의 문장은 나이 들어서 다시 이루어	庾信文章老更成
능운 건필에 뜻은 종횡무진이다.	凌雲健筆意縱橫
금인들이 널리 퍼져 전하는 賦를 비웃고 손가락질하며	今人嗤點流傳賦
후생이 두렵다고 한 전현의 말을 깨닫지 못 하는구나	不覺前賢畏後生

이 절구는 그 당시에 널리 퍼져 전하는 〈애강남부(哀江南賦)〉(庾信, 513~581, 開府儀同三司를 지냈기 때문에 '庾開府'로도 불린다.)에 대한 비웃음과 손가락질을 비판하면서 〈애강남부〉를 칭송한 시이다. 이 인용에서 보면, 비판에 앞서 〈애강남부〉를 "능운 건필에 뜻은 종횡무진이다." 라고 칭송하였다. 이 칭송은 〈희위육절구〉의 전체로 보면, 이 〈애강남부〉도, 두보가 추구한(이웃하고자 한) '청사려구(淸詞麗句)'한 시가의 하나임을 보여주는 것이다. 왜냐하면, 두보는 그가 추구한(이웃하고자 한)

시가를 〈희위육절구〉의 제5수에서 '청사려구'로 정리하고, 이를 보여주는 구체적인 시가들로 유신의 부(〈애강남부〉, 제1수), 초당사걸(初唐四傑)의 시가(제2, 3수), 위진(漢魏)의 시가와 풍소(風騷, 『시경』과 『이소』)(제3수), "체경어벽해중(掣鯨魚碧海中)"(제4수)[7], 굴원과 송옥의 시가(제5수), 풍아(風雅)(『시경』, 제6수) 등과 같이, 특정 작품(〈애강남부〉), 특정 작가(굴원, 송옥), 특정 유파(초당사걸), 특정 시대의 시가(『시경』, 『이소』, 한위의 시가) 등을 들었기 때문이다.

이렇게 〈애강남부〉를 통하여 보여주려고 한 '청사려구(淸詞麗句)'의 의미가 '청신기려(淸新綺麗)'라는 사실을, 유신(庾信)에 관한 다음의 글들에서 보자.

> 늘그막의 두보가 〈춘일 이백을 생각하는 시〉에서 노래하기를, "이백은 시에서는 적이 없다. 회오리바람과 같은 생각은 짝이 없다. 청신(淸新)은 유개부이고, 준일(俊逸)은 포참군이다." …… 유개부는 청신하나 준일할 수 없고, 포참군은 준일하나 청신할 수 없다. 태백만이 겸하였기 때문에 적이 없다.[8]

> 유신시 : 유신의 시는 양나라에서 가장 뛰어나 견줄 사람이 없으며, 당대의 새로운 시단을 개척한 자이다. 역사에서 그의 시를 두고 평하기를 '기염(綺艶)'이라고 한다. 두자미가 그것을 '청신(淸新)'이라고 칭하고 혹은 '노성(老成)'이라고 일컫는다. 기염과 청신이라는 말은 사람들이 모두 그것을

---

7 〈戲爲六絶句〉 6수 중에서 제1, 5, 6수는 이미 보았고, 제2, 3수는 앞으로 인용할 것이므로, 제4수만 인용하면 다음과 같다. "才力應難跨數公 凡今誰是出群雄 或看翡翠蘭苕上 未掣鯨魚碧海中".

8 "老杜春日憶李白詩云「白也詩無敵 飄然思不群 淸新庾開府 俊逸鮑參軍」…… 庾淸新而不能俊逸 鮑俊逸而不能淸新 太白兼之 所以爲無敵也"(洪邁, 〈容齋隨筆三十一則〉, 張健 편, 중화민국 67:153).

알고 있는데 그것은 늙을수록 성숙해진다. 유독 자미만이 능히 그것이 오묘하다는 발언을 하였다. 나는 일찌감치 그것의 세 가지 설에 부연하여 말하기를 기(綺)가 많을수록 질(質)이 손상되고, 염(艶)이 많을수록 골(骨)이 없고, 청(淸)함은 박(薄)함에 가까워지기 쉽고, 신(新)함은 날카로움에 가까워지기 쉽다고 하였다. 그런데 유신의 시는 기(綺)하면서도 질(質)이 있고, 염(艶)하면서도 골(骨)이 있으며, 청(淸)하면서도 박(薄)하지 않고, 신(新)하면서도 첨(尖)하지 않으니, 노성(老成)이 되기 때문이다. 만약에 원대(元代) 사람들의 시라면, 기염(綺艶)이 없지 않고, 청신(淸新)이 없지 않으나, 노성(老成)이 결여되었다. 송인(宋人)이 시를 억지로 노성(老成)의 태도로 창작을 한다면, 기염(綺艶)과 청신(淸新)은 대체로 거기에 존재하지 않는다. 유신이라는 자라면 그것을 겸하였다고 말할 수 있다. 그렇지 않다면, 자미가 어째서 이처럼 탄복을 하였을까?[9]

이 두 인용으로 보면, 유신의 글이 보여준 '청사려구(淸詞麗句)'를 '청신기려(淸新綺麗)'로 이해할 수 있다. 첫 번째 인용과 두 번째 인용의 '청신(淸新)'으로 보아, '청사(淸詞)는 '청신사(淸新詞)'로 이해되며, '여구(麗句)'는 '기려구(綺麗句)'로 이해된다. 특히 유신의 시는, 염(艶)하여 골(骨)이 없는 것이 아니라, "염(艶)하면서 골(骨)이 있다"(豔而有骨)는 점에서, '기염(綺豔)'은 '기려(綺麗)'로 이해된다.

이런 사실은 앞에서 살핀 제5수의 기승인 "오늘의 사람을 박대하지 않고 옛사람을 사랑하여(不薄今人愛古人)"와 "맑은 말과 아름다운 글귀는 반드시 이웃하고자 한다(淸詞麗句必爲鄰)."를 통하여 좀더 확인할 수

9 "庾信詩 : 庾信之詩 爲梁之冠絶 啓唐之先鞭 史評其詩曰綺豔 杜子美稱之曰淸新 又曰老成 綺豔淸新 人皆知之 而其老成 獨子美能發其妙 余嘗合而衍之曰 綺多傷質 艶多無骨 淸易近薄 新易近尖 子山之詩 綺而有質 豔而有骨 淸而不薄 新而不尖 所以爲老成也 若元人之詩 非不綺豔 非不淸新 而乏老成 宋人詩則强作老成態度 而綺豔淸新 槩未之有 若子山者可謂兼之矣 不然 則子美何以服之如此"(楊愼, 〈庾信〉, 『升菴詩話』 卷九 五a, 臺靜農 편, 중화민국 63:876).

있다. 즉 앞의 인용에서 보인 유신과 이백은 두보가 이웃하고자 하는 '청사려구'를 실현하여, 두보가 사랑하는 옛사람과 박대하지 않는 오늘의 사람으로, 이들이 보여준 '청신'과 '기려'는 '청사려구'의 '청(淸)'과 '여(麗)'라 할 수 있다. 그리고 중국의 시가비평에서 '청(淸)'을 '청신(淸新)'(蔡英俊 중화민국 74:317, 정요일 외 1998:350~352, 차현정 1999:263)으로, '여(麗)'를 '기려(綺麗)'(羅聯添 중화민국 67:10)로 확인하고 정리한 예들도 적지 않다.

이렇게 정리되는 '청사려구'의 '청신기려'를 좀더 구체적으로 보자. 두보의 '청사려구'를 계승한 사람들의 글에서, '청신기려'의 설명을 발견할 수 없어, 그 후대인들의 글에서 '청신기려'에 대한 설명을 보려 한다. '청신'에 대한 설명은 양신(楊愼, 1488~1559)과 호응린(胡應麟, 1551~1602)의 글에서 보인다. 양신은 유신의 '청신'을 설명하면서, "청자(淸者) 유려이불탁체(流麗而不濁滯) 신자(新者) 창견이부진부야(創見而不陳腐也)"[10]라 했다. 그리고 호응린은 '청신'을 설명하면서, "청자(淸者) 초범절속지위(超凡絶俗之謂) 신자(新者) 창견이부진부야(創見而不陳腐也)"[11]라 했다. 이 두 인용에서 보면, '청(淸)'은 "유려(流麗, 글이나 말이 거침없이 미끈하고 아름다움, 유창하고 아름다움)하고 탁체(濁滯, 흐리고 막힘)하지 않다."와 "초범(超凡, 凡常함을 넘어서서 뛰어남)하고, 절속(絶俗, 보통의 時俗의 것보다 뛰어남)하다."를 보여준다. 그리고 '신(新)'은 양신과 호응린이 같은 의미로 해석하였다. 즉 "의견을 처음으로 내서 진부하지 않다."는 의미로 해석하였다.

---

10 "淸新庾開府 : 杜工部稱庾開府曰淸新 淸者 流麗而不濁滯 新者 創見而不陳腐也."(楊愼, 〈庾信〉, 『升菴詩話』 卷九 五a, 臺靜農 편, 중화민국 63:875).

11 "詩最可貴者淸 然有格淸 有調淸 有思淸 有才淸. …… 淸者 超凡絶俗之謂 新者 創見而不陳腐也"(胡應麟, 『詩藪』, 〈外篇〉 卷四, 정요일·박성규·이연세, 1998:286, 329).

이번에는 '기려(綺麗)'의 의미를 간단하게 보자. '기려'는 무늬가 있는 비단처럼 아름답고 화려함을 말한다. 이 '기려'에 대한 가장 빠른 설명은 사공도(司空圖, 837~908)의 〈기려(綺麗)〉(『二十四品』, 羅聯添 중화민국 67:257)에서 보인다.

精神에 富貴가 있어야	神存富貴
비로소 黃金을 가볍게 여긴다.	始輕黃金
짙은 것은 다하면 반드시 말라버리나	濃盡必枯
담박한 것은 언제나 깊다.	淡者屢深
안개가 넉넉한 물가에	霧餘水畔
붉은 살구꽃 수풀에 있다.	紅杏在林
달 밝은 화려한 집에	月明華屋
그림 다리에 푸른 그늘이 진다.	畫橋碧陰
금 술잔에 술 가득한데	金尊酒滿
그 객은 거문고 탄다.	伴客彈琴
이런 것들을 취하면 스스로 넉넉하게	取之自足
능히 아름다운 생각을 모두 펴낼 수 있다.	良殫美襟

인용의 제1, 2구("神存富貴 始輕黃金")에서는 기려한 풍격을 위해서 시인이 가져야 하는 마음의 자세를 보여주었다. 제3, 4구("濃盡必枯 淡者屢深")에서는 기려가 말라버리는 짙은 것이 아니라, 언제나 깊은 담박한 것이어야 함을 보여주었다. 이 제3, 4구는 기염과의 차이를 잘 보여준다. 제5~10구("霧餘水畔 紅杏在林 月明華屋 畫橋碧陰 金尊酒滿 伴客彈琴")에서는 기려한 표현들의 예들을 보여주었다. 제11, 12구에서는 제1~4구에서와 같이 하여, 제5~10구에서와 같은 표현들을 취하면, 스스로 넉넉하게 능히 아름다운 생각(美襟)을 모두 펴낼 수 있다고 노래하였다. 제12구의 '아름다운 생각'(美襟)은, 제량체(齊梁體)에서 대구(對句),

전고인용, 성률의 조화, 화려한 수식(修飾) 등을 통하여 보여준 표현의 기려뿐만 아니라, 내용의 기려까지도 의미하는 것으로 판단된다. 즉 제1구에서 보인 정신적 부귀와 제4구의 담백이 말해주는, 정신적으로 부귀한 기상(氣像)의 내용적 기려까지도 의미한 것으로 판단된다. 이런 사실은 다음의 두 인용에서도 알 수 있다.

> 시의 풍격으로서 綺麗는 艶麗한 境界와 華美한 文辭가 이루어낸 것으로, 辭彩가 아름답고 찬란한 빛이 나며 매우 富麗한 기상을 띠는 風格을 가리키며, 또한 비단같이 곱고 화려한 것으로서 물질적이 아니라 정신적으로 富貴하지 않으면 안 될 풍격을 가리키는 말이다. …… 즉 '綺麗'는 修辭나 字句의 綺麗함만을 의미하는 것이 아니고 형식과 내용 모두에 해당되는 것이다(정요일 외, 1998:317~318).

> 綺麗 시문이 아름답고 화려함. 특히 풍부한 상황 설정과 화려한 수사가 어우러지며 그 기상 또한 뛰어난 시를 평하는 용어(세종대왕기념사업회 2001:927, '綺麗'조).

이상을 다시 요약하면, 기려(綺麗)는 대구, 전고인용, 성률의 조화, 화려한 수식 등을 통한 표현적 기려(綺麗)와 정신적으로 부귀한 기상의 내용적 기려(綺麗)로 정리할 수 있다.

3. 균여 향가의 '사청구려'

이 장에서는, 앞 장에서 정리한 '사청구려'의 의미를 균여의 〈(보현십종)원왕가〉에서 확인하고자 한다.

3.1. '청신'

균여의 〈(보현십종)원왕가〉에서 제1수인 〈예경제불가〉를 먼저 보자.

마음의 筆루	心未筆留
그려 사뢰온 부처 앞에	慕呂白乎隱佛體前衣
절 드리온 몸은	拜內乎隱身萬隱
법계 끝까지 두루 이르러 가아?	法界毛叱(所〉)巴只至去良
塵塵마다 부처의 刹여	塵塵馬洛佛體叱刹亦
刹刹마다 모신	刹刹每如邀里白乎隱
法界 차신 부처	法界滿賜隱佛體
九世 다 예하옵져	九世盡良禮爲白齊
아으 身語意業無疲厭	歎曰身語意業無疲厭
이를 마루 삼삼고 있다야	此良夫作沙毛叱等耶

이 작품의 해독은 제3, 4, 10구에서 일치하지 않는다. 이 부분들을 위와 같이 읽은 이유를 간단하게 보자. '납(內)'자가 '납(納)'자의 약자라는 점에서, '拜內乎隱'은 '절 드룐'(신재홍 2000)의 해독을 가다듬은 '절 드리온'(양희철 2008)을 취하였다. '毛叱所只'은 '巴/바'를 '所/바'로 오사(誤寫)한 '毛叱巴只'의 표기라는 점에서, '못두록'(끝까지 두루, 양희철 2015a)의 해독을 취하였다. '못'은 '못내'(끝까지 내내)의 '못'이다. '至去良'은 명령형 혹은 감탄형(/영탄형)의 '이르거라'로 읽기도 하고, 평서형의 '이를거아'로 읽기도 하지만, 작품의 서원(誓願)의 맥락에 맞지 않는다. 이에 제5~8구의 효과적인 서원에 필요한 자기 반성적인 자문(自問)의 성격을 보이는 '이를가아'(이르러 가아?)로 읽었다. 제10구의 해독인 "이를 마루 삼삼고 있다야"에서는 'ᄆᆞᄅᆞ'(夫, 김완진 1980b), '사모-'(作沙毛-, 지형률 1996), '사모 시ᄃᆞ야'(沙毛 叱等耶, 양희철 2015a) 등

의 해독들과, 최행귀의 번역시구인 "신체어언겸의업(身體語言兼意業) 총무피염차위상(總無疲厭此爲常)"을 참고하였다. 특히 '此良'을 '이렇게, 이에, 이 까닭에, 이 때문에' 등의 의미로 읽기도 하지만, 번역시의 '차위상(此爲常)'을 "이를 마루(常=夫)로 삼다."나 "이로 마루를 삼다."로 읽는다는 점에서, '此良'을 '(이알〉)이를'의 의미로 읽었다.

이제 〈예경제불가〉에서 보이는 청신기려의 청(淸)을 먼저 보자. 이 작품은 글의 내용이 선명하다. 제5~8구의 효과적인 서원을 위하여, 제1~4구에서는 마음의 붓으로 그려 사뢰온 부처 앞에 절을 드리는 몸은 법계 끝까지 두루 이르러 가고 있는가를 자기 반성적으로 자문(自問)하였다. 그 다음에 제5~8구에서는 진진(塵塵, 세세)마다 찰(刹)이구나! 찰찰(刹刹)마다 뫼신 법계 차신 부처님을 구세(九世) 다 예하고자 다짐한다. 그리고 마지막에 신어의업무피염(身語意業无疲厭) 이를 마루(:어떤 일의 기준, 즉 예경제불의 기준) 삼고 있다고, 용맹정진의 행원(行願)을 노래하였다. 이렇게 이 작품의 내용은 선명하다. 이는 '청(淸)'자가 가진 선명(鮮明)의 의미를 잘 보여준다.

이 선명한 '청(淸)'의 의미는 양신과 호응린이 정리한 '청(淸)'의 의미도 보여준다. 양신은 '청(淸)'을 "유려[流麗, 글이나 말이 거침없이 미끈하고(:훤하고 깨끗하여) 아름다움]하고 탁체(濁滯, 흐리고 막힘)하지 않다."로 정리하였다. 이 정리에 포함된 미끈하고 아름다움은 뒤에 볼 기려에서 언급할 것이고, 거침이 없고 탁체하지 않음은 문맥과 내용의 파악에서 볼 수 있는 것이다. 앞에서 정리하였듯이, 이 작품의 시어와 시구에는 흐리고 막힌 것이 없다. 특히 은유법을 구사할 경우에 시어와 시구가 흐리고 막힐 수 있다. 그러나 이 작품에서 보이는 '마음의 붓'은 원관념인 심소(心所) 또는 마음을 보조관념인 붓으로 표현하여, 추상적인 것을 구상적으로 표현하여, 시어와 시구의 흐리고 막힘을 보여주지 않는다. 그리고 제5~8구에서의 효과적인 서원(誓願)을 위한, 제1~4구의 자기 반성적인 자문, 제5~8구의 제불을 예경하고자 하는 서원, 제9, 10구의 '신어의업무피염'을 마루로 삼고 행하는 행원 등의 구조 역시 그 흐름은 막힘이 없다. 이런 점에서 이 작품의 '청(淸)'을 정리할 수 있다. 또한 호응린은 '청(淸)'을 "초범(超凡, 凡常함을 넘어서서 뛰어남)하고, 절속(絶俗, 보통의 時俗의 것보다 뛰어남)하다."로 정리하였다. 그런데 그 당시에 널리 퍼져 있는 〈예경제불자〉 및 중송(重頌)(이 〈예경제불자〉와 그 중송의 내용은 이어서 볼 '新'의 부분에서 인용함)과 〈예경제불가〉를 비교해 보면, 〈예경제불가〉의 초범하고, 절속한 청(淸)을 정리할 수 있다.

범위를 〈원왕가〉로 확대하여도, 시어와 시구의 의미가 흐리고 막힌 곳은 거의 없고, 초범하고, 절속한 청(淸)을 정리할 수 있다. 우리가 시어와 시구의 의미가 흐리고 막혔다고 생각할 수 있는 곳들은 해독을 정확하게 하지 못해서 오는 것이지, 표현이 흐리고 막혔기 때문은 아니라고 생각한다. 〈원왕가〉는 중생으로 하여금 『보현행원품』의 서원을 실천하게 하려는 문학으로, 그 내용을 쉽고 명확하게 표현하였다. 이 때문에 시어와 시구, 나아가 서원의 구조가 흐리거나 막힘이 없다. 그리고 그 당시에 널리 퍼져 있는 『보현행원품』의 계경(契經) 및 중송(重頌)과 비교해 보면, 〈원왕가〉의 초범하고, 절속한 청(淸)을 정리할 수 있다.

이번에는 '청신(淸新)'의 '신(新)'을 보기 위하여, 불경의 계경인 〈예경제불자〉와 중송을 먼저 보자.

> 선남자여, 부처님께 예배하고 공경한다는 것은, 온 법계, 허공계, 시방삼세 모든 부처님 세계의 아주 작은 티끌만치 많은 수의 모든 부처님들께, 보현의 수행과 서원의 힘으로 깊은 믿음을 일으켜, 눈앞에 뵈온 듯이 받들고, 청정한 몸과 말과 뜻으로 항상 예배하고 공경하는 것이니라. 낱낱이 부

처님께 이루 다 말할 수 없는 아주 작은 티끌만치 많은 수의 몸을 나타내어 그 한 몸 한 몸이 이루 다 말할 수 없는 아주 작은 티끌만치 많은 부처님께 두루 예경하는 것이니, 허공계가 다하여야 나의 이 예배하고 공경함도 다하려니와, 허공계가 다할 수 없으므로 나의 이 예배하고 공경함도 다함이 없느니라. 이와 같이 중생의 세계가 다하고, 중생의 업이 다하고, 중생의 번뇌가 다하여야 나의 예배함도 다하려니와, 중생계 내지 중생의 번뇌가 다함이 없으므로 나의 이 예배하고 공경함도 다함이 없느니라. 염념이 계속하여 쉬지 않건만 몸과 말과 뜻으로 하는 일은 지치거나 싫어함이 없느니라.[12]

온 법계 허공계의 시방세계 가운데	所有十方世界中
삼세의 한량없는 부처님께	三世一切人師子
나의 깨끗한 몸과 말과 뜻으로	我以清淨身語意
한 분도 빼지 않고 두루 예배하오며	一切遍禮盡無餘
보현보살의 행원의 크신 힘으로	普賢行願威神力
한량없는 부처님들 앞에 나아가	普現一切如來前
한 몸으로 티끌 수의 몸을 나타내	一身復現刹塵身
티끌 수의 부처님께 하나하나 두루 예배합니다.	一一遍禮刹塵佛

이 불경의 〈예경제불자〉와 중송을 〈예경제불가〉와 비교해 보면, 양신과 호응린이 보여준 "신이라는 것은 의견을 처음으로 내서 진부하지 않다(新者 創見而不陳腐也)."를 쉽게 파악할 수 있다. 제1~4구의 구상적인 표현과 자문은 〈예경제불자〉나 중송에서 볼 수 없는 의견이다. 그리

12 "善男子, 言 禮敬諸佛者 所有 盡法界虛空界 十方三世 一切佛刹極微塵數 諸佛世尊 我以普賢行願力故 深心信解 如對目前 悉以清淨身語意業 常修禮敬. 一一佛所 皆現 不可說不可說 佛刹極微塵數身 一一身 遍禮 不可說不可說 佛刹極微塵數佛, 虛空界 盡 我禮乃盡, 以虛空界 不可盡故 我此禮敬 無有窮盡. 如是乃至衆生界盡 衆生業盡 衆生煩惱盡 我禮乃盡, 而衆生界 乃至煩惱 無有盡故 我此禮敬 無有窮盡. 念念相續 無有間斷 身語意業 無有疲厭."

고 제5~8구의 대구를 통한 표현은 〈예경제불자〉의 복잡한 만연체를 깔끔하게 바꾼 것이다. 그리고 제9구의 '신어의업무피염(身語意業無疲厭)'은 〈예경제불자〉의 것이지만, 이에 머물지 않고, 제10구인 "이(:身語意業無疲厭)를 마루(:예경제불의 기준) 삼고 있다야"에서와 같이, 이(:身語意業無疲厭)를 이어 받아서, 행원(行願)을 새롭게 노래하고 있다. 이렇게, 〈예경제불가〉를 불경의 〈예경제불자〉 및 중송과 비교해 보면, 그 내용이 상당히 새로운 것으로 진부하지 않음을 잘 보여준다. 게다가 이어서 '기려'에서 보겠지만, 그 표현에서는 불경의 〈예경제불자〉와 중송에서 볼 수 없는 새롭고 아름다운 '기려'를 보여준다.

범위를 균여의 〈원왕가〉 11수 전체로 확대하여 보면, 몇 가지의 사실들이 이미 정리되어 있다. 먼저 양희철(1988:39~55)이 정리한 내용을 다시 간단하게 요약하면 다음과 같다.

첫째로, 『보현행원품』의 '행겸원(行兼願)'을 〈원왕가〉에서는 세속화된 '행겸원'으로 바꾸었다는 점이다.

둘째로, 『보현행원품』의 서원의 권청(勸請)을 〈원왕가〉에서는 자청(自請)의 서원(誓願)으로 바꾸었다는 점이다.

셋째로, 『보현행원품』의 의근(意根)과 신등지오근(信等之五根)이 발달한 청자를 〈원왕가〉에서는 낙근·희근·고근(樂根·喜根·苦根) 등의 오수(五受)가 발달한 청자로 바꾸었다는 점이다.

넷째로, 『보현행원품』의 체내방편(體內方便)을 〈원왕가〉에서는 체외방법(體外方法)으로 바꾸었다는 점이다.

이 네 가지 사실들은 '반경합도'(反經合道, 경전에는 반하나 도에 합치한다)로 정리하기도 하였다(양희철 1997a:143~145).

이번에는 김지오(2012:59~117)가 정리한 내용을 보자. 김지오는 균여의 〈원왕가〉 11수를 작품별로 『보현행원품』의 계경 및 중송과 비교한 바가 있다. 그 결과를 보면, 〈예경제불가〉의 제1~4구, 〈칭찬여래가〉의 제9, 10구, 〈광수공양가〉의 제9, 10구, 〈수희공덕가〉의 제1~4구, 제9, 10구, 〈청전법륜가〉의 제5~8구, 제9, 10구, 〈청불주세가〉의 제5~8구, 제9, 10구, 〈상수불학가〉의 제9, 10구, 〈보개회향가〉의 제5~8구, 제9, 10구, 〈총결무진가〉의 제9, 10구 등은, 『보현행원품』의 계경(契經) 및 중송(重頌)에 대응하지 않거나, 대응 부분이 없는 새로운 시구들로 정리하였다.

이상과 같은 사실들로 보아, 〈예경제불가〉는 물론 이를 포함한 균여의 〈원왕가〉는 '청신(淸新)'을 잘 보여준다고 정리할 수 있다.

3.2. '기려'

이번에는 기려(綺麗)를 보자. 이 기려는 앞에서 살폈듯이, 대구, 전고 인용, 성률의 조화, 화려한 수식 등을 통한 표현적 기려와, 정신적으로 부귀한 기상의 내용적 기려로 구성되어 있다.

먼저 〈예경제불가〉에서, 정신적으로 부귀한 기상의 내용적 기려를 보자. 제1~4구에서는 마음의 붓으로 그려 사뢰온 부처 앞에 절을 드리온 몸은 법계 끝까지 두루 이르러 가고 있는가를 자기 반성적으로 자문하였다. 이 자문을 이어받은 제5~8구에서는, 진진(塵塵, 세세)마다 부처의 찰(刹)이구나! 찰찰(刹刹)마다 차신 부처를 구세 다 예하겠다고 서원을 하였다. 이 서원에서는 정신적으로 부귀한 기상을 보여준다. 그리고 제9, 10구에서는 신어의업무피염(身語意業無疲厭) 이를 마루 삼고 있다. 이는 신어의업에 지침과 싫어함이 없이 하는 예경을 마루로 삼고 있다는 씩씩한 기상(氣像)과 굳은 기개(氣概)를 잘 보여준다. 이런 사실들로 보아, 〈예경제불가〉는 정신적으로 부귀한 기상의 내용적 기려를 잘 보여준다고 정리할 수 있다.

범위를 〈원왕가〉 11수로 확대하여도, 정신적으로 부귀한 기상의 내용적 기려를 이해할 수 있다. 〈원왕가〉는 『보현행원품』을 향가로 바꾼 서원이다. 이 서원(誓願)은 종교적으로 부귀한 기상을 기본으로 한다. 좀더 구체적으로 보면, 〈예경제불가〉의 예경제불, 〈칭찬여래가〉의 칭찬여래, 〈광수공양가〉의 광수공양, 〈참회업장가〉의 참회업장, 〈수희공덕가〉의 수희공덕, 〈청전법륜가〉의 청전법륜, 〈청불주세가〉의 청불주세, 〈상수불학가〉의 상수불학, 〈항순중생가〉의 항순중생, 〈보개회향가〉의 보개회향, 〈총결무진가〉의 총결무진 등은, 모두가 서원(誓願)과 그 실천을 내용으로 하면서, 종교적으로 지성심(至誠心)과 심심(深心)에 기반한 불굴과 용맹정진의 기상을 잘 보여준다. 이런 사실들을 계산하면, 〈원왕가〉 11수는 정신적으로 부귀한 기상의 내용적 기려(綺麗)를 잘 보여준다고 정리할 수 있다.

이번에는 대구, 전고인용, 화려한 수식 등을 통한 표현적 기려를 〈예경제불가〉에서 간단하게 보자.

제1구에 나온 '마음의 붓'은 은유(이재선 1979:197, 최철 1986c:90)이다. 이는 추상적인 심소 또는 마음을 구상적인 붓으로 표현한 은유이다.

제3구의 '절 드리온'은 불경의 추상적인 '예경(禮敬)'을 구상적으로 보여준 표현이다. 그리고 제4구의 '이르러 가아?'는 자기 반성적인 의문법으로, 제5~8구의 서원(誓願)을 절실하게 만드는 표현이다.

제5구의 '진진(塵塵)'과 제6구의 '찰찰(剎剎)'은 각각 불경의 〈예경제불자〉와 중송에서 볼 수 없는 반복법으로 글을 유려(流麗)하게 한다. 동시에 '진진(塵塵)'과 '찰찰(剎剎)'이 들어간 제5구의 '진진마다'와 제6구의 '찰찰마다'는 대구가 되어, 대구의 반복에 의한 유려미와, 대구의 균형미를 보여준다.

제9구의 '신어의업무피염(身語意業無疲厭)'은 불경의 '신어의업무유피염(身語意業無有疲厭)'에서 '유(有)'를 빼고 인용한 것으로 전고인용의 미(美)를 보여주며, 제10구는 제4, 8구와 더불어 현재법을 통하여 의미를 강조하고 있다.

이렇게 〈예경제불가〉는 수사에서 기려(綺麗)를 잘 보여준다. 게다가 이런 수사의 기려(綺麗)는 〈예경제불가〉에 한정된 것이 아니다. 〈청전법륜가〉의 아름다움은 이미 잘 알려져 있다(이재선 1979:179, 222, 최철 1986c:91, 김승찬 1986b:425). 그리고 나머지 작품들에서도 다양한 수사를 보여준다(이재선 1972, 1979, 최철 1986c, 1990, 2010).

이상과 같은 점들로 보아, 〈원왕가〉는 기려(綺麗)의 측면도 잘 보여준다고 정리할 수 있다.

이렇게 지금까지 살핀 바와 같이, 균여의 〈원왕가〉는 청신기려(淸新綺麗)의 사청구려(詞淸句麗)를 잘 보여주는데, 이를 최행귀가 "십일수지향가(十一首之鄕歌) 사청구려(詞淸句麗)"라고 평한 것으로 이해할 수 있다.

4. '사청구려'(『균여전』)의 문맥

이 장에서는 『균여전』에서 '사청구려'를 보여주는 문맥을, "십일수지향가(十一首之鄕歌) 사청구려(詞淸句麗) 기위작야(其爲作也) 호칭시뇌(號稱詞腦)", "가기정관지사(可欺貞觀之詞)", "정약부두(精若賦頭) 감비혜명지부(堪比惠明之賦)" 등의 세 부분으로 나누어 설명하고자 한다.

4.1. "십일수지향가 … 호칭시뇌"

"십일수지향가(十一首之鄕歌) 사청구려(詞淸句麗) 기위작야(其爲作也) 호칭시뇌(號稱詞腦)"에 대한 기왕의 번역은 다음과 같다.

> 열 한 수의 향가는 말이 깨끗하고 구(句)가 아름다우니 그 됨됨이 《사뇌(詞腦)》라고 할 만하여(정열모 1965:345)
>
> 11수의 노래는 詞가 맑고 句가 곱다. 그 지은 바를 일컬어 詞腦라 하니(김준영 1979:12)
>
> 十一首의 鄕歌는 文章이 맑고 글귀가 아름다워 그 작품됨을 詞腦(글의 精髓라는 뜻)라 하니(동악어문학회 1981:12)
>
> 열 한 마리의 향찰로 쓴 노래는 시구가 맑고도 곱다. 그 지어진 것을 詞腦라고 부르나니(최철·안대회 1986:63)
>
> 열한 수의 향가는 문장이 맑고 글귀가 아름다워 그 작품됨이 명칭은 사뇌라 하지만(이재호 1997:465)

이 인용들을 보면, 문맥이 잘 통하지 않는다. 이는 이 번역들에 문제가 있는 것이 아니라, 그 당시에는 너무나 당연한 것이기에, 구체적으로 설명할 필요가 없다고 생각한 연결항을, 최행귀가 문장에서 생략하였기 때문이다. 즉 "십일수지향가(十一首之鄕歌) 사청구려(詞淸句麗) 기위작야(其爲作也)"의 피설명항과, "호칭시뇌(號稱詞腦)의 설명항만을 제시하고, 그 당시의 문학사상을 배경으로 하는 연결항을 생략하였기 때문이다.

이 연결항을 간단하게 보자. '2'장에서 보았듯이, '청사려구'는 시성인 두보가 〈희위육절구〉에서 추구한(이웃하고자 한) 우수한 시가의 특성이다. 그리고 그 후의 시인들은 이런 시가를 추구하였다. 결국 두보의 이 문학사상으로 보면, '청사려구(淸詞麗句)'를 보여주는 시가는, 우수한 시가로, 시가의 상위(上位)인 머리(腦, 頭, 首)에 해당한다. 그리고 이

'청사려구(淸詞麗句)'는 어순을 바꾸면, '사청구려(詞淸句麗)'가 된다.

이런 점들로 보아, 피설명항("十一首之鄕歌 詞淸句麗 其爲作也")과, 설명항("號稱詞腦")의 사이에는, "시성인 두보와 그 후의 시인들이 사청구려한 시가를 우수한 시가, 즉 시가의 상위(上位)인 머리(腦, 頭, 首)로 추구하였다(이웃하고자 하였다)는 점에서"의 연결항이 생략되어 있다고 정리할 수 있다. 이 연결항을 넣어서 문맥을 해석하면, "11수의 향가는 사청구려하다. 그 작품됨(그 사청구려하게 지어진 작품됨)을 [시성인 두보와 그 후의 시인들이 사청구려한 시가를 우수한 시가, 즉 시가의 상위인 머리(腦, 頭, 首)로 추구하였다(이웃하고자 하였다)는 점에서,] 이름하여 시뇌(詞腦, 詩文의 머리)라 칭한다."로 보충하여 다시 이해할 수 있다. 이렇게 연결항을 고려하여, "십일수지향가(十一首之鄕歌) 사청구려(詞淸句麗) 기위작야(其爲作也) 호칭시뇌(號稱詞腦)"를 이해하면, 보충한 연결항에 따라 문맥의 의미가 자연스럽다.[13]

---

13 '시뇌'는 그 표기가 '思內, 詞腦, 詩惱' 등으로 다양하며, 그 사용 시기가 1000여 년이 넘어, 그 이해와 해석도 쉽지 않다. 이에 오해가 없도록 주를 단다. 본문에서 검토한 '시뇌(詞腦)'는, 최행귀가 〈원왕가〉를 11송으로 번역하고 그 〈역가서〉에 쓴 것으로 『균여전』의 〈제8 역가공덕분(譯歌現德分)〉에 실려 있다. 이 최행귀가 쓴 '시뇌(詞腦)'는 한문학에 나오는 "사청구려"의 입장에서 해석한 것이다. 이 '시뇌(詞腦)'는 혁연정이 『균여전』의 〈제7 가행화세분(歌行化世分)〉의 "師之外學 尤閑於詞腦(意精於詞 故云腦也)"에서 쓴 '시뇌(詞腦)'와는 그 의미가 통한다. 그리고 최행귀가 해석한 이 '시뇌(詞腦)'는 균여의 〈원왕가〉에는 문제없이 적용할 수 있지만, 신라 상대에 나오는 '시뇌들(思內, 詞腦, 詩惱)'에는 그 적용이 어렵다. 그리고 최행귀가 해석한 이 '시뇌(詞腦)'는 논거가 없어서 〈찬기파랑시뇌가〉와 〈신공시뇌가〉에도 그 적용이 가능한가 하는 문제는 새로운 자료를 기다릴 수밖에 없다. 이에 비해 균여가 쓴 '시뇌(詞腦)', 즉 "夫詞腦者 世人戱樂之具"(『균여전』의 〈제7 가행화세분(歌行化世分)〉)의 '시뇌(詞腦)'는, "세인이 놀고 즐기는 도구", 즉 시가 내지 가악이라는 입장에서 '시뇌(詞腦)'를 해석한 것이다. 이 균여가 해석한 '시뇌(詞腦)'는 균여의 〈원왕가〉는 물론 신라 상대에 나오는 '시뇌들(思內, 詞腦, 詩惱)'에도 두루 적용될 수 있다. 이렇게 최행귀와 균여가 해석한 두 '시뇌(詞腦)'는 문자는 같지만, 그 의미가 달라, 그 적용에서는 주의를 요한다.

4.2. "가기정관지사"

최행귀가 균여의 〈원왕가〉를 평하면서, 어떤 측면에서 '가기정관지사(可欺貞觀之詞)'라는 평을 했을까? 이 평은 정관(貞觀)의 시가인 상관체(上官體)를, 두보가 이웃하고자 했던 청사려구의 입장, 즉 초당사걸(初唐四傑)의 시가와 같은 위치에 있는 〈원왕가〉의 입장에서 평한 것으로 판단한다. 이런 사실을 정리하기 위하여, 먼저 정관의 시가가 상관체이고, 〈원왕가〉가 두보가 이웃하고자 했던 초당사걸의 시가와 더불어 청사려구(淸詞麗句)의 시가라는 사실을 차례로 보자.

정관(貞觀, 627~650)은 당나라 태종의 연호이다. 그리고 이 당시에는 상관의(上官儀, 608?~664)가 주도한 상관체(上官體)가 유행하였다.

> 당나라 때의 시인 상관의上官儀(608?~664)가 만든 시 형식. 상관의는 궁정의 대신을 역임한 대표적인 어용시인(御用詩人)이었다. 그가 지은 시는 거의 대부분이 궁정에서 임금의 명령을 받아 지은 응조(應詔)나 응제(應制) 또는 봉화(奉和)한 작품이었다. 이 때문에 작품의 내용 또한 궁정 생활을 묘사하거나 황제와 공주의 덕망을 송축하는 일에 편중되어 있었다. 형식적으로는 부염(浮艶)하고 전려(典麗)한 시풍을 추구하였기 때문에 지나친 수사와 화려한 시어로 가득 차게 되었다. 그의 이와 같은 시풍은 당시 시단에 대단한 영향력을 발휘하였다. 화려하고 공교로우며 짜임새 있는 시풍은 궁정의 수요에 적합한 형태였기 때문에 사대부들도 다투어 이를 모방하기에 급급했다. …… [임종욱 1997:430~431('上官體'조)].

이 인용에서 보면, 정관(貞觀)의 사(詞, 시문, 시가)는 상관체의 시가이며, 그 내용은 궁정 생활을 묘사하거나 황제와 공주의 덕망을 송축하는 일에 편중되어 있고, 형식적으로는 부염(浮艶)하고 전려(典麗)한 시풍을 추구하였기 때문에, 지나친 수사와 화려한 시어로 가득 차 있음을 알 수 있다.

이번에는 〈원왕가〉가 초당사걸의 시가와 더불어 두보가 이웃하고자 했던 청사려구(淸詞麗句)/사청구려(詞淸句麗)의 시가라는 사실을 보기 위하여, 초당사걸의 시가를 〈희위육절시〉의 제2, 3수에서 먼저 보자.

楊王盧駱의 당시의 글체를	楊王盧駱當時體
경박한 자들이 글을 지어 비웃으며 그치지 않는다.	輕薄爲文哂未休
너희 무리의 몸과 이름은 모두 멸하겠지만,	爾曹身與名俱滅
(楊王盧駱의 글은) 부서지지 않고 강하처럼 만고에 흐르리라.	不廢江河萬古流

설령 초당사걸이 文翰과 筆墨을 잡아	縱使盧王操翰墨
風雅와 離騷에 가까운 漢魏보다 못할지라도	劣於漢魏近風騷
龍文과 虎脊으로 모두 임금의 말부림이나	龍文虎脊皆君馭
너희 무리는 흙덩이를 지나고 도시를 지남을 보여준다.	歷塊過都見爾曹

제2수의 기구에 나온 양왕노락(楊王盧駱)은 양형(楊炯), 왕발(王勃, 647~674, 또는 650~676), 노조린(盧照鄰, 650~687, 또는 636~680), 낙빈왕(駱賓王, 650~6844) 등의 초당사걸로, 상관체의 시가를 비판하고 새로운 시가를 구축하였다. 이런 초당사걸의 시가를 결구에서 "부서지지 않고 강하처럼 만고에 흐르리라"고 칭송하였다. 이런 칭송은 제3수로 이어진다. 제3수로 보면, 초당사걸은 풍아와 이소에 가까운 한위(漢魏)의 문학보다는 못하지만, 하루에 천리를 갈 수 있는 용문(龍文)과 호척(虎脊)의 명마로 칭송된 시인들이다.

이렇게 제2, 3수에서 칭송한 초당사걸의 시가는, 제5수에서 보았듯이 두보가 이웃하고자 했던 '청사려구'한 시가의 한 예이다. 그리고 균여의 〈원왕가〉는 '3'장에서 검토하였듯이, '사청구려'한 시가이다. 이런 사실을 종합하면, 결국 초당사걸의 시가와 균여의 〈원왕가〉는 두보가 이웃하고자 했던 '청사려구/사청구려'의 시가이다. 그리고 이렇게 '청사려구/사청구려'에 속한 〈원왕가〉와 초당사걸의 시가의 입장에서 상관체를 보게 되면, "가기정관지사(可欺貞觀之詞)"라는 평을 할 수 있게 된다. 즉 상관체의 궁정 생활의 묘사나, 황제와 공주의 덕망을 송축한 내용은, '사청구려'한 내용을 보여준 〈원왕가〉의 측면에서 보면, 보잘 것이 없다. 그리고 상관체의 부염(浮艶)과 전려(典麗)를 추구하여 봉 뜨고 틀에 끼워 맞춘 화려함은, '사청구려'한 표현을 보여준 〈원왕가〉의 측면에서 보면, 형편이 없다. 이런 내용과 표현으로 보아, 최행귀는 사청구려(詞淸句麗)한 균여의 〈원왕가〉가 '가기정관지사(可欺貞觀之詞)'라는 평을 하였다고 이해할 수 있다.

4.3. "정약부두 감비혜명지부"

'정약부두(精若賦頭)'의 '정(精)'은, "정약부두(精若賦頭) 감비혜명지부(堪比惠明之賦)"의 문맥으로 보아, '훌륭하다(善), 아주 좋다(最好)' 또는 '뛰어나다, 우수하다(優秀)' 정도로 파악할 수 있다. 이런 사실을 보기 위하여, '부두(賦頭)'와 '감비혜명지부(堪比惠明之賦)'를 차례로 보자.

'부두(賦頭)'의 단어 구성은 '시뇌'[詞腦, 詞의 腦(머리, 上位, 우수한 작품)]의 단어 구성과 같으며, '위진지부수'[魏晉之賦首, 『문심조룡』 〈전부(詮賦)〉]의 '부수'[賦首, 賦의 首(머리, 上位, 우수한 작품)]와 같은 단어 구성으로, '부(賦)의 두(頭)'(머리, 上位, 우수한 작품)를 뜻한다.

'감비혜명지부(堪比惠明之賦)'는 '뛰어나기(堪)는 혜명의 부에 비견된다.'로 읽을 수 있다. 최철·안대회(1986:62)는 이 구문의 '혜명(惠明)'을 진(晉, 265~420)의 혜제(惠帝)와 명제(明帝)로 보고, '혜명지부(惠明之

賦)'를 태강(太康) 이후의 화려한 조식(藻飾)을 숭상하던 육기(陸機), 반악(潘岳), 좌사(左思) 등의 부(賦)로 보았다. 이 해석은 '위진지부수'(魏晉之賦首, 『문심조룡』 〈詮賦〉)와 연관시켜서 "정약부두(精若賦頭) 감비혜명지부(堪比惠明之賦)"의 '혜명지부'를 읽었다. 이 해석은 '정약부두(精若賦頭)'의 '부두(賦頭)' 앞에 '위진지부수(魏晉之賦首)'의 '부수(賦首)'와 다르게 '위진지(魏晉之)'가 없어, '감비혜명지부(堪比惠明之賦)'의 '혜명(惠明)'을 '위진(魏晉)'에서 좀더 확대해야 한다는 점만을 고려하면, 거의 정확하게 읽은 것으로 보인다. 이를 약간만 보완해 보자.

'위진지부수(魏晉之賦首)'에 포함된 시인들 중에서, 혜제(291~307) 이전의 사람들인 왕찬(仲宣, 177~217), 서간(偉長, 196~220), 성공수(子安, 231~273) 등과 명제(322~326) 이후의 사람인 원굉(彦伯, 328~376)을 빼고 나면, 좌사(太沖 250?~305), 반악(安仁, 247~300), 육기(士衡, 261~303), 곽박(景純, 276~324) 등만이 '혜명지부(惠明之賦)'의 작가로 남게 된다. 이에 따라, '혜명지부'의 작가들을 육기, 반악, 좌사, 곽박(郭璞) 등으로 볼 수 있다. 그리고, '혜명지부'는 '위진지부수'에 한정된 것이 아니라는 점에서, 그 작가들을 육기, 반악, 좌사, 곽박 등은 물론, 이에 사조(謝朓, 464~499)와 유신(庾信, 513~581)도 포함시킬 수 있다. 왜냐하면, '혜명지부(惠明之賦)'는 '위진지부수(魏晉之賦首)'에 한정된 것이 아니라는 점에서, 송(宋)의 명제(465~473)는 물론 제(齊)의 명제(494~501) 때에 활동한 사조(謝朓)와, 양(梁)의 명제(562~585)는 물론 후주(後周)의 명제(世宗, 宇文毓, 559~560) 때에 활동한 유신도 '혜명지부(惠明之賦)'의 '혜명(시)[惠明(時)]'에 포함되기 때문이다.

이 두 경우를 염두에 두고, 이 '혜명지부(惠明之賦)'를 쓴 사람들로 추정된 인물들 중에서, 좌사, 반악, 육기, 곽박 등이 부수(賦首)의 작품을 썼다는 사실을 좀더 구체적으로 보기 위해서, 『문심조룡』에 실린 〈전부(詮賦)〉의 해당 부분만을 보자.

> …좌사(太沖 250?~305)와 반악(安仁, 247~300)은 부의 대작에 공훈을 세우고, 육기(士衡, 261~303)와 성공수(子安, 231~273)는 문학예술을 논한 부에 성과를 남겼다. 곽박(景純, 276~324)의 부는 염려 정교하여 아름다운 논리가 넘쳤다. …… 이들은 모두가 위진의 대표적인 부의 작가라 할 수 있다.[14]

이 인용에서 보듯이 좌사와 반악은 부의 대작을 남겼다. 좌사의 대작은 10년 만에 완성하여 낙양의 지가(紙價)를 올린 〈삼도부(三都賦)〉를 뜻하고, 반악의 대작은 〈추흥부(秋興賦)〉, 〈회구부(懷舊賦)〉, 〈도망부(悼亡賦)〉 등을 뜻한다. 육기가 문학예술을 논한 '부'는 〈문부(文賦)〉이다. 그리고 곽박은 〈강부(江賦)〉를 통하여 염려 정교하고 아름다운 논리를 보여주었다. 이런 사실들로 보면, 좌사, 반악, 육기, 곽박 등은 혜제와 명제 때에 훌륭한 '부'의 대작들을 남긴 대가들임을 알 수 있다.

게다가 앞에서 정리하였듯이, 유신은 '사청구려(詞淸句麗)'한 시가를 남겼으며, 사조는 '사청구려(詞淸句麗)'와 거의 같은 '청사(淸麗)'한 문학을 구사하였다.[15] 물론 남북조의 '부'는 청려(淸麗)를 추구하였다.[16]

이상과 같은 사실들로 볼 때에, 최행귀가 "정약부두(精若賦頭) 감비혜명지부(堪比惠明之賦)"라고 한 것은, '사청구려'를 보여준 균여의 〈원왕

14 "… 太沖(左思)·安仁(潘岳)策勳於鴻規 士衡(陸機)·子安(成公綏)底績流制 景純(郭璞)綺巧 縟理有餘 … 亦魏晉之賦首也"(劉勰, 『文心雕龍』, 〈詮賦〉).

15 "謝朓 字玄暉 陳郡陽下人也 …… 少好學 有美名 文章淸麗"(蕭子顯, 〈謝朓傳〉, 『南齊書』 47, 曾永義·柯慶明 편, 중화민국 67:271).
"謝玄暉名句絡繹 淸麗居宗 …… 唐人往往效之 不獨太白也 玄暉詩變有唐風 眞確論矣"[施補華, 『峴傭說詩』, 차현정(1999:265)].

16 "賦頌歌詩 則羽儀乎淸麗"(劉勰, 『문심조룡』, 〈定勢〉).

가〉가, 진(晉) 이후 남북조의 혜제와 명제 때에 좌사, 반악, 육기, 곽박, 사조, 유신 등이 지은, 훌륭한 대작의 '부'들은 물론, '사청구려' 또는 청려(淸麗)한 훌륭한 '부'에 비견된다는 점에서 나온 평가로 판단된다. 즉 "[11수 향가(〈원왕가〉)의] 정(精)함(훌륭함/아주 좋음/뛰어남/우수함)은 부(賦)의 머리에 속한 작품들과 같아[精若賦頭], [11수 향가(〈원왕가〉)의] 뛰어남은 혜제와 명제 때의 부(賦)들(좌사, 반악, 육기, 곽박, 사조, 유신 등이 지은 뛰어난 賦들)에 비견된다[堪比惠明之賦]"고, 최행귀가 균여의 향가 〈원왕가〉를 평한 것이다.

5. 결론

지금까지 향가의 평어 '사청구려'와 그 문맥을, 한중 비교문학적 입장에서 검토하고 정리해 보았다. 그 결과를 요약하여 결론을 대신하면 다음과 같다.

1) 향가의 평어 '사청구려(詞淸句麗)'의 연원은 두보(712~770)의 〈희위육절구(戱爲六絶句)〉(761~762)에 나오는 "청사려구(필위린)[淸詞麗句(必爲鄰)]"이다.

2) 두보의 '청사려구'는 위장(836~910)과 진사도(1053~1101)의 '청사려구'와 '여구청사'로 이어지고, 다시 '청사려구'와 같은 의미인 '청신기려(淸新綺麗)'는 원나라의 기려청신파(綺麗淸新派)로 이어지는데, 최행귀의 '사청구려(詞淸句麗)'는 두보와 위장의 '청사려구(淸詞麗句)'를 이어받아서 어순을 바꾼 것이다.

3) 두보의 '청사려구(淸詞麗句)'는 "청사려구(필위린)[淸詞麗句(必爲鄰)]"에서 주제구로 쓴 것이고, 최행귀의 '사청구려(詞淸句麗)'는 "십일

수지향가(十一首之鄕歌) 사청구려(詞淸句麗)"에서 설명구로 쓴 것으로, 후자의 '사청구려(詞淸句麗)'는 주제구인 '청사려구(淸詞麗句)'의 의미를 설명구에서 그대로 사용하면서, 어순을 바꾼 것에 불과하다.

4) '청사려구/사청구려'는 '청신기려(淸新綺麗)'의 의미이다. 이 '청신'의 '청(淸)'은 "유려(流麗)하고 탁체(濁滯)하지 않다."와 "초범(超凡)하고, 절속(絶俗)하다."의 의미이고, '신(新)'은 "의견을 처음으로 내서 진부하지 않다."의 의미이다. 기려(綺麗)는 무늬가 있는 비단처럼 아름답고 화려함을 의미하며, 대구, 전고인용, 화려한 수식 등을 통한 표현적 기려와 정신적으로 부귀한 기상의 내용적 기려로 정리된다.

5) 〈예경제불가〉를 포함한 균여의 〈원왕가〉 11수는 거침이 없고, 흐리고 막힘이 없는 문맥과 내용을 통하여 청신(淸新)의 '청(淸)'을 잘 보여주며, 동시에 그 당시에 널리 퍼져 있는 『보현행원품』의 계경 및 중송과의 비교를 통하여 초범하고, 절속한 청(淸)도 잘 보여준다. 『보현행원품』의 내용을 향가로 노래하면서도, 『보현행원품』의 계경 및 중송에 대응하지 않거나, 대응 부분이 없는 새로운 시구들을 보여주면서, '청신'의 '신(新)'을 잘 보여준다.

6) 〈예경제불가〉를 포함한 균여의 〈원왕가〉 11수는 『보현행원품』의 서원을 향가로 노래하면서, 서원의 불굴과 용맹정진의 기상을 통하여, 정신적으로 부귀한 기상의 내용적 기려를 잘 보여주고, 대구, 전고인용, 화려한 수식 등을 통하여 표현적 기려를 잘 보여준다.

7) 5)와 6)에서 정리한 '청신기려'의 '사청구려'를 최행귀가 "십일수지향가(十一首之鄕歌) 사청구려(詞淸句麗)"로 평하였다고 정리하였다.

8) 기왕의 번역이 보여준, "십일수지향가(十一首之鄕歌) 사청구려(詞淸句麗) 기위작야(其爲作也) 호칭시뇌(號稱詞腦)"의 문맥은 잘 통하지 않는데, 이는 "십일수지향가(十一首之鄕歌) 사청구려(詞淸句麗) 기위작

야(其爲作也)"(피설명항)와, "호칭시뇌(號稱詞腦)"(설명항)의 사이에, "시성인 두보와 그 후의 시인들이 사청구려한 시가를 우수한 시가, 즉 시가의 상위(上位)인 머리(腦, 頭, 首)로 추구하였다(이웃하고자 하였다)는 점에서"의 연결항이 생략되었기 때문이다. 이 연결항은 그 당시에는 너무나 당연한 것이기에 생략한 것으로 정리하였다.

9) 청사려구/사청구려한 초당사걸의 시가와 〈원왕가〉의 입장에서, 궁정 생활의 묘사나, 황제와 공주의 덕망을 송축한 내용을 부염(浮艶)하고 전려(典麗)하게 보여준 상관체(上官體)를 보면, 그 문학성이 떨어진다는 점에서, 최행귀는 사청구려(청신기려)한 균여의 〈원왕가〉가 '가기정관지사(可欺貞觀之詞)'라는 평을 한 것으로 판단하였다.

10) "정약부두(精若賦頭) 감비혜명지부(堪比惠明之賦)"는 "[11수 향가(〈원왕가〉)의] 정(精)함(훌륭함/아주 좋음/뛰어남/우수함)은 부(賦)의 머리에 속한 작품들과 같아[精若賦頭], [11수 향가(〈원왕가〉)의] 뛰어남은 혜제와 명제 때의 부(賦)들(좌사, 반악, 육기, 곽박, 사조, 유신 등이 지은 뛰어난 부들)에 비견된다[堪比惠明之賦]"고, 최행귀가 균여의 〈원왕가〉를 평가한 것으로 이해하였다.

이상의 결론들은 향가의 평어 '사청구려(詞淸句麗)'와 그 문맥을 둘러싼 여러 문제들을 처음으로 검토한 것들이므로, 미흡하고 미진한 것들이 포함되어 있을 것으로 판단한다. 이 미흡하고 미진한 것들은 차후에 보완하고자 한다.

제8부

향가의 감동론과 방편 시학

한중의 '감동천지귀신'과 향가의 감동론

1. 서론

『삼국유사』의 〈월명사 도솔가〉조에는 향가 연구에서 매우 중요한 글("羅人尙鄕歌者尙矣 盖詩頌之類歟 故往往能感動天地鬼神者非一")이 실려 있다. 이 글의 번역과 개시송지류여(盖詩頌之類歟)의 논리를 한 편의 글(양희철 1999a)로 정리하고, 감동천지귀신(感動天地鬼神)의 의미를 한 편의 글(양희철 1999b)로 정리한 바가 있다. 이 두 글을 대폭 보완하고 수정하면서, 한 편의 글로 다시 정리한 것이 이 글이다.

이 감동천지귀신의 의미 해석은 다각도로 연구되어 왔는데, 그 양상은 네 유형으로 정리할 수 있다.

첫째 유형은 감동천지귀신이 향가의 주술성을 의미하거나, 주술성 혹은 초자연력을 의미한다고 본 주장들이다. 전자는 유창선(1940. 5. 17일자)에 의해 처음으로 주장되었고, 그 후에도 여러 글들(이능우 1956:203, 임동권 1958:156~157, 김열규 1972:20, 장영우 1998b:165~166, 김성룡 2004:102, 124[1])에서 되풀이 되었다. 후자는 양주동(1942:54~55)에 의

1 "천지와 귀신을 감동시켰다는 대목은 향가가 어떤 효능을 갖고 있다는 것을 말한다. 그래서 이를 가리켜 향가의 주술성을 설명한 것이라 한다."(김성룡 2004:102). "따라서

해 주장되었다.

〈월명사 도솔가〉조의 관련 구문만을 보면, 이 유형의 주장들은 그럴듯하다. 그러나 전통적인 시론이나 『중용』의 '성론(誠論)'을 참고하면, 이 유형의 주장들은 거의 부정적이다. 이 유형의 주장들이 보여준 주술성은 성기옥에 의해 두 측면에서 부정되었다. 한 측면은 감동천지귀신의 명제를 도출하면서, 일연은 〈도솔가〉와 〈제망매가〉로 예증하고 있는데, 〈제망매가〉의 신비로운 이적(異蹟)까지 주술적이라고 못 박을 수 없다는 것이다. 다른 측면은 일연이 쓰고 있는 감동천지귀신의 논리가 동아시아 문화권에서는 가장 오래되고 널리 알려진 전통적 시론에 원천을 두고 있다는 것이다(성기옥 1991:63~66).

둘째 유형은 작가의 성(誠)과 정(正)과 법력(法力)을 의미한다고 본 주장(김운학 1975:298~299; 1976:254~256)이다. 이 주장은 상당히 시사적인 측면을 가지고 있지만, "고왕왕능감동천지귀신(故往往能感動天地鬼神)"의 의미상의 주어가 정작 향가의 작가가 아니라 '향가'라는 문제를 피할 수 없다.

셋째 유형은 전통적인 시론의 입장에서 향가의 훌륭한 감동성, 감동력, 감동론 등으로 본 주장들이다. 이 주장들은 조윤제, 김진국, 성기옥, 양희철, 서철원 등에서 보인다.

감동천지귀신을 조윤제(1956)는 향가의 훌륭한 감동성[2]으로 보았고,

'천지귀신을 감동시킨다.'는 데에서 보는 것처럼 신비주의적이고 주술적이어서 인간의 이성을 넘어선 그런 것과는 거리가 먼 것이다."(김성룡 2004:124).

2 그 중요한 대목은 다음과 같다. "李君의 論文에서는 三國遺事의 「鄕歌에는 往往能感動天地鬼神者가 있다」는 말을 引用하여 天地鬼神을 움직인다는 이것을 곧 鄕歌에 마치 呪力이라도 있는 것 같이 보고 있으나 能히 天地鬼神을 感動시킬 수 있다는 것은 그만큼 鄕歌文學이 훌륭하여 可히 사람을 울릴수도 있고 웃길수도 있다는 말로 보아야 될 것이요 여기에 무슨 딴 原始的인 要素가 있는듯이 보아서는 안될 것이다."(조윤제

김진국(1987:14~15)은 향가의 서정성 즉 향가의 감동력으로 해석하였다. 전자는 주술성을 비판한 글이어서, 그 구체적인 논리를 제시하지 않은 문제를 보인다. 그리고 후자는 감동천지귀신 자체를 연구한 글이 아니라는 이유에 기인하겠지만, 한국과 중국의 전통적인 시학 서적들을 인용하면서도 정작 감동천지귀신과 직접 관련된 서적들을 참고하지 않은 문제를 보인다.

성기옥(1991)은 감동천지귀신을 시적 울림, 즉 시적 감동을 의미한다고 보았다.[3] 이 주장은 주술과 너무 깊게 관련시킨 나머지, 감동을 주고 감동을 받게 하는 것이 무엇인가를 밝히지 않은 문제를 보인다. 그리고 이 주장은 감동천지귀신의 논의를 중국 자료에 의존하고 있는데, 그 인용 자료가 『시경』의 〈모시대서(毛詩大序)〉와 『시품주(詩品注)』의 〈시품서(詩品序)〉에만 한정되었고, 감동천지귀신의 의미를 밝히는 데에 매우 중요한 자료들, 특히 감동천지귀신을 '성(誠)'의 측면에서 논한 자료들을

1956:18).

3 "따라서 일연이 사용한 '감동천지귀신'의 이론적 원천으로서, 「모시서」나 「시품서」에서 펴나간 '감동'의 논리는 그 넓이와 깊이에 있어 주술적으로 풀어내기에 지나치게 넓고 깊다. 그것은 기능적 측면에서 시가 세계에 영향을 미칠 수 있음을 지적하는, 시의 특수한 한 국면을 말하고 있는 것이 아니다. 시의 본질적 속성으로서 시가 지니고 있는, 이른바 '시적 울림'의 힘, '시적 감동'의 힘을 말하고 있는 것이다. 이러한 '감동'의 논리는 오늘날 우리가 시의 미학적 본질로서 흔히 말하고 있는 시의 감동 문제와 크게 다를 바가 없다. 다만 우리가 시의 감동을 인간의 문제로서, 인간적 현상으로 풀어내고 있는 데 비하여, 고전적 동양의 시론은 이를 자연과 우주적 현상으로 확대시키면서 풀고 있을 뿐인 것이다.

이러한 점에 비추어 향가가 "천지와 귀신을 감동시킬 수 있다"고 한 일연의 '감동'은, 그 논리적 기반을 기본적으로 「모시서」나 「시품서」의 '감동'론에 뿌리두고 있다고 할 수 있다. 따라서 이 역시 향가의 특수한 한 국면, 다시 말해 세계의 변화에 영향을 미칠 수 있는 향가의 주술적 힘에만 국한된 의미가 아니라, 이를 포함한 '시적 울림'의 힘으로 확대된 의미라고 할 수 있는 것이다. 앞서 일연의 '감동'론이 주술론적 해석만으로는 해결할 수 없는 갖가지 의문점을 드러내고 있었던 사실이 곧 이를 입증해 주는 근거가 된다."(성기옥 1991:70~71).

참고하지 않은 한계를 보인다.

양희철(1999a, b)은 감동천지귀신을 향가의 감동론으로 보았다. 두 편 중에서 전편에서는 "羅人尙鄕歌者尙矣 盖詩頌之類歟 故往往能感動天地鬼神者非一"의 한문을 번역하고, "盖詩頌之類歟"의 논리에서는 "知明之至德與至誠能昭假于至聖也"의 문맥과 〈원왕생가〉의 배경설화에 나온 '갈성(竭誠)'을 참고하여, 『시경』의 시와 향가를 지성과 지덕의 차원에서 비교하면서, 감동천지귀신의 윤곽을 정리하였다. 후편에서는 중국의 감동천지귀신론 중에서, 음악 중심의 한대(漢代)와 당대(唐代)의 글들을 간단하게 인용하고, 지성론을 보이는 송금대(宋金代)의 글들을 정리한 다음에, 향가의 경우는 감동천지귀신을 보여주는 〈월명사 도솔가〉조의 〈제망매가〉와 〈도솔가〉의 내용과 표현을 구체적으로 논의하였다. 이 두 글에서는 감동천지귀신이 우리만의 것이 아니라, 한국과 중국의 것이라는 점에서, 일연이 『삼국유사』를 편찬하던 그 당대의 중국과 한국의 감동천지귀신을 함께 검토 정리하였다. 그 결과 감동천지귀신의 감동론은 중국문학의 내용과 표현의 '성론(誠論)' 또는 '지성론(至誠論)'에 내용의 '지덕론(至德論)'을 더한 것으로 보았다. 이 글은 당대의 전통적인 시론(詩論)의 지성론과 지덕론을 주로 전통적인 언어로 다룬 나머지, 『중용』의 '성론(誠論)'을 좀더 보완하고, 현대의 독서론과 종교문학론에서 보이는 '통찰'과 '공감'의 언어로도 설명하여, 현대인이 그 이해를 좀더 쉽게 하도록 보완하는 것이 필요해 보인다.

서철원은 감동천지귀신을 주술성과 서정성의 병행으로 보았는데, 다음의 글로 보아, 편의상 감동론으로 정리한다. "오히려 저 표현은 주술을 통해 신비성과 현실성을 겸비하고자 했던 기존의 향가 인식을 하위에 두는 한편, '감동'이라는 서정시로서의 효력 그 자체로도 '천지귀신'이라는 소통의 범위를 획득할 수 있다는 의미를 추가시킨 쪽에 가깝다."(서철원 2013:117). 이 주장은 〈월명사 도솔가〉조에서 '감동천지귀신'과 관련된 두 문맥("羅人尙鄕歌者尙矣 盖詩頌之類歟 故往往能感動天地鬼神者非一"과 "知明之至德與至誠能昭假于至聖也")은 물론, 동양 삼국의 전통 시학인 '감동천지귀신'을 깊게 검토하지 않은 문제를 보인다.

넷째 유형은 현대의 독서론과 종교문학론의 입장에서 '교감의 확장과 통찰의 심화', '나누어 가짐', '참여자의 소망을 노래가 대신하여 실체가 되는 의미 형성에 대한 명명' 등으로 본 주장들이다. 이 주장들은 김창원, 송지언, 염은열 등에서 보인다.

김창원(2004)은 감동천지귀신의 감동을 '나누어 가짐', 즉 '신이 갖고 있는 변혁과 생성의 능력을, 내가 희망하는 만큼, 간절하게 원하는 만큼 신과 나누어 가짐'으로 보았다.[4] 이 글은 감동천지귀신의 감동을 오늘의 언어인, 종교적 신학적 언어로 이해하려 하였다. 이 관점은 변혁과 생성의 능력을 가진 신을 시적 청자로 하는 〈도솔가〉나 〈원왕생가〉와 같은 작품에서는 부분적으로 유용한 방법이 될 수 있다. 그러나 변혁과 생성의 능력을 가진 신을 시적 청자로 하지 않는 〈제망매가〉에도 이 관점이

4 "이 이야기에는 기적에 대한 아주 중요한 통찰이 들어 있다. 그것은 신의 변혁과 생성의 능력은 "관계의 능력"[각주 8) 필자는 이 말을 도로테 죌레에게서 배웠다.(도로테 죌레, 박재순 옮김, 『사랑과 노동』, 신학연구소, 1996(초판 1987) 77~92쪽)]이란, 기적이 위로부터 아래로 수여되는 것이 아닌, 오직 내가 변화와 생성을 희망하는 만큼, 간절하게 원하는 만큼 신과 나누어 갖게 되는 능력을 의미한다. ……

「향가감동천지귀신」도 이와 같은 선상에서 이해되어질 수 있다. 곧은 마음의 억누를 수 없는 명령으로 부르는 이 노래는 세상의 변혁과 생성을 갈망하는 노래이다. "도솔가"를 곧은 마음으로 간절하게 부르는 행위는 미륵이라는 자비의 신이 갖고 있는 변혁과 생성의 능력을 찬미하는 것이며, 동시에 그것은 내가 세상을 변혁하고 생성할 수 있다는 나의 능력에 대한 확증의 행위라고 이해될 수 있다. 따라서 이때 "감동"은 "나누어 가짐"으로 읽힐 수 있다. 그래서 "향가감동천지귀신"은 단지 시론(詩論)이 아니라 인간론으로 확장될 필요가 있다. 인간의 현실에서의 실존적 경험과 이해가 이러한 시론을 가능하게 하는 것이다."(김창원 2004:133~135).

적용될지는 매우 의심스럽다. 그리고 전통적인 지성론 및 지덕론과의 관계를 설명하지 않은 문제를 보인다.

송지언은 감동천지귀신의 감동을, 교감의 확장과 통찰의 심화로 보면서[5], "죽음에 대한 근원적 두려움의 정화(淨化)가 곧 〈제망매가〉가 시간을 초월하여 우리에게 주는 감동의 본질이라고"(송지언 2012:280) 보았다. 이 주장은 천지와 귀신을 대상으로 한 감동을 논하지 않고, 수신자 즉 독자를 대상으로 한 감동을 논하였다. 이로 인해 감동천지귀신의 감동론을 이해하는 데는 한계를 보인다. 그리고 이 주장은 적지 않은 문제를 포함하고 있는 〈제망매가〉의 해독(김완진 1980b), 표현(송희복 1993, 김창원 2004, 신영명 2004; 2012), 구조(박노준 1982) 등에도 의존하고 있어, 이미 적지 않은 문제를 포함하고 있다.

염은열(2013)은 감동천지귀신의 감동을 감통의 문제로 보고, '노래가 창작되어 불리는 현장을 구성하는 참여자의 소망을 시적 화자의 노래에 포용하여 공감적 연관 짓기를 이루면서, 그들이 시적 화자에 감정이입이 되어, 참여자의 소망을 노래가 대신하여 실체가 되는 의미 형성에 대한

---

5 "원형 상징에 가까운 보편적인 비유 … 구체적인 비유", "대부분의 사람들이 살면서 목격하고 느낀 것, 말하고 들었던 것을 기반으로 군더더기 없이 구성된 언어 구조물"(송지언 2012:272), "불교 승려가 지은 노래이면서 지극히 인간적인 목소리로 되어있다는 점" 등이 "표현의 차원에서 발신자와 수신자 사이의 교감을 가능하게 하는 토대가 된다. 이런 교감은 인식의 차원에서 통찰의 심화와 함께 한층 더 확장된다."(송지언 2012:273)고 보았다. 그리고 교감을 확장하고 통찰을 심화시켜나가는 과정을 다음과 같이 설명하였다. "보이지도 않고 경험할 수도 없는 세계를 설정하고 그 세계에 존재의 문제를 대입하는 생각은 영원히 살 수도 없고 모든 것을 지각할 수도 없는 유한한 존재로서의 인간이 세계를 '파악(把握)'하는 말 그대로 손에 쥐는 방법이다. 인간이 자신의 개별적인 경험에서 통찰을 확장하여 자연 현상으로부터 보편적인 질서를 찾아내고, 다시 형이상학의 세계로 통찰을 심화하여 삶의 질서를 만들어 내는 동시에 자연의 질서를 위배하지 않는 것이 〈제망매가〉의 구조가 교감을 확장하고 통찰을 심화시켜나가는 과정이다."(송지언 2012:278~279).

명명으로 보았다.[6] 이 주장이 보인 공감적 연관 짓기의 공감은 매우 중요한 의미를 갖는다. 그러나 감정이입으로까지 연결하는 데는 쉽게 동의하기가 어렵다. 그리고 이 공감은 〈제망매가〉의 경우에는, 의식에 참여한 사람들보다 월명사의 누이와 연결된다.[7] 또한 〈도솔가〉의 경우에는 의식에 참여한 사람들은 물론, 시적 청자를 포함해야 하는 문제를 보이며, 전통적인 지성론 및 지덕론과의 관계를 설명하지 않은 문제도 보인다.

이상과 같이, 기왕의 연구들은 감동천지귀신의 연구에서 많은 것들을 밝혀오면서, 아직도 미흡한 것들을 남겨 놓고 있다. 바로 감동천지귀신의 어느 한 측면만을 각각 연구하면서, 통합적인 연구가 미흡하다는 점이다. 적어도 감동천지귀신은 『중용』의 '성론(誠論)'에 기초한 전통적인 시론이며, 동시에 종교문학론이다. 이로 인해 감동천지귀신의 연구는,

---

6 "〈도솔가〉와 〈제망매가〉, 〈혜성가〉는 의식의 자리에서 불려진 노래이다. 월명사와 융천사에게는 의식에 참여한 청중들을 예견하는 것, 구체적으로 사회적으로 말할 만한 가치 있는 것들을 자기의 말 안에 담아내는 것, 그렇게 타자와의 대화를 통해 타자의 말을 포용하면서 자신의 말로 통어함으로써 노래로서의 완결성을 갖추는 것이 매우 중요한 문제가 되었을 것이다. 이를 두고 흔히 '주술'이라고 하는 것은 '감통'이라는 성과가 '초월적 힘'에 의한 것임을 가정하는 것이어서 실상과 거리를 가진다. 오히려 그 성과나 결과는 그 노래의 맥락인 현장을 구성하는 참여자가 바라는 것이었고, 노래가 그 소망을 대신하는 실체가 되는 것은 일상생활에서 겪는 가창이나 청취의 체험을 통해서도 충분히 이해가 가능하다. 그리고 보면 소망을 실현해줄 초월적 존재라는 가상 역시 현장에 참여하고 그것을 기원하는 사람들의 마음속에 있는 것을 언어가 실재화 내지 구체화한 것이라고도 할 수 있다. '감통'은 바로 현장에서의 그러한 의미 형성에 대한 명명이라고 바꾸어 말할 수 있게 된다."(염은열 2013:318~319). "공감적 연관 짓기를 하게 된 청중들은 의식을 주관하는 월명사나 융천사에 감정이입이 되어 그들이 안내하는 노래의 세계를 가상적으로 경험하게 된다. 가상적으로 경험한다는 것은 개념적으로 이해하는 것이 아니라 감정과 정서를 경험하는 것으로, 오늘날 설교자들이 이끌어내려고 하는 청중들의 참여(engagement)에 다름 아니다."(염은열 2013:320).

7 〈제망매가〉가 천도재에서 지어 부른 노래라는 점에서, 의식에 참여한 사람들을 생각할 수 있다. 그러나 연고자(緣故者)가 올려주는 천도재에는 연고자만 참여한다는 점에서, 일반적인 청중이나 대중은 이 천도재에 참여한 것이 아니다.

일연이 『삼국유사』를 편찬하던 그 당시의 전통적인 시론인 (지)성론 및 (지)덕론과, 종교문학론 및 독서론의 '통찰'과 '공감'을 함께 통합적으로 연구할 필요가 있다. 게다가 기왕의 연구들은 〈제망매가〉의 향찰 해독과 수사 연구에서 적지 않은 문제를 해결한 최근의 연구(양희철 2019)도 반영하지 못하였다.

이에 이 글에서는 최근에 이루어진 〈제망매가〉의 향찰 해독과 수사를 반영하면서, 일연 당시의 전통적인 시론인 (지)성론 및 (지)덕론과, 종교문학론 및 독서론의 '통찰'과 '공감'을 함께 통합적으로 검토하는 입장에서, 전에 썼던 두 글(양희철 1999a, 1999b)을 대폭 보완하고 수정하려 한다.

2. 관련 문장의 번역과 논리

이 장에서는 "나인상향가자상의(羅人尙鄕歌者尙矣) 개시송지류여(盖詩頌之類歟) 고왕왕능감동천지귀신자비일(故往往能感動天地鬼神者非一)"의 번역 문제와 "개시송지류여(盖詩頌之類歟)"의 논리를 정리하려 한다.

2.1. 관련 문장의 번역

관련 문장의 번역은 앞의 글에서 검토한 바가 있는데, 그 결과는 다음과 같이 정리된다.

> 신라인이 향가를 숭상한 것은 오래되었다. 대체로 보아 (향가는) 『시경』의 송과 비슷한 것이었든지(/것이었는가)? 때문에 때때로 천지와 귀신을 감동시킬 수 있었던 것(=향가 작품)이 하나가 아니었다.

이 정리에서 보듯이, "나인상향가자상의(羅人尙鄕歌者尙矣)"를 번역한 '신라인이 향가를 숭상한 것은 오래되었다.'에서와 같이, '尙'을 '오래되었다(久)'로 읽은 것은 리상호(1960;1994:369), 황패강(1975a; 1979:18), 김운학(1976:256), 김승찬(1978:142), 여기현 등에서 보인다. 이 중에서도 여기현(1999:170~171)은 [『小爾雅廣詁』에 "尙, 久也"라 했고, 『呂氏春秋古樂』의 "古樂之所由來者尙矣"에 대한 주석에서 "尙, 久也"라 했고, 『史記三代世表』의 "五帝三代之記尙矣"에 대한 索隱에서 "尙, 猶久古也"라 했다.]고, '尙'이 '久'라는 사실을 예증하였다.

"개시송지류여(盖詩頌之類歟)"를 번역한 '대체로 보아 (향가는) 『시경』의 송과 비슷한 것이었든지(/것이었는가)?'에서와 같이, '시송'을 '『시경』의 송'으로 읽은 해독은 이동환(1975:221) 전규태(1976:71) 최진원(1990:7) 등에서 보이고, '유여(類歟)'를 '비슷한 것이었든지(/것이었는가)?'로 읽은 해독은 리상호(1960; 1994:369), 이능우(1956:196), 최진원(1990:7) 등에서 보인다.

"고왕왕능감동천지귀신자비일(故往往能感動天地鬼神者非一)"을 번역한 '때문에 때때로 천지와 귀신을 감동시킬 수 있었던 것(=향가 작품)이 하나가 아니었다.'에서와 같이, 그 현대적 어감을 잘 사린 것은 성기옥(1991:63)이다.

2.2. '개시송지류여'의 논리

『시경』의 송과 향가의 유사성을 해명하는 일은, 일연이 "대체로 보아 (향가는) 시경의 송과 비슷한 것이었든지(/것이었는가)?(盖詩頌之類歟)"라고 한 말의 논리 기반을 해명하는 일이 된다. 이 문제의 중요성을 인식하고 그 해결을 모색한 글이 1990년에 나왔다.

> 그러면 頌과 향가는 어떤 점에 공통성이 있기에 類일 수 있는 것일까.
> 頌은 宗廟祭祀의 樂歌다. 朱子는 그것을 정의하여 "頌은 宗廟의 樂歌다. 大序의 이른바 '盛德의 形容을 美하여 그 成功을 神明에게 告하는 것'이다"(詩集傳)라고 하였다.
> 그런데 향가가 종묘제사의 악가로 쓰인 증거는 없다. 그렇지만 「神明에게 告한다. 告神明」라는 점에 있어서는 頌과 類일 수 있다.
> 月明師의 〈兜率歌〉가 二日竝現의 怪를 물리치기 위하여 神明에게 고해진 노래임은 물론이고, 〈祭亡妹歌〉〈彗星歌〉〈怨歌〉 등도 다 그런 성격의 것이다(최진원 1990:7).

이 글을 보면, 『시경』의 송의 개념을 주자의 정의에 의존하면서, 『시경』의 송과 향가의 공통성을 "「신명(神明)에게 고(告)한다. 告神明」"에서 찾고 있다. 이 글은 『시경』의 송과 향가의 시적 청자가 신명(神明)임을 주장하였다. 이는 상당한 설득력을 지닌다. 신명에게 고해진 노래로는 인용에서 지적된 〈도솔가〉〈제망매가〉〈원가〉 외에 〈처용가〉〈맹아득안가〉〈원왕생가〉 등도 들 수 있다.

성기옥의 경우는 "일연이 말하는 '시송'이 정확히 어떤 문맥적 의미로 쓰여진 것인가는 향가의 중요한 특성을 지적하는 말이므로 앞으로 두고두고 계속 살펴야 할 문제이기도 하다."(성기옥 1991:73)는 전제하에, 최진원의 주장을 따랐다.

앞의 글들 이후에, 주술적인 성격과 마력으로 "개시송지류여(蓋詩頌之類歟)"의 논리 기반을 설명하는 경우들도 있었다. 그러나 문제를 포함하고 있는 듯이 보인다.[8]

---

8 조동일은 "『시경』에서의 송은 제사를 지내면서 부르는 노래이므로 무가의 전통과 연결되어 있고, 주술적인 성격이 있다. 일연은 바로 그 점이 향가와 상통한다고 보았다고 해야 앞뒤의 문맥이 연결된다."(조동일 1993:24)는 주장에서, 그리고 여기현은 "그것은

다시 "신명(神明)에게 고(告)한다."는 주장을 좀더 살펴보자. 이 주장은 앞에서 언급했듯이 설득력을 지니지만, 약간의 문제가 있어 보인다. 우선 '능감동천지귀신(能感動天地鬼神)'의 '천지'가 '천신(天神)'과 '지신(地神)'만을 지칭하는 것이 아니라, '세상'의 의미도 지칭한다. 이 '세상'의 의미인 '천지'는 신명(神明)이 아니다. 이에 따라 '고(告)한다.'도 이 '세상'의 의미인 '천지'에는 부적합하다. 이런 두 가지 문제로 볼 때에, "신명(神明)에게 고(告)한다."는 '감동천지귀신'을 부분적으로만 만족시킨다고 할 수 있다. 전체를 만족시키려면, 천지와 귀신에게 노래한다고 말하는 것이 정확했다고 말할 수 있다. 문제는 이것으로 끝나는 것이 아니다. 신명에게 고한다고, 나아가 천지와 귀신에게 노래한다고, 이것 때문에 그 노래가 왕왕 천지와 귀신을 감동시킬 수 있었던 것이 하나가 아니었다고 주장하는 데는 논리적으로 어딘가가 부족함을 느낀다. 즉 신명에게 고한다는 사실은, 나아가 천지와 귀신에게 노래한다는 사실은 당연히 필요하지만, 이 선을 넘어서, 천지와 귀신을 감동시킬 수 있도록 무엇을 어떻게 노래하느냐 하는 것이 더 검토되어야 할 중요한 문제들이 아닌가 생각한다.

이 무엇의 문제에 대한 답의 예로 '지성(至誠)'과 '좋은 가르침'을 들 수 있다. '지성'은 우리가 일상생활에서 흔히 쓰는 "지성이면 감천이다."

"能感動天地鬼神"에 말미암은 인식이다. 즉 「頌」과 사뇌가가 "能感動天地鬼神"의 마력이 있다는 점에서 류일 수 있다."(여기현 1999:172)는 주장에서, 각각 『시경』의 '송'과 향가의 공통 기반을 주술적 성격이나 마력으로 정리한다. 그러나 필자가 보기에 이 주장들은 그 성립이 좀 어려운 것으로 보인다. 『시경』의 송을 보면, 제사를 지내면서 부른 것이 대부분이다. 즉 魯頌을 제외한 周頌과 商頌은 제사를 지내면서 부른 노래이다. 그러나 이 송들은 주술적인 성격을 가지고 있지 않다. 필자가 과문한 탓인지는 모르지만, 중국과 한국에서의 『시경』의 송에 대한 어느 연구를 보아도, 그 내용이 주술적이라거나 마력적이라는 주장은 찾아 볼 수 없다. 이 점에서, 적어도 『시경』의 송이 주술적이거나 마력적이라는 사실이 입증될 때까지는, 그것도 그 상당수의 송들이 주술적이거나 마력적이라는 사실이 입증될 때까지는, 향가와 『시경』의 송이 주술적이거나 마력적인 성격에서 통한다는 주장들을 신빙할 수 없을 듯하다.

에서 찾을 수 있다. 이 '지성'은 무엇에 대한 답도 되지만, '어떻게'에 대한 답도 된다. 그리고 '좋은 가르침'은 "성현의 좋은 가르침에 감동하였다."에서 흔히 발견된다.

이 중에서 '지성(至誠)'을 먼저 보자. 이 '지성'은 『시경』의 송(頌)이 보이는 특성 중의 하나이다. 이런 사실은 『시경』의 주송(周頌)과 상송(商頌)이 거의 모두 제사가(祭祀歌)인데, 이 제사가들은 천지와 귀신에게 '지성(至誠)'을 '지성'으로 노래한다. 제사가가 '지성(至誠)'으로 되어 있음은, 제사 자체가 지성을 전제로 한다는 점에서 두 말할 필요도 없다. 향가의 경우도 상당수가 제사가, 기원가(祈願歌), 발원가(發願歌) 등으로 '지성'을 보여준다. 우선 〈제망매가〉의 경우에, 관련설화는 "위망매영재(爲亡妹營齋) 작향가제지(作鄕歌祭之)"라는 말을 보여주고 있다. 이 경우에 '재(齋)'는 사십구재로 일종의 '제사'로 보아도 큰 문제는 없다. 이 제사가에 속하는 작품으로 〈도솔가〉와 〈제망매가〉를 들 수 있다. 또한 기원가로 〈맹아득안가〉와 〈원왕생가〉를 들 수 있다. 발원가로는 잣나무의 황췌(黃悴)와 자신의 등용을 바라는 〈원가〉를 들 수 있다. 제사, 기원, 발원 등을 할 때에 우리는 지성을 전제로 한다는 점에서, 앞의 5작품은 제사가, 기원가, 발원가 등으로 지성을 공통으로 한다고 말할 수 있다. 게다가 〈도솔가〉가 실린 〈월명사 도솔가〉조에는 '지성(至誠)'이란 표현이 나오고, 〈원왕생가〉가 실린 〈광덕 엄장〉조에는 '갈성(竭誠)'이란 말이 나오는데, 이 '지성(至誠)'과 '갈성(竭誠)'은 제사와 기원의 '지성(至誠)'을 잘 말해준다. 이렇게 생각할 때에, 우선 『시경』의 송(頌)과 향가는 '지성(至誠)의 내용'을 '지성(至誠)의 태도'로 천지와 귀신에게 노래하는 공통성이 있는데, 이 '지성(至誠)'이 천지와 귀신을 감동시키는 원인이 된다고 파악한 것이라 할 수 있다.

이번에는 '좋은 가르침'의 경우를 보자. 『시경』의 송에서는 주송(周頌)

청묘지십(淸廟之什)의 〈열문(烈文)〉[9]과, 신공지십(臣工之什)의 〈신공(臣工)〉[10] 및 〈희희(噫嘻)〉[11] 등이 좋은 가르침을 보인다. 향가에서는 앞의 '지성'과 겹친 〈제망매가〉 〈도솔가〉 〈원가〉 등의 세 작품을 제외해도, 〈처용가〉 〈우적가〉 등이 그 주제상 좋은 가르침을 보인다. 이 중에서 〈처용가〉는 역신(疫神)을 감동시켰고, 〈우적가〉는 그 뜻으로 도적들의 세상을 감동시켰다. 이 경우에 〈우적가〉가 감동시킨 도적들의 세상은 천지(天地)의 의미로, 이는 "능감동천지귀신(能感動天地鬼神)"의 천지라 할 수 있다. 그리고 〈월명사 도솔가〉조에는 '지덕(至德)'이란 말이 나오는데, 이 '지덕(至德)'의 덕은 '선교(善敎)'로 좋은 가르침의 의미를 가진다. 이런 점에서 '좋은 가르침' 역시 천지와 귀신을 감동시키는 원인이 된다고 파악할 수 있다.

이렇게 본다면, "개시송지류여(盖詩頌之類歟)"의 논리는 『시경』의 송과 향가가, '지성(至誠)이나 좋은 가르침의 내용'을 '지성(至誠)으로' '천지와 귀신에게' 노래하는 공통점에 기초한 것으로 정리할 수 있다.

이렇게 정리하고 나면, 하나의 문제가 발생한다. 즉 앞에서 정리한 내용을 왜 "개시송지류여(盖詩頌之類歟)"로 표현하였느냐 하는 문제이다. 이는 본문의 "개시송지류여(盖詩頌之類歟)"를 "개(향가)이지성심가지성혹선교[盖(鄕歌)以至誠心歌至誠或善教]"로 바꾸어 쓰면 앞의 의미만을 전달하는 데는 더 명확한데, 왜 "개(향가)이지성심가지성혹선교[盖(鄕歌)

---

9 "烈文辟公, 錫兹祉福. 惠我无疆, 子孫保之. 无封靡于爾邦, 維王其崇之. 念兹戎功, 継序其皇之. 无競維人, 四方其訓之. 不顯維德, 百辟其刑之. 於乎, 前王不忘!"

10 "嗟嗟臣工, 敬爾在公. 王厘爾成, 來咨來茹. 嗟嗟保介, 維莫之春, 亦又何求? 如何新畬? 于皇來牟, 將受厥明. 明昭上帝, 迄用康年. 命我衆人, 庤乃錢鎛, 奄觀銍艾."

11 "噫嘻成王, 既昭假爾. 率時農夫, 播厥百谷. 駿發爾私, 終三十里. 亦服爾耕, 十千維耦."

以至誠心歌至誠或善教]”와 같은 표현을 피하고, “개시송지류여(盖詩頌之類歟)”를 썼느냐 하는 것이다. 이 문제는 일연의 자주의식적 측면에서 이해될 수 있는 것이라고 판단한다. “개시송지류여(盖詩頌之類歟)”는 향가를 『시경』의 송(頌)에 견준 표현이다. 견준다는 사실은 양자를 대등하게 본다는 것을 의미한다. 이 사실로 보면, 일연은 향가를 『시경』의 송(頌)과 대등하게 보는 자주의식(自主意識)을 보여준다고 할 수 있다.

3. 중국의 감동천지귀신

중국에서 논의된 ‘감동천지귀신’ 중에서 이미 기왕의 연구에서 인용한 것은 『시경』의 〈모시대서(毛詩大序)〉[12]와 『시품주(詩品注)』의 〈시품서(詩品序)〉[13]이다. 이 글들은 음악과 밀접한 관계에 있다. 그리고 음악과 관련시켜 ‘감동천지귀신’을 설명한 글로는 앞의 두 글들 외에 공영달(孔穎達, 574~648),[14] 육구몽(陸龜蒙, 미상~881 추정),[15] 황도(黃滔, 생몰

12 이 글은 김흥규(1982:13~14)에 의해 처음으로 전문이 인용되었고, 그 핵심 부분은 윤영옥의 논문(1982:115; 1986:377~378)에서 다시 인용되었고, 향가 논문에서는 김승찬(1986a:42)에 의해 처음으로 주목을 받았고, 최진원(1990:7)의 논문과 성기옥(1991:70~71)의 논문에서 논의가 좀더 구체화되었다. 인용 부분은 다음과 같다. “詩者志之所之也. 在心爲志 發言爲詩. 情動於中 而形於言 言之不足 故嗟歎之 嗟歎之不足 故永歌之 永歌之不足 不知手之舞之足之蹈之也. 治世之音安以樂 其政和 亂世之音怨以怒 其政乖 亡國之音哀以思 其民困. 故正得失 動天地感鬼神 莫近於詩.”(〈毛詩大序〉, 『詩經』).

13 이 글은 성기옥(1991)에 의해 처음으로 인용되었다. “氣之動物 物之感人 故搖蕩情性 形諸舞詠. 照燭三才 暉麗萬有 靈祇待之以致饗 幽微藉之以昭告. 動天地感鬼神 莫近于詩”(〈詩品序〉, 『詩品』).

14 “夫詩者 論功頌德之歌 止僻防邪之訓 雖無爲而自發 乃有益於生靈 六情靜於中 百物盪於外 情隨物動 物感情遷. 若政運醇和 則歡娛被於朝野; 時當慘黷 亦怨刺形於詠歌. 作之者 所以暢懷舒憤; 聞之者 足以塞違從正. 發諸情性 諧於律呂. 故曰:「感天地動鬼神 莫近於詩.」 此乃詩之爲用 其利大矣.……”(〈毛詩正義序〉, 孔穎達, 中華民國

년대 미상, 899년 진사가 됨)[16] 등의 글들이 있다. 이 세 사람은 모두가 "감천지 동귀신" 또는 "동천지 감귀신"의 전제 조건으로 성률(聲律)과 율려(律呂)를 들고 있다. 그런데 이 글들이 보인 음악적 측면의 설명은 향가의 감동천지귀신을 설명하는 데에 직접 소용되지 않는 듯하여 논의에서 제외한다.

송조(宋朝)와 금조(金朝)에 들어오면서, 감동천지귀신의 해석은 그 방향을 바꾼다. 즉 그 이전까지 있어온 성률과 율려를 벗어나 '(지)성론[(至)誠論]'으로 그 방향을 바꾼다. 이 방향을 바꾼 (지)성론적 해석은 『삼국유사』의 찬자인 일연(一然, 晦然, 1206~1289) 스님과, 향가의 감동천지귀신론에 결정적인 영향을 준 것으로 추정된다. 이 (지)성론을, 지성(至誠)의 내용, 감동천지귀신의 논리, 지성의 표현 등으로 나누어 정리하려 한다.

3.1. 지성의 내용

지성의 내용을 비평문을 통하여 먼저 정리하고, 이를 『중용』의 성론을 통하여 보완하고자 한다.

67:5).

15 "……又日「聲病之辭非文也」夫聲成文謂之音 五音克諧 然後中律度. 故舜典曰:「詩言志 歌永言 聲依永 律和聲.」聲之不和 病也 去其病則和 和則動天地感鬼神 反不得謂之文乎?……"(〈復友生論文書〉, 陸龜蒙, 中華民國 67:247).

16 "……希畋示以先立行 次立言 言行相扶 言爲心師 志之所之以爲詩 斯乃典謨訓誥也. 且詩本於國風王澤 將以刺上化下 苟不如是 曷詩人乎? 今以世言之者 謂誰是 如見古賢焉. 況其籠絡乎天地 日月出沒 其希夷恍惚 着物象謂之文 動物情謂之聲 文不正則聲不應. 何以謂之不正不應? 天地籠萬物 物物各有其狀 各有其態 指言之不當 則不應. 繇是聖人刪詩 取之合於韶武 故能動天地 感鬼神 其次亦猶琴之舞鶴躍魚 歌之遏雲落塵 蓋聲之志也.……"(〈答陳磻隱論詩書〉, 黃滔, 中華民國 67:249).

3.1.1. 비평문으로 본 지성의 내용

성론의 입장에서 '감동천지귀신'을 할 수 있는 시의 지성(至誠)의 내용을 보여준 글들을 보자.

> …… 풍·아·송은 시의 체례(體例)요, 부·비·홍은 시의 쓰임이다. 옛날의 시인은 뜻으로 향할 바를 따르고, 정으로 느낀 바를 정리하여, 생각을 품으면 곧 부(賦)가 있고, 비슷함을 느끼면 비(比)가 있고, 경(景)을 대하면 홍(興)이 있어, 덕에 관해 말할 때는 곧 풍(風)이 있고, 정치에 관해 말할 때는 곧 아(雅)가 있고, 공에 관해 말할 때는 곧 송(頌)이 있다. 시를 채집하는 관리가 그것을 악부에 수록하고, 그것을 교묘(郊廟)에 추천하니, 그 성(誠)이 가히 천지를 움직이고 귀신을 감동시킬 수 있고, 그 '이(理, 이치, 도리)는 가히 부부를 떳떳하게 할 수 있고, 풍속을 바꿀 수 있다. …….[17]

이 글은 황상(黃裳, 1146~1194)의 글이다. 이 글을 보면, 관리가 채집하여 악부에 수록하고 교묘에 추천한 시는 "그 성(誠)이 가히 천지를 움직이고 귀신을 감동시킬 수 있고, 그 이(理, 이치, 도리)는 가히 부부를 떳떳하게 할 수 있고, 풍속을 바꿀 수 있다."[其誠可以動天地感鬼神 其理可以經夫婦移風俗]고 설명을 하였다. 그러나 이에 포함된 '성(誠)'과 '이(理)'는 시가 보여준 것이라는 점만을 보여줄 뿐, 그것이 무엇인가를 구체적으로 언급하지 않고 있다. 이를 좀도 구체적으로 보여주는 황상(黃裳)의 다른 글을 인용하면 다음과 같다.

---

17 "……風雅頌 詩之體 賦比興 詩之用. 古之詩人 志趨之所向 情理之所感 含思則有賦 觸類則有比 對景則有興 以言乎德則有風 以言乎政則有雅 以言乎功則有頌. 採詩之官 收之於樂府 薦之於郊廟 其誠可以動天地感鬼神 其理可以經夫婦移風俗. ……" (〈演山居士新詞序〉, 黃裳, 中華民國 67:208).

> …… 성인(聖人)은 사무사(思無邪)로 시 삼백 편을 끊었는데, 소위 (사)무사[(思)無邪]라고 한 것은 그 생각의 성(誠)을 말할 뿐이다. 시가 생각의 성으로 인해 지어진다면, 곧 성음(聲音)과 무도(舞蹈)의 사이에, 특히 성(誠)이 그것에 깃드는 바이다. 때문에 그 쓰임은 커서, 밝게는 족히 천지를 움직일 수 있고, 그윽하게는 족히 귀신을 감동시킬 수 있으며, 위로는 족히 임금을 섬길 수 있고, 안으로는 족히 아비를 섬길 수 있으며, …….[18]

이 글에서 보면, 천지를 움직이고 귀신을 감동시킬 수 있는 성(誠)의 대상은 바로 '생각'[思]임을 말해주고 있다. 즉 "시가 생각의 성으로 인해 지어진다면, 곧 성음(聲音)과 무도(舞蹈)의 사이에, 특히 성(誠)이 그것에 깃드는 바이다." "밝게는 족히 천지를 움직일 수 있고, 그윽하게는 족히 귀신을 감동시킬 수 있다."는 것이다. 동시에 "소위 (사)무사[(思)無邪]라고 한 것은 그 생각의 성[思誠]을 말할 뿐이다."를 통하여, '생각'의 성(誠) 곧 무사(無邪)임을 파악할 수 있다.

감동천지귀신과 관련된 성의 대상인 '생각' 외에 다른 것도 있다. 이는 장뢰(張耒 1054~1114)의 글에서 보이는 '의(意)'와 '정(情)'이다.

> 옛날에 시를 말한 것은 천지를 움직이고 귀신을 감동시킴이 시보다 가까운 것이 없음을 말하였기 때문이다; 무릇 시의 시작은 사람의 정에서 나오는데, 희로애락의 때에는, 모두가 한 사람의 사사로운 뜻이나, 큰 천지에 이르고, 그윽한 귀신에 이르러서, 시가 이내 능히 (천지와 귀신을) 감동시킬 수 있다는 것은 무엇인가? 대체로 보아 천지가 비록 크고, 귀신이 비록 그윽하나, 오직 지성(至誠)만이 천지와 귀신을 감동시킬 수 있다. <u>저 시라는 것이 비록 한 사람의 사사로운 뜻이나, 그것은 성(誠)에서 반드시 발한(/나타난/드러</u>

---

18 "……聖人以思無邪斷詩三百篇 所謂無邪者 謂其思誠耳! 詩由思誠而作 則聲音舞蹈之間 特誠之所寓焉 故其用大 明足以動天地 幽足以感鬼神 上足以事君 內足以事父 ……"(〈樂府詩集序〉, 黃裳, 中華民國 67:209).

> 난) 것을 얻은(/기다린) 이후에 짓는다. 때문에 사람이 시에서 사물에 의해 감동되지 않고 정에 의해 움직이지 않고 지은 것은 대개 드물구나! 오늘날 무릇 세상의 사람들에는 그 마음에 따른 이후에 즐김이 있고, 그 마음에 거스른 이후에 원망함이 있으니, 즐거운(인용문에는 '極/지극한'으로 되어 있으나, 문맥상 '樂/즐거운'의 오자로 추정, 협주 필자) 것을 당하여 반대로 슬퍼하고, 원망스러운 것을 당하여 반대로 사랑하는 자는, 세상이 일찍이 가지지 못한 바니, 즐거워하는 것과 원망하는 것에는 하나 같이 부림이 있으니, 그러한 것을 알려고 하지 않고도 그렇게 되는 것이다. 이것이 지성(至誠)의 감동시킴이 아니겠는가! 저 시는 마땅히 즐긴 바와 원망한 바의 글이다. 무릇 정(情)이 마음에서 움직여 거짓이 없고, 시가 정을 이끌어 내면서 구차(苟且)하지 않으면, 곧 그 시가 능히 천지를 움직이고 귀신을 감동시킬 수 있는 것은 지성(至誠)의 즐거움이다. …….[19]

이 인용에서 보면, '감천지동귀신'을 하는 시의 시작(詩之興)은 사람의 정에서 나오고, 그것이 희로애락의 때에는 한 사람의 사사로운 개인의 뜻[私意]이나, 반드시 성(誠)에서 발한 것을 얻은 이후에 짓는다고 하였다. 그리고 정이 마음에서 움직여 거짓이 없고, 시가 정을 이끌어 내면서 구차하지 않으면 감천지동귀신을 할 수 있다고 하였다. 이로 보면, 감천지동귀신을 하는 시의 '뜻[意]'과 '정(情)'은 '성(誠)'에서 발한 것, 즉 거짓이 없는 것이라고 하면서, '성'의 의미가 '거짓이 없는 것'이라

---

19 "古之言詩者 以謂動天地 感鬼神 莫近于詩; 夫詩之興 出于人之情 喜怒哀樂之際 皆一人之私意 而至大之天地 極幽之鬼神 而詩乃能感動之者 何也? 蓋天地雖大 鬼神雖幽 而惟至誠能動之 彼詩者 雖一人之私意 而要之必發于誠而後作 故人之于詩 不感于物 不動于情而作者 蓋寡矣! 今夫世之人 有順于其心而後樂 有逆于其心而後怨 當極('樂'자의 오자로 추정, 협주 필자)而反悲 當怨而反愛者 世之所未嘗有 而樂與怨者 一有使之 莫知其然而然者也 此非至誠之動也哉! 彼詩之 宣所樂所怨之文也 夫情動于中而無僞 詩其導情而不苟 則其能動天地感鬼神者 是至誠之悅也.……"(〈上文潞公獻所著詩書〉, 張耒, 中華民國 67:265).

는 점을 보여준다.

이상과 같이 볼 때에, '감동천지귀신'을 할 수 있는 시의 지성(至誠)의 내용은 일단 '시의 생각[思], 뜻[意], 정(情)' 등이 '무사(無邪)' 즉 '거짓이 없는 것'이라고 정리할 수 있다.

3.1.2. 『중용』의 성론으로 보완한 지성의 내용

앞 항에서 정리한 바와 같이, '감동천지귀신'을 할 수 있는 시의 지성(至誠)의 내용은 '시의 생각[思], 뜻[意], 정(情)' 등이 '무사(無邪)' 즉 '거짓이 없는 것'이라고 정리할 수 있다. 그런데 이 정리만으로는 '감동천지귀신'을 할 수 있는 시의 지성의 내용을 충분하게 이해할 수 없다. 즉 '무사(無邪, 거짓이 없는 것)'의 의미가 미흡하다. 이 미흡점을 『중용』의 '성'의 의미를 통하여 이 항에서 보완하려 한다.

『중용』 제20장의 후반을 보면, 성(誠)은 천도(天道)이고, 성(誠)하려고 하는 것은 인도(人道)라고 정의하였다. 이에 포함된 '성'을 송나라의 유학자들이 해석한 개념을 정리한 글을 보자.

> 또 이이는 "생각을 간사하게 가지지 말라(思無邪)는 말은 성을 의미한다"는 정자(程子)의 글을 인용한다.
>
> … (중간 생략) …
>
> 주희는 천도로서의 성실은 진실무망(眞實無妄, 참되고 거짓이 없음)한 것인데, 이것은 <u>천리(天理)의 본연(本然)</u>이라 하고, 인도로서의 성지(誠之)는 (사람이) 진실무망하지 못하기 때문에 진실무망하고자 하는 것으로, 사람이 마땅히 해야 할 일이라고 하였다.
>
> … (중간 생략) …
>
> 성실은 <u>만물이 하늘로부터 부여받은 고유의 성(性)을 어김없이 성실하게 실현하는 것</u>이다. 자연의 운행을 볼 때, 겨울이 가면 봄이 오고 봄이 가면

여름이 온다든가, 꽃이 피고 열매가 맺고 낙엽이 지는 모든 자연 현상에는 거짓이 없다.

만물이 하늘로부터 품수(稟受)한 본성을 그대로 어김없이 실현하는 것은 곧 성실이요 진실이다. 천부의 본성이 진실되게 나타나는 자연에는 거짓이 없고 오직 진실만이 있을 뿐이다. 그러므로 주돈이(周敦頤)는 지극히 참되어 허망함이 없는 것(至實而無妄)을 성이라 하면서, 이것은 하늘이 부여한 것을 만물이 품수한 바른 이치(正理)라고 하였다.

정자는 허망함이 없는 것(無妄), 속이지 않는 것(不欺)을 성이라 하였고, 주희는 진실되고 허망함이 없는 것(眞實無妄)이 성인데 이것은 천리의 본연이라 하였다. 지극히 참됨, 허망하지 않음, 거짓이 없음, 속이지 않음, 진실되고 허망하지 않음을 성이라 할 때 그 성은 참[實] 또는 참 이치(實理)로 해석된다(『한국민족문화대백과사전』, '성(誠)'조, 한국학중앙연구원).

이 글에서 보면, 성리학자들은 '성(誠)'을 두 측면에서 해석하였다. 하나는 본질적 해석이고, 다른 하나는 속성적 해석이다. 전자의 해석에서는, 밑줄 친 부분에서와 같이, 성(誠)을 '만물이 하늘로부터 부여받은 고유의 성(性)을 어김없이 성실하게 실현하는 것', '하늘이 부여한 것을 만물이 품수한 바른 이치나 도리(正理)'[20](周敦頤, 1017~1073), '천리(天理)의 본연(本然)'(朱熹, 1130~1200) 등으로 정리하였다. 이는 '성'을 본문에서 설명한 '천도(天道)'를 다시 풀어서 설명한 것이다. 이로 보면, 성은 '천도', 즉 '천지 만물이 하늘로부터 부여받은 것(本性)의 바른 이치(正理)'나 '천리(天理)의 본연(本然)' 등으로 정리할 수 있다. 그리고 후자의 해석에서는, 성(誠)을 '지극히 참되어 허망함이 없는 것(至實而無妄)'(주돈이), '거짓이 없는 것(無邪)', '허망함이 없는 것(無妄)', '속이지 않는

20 '正理'를 인용문에서는 '바른 이치'로 번역하였으나, '正理'는 '바른 이치'와 '바른 도리'의 의미를 모두 가지고 있어, '바른 이치나 도리'로 바꾸었다.

것(不欺)'(程明道, 1032~1085, 程伊川, 1033~1107), '진실되고 허망함이 없는 것(眞實無妄)'(주희) 등으로 정리하였다. 이는 '천도'의 속성을 설명하는 측면에서 '성'을 정리한 것들이다. 이 여러 가지는 '거짓이 없는 것(無邪)' 또는 '진실되고 허망함이 없는 것(眞實無妄)'으로 묶어도 좋을 것 같다.

이런 성의 의미를, 앞에서 정리한, '감동천지귀신'을 할 수 있는 시의 지성(至誠)의 내용, 즉 '시의 생각[思], 뜻[意], 정(情)' 등이 '거짓이 없는 것[無邪]'에 넣어서 보완하면 다음과 같다.

감동천지귀신을 할 수 있는 시의 지성의 내용은, '시의 생각[思], 뜻[意], 정(情)' 등이 '거짓이 없는 것[無邪]' 또는 '진실되고 허망함이 없는 것[眞實無妄]'으로, '천도' 즉 '천지 만물이 하늘로부터 부여받은 것(本性)의 바른 이치나 도리(正理)' 또는 '천리(天理)의 본연(本然)'이라고 정리할 수 있다.

3.2. '감동천지귀신'의 지성의 논리

앞 절에서 정리한, '감동천지귀신'을 할 수 있는 시의 지성(至誠)의 내용만으로는 '감천지동귀신'의 논리를 쉽게 이해하는 데는 미흡한 점이 있다. 이 미흡점을 이 절에서 보완하고자 한다.

시가의 설명에서 감동천지귀신을 보여주는 글들을 보면, 그 당시에는 너무 당연한 것이어서, 그 논리를 구체적으로 명확하게 보여주지 않고 있다. 심지어는 어느 시가 작품이 감동천지귀신을 하였다는 식으로 글을 기술하여, 그 시가 작품을 주가(呪歌)나 참요(讖謠)로 오해하게도 하였다. 그러나 감동천지귀신은 이미 감동, 감통, 감응 등을 기반으로 하고 있어, 모방이나 위하(威嚇, 威脅)를 기반으로 하는 주술이나 참요와는 구분된다. 게다가 고전시가에서 보이는 전통적인 시론의 감동천지귀신론은 『중용』의 성론(誠論)에 기반을 두고 있다.

바로 이어서 볼 '지성의 표현'에서 인용할 원호문의 글(〈楊叔能小亨集引〉)에는 『주역』 〈문언전〉과 『중용』 25장의 글이 인용되어 있다. 전자는 "같은 소리는 서로 응하고, 같은 기(氣)는 서로 구한다(同聲相應 同氣相求)"이고, 후자는 "성이 아니면 사물이 존재하지 않는다(不誠無物)."[21]이다. 후자는 '성(실)'이 만물의 존재 근거가 된다는 뜻이다. 이렇게 드러난 감동천지귀신과 성론(『중용』)의 관계는 이것으로 끝나지 않고, 전체적으로 연결되어 있다. 이를 보기 위해, 『중용』의 성론을 간단하게 보자.

『중용』의 성론은 제20장 후반부터 시작된다. 제23장까지에서 논의에 필요한 부분들만을 간단하게 보자. 제20장의 후반을 보면, 성(誠)은 천도(天道)이고, 성(誠)하려고 하는 것은 인도(人道)라는 정리에 이어서, 그 성격과 내용을 설명한 다음에, "마침내 이 도에 능하게 되면(果能此道矣), 아무리 어리석을지라도 반드시 밝아지고(雖愚必明), 아무리 유약할지라도 반드시 강해진다(雖柔必强)."고 결론[22]을 내리고 있다. 이 결론으로 보면, 왜 이 도를 닦으려 하는가 하는 물음에 중간의 답을 얻게 된다. 바로 세상 만물에 밝아지고, 강해지려는 것이다. 이 밝아짐(明)과 성(誠)의 선후관계를 정리한 것이 제21장("自誠明 謂之性. 自明誠 謂之教. 誠

21 "誠者自成也 而道自道也. 言誠者物之所以自成 而道者 人之所當自行也. 誠以心言本也 道以理言用也. 誠者物之終始 不誠無物 是故 君子誠之爲貴. 誠者非自成己而已也 所以成物也. 成己仁也 成物知也 性之德也. 合內外之道也 故時措之宜也"(『중용』 제25장).

22 "誠者 天之道也. 誠之者 人之道也. 誠者 不勉而中 不思而得 從容中道 聖人也. 誠之者 擇善而固執之者也. 博學之 審問之 愼思之 明辨之 篤行之. 有弗學 學之弗能弗措也. 有弗問 問之弗知弗措也. 有弗思 思之弗得弗措也. 有弗辨 辨之弗明弗措也. 有弗行 行之弗篤弗措也. 人一能之 己百之 人十能之 己千之. 果能此道矣 雖愚必明 雖柔必强"(『중용』 제20장 후반).

則明矣 明則誠矣")이다.

이렇게 제20, 21장에서는 성(誠)을 설명하면서 밝아짐(明)을 빼놓지 않고 있다. 이런 '성'과 밝아짐의 관계는 제22, 23장에서도 확인된다. 그런데 제22장은 성인같이 위대한 인물의 지성(至誠)을 다룬 것이어서, 향가의 감천지동귀신을 다루려는 이 글에서는 논의를 생략한다.[23] 제23장을 보면 다음과 같다.

> 그 다음은 한쪽을 지극히 함이니, 한쪽을 지극히 하면 능히 성(誠)할 수 있다. 성하면 나타난다. 나타나면 더욱 드러난다. 더욱 드러나면 밝아진다. 밝아지면 감동시킨다. 감동시키면 변(變)한다. 변(變)하면 화(化)할 수 있다. 오직 천하(天下)에 지극히 성실한 분이어야 능히 화(化)할 수 있다.[24] (밑줄 필자).

이 제23장에서는 연쇄법(誠→形→著→明→動→變→化)을 통하여 논의를 확대하고 있다. 이 중에서 밑줄 친 부분인 "성하면 나타난다. … 밝아지면 감동시킨다."는 감동천지귀신을 논리적으로 이해하는 데 매

23 "惟天下至誠 爲能盡其性. 能盡其性 則能盡人之性. 能盡人之性 則能盡物之性. 能盡物之性 則可以贊天地之化育 可以贊天地之化育 則可以與天地參矣"(『중용』 제22장). 이 제22장에서, 자신의 성, 남의 성, 만물의 성, 천지의 화육 등을 연쇄법으로 확대해 나가는 논리는, 중국 시가의 감천지동귀신에서, 지아비를 섬길 수 있음, 임금을 모실 수 있음, 풍속을 교화할 수 있음, 감천지동귀신 등으로 성(誠)의 효능을 확대하는 것이, 바로 이 제22장의 논법에 기인한 것임을 알 수 있게 한다.

24 "其次致曲 曲能有誠 誠則形 形則著 著則明 明則動 動則變 變則化 唯天下至誠爲能化." "Those of the next level straighten out their own twistedness. Being straightened they can possess sincerity. Having sincerity, they can give form to their character. Their character having form, their sincerity becomes manifest. Being manifest it is luminous, being luminous it can function. Functioning, it changes; changing, it transforms. Only the most fully actualized sincerity is able to transform people and things."

우 중요하다. 왜냐하면, 이 논리로 보면, 감동천지귀신에서 감동시키려는 천지와 귀신에 밝아지면 천지와 귀신을 감동시킬 수 있기 때문이다. 이로 보면, 감동천지귀신의 논리는 '성(誠)하면 나타난다. … 천지와 귀신에 밝아져서 그 다음에 천지와 귀신을 감동시킨다.'는 것으로 이해할 수 있다.

이 정리에서 보이는 '밝아짐'은, 감동천지귀신의 현대적 논의에서 언급되기도 한, 통찰과 공감의 문제도 포괄할 수 있게 한다. 즉 천지와 귀신에 밝아져서 천지와 귀신을 감동시킨다고 할 때에, 이에 포함된 '밝아짐'은 이미 통찰(洞察)과 같은 말이다. 통찰의 '통(洞)'은 '밝다, 밝아지다'의 '명(明)'과 같은 말이며, 통찰은 '명찰(明察)'이기 때문이다. 그리고 천지와 귀신에 밝은 다음에, 그 천지와 귀신을 감동시키고자 할 때에, 천지와 귀신이 처한 입장을 이해하고, 그 입장에서 그 천지와 귀신이 당면한 문제를 해결할 수 있는 방법이나 방향을 제시하는 공감의 유도도 너무나 당연하다. 왜냐하면, 천지와 귀신은 물론 상대의 마음을 감동시키려 할 때에, 상대가 처한 입장을 이해하고, 그 입장에서 그 상대가 당면한 문제를 해결할 수 있는 방법이나 방향을 제시하면서 상대의 공감을 이끌어내는 방법은 이미 상대를 감동시킬 수 있는 좋은 방법이기 때문이다. 이렇게 밝아진 다음에 천지와 귀신을 감동시킬 수 있도록 행동할 수 있는 능력은 물론 제20장에서 보여준 내용("博學之 審問之 愼思之 明辨之 篤行之")에서 나온 것으로 판단한다.

이상과 같은 점들로 보아, 감동천지귀신의 논리는, 『중용』 제23장의 '성(誠)하면 나타난다. … 밝아지면 감동시킨다.'에 논거를 둔 것으로, '성(誠)하면 나타난다. … 천지와 귀신에 밝아져서 그 다음에 천지와 귀신을 감동시킨다.'는 것으로 이해되고, 이에 포함된 '밝아짐'은 바로 통찰로 보이며, 이 '밝아짐'은 공감을 이끌어 낼 수 있는 기반이며, 감동시킴에는 이미 공감의 유도가 포함되어 있다고 정리할 수 있다.

3.3. 지성의 표현

이번에는 감동천지귀신을 할 수 있는 지성의 표현을 보자. 이 측면 역시 앞에서 인용한 장뢰(張耒)의 글에서 파악할 수 있다. 해당 부분만을 다시 옮겨 쓰면 다음과 같다.

> 무릇 정(情)이 마음에서 움직여 거짓이 없고, 시가 정을 이끌어 내면서 구차(苟且)하지 않으면, 곧 그 시가 능히 천지를 움직이고 귀신을 감동시킬 수 있는 것은 지성(至誠)의 즐거움이다(夫情動于中而無僞 詩其導情而不苟 則其能動天地感鬼神者 是至誠之悅也).

인용을 보면, 감동천지귀신을 할 수 있는 지성의 즐거움의 조건으로, 정이 마음에서 움직여 거짓이 없고, 시가 정을 이끌어 내면서 구차하지 않음을 들고 있다. 이 조건 중의 '시가 정을 이끌어 내면서 구차(苟且, 적당히 얼버무리거나 되는 대로 하다.)하지 않음'은 '표현의 구차하지 않음'을 의미한다. 이 '표현의 구차하지 않음'이란 표현 자체에는 '지성(至誠)'이란 의미가 없으나, 앞에 인용한 문맥으로 보면, 이 '표현의 구차하지 않음'은 표현의 지성을 의미한다고 정리할 수 있다.

물론 이 표현은 마음에 가득한 이후에 발해지는 것임은 말할 것도 없다. 이런 사실은 금조의 원호문(元好問, 1190~1257)의 글에서 명확하게 드러나고 있다.

> 시의 극치는 가히 천지를 움직이고 귀신을 감동시킬 수 있다. … 모두가 소부(小夫) 천부(賤婦)로서 마음에 가득 차서 흐뭇하여 발하여 입을 펴 이

루니[滿心而發 肆口而成], 채시(采詩)하는 관리에 의해 취해져서 성인(聖人)의 산시(刪詩) 또한 감히 다하고 폐하지 못한다.[25]

이 인용에서 보면, 천지를 움직이고 귀신을 감동시킬 수 있는 이유는 마음에 가득 차서 발해지는 유로(流露)의 무작위(無作爲)한 정성(精誠)에 있다. 이 표현의 정성과 관련된 원호문의 다른 글을 보자.

…… 당시(唐詩)가 (시경의 시) 삼백 편의 뒤에 절출(絶出)한 이유는 그것에서 근본을 앎뿐이다. 무엇을 근본이라 하는가? 성(誠)이다. …… 때문에 마음으로 인해 성(誠)하고, 성으로 인해 말하고, 말로 인해 시를 짓는데, 셋은 서로 하나가 된다. 정은 마음에서 움직이고 말에 의해 형상되는데, 말은 가까이 발하나 멀리 보니, 같은 소리는 서로 응하고, 같은 기(氣)는 서로 구한다. 비록 소부(小夫) 천부(賤婦) 고신(孤臣) 얼자(孽子)가 느껴 풍자할지라도, 모두가 가히 인륜(人倫)을 두텁게 할 수 있고, 교화(敎化)를 아름답게 할 수 있어, 다른 도가 아니다. 때문에 이르기를 「성이 아니면 사물이 존재하지 않는다.」고 했다. 무릇 오로지 성(誠)하지 않으면, 이 때문에 말에 주되는(/주관하는) 바가 없어, 마음과 입은 별개로 두 사물이 되고, 사물과 나는 그 천리를 멀리하여, 아득하게 가고, 아득하게 오니, 사람이 그것을 들으면, 마치 봄바람이 지나는 것과 같을 뿐이어서, 그 천지를 움직이고자 하고, 귀신을 감동시키고자 함은 어렵구나! ……[26]

---

25 "詩之極致 可以動天地 感鬼神 … 皆以小夫賤婦 滿心而發 肆口而成 見取於采詩之官 而聖人刪詩亦不敢盡廢"(〈陶然集詩引〉, 元好問, 中華民國 68:182).

26 "…… 唐詩所以絶出三百篇之後者 知本焉爾矣. 何謂本? 誠是也. …… 故由心而誠 由誠而言 由言而詩也 三者相爲一. 情動於中而形於言 言發乎邇而見乎遠 同聲相應 同氣相求. 雖小夫賤婦·孤臣孽子之感諷 皆可以厚人倫·美敎化 無他道也. 故曰: 「不誠無物.」 夫惟不誠 故言無所主 心口別爲二物 物我邈其千里 漠然而往 悠然而來 人之聽之 若春風之過焉耳. 其欲動天地 感鬼神 難矣! ……"(〈楊叔能小亨集引〉, 元好問, 中華民國 68:177).

이 인용의 전반부에서는 당나라 시가 『시경』의 시 이후에 절출한 이유는 시의 근본인 성(誠)을 알기 때문이라고 설명하고, 시에서 마음(心), 성(誠), 말(言) 등은 서로 하나가 된다고 하였다. 그리고 후반부에서는 성(誠)하지 않으면, 이 때문에 말에 주되는(/주관하는) 바가 없어, 마음과 입은 별개로 두 사물이 되고, 사물과 나는 그 천리를 멀리하여, 아득하게 가고, 아득하게 오니, 사람이 그것을 들으면, 마치 봄바람이 지나는 것과 같을 뿐이어서, 그 천지를 움직이고자 하고, 귀신을 감동시키고자 함은 어렵다고 한다. 이는 말을 바꾸면, 천지를 움직이고 귀신을 감동시키려면, 말에 주되는(/주관하는) 바가 있어, 즉 언어와 문자가 정을 드러내면서, 마음과 입이 하나가 되도록 성(誠)하여야 한다는 것이다. 이 때 말에 주되는(/주관하는) 바가 있고, 마음과 입이 하나가 되도록 '성'하여야 한다는 말은, 생각을 품은 마음과 그 마음을 표현한 입이 하나가 되도록, 그 표현이 성(誠)하여야 한다는 것이다. 이 표현의 성(誠)은 두 말할 것도 없이 마음에 품은 생각, 정, 의 등을 그대로 표현하려는 순일(純一) 또는 전일(專一)한 성(誠)이라 할 수 있다. 이 때 허식(虛飾)이 있을 수 없음은 두말할 것도 없다. 이는 '수사입기성(修辭立其誠)'이라 할 수 있다.

그리고 이 '구차하지 않음'[不苟]은 당의 한유(韓愈)와 금의 조병문(趙秉文)의 글에서 보이는 "풍부하여 일언도 남음이 없고, 간략하나 한 말도 잃지 않는다."[豊而不餘一言 約而不失一辭]와 통하는 말이다.

이와 같은 점에서, 감천지동귀신을 할 수 있는 지성의 표현은 지성의 내용을 구차(苟且)하지 않고, 순일(純一) 또는 전일(專一)한 표현'이라고 정리할 수 있다.

4. 향가의 감동천지귀신과 그 시가사적 의미

〈월명사 도솔가〉조(『삼국유사』)의 '감동천지귀신(感動天地鬼神)'은 한국 시가의 감동론을 선도하고 있다. 이 향가의 감동론을 먼저 정리하고, 마지막에 그 시가사적 의미를 간단하게 정리하고자 한다.

〈월명사 도솔가〉조에 나온 감동천지귀신의 논리를 간접적으로 보여주는 것은 "지명지지덕여지성능소격우지성야"(知明之至德與至誠能昭假于至聖也)의 '지덕(至德)'과 '지성(至誠)'이다. 왜냐하면 '지덕'과 '지성'은 향가와 관련된 용어인 동시에, 월명사의 능력과 관련된 용어인데, 앞의 구문에서는 후자의 용어이기 때문이다. 이 점에 유의하면서 〈제망매가〉와 〈도솔가〉의 감동천지귀신을, 지성론의 차원과 지덕론의 차원으로 나누어 정리하고자 한다.

4.1. 향가의 지성론

이 절에서는 〈제망매가〉와 〈도솔가〉의 지성적 감동천지귀신을 정리하려 한다.

4.1.1. 〈제망매가〉의 지성적 감동천지귀신

〈제망매가〉가 감동천지귀신을 할 수 있었던 사실을, 앞 장에서 살핀, 감동천지귀신을 할 수 있는 지성의 내용, 지성의 논리, 지성의 표현 등의 차원에서 검토해 보자.

먼저 〈제망매가〉의 내용은 천도재를 올려주면서, 중유의 누이에게 생사로를 천도재에 맡기고, 나는 간다는 말도 가볍게 이르고 초연하게 가도록, 가는 곳이 미타찰임을 알고 가도록, 미차찰에서 오라비와 만나기 위하여, 도닦아 가도록, 유도하고 선도하는 것이다. 이는 천도재를 구성하는, 불보살에게 중생의 원을 사뢰는 유치(由致)와, 죽은 이의 영가(靈駕)에게 원을 세우고 가게 하는 착어(着語) 중에서, 후자에 해당한다. 이 착어는 두말할 것도 없이 '거짓이 없는 것[無邪]' 또는 '진실되고 허망함이 없는 것[眞實無妄]'이며, '천도' 즉 '천지 만물이 하늘로부터 부여받은 것(本性)의 바른 이치나 도리(正理)' 또는 '천리(天理)의 본연(本然)'이다. 왜냐하면, 착어에 거짓이 있을 수 없으며, 특히 죽은 누이의 천도를 바라고, 죽은 누이로 하여금 도를 닦아 미타찰에 태어나게 하는 유도와 선도는 오라비가 갖고 있는 본성의 바른 도리이기 때문이다.

이런 지성의 내용을 보여주는 〈제망매가〉는, 그 논리와 표현에서도, 감동천지귀신을 할 수 있는 지성의 논리와 지성의 표현을 보여준다. 이를 단락별로 보자.

제1~4구의 의문문은 명령적 의문문이다. 이 의문문의 언표적 내용인 [중유의 생사로[27](중유에서 죽어서 연처인 이 곳의 중유에서 다시 태어나거나, 삼계육도에서 태어나는 길)는 이(천도재)[28]에서 있으매(벌어질 예정이매/이루어질 계획이매) 다음일 것이므로[29] '나는 간다.'고 말하는 일

27 이 '중유의 생사로'를 부정하고 "육도에 나고 죽는 윤회의 길"(성호경 2006:284, 2008:344, 345)로 바꾸려는 시도와 이 시도를 따른 네 해독들이 나오기도 했으나 세 가지 문제를 보인다. 이 세 가지 문제에 대한 자세한 설명(양희철 2019)은 제4부의 '향가의 명령적 의문법과 중의법'의 각주에도 실려 있다.

28 '이(천도재)에(서)'를 부정하고 그 의미를 '바로 앞에' 또는 "바로 앞에 펼쳐진 최근접적 상황"으로 군색하게 해석한 경우(성호경 2006:283)가 있었다. 그리고 이 오해의 전후에 나온 여섯 해독과 해석들에서는 더 심각한 문제가 발견된다. 이 글들이 갖고 있는 문제들에 대한 자세한 설명(양희철 2019)은 제4부의 '향가의 명령적 의문법과 중의법'의 각주에도 실려 있다.

29 이 해독은 '次肹伊遣'을 '다음일 것이니(/것이므로), 둘째일 것이니(/것이므로)' 등의 의미인 '버글이곤'으로 읽은 것이다. 이 해독과 '次肹伊遣'을 읽은 기왕의 모든 해독들에 대한 충분한 변증은 두 글(양희철 2015a, 2019)에서 다루었다.

도 가볍게 이르고 가나닛고?]를 통하여, 시적 청자가 당면한 현재의 문제를 시적 화자는 매우 잘 이해하고 있음을 보여준다. 즉 중유에서 천도재를 앞두고 '나는 간다.'고 말하는 일도 가볍게 이르지 못하고 가는 누이의 현재의 처지를 이해하고 있다.

시적 청자가 처한 현재의 처지를 이해한 시적 화자는 이에 머물지 않고, 시적 청자가 감동할 수 있게 하는 공감을 이끌어 낼 수 있는 통찰도 잘 보여주고 있다. 즉 제1~4구에서 시적 청자가 감동할 수 있게 하는 공감을 명령적 의문문, 은유적 직유, 죽음의 길과 관련된 시어의 선택 등에 의해서 이끌어 내고 있다. 이 중에서 제1~4구의 표현 전체를 구차하지 않고 전일(專一)한 지성의 표현으로 만드는 틀은 명령적 의문문이고, 나머지의 은유적 직유와 죽음여로의 선택은 부분에서 이 제1~4구의 표현을 구차하지 않고 전일한 지성의 표현이 되도록 기여한다.

제1~4구에는 죽음의 길과 관련된 시어로 ①生死路 ②去內如 ③去內尼叱古 등이 나온다. 이 시어들의 선택(diction)은 죽음의 단절성과 종착성을 피하고, 가다의 지속성과 여로성을 강조하기 위한 것으로, 누이로 하여금 미지의 세계인 죽음에 직면하여 초연하게 갈 수 있는 사고를 하게 한다. 즉 죽음에 직면하여 그 단절성과 종착성을 지속성과 여로성으로 바꾸면서, 당면 과제인 두려움을 극복할 수 있는 방법을 제시하여 누이의 공감을 유도하는 것이다.

제1~4구에는 '털ᄀᆞᆮ/毛如'의 은유적 직유가 포함되어 있다. 이 '털같이'의 은유적 직유는, 그 원관념을 '가볍게'로 한다. 이 표현 역시 시적 청자로 하여금 중유에서 죽음의 두려움을 쉽게 극복하고 가볍게 가는 데 도움을 준다. 왜냐하면, 두려움으로 인해 무거운 마음으로 가고 있는 누이로 하여, 털같이 가벼운 마음으로 가게 하면서, 누이가 당면한 문제를 해결할 수 있는 방법을 제시하여 누이의 공감을 유도하기 때문이다.

이상의 죽음의 길과 관련된 시어의 선택과 은유적 직유 등은, 누이가 당면한 문제를 해결할 수 있는 방법을 제시하여 누이의 공감을 유도하는 표현, 즉 제1~4구의 명령적 의문문으로 통합된다.

앞에서 살폈던 제1~4구의 언표적 내용은 천도재의 현장에서 언표내적 의미인 [중유의 생사로(중유에서 죽어서 연처인 이 곳의 중유에서 다시 태어나거나, 삼계육도에서 태어나는 길)는 이(천도재)에서 있으매(벌어질 예정이매/이루어질 계획이매) 다음일 것이므로 '나는 간다.'고 말하는 일도 가볍게 이르고 가라(/가길 바란다)]를 보여준다. 이 언표내적 의미를 통하여, 시적 청자가 당면한 현재의 문제를 해결할 수 있는 근거와 방법을 제시하여, 시적 청자의 공감(共感)을 유도하였다. 그리고 이 언표내적 의미는 [중유의 누이로 하여금 천도재를 믿고 초연하게(/가볍게) (죽어)가도록 유도하기]라는 주제를 보여준다. 이렇게 시적 청자인 누이가 당면한 현재의 문제를 이해하고, 그 당면한 현재의 문제를 해결할 수 있는 근거와 방법을 제시하여, 시적 청자의 공감을 유도하면서, 주제를 구차하지 않고 전일하게 하나의 명령적 의문문으로 지성스럽게 표현하였다는 것은 매우 놀랍다. 이 시적 청자의 공감을 유도하면서도 구차하지 않고 전일한, 지성의 논리와 지성의 표현은, 명령적 의문문이 갖고 있는 언표적 내용과 언표내적 의미를 매우 잘 이해하고, 이를 이용한 것이라고 할 수 있다. 지금까지 설명한 언표적 내용과 언표내적 의미는 화행론(발화행위이론, speech act theory)의 입장에서 설명한 것이다. 이 설명은 수사론적인 입장에서 보면, 의문문의 형식을 통하여 명령의 의미를 전달하는 명령적 의문문이다.

제5~8구의 명령적 의문문은 그 언표적 내용인 [어찌 가을 이른 바람에 이에저에 떠서질 잎같이 한 가지에 태어나고 가는 곳을 모르는가?]를 통하여, 시적 청자가 당면한 현재의 문제를 시적 화자가 잘 이해하고 있음을 보여준다. 즉 중유의 누이가 죽어가면서 가는 곳을, 오라비와 같이 미타찰임을 알지 못하고, 가을 이른 바람에 이에 저에 떠서질 잎같이 가고 있다는 사실을 이해하고 있다.

시적 청자가 처한 현재의 처지를 이해한 시적 화자는 이에 머물지 않고, 시적 청자가 감동할 수 있게 하는 공감을 이끌어 낼 수 있는 통찰도 잘 보여주고 있다. 즉 제5~8구에서 중유의 누이가 감동할 수 있게 하는 공감을 명령적 의문문, 은유와 직유, 죽음의 길과 관련된 시어의 선택, 죽음의 장소와 관련된 시어의 선택 등을 통하여 이끌어 내고 있다. 이 중에서 제5~8구의 표현 전체를 지성의 표현으로 만드는 틀은 역시 명령적 의문문이고, 나머지의 은유와 직유, 죽음의 길과 관련된 시어의 선택, 죽음의 장소와 관련된 시어의 선택 등은 부분에서 이 제5~8구의 표현 전체를 지성의 표현이 되도록 기여한다.

제5~8구에는 죽음의 길과 관련된 시어로 '浮良落尸'와 '去奴隱'이 있는데, 이 시어들의 선택(diction)은 죽음의 단절성과 종착성을 피하고, 가다의 지속성과 여로성을 강조하기 위한 것으로, 누이로 하여금 미지의 세계인 죽음에 직면하여 초연하게 갈 수 있는 사고를 하게 한다. 즉 죽음에 직면하여 그 단절성과 종착성을 지속성과 여로성으로 바꾸면서, 당면 문제인 두려움을 극복할 수 있는 방법을 제시하여 누이의 공감을 유도하는 것이다.

제5~8구에는 죽음의 장소와 관련된 시어로 '此矣彼矣'와 '去奴隱處'이 있다. 이 시어들의 선택은 영원한 주처(住處)가 아닌 중유나 이승의 장소를 회피하기 위한 것이다. 이는 바람직하지 않은 장소를 피하여, 누이로 하여금 가야 할 곳이 미타찰이라는 것을 이해하도록 돕는 것으로, 누이가 당면한 문제를 해결하는 데 도움을 주면서, 이에 공감하도록 유도하는 표현이다.

제5~8구에는 은유와 직유가 있다. 부모를 가지로 은유한 표현은 의미의 전이를 보인다. 즉 나뭇가지가 바람에 떨어지는 잎을 보호하고 사랑할 수 없듯이, 중유의 부모가 누이를 보호도 사랑도 할 수 없다는 점에서, 이 은유는 중유의 누이로 하여금 더 이상 중유의 부모에 의지하지 않고 중유를 가볍게 떠나게 한다. 그리고 어찌 가을 이른 바람에 이에저에 떨어질 잎 같이의 직유는, 누이가 가야 할 곳이 미타찰임을 오라비와 같이 알아야 하는데, 그렇지 못하고 가는 현실을 직유로 표현하여 의미를 강조하였다. 즉 죽어서 가는 미지의 추상적인 세계를 가을 낙엽의 기지의 구상적인 세계로 직유하여 강조한 것이다.

이상의 죽음의 길과 관련된 시어, 죽음의 장소와 관련된 시어, 은유, 직유 등은, 누이가 당면한 문제를 해결할 수 있는 방법을 제시하여 누이의 공감을 유도하는 표현인, 제5~8구의 명령적 의문문으로 통합된다.

앞에서 살폈던 제5~8구의 언표적 내용은 천도재의 현장에서 제5~8구의 언표내적 의미인 [가을 이른 바람에 이에저에 떠서질 잎같이 한 가지에 태어나고 갈 곳이 미타찰임을 알고 가라(/가길 바란다)]를 보여준다. 이 언표내적 의미를 통하여, 시적 청자가 당면한 현재의 문제를 해결할 수 있는 방법을 제시하여, 시적 청자의 공감(共感)을 유도하면서, [중유의 누이로 하여금 가는 곳(미타찰)을 알고 가도록 유도하기]라는 주제를 보여준다. 이렇게 시적 청자인 누이가 당면한 현재의 문제를 해결할 수 있는 방법을 제시하여, 시적 청자의 공감을 유도하는 내용을, 구차하지 않고 전일하게 하나의 의문문으로 지성스럽게 표현하였다는 사실은 제1~4구의 명령적 의문문과 더불어 매우 놀랍다. 이 시적 청자의 공감을 유도하면서도 구차하지 않고 전일한, 지성의 논리와 지성의 표현은, 명령적 의문문이 갖고 있는 언표적 내용과 언표내적 의미를 매우 잘 이해하고, 이를 이용한 것이라고 할 수 있다.

제9~10구에서 감동천지귀신을 할 수 있게 하는 공감은, 죽음의 장소와 관련된 시어의 선택, 미타찰에서의 만남이라는 구속언어, 구문상의 4중의 등에 의해서 이루어진다. 이 중에서 제9~10구의 표현 전체를 지성스러운 표현으로 만드는 틀은 구문상의 4중의이고, 나머지의 죽음의 장소와 관련된 시어의 선택과 미타찰에서의 만남이라는 구속언어는 각각 부분에서 이 제9~10구의 표현 전체를 지성스러운 표현이 되도록 기여한다.

제9구에는 죽음의 장소와 관련된 시어로 '미타찰'이 나온다. 이 시어의 선택은 바람직한 장소인 미타찰을 명시하면서 자신의 소망적인 장소를 직접 언급하기 위한 것으로, 중유에서 두려움 속에서 죽어가고 있는 누이로 하여금, 안락하게 죽어갈 수 있게 하는 장소를 제시한 것으로, 누이의 공감을 유도할 수 있는 표현이다.

미타찰에서의 만남이라는 구속언어는 중유에서 두려움 속에서 죽어가고 있는 누이로 하여금, 이 문제를 해결할 수 있는 방법을 제시한 것으로, 누이의 공감은 물론, 미타찰로 가기 위한 도 닦음을 유도하게 된다.

이 '미타찰'과 '미타찰에서의 만남이라는 구속언어'는 누이가 중유에서 당면한 문제를 해결할 수 있는 방법을 제시하여 누이의 공감을 유도하는 표현인, 제9~10구의 구문상의 4중의, 특히 4중의를 보이는 구문상의 동음이의로 통합된다.

〈제망매가〉의 해독에는 별로 어려움이 없는 것 같으면서도, 제9~10구의 해독에서는 상당한 난맥상을 보여왔다. 그런데 이 난맥상은 4중의를 보이는 구문상의 동음이의를 표현하기 위한 것임(양희철 2019)이 밝혀졌다. 그 내용을 본 다음에, 이 제9~10구의 표현이 지성의 표현임을 살펴보자.

제9~10구에는 4종류의 문체 장치가 포함되어 있다. 제9구말에 온 '吾/나'의 표기 및 표현에서 격어미를 생략한 문체 장치, 제9구말에 온 '吾/나'

가 구문상 제9구에 속한 도치이면서, 동시에 구문상 제10구에 걸린 행간걸침(enjambment) 또는 계속행(a run-on line)이 되는 문체 장치, "彌陁刹良 逢乎 (吾)"와 "(吾) 道 修良 待是古如"의 표현에서, '吾/나'가 만남의 주체도 객체도 되고, 기다림의 주체도 객체도 되는 중의적 문체 장치, '기다리고다'가 원망/희망(기다리고 싶다)이나 청원(기다리기를 바란다)의 어느 하나가 아니라, 이 두 의미를 모두 갖게 다의어로 사용한 문체 장치 등이다. 이 4종류의 문체 장치들은 4중의인 구문상의 동음이의로 수렴(convergence)된다.

4중의인 구문상의 동음이의에 속한 [미타찰에서 (네/너는) 나를 만나니, (네/너는) 도 닦아 (나를) 기다리기를 바란다.]와 [미타찰에서 (네/너는) (나를) 만나니, (네/너는) 도 닦아 나를 기다리기를 바란다.]의 언표적 내용은, 천도재를 올려주는 상황에서 [(미타찰에서 네/너는 나를 만나니, 네/너는 도 닦아 나를 기다리기를 바라니) 너는 미타찰에서 나를 기다리기 위하여, 도를 닦아 미타찰로 먼저 가라(/가길 바란다).]는 언표내적 의미를 통하여, 누이로 하여금 도 닦아 미타찰에 왕생하도록 누이의 미타행을 유도(誘導)한다.

4중의인 구문상의 동음이의에 속한 [미타찰에서 내/나는 (너를) 만나니, (내/나는) 도 닦아 (너를) 기다리고 싶다.]와 [미타찰에서 (내/나는) (너를) 만나니, 내(/나는) 도 닦아 (너를) 기다리고 싶다.]의 언표적 내용은, 천도재를 올려주는 상황에서 [(미타찰에서 내/나는 너를 만나니, 내/나는 도 닦아 너를 기다리고 싶으니) 너도 나를 만나기 위하여, 도를 닦아 미타찰로 가라(/가길 바란다).]는 언표내적 의미를 통하여, 누이로 하여금 도 닦아 미타찰에 왕생하도록 누이의 미타행을 선도(先導)한다.

4중의인 구문상의 동음이의가 보여준, 누이로 하여금 도 닦아 미타찰에 왕생하도록 누이의 미타행을 유도하면서 선도(先導)하는 이중행위는,

중유에서 직면한 죽음의 두려움을 극복할 수 방법을 제시하여, 누이의 공감을 유도하면서, 당면한 문제, 즉 누이와 월명사 중에서 어느 누가 먼저 미타찰로 갈 것인지를 알지 못하는 문제도 해결한 통찰의 결과이다.

이상과 같이 제9~10구에서는 시적 청자인 누이가 중유에서 당면한 두려운 죽음의 문제를 이해하고, 그 당면한 현재의 문제를 해결할 수 있는 방법(미타찰에서의 남매 상봉)을 제시하여, 시적 청자의 공감을 일으키는 내용을, 구문상의 4중의와 그 언표적 내용과 언표내적 의미를 보여주는 하나의 문장(제9~10구)으로 구차하지 않고 전일하게 표현하였다는 사실은 매우 놀랍다. 이는 구문적 4중의는 물론, 언표적 내용과 언표내적 의미를 매우 잘 이해하고, 이를 이용한 지성의 표현이라고 할 수 있다.

이렇게 단락별로 파악할 수 있는, 감천지동귀신을 가능케 할 수 있는, 공감을 불러일으키는 지성의 내용과 표현은 마지막으로 점층적 구조를 통하여 다시 한번 확인되고 강화된다. 앞의 두 명령적 의문문과 구문상의 중의에서 정리한 주제인, [중유의 누이로 하여금 천도재를 믿고 초연하게(/가볍게) (죽어)가도록 유도하기](제1~4구), [중유의 누이로 하여금 가는 곳(미타찰)을 알고 가도록 유도하기](제5~8구), [중유의 누이로 하여금 미타찰에 왕생하도록 유도하면서 선도하기](제9, 10구) 등으로 보면, 이 작품의 구조는 점층적 구조이며, 주제는 [중유의 누이로 하여금, 천도재를 믿고 초연하게(/가볍게) 가도록, 가는 곳이 미타찰임을 알고 가도록, 미타찰에 왕생하도록 점층적으로 유도하면서 선도하기]로 정리된다. 이 점층적 구조에 포함된 구조와 표현들은, 중유의 누이로 하여금 두려움의 죽음의 문제를 점층적으로 해결하고 미타찰로 가게 하면서, 공감을 불러일으킨다.

이 공감을 불러일으키는 지성의 내용과 표현이, 누이로 하여금 미타찰로 가게 했다는 사실은, 〈제망매가〉 자체만으로는 알 수 없지만, 그 언향적 행위를 돌려서 표현한, 종이돈이 서쪽으로 날아갔다는 설명으로 보면, 누이가 미타찰로 갔음을 알 수 있다. 이 언향적 행위까지를 계산할 때에, 〈제망매가〉의 지성의 내용과 표현은, 누이가 미타찰로 간 것으로 보아, 감동천지귀신을 잘 보여주었다고 정리할 수 있다.

4.1.2. 〈도솔가〉의 지성적 감동천지귀신

〈도솔가〉 역시 감동천지귀신의 작품으로 알려져 있다. 그런데 이 작품이 어떤 점에서 감동천지귀신을 할 수 있었는지의 설명에서는 그렇게 만족스럽지 않다. 이에 〈도솔가〉가 감동천지귀신을 할 수 있었던 사실을, 앞 장에서 살핀, 감동천지귀신을 할 수 있는 지성의 내용, 지성의 논리, 지성의 표현 등의 차원에서 검토해 보려 한다.

4.1.2.1. 예비적 정리

〈도솔가〉가 보여주는 지성의 내용, 지성의 논리, 지성의 표현 등을 정리하기에 앞서, 예비적으로 정리해야 할 세 가지 문제가 있다. 즉 이일병현의 자연과학적 의미는 무엇이고, 이는 역사적인 사실인가의 문제, 〈월명사 도솔가〉조에서 이일병현의 의미는 무엇인가의 문제, 그리고 〈도솔가〉 향찰의 해독 문제 등이다. 이 문제들을 먼저 보자.

먼저 이일병현의 자연과학적 의미는 무엇이고, 이는 역사적인 사실인가의 문제를 보자. 이일병현의 자연과학적 의미, 즉 기상학적 의미가 환일(幻日), 햇무리[30], 혜성[31] 등으로 밝혀졌다. 이 자연과학적인 사실은 이

30 幻日이라는 주장은 "다수 태양 출현 모티프가 기상학에서 말하는 "幻日"에서 나왔다는 견해가 일찍이 나온 바 있으나"(현용준 1993:416)에서 처음으로 보이고, "幻日parhelion: mock sun, sun dog, 해무리sun halo"는 황병익(2002:152)에서 보인다.

31 핼리혜성으로 해석한 경우는 서영교(2006:70~80)에서 보인다.

일병현이 역사적인 사실인가 하는 문제의 해결에도 도움을 주었다. 즉 이일병현이 자연과학적인 사실이라고 할 때에, 〈월명사 도솔가〉조의 이일병현 역시 역사적 사실로 믿게 하였다. 그러나 이 자연과학적인 사실과 그 의미는, 〈도솔가〉의 해석에 그렇게 큰 도움을 주지 못한다. 왜냐하면, 산화공덕을 주청한 일관(日官)의 해석과 〈도솔가〉를 지어 산화공덕을 행한 월명사의 해석은, '이일병현'에 대한 자연과학적 해석과 문제의 해결책이 아니라, '이일병현'에 대한 종교적 정치적 해석과 문제의 해결책이기 때문이다. 즉 일관이 보여준 산화공덕으로 물리칠 수 있다는 종교적 해석과, 월명사가 산화공덕과 〈도솔가〉를 통하여 보여준 종교적이며 정치적인 문제의 해결책이기 때문이다.

이번에는 〈월명사 도솔가〉조에서 이일병현의 의미는 무엇인가의 문제를 보자. '이일병현'의 의미는 두 왕의 등장(이도흠 1993a:74), 모반과 관계되는 상징적 표현(김학성 1997a:217), 왕권에 도전할 모반자 출현의 전조(前兆)(임기중 1981:281, 김승찬 1987:84, 양희철 1997c:265~266) 등으로 읽은 해석들이 유력하다. 그 후에 앞의 유력한 해석들을 부정하는 주장(황병익 2002:155)이 있었으나, 최근에는 "현재의 왕에게 도전하는 세력, 즉 반역세력의 등장"(황병익 2015:422)으로 수정하였다. 이 중에서도 역사적 기록에 구체적으로 보이는 것이 없어, 마지막으로 정리한 것이 가장 유력한 것으로 볼 수 있다. 그런데 이 주장을 따르려 할 때에, 역사적 상황을 고려하지 않은 문제가 있는데, 이 문제는 정치적 상황에서 다음과 같이 보완될 수 있다.

경덕왕은 왕권을 강화한 왕이다. 그런데 그는 〈도솔가〉를 짓게 되는 왕 19년 4월에는 개혁-왕권파에 속했던 시중 염상을 면직시키고, 외척-귀족세력의 김옹을 시중에 임명하였다. 그리고 이때부터 경덕왕은 3살짜리 왕자(建運)를 태자로 정하고, 왕으로 세우게 되며, 김옹은 이때부터 그 후 혜공왕대에 이르기까지 권력을 장악한다. 이런 정치 상황에서, 왕권에 도전할 모반자의 전조에 해당하는 인물은 염상으로 추정된다. 왕권에 도전할 모반자의 전조가 아니라, 왕권에 도전한 인물로 염상을 지적한 예(이도흠 1993a:74~76)가 있다. 그러나 이렇게 설명하는 데는 한계가 있다. "즉 그 당시의 기록에 반란이 없다는 것이다. 이를 경덕왕 19년 4월에 시중 염상(廉相)이 물러난 사실로 들기도 한다. 그러나 만약 염상이 반하였다면, 시중에서 물러나는 것으로 일이 끝날 일이 아니다."(양희철 1997c:264). 어느 시대나 모반의 경우는 극형을 피할 수 없는 것이 왕조사회의 특성이다. 이와 다르게 왕권에 도전할 모반자의 전조에 해당하는 인물로 염상을 보는 데는 다른 이유가 있다. 왕권파에 속했던 염상은 지속적으로 왕권파에 속할 수 없게 되었다. 경덕왕은 19년 4월 이전까지는 개혁을 통한 왕권강화에 힘을 쏟았다. 그러나 19년 4월부터는 개혁을 통한 왕권강화보다는 왕자 건운을 태자로 세우고 그에게 왕위를 물려주는 데 힘을 쏟고 있다. 이는 경덕왕의 관심과 역점사업이 바뀌었음을 의미한다. 이런 경덕왕의 변화 속에서, 비왕권파에 속했던 김옹은 왕자를 태자로 세우고 왕위에 오르도록 노력하면서, 이제는 더 이상 비왕권파가 아니고, 오히려 왕권파에 속하게 된다. 이에 비해, 왕권파에 속했던 염상은 더 이상 왕권파가 아니고, 오히려 비왕권파가 된다. 이렇게 권력을 상실하게 될 때에, 그 자리를 지속하기 위하여, 모반을 계획하는 경우가 적지 않다. 내가 당하기 전에 선수를 치겠다는 것이다. 게다가 염상은 15년 뒤인 혜공왕 11년(775) 8월에 전임 시중 정문(正門)과 함께 모반하다가 복주(伏誅)되었다. 이런 점들로 보아, 이일병현을 염상이 주도하는 왕권에 도전할 모반자의 전조로 보아야 한다고 정리할 수 있다.

이번에는 〈도솔가〉 향찰의 해독을 정리해 보자. 〈도솔가〉는 중의법과 생략법을 통하여, 종교적 텍스트와 정치적 텍스트를 보여준다. 즉 '산화가'와 '흩어진/흩은 꽃(=화랑)'을 중의로 보여주는 '산화(散花)', '연화(좌)[蓮花(座)]'와 '화랑'을 중의로 보여주는 '꽃(花)', '미륵보살의 환칭인 미륵좌에 앉을 주인인 미륵좌주'와 '경덕왕의 환칭인 미륵좌를 마련한 공덕주의 미륵좌주'를 중의로 보여주는 '미륵좌주' 등의 중의, '곧은 마음' 앞에 생략된 '곧은 마음의 주체들' 등에 의해 (주원적〉)종교적 텍스트와 정치적 텍스트를 보여준다(양희철 1997c:273~286). 그리고 〈도솔가〉의 나머지 향찰 해독에서 문제가 되어온 것은 '巴寶, 命叱, 羅良' 등이다. '巴寶'는 해시의 '挑送'을 의식한 해독들이 많으나, 번역시나 직역시가 아니고 해시(解詩)라는 점에서, '挑送'를 참고하되 크게 구속을 받지 않고, 불경에서 '把'를 '巴'로도 쓴다는 점에서, '巴寶'를 '把寶'로 보고 '잡오〉자보'로 읽은 해독(양희철 1997c)을 계속 유지한다. '命叱'의 해독에서는 무슨 의미인도 모르면서 관습적으로 '叱'을 'ㅅ'으로 읽은 해독을 버리고, '일'의 의미로 쓰이는 접미사 '-질'의 중세형 '-실'로 읽은 '시기실, 하이실'(시킴의 일, 양희철 2015a)을 취한다. '羅良'는 '나립하냐'의 의미로 본 '벌아'로 읽는다. '羅良'의 '-良'을 '-라'로 읽기도 하나, '花良'에서 '-아'로 읽었다는 점에서, '-아'로 읽었다. '… 나립ᄒᆞ아(나립하냐)'는 '… 나립하라'는 의미를 갖는 명령적 의문문이다. 이상을 두 텍스트로 정리하면 다음과 같다.

> 종교적 텍스트: 오늘 이에 산화가 불러 잡고 사뢰는 (연)꽃아 너는 곧은 마음의 시킴의 일을 행하여 미륵보살 뫼셔 나립(羅立)하냐.
>
> 정치적 텍스트: 오늘 이에 흩어진/흩은 화랑 불러 잡고 사뢰는 화랑아 너는 곧은 마음의 시킴의 일을 행하여 경덕왕 뫼셔 나립(羅立)하냐.

4.1.2.2. 〈도솔가〉의 지성적 감동론

〈도솔가〉의 내용은 이일병현을 물리치기 위한 미륵산화에서 꽃(연화좌, 화랑)에게 곧은 마음이 시키는 일을 행하여 미륵좌주(미륵보살, 경덕왕)를 뫼셔 나립(羅立)하냐는 것이다. 이 의문문은 명령적 의문문으로 '… 뫼셔 나립을 하라'는 명령적 의미를 갖는다. 그리고 이에 포함된 '곧은 마음[直心]'[32]은 '정직(正直)한 마음'으로 성심(誠心)을 의미한다. 왜냐하면 '정직한 마음'은 '거짓이 없는 마음' 또는 '진실되고 허망함이 없는 마음'이며, '천도' 즉 '천지 만물이 하늘로부터 부여받은 마음' 또는 '천리(天理)의 마음'이기 때문이다. 이로 인해, 곧은 마음이 시키는 일은, '거짓이 없는 것[無邪]' 또는 '진실되고 허망함이 없는 것[眞實無妄]'이며, '천도' 즉 '천지 만물이 하늘로부터 부여받은 것(本性)의 바른 이치나 도리(正理)' 또는 '천리(天理)의 본연(本然)'이고, 꽃(연화좌, 화랑)이 미륵좌주(미륵보살, 경덕왕)를 뫼셔 나립하는 일도, '거짓이 없는 것' 또는 '진실되고 허망함이 없는 것'이며, '천도' 즉 '천지 만물이 하늘로부터 부여받은 것의 바른 이치나 도리' 또는 '천리의 본연'이다. 이런 점에서 〈도솔가〉의 내용은 지성의 내용이라고 할 수 있다.

이런 지성의 내용을 보여주는 〈도솔가〉는, 그 논리와 표현에서도, 감동천지귀신을 할 수 있는 지성의 논리와 지성의 표현도 보여준다. 텍스

32 '直心'에는 ① 곧은 마음, ② 한결같이 굳게 지켜 나가는 마음, ③ 진여(眞如)를 바로 헤아려 생각하는 마음 등의 의미가 있다. 이 중에서 ③의 의미는 『대승기신론』에 나오는 것으로, 김창원(2004:112~113)과 황병익(2015)에 의해 인용되기도 했으나, 김기종에 의해 부정되었다. 즉 "그러나 '곧은 마음'을 『대승기신론』의 '直心'으로 볼 수 있을지는 의문이다. 〈도솔가〉는 '直心'이 아닌 '直等隱心音(곧은 마음)'의 시어를 사용하고 있고, 한역시 3행의 '直心' 앞에 '殷重'이란 수식어가 있기 때문이다. 월명사가 『대승기신론』의 '직심'을 의도한 것이었다면 한자어 그대로 썼을 것이지, '直等隱心音'라는 향찰로 표기하지는 않았을 것이다. 또한 불교적 관점에서는 '正念眞如'라는 '직심' 앞에 '은근하고 정중한'이라는 표현은 붙일 수가 없는 것이다."(김기종 2015:242).

트별로 지성의 논리에 포함된 밝아짐과 공감을 유도하는 통찰을 살피고, 마지막에 구차하지 않고 전일한 지성의 표현을 정리해 보자.

종교적 텍스트를 먼저 보자. 이일병현이 십여일 동안 사라지지 않자 일관은 연승을 초청하여 산화공덕을 행할 것을 주청하였는데, 이 주청에 호응하여 산화공덕에서 지은 것이 종교적 텍스트이다. 이 텍스트의 꽃은 산화공덕에서 쓰는 연꽃으로 연화좌를 의미한다. 연화좌에게 (주원사인 월명사와 공덕주인 경덕왕의) 곧은 마음이 시킴의 일을 행하여 그 좌(자리)에 앉을 미륵자리의 주인(미륵보살)을 뫼셔 나립하라고 할 때에, 이는 연화좌에게 그 자신의 본분, 즉 하늘이 연화좌에게 부여한 본분을 확인시킨 것이다. 이는 미륵산화에서 꽃의 기능과 임무에 밝아 꽃의 공감을 이끄는 것이다. 그리고 꽃이 뫼신 미륵보살의 하생 곧 미륵정토의 실현이라는 차원에서, 또한 미륵보살의 하생에는 사천왕이 동반된다는 점에서, 하늘의 이일병현은 소멸될 수밖에 없었던 것으로 보인다. 이런 종교적 텍스트는 꽃과 미륵보살이 미륵산화에서 어떤 위치에 있으며, 어떤 기능과 임무를 가지고 있는가에 밝아져서, 꽃과 미륵보살의 공감을 이끌면서 감동을 시키는 것이라고 할 수 있다.

이번에는 정치적 텍스트를 보자. 월명사는 이일병현이 하늘의 변괴일 뿐만 아니라, 모반자 출현의 전조라는 사실도 알고 있다. 이는 이일병현의 변괴와 이일병현에 부여한 의미에 밝았음을 의미한다. 이 중에서 모반자 출현의 전조에 대응한 것이 정치적 텍스트이다. 이 정치적 텍스트에서는 화랑들로 하여금 경덕왕을 뫼시지 않을 수 없는 강력한 교훈적 힘을 갖는 동시에, 모반 준비의 확산을 방지함은 물론, 이미 모반 준비에 참여한 자들까지도 위축(萎縮)시키고, 끝내는 모반을 준비하고 있는 염상의 무리들로 하여금, 더 이상 모반을 진행하지 않고 조용히 포기하고 물러나도록 하는 방법도 알고 있어, 그들의 공감도 이끌어 내고 있다.

이런 내용은 앞의 글(양희철 1997c)에서 정리한 바가 있어, 그것을 그대로 옮기면 다음과 같다.

먼저 강력한 교훈적 힘을 보자. 곧은 마음의 생략된 주어가 화랑일 경우에, 곧은 행동을 행동 규범으로 하는 화랑들에게, 곧은 마음이 시키는 일을 행하여 경덕왕을 뫼시라 할 때에, 이는 그들이 당연히 따라야 하는 곧은 마음이므로, 화랑들은 경덕왕을 뫼셔야 한다. 그리고 곧은 마음의 생략된 주어가 경덕왕일 경우에, 경덕왕은 그들의 왕으로, 그의 곧은 마음을 행하여 경덕왕을 뫼시는 것은 충이라는 그들의 행동 규범이다. 이런 점에서 이 경우에도 화랑들로 하여금 당연히 따라야 하는 교훈이 된다. 곧은 마음의 생략된 주어가 월명사일 경우에, 월명사는 화랑들의 선배이고, 그들이 참여한 산화공덕의 주원사라는 점에서, 그의 곧은 마음이 시키는 일을 화랑들은 받들어 수행해야 하는 당위성을 가진다. 그리고 곧은 마음의 생략된 주어가 왕권에 도전할 자의 경우에, 왕권에 도전할 자의 행동은 그르지만, 그들의 마음 이면에 있는 곧은 마음이 시키는 일을 행하여 그들을 바른 길로 이끄는 것은 화랑들의 도리이다. 이로 인해 이 경우에도 화랑들로 하여금 경덕왕을 뫼시지 않으면 아니 되게 하는 기능을 한다. 곧은 마음의 생략된 주어가 여타 백성의 경우에, 이 공덕이나 정권 차원의 정치에 직접 연관되지 않은 백성들의 곧은 마음이 시키는 일을 행하여 경덕왕을 뫼시라는 명령은, 정권 차원의 정치와 관련이 없는 대다수 백성들의 바람인 곧은 길을 가라는 명령으로, 화랑들로 하여금 여타 백성들의 바람을 저버리지 말라는 교훈적 명령이 되어, 화랑들이 경덕왕을 뫼시지 않으면 아니 될 처지에 처하게 한다.

이번에는 모반 준비의 확산을 방지함은 물론, 이미 모반 준비에 참여한 자들까지도 위축(萎縮)시키는 측면을 보자. 모반 준비를 은밀하게 하고 있는 때에, 그 일을 〈도솔가〉는 넌지시 폭로하고 있다. 즉 곧은 마음이 시키는 일을 행하여 경덕왕을 뫼시라는 것이다. 이럴 때에, 모반의 은밀한 준비는 폭로된 것이 된다. 이로 인해 모반을 준비하던 측에서는 그 모반 준비를 펴놓고 확대할 수가 없다. 뿐만 아니라, 모반 준비에 은밀하게 참여하였던 자들까지도 몸조심을 하게 되고, 그 일부는 마음을 바꾸게 된다. 이런 점에서 〈도솔가〉는 모반 준비의 확산을 방지함은 물론, 이미 모반 준비에 참여하였던 자들까지도 위축되게 하는 기능을 갖고 있다고 말할 수 있다.

이렇게 정치적 텍스트는 교훈적인 측면에서 화랑들로 하여금 경덕왕을 뫼시지 않으면 안될 처지에 처하고, 은밀한 모반 준비의 확산을 방지하고, 나아가 모반 준비에 참여하였던 자들까지 몸조심을 하게 위축시키고 있다. 이런 상황을, 왕권에 도전하려는 자가 이해할 때에, 그들은 정치 역학 구조에서 이미 화랑들이 더 이상 자신들의 편을 들 수 없다는 것을 확연하게 깨닫고, 마침내 그들의 왕권에의 도전이 더 이상 실현될 수 없음을 깨달으면서 포기하고, 경덕왕을 뫼신 것이 관련설화의 '일괴즉멸'의 상징으로 표현된 것이라 할 수 있다.

이렇게 두 텍스트를 통하여 지성의 내용과 지성의 논리를 보여준 〈도솔가〉는, 그 표현에서도 결코 구차하지 않고, 전일(專一)한 지성의 표현임을 보여준다.

앞에서 살폈듯이 〈도솔가〉는 세 종류의 중의법과 생략법을 통하여 종교적 텍스트와 정치적 텍스트를 보여준다. 이 두 텍스트는 '산화가'와 '흩어진/흩은 꽃(=화랑)'을 동시에 표현한 향찰 "散花"의 중의, '연꽃'과 '화랑'을 동시에 표현한 "꽃"의 중의, '미륵보살'과 '미륵산화의 공덕주(=경덕왕)'를 환칭(換稱, antonomasia)을 통하여 동시에 표현한 "미륵좌주(=미륵자리의 주인)"의 중의, 그리고 '곧은 마음'의 앞에 생략된 그 주체들 등에 의해 생산된다. 이 중의들과 생략은 두 텍스트를 생산하는데,

이는 월명사가 당면한 두 상황을 만족시킨다. 모반자 출현의 전조(前兆)를 소멸시키기 위해 〈도솔가〉를 지으면서 월명사는 두 가지 상황에 당면하고 있다. 즉 모반자 출현의 전조(前兆)인 일괴(日怪)를 소멸시키는 데에, 산화공덕이 필요하다는 일관(日官)이 제시한 상황과, 그렇지 않고 모반은 인간이 하는 것이기에 모반을 준비하는 자들을 포기하게 해야 한다는 자신이 파악한 상황이다. 그것도 저항을 불러오지 않고 포기하게 하는 것이 최선이다. 이런 두 상황에서 월명사는 물론 다른 어떤 사람이라도 이 두 상황을 만족시키는 것이 최선의 방법이다. 즉 산화공덕에 소용된 내용을 갖는 동시에, 모반을 준비하는 자들을 포기하게 하는, 그것도 저항을 불러오지 않고 포기하게 하는 내용을 노래하는 것이다. 이 두 상황을 만족시킬 수 있는 내용을 월명사는 물론 다른 그 누구라도 이런 상황에서는 생각할 것이다. 그런데 문제는 이 두 내용을 각각 두 작품으로 지어서 산화공덕의 장소에서 부를 수도 없다. 왜냐하면 산화공덕의 장소에서는 산화공덕에 소용되는 노래만이 불려야 하기 때문이다. 결국 노래를 할 수 있는 기회는 한 번이다. 그것도 왕이 부여한 산화공덕의 장소에서 산화공덕에 소용되는 노래로 부르는 것의 한 번이다. 이런 상황에서 산화공덕에 소용되는 내용의 노래는 물론, 모반을 준비하는 자들을 포기하게 하는 내용의 노래를 할 수 있는 방법은 하나밖에 없다. 즉 산화공덕에 소용되는 내용에, 모반을 준비하는 자들을 포기하게 하는 내용을 포함시키는 것이다. 이 포함의 방법에는 풍유법과 중의들을 이용한 방법이 있을 수 있다. 이 중에서 풍유법을 쓰면, 그 표면과 이면이 함축적 관계에 있게 되는데, 앞의 두 상황은 함축적 관계로 만족시킬 수 있는 것이 아니다. 이로 인해 월명사는 중의들과 생략을 이용하여 두 상황을 모두 만족시키는 두 내용을 동시에 전달한다. 그러면서도 그 표현에서는 구차(苟且)함이 전혀 발견되지 않으면서도 자연스럽게 유로하는, 전일한 표현을 보여준다. 이런 점에서 〈도솔가〉는 지성의 표현을 보여준다고 정리할 수 있다.

이상과 같이 볼 때에, 〈도솔가〉 역시 그 지성의 내용과 표현을 통하여, 이일병현은 물론, 그 이면의 왕권에 도전할 모반자 출현의 전조에 해당하는 인물들과 그들이 처한 상황에 밝아, 그들을 감동시켰다고 정리할 수 있다.

4.2. 향가의 지덕론

향가의 감동천지귀신(感動天地鬼神)은 중국의 송조와 금조에서 보인 그것과 같은 점만을 가진 것은 아니며, 다른 점도 갖고 있다. 이 다른 점을 이 장에서 검토하고자 한다.

지덕(至德)의 '덕(德)'은 여러 의미를 갖고 있다. 그런데 이 여러 의미들 중에서 "지명지지덕여지성능소격우지성야"(知明之至德與至誠能昭假于至聖也)의 문맥에 맞는 "지덕(至德)"의 의미는 '귀신에 통하고, 음양에 맞는 수양[通乎鬼神 會乎陰陽之修養也]'과 '좋은 가르침[善教也]'임을 살핀 바가 있다(양희철 1997c:298~299). 그런데 앞의 문맥은 향가에 관한 직접적인 언급이 아니라, 월명사의 능력과 관련된 언급이라는 점에서, 두 지덕(至德)의 의미를 향가와 관련시키는 데는 신중을 요한다고 할 수 있다. 이 점에 유의하면서 '감동천지귀신'과 관련된 지덕(至德)을 정리하면 다음과 같다.

먼저 '귀신에 통하고 음양에 맞는 수양'의 의미로 '덕(德)'이 쓰인 때의 지덕(至德)을 보자. 이 경우의 지덕은 '지극하게 귀신에 통하고 음양에 맞는 수양'의 의미가 된다. 이 의미는 〈도솔가〉와 〈제망매가〉를 이 두 이적들을 작가의 정성(精誠)과 법력(法力)으로 해석한 경우에서 발견할 수 있다.

또 祭亡妹歌와 같은 경우를 보아도 月明師의 法力과 眞情에 의한 祭祀의 效果이지 이것이 呪術이거나 魔力일 수 없는 것이다. 齋者된 法師의 精誠에 의한 靈駕의 薦度, 이것은 옛날이 아니고 지금도 佛敎에서는 가장 盛하게 행하고 있는 儀式이다. 흔히 人間이 몰라서 神秘로 돌려버리지 亡靈의 存在와 薦度는 因果 또는 輪廻의 哲學에 의하여 분명한 것이다. …….

다음 가장 呪力的인 효과를 나타낸 彗星歌와 兜率歌와 같은 것도 月明師나 融天師에 의한 法力에서 온 것이지 어떤 呪力에 의한 呪術에서 온 것은 아니다. …더욱 당시 新羅佛敎에는 眞言 密敎가 상당히 성하고 있었기 때문에 月明師나 融天師는 이런 眞言 密敎系統의 實力있는 僧侶가 아니었는가는 推測된다.

때문에 筆者는 鄕歌 자체에 무슨 神秘力이 있는 것처럼 생각하는 것은 큰 잘못이라고 생각된다. 三國遺事 月明師 兜率歌條에 나오는 〈羅人尙鄕歌者尙矣. 盖詩頌之類歟. 故曰往往能感動天地鬼神者非一〉를 가지고 新羅人이 많이 鄕歌를 불렀고 또 종종 天地鬼神을 감동했다는 것을 新羅人이 부른 鄕歌가 종종 天地鬼神을 감동했다는, 즉 사람보다 鄕歌 자체에 力點을 주어 말하는 것은 잘못이라 생각된다. 이것은 一然이 보는 입장에서 新羅人이 鄕歌를 많이 불렀으리라는 것은 곧 推量할 수 있는 일이고 그중에서도 위의 예와 같은 것으로 〈往往能感動天地鬼神〉했다고 보았을 것이다. 결코 鄕歌 자체에 魔力이나 神秘性이 있었다고 생각되지 않는다. 만일 위와 같은 作家가 아니고 다른 사람이 그 鄕歌를 불러 神秘性을 發現했다고 한다면 그 부른 사람도 이 作家와 비슷한 精誠과 텔레파시의 힘을 발휘했으리라 볼 것이다. 그러니 어디까지나 鄕歌 자체의 歌詞에 어떤 힘이 있는 것이 아니고 그 부른 사람의 精과 誠과 힘에 의해서 나타난다는 것은 변함이 없다.

天地鬼神을 감동시켰다는 것은 결코 呪術的이요 魔力的인 게 아니다.

> 鄕歌나 呪術과 하등의 관계 없이 우리 凡夫도 그 精誠에 의하여 天地鬼神을 감동시킬 수 있는 것이다. 이것은 다만 誠의 問題며 正의 問題다. 그리고 法力이란 강한 精神力의 問題다(김운학 1975:298~299; 1976:254~256).

이 글에서 보면, 향가의 감동천지귀신은 작품에 의한 것이 아니라, 그 노래를 부른 사람, 즉 작가의 정성(精誠)과 법력(法力)에 근거한다는 주장을 하고 있다. 그런데 작가의 정성(精誠)은 두 가지로 생각해 볼 수 있다. 하나는 작가가 노래 이외의 다른 것에서 보인 정성이고, 다른 하나는 작가가 노래의 내용과 표현에서 보인 정성이다. 그런데 이 글의 필자는 애써 작가가 노래의 내용과 표현에서 보인 정성을 부인하고 있다. 이 부인은 향가에 신비적인 요소 즉 주력이나 마력이 있다는 것을 부인하는 과정에서 나온 것으로, 다시 생각해 볼 두 문제들을 갖는다. 즉 감동천지귀신은 향가 작품의 주술과 관련된 것인가 하는 문제와, 감동천지귀신은 향가의 작품과 무관한 것인가 하는 문제이다.

먼저 감동천지귀신은 향가의 작품과 무관한 것인가 하는 문제이다. 이는 향가 작품과 무관한 것이 아니라, 긴밀하게 연결된 것이라 생각한다. 이렇게 생각하는 이유는 두 가지 측면에 있다. 하나는 관련설화에서 감동천지귀신은 향가 작품을 설명하는 문맥에 있기 때문이다. 즉 주어진 문맥("羅人尙鄕歌者尙矣 盖詩頌之類歟 故往往能感動天地鬼神者非一")에서 보듯이, 감동천지귀신은 향가가 이런 성격을 가지고 있다는 문맥에서 쓰인 말이기 때문이다. 다른 하나는 앞에서 살폈듯이 감동천지귀신은 문학 작품 그 중에서도 시가(詩歌)의 성격을 설명하는 용어로 쓰이고 있기 때문이다. 이런 두 가지 사실로 볼 때에, 감동천지귀신은 향가를 두고 한 말이라 할 수 있다.

이번에는 감동천지귀신(感動天地鬼神)이 주술과 관련된 것인가를 보

자. 이는 두 가지 측면에서 부정적이다. 하나는 "개시송지류여(盖詩頌之類歟)"의 시송은 『시경』의 송을 뜻하는데, 이 송에는 주술성이 없다는 것이다. 이로 인해 "개시송지류여"에 바로 이어지는 "고왕왕능감동천지귀신자비일(故往往能感動天地鬼神者非一)"에서도 주술성을 논의할 수 없다는 것이다. 다른 하나는 감동천지귀신과 밀접하게 관련되어 있는 두 작품 중에서 〈도솔가〉의 경우는 주술성을 인정할 수 있지만, 〈제망매가〉의 경우는 주술성을 인정할 수 없다. 이런 점에서 감동천지귀신과 주술성은 직접 연결된 것이 아니라고 할 수 있다.

이렇게 볼 때에, '지극하게 귀신에 통하고 음양에 맞는 수양'의 의미인 지덕(至德)은 "지명지지덕여지성능소격우지성야(知明之至德與至誠能昭假于至聖也)"의 문맥에 맞는 것이라 할 수 있다. 그러나 이 지덕(至德)은 "나인상향가자상의 개시송지류여 고왕왕능감동천지귀신자비일(羅人尙鄕歌者尙矣 盖詩頌之類歟 故往往能感動天地鬼神者非一)"의 문맥에는 맞지 않는 것이라 할 수 있다. 왜냐하면, 이 지덕(至德)은 "개시송지류여(盖詩頌之類歟)"에서 향가와 『시경(詩經)』의 송이 가지는 공통 요소가 아니며, 이로 인해 "감동천지귀신"의 의미상의 주어가 되지도 않기 때문이다.

이번에는 덕(德)이 '좋은 가르침[善敎也]'의 의미로 쓰일 때를 보자. 이 의미로 보면, 지덕(至德)은 '지극히 좋은 가르침'의 의미가 된다. 이 의미로 먼저 〈도솔가〉를 보면, 바로 〈도솔가〉의 정치적 텍스트에서 발견할 수 있는 '지극히 좋은 가르침'이다. 그 내용은 화랑들에게 곧은 마음이 시키는 일을 행하여 경덕왕을 뫼셔 나립하라는 가르침이다. 특히 화랑 각자들에게, 정치적인 이해타산에 따라 왕의 편에 서려 하거나 반대편에 서려 하지 말고, 신라 모든 사람들의(화랑들의, 경덕왕의, 월명사의, 왕권에 도전할 자의, 여타 백성들의) 곧은 마음이 시키는 일을 행하여 경덕왕을 뫼셔 나립하라는 가르침이다. 그리고 왕권에 도전할 자에게는 화랑들이 모두 경덕왕을 모실 수밖에 없게 되었음과, 이로 인해 더 이상 왕권에 도전하려는 것은 무모한 것이니 포기하고, 경덕왕을 뫼시라는 가르침이다.

한편 〈제망매가〉의 경우는 중유의 누이로 하여금, 천도재를 믿고 초연하게(/가볍게) 가도록, 가는 곳이 미타찰임을 알고 가도록, 미타찰에 왕생하도록 점층적으로 유도하면서 선도하는 것이 바로 '지극히 좋은 가르침'이다.

이렇게 두 작품에서 발견할 수 있는 '지극히 좋은 가르침'은, 앞에서 살핀 지성(至誠)에 의한 감동천지귀신에서는 발견할 수 없는 것이다. 이 '지극히 좋은 가르침'에 의한 감동천지귀신은 일연의 "감동천지귀신(感動天地鬼神)"에서 발견할 수 있는 특징이라 할 수 있다.

그런데 이 '좋은 가르침'에 의한 감동천지귀신 역시 "개시송지류여 고왕왕능감동천지귀신자비일(盖詩頌之類歟 故往往能感動天地鬼神者非一)"로 보아, 〈도솔가〉와 〈제망매가〉에 한정된 것이 아닌 것 같다. 이런 사실 역시 2장의 개시송지류여(盖詩頌之類歟)의 논리에서 검토한 바가 있다. 그 결과 '지성'의 차원에서와 겹친 〈제망매가〉, 〈도솔가〉, 〈원가〉 외에, 〈처용가〉, 〈우적가〉 등도 지덕을 보여주면서, 지덕에 의한 감동천지귀신의 가능성을 보여준다. 이 작품들도 "개시송지류여 고왕왕능감동천지귀신자비일(盖詩頌之類歟 故往往能感動天地鬼神者非一)"을 보여준다고 정리할 수 있다.

이상과 같이 보면, 『삼국유사』에 수록된 많은 향가들이 '지성'과 '지덕'에 의해 감동천지귀신을 보여준다고 할 수 있다. 이는 일연이 『삼국유사』에 수록할 향가를 선별하면서, 그 가장 중요한 기준의 하나를 '지성'과 '지덕'에 의한 감동천지귀신으로 하였다는 사실을 말해주는 것으로 판단할 수 있게 한다.

4.3. 향가 감동론의 시가사적 의미

〈월명사 도솔가〉조(『삼국유사』)의 '감동천지귀신(感動天地鬼神)'에 의한 향가 감동론은 조선조의 문헌들에 보이는 감동천지귀신에 의한 감동론을 선도하는 시가사적 의미를 갖는다. 감동천지귀신을 보이는 조선조의 문헌과 용어는 다음과 같다. 『동인시화』(1474년)의 '시능감귀신(詩能感鬼神)'[33], 〈성책(誠策)〉(16세기, 『율곡전서』)의 '격천지동귀신(格天地動鬼神)', 『서포만필』(17세기)의 '동천지통귀신(動天地通鬼神)', 『오학론』(18세기)의 '동천지이격귀신(動天地而格鬼神)'[34] 등이다. 이 문헌들에 나온 용어는 조금씩 다르지만, '감동천지귀신'에 의한 감동론을 보여주는 것에는 차이가 없다. 이 중에서 〈월명사 도솔가〉조에 나온 '감동천지귀신'과 직접 연결된 것은 『동인시화』와 『율곡전서』의 것이다. 『율곡전서』의 〈성책〉은 율곡 선생이 한성시(漢城試, 1556)에서 장원한 글로 구체적인 논의를 보여주어, 이 글을 읽어보면, 앞에서 정리한 중국의 감동천지귀신을 좀더 수월하게 이해할 수 있다. 이 문헌들로 보아, 〈월명사 도솔가〉조

---

33 이 글은 "… 僧洪覺範曰 此必元祐遷客之鬼 不然 何嗜詩之深耶 然則詩能感鬼神 古人亦已言之 予何獨疑於金詩也哉"(『東人詩話』(권하) 제6화)에서 보이며, 문학의 치료적 기능을 설명하기 위하여 정운채(1999)가 인용하고, 이를 다시 송지언(2012)이 소개하기도 했다.

34 이 글은 "文章之學 吾道之鉅害也. 夫所謂文章者 何物? 文章豈掛乎空布乎地 可望風走而捉之者乎? 古之人 中和祗庸 以養其內德 孝弟忠信 以篤其外行 詩書禮樂 以培其基本 春秋·易象 以達其事變 通天地之正理 周萬物之衆情. 其知識之積於中也 地負而海涵 雲鬱而雷蟠 有不可以終閟者 然後有與之相遌者 或相入焉 或相觸焉 撓之焉 激之焉 則其宣之而發於外者 渤潏汪濊 粲爛煜霅 邇之可以感人 遠之可以動天地而格鬼神 斯之謂文章 文章不可以外求也[『定本 與猶堂全書』 권11 〈五學論〉(三)]에서 보이며, 조동일(1998)이 인용하였고, 이를 다시 송지언(2012)이 소개하기도 했다.

(『삼국유사』)의 '감동천지귀신(感動天地鬼神)'이 한국시가사에서 감동천지귀신의 감동론을 선도하고 있다는 의미를 정리할 수 있다.

5. 결론

지금까지 향가의 '감동천지귀신'을 한국과 중국의 전통적인 문학론과 현대의 독서론 내지 종교문학론을 아우르는 측면에서 살펴보았다. 그 과정에서 얻은 바를 요약하여 결론을 대신하려 한다.

먼저 관련 문장의 번역과 '개시송지류여'에서 정리한 바를 요약하면 다음과 같다.

1) 관련 문장은 '신라인이 향가를 숭상한 것은 오래되었다. 무릇 『시경』의 송과 비슷한 것이었든지(/것이었는가)? 때문에 때때로 천지와 귀신을 감동시킬 수 있었던 것(=향가 작품)이 하나가 아니었다."로 번역된다.

2) "개시송지류여(蓋詩頌之類歟)"의 논리, 즉 『시경』의 송과 향가가 비슷한 것이라고 일연이 판단한 근거를, 이 글에서는 양자가 공통으로 '천지와 귀신에게'와 '지성(至誠)이나 좋은 가르침의 내용'을 '지성(至誠)으로' 노래한다는 점이라고 판단하였다.

3) 향가와 『시경』의 송이 '지성'을 공통으로 한다는 사실은 다음의 사실에서 알 수 있다. 『시경』의 주송(周頌)과 상송(商頌)은 거의 모두가 제사가(祭祀歌)로, 향가에서 〈도솔가〉와 〈제망매가〉는 제사가(천도재의 齋歌를 넓은 의미로 썼다)로, 〈원가〉는 발원가(發願歌)로, 〈맹아득안가(도천수관음가)〉와 〈원왕생가〉는 기원가(祈願歌)로, 각각 '지성'의 내용과 '지성'한 마음을 보여준다. 또한 〈원왕생가〉가 실린 〈광덕 엄장〉조의 "갈성(竭誠)"과, 〈도솔가〉가 실린 〈월명사 도솔가〉조의 "지성(至誠)"은 천지

와 귀신에게 노래하는 내용과 마음의 '지성'을 말해준다.

4) 향가와 『시경』의 송이 '좋은 가르침'을 공통으로 한다는 사실은 다음의 사실에서 알 수 있다. 『시경』의 송의 경우에는 주송(周頌) 청묘지십(淸廟之什)의 〈열문(烈文)〉과, 신공지십(臣工之什)의 〈신공(臣工)〉 〈희희(噫嘻)〉 등에서 볼 수 있으며, 향가의 경우에는 〈처용가〉 〈우적가〉 등에서 볼 수 있고, 〈처용가〉는 역신(疫神)을 감동시키고, 〈우적가〉는 '세상'의 의미인 도적의 천지를 감동시킨다. 그리고 〈월명사 도솔가〉조에 나오는 "지덕(至德)"의 덕(德)은 좋은 가르침의 의미인 선교(善敎)이다.

중국의 감동천지귀신에서 정리한 내용의 요약은 다음과 같다.

1) 중국의 송조(宋朝)와 금조(金朝)에 들어오면서, 감동천지귀신의 해석은 그 이전까지 있어온 성률과 율려를 벗어나 '지성론(至誠論)'으로 그 방향을 바꾸는데, 이 지성론적 해석은 『삼국유사』의 찬자인 일연(一然, 晦然, 1206~1289) 스님과, 향가의 감동천지귀신론에 결정적인 영향을 준 것으로 추정된다.

2) 비평문에 나타난 지성의 내용은 '시의 생각[思], 뜻[意], 정(情)' 등이 '무사(無邪)' 즉 '거짓이 없는 것'이라고 정리된다. 그리고 이를 『중용』의 성론으로 보완하면, 감동천지귀신을 할 수 있는 시의 지성의 내용은, '시의 생각[思], 뜻[意], 정(情)' 등이 '거짓이 없는 것(無邪)' 또는 '진실되고 허망함이 없는 것(眞實無妄)'으로, '천도' 즉 '천지 만물이 하늘로부터 부여받은 것(本性)의 바른 이치나 도리(正理)' 또는 '천리(天理)의 본연(本然)'인 것이라고 정리된다.

3) '감동천지귀신'의 논리는, 『중용』 제23장의 '성(誠)하면 나타난다. … 밝아지면 감동시킨다.'에 논거를 둔 것으로, '성(誠)하여 천지와 귀신에 밝아져서 그 다음에 천지와 귀신을 감동시킨다.'는 것으로 이해되고, 이에 포함된 '밝아짐'은 '명찰(明察)'의 의미라는 점에서, 통찰과 같은 말

이고, 이 '밝아짐'은 공감을 이끌어 낼 수 있는 기반이며, 감동시킴에는 이미 공감의 유도가 포함되어 있다.

4) 감천지동귀신을 할 수 있는 표현은 지성의 내용을 구차(苟且)하지 않고, 순일(純一) 또는 전일(專一)하게 표현한 것이다.

향가의 지성적 감동천지귀신에서 정리한 내용의 요약은 다음과 같다.

1) 〈제망매가〉의 내용은 천도재를 올려주면서, 중유의 누이에게 생사로를 천도재에 맡기고, 나는 간다는 말도 가볍게 이르고 초연하게 가도록, 가는 곳이 미타찰임을 알고 가도록, 미타찰에서 오라비와 만나기 위하여, 도닦아 가도록, 유도하고 선도하는 것인데, 이 유도와 선도는 오라비인 월명사가 갖고 있는 본성의 바른 도리라는 점에서 지성의 내용이다.

2) 〈제망매가〉의 제1~4구와 제5~8구에서 시적 화자는 명령적 의문문의 언표적 내용을 통하여 시적 청자가 현재 당면한 처지와 문제의 이해를 보여주고, 명령적 의문문의 언표내적 의미를 통하여 시적 청자가 현재 당면한 처지와 문제를 해결할 수 있는 방법을 보여주면서, 통찰과 공감의 유도를 통한 '밝아지면 감동시킨다'의 지성의 논리를 보여준다.

3) 〈제망매가〉의 제1~4구와 제5~8구에서 표현 전체를 각각 구차하지 않고 전일(專一)한 지성의 표현으로 만드는 틀은 언표적 내용과 언표내적 의미를 보이는 두 명령적 의문문이고, 제1~4구의 은유적 직유와 죽음여로의 선택과, 제5~8구의 은유와 직유, 죽음의 길과 관련된 시어의 선택, 죽음의 장소와 관련된 시어의 선택 등은, 각각 부분에서 제1~4구와 제5~8구의 표현을 구차하지 않고 전일한 지성의 표현이 되도록 기여한다.

4) 제9~10구에서는 시적 청자가 당면한 문제를 직접 다시 보여주지 않고, 제1~8구의 것으로 대신하고, 시적 화자와 시적 청자 중에서 어느 누가 먼저 미타찰에 갈지를 모르는 문제를 보여주고, 이 문제들의 해결책을 시적 청자로 하여금 도 닦아 미타찰로 가게 유도하고 선도하여, 시

적 청자의 공감을 일으키면서, 통찰과 공감의 유도를 통한 '밝아지면 감동시킨다'의 지성의 논리를 보여준다. 이 때 선도는 월명사가 먼저 미타찰로 가는 경우이고, 유도는 누이가 먼저 미타찰로 가는 경우이다.

5) 제9~10구의 표현 전체를 구차하지 않고 전일하게 만드는 틀은, 4종류의 문체 장치들이 수렴된 구문상의 4중의(4중의를 보이는 구문상의 동음이의)이고, 나머지의 죽음의 장소와 관련된 시어의 선택과 미타찰에서의 만남이라는 구속언어는 각각 부분에서 이 제9~10구의 표현 전체를 지성스러운 표현이 되도록 기여한다.

6) 〈제망매가〉의 구조는 점층적 구조이며, 주제는 [중유의 누이로 하여금, 천도재를 믿고 초연하게(/가볍게) 가도록, 가는 곳이 미타찰임을 알고 가도록, 미타찰에 왕생하도록 점층적으로 유도하면서 선도하기]로 정리된다. 이 점층적 구조에 포함된 구조와 표현들은, 중유의 누이로 하여금 두려움의 죽음의 문제를 점층적으로 해결하고 미타찰로 가게 하면서, 공감을 불러일으킨다.

7) 〈도솔가〉의 내용인 꽃(연화좌, 화랑)이 곧은 마음이 시키는 일을 행하여, 미륵좌주(미륵보살, 경덕왕)를 뫼셔 나립하는 일은, '거짓이 없는 것' 또는 '진실되고 허망함이 없는 것'이며, '천도' 즉 '천지 만물이 하늘로부터 부여받은 것의 바른 이치나 도리' 또는 '천리의 본연'이란 점에서, 〈도솔가〉의 내용은 지성의 내용이다.

8) 〈도솔가〉의 종교적 텍스트인, 연화좌를 의미하는 꽃에게 (주원사인 월명사와 공덕주인 경덕왕의) 곧은 마음이 시킴의 일을 행하여 그 좌(자리)에 앉을 미륵자리의 주인(미륵보살)을 뫼셔 나립하라고 할 때에, 이는 연화좌에게 그 자신의 본분, 즉 하늘이 연화좌에게 부여한 본분을 확인시킨 것이며, 이는 미륵산화에서 꽃의 기능과 임무에 밝아 꽃의 공감을 이끄는 것이다. 그리고 꽃이 뫼신 미륵보살의 하생 곧 미륵정토의

실현이라는 차원에서, 또한 미륵보살의 하생에는 사천왕이 동반된다는 점에서, 하늘의 이일병현은 소멸할 수 있던 것으로 보인다.

9) 〈도솔가〉의 정치적 텍스트는 화랑들로 하여금 경덕왕을 뫼시지 않을 수 없는 강력한 교훈적 힘을 갖는 동시에, 모반 준비의 확산을 방지함은 물론, 이미 모반 준비에 참여한 자들까지도 위축(萎縮)시키고, 끝내는 모반을 준비하고 있는 염상의 무리들로 하여금, 더 이상 모반을 진행하지 않고 조용히 포기하고 물러나도록 하는 방법도 알고 있어, 그들의 공감도 이끌어 내고 있다.

10) 시적 화자인 월명사는 모반자 출현의 전조(前兆)인 이일병현을 소멸시키기 위해, 두 가지 상황에 접하고 있는데, 이 두 상황에 적용할 수 있는 종교적 텍스트와 정치적 텍스트를 '산화가'와 '흩어진/흩은 꽃(=화랑)'을 동시에 표현한 향찰 "散花"의 중의, '연꽃'과 '화랑'을 동시에 표현한 "꽃"의 중의, '미륵보살'과 '미륵산화의 공덕주(=경덕왕)'를 환칭(換稱, antonomasia)을 통하여 동시에 표현한 "미륵좌주(=미륵자리의 주인)"의 중의, 그리고 '곧은 마음'의 앞에 생략된 그 주체들 등에 의해, 구차하지 않고 전일하게 표현하였다. 이는 지성의 표현이다.

향가의 지덕적 감동천지귀신에서 정리한 내용의 요약은 다음과 같다.

1) 향가의 감동천지귀신을 가능하게 하는 지덕(至德)은 '지극히 좋은 가르침'의 의미이다.

2) 〈도솔가〉의 정치적 텍스트에서 화랑과 왕권에 도전하려는 자에게 보여준 가르침은 이 '지극히 좋은 가르침'의 지덕에 해당한다.

3) 〈제망매가〉에서 중유의 누이로 하여금, 천도재를 믿고 초연하게(/가볍게) 가도록, 가는 곳이 미타찰임을 알고 가도록, 미타찰에 왕생하도록 점층적으로 유도하면서 선도하는 내용도 이 '지극히 좋은 가르침'의 지덕에 해당한다.

이상과 같이 〈제망매가〉와 〈도솔가〉에서 발견되는 '지성'과 '지덕'은 〈원가〉, 〈원왕생가〉, 〈처용가〉, 〈우적가〉 등에서도 발견된다는 점에서, 감동천지귀신을 가능하게 하는 '지성'과 '지덕'은, 일연이 『삼국유사』에 수록할 향가를 선별하면서 취한, 가장 중요한 기준의 하나였을 것으로 추정한다.

그리고 이 '감동천지귀신'에 의한 향가 감동론은 조선조의 『동인시화』(1474년), 〈성책(誠策)〉(16세기, 『율곡전서』), 『서포만필』(17세기), 『오학론』(18세기) 등에 나타난 '감동천지귀신'의 감동론을 선도하였다는 시가사적 의미를 보여준다.

〈(보현십종)원왕가〉의 방편 시학

1. 서론

〈(보현십종)원왕가〉에 대한 기왕의 문학적 평가는 긍정적이기보다 부정적이다. 그 이유는 〈원왕가〉의 형식과 내용이 괴리되었다는 주장에 있다. 이 괴리의 주장에 따르면, 〈원왕가〉의 형식인 시뇌(詞腦, 이 '詞腦'는 '詩腦, 思內' 등과 같은 표기라는 점에서, 당시의 음 '詞/시'를 살려 '시뇌'로 읽는다.)는 그때까지 있어 온 과거의 낡은 형식이며, 〈원왕가〉의 내용은 그때까지의 시뇌 형식이 취하지 않았던 『보현행원품』의 내용과 같은 새로운 내용이라 한다. 이로 인해 〈원왕가〉는 그 내용과 형식이 유기적으로 결합된 것이 아니라, 과거의 낡은 형식과 그 당시의 새로운 내용이 괴리적으로 결합된 것이며, 그 결과 그 문학적 가치는 부정적일 수밖에 없다는 것이다.

필자의 생각은 이 주장과 다르다. 〈원왕가〉의 대한 기왕의 부정적 평가는 〈원왕가〉 자체의 시학에 기초하여 긍정적 평가로 교체되어야 한다고 생각한다. 왜냐하면, 앞의 부정적 평가들이 이용한 입론의 근거들은 거의가 잘못 해석된 것들이며, 그 이면에서는 오히려 〈원왕가〉 자체의 통일된 시학을 보여주고, 이 통일된 시학은 〈원왕가〉를 긍정적으로 평가하게 하기 때문이다.

이 글에서 앞으로 살펴보겠지만, '시뇌(詞腦)'는 기왕의 주장에서는 형식이라고 하지만, 이와 다르게 세상 사람들이 희락(喜樂, 유희하며 즐김)하는 도구로, 문학 내지 가악의 양식을 의미한다. 그리고 〈원왕가〉의 내용도 『보현행원품』의 내용과 같다는 기왕의 주장과 달리 『보현행원품』의 내용을 변개한 것이다. 게다가 〈원왕가〉의 형식도 시뇌라는 일부 기왕의 주장과는 다르게 삼구육명이다. 이 삼구육명, 『보현행원품』 내용의 변개, 세상 사람들이 희락하는 도구 등은 방편(方便)으로 쓰였으며, 그 권실적(權實的, 방편과 진실의) 기능이 일치한다. 이런 점들을 종합하면, 〈원왕가〉에 대한 기왕의 부정적 평가는 〈원왕가〉 자체의 방편 시학에 기초하여 긍정적 평가로 교체되어야 한다고 생각한다.

이 재평가와 그 선행 작업인 〈원왕가〉 자체의 방편 시학을 검토하는 것이 본고의 연구 목표이다. 이 목표에 이르고자, 먼저 〈원왕가〉를 형식·내용·시뇌 등의 측면으로 나누어 이것들이 무엇인가를 규명하면서, 기왕의 주장을 재고하려 한다. 다음으로 이것들의 권실적(權實的) 기능이 무엇인가를 각각 규명하고, 결론에서 이 권실적 기능들의 일치를 통하여 방편의 시학을 정리하고, 그 시학 위에서 〈원왕가〉의 문학적 가치를 재평가하려 한다[이 글은 「균여 「원왕가」의 방편시학」(1989b)[1]을 수정 보

---

1 이 글 이후에 균여의 〈(보현십종)원왕가〉를 대상으로 방편시학을 논한 글로는 「〈항순중생가〉의 방편시학과 〈보현시원가〉의 배경」(서철원 2002:133~155, 2009a:199~218)이 있다. 이 글은 「균여의 작가의식과 〈보현시원가〉」(서철원 1999; 2009a:115~198)를 보완한 글이다. 이 두 글에서, 특히 후자의 글에서는 양희철의 글(1988)을 서너 항목에서 비판하고 있는데, 평소 접해보지 못한 '시문법(詩文法)'의 영역이나 '모체 문장, 육명' 등의 용어를 충실하게 이해한 다음에 객관적으로 비판하였다고 보기는 어렵다. 그리고 그 비판의 귀결점은 작가론적 측면을 검토하지 않았기 때문에 작가론적 측면을 검토하겠다는 것인데, 그 검토 결과를 보면, 서론의 왕성한 혈기와 야심에 걸맞지 않게, 서원(誓願) 문학인 〈(보현십종)원왕가〉에서 거의 확인되지 않는 '성상융회사상(性相融會思

완한 것임].

2. 언어집착과 이언득의의 형식

본장에서는 〈원왕가〉의 형식이 삼구육명이고, 이 삼구육명은 언어집착과 이언득의(離言得義)의 권실적 기능을 가진 방편임을 밝히고자 한다.

2.1. 삼구육명의 언어집착

〈원왕가〉의 형식이 삼구육명임은 『균여전』이 명백하게 보여주며, 이에 대한 이의는 삼구육명이 학계에 소개된 이래 단 한 건도 없었고, 지금도 없다. 단지 문제가 된 것은 삼구육명이 무엇인가 하는, 삼구육명에 대한 해석의 문제였다. 그러나 이 문제 역시 이제는 거의 해결되었다고 생각한다.

삼구육명의 해석에서 문제가 된 것은 '명(名)'과 '구(句)'의 뜻이었다. 그런데 이 '명'과 '구'의 뜻이 〈원왕가〉의 작자인 균여의 저술들과 여타 불경에서 확인 및 검토되었다. 그리고 이 '명'과 '구'의 의미에 따라 삼구육명을 해석하고, 이 해석으로 〈원왕가〉 1가(歌) 11수(首)를 검토한 결과, 철저하게 맞아 들어감을 확인한 바 있다. 그리고 이런 사실은 이 장의

想)'의 논의 외에, 보여준 것이 너무나 미미하다. 게다가 이 두 글이 추구한 균여의 작가의식인 방편시학은 이미 「균여 「원왕가」의 방편시학」(양희철 1989b)에서 논의된 것이다. 이 글의 방편시학과 서지사항은 국어국문학회(1992)와 한국고전문학회(1997a)에서 발표한 발표문과 논문에 포함되었으며, 여타 논문들(1993, 1996a, 1997b)에도 포함되어 있어, 알려질 만큼 알려진 것이다. 이런 이 글을 전혀 참고하지 않았다는 점은 앞의 두 논문이 갖고 있는 흠이다.

진행 과정에서 좀더 명확하게 입증될 것으로 판단한다. 먼저 삼구육명의 해석을 보자.

> 三句는 句의 종류인 句身·多句身 내지는 竭盡明義인 4(2)句1偈(句)라는 개념에 기초한 제1~4행·제5~8행·제9~10행 등의 세 句이다. 이때 句는 인도의 pāda가 중국을 통해 우리 문학에 수용된 것이다. 六名은 名의 〈격어미나 어미를 포함하지 않은 단어〉라는 개념에 기초한 二行 六名이다. 이때 名은 인도의 Nāma가 중국을 통해 우리 문학에 수용된 것이다. 이들 名과 句가 합치면, 名句文이 되는데, 이 名句文에 대한 언급은 均如의 著述에서도 발견된다(양희철 1986b, 1988:279~180).

위 인용문에서 보면, 삼구육명은 철저하게 언어에 집착한 것임을 확인할 수 있다. 육명은 '명'의 〈격어미나 어미를 포함하지 않은 단어〉라는 개념에 기초한 이행(二行) 육명(六名)이다. 이는 다른 말로 두 개의 시행에 여섯 개의 '명'이 오도록, '명'이란 언어에 집착하여 계산한 결과이다. 그리고 삼구(三句)는 구(句)의 종류인 구신(句身)·다구신(多句身) 내지는 4(2)구(句)1게(=구)[偈(=句)]라는 개념에 기초한 제1~4행·제5~8행·제9~10행 등의 세 구(句)이다. 이는 두 측면, 즉 구의 종류라는 측면과, 글의 분량의 계산이라는 측면에서 설명된다. 구의 종류라는 측면에서 설명하면, 제1~4행의 다구신이라는 구, 제5~8행의 다구신이라는 구, 제9~10행의 구신이라는 구 등의 삼구(三句)를 의미한다. 그리고 글의 분량의 계산이라는 측면에서 설명하면, 10구체는 제1~4행(=구)의 4행1게, 제5~8행(=구)의 4행1게, 제9~10행(=구)의 2행1게 등의 3게(偈)로 계산된다. 이때 이 '3게(偈)'의 '게(偈)'는 '갈진명의(竭盡明義)'의 의미로 '구(句)'로도 번역된다는 점에서, 10구체 향가의 삼게(三偈) 곧 삼구(三句)를 의미한다. 이런 사실로 볼 때에, 삼구육명은 명과 구라는 언어 단위를 치밀하게 계산한 언어집착이다.

2.2. 언어집착의 권(權)과 이언득의의 실(實)

삼구육명이란 형식을 〈원왕가〉에서 왜 썼을까? 말을 바꾸면 〈원왕가〉의 작가는 왜 삼구육명이란 언어에 집착하였을까? 또는 최행귀는 왜 〈원왕가〉의 형식을 삼구육명으로 설명하였을까? 이런 질문은 매우 우매한 질문인지도 모른다. 그러나 이 질문이야말로, 〈원왕가〉의 시학을 밝히는 데에 중요한 하나의 전제가 된다.

이 질문에 답하기 위해 먼저 명구문(名句文)을 쓰는 이유를 보자. 왜냐하면 삼구육명은 명구문의 일종이기 때문이다.

> 또 다음으로 대혜(大慧)야, 응당 명구형신상(名句形身相)을 말하노니, 명구형신을 잘 보면 보살마하살을 따라 의구형신(義句形身)에 들어 아욕다라 삼막 삼보리를 빠르게 얻으며, 이같이 깨달으면 일체 중생을 깨닫게 한다. 대혜야, 명신(名身: 名의 무리/복수)이란 것은 만약 사(事)에 의지해서 명(名)을 세운 것을 말하면 이 이름의 명신(名身)이다. 구신(句身)이란 것은 구(句)에 의신(義身)이 있어 자성(自性)이 구경(究竟)의 결정(決定)함을 말하는데, 이 이름의 구신(句身)이다. 형신(形身)이란 것은 명구(名句)를 현시(顯示)함을 말하는데, 이 이름의 형신(形身)이다. 또 형신(形身)이란 것은 장단고하(長短高下)를 말한다. 또 구신(句身)이란 것은 경적(徑跡)을 말하며, 상(象)·마(馬)·인(人)·수(獸) 등이 길에 다닌 바의 적(跡)과 같아, 구신(句身)과 명(名)을 얻는다. 대혜야, 명(名) 및 형(形: 文 또는 字)이란 것은 명(名)으로써 무색(無色)과 사음(四陰)을 말한다. 때문에 명(名)을 말하면 자상(自相)이 나타나고, 때문에 형(形)을 말하면 이는 명구형신(名句形身)을 이름한다. 명구형신상(名句形身相)을 설명하여 분제(分齊)하니, 응당 닦아 배우라.[2]

위 인용문과 몇 개의 글자 또는 몇 개의 문장이 다른 불경들도 있다.[3] 이 불경들과 위 인용 불경의 내용을 보면, 명구문(名句文=名句形, 名句字)[4]의 사용은 보살이 의구형신(義句形身)에 따라 들어 깨닫게 되는 방편의 수단이며, 동시에 중생을 깨닫게 하는 방편의 수단이다. 이런 사실은 위 인용문의 전반부와, 이에 대해 해석한 불경들에서 명백한데, 이를 좀더 구체적으로 보자.

먼저 위 인용문의 전반부인 "또 다음으로 대혜(大慧)야[復次大慧 ……]"를 보자. 이 부분의 내용을 보면, 대혜가 보살들로 하여금 명구문을 잘 보게 한 목적에는 두 가지가 있다. 그 하나는 의구형신(義句形身)에 들어 보살들이 깨닫게 하는 것이고, 또 하나는 일체 중생들이 깨닫게 하는 것이다. 이런 점에서 명구문을 잘 보도록 한 것은 의구형신(義句形身)에 들어, 보살과 일체 중생을 깨닫게 하는 방편임을 확인할 수 있다.

다음으로 이 인용문에 대한 불경의 해석을 통하여, 명구문이 방편임을 보자.

---

2 "復次大慧 當說名句形身相 善觀名句形身 菩薩摩訶薩隨入義句形身 疾得阿耨多羅三藐三菩提 如是覺已 覺一切衆生 大慧 名身者 謂若依事立名 是名名身 句身者 謂句有義身 自性決定究竟 是名句身 形身者 謂顯示名句 是名形身 又形身者 謂長短高下 又句身者 謂徑跡 如象馬人獸等所行徑跡 得句身名 大慧名及形者 謂以名說無色四陰 故說名 自相現 故說形 是名名句形身 說名句形身相分齊 應當修學"(宋天竺藏求那䟦陀羅 譯, 『楞伽阿䟦多羅寶經』, 第二, '一切佛語心品之二'條).

3 이런 불경에는 다음의 둘이 있다.
"復次大慧 我當說名句文身相 諸菩薩摩訶薩 …… 名身與句身 及字身差別 凡愚所計着 如象溺深泥"(大周于闐國 三藏法師 實叉難陀 奉勅譯, 『大乘入楞伽經』, 第三, '集一切法品第二之二'條).
"復次 佛告聖者大慧菩薩 言大慧 我今爲諸菩薩摩訶薩 說名句字身相 …… 名身與句身 及字身差別 凡夫癡計着 如象溺深泥."(天竺三藏菩提留支 譯, 『入楞伽經』, 卷第四, '集一切佛法品第三之二'條).

4 名句文 곧 名句形, 名句字임은 形이 文 또는 字로도 쓰이기 때문이다.

> 또 다음으로 대혜야, 응당 명구형신상(名句形身相)을 말하노니, 이같이 깨달으면 일체 중생을 깨우친다. 기록하여 이르기를 이는 언설(言說)이 무성(無性)임을 밝혀 명언습기(名言習氣, 언어 작용에 의해 아뢰야식(阿賴耶識)에 저장된 잠재력으로, 모든 마음 작용을 일으키는 직접적인 원인)를 깬다. 전에 전함에 따라 이르면, 응당 뜻에 의지하고 언설에 집착하지 마라. 또 이르기를 언설이란 것은 작용일 뿐이다. 또 이르기를, 소리의 바탕으로 제공(諸空)을 설명하면 듣는 자는 언설의 바탕이 공(空)임에 이르지 못하여 언어를 떠나 뜻을 얻을 수 없다. 이 때문에 특별히 명구문신(名句文身)을 보여 잘 관찰하여 의구(義句)로 따라 들게 한다.[5]

위 인용문의 첫부분은 앞에서 인용했던 부분이고, 나머지 '기록하여 이르기를[記曰]' 이하는 앞부분에 대한 해석의 부분이다. 이 해석을 한마디로 말하면, 언설(言說)이 무성(無性)임을 밝혀 명언습기(名言習氣)를 깨고자 하는 것이다. 명언습기를 파괴하지 못할 때에, 청자나 독자는 언설(言說)의 본성이 공(空)임에 이르지 못하고, 언어를 버리지 못하므로 뜻에 이르지 못한다. 이로 인해 언어에 집착하는 명언습기를 깨야만 의(義)에 이른다. 따라서 명구문 자체인 명언습기의 강조에 그 목적이 있는 것이 아니라, 명언습기를 깨는 이언(離言)을 통해 득의(得義)하는 것에 목적이 있다고 정리할 수 있다.

이제부터는 '명구문'의 어떤 것이 의취(義趣) 또는 실의(實義)로 나아가게 하는가를 보자. 이는 앞에서 살핀 "또 다음으로 대혜(大慧)야[復至大慧] …… 일체 중생을 깨닫게 한다[覺一切衆生]"가 보여준 '이언득의

---

5 "復次大慧, 當說名句形身相 …… 如是覺已 覺一切衆生 記曰 此名言說無性 以破名言習氣也 由前歷云當依於義 莫著言說 又云 言說者是作耳 又云 以聲性說 第恐聞者不撻言說性空 不能離言得義 故此特示名句文身 令善觀察入義句也"(德請 筆記, 『觀楞伽經記』, 卷四).

(離言得義)' 또는 '파명언습기(破名言習氣)'를 명구문(名句文)의 내용으로 구체화한 것이다. 이것에 속하는 것으로, 이 절의 첫 번째 인용의 "대혜야, 명신(名身: 名의 무리/복수)이란 것은[大慧 名身者]……"의 부분이 있다. 이 부분의 내용은 "……장단고하(長短高下)를 말한다."까지와, 그 이후의 "이는 명구형신(名句形身)을 이름한다."까지와, 그 이후의 세 부분으로 되어 있다. 이것들 중에서 첫부분은 명·구·형(名·句·形)의 개념 및 이것들의 관계를 설명한 것이고, 끝부분은 명구형신상(名句形身相)을 배우도록 권청한 것이며, 가운데 부분은 독자와 청자가 어떻게 명구문(名句文)에서 이언득의(離言得義) 또는 파명언습기(破名言習氣)를 할 수 있는가를 보여 준 것이다. 이 가운데 부분을 좀더 자세하게 보기 위해, 이 부분을 설명한 글을 보자.

> 기록하여 이르기를, 구신이라는 것은 경적이다. 발자취를 살펴 코끼리와 말을 찾는 것을 이른다. 비유하면 언구(言句)로 인하여 뜻을 얻고, 뜻을 얻은 즉 언구를 버림이니, 코끼리와 말을 얻고 발자취를 버림과 같다.[6]

위 인용문에서 살필 수 있듯이, 명구문이란 언어의 사용은 그 자체에 목적이 있는 것이 아니라, 의(義)를 얻는 수단에 불과하다. 구신(句身)은 경적(徑跡)이고 그 발자취[跡]를 살펴 코끼리와 말을 찾는 것과 같다. 이는 비유하면 언구(言句)로 인하여 뜻을 얻고, 뜻을 얻은 즉 언어를 버리는 것이니, 마치 코끼리와 말을 얻고 발자취를 버리는 것과 같다.

이런 사실은 '명구문'의 언어(言語)를 취할 때에 갖는 득실(得失)에서 득(得)을 강조한 것이다.

---

6 "記曰 句身者 徑跡耳 謂尋跡以得象馬 喩因言句而得義 得義則忘言 猶象馬以遺跡" (德請 筆記, 『觀楞伽經記』, 卷四).

> 명구형신(名句形身)은 성색(聲色)의 실제에 반대이다. …… 그러나 얻음과 잃음이 있으니, 얻음은 곧 의취(義趣)로 인하여 보리에 이름이고, 잃음은 언어에 집착하여 회론(戱論)을 이룸이다.[7]

위 인용문에서 살필 수 있듯이, '명구문'에는 득실이 있다. 득은 의취(義趣)로 인하여 깨달음[菩提]에 이르는 것이고, 실은 언어에 집착하여 희론(戱論)만을 이루는 것이다.

그런데 의취(義趣)로 인하여 깨달음에 이르려면, '명구문'을 언어로만 보는 것이 아니라, 구신(句身)을 경적(徑跡)으로 보고, 명자(名字)를 본무실법(本無實法)으로 이해하는 것이라 할 수 있다. 이렇게 될 때에, 명구문은 의(義)에 이르는 방편임을 확인할 수 있다.

이상과 같이 앞의 인용문을 살피는 가운데, 명구문이란 언어를 사용하고, 이를 수학하도록 권장한 이유는, 명구문이란 언어의 강조가 아니라, 의(義, 뜻)라는 목적에 이르도록 명구문을 방편으로 썼음을 정리할 수 있다. 즉 명구문이란 언어를 사용했을 때에 오는 득실 중에서 실을 버리고 득만을 취하도록 하려는 목적이다. 이런 사실은 앞의 인용문 마지막에서 다시 한 번 강조되어 있다.

> 그때 세존께서 거듭 게송을 말씀하셨다. 명신(名身)과 구신(句身) 및 자신(字身)의 차별은 범우(凡愚, 평범하고 어리석은 사람)가 계저(計著, 헤아리고 나타냄)하는 바니, 코끼리가 깊은 수렁에 빠짐과 같다. 여래께서 중생의 마음의 병을 제거하시기 위한 이유로 명구문신을 방편으로 설법하셨으니, 독으로 독을 공격하는 것과 같다. 만약 모든 우부(愚夫)가 명구를 얻고 실의(實義)를 깨닫지 못하면 해탈할 때가 없다. 비유하면 코끼리가 깊은 수

---

7 "名句形身 對聲色之實 …… 而有得有失 得則由義趣而至菩提 失則執語言而成戱論 ……"(善月 述, 『楞伽經通義』, 卷三).

령에 빠짐과 같다.[8]

이 인용문에서 보면, '명구문'은 방편이며, 그 목적은 실의(實義)를 깨닫는 것이다. 즉, 언어에 집착하는 중생의 심병(心病)을 제거하기 위하여, 명구문을 방편으로 사용한 것이며, 이는 이독공독(以毒攻毒)과 같은 것이다.

이상과 같은 사실들로 보아, 명구문은 권(權)의 방편이며, 그 실(實)은 득의(得義)에 있다고 정리할 수 있다.

이번에는 불경 일반이 아닌, 균여의 저술에서 그가 보여 준 명구문의 사용 이유를 보자.

> 묻는다. 능전(能詮) 소전(所詮) 및 여의(與義)의 그 상(相)은 무엇을 말하는가? 답한다. 명구자신(名句字身) 및 음성(音聲)은 능전교(能詮教)이고, 이 능전교(能詮教)로 법을 표현하면 소전의(所詮義)이며, 이 능전(能詮)과 소전(所詮) 위의 공(空)·무아(無我) 및 즉입(卽入) 등의 의(義)는 의리(義理)이다.[9]

위 인용문을 보면, 명구자신(名句字身) 및 음성(音聲)은 능전교(能詮教)이고, 이 능전교(能詮教)로 법을 표현하면 소전의(所詮義)이며, 이 능전(能詮)과 소전(所詮) 위의 공(空)·무아(無我) 및 즉입(卽入) 등의 의(義)는 의리(義理)이다.

---

8 "尒時 世尊重說頌言 名身與句身 及字身差別 凡愚所計著 如象溺深泥 如來爲除衆生心病故 以名句文身方便說法 如以毒攻毒也 若諸愚夫猶名句 不悟實義無解脫期 譬如香象溺於泥耳"(善月 述, 『楞伽經通義』, 卷三).

9 "問能詮所詮及與義 其相云何 答名句字身及音聲等 是能詮教 以此所表之法 是所詮義 此能所詮上 空無我及卽入等義 是義理也"(均如, 『釋華嚴教分記圓通鈔』, 卷三).

이 내용을 앞의 정리와 비교하려면, 먼저 이언(離言)의 언어인 명언습기(名言習氣)를 위의 내용에서 정리해야 한다. '언어'는 현대 언어학에서 지금은 '기표'와 '기의'라고 부는 것들을 한 때는 '능기(能記)'와 '소기(所記)'로 정리하던 때가 있었다. 이 '능기'와 '소기'에 해당하는 것이 바로 앞의 능전(교)[能詮(教)]과 소전(의)[所詮(義)]이다. 이로 보면, 언어인 명언습기(名言習氣)는 능전(能詮)과 소전(所詮)이라 할 수 있다. 다음으로 이들 위의 공(空)·무아(無我) 및 즉입(卽入) 등의 의(義)가 의리(義理)라 할 때에, 이것들은 앞에서 살핀 명구형신(名句形身)의 득실인 "의취(義趣)로 인하여 보리에 이름[由義趣而至菩提]"과 "언어에 집착하여 회론(戱論)을 이룸[執語言而成戱論]" 중에서, "의취(義趣)로 인하여 보리에 이름[由義趣而至菩提]"이라 할 수 있다. 왜냐하면 공(空)·무아(無我)는 의취(義趣)이며 즉입(卽入) 곧 보리(菩提)이기 때문이다.

이런 점에서, 균여 역시 명구자신(名句字身)을 쓰되, 그 자체에 목적이 있는 것이 아니라 실의(實義)나 의취(義趣)를 위한 것이라 할 수 있다. 즉 명구자신(名句字身)은 방편의 권(權)이며, 그 실(實)은 실의(實義)나 의취(義趣)에 있다고 정리할 수 있다.

이제 〈원왕가〉에서 삼구육명이란 형식을 왜 사용하였나를 보자.

삼구육명은 '명구문'의 이론을 균여의 향가에 적용한 명명이라 할 수 있다. 왜냐하면 불경의 명구문은 명(名)·구(句)·문(文)을 설명하면서도 삼구육명과 같이 구(句)나 명(名)의 앞에 3 이상의 수사(數詞)를 동반하는 예가 없기 때문이다.

이렇게 삼구육명이 '명구문'의 이론을 균여의 향가 형식에 적용한 것이라 할 때에, 이 삼구육명이란 형식의 사용 역시 '명구문'과 같이 방편으로 사용된 것이지, 그 자체가 목적이 아님을 확인할 수 있다. 즉 삼구육명이란 형식에 집착할 때에, 이 집착은 명구문에 집착하는 경우와 같다.

왜냐하면 삼구육명은 명구문의 한 종류에 불과하기 때문이다. 이런 점에서 삼구육명을 운위하고 그 형식을 따지는 것은 삼구육명의 명구문에 집착하기 쉬운 중생을 삼구육명(三句六名)의 명구문(名句文)에 집착하지 않게 하려는 '이독공독(以毒攻毒)'이라 할 수 있다.

따라서 삼구육명의 형식은 명구문에 집착하지 않도록 방편의 수단으로 사용한 것이며, 그 목적은 실의(實義) 또는 의취(義趣)를 얻게 하는 이언득의라 할 수 있다. 즉 언어집착인 삼구육명의 명구문은 방편의 권(權)이고, 이로 인해 얻게 되는 이언득의는 방편의 실(實)이라고 정리할 수 있다.

3. 반경합도의 내용

본장에서는 〈원왕가〉의 내용이 『보현행원품』을 변개한 반경(反經)이며, 이 반경이란 방편의 목적이 합도(合道)임을 정리하고자 한다.

3.1. 『보현행원품』 변개의 반경

〈원왕가〉의 내용이 『보현행원품』의 내용을 그대로 압축한 것인가, 아니면 변개(變改)한 것인가가 해독의 과정에서 논의된 바 있다. 그러나 현금에 와서는 변개한 쪽으로 기울고 있다. 이런 사실은 두 가지 측면에서 확인된다.

그 첫 번째 측면은 균여의 진술이다.

> 그 서문에 이르기를 …… 이제 쉽게 아는 가까운 일에 의탁하여, 돌아서

> 생각하기 어려운 먼 종취에 맞추려고, 10대원의 글에 의탁하여 11황가(荒歌)의 구를 시험하니, 부끄러움은 많은 사람들의 눈에 심하겠지만, 바람은 모든 부처님들의 마음에 꼭 맞음이라. 비록 뜻이 잘못되고 말이 어긋나서 성현의 묘취(妙趣)에 합당하지 못하나,……[10]

위 인용문은 균여가 〈원왕가〉를 짓고, 그 서문에 쓴 글이다. 이 글의 후반부를 보면, "부끄러움은 많은 사람들의 눈에 심하겠지만, 바람은 모든 부처들의 마음에 꼭 맞음이라, 비록 뜻이 잘못되고 말이 어긋나서 성현의 묘취(妙趣)에 합당하지 못하나, ……"라고 쓰고 있다. 이 부분은 언뜻 보기에 겸손의 표현으로 처리할 수도 있다. 그러나 이 부분을 자세히 보면, 〈원왕가〉의 내용은 『보현행원품』의 내용을 변개한 것임을 말해준다.

'10대원의 글'[二五大願之文] 즉 『보현행원품』에 의탁해 시험한 것이 '11황가(荒歌)의 구'[十一荒歌之句] 즉 〈원왕가〉이다. 그런데 『보현행원품』에 의탁했다고 했을 때, 이 의탁이 변개가 아니라 그대로 압축한 것이라면, 부끄러움은 많은 사람들의 눈에 심하지도 않고, 바람은 모든 부처님들의 마음에 꼭 맞음일 수도 없다. 왜냐하면 『보현행원품』의 내용을 그대로 압축하였을 때는, 그 내용인 〈원왕가〉가 많은 사람들에게 부끄러울 것도 없으며, 부처님의 말씀이기에 모든 부처님들의 마음에 꼭 맞음을 바라지도 않을 것이기 때문이다. 그런데 균여는 『보현행원품』에 의탁해서 〈원왕가〉를 지어놓고, "부끄러움은 많은 사람들의 눈에 심하겠지만, 바람은 모든 부처님들의 마음에 꼭 맞음이라."고 그 서문을 썼다. 이런 점에서 〈원왕가〉는 『보현행원품』의 내용을 그대로 축약한 것이 아

10 "其序云 …… 今托易知之近事 還會難思之遠宗 依二五大願之文 課十一荒歌之句 慙極於衆人之眼 冀符於諸佛之心 雖意失言乖 不合聖賢之妙趣 ……"(赫連挺, 『균여전』 〈第七歌行化世分〉).

니라, 그 내용을 변개했다고 할 수 있다.

이런 변개는 계속해서 확인된다. 즉 "비록 뜻이 잘못되고 말이 어긋나서 성현의 묘취에 합당하지 못하나……"의 언급에서 변개를 확인할 수 있다. '뜻이 잘못되고'는 『보현행원품』의 내용을 그대로 축약한 것이 아니라, 그 내용의 일부를 선택하였기에 그 일부가 탈락되었음을 뜻한다. 그리고 '말이 어긋나서' 역시 그 일부의 선택 및 탈락은 물론 첨가 및 변개에 따른 말의 괴리를 뜻한다. 일부의 선택 및 탈락은 물론 첨가 및 변개가 있을 때, 그 내용은 애초에 있던 것과 말이 어긋날 수밖에 없다.

이상과 같은 점들을 계산할 때에, 균여의 서문 자체는 이미 〈원왕가〉의 내용이 『보현행원품』의 내용을 변개하고 있다는 사실을 보여준다.

이같이 서문을 통해서 알 수 있는 『보현행원품』 내용의 변개는, 『보현행원품』과 〈원왕가〉의 대비에서도 확인된다. 이 대비의 구체적인 검토는 앞서 쓴 글(양희철 1986b, 1988:34~57)로 대신하고, 그 구체적인 요점을 정리하면 다음과 같다.

1) 『보현행원품』의 계경(契經)은 행겸원(行兼願)인 데 비해, 〈원왕가〉는 세속화(世俗化)된 행겸원이다.
2) 『보현행원품』의 발화자는 보현보살인 데에 비해, 〈원왕가〉의 발화자는 『보현행원품』의 청자인 선남자(善男子)의 위치에 처한다.
3) 『보현행원품』의 청자는 상근기(上根機)에 속하고 의근(意根)과 신등지오근(信等之五根)이 발달한 자임에 비해, 〈원왕가〉의 청자는 하근기(下根機)에 속하고 낙근(樂根), 희근(喜根), 고근(苦根) 등의 오수(五受)가 발달한 자이다.
4) 『보현행원품』이 체내방편(體內方便)을 사용함에 비해, 〈원왕가〉는 체외방편(體外方便)을 이용한다.
5) 〈원왕가〉는 원(願)의 대상에서 『보현행원품』의 것을 하향 조절한다.

6) 〈원왕가〉는 서원자의 위치에서 『보현행원품』의 것을 하향 조절한다.
7) 〈원왕가〉는 서원 행위에서 『보현행원품』의 것을 하향 조절한다.
8) 〈원왕가〉는 『보현행원품』 지야(祗夜)의 자찬(自讚)을 자서(自誓)로 바꾼다.

이상과 같은 내용으로 볼 때에, 〈원왕가〉의 내용은 『보현행원품』의 내용을 그대로 축약하여 작품화한 것이 아니라, 그 내용을 하향적으로 변개한 것이라 할 수 있다. 그리고 이 하향적 변개는 불경을 벗어났다는 점에서 반경(反經)이다.

3.2. 반경의 권과 합도의 실

앞 절에서 살핀 바와 같이, 〈원왕가〉의 내용은 『보현행원품』의 내용을 그대로 축약하여 시화한 것이 아니라, 그 내용을 하향적으로 변개한 반경(反經)의 것이다. 그러면 왜 이와 같이 그 내용을 변개하여 반경적(反經的)인 것으로 만들었는가에 답해야 한다. 이에 대한 답은 세 가지 측면에서 찾아지는데, 그 답은 방편이다.

그 첫 번째 측면은 『보현행원품』의 하향적 변개와 〈총결무진가〉에서 찾아진다.

生界盡尸等隱
吾衣願盡尸日置仁伊而也
衆生邊衣于音毛
際毛冬留願海伊過
此如趣可伊羅行根
向乎仁所留善陵道也
伊波普賢行願

> 又都佛體叱事伊置耶
> 阿耶 普賢叱心音阿于波
> 伊留叱音良他事捨齊

이 〈총결무진가〉에 대한 누구의 해독을 따라도, "普賢行願/又都佛體叱事伊置耶"는 "普賢行願 또 (모두) 부처의 일이도야"로 거의 일치하고 있다. 이때 '또'는 보현행원이 부처의 일이며 동시에 나(=균여)의 일이라는 의미일 수도 있고, 보현행원 외에도 부처의 일이 있다는 의미일 수도 있다. 그런데 〈원왕가〉가 의지하고 있는 『보현행원품』의 내용에는 보현행원 이외에는 부처의 일이 없다. 이런 점에서 전자의 의미로 '또'의 의미를 잡고자 한다. 즉 '또'는 보현행원이 부처의 일이며, 동시에 나(=균여)의 일이란 의미를 뜻한다.

이렇게 보현행원이 부처와 나(=균여)의 일이고, 〈원왕가〉의 내용이 『보현행원품』의 내용을 하향적으로 변개한 것이라 할 때에, 〈원왕가〉와 보현행원의 관계는 명백해진다. 즉 하향적으로 변개한 〈원왕가〉를 통하여 보현행원에 이르려는 것이다. 이런 목적이 있었기에 하향적으로 변개한 〈원왕가〉를 노래하면서, 그 위인 보현행원을 부처의 일이면서 또한 나(=균여)의 일이라 노래하는 것이다. 따라서 『보현행원품』을 하향적으로 변개한 〈원왕가〉의 내용은 방편이며, 이 방편의 목적은 보현행원이라고 정리할 수 있다.

다음으로 균여의 진술을 통해 〈원왕가〉의 내용이 『보현행원품』의 내용을 하향적으로 변개한 이유를 보자.

> 그 서문에 이르기를 ······ 이제 쉽게 아는 가까운 일에 의탁하여, 돌아서 생각하기 어려운 먼 종취에 맞추려고, 10대원의 글에 의탁하여 11황가(荒歌)의 구를 시험하니, 부끄러움은 많은 사람들의 눈에 심하겠지만, 바람은 모든

> 부처님들의 마음에 꼭 맞음이라. 비록 뜻이 잘못되고 말이 어긋나서 성현의 묘취(妙趣)에 합당하지 못하나, 글을 옮겨 글귀를 지어, 범속에 선근(善根)이 생기기를 바란다. 장차 웃으며 외는 자는 외우며 인연을 맺을 것이고, 장차 험담하며 읽는 자는 읽으며 원하는 더함을 얻을 것이다. 훗날의 군자들에게 엎드려 바라노니, 그르다고 하든지 찬양하든지 곧 익히소서.[11]

위 인용문의 진술은 두 번에 걸쳐 〈원왕가〉의 내용이 방편적임을 보여준다. 그 하나는 "이제 쉽게 아는 가까운 일에 의탁하여[今托易知之近事]……바람은 모든 부처님들의 마음에 꼭 맞음이라[冀符於諸佛之心]"의 부분이고, 또 하나는 "비록 뜻이 잘못되고 말이 어긋나서[雖意失言乖]……그르다고 하든지 찬양하든지 곧 익히소서[若誹若讚也 是閑]"의 부분이다.

먼저 앞의 부분을 보자. 이 부분은 '11황가(荒歌)의 구[十一荒歌之句]'와 '이제 쉽게 아는 가까운 일에 의탁하여[今托易知之近事]'의 〈원왕가〉 병립소와, '10대원의 글[二五大願之文]'과 '돌아서 생각하기 어려운 먼 종취에 맞추려고[還會難思之遠宗]'의 『보현행원품』 병립소로 되어 있다. 이것들은 병립소들인 동시에, 〈원왕가〉의 병립소들은 수단으로, 그리고 『보현행원품』의 병립소들은 목적으로 인용문에서 기능하고 있다. 이런 수단과 목적에 따라 인용문을 재정리하면 다음과 같다.

> '이제 쉽게 아는 가까운 일에 의탁하여[今托易知之近事]'(수단1), '돌아서 생각하기 어려운 먼 종취에 맞추려고[還會難思之遠宗]'(목적1)

---

11 "其序云 …… 今托易知之近事 還會難思之遠宗 依二五大願之文 課十一荒歌之句 慙極於衆人之眼 冀符於諸佛之心 雖意失言乖 不合聖賢之妙趣 而傳文作句 願生凡俗之善根 欲笑誦者 則結誦願之因 欲毁念者 則獲念願之益 伏請後來君子 若誹若讚也 是閑"(赫連挺, 『균여전』 〈第七歌行化世分〉).

'10대원의 글에 의탁하여 11황가(荒歌)의 구를 시험하니[依二五大願之文課十一荒歌之句]'(수단2), '부끄러움은 많은 사람들의 눈에 심하겠지만[慙極於衆人之眼]'(수단3), '바람은 모든 부처님들의 마음에 꼭 맞음이라[冀符於諸佛之心]'(목적2)

위에서 살필 수 있듯이, 수단1·2·3은 〈원왕가〉이고, 목적1·2는『보현행원품』이다. 이런 점에서 〈원왕가〉의 내용은『보현행원품』의 세계에 이르게 하는 방편으로 쓰이고 있음을 정리할 수 있다.

다음으로 "비록 뜻이 잘못되고 말이 어긋나서[雖意失言乖] …… 그르다고 하든지 찬양하든지 곧 익히소서[若誹若讚也 是閑]"의 부분을 보자. 이 부분 역시 수단과 목적으로 되어 있다.

'비록 뜻이 잘못되고 말이 어긋나서 성현의 묘취(妙趣)에 합당하지 못하나, 글을 옮겨 글귀를 지어[雖意失言乖 不合聖賢之妙趣 而傳文作句]'(수단1), '범속에 선근(善根)이 생기기를 바란다[願生凡俗之善根]'(목적1)

'웃으며 외는 자는[欲笑誦者]'(수단2), '외우며 인연을 맺을 것이고[則獲念願之益]'(목적2)

'훗날의 군자들에게 엎드려 바라노니, 그르다고 하든지 찬양하든지 곧 익히소서[伏請後來君子 若誹若讚也 是閑]'(수단3)

이상과 같이 〈원왕가〉는 수단1·2·3으로 쓰이고 있으며, 그 목적은 목적1·2와 같이『보현행원품』의 세계와 관련된 것들이다. 따라서 〈원왕가〉의 내용이『보현행원품』의 내용을 하향적으로 변개한 이유는,『보현행원품』에 이르기 위한 방편의 반경(反經)으로 그 목적은 합도(合道)에 있다고 할 수 있다.

다음으로 최행귀의 〈총결무진송〉을 통하여, 〈보현행원품〉의 내용을 하향적으로 변개한 〈원왕가〉의 내용이 방편으로 쓰였음을 보자.

盡衆生界以爲期
生界無窮志豈移
師意要驚迷子夢
法歌能代願王詞
將除妄境須吟誦
欲返眞源寞厭疲
相續一心無間斷
大堪隋學普賢慈

위 〈총결무진송〉에서 ‘법가(法歌)’는 ‘원왕사(願王詞)’를 대신할 수 있다고 노래한다. 이 경우의 ‘법가(法歌)’는 균여의 〈원왕가〉이며, ‘원왕사(願王詞)’는 『보현행원품』이다. 이로 인해 ‘법가(法歌)’가 ‘원왕사(願王詞)’를 대신할 수 있다는 말은, 〈원왕가〉가 『보현행원품』을 대신할 수 있다는 말과 같다. 그리고 이런 사실은, 〈원왕가〉의 내용이 『보현행원품』의 내용에 이르는 방편임을 뜻한다.

그런데 앞에서 살핀 내용과 이 〈총결무진송〉의 다른 부분을 살필 때에, 후자 즉 〈원왕가〉의 내용이 『보현행원품』의 내용에 이르는 방편임을 확인할 수 있다.

앞에서 살폈듯이, 〈원왕가〉의 내용은 『보현행원품』의 내용과 같은 것이 아니라, 『보현행원품』의 내용을 하향적으로 변개한 것이었다. 이런 점에서 〈원왕가〉가 『보현행원품』을 대신할 수 있음은, 양자의 내용이 같아서 대신할 수 있는 것이 아니라, 〈원왕가〉의 내용이 『보현행원품』의 내용에 이르는 방편으로 대신할 수 있음을 뜻한다고 정리할 수 있다.

다음으로 〈총결무진송〉의 다른 부분을 통하여, 〈원왕가〉가 『보현행원품』을 대신할 수 있음이 이 양자의 내용이 같아서 대신할 수 있음이 아니라, 〈원왕가〉의 내용이 『보현행원품』의 내용에 이르는 방편으로 대신할 수 있음임을 보자.

〈총결무진송〉의 "대사의 뜻은 미자(迷子)의 꿈을 깨우고자 함이며[師意要驚迷子夢]"에서 사(師)는 균여대사이다. 이로 인해 이 행의 의미는 "균여대사의 뜻은 미자(迷子)의 꿈을 깨우고자 함이며"가 된다. 이는『보현행원품』과 같이 불가설(不可說)의 보현행원에 선남자(善男子)가 바로 들게 하는 것이 아니라, 몽매한 중생의 미자(迷子)들이 꿈을 깨게 하는 정도이다. 이렇게 〈원왕가〉를 쓴 균여의 뜻은『보현행원품』을 쓴 보현보살의 의도와 현격한 차이를 보이고 있다.

그런데 균여는 일차로 몽매한 중생의 꿈을 깨게 하는 것에 뜻을 두고 있지만, 이것으로 끝나지 않고 궁극적으로는『보현행원품』의 세계에까지 중생이 나아가길 바라고 있다. 이런 사실은 "장차 망경(妄境)을 제거하려면 음송하고/진원(眞源)으로 되돌아 가려면 염피(厭疲)치 말라[將除妄境須吟誦/欲返眞源寞厭疲"에서 확인된다. 이 인용의 시행에서, 망경(妄境)은 경미자몽(驚迷子夢)의 정도에 속하고, 반진원(返眞源)은 선남자(善男子)가 들은 보현행원의 세계라 할 수 있다. 이렇게 큰 정도의 차이에도 불구하고, 두 세계에 드는 방법은 모두가 〈원왕가〉를 음송(吟誦)하고 막염피(莫厭疲)하는 것이다. 이런 사실만 보아도 〈원왕가〉가『보현행원품』의 세계에 드는 방편임을 확인할 수 있다.

이상과 같이 균여의 진술, 〈총결무진가〉, 최행귀의 〈총결무진송〉 등으로 볼 때에, 〈원왕가〉의 내용이 보현행원품의 내용을 하향적으로 변개한 반경(反經)의 이유는 합도(合道)에 목적이 있음을 정리할 수 있다. 이는 곧 반경합도(反經合道)의 방편으로, 〈원왕가〉의 내용은 반경의 권(權)이고, 그 이르고자 하는『보현행원품』의 내용은 합도의 실(實)임을 말한다.

4. 종근지원의 시뇌

본장에서는 〈원왕가〉가 시뇌(詞腦, '詞'는 '支'운)를 이용했다는 점에서 시뇌가 무엇인가를 밝히고, 이 시뇌의 이용 역시 종근(從近)의 권(權)과 지원(至遠)의 실(實)이 합친 방편임을 정리하고자 한다.

4.1. 시뇌의 희락

시뇌는 그 기원과 어원적 의미가 무엇인가는 상당히 많은 논란을 야기시켜 온 문제이다. 그러나 우리가 지금 관심을 가지고 있는, 『균여전』의 시뇌가 무엇인가만을 검토한다면, 다소 복잡하지만, 그렇게 큰 문제는 거의 없어 보인다. 『균여전』에는 '시뇌'가 세 번 나오는데, 그 언급자가 모두 다르다. 혁연정이 쓴 '시뇌'와, 균여가 〈원왕가〉를 짓고 그 서문에 쓴 '시뇌'는, 『균여전』의 〈제칠가행화세분(第七歌行化世分)〉에 나온다. 최행귀가 〈원왕가〉를 번역하고 그 〈역가서〉에 쓴 '시뇌'는 『균여전』의 〈제팔역가공덕분(第八譯歌現德分)〉에 나온다. 이 중에서, 이 글에서 필요한 것은 균여가 〈원왕가〉를 짓고, 그 서문에 쓴 '시뇌'이다. 해당 구문을 인용하면 다음과 같다.

> 대사의 외학은 시뇌(뜻이 글에서 뛰어나기 때문에 뇌라 한다.)에도 매우 밝았다. 보현십종원왕에 의지하여 11장을 지었다. 그 서문에 이르기를 무릇 시뇌라는 것은 세상 사람들이 유희하며 즐기는 도구이고, 원왕이라는 것은 보살이 닦으며 수행하는 요체이다.[12]

---

12 "師之外學 尤閑於詞腦(意精於詞 故云腦也) 依普賢十種願王 著歌一十一章 其序云 夫詞腦者 世人戲樂之具 願王者 菩薩修行之樞"(赫連挺, 『균여전』 〈第七歌行化世分〉).

인용의 앞부분에 나온 '시뇌'(意精於詞 故云腦也)는 혁연정이 언급한 것이고, 뒷부분에 나온 '시뇌'(夫詞腦者 世人戱樂之具)는 균여가 언급한 것이다. 전자의 '시뇌'는 협주 내용의 번역에서 다소 복잡하다. 그러나 이 글의 목적에 소용되는 것이 아니므로 그 설명을 하지 않는다. 후자의 '시뇌'(世人戱樂之具)는 "세상 사람들이 유희하며 즐기는 도구이다."로 번역된다. 이로 보면, 균여가 〈원왕가〉를 지으면서 이용한 '시뇌'는 '세상 사람들이 유희하며 즐기는 도구'임을 말해준다. 이는 문학 내지 가악의 양식을 말한다.[13]

4.2. 희락의 권과 지원의 실

이 절에서는 균여가 '시뇌'라는 희락(喜樂, 유희하며 즐기는)의 도구로 〈원왕가〉를 왜 지었는가 하는 시뇌(詞腦)의 이용과 그 목적을 정리하여, 이 역시 방편적인 것이었음을 정리하고자 한다.

> 그 서문에 이르기를 무릇 시뇌라는 것은 세상 사람들이 유희하며 즐기는 도구이고, 원왕이라는 것은 보살이 닦으며 수행하는 요체이다. 따라서 얕은 곳을 거쳐 깊은 곳에 이르고, 가까운 곳으로부터 먼 곳에 이르려면, 세속의 길에 의탁하지 않고는 열근의 행동을 끌어내지 못하고, 누언에 의탁하지 않고는 보인의 길을 나타내지 못한다. 이제 쉽게 아는 가까운 일에 의탁하여, 돌아서 생각하기 어려운 먼 종취에 맞추려고, …[14]

13 문학의 내용과 형식이라는 차원에서, 이 '시뇌'를 형식으로 해석한 경우가 있지만, 이 '시뇌'는 "세상 사람들이 유희하며 즐기는 도구"인 문학 내지 가악의 양식으로 보는 것이 타당할 것 같다.

14 "其序云 夫詞腦者 世人戱樂之具 願王者 菩薩修行之樞故 得涉淺歸深 從近至遠 不憑世道 無引劣根之由 非奇陋言 莫現普因之路 今托易知之近事 還會難思之遠宗 …"(赫連挺, 『균여전』 〈第七歌行化世分〉).

위 인용문에서 살필 수 있듯이, '시뇌'를 이용한 목적은 "얕은 곳을 거쳐 깊은 곳에 이르고, 가까운 곳으로부터 먼 곳에 이르려면[涉淺歸深 從近至遠]" 이하에 있다고 할 수 있다. 이들 내용에서, '얕은 곳[淺]·가까운 곳[近]·세속의 길[世道]·쉽게 아는 가까운 일[易知之近事]' 등은 '시뇌'인 〈원왕가〉와 관련된 것들이고, '깊은 곳[深]·먼 곳[遠]·생각하기 어려운 먼 종취[難思之遠宗]' 등은 『보현행원품』과 관련된 것들이다. 이 것들에 연결어들을 고려하면, '시뇌'인 〈원왕가〉를 이용하여 『보현행원품』의 세계에 이르도록 하는 것이다.

이상과 같은 점에서 '시뇌'의 사용은 희락(喜樂, 유희하며 즐김)이란 섭천(涉淺, 얕은 곳을 거쳐) 또는 종근(從近, 가까운 곳으로부터)이란 방편의 권(權)이며, 그 목적인 『보현행원품』의 세계는 수행(修行)이란 귀심(歸深, 깊은 곳에 이르고) 또는 지원(至遠, 먼 곳에 이르려면)이란 방편의 실(實)이라고 정리할 수 있다.

5. 결론

지금까지 〈(보현십종)원왕가〉의 내용과 형식 그리고 〈원왕가〉에 이용한 시뇌(詞腦)가 무엇인가를 살폈고, 다시 이것들이 무엇을 위해 어떻게 쓰였나를 살폈다. 이것들을 다시 한 번 요약하고, 이 요약에서 결론을 이끌어 내고자 한다.

1) 〈원왕가〉의 형식은 삼구육명이고, 이 형식은 불경의 명구문(名句文)과 같이 그 자체를 위한 것이 아니라, 실의(實義) 또는 의취(義趣)를 위해 '이독공독(以毒攻毒)'과 같이 사용한 방편이다. 말을 바꾸면 언어집착인 삼구육명 자체는 방편의 권(權, 방편)이고, 이언득의는 방편의 실

(實, 진실)이다.

2) 〈원왕가〉의 내용은 『보현행원품』의 내용을 하향적으로 변개한 반경(反徑)이고, 이 반경(反徑)의 내용은 그 자체를 위한 것이 아니라, 『보현행원품』의 도(道)로 이끌고자 한 합도(合道)를 위해 쓰인 방편이다. 이때 반경인 〈원왕가〉는 방편의 권(權)이고, 합도인 『보현행원품』의 도(道)는 방편의 실(實)이다.

3) 〈원왕가〉에 이용한 시뇌(詞腦)는, 세인이 희락하는 도구로, 문학 내지 가악의 양식이고, 이 '시뇌'는 가까운 희락 자체를 위한 것이 아니라, 먼 『보현행원품』의 종취에 이르게 하는 종근지원(從近至遠)의 방편으로 쓰였다. 이는 곧 시뇌(詞腦)가 방편의 권(權)이고, 『보현행원품』의 종취가 방편의 실(實)임을 말해 준다.

이런 사실들에서, 〈원왕가〉의 형식·내용·시뇌(詞腦) 등이 그 언어집착과 이언득의(離言得義), 반경합도(反經合道), 종근지원(從近至遠) 등과 같은 방편의 권실적(權實的) 기능에서 일치함을 정리할 수 있다. 즉 〈원왕가〉의 형식인 삼구육명, 내용인 『보현행원품』의 하향적 변개, 그리고 〈원왕가〉에 이용한 시뇌(詞腦)라는 희락의 도구 등은 모두가 그것들 자체를 위한 것이 아니라, 이언득의, 『보현행원품』의 도(道), 『보현행원품』의 종취 등의 방편의 실(實)을 위한 방편의 권(權)으로 쓰였다.

이렇게 〈원왕가〉의 형식·내용·시뇌 등이 그 방편의 권실적(權實的) 기능에서 일치한다는 점에서, 〈원왕가〉의 시학을 방편(方便)의 시학(詩學)으로 결론을 내릴 수 있다. 또한 이 방편의 시학으로 볼 때에, 〈원왕가〉의 문학적 평가 역시, 내용과 형식이 괴리되었다는 주장에 의지해 부정적으로 평가할 것이 아니라, 내용과 형식 그리고 시뇌(詞腦)가 모두 그 방편의 권실적 기능에서 일치한다는 점에서, 적어도 당시의 문화적 측면이나 작가의 의도라는 측면에서는 일단 긍정적으로 평가해야 할 것으로 생각한다.

그리고 이 방편의 시학은 불교적으로는 성공하지만, 비불교적인 향가에는 적용할 수 없는 것이어서, 다른 비불교적인 향가의 창작을 축소하게 되고, 그 결과 향가가 퇴조하게 되는 원인 중의 하나가 되었다고 볼 수 있다.

참고문헌

강길운(1978), 「평시조 · 사설시조 · 가사의 발생: 「삼구육명」은 6음보의 3행시 형식」, 『관악어문연구』 3, 서울대학교 국어국문학과.

강길운(1995), 『향가신해독연구』, 학문사.

강등학(1990), 「삼구육명에 대하여」, 반교어문학회 편, 『신라가요의 기반과 작품의 이해』, 보고사; 강등학(1998), 「'삼구육명'에 대하여」, 논총간행위원회, 『벽사이우성선생정년퇴직기념 국어국문학논총』, 여강출판사.

강우방(2000), 『법공과 장엄: 한국고대조각사의 원리 II』, 열화당.

강은해(1986), 「삼국유사 기이편의 굿노래와 감통편의 창작 주사 연구」, 김열규 편, 『삼국유사와 한국문학』, 학연사.

강혜선(1992), 「구애의 민요로 본 〈서동요〉」, 백영정병욱선생1주기추모논문집 간행위원회 편, 『한국고전시가작품론1』, 집문당.

고정옥(1949), 『조선민요연구』, 수선사.

고정의(1996), 「제망매가 해독의 일고찰」, 『울산어문논집』 11, 울산대학교 국어국문학과.

고창수(2015), 「〈제망매가〉의 해석과 서술태도」, 『민족문화연구』 66, 고려대 민족문화연구원.

권문해(1836), 『대동운부군옥』.

권동수(2004), 「「삼구육명」의 의미에 대한 연구」, 고려대학교 대학원 석사논문.

권재선(1988), 『우리말글 논문들』, 우골탑.

금기창(1979), 「삼구육명에 대하여」, 『국어국문학』 79 · 80, 국어국문학회.

금기창(1980), 「단사뇌 형태에 대하여: 한국고가요의 기조(Ⅳ)」, 『국어국문학』 82, 국어국문학회.

금기창(1993), 『신라문학에 있어서의 향가론』, 태학사.

김기동(1963), 「신라가요에 나타난 불교사상고」, 『불교학보』 1, 동국대 불교문화연구소.
김기종(2014), 『한국 불교시가의 구도와 전개』, 보고사.
김기종(2015), 「〈도솔가〉, 불국토의 선언」, 『한국시가연구』 38, 한국시가학회.
김대행(1974), 『한국시가구조연구』, 삼영사.
김동소(1998), 『한국어 변천사』, 형설출판사.
김동욱(1961), 『한국가요의 연구』, 을유문화사.
김문기(1985), 「삼구육명의 의미」, 『어문학』 46, 한국어문학회.
김문태(1995), 『삼국유사의 시가와 서사문맥 연구』, 태학사.
김사엽(1968), 「향가형식의 문제점」, 『이숭녕박사 송수기념논총』, 을유문화사.
김사엽(1979), 『향가의 문학적 연구』, 계명대학교 출판부.
김상선(1964), 「고시조의 성격」, 『국어국문학』 27, 국어국문학회.
김상선(1967), 「한국시가의 형태적 고찰〈1〉: 향가의 경우」, 『논문집』 12, 중앙대.
김상선(1979), 『한국시가형태론』, 일조각.
김상억(1974), 『향가』, 한국자유교육연합회.
김상억(1982), 「〈찬기파랑가〉고」, 김열규 · 신동욱 공저(1982), 『삼국유사와 문예적 가치해명』, 새문사.
김상억(1983), 「고대민요구추고」, 『혼미최정여박사송수기념 민속어문논총』, 계명대학교 출판부.
김상현(1985), 「《삼국유사》의 간행과 유통」, 『동양학』 15, 단국대학교 동양학연구소.
김상현(1986), 『삼국유사연구논문집(1)』, 백산자료원.
김상현(1996), 「삼국유사의 서지학적 고찰」, 『삼국유사의 종합적 검토』, 한국정신문화연구원.
김석회(1995), 「서정시 형식의 완성과 향가」, 『민족문화사 강좌』 상, 창작과비평사.
김선기(1967a), 「길쓸블 노래 혜성가: 신라노래의 하나」, 『현대문학』 145, 현대문학사.
김선기(1967b), 「다기마로 노래 죽지가: 신라 노래 둘」, 『현대문학』 146, 현대문학사.
김선기(1967c), 「찌이빠 노래 기파가: 신라 노래 –셋–」, 『현대문학』 147, 현대문학사.

김선기(1967d), 「안민가:신라 노래 -넷-」, 『현대문학』 148, 현대문학사.

김선기(1967e), 「잣나모 노래(백수가): 신라 노래 -다섯-」, 『현대문학』 149, 현대문학사.

김선기(1967f), 「쑈뚱 노래(서동요): 신라 노래 -여섯-」, 『현대문학』 151, 현대문학사.

김선기(1967g), 「곶 받틴 노래(헌화가): 신라 노래 -일곱-」, 『현대문학』 153, 현대문학사.

김선기(1967h), 「곶얼굴 노래(처용가): 신라 노래 -여덟-」, 『현대문학』 155, 현대문학사.

김선기(1968a), 「바람결 노래(풍요): 신라 노래 -아홉-」, 『현대문학』 159, 현대문학사.

김선기(1968b), 「가고파 노래(왕생가): 신라 노래 -열」, 『현대문학』 162, 현대문학사.

김선기(1968c), 「눈밝안 노래(득안가): 신라노래 -열하나」, 『현대문학』 166, 현대문학사.

김선기(1969a), 「누비긋노래(재매가): 신라노래 -열둘」, 『현대문학』 170, 현대문학사.

김선기(1969b), 「두시다 노래(도솔가): 신라노래 -열셋」, 『현대문학』 172, 현대문학사.

김선기(1969c), 「도둑 만난 노래(우적가): 신라노래 · 열넷」, 『현대문학』 177, 현대문학사.

김선기(1975a), 「보현가 여덟마리: 신라노래 · 열여덟~스물다섯」, 『현대문학』 243, 현대문학사.

김선기(1975b), 「제불가 여래가 공양가」, 『현대문학』 250, 현대문학사.

김선기(1979a), 「「삼구육명」에 관한 연구」, 충남대학교 대학원 석사논문; 김선기(1979b), 「삼구육명에 관한 연구」, 『어문연구』 10, 어문연구회.

김선기(1993), 『옛적 노래의 새풀이: 향가신석』, 보성문화사.

김선기(1996), 「'삼구육명' 재고」, 『어문연구』 28, 어문연구회.

김선기(1997), 「최행귀의 향가론 고찰」, 『한국언어문학』 38, 한국언어문학회.

김선풍(1972), 「한국시가의 형태고」, 『아세아연구』 45, 고려대학교.

김선풍(1982), 「고려가요의 형태적 고찰」, 김열규 · 신동욱 편, 『고려가요연구』, 새문사.

김선풍(1986), 「최행귀의 삼구육명」, 김승찬 편저, 『향가 문학론』, 새문사.
김성규(2016), 「향가의 구성형식에 대한 새로운 해석」, 『국어국문학』 176, 국어국문학회.
김성기(1986), 「시가와 주술의 상관성 고찰」, 『인문과학연구』 8, 조선대 인문과학연구소.
김성룡(2004), 「“감동천지귀신”의 기능과 의미」, 『고전문학과 교육』 7, 한국고전문학교육학회; 김성룡(2004), 「“감동천지귀신”의 기능과 의미」, 『한국문학사상사』, 이회.
김수업(1975), 「「삼구육명」에 대하여」, 『국어국문학』 68 · 69, 국어국문학회.
김승찬(1976), 「균여전에 관한 연구」, 『문리과대학논문집』 15, 부산대.
김승찬(1977), 「혜성가연구」, 『문리과대학논문집(인문사회과학편)』 16, 부산대.
김승찬(1978), 「사뇌가의 명의와 그 형식」, 『한국상고문학연구』, 제일문화사.
김승찬(1981), 「처용설화와 그 가요의 연구」, 『한국문학논총』 4, 한국문학회.
김승찬(1982), 「「삼국유사」 소재 향가의 주술적 특질」, 김열규 · 신동욱 공편(1982), 『삼국유사와 문예적 가치해명』, 새문사.
김승찬(1986a), 「향가의 주술적 성격」, 김승찬 편, 『향가 문학론』, 새문사.
김승찬(1986b), 「균여전과 청전법륜가」, 김승찬 편저, 『향가 문학론』, 새문사.
김승찬(1987), 『신라향가연구: 경덕왕대를 중심으로』, 제일문화사.
김승찬(1999), 『신라 향가론』, 부산대학교 출판부.
김열규(1957), 「「원가」의 수목(백)상징」, 『국어국문학』 18, 국어국문학회.
김열규(1971), 『한국민속과 문학연구』, 일조각
김열규(1972), 「향가의 문학적 연구 일반」, 김열규 · 정연찬 · 이재선 공저, 『향가의 어문학적 연구』, 서강대 인문과학연구소.
김열규(1983), 『한국문학사』, 일조각.
김열규(2005), 「‘제망매가’ 거듭 읽기」, 『한국문학이론과 비평』 28, 한국문학이론과 비평학회.
김영수(1999), 「처용가 연구의 종합적 검토」, 『국문학논집』 16, 단국대학교.
김완진(1977a), 「삼구육명에 대한 한 가설」, 『이숭녕선생고희기념 국어국문학논총』, 탑출판사; 김완진(1979), 「삼구육명에 대한 한 가설」, 『문학과 언어』, 탑출판사.
김완진(1977b), 「신라적 율조의 탐구」, 『문학과 지성』(1977 가을호), 문학과 지성사.

김완진(1980a), 「향가 표기에 있어서의 자간 공백의 의의」, 『국어학』 9, 국어학회.

김완진(1980b), 『향가해독법연구』, 서울대학교 출판부.

김완진(1985a), 「모죽지랑가 해독의 반성」, 『국어학논총(김형기선생팔순기념논문집)』, 창학사.

김완진(1985b), 「특이한 음독자 및 훈독자에 대한 연구」, 『동양학』 15, 단국대 동양학연구소.

김완진(1986), 「신라향가의 어학적 연구」, 『전통과 사상』 2, 한국정신문화연구원.

김완진(1990), 「안민가 해독의 한 반성」, 『청파문학』 16, 숙명여자대학.

김완진(2000), 『향가와 고려가요』, 서울대학교출판부.

김운학(1975), 「향가의 불교적 연구」, 『현대문학』 242, 현대문학사.

김운학(1976), 『신라불교문학연구』, 현암사.

김운학(1978), 『향가에 나타난 불교사상』, 동대불전간행위원회.

김웅배(1982), 「서동요 해석의 한 고찰: 夘乙을 중심으로」, 『목포대학 논문집』 4, 목포대학.

김정호(1864;1976), 『대동지지』, 아세아문화사.

김정화(2003), 『고시 형식의 발견』, 집문당.

김종규(1988), 「금가보를 통해서 본 삼구육명」, 『정산유목상박사화갑기념논총』, 중앙대 중앙문화연구원.

김종규(1994), 『향가의 형식』, 도서출판대한.

김종서 외(1449), 『고려사』.

김종우(1974), 『향가문학연구』, 선명문화사.

김준영(1964), 『향가상해』, 교학사.

김준영(1971), 『한국고전문학사』, 형설출판사.

김준영(1979), 『향가문학』, 형설출판사.

김준영(1986), 「삼구육명의 귀결」, 『국어문학』 26, 전북대 국어국문학회.

김준영(1987), 『향가문학』(개정3판), 형설출판사.

김준영(1990), 「삼구육명의 귀결」, 『한국고시가연구』, 형설출판사.

김지오(2010), 「〈참회업장가〉의 국어학적 해독」, 『구결연구』 24, 구결학회

김지오(2012), 「균여전 향가의 해독과 문법」, 동국대학교 대학원 박사논문.

김진국(1987), 「향가의 서정성 연구」, 서강대학교 대학원 박사논문.

김진욱(2005), 『향가 문학론』, 역락.
김진욱(2010), 「향가 문학의 주술적 성격 연구」, 『남도문화연구』 18, 국립순천대학교 지리산권문화연구원.
김창원(2004), 『향가로 철학하기』, 보고사.
김학동(1972), 『한국문학의 비교문학적 연구』, 일조각.
김학성(1986), 「삼구육명의 해석」, 장덕순 외, 『한국문학사의 쟁점』, 집문당; 김학성(1987), 「삼구육명의 해석」, 『한국 고시가의 거시적 탐구』, 집문당.
김학성(1995), 「처용가와 관련설화의 생성기반과 의미」, 『대동문화연구』 30, 대동문화연구원.
김학성(1997a), 「화랑관련 향가의 의의와 기능」, 『모산학보』 9, 모산학술연구소.
김학성(1997b), 『한국시가의 거시적 탐구』, 탐구당.
김학성 · 권두환 편(2002), 『신편 고전시가론』, 새문사.
김홍곤(1977), 「고유어표기에 사용된 「叱」자의 음가변이에 대한 고찰」, 『국어국문학』 75, 국어국문학회.
김홍규(1982), 『조선후기의 시경론과 시의식』, 고려대학교 민족문화연구소.
남풍현(1981a), 「한자 · 한문 수용과 차자표기법의 발달」 『한국고대문화와 인접문화와의 관계』, 한국정신문화연구원.
남풍현(1981b), 『차자표기법연구』, 단대출판부.
남풍현(1983), 「서동요의 '夘乙'에 대하여」, 백영정병욱선생환갑기념논총 간행위원회 편, 『한국시가문학연구』, 신구문화사.
남풍현(1986a), 「구역인왕경의 구결에 대하여」, 『약천 김민수 교수 화갑논총』, 탑출판사.
남풍현(1986b), 「이두 · 향찰표기법의 원리와 실제」, 『국어생활』 6, 국어연구소.
남풍현(2000), 『이두연구』, 태학사.
남풍현(2010), 「헌화가의 해독」, 『구결연구』 24, 구결학회.
라경수(1995), 『향가 문학론과 작품연구』, 집문당.
류 렬(2003), 『향가연구』, 박이정.
류병윤(2009), 「향가의 형성과정 연구」, 공주대학교 대학원 박사논문.
문혜정(2011), 「'이취'의 개념과 그 형성요건에 대한 소고」, 『중국인문과학』 47, 중국인문학회
박경주(1992), 「계승적 관점에서의 향가-고려가요의 형식 고찰」, 『관악어문연구』 17, 서울대학교 국어국문학과.

박노준(1977), 「찬기파랑가에 대한 일, 이의 고찰」, 『어문논집』 19·20, 고려대학교 국어국문학연구회.

박노준(1982), 『신라가요의 연구』, 열화당.

박노준(2014), 『향가여요 종횡론』, 보고사.

박노준(2018), 『향가 여요의 역사』, 지식산업사.

박병채(1990), 『고대국어학연구』, 고려대학교 민족문화연구소.

박상진(2006), 「향가의 삼구육명과 십이대강보의 관계 연구」, 성균관대학교 대학원 박사논문.

박상진(2007), 「향가의 삼구육명과 십이대강보의 관계: 균여 향가를 중심으로」, 『한국음악사학보』 38, 한국음악사학회.

박성의(1974), 「수사고」, 『한국가요문학론과 사』 선명문화사; 박성의(1986), 『한국가요문학론과 사』, 집문당.

박이문(1983), 『예술철학』, 문학과지성사.

박인희(1999), 「삼구육명에 대하여」, 『북악논총』 16, 국민대학교 대학원.

박인희(2001), 「『삼국유사』 소재 향가 연구: 편목과 서사물의 관련양상을 중심으로」, 국민대학교 대학원 박사논문.

박인희(2004), 「처용의 실체와 「처용가」」, 『어문연구』 124, 한국어문교육연구회.

박일용(2016), 「역신의 상징적 의미와 〈처용가〉의 감동 기제」, 『고전문학연구』 49, 한국고전문학회.

박재민(2002a), 「구결로 본 보현시원가의 해석」, 연세대학교 대학원 석사논문.

박재민(2002b), 「보현시원가 난해구 5제: 구결을 기반하여」, 『구결연구』 10, 구결학회.

박재민(2004), 「〈모죽지랑가〉의 10구체 가능성에 대하여」, 『한국시가연구』 16, 한국시가학회.

박재민(2008), 「'풍요'의 형식과 해석에 관한 재고」, 『한국시가연구』 24, 한국시가학회.

박재민(2009a), 「〈헌화가〉 해독 재고」, 『국문학연구』 19, 국문학회.

박재민(2009b), 「삼국유사 소재 향가의 원전비평과 차자·어휘변증」, 서울대학교 대학원 박사논문.

박재민(2010), 「삼국유사 소재 〈처용가〉의 고려적 어휘 요소와 그 시사에 관하여」, 『어문연구』 138, 한국어문교육연구회.

박재민(2012), 「도천수관음가의 해독과 구조 재고」, 『어문연구』 156, 한국어문교육연구회.
박재민(2013a), 『신라향가변증』, 태학사.
박재민(2013b), 『고려향가변증』, 박이정.
박재민(2014), 「향가 대중화의 기반에 대한 소고」, 『한민족어문학』 68, 한민족어문학회.
박철희(1980), 『한국시사연구: 한국시의 구조와 배경』, 일조각.
서거정 외(1478), 『동문선』, 민족문화추진회 역(1967), 『국역 동문선』, 민문고.
서대석(1975), 「처용가의 무속적 연구」, 『한국학논집』 2, 계명대학교 한국학연구소; 김동욱·황패강·김경수 편(1989), 『처용연구논총』, 울산문화원.
서명희(2005), 「'되기'의 문학과 생성적 텍스트: 〈처용가〉 읽기를 중심으로」, 『고전문학과 교육』 10, 한국고전문학교육학회.
서수생(1970), 『한국시가연구』, 형설출판사.
서수생(1974;1977), 「도솔가의 성격과 사뇌격」, 김열규·신동욱·이상택 편, 『국문학논문선1: 향가연구』, 민중서관.
서재극(1975), 『신라 향가의 어휘 연구』, 계명대학교 출판부.
서정목(2013), 「「모죽지랑가」의 형식과 내용, 창작 시기」, 『시학과 언어학』 25, 시학과언어학회.
서정목(2014), 「'찬기파랑가' 해독의 검토」, 『서강인문논총』 40, 서강대학교 인문과학연구소.
서종학(1994), 「지정문자와 차자 '內'」, 『민족문화논총』 15, 영남대학교 민족문화연구소.
서종학(1995), 『이두의 역사적 연구』, 영남대학교 출판부.
서철원(2002), 「〈항순중생가〉의 방편시학과 〈보현시원가〉의 배경」, 『우리문학연구』 15, 우리문학회.
서철원(2009a), 『한국고전문학의 방법론적 탐색과 소묘』, 도서출판 역락.
서철원(2009b), 「신라 문학사상의 전개와 고전시가사의 관련 양상」, 『고전문학연구』 35, 한국고전문학회.
서철원(2011), 『향가의 역사와 문화사』, 지식과교양.
서철원(2013), 『향가의 유산과 고려시가의 단서』, 새문사.
성기옥(1991), 「감동천지귀신의 논리와 향가의 주술성 문제」, 『임하최진원박사정년기념논총 고전시가의 이념과 표상』, 임하최진원박사정년기념논총간행위원회.

성호경(1981), 「삼구육명에 대한 고찰」, 『국어국문학』 86, 국어국문학회; 성호경(1995), 「'삼구육명'에 대한 고찰」, 『한국시가의 유형과 양식 연구』, 영남대학교 출판부; 성호경(2008), 「삼구육명의 의미」, 『신라향가연구』, 태학사.
성호경(1983), 「향가분절의 성격과 시행구분 및 율격에 대한 시론」, 백영정병욱선생환갑기념논총간행위원회 편, 『한국시가문학연구』, 신구문화사.
성호경(1999), 『한국시가의 형식』, 새문사.
성호경(2000), 「지정문자와 향가 해독」, 『국어국문학』 127, 국어국문학회.
성호경(2004), 「〈찬기파랑가〉의 시세계」, 『국어국문학』 136, 국어국문학회.
성호경(2006), 「「제망매가」의 시세계」, 『국어국문학』 143, 국어국문학회.
성호경(2008), 『신라향가연구』, 태학사.
세종대왕기념사업회(2001), 『한국고전용어사전1』, 세종대왕기념사업회.
손종흠(2013), 「삼구육명에 대한 연구」, 『열상고전연구』 37, 열상고전연구회.
송재주(1987), 「향가중 '차사'의 형성과 성격에 대하여」, 정병홍선생 화갑기념논문집 간행위원회, 『정병홍선생 화갑기념논문집』, 학문사.
송재주(1989), 『고전시가요론』, 합동교재공사.
송재주(1992), 「『균여전』 주해에 대하여」, 『낙은강전섭선생화갑기념논총 한국고전문학연구』, 창학사.
송지언(2012), 「'감동천지귀신'의 의미와 「제망매가」의 감동」, 『국어교육』 139, 한국어교육학회.
송희복(1993), 「제망매가와 장진주사」, 『말의 신명과 역사적 이성』, 문학아카데미.
신기철 · 신용철 편저(1975), 『새우리말큰사전』, 삼성출판사.
신영명(2004), 「〈제망매가〉, 회향의 노래」, 『국제어문』 32, 국제어문학회.
신영명(2012), 『월명과 충담의 향가』, 넷북스.
신재홍(1997), 「향가의 문학적 시론」, 『경원어문논집』 1, 경원대학교 국문과.
신재홍(2000), 「향가의 양식적 지표로서의 '삼구육명'」, 『향가의 해석』, 집문당.
신재홍(2001), 「향가 형식 재론」, 『한국시가연구』 9, 한국시가학회.
신재홍(2006), 「율격과 형식」, 『향가의 미학』, 집문당.
신재홍(2012), 「처용가의 감각」, 『고전문학과 교육』 23, 한국고전문학학회.
신재홍(2017), 『향가의 연구』, 집문당.
신태현(1940), 「향가の신해독」, 『조선』 296, 조선총독부.
신하윤(2001), 「중국고전시의 이취」, 『중어중문학』 27, 한국중어중문학회.

심재기(1989), 「서동요 해독 삼의」, 이정정연찬선생회갑기념논총간행위원회 편, 『이정정연찬선생회갑기념논총』, 탑출판사.

안병희(1987), 『한국학 기초자료선집: 어학편』, 한국정신문화연구원.

양주동(1942), 『고가연구』, 박문서관.

양주동(1965), 『증정고가연구』, 일조각.

양태순(1986), 「한국고전시가와 악곡과의 관계」, 『논문집』 17, 청주사대.

양태순(1998), 「삼구육명의 새로운 뜻 풀이(1): [균여전]의 문맥과 관련지어」, 『인문과학연구』 7, 서원대학교 인문과학연구소; 양태순(2002), 「삼구육명의 새로운 뜻 풀이(1): 『균여전』의 문맥과 관련지어」, 김학성 · 권두환 편, 『신편 고전시가론』, 새문사; 양태순(2003a), 「삼구육명의 새로운 뜻 풀이(1): 『균여전』의 문맥과 관련지어」, 『한국고전시가의 종합적 고찰』, 민속원.

양태순(2000a), 「삼구육명의 새로운 뜻 풀이(2): [균여전]과 [삼국유사]의 띄어쓰기와 관련지어」, 『인문과학연구』 9-1, 서원대학교 인문과학연구소; 양태순(2003b), 「삼구육명의 새로운 뜻 풀이(2): 『균여전』과 『삼국유사』의 띄어쓰기와 관련지어」, 『한국고전시가의 종합적 고찰』, 민속원.

양태순(2000b), 「삼구육명의 새로운 뜻 풀이(3): 그 음악적 해명」, 『인문과학연구』 9-2, 서원대학교 인문과학연구소; 양태순(2003c), 「삼구육명의 새로운 뜻 풀이(3): 그 음악적 해명」, 『한국고전시가의 종합적 고찰』, 민속원.

양희철(1982), 「삼구육명에 관한 검토」, 『국어국문학』 88, 국어국문학회.

양희철(1983), 「차사 지시어의 해독과 문학적 의미」, 김열규 편, 『삼국유사와 한국문학』, 학연사.

양희철(1985), 「「찬기파랑가」에 대한 일고언: '花判'의 해독과 그 관련 이미저리들의 대립체계와 회감적 인식의 역설적 표현」, 『인문과학논집』 4, 청주대학교 인문과학연구소.

양희철(1986a), 「「안민가」와 관련설화의 두 텍스트 언어」, 『서강어문』 5, 서강어문학회.

양희철(1986b), 「균여의 「원왕가」 연구: 그 문학성과 시문법을 중심으로」, 서강대학교 대학원 박사논문.

양희철(1987a), 「균여의 「원왕가」 연구(학위논문요지)」, 『문학과 비평』 3, 탑출판사.

양희철(1987b), 「「가락국기」의 「구지곡」과 건국신화 연구」, 『가라문화』 5, 경남대학교 가라문화연구소.

양희철(1988), 『고려향가연구: 균여 「원왕가」의 문학성과 시문법』, 새문사.
양희철(1989a), 「'제망매가'의 의미와 형상」, 『국어국문학』 102, 국어국문학회.
양희철(1989b), 「균여 「원왕가」의 방편시학」, 『어문논총』 6·7, 청주대학교 국어국문학과.
양희철(1989c), 「월명사의 '도솔가'와 그 관련설화 연구」, 『인문과학논집』 8, 청주대학교 인문과학연구소.
양희철(1990), 「향찰 '攴'과 '支'의 해독」, 『국어국문학』 104, 국어국문학회.
양희철(1992), 「향가·여요 연구의 회고와 전망」, 국어국문학회 편, 『국어국문학40년』, 집문당.
양희철(1993), 「원왕가」, 황패강 교수 정년퇴임기념논총 간행위원회 편, 『황패강 교수 정년퇴임기념논총 I : 향가문학연구』, 일지사.
양희철(1994), 「「도천수관음가」의 작가와 해독」, 『인문과학논집』 13, 청주대학교 인문과학연구소.
양희철(1995a), 『향찰문자학』, 새문사.
양희철(1995b), 「〈서동요〉의 어문학적 연구」, 『어문논총』 11, 청주대학교 국어국문학과.
양희철(1996a), 「삼구육명 해석의 변증: 1980년대 후반 이후의 글들을 중심으로」, 『유천 신상철 박사 화갑 기념 국어국문학 논총』, 문양사.
양희철(1996b), 「〈모죽지랑가〉의 해독」, 『인문과학논집』 15, 청주대학교 인문과학연구소.
양희철(1996c), 「〈찬기파랑가〉의 어문학적 연구」, 『한국고전연구』 2, 한국고전연구회.
양희철(1997a), 「향가의 불교적 언어문화」, 『국문학과 불교』, 한국고전문학회.
양희철(1997b), 「균여 [원왕가] 연구의 현위치」, 『모산학보』 9, 모산학술연구소.
양희철(1997c), 『삼국유사향가연구』, 태학사.
양희철(1999a), 「향가 감동론의 "개시송지류여" 연구」, 『한국고전연구』 5, 한국고전연구학회.
양희철(1999b), 「향가 감동론의 "능감동천지귀신" 연구」, 『어문연구』 32, 어문연구학회.
양희철(2000a), 「영의 힘을 움직이는 힘의 언어: 한국 상대의 주사, 축, 맹문, 시 등을 중심으로」, 『도남학보』 18, 도남학회
양희철(2000b), 「향가의 주가성을 다시 생각해 본다」, 『한국시가연구』 8, 한국

시가학회.

양희철(2000c), 「제망매가의 표현과 주제」, 『인문과학논집』 21, 청주대학교 인문과학연구소; 양희철(2002), 「제망매가의 표현과 주제」, 김학성 · 권두환 편, 『신편 고전시가론』, 새문사.

양희철(2000d), 『향가 꼼꼼히 읽기: 모죽지랑가의 해석과 창작시기』, 태학사.

양희철(2001a), 「향가 형식론의 기반 일각: 『삼국유사』의 기사분절에 대한 원전 비평의 일부」, 『한국시가연구』 10, 한국시가학회.

양희철(2001b), 「향가의 분절에 관한 연구: 삼국유사에 수록된 11분절 향가의 원전 비평적 검토」, 『한국언어문학』 47, 한국언어문학회.

양희철(2001c), 「이두와 향찰 '內' 연구」, 『어문연구』 35, 어문연구학회.

양희철(2001d), 「향찰 '支'과 '如'의 해독 변증」, 『어문논총』 16, 동서어문학회.

양희철(2001e), 「김수영의 시 〈풀〉의 해석과 평가」, 『국제문화연구』 19, 청주대학교 국제협력연구원.

양희철(2003), 「향가」, 김광순 외 공저, 『국문학개론』, 새문사.

양희철(2004a), 「향찰 '阿也'류 해독의 변증」, 『청대학술논집』 2, 청주대학교 학술연구소.

양희철(2004b), 「향찰 '歎曰'류 해독의 변증」, 『인문과학논집』 29, 청주대학교 인문과학연구소.

양희철(2004c), 「향가 10구체설의 논거: 제9분절의 해독 및 체격론적 해석의 변증」, 『한국시가연구』 16, 한국시가학회.

양희철(2005a), 「'기의심고' 연구의 문제와 전망」, 『인문과학논집』 30, 청주대학교 학술연구소.

양희철(2005b), 「당대비평으로 본 '기의심고'와 〈찬기파랑가〉」, 『한국시가연구』 18, 한국시가학회.

양희철(2005c), 「당대비평으로 본 〈안민가〉」, 『어문연구』 48, 어문연구학회.

양희철(2005d), 「향가의 '낙구'류 표기와 형식」, 『聊城大學學報』 105, 山東省 聊城: 聊城大學編輯部.

양희철(2006a), 「한시 용어로 본 삼구육명론(1)의 변증: 10구체에 적용한 학설들을 중심으로」, 『인문과학논집』 33, 청주대학교 학술연구소.

양희철(2006b), 「한시 용어로 본 삼구육명론(2)의 변증: 특정구와 4 · 8 · 10구체에 적용한 학설들을 중심으로」, 『국제문화연구』 24, 청주대학교 국제협력연구원.

양희철(2006c), 「음악 용어로 본 삼구육명론의 변증」, 『인문과학논집』 34, 청주대학교 한국문화연구소.

양희철(2006d), 「불교 용어로 본 삼구육명론의 변증」, 『어문논총』 20, 동서어문학회.

양희철(2008), 『향찰 연구 12제』, 보고사.

양희철(2009a), 「향찰 '夘乙' 해독의 변증」, 『인문과학논집』 38, 청주대학교 한국문화연구소.

양희철(2009b), 「서동요의 중의적 표현과 세 시적 청자의 해석」, 『어문연구』 141, 한국어문교육연구회.

양희철(2012a), 「향찰 해독에 문학이 연계되는 일례: 향찰 '米' 해독의 어문학적 변증을 통하여」, 『국어사연구』 15, 국어사학회.

양희철(2012b), 「황진이의 시조 「어져 내일이야 …」의 연구」, 『배달말』 50, 배달말학회.

양희철(2013a), 『향찰 연구 16제』, 보고사.

양희철(2013b), 「향찰 '遣'의 해독 시고」, 『어문연구』 160, 한국어문교육연구회.

양희철(2015a), 『향찰 연구 20제』, 보고사.

양희철(2015b), 「'시-'를 보여준 향찰 해독의 변증과 보완: '史/시-, 賜/시-, 叱/시-, 省/쇼-, 叱/실' 등을 중심으로」, 『언어학 연구』 37, 한국중원언어학회.

양희철(2016a), 「향찰 '叱'의 한자음과 속격 '-시'」, 『언어학 연구』 40, 한국중원언어학회.

양희철(2016b), 「향가의 평어 '사청구려'의 연구」, 『어문연구』 172, 한국어문교육연구회.

양희철(2016c), 『연시조 작품론 일반: 결속, 종결, 구조, 주제 등을 중심으로』, 월인.

양희철(2019), 「〈제망매가〉의 향찰 해독과 수사」, 『청대학술논집』 2018학년도 특집호-13호, 청주대학교 학술연구소.

엄국현(1990), 「서동요 연구Ⅱ」, 『인제논총』 6-2, 인제대학교.

엄국현(1994), 「향가의 개념에 대한 연구」, 『인제논총』 10-1, 인제대학교.

엄국현(1998), 「향가에 나타난 종교적 사유의 초월성과 내재성: 도천수관음가와 칭찬여래가를 중심으로」, 『문창어문논집』 35, 문창어문학회.

여기현(1998), 「사뇌가의 음악성」, 『한국시가연구』 3, 한국시가학회; 여기현

(1999), 「사뇌가의 음악성」, 『신라 음악상과 사뇌가』, 월인.
여증동(1976), 「신라노래연구」, 『어문학』 35, 어문학회.
염은열(2013), 「향가의 실재와 믿음 형성에 대한 고찰: 〈도솔가〉와 〈제망매가〉, 〈혜성가〉를 중심으로」, 『문학교육학』 40, 한국문학교육학회.
예창해(1999), 「'삼구육명'에 대한 하나의 가설」, 『한국시가연구』 5, 한국시가학회.
오정란(1988), 『경음의 국어사적 연구』, 한신문화사.
위국봉(2014), 「'叱'의 음독 유래에 대하여」, 『구결연구』 32, 구결학회.
유윤겸 외 편역(1481), 『두시언해』.
유창균(1966a), 「한국 시가형식의 기조」, 『가람이병기박사송수기념논문집』, 삼화출판사; 유창균(1966b), 「한국 시가형식의 기조」, 『대구대논문집』 6, 대구대; 유창균(1977), 「한국 시가형식의 기조」, 김열규 · 신동욱 · 이상택 편, 『국문학논문선 1: 향가연구』, 민중서관.
유창균(1994), 『향가비해』, 형설출판사.
유창돈(1964), 『이조어사전』, 연세대학교 출판부.
유창선(1936a), 「신라의 향가해독」(모죽지랑가, 안민가), 『신동아』 6-5, 신동아사.
유창선(1936b), 「신라의 향가해독(2)」(찬기파랑가), 『신동아』 6-6, 신동아사.
유창선(1936c), 「신라의 향가해독(3)」(헌화가, 처용가, 서동요), 『신동아』 6-7, 신동아사.
유창선(1936d), 「신라향가(4): 맹아득안가」, 『신동아』 6-8, 신동아사.
유창선(1936e), 「신라향가(5)」(풍요, 도솔가, 䁠齋歌, 혜성가), 『신동아』 6-9, 신동아사.
유창선(1936f), 「원왕생가와 영재 우적가: 소창진평과 양주동씨의 논쟁을 비판함」, 「조광」 7(2-5), 조선일보사.
유창선(1940a), 「노인 헌화가에 대하여」, 『한글』 76, 조선어학회.
유창선(1940b), 「향가와 주술」, 『조선일보』, 1940. 5. 17-18일.
유탁일(1983), 「삼국유사의 문헌변화 양상과 변인: 그 병리학적 분석」, 민족문화연구소 편, 『삼국유사연구 상』, 영남대학교 출판부.
유효석(1990), 「주술적 향가와 밀교 주언의 관계양상」, 『반교어문연구』 2, 반교어문연구회.
유효석(1993), 「풍월계 향가의 장르성격 연구」, 성균관대학교 대학원 박사논문.
윤경수(1993), 『향가 · 여요의 현대성 연구』, 집문당.

윤기홍(1985), 「향가의 가창과 형식에 관한 연구」, 『연세어문학』 18, 연세어문학회; 윤기홍(1991), 「향가의 가창과 형식에 관한 연구」, 윤기홍전집간행위원회 편, 『윤기홍전집1』, 글밭.

윤영옥(1980a), 『신라시가의 연구』, 형설출판사.

윤영옥(1980b), 「황진이시의 tension」, 『국어국문학』 83, 국어국문학회.

윤영옥(1982), 「훈민가계 시조의 일표현」, 『영남어문학』 9, 영남어문학회

윤영옥(1986), 『시조의 이해』, 영남대학교 출판부.

윤철중(1997), 『향가문학입문』, 백산자료원.

이 용(2000), 「연결어미 형성에 관한 연구」, 서울시립대학교 대학원 박사논문.

이 이(1281), 〈성책〉, 『율곡전서』.

이 탁(1956), 「향가신해독」, 『한글』 116, 한글학회.

이 탁(1958), 「어학적으로 고찰한 우리 시가원론」, 『국어학논고』, 정음사.

이강로(1989a), 「차자 표기에 쓰인 '內'자에 대한 연구(Ⅰ)」, 『한글』 203, 한글학회.

이강로(1989b), 「차자 표기에 쓰인 '內'자에 대한 연구(Ⅱ)」, 『한글』 205, 한글학회.

이강로(1990), 「대명률직해의 하임법 '使內'의 연구」, 『동방학지』 67, 연세대 국학연구원.

이강로(1991), 「차자 표기에 쓰인 '內/예'에 대한 연구(Ⅲ)」, 『한글』 211, 한글학회.

이건식(2012), 「균여 향가 청전법륜가의 내용 이해와 어학적 해독」, 『구결연구』 28, 구결학회.

이규보(1241), 『동국이상국집』, 민족문화추진회 역(1984), 『국역 동국이상국집』, 민족문화추진회.

이근영(1949), 「향가 곧 사뇌가의 형식」, 『한글』 105, 조선어학회.

이능우(1956), 「향가의 마력: 그 장르적 성격에 대하여」, 『현대문학』 21, 현대문학사.

이도흠(1988), 「도솔가와 화엄사상」, 『동아시아 문화연구』 14, 한양대학교 동아시아문화연구소.

이도흠(1993a), 「신라 향가의 문화기호학적 연구」, 한양대학교 대학원 박사논문.

이도흠(1993b), 「제망매가의 화쟁기호학적 연구」, 『한국언어문화』 11, 한국언어문화학회.

이도흠(1994), 「처용가의 화쟁기호학적 연구」, 『한국학논집』 24, 한양대학교 동아시아문화연구소.

이도흠(1998), 「「모죽지랑가」의 창작배경과 수용의미」, 『한국시가연구』 3, 한국시가학회.

이도흠(1999), 『화쟁기호학, 이론과 실제: 화쟁사상을 통한 형식주의와 마르크시즘의 종합』, 한양대학교 출판부.

이도흠(2000), 『신라인의 마음으로 삼국유사를 읽는다』, 푸른역사.

이돈주(1990), 「향가 용자 중의 '사(賜)'자에 대하여」, 『국어학』 20, 국어학회.

이등룡(1984), 「알타이 제어(돌궐, 몽고, 만주・퉁구스 및 한국어)의 서술동사 비교연구」, 『대동문화연구』 18, 성균관대학교 대동문화연구소.

이민홍(2003), 「신라 악무에서 향가의 위상과 〈도솔가〉의 악장적 성격」, 『고전시가 엮어 읽기』, 태학사.

이병기(1938), 「나의 스승을 말함 ㊃: 황진이의 시조 일수가 지침」, 『동아일보』 5900호(1월 29일), 동아일보사.

이병기(1961), 『국문학개론』, 일지사.

이숭욱(1986), 「존재동사 '∅시-'의 변의」, 『국어학신연구』, 탑출판사.

이승재(1990), 「향가의 遣只賜와 구역인왕경의 구결 ㅁㅅㄷ에 대하여」, 서울대학교 대학원 국어연구회 편, 『국어학의 새로운 인식과 전개』, 민음사.

이연숙(1991), 「신라 향가의 잡밀적 성격 연구」, 부산대학교 대학원 박사논문.

이연숙(1999), 『신라향가문학연구』, 박이정.

이영태(1998a), 「향가 분절의 의미」, 『한국학연구』 9, 인하대학교 한국학연구소.

이영태(1998b), 『한국고전시가의 재조명』, 국학자료원.

이완형(1999), 「'처용랑 망해사'조의 서사적 이해와 처용가의 기능」, 『어문학』 68, 한국어문학회.

이웅재(1984), 「삼구육명에 대하여」, 『어문논집』 18, 중앙대학교 국어국문학과; 이웅재(1990), 『향가에 나타난 서민의식』, 백문사.

이임수(1982), 「모죽지랑가를 다시 봄」, 『문학과 언어』 3, 문학과언어연구학회.

이임수(1992), 「찬기파랑가에 대한 새로운 접근」, 『동국논집』 11, 동국대학교 경주분교.

이재선(1972), 「신라향가의 어법과 수사」, 김열규・정연찬・이재선 공저, 『향가의 어문학적 연구』, 서강대학교 출판부.

이재선(1979), 「향가의 시적 어법과 수사」, 『향가의 이해』, 삼성미술문화재단.

이재선(1982), 「향가의 수사론과 상상력」, 김열규·신동욱 편, 『삼국유사와 문예적 가치해명』, 새문사.

이종철(1987), 「향가 시구 「白遣賜立」 해독 재고」, 『논문집』 5, 한림대학.

이종출(1973), 「사모곡신고」, 『한국언어문학』 11, 한국언어문학회.

이종출(1975), 「고려속요의 형태적 고구」, 『국어교육연구』 1, 조선대학교; 이종출(1979), 「고려속요의 형태적 고구」, 국어국문학회 편, 『고려가요연구』, 정음사.

이현희(1996), 「향가의 언어학적 해독」, 『새국어생활』 6-1, 국립국어연구원.

일 연(1281), 『삼국유사』, 이동환(1975), 『삼국유사(상)』, 삼중당.

일 연(1281), 『삼국유사』, 리상호(1960), 『삼국유사』, 과학원출판사; 리상호(1994), 『신편삼국유사』, 신서원.

일 연(1281;1512), 『삼국유사』(임신본, 고려대학교 소장본).

일 연(1281;1512;1983), 『만송문고 삼국유사 부 석남본 학산본』(고려대학교 중앙도서관 도서영인 제12호), 오성사.

임기중(1967), 「신라향가에 나타난 주력관」, 동국대학교 대학원 석사논문; 임기중(1967), 『동악어문논집』 5, 동악어문학회; 임기중(1979), 국어국문학회 편, 『신라가요연구』, 정음사.

임기중(1980a), 「신라가요의 주력관 연구」, 동국대학교 대학원 박사논문.

임기중(1980b), 「향가 작자의 주술사적인 기능유형」, 『경기어문학』 1, 경기대학교 국문과.

임기중(1981), 『신라가요와 기술물의 연구』, 이우출판사.

임기중(1993), 「향가의 주술성」, 황패강교수정년퇴임기념논총 간행위원회 편, 『향가문학연구』, 일지사.

임기중·임종욱(1996), 『한국고전시가어휘색인사전』, 보고사.

임동권(1958), 「민요의 주술성」, 『현대문학』 38, 현대문학사.

임동권(1976), 「한국구비문학사(하)」, 『한국문화사대계(V)』, 고려대학교 민족문화연구소.

임종욱(1997), 『동양문학비평용어사전』, 범우사.

임종욱(2010), 『중국역대인명사전』, 이회문화사.

장영우(1998a), 「「도솔가」는 삼행시다」, 『국어국문학』 122, 국어국문학회.

장영우(1998b), 「도솔가」, 임기중 외, 『일용 임기중 선생 환력기념 새로 읽는 향가문학』, 아세아문화사.

장윤희(2005), 「고대국어 연결어미 '-遣'과 그 변화」, 『구결연구』 14, 구결학회.
장윤희(2008), 「향찰 연구의 회고와 전망」, 『구결연구』 21, 구결학회.
장지영 · 장세경(1976), 『이두사전』, 정음사.
장진호(1985), 「삼구육명의 속뜻」, 『새국어교육』 41, 한국국어교육학회.
장진호(1990), 「신라향가의 주원성 연구」, 계명대학교 대학원 박사논문; 장진호(1993), 『신라향가의 연구』, 형설출판사.
전규태(1976), 『논주 향가』, 정음사.
정기호(1976), 「한국고대시가형식의 연구」, 『인문과학연구소 논문집』 2, 인하대학교.
정기호(1977), 「소위 4구체의 향가형식에 대하여」, 국어국문학회 편, 『신라가요연구』, 정음사; 정기호(1986), 「소위 4구체의 향가형식에 대하여」, 김승찬 편저, 『향가 문학론』, 새문사.
정기호(1979), 「신라가요 형식의 연구」, 국어국문학회 편, 『신라가요연구』, 정음사.
정기호(1986), 「신라가요의 형식」, 김승찬 편저, 『향가 문학론』, 새문사.
정기호(1993), 「향가의 형식론」, 황패강 교수 정년퇴임기념논총 간행위원회 편, 『황패강 교수 정년퇴임기념논총 I : 향가문학연구』, 일지사.
정병욱(1952), 「향가의 역사적 형태론 시고」, 『국어국문학』 2, 국어국문학회.
정연찬(1972), 「향가해독일반」, 김열규 · 정연찬 · 이재선 공저, 『향가의 어문학적 연구』, 서강대학교 인문과학연구소.
정열모(1947), 「새로 읽은 향가」, 『한글』 99, 한글학회.
정열모(1965), 『향가연구』, 사회과학원 출판사.
정요일 · 박성규 · 이연세(1998), 『고전비평 용어 사전』, 태학사.
정용설(1999), 「은유교육에 관한 연구: 중등학교 국어교과서의 시를 중심으로」, 청주대학교 교육대학원 석사논문.
정우영(2007), 「〈서동요〉 해독의 쟁점에 대한 검토」, 『국어국문학』 147, 국어국문학회.
정운채(1999), 「시화에 나타난 문학의 치료적 효과와 문학치료학을 위한 전망」, 『고전문학과 교육』 1, 한국고전문학교육학회.
정운채(2006), 「〈처용가〉와 〈도량 넓은 남편〉의 관련 양상 및 그 문학치료적 의의」, 『고전문학과 교육』 12, 한국고전문학교육학회.
정재영(1995), 「전기중세국어의 의문법」, 『국어학』 25, 국어학회.

정창일(1982), 「「삼구육명」에 대하여」, 『국어국문학』 88, 국어국문학회.

정창일(1987a), 「「삼구육명」의 궁극적 의미」, 『한국언어문학』 25, 한국언어문학회.

정창일(1987b), 「향가 신연구(1): 「삼구 · 육명」 법식에 의한」, 『어문연구』 55 · 56, 일조각.

정창일(1987c), 『「삼구 · 육명」 법식에 의한 향가 신연구』, 세종출판사.

조 향(1957), 「시의 발생학」, 『국어국문학』 16, 국어국문학회.

조규익(2010), 『고전시가와 불교』, 학고방.

조동일(1978), 『한국문학사상사시론』, 지식산업사.

조동일(1982a), 『한국문학통사』(제1판), 지식산업사.

조동일(1982b), 『한국시가의 전통과 율격』, 한길사.

조동일(1989), 『한국문학통사』(제2판), 지식산업사.

조동일(1993), 『한국문학통사』(제3판), 지식산업사.

조동일(2005), 『한국문학통사』(제4판), 지식산업사.

조세형(1998), 「삼구육명 재론」, 서울대학교 국문학연구회, 『국문학연구 1998』, 태학사,

조용호(1997), 「지귀설화고: 인도 및 중국설화와의 대비 연구」, 『고전문학연구』 12, 한국고전문학회.

조용호(2016), 「적극적 대중 포교가로서의 「제망매가」 연구」, 『한국고전연구』 34, 한국고전연구학회.

조운제(1968), 「황진이 시조와 한국시가의 전통」, 『국어국문학』 41, 국어국문학회.

조윤제(1933), 「시가의 원시형」, 『조선어문』 7, 조선어문학회.

조윤제(1948), 『조선시가의 연구』, 을유문화사.

조윤제(1956), 「향가연구에의 제언: 이능우 군의 「향가의 마력」을 읽고」, 『현대문학』 23, 현대문학사.

조지훈(1962), 「신라가요고」, 『국문학』 6, 고려대학교 국문학학생회.

조평환(1985), 「향가의 형식에 대한 일고찰」, 『동화와 번역』 4, 건국대학교 동화와번역연구소.

조현설(1998), 「설법해 주기를 청하는 노래」, 임기중 외, 『새로 읽은 향가문학』, 아세아문화사.

지헌영(1954), 「次肹伊遣에 대하여」, 『최현배선생환갑기념논문집』, 사상계사; 지헌영(1991), 「次肹伊遣에 대하여」, 『향가여요의 제문제』, 태학사.

지헌영(1971), 「善陵에 대하여」, 『동방학지』 12, 연세대학교 동방학연구소: 지헌영(1991), 「善陵에 대하여」, 『향가여요의 제문제』, 태학사.

지형률(1996), 『향가정해』, 서원기업.

지형률(2007), 『향가정독(개정판)』, 다다아트.

차현정(1999), 「풍격용어 '청려' 변석」, 『중어중문학』 24, 한국중어중문학회.

최 철(1977), 「찬기파랑가 설화고」, 국어국문학회 편, 『신라가요연구』, 정음사.

최 철(1979), 『신라가요연구』, 개문사.

최 철(1983a), 「향가형식에 대하여: 삼구육명의 재고」, 『동방학지』 36 · 37, 연세대학교 국학연구원.

최 철(1983b), 『향가의 본질과 시적 상상력』, 새문사.

최 철(1983c), 「향가의 수사와 상상력」, 『향가의 문학적 연구』, 새문사.

최 철(1983d), 「향가의 수사기법에 대하여」, 『동방학지』 39, 연세대학교 국학연구원.

최 철(1984), 「향가에 관한 균여전의 해석」, 『민족문화연구』 18, 고려대학교 민족문화연구소.

최 철(1985), 「찬기파랑가」, 황패강 박노준 임기중 공편, 『향가여요연구』, 이우출판사; 최 철(1986), 「찬기파랑가」, 김승찬 편저, 『향가 문학론』, 새문사.

최 철(1986a), 「삼구육명의 새로운 해석」, 『동방학지』 52, 연세대학교 국학연구원.

최 철(1986b), 「향가의 형식」, 『한국문학사의 쟁점』, 집문당.

최 철(1986c), 「향가의 수사기법」, 김승찬 편저, 『향가 문학론』, 새문사.

최 철(1987), 「한국시가형식의 특징」, 『연민이가원선생칠질송수기념논총』, 정음사.

최 철(1988), 「옛노래 이해를 위한 세 가지 문제의 풀이」, 『세종학연구』 3, 세종대왕기념사업회.

최 철(1989), 「홍기문 「향가해석」에 대한 견해」, 『동방학지』 61, 연세대학교 국학연구원.

최 철(1990), 『향가의 문학적 해석』, 연세대학교 출판부.

최 철(1993), 「《균여전》《삼국유사》 향가 기록의 쟁점(Ⅰ)」, 『문학한글』 7, 한글학회.

최 철(1997), 「향가의 본질」, 『모산학보』 9, 모산학술연구소.

최 철(2010), 「향가의 수사와 상상력」, 고가연구회 편, 『향가의 수사와 상상력』,

보고사.
최남희(1994), 「고대 국어 자료 「叱」의 소리값과 기능」, 『한글』 224, 한글학회.
최남희(1996), 『고대국어 형태론』, 박이정.
최래옥(1976), 「균여의 보현십원가 연구」, 『국어교육』 29, 한국국어교육연구회.
최선경(2001), 「향가의 제의가적 성격 연구」, 연세대학교 대학원 박사논문.
최성호(1984), 『신라가요연구』, 문현각.
최정선(2008), 「도솔가에 나타난 미륵신앙」, 『불교학연구』 19, 불교학연구회.
최정여(1968), 「향가 분절고: 삼국유사 소수분을 중심으로」, 『동양문화』 6·7, 영남대학교; 최정여(1977), 「향가 분절고: 삼국유사 소수분을 중심으로」, 김열규·신동욱·이상택 편, 『국문학론문집①: 향가연구』, 민중서관.
최정여(1989), 『한국고시가연구』, 계명대학교 출판부.
최진원(1990), 「향가 능감동천지귀신고」, 『도남학보』 12, 도남학회.
최창록(1973), 「향가에 나타난 비유와 서정」, 『신라가야문화』 5, 영남대.
최철·안대회(1986), 『역주 균여전』, 새문사.
한국정신문화연구원 편(1991), 『한국민족문화대백과사전』, 한국학중앙연구원.
한보광·임종욱(2011), 『중국역대불교인명사전』, 이회문화사.
허　균(2000), 「석가탑과 다보탑」, 『사찰장식, 그 빛나는 상징의 세계』, 돌베개.
허남춘(1999), 『고전시가와 가악의 전통』, 월인.
허영순(1963), 「고대사회의 무격사상과 가요 연구」, 부산대학교 대학원 석사논문.
허정주(2015), 「한국 민족시학 정립을 위한 양식사학적 시론: 삼구육명을 중심으로」, 『건지인문학연구』 13, 전북대학교 인문학연구소.
혁연정(1075), 『균여전』, 동악어문학회 역(1981), 『균여전』, 이우출판사.
혁연정(1075), 『균여전』, 이재호(1997), 「균여전」, 『삼국유사2』, 솔출판사.
홍기문(1956), 『향가해석』, 조선민주주의인민공화국 과학원.
홍재휴(1978), 「삼구육명고」, 『국어국문학』 78, 국어국문학회.
홍재휴(1983), 『한국고시율격연구』, 태학사.
홍재휴(1993), 「사뇌시의 척구고」, 황패강 교수 정년퇴임기념논총 간행위원회 편, 『황패강 교수 정년퇴임기념논총Ⅰ: 향가문학연구』, 일지사.
황병익(2002), 「『삼국유사』 '이일병현'과 「도솔가」의 의미 고찰」, 『어문연구』 115, 한국어문교육연구회.
황병익(2015), 「산화·직심·좌주의 개념과 〈도솔가〉 관련설화의 의미 고찰」,

『한국시가문화연구』 35, 한국시가문화학회.
황병익(2018), 「역사와 문학 기반 향가 연구의 회고와 전망」, 『한국시가연구』 45, 한국시가학회.
황병익(2019), 「『삼국유사』 '경덕왕 충담사'조와 〈찬기파랑가〉의 의미 재고」, 『어문연구』 183, 한국어문교육연구회.
황패강(1975a), 「신라향가연구」, 『국문학논집』 7·8, 단국대학교: 황패강(1979), 「신라향가연구」, 국어국문학회 편, 『신라가요연구』, 정음사.
황패강(1975b), 「지귀설화고: 「술파가」 설화와의 비교 연구」, 『동양학』 5, 단국대학교 동양학연구소.
황패강(1978), 「「사뇌가」 양식의 고찰」, 『국문학논집』 9, 단국대학교 국어국문학과.
황패강(1984), 「연구사서설」, 황패강 강재철 김영수 편, 『향가·고전소설관계 논저목록』, 단대출판부.
황패강(1986), 「풍요에 관한 일고찰」, 『신라문학의 신연구』, 신라문화선양회.
황패강(1994), 「'우적가' 연구」, 『국문학논집』 14, 단국대학교 국어국문학과.
황패강(1996), 「삼국유사와 향가 연구」, 『삼국유사의 종합적 검토』, 한국정신문화연구원.
황패강(2001), 「향가 연구 개관」, 『향가문학의 이론과 해석』, 일지사.

賈閬仙, 〈論總例物象〉, 『二南密旨』, 顧龍振 編輯(中華民國 59), 『詩學指南』, 台北: 廣文書局.
顧嗣立, 『寒廳詩話』 二b, 臺静農 편(중화민국 63), 『百種詩話類編(下)』, 臺北: 藝文印書舘.
顧龍振 編輯(中華民國 59), 『詩學指南』, 台北: 廣文書局.
孔穎達, 〈毛詩正義序〉, 羅聯添 編(中華民國 67), 『隋唐五代文學批評資料彙編』, 臺北: 成文出版社有限公司.
廣 莫 參訂, 『楞伽經參訂疏』.
皎 然, 〈池塘生春草明月照積雪〉, 許淸雲(中華民國 73), 『皎然詩式輯校新編』, 臺北: 文史哲出版社
皎 然, 『詩式』, 許淸雲(中華民國 73), 『皎然詩式輯校新編』, 臺北: 文史哲出版社.
皎 然, 『評論』, 顧龍振 編輯(中華民國 59), 『詩學指南』, 台北: 廣文書局.

羅聯添, 〈緒論〉, 羅聯添 編(中華民國 67), 『隋唐五代文學批評資料彙編』, 臺北: 成文出版社有限公司.

臺靜農 編輯(中華民國 62), 『百種詩話類編』, 臺北: 藝文印書館.

大周于闐國 三藏法師 實叉難陀 奉勅譯, 『大乘入楞伽經』.

德 請 筆記, 『觀楞伽經記』.

寶 臣 述, 『大乘入楞伽經註』.

司空圖, 『二十四品』, 羅聯添 편(중화민국 67), 『隋唐五代文學批評資料彙編』, 臺北: 成文出版社有限公司.

三藏菩提留支譯, 『入楞伽經』.

善 月 述, 『楞伽經通義』.

蕭子顯, 〈謝朓傳〉, 『南齊書』 47, 曾永義・柯慶明 편(중화민국 67), 『兩漢魏晉南北朝文學批評資料彙編』, 臺北: 成文出版社有限公司.

宋天竺藏求那跋陀羅 譯, 『楞伽阿跋多羅寶經』.

施補華, 『峴傭說詩』.

實叉難 譯, 『大乘入楞伽經』.

楊 愼, 〈庾信〉, 『升菴詩話』, 臺靜農 편(중화민국 63), 『百種詩話類編(中)』, 藝文印書舘.

楊仲弘, 『詩法家數』, 顧龍振 編輯(中華民國 59), 『詩學指南』, 台北: 廣文書局.

楊仲弘, 『詩法家數』, 臺靜農(中華民國 62), 『百種詩話類編(下)』, 臺北: 藝文印書館.

王 玄, 『詩中旨格』, 顧龍振 編輯(中華民國 59), 『詩學指南』, 台北: 廣文書局.

王昌齡, 『詩中密旨』, 顧龍振 編輯(中華民國 59), 『詩學指南』, 台北: 廣文書局.

袁行霈 著, 姜英順 외 6인 共譯(1990), 『中國詩歌藝術硏究』, 亞細亞文化社.

元好問, 〈陶然集詩引〉, 林明德 編(中華民國 67), 『金代文學批評資料彙編』, 臺北: 成文出版社有限公司.

元好問, 〈楊叔能小亨集引〉, 林明德 編(中華民國 67), 『金代文學批評資料彙編』, 臺北: 成文出版社有限公司.

韋 莊, 〈乞追賜李賀皇甫松等進士及第奏〉, 羅聯添 편(중화민국 67), 『隋唐五代文學批評資料彙編』, 臺北: 成文出版社有限公司,

韋 莊, 〈又玄集序〉, 羅聯添 편(중화민국 67), 『隋唐五代文學批評資料彙編』, 臺北: 成文出版社有限公司.

魏慶之 撰, 楊家駱 主編(中華民國 69), 『校正詩人玉屑』, 世界書局.

劉 勰 著, 周振甫 注(1981), 『文心彫龍注釋』, 北京: 人民大學出版社.

陸龜蒙, 〈復友生論文書〉, 羅聯添 編(중화민국 67), 『隋唐五代文學批評資料彙編』, 臺北: 成文出版社有限公司.

林明德, 〈緖論〉, 林明德 編(중화민국 67), 『金代文學批評資料彙編』, 臺北: 成文出版社有限公司.

子 思, 『中庸』.

張 耒, 〈上文潞公獻所著詩書〉, 黃啓方 編(중화민국 67), 『北宋文學批評資料彙編』, 臺北: 成文出版社有限公司.

藏求冄那跋陀羅 譯, 『楞伽跋多羅寶經』.

正 受 集記, 『楞伽經集註』.

智 旭 撰述, 『楞伽經宗玄義』.

智 旭, 『楞伽經義疏』.

陳師道, 『後山詩話』, 臺靜農 편(중화민국 63), 『百種詩話類編(下)』, 臺北: 藝文印書舘.

蔡英俊(중화민국 74), 「論杜甫「戱爲六絶句」在中國文學批評史上的意義」, 呂正惠 편, 『唐詩 論文選集』, 臺北: 長安出版社.

天竺三藏菩提留支 譯, 『入楞伽經』.

『春秋左氏傳』.

許清雲(中華民國 73), 『皎然詩式輯校新編』, 臺北: 文史哲出版社.

胡應麟, 『詩藪』, 〈外篇〉 卷四, 정요일 · 박성규 · 이연세(1998), 『고전비평용어 연구』, 태학사.

洪 邁, 〈容齋隨筆三十一則〉, 張健 편(중화민국 67), 『南宋文學批評資料彙編』, 臺北: 成文出版社有限公司.

黃 堅(1979), 『懸吐備旨古文眞寶後集』(영인본), 明文堂.

黃 滔, 〈答陳磻隱論詩書〉, 羅聯添 編(中華民國 67), 『隋唐五代文學批評資料彙編』, 臺北: 成文出版社有限公司.

黃 裳, 〈樂府詩集序〉, 黃啓方 編(中華民國 67), 『北宋文學批評資料彙編』, 臺北: 成文出版社有限公司.

黃 裳, 〈演山居士新詞序〉, 黃啓方 編(中華民國 67), 『北宋文學批評資料彙編』, 臺北: 成文出版社有限公司.

黃啓方, 〈緖論〉, 黃啓方 編(中華民國 67), 『北宋文學批評資料彙編』, 臺北: 成文出版社有限公司.

黃美鈴(中華民國 71), 『唐代詩評中風格論之硏究』, 臺北: 文史哲出版社.

會鳳儀 宗通, 『楞伽經宗通』.

가나자와(金澤庄三郎 1918), 「이두の연구」, 『조선휘보』 4, 조선총독부.

쓰치다(土田杏村 1929; 1935), 「紀・記歌謠に於ける新羅系歌形の硏究補說」, 『國語國文の硏究』 30-40; 「上代の歌謠」, 『土田杏村全集』 제13권, 東京: 第一書房.

아유가이(鮎貝房之進 1923), 「국문, 이토, 속요, 조자, 속자, 차훈자」, 『특별강의』, 조선사학회.

오구라(小倉進平 1929), 『鄕歌及び吏讀の硏究』, 京城帝國大學.

오구라(小倉進平 1930a), 「鄕歌の形式に就き土田杏村氏に答ふ」, 國語國文の硏究 第44號.

오구라(小倉進平 1930b), 「再び鄕歌の形式に就き土田杏村氏に答ふ」, 國語國文の硏究 第47號.

헨죠콘고(遍照金剛 중화민국 63:1974), 『文鏡秘府論』, 台北: 學海出版社.

마에마(前間恭作, 1929), 「처용가해독」, 『조선』 172, 조선총독부.

Ameka, Felix(1992), "The meaning of phatic and conative interjections", *Journal of Pragmatics*, vol 18, Amsterdam・London・New York・Tokyo: North-Holland.

Eco, U.(1979), *A Theory of Semiotics*, 서우석 역(1985), 『기호학이론』, 문학과지성사.

Eliade, M.(1987), *The Encyclopedia of Religion*, London: Macmillan Publishing Company.

Empson, W.(1977), *Seven Types Of Ambiguity*(third ed.), Chatto and Windus.

Frazer, J. G.(1966), *The Golden Bough*, London: Macmillan, 김상일 역(1975), 『황금의 가지』, 을유문화사.

Group μ(1970), *Rhétorique générale*, Librairie Larousse, trans., P. B. Burrell and E. M. Slotkin(1981), *A General Rhetoric*, The Johns Hopkins University Press.

Hutcheon, L.(1985), *A THEORY OF PARODY*, Yew Nork and London: Methuen.

Karlgren, B.(1954), *Compendium of Phonetics in Archaic Chinese*. 이돈주 역주(1985), 『중국음운학』, 일지사.

Karlgren, B.(1966), *ANALYTIC DICTIONARY OF CHINESE AND SINO-JAPANESE*, TAIPEI: CH'ENG-WEN COMPANY.

Lee, Peter H.(1959), *STUDIES IN THE SAENAENNORAE: OLD KOREAN POETRY*, ROMA: ISTITUTO ITALIANO PER IL MEDIO ED ESTREMO ORIENTE.

Ludwig, T. M.(1987), "incantation", M. Eliade, *The Encyclopedia of Religion*, London: Macmillan Publishing Company.

Mauss, M.(1950), *Sociologie et Anthropologie*, Presses Universitaires de France, trans., Brain, R.(1972), *A General Theory of Magic*, London and Boston: Routledge & Kegan Paul.

Neech, G. N.(1979), *A Linguistic Guide to English Poetry*, London: Longman.

Richards, I. A.(1950), *THE PHILOSOPHY OF RHETORIC*, New York: OXFORD UNIVERSITY PRESS.

Wales, K.(1989), *A Dictionary of Stylistics*, New York: Longman.

Wierzbicka, Anna(1992), "The semantics of interjection", *Journal of Pragmatics*, vol 18, Amsterdam · London · New York · Tokyo: North-Holland.

찾아보기

ㅇ

ㅎ

양희철(楊熙喆)

1952년 충북 증평 출생
청주대학교 국어국문학과 졸업
서강대학교 대학원 석·박사과정 수료
경남대학교 국어교육과 전임강사
청주대학교 국어국문학과 국어교육과 교수 역임
현재 청주대학교 명예교수

저서

『고려향가연구』(1988), 『향찰문자학』(1995), 『삼국유사 향가연구』(1997)
『향가 꼼꼼히 읽기』(2000), 『시조 작품론 교정』(2005), 『표해가의 생략언어』(2005)
『향찰 연구 12제』(2008), 『향찰 연구 16제』(2013), 『향찰 연구 20제』(2015)
『연시조 작품론 일반』(2016)

향가 문학론 일반

2020년 3월 10일 초판 1쇄 펴냄

지은이 양희철
펴낸이 김흥국
펴낸곳 도서출판 보고사

책임편집 이순민
표지디자인 손정자

등록 1990년 12월 13일 제6-0429호
주소 경기도 파주시 회동길 337-15 보고사
전화 031-955-9797(대표), 02-922-5120~1(편집), 02-922-2246(영업)
팩스 02-922-6990
메일 kanapub3@naver.com / bogosabooks@naver.com
http://www.bogosabooks.co.kr

ISBN 979-11-5516-983-4 93810

정가 45,000원